KB163034

황녀의 침실 인형

꿀이흐르는 장편소설

I

동아

황녀의 침실 인형 1권

초판 1쇄 인쇄일 | 2023년 8월 7일
초판 1쇄 발행일 | 2023년 8월 18일

지은이 | 꿀이흐르는
펴낸이 | 조승진
펴낸곳 | (주)동아

출판등록 | 제2023-000038호
주소 | 서울특별시 강서구 양천로 570 NH서울축산농협 NH서울타워 19층 (등촌동)
전화 | (070)8826-4508
팩스 | (02)337-0668
E-mail | bear6370@hanmail.net

정가 | 13,000원

ISBN 979-11-6302-638-9 (04810)
       979-11-6302-637-2 (set)

목   차

프롤로그

라하가 몸단장을 시작한 지도 세 시간이 흘렀다.

그녀는 거울 속에 비친 자신을 바라보았다. 제국에서 가장 귀한 핏줄이자 신분답게 입고 있는 드레스는 눈이 멀 정도로 아름다웠다.

"이만 나가 보셔야 해요, 라하 황녀님."

시녀들의 재촉에 따라 라하는 황녀궁을 나섰다. 긴 복도와 호화로운 본궁, 거대한 중정과 계단을 지나 도착한 곳은 다름 아닌 황궁의 중앙문 앞이었다.

"오셨습니까, 황녀님."

이미 수많은 귀족들이 도열해 기다리고 있었다. 가장 앞줄에 서 있던 대귀족들이 아는 체를 해 왔다. 라하의 자리는 그들보다도 더 앞줄이었다.

계절은 겨울. 라하가 숨을 쉴 때마다 호흡이 하얗게 부서졌다. 뺨은 천천히 얼어붙고 있었지만 라하는 꼼짝도 하지 않았다. 그저 이 아름다운 개선식을 지켜보기만 했다.

황궁 정문으로부터 이어진 긴 주단. 테두리에 수놓아진 복잡한 금실 문양이 아니었다면, 결혼식장에서 쓰는 로맨틱한 붉은 주단과 꽤나 흡사한 넓이와 모양새였을 거라고. 라하는 생각했다. 아, 다른 점은 하나 더 있지.

이 주단에는 피비린내가 가득하다는 것.

얼마나 짙은지, 돌연 폭설이 몰아친다 해도 반도 숨겨 내지 못할 것이리라.

라하가 미소를 짓자, 지척에 있던 귀족이 함께 웃었다.

"오랜만에 폐하를 뵙게 되어 많이 기쁘신가 봅니다. 황녀님."

동시에 주단 양옆에 도열해 있던 기사들이 예장용 검을 들어 올렸다. 하늘 위로 교차시킨 검이 햇볕을 받아 날카롭게 반짝였다.

그 사이로 걸어 들어오는 수많은 기사들. 가장 앞줄에 선 남자의 시선은 라하에게 붙박여 있었다.

"승전을 경하드리옵니다. 황제 폐하."

얼어붙은 뺨으로도 라하는 놀랍도록 빛나는 미소를 머금을 줄 알았다. 그녀의 앞에 선 '반쪽짜리 황제'에게.

"이름을 불러야지. 딱딱하구나."

"카르젠."

라하는 사랑스러운 목소리로 덧붙였다.

"보고 싶었어요, 카르젠."

"그래, 라하."

카르젠 델하르사. 라하의 쌍둥이 형제이자, 고귀한 선대 황후의 유일한 콤플렉스였던 황자. 또한 이 거대한 델로 제국의 임시 황제.

쌍둥이답게, 카르젠의 머리 색깔은 라하와 똑같은 푸른색이었다. 델하르사의 성을 이은 직계 황족의 유구한 특징 중 하나였으니.

그러나 라하의 눈동자 색이 머리와 똑같은 짙푸른 색인 것과는 달리, 카르젠의 눈동자는 그저 짙은 회색이었다.

저 눈동자 색이 바로, 라하가 이런 가혹한 한겨울에조차 어깨선이 그대로 비치는 얇은 드레스를 입고, 그저 요정처럼 웃고 있어야 하는 이유였다.

"카르젠이 다치지 않아서 다행이에요. 매일 신전에 가서 빌었는데."

라하를 내려다보던 카르젠이 설핏 그녀의 목으로 손을 뻗었다. 가슴 바로 위에서 멈추는 손. 순간, 티 나지 않게 리하의 호흡이 멈췄다.

"내가 선물한 목걸이를 했구나."

순금으로 마감한, 커다란 다이아몬드를 건드리는 손. 아주 조금만 더 내려가도 가슴을 누를 수 있는 위치였다. 카르젠은 이윽고 손을 거뒀다.

"내 사랑스러운 쌍둥이에게 새로운 전리품들을 가져왔단다."

동시에 주단을 밟고 엉망으로 끌려오는 전리품.

한 박자 늦게, 라하는 그것이 '남자들'임을 알았다. 입에는 재갈이 물려 있었으며, 형색은 엉망이었다. 공통점은 전부 머리가 새하얗게 바래 버린 색이라는 것.

"주제도 모르는 13왕국에서 비밀리에 만들고 있던 건방진 실험체들이지."

건방진 실험체라…….

합당한 표현이기는 했다. 카르젠을 증오한 여러 왕국들은 델로 제국의 황족들을 없앨 병기를 만드는 실험실을 비밀리에 구축했으니까.

그 미완성 병기이자 실패한 실험체들이 바로 오늘, 카르젠이 끌고 온 전리품들이었다.

"기억나느냐, 라하? 작년에도 신성국에서 이런 실험체들을 끌고 와 죄다 너에게 안겨 주었지."

카르젠의 목소리가 느긋하게 가라앉았다.

"지금은 하나도 남아 있지 않지만 말이다."

라하의 호흡이 가볍게 멈췄다. 카르젠은 아무렇지 않게 그녀의 손을 붙잡았다. 무르고 가느다란 손가락 사이사이를 파고드는 딱딱한 황제의 손은 마치 쇠사슬을 단 갈고리 같았다. 그녀의 살 깊숙한 곳을 날카롭게 찍고, 파고들고, 이내.

숨통까지 끊어 버리는.

"이 전리품들의 목숨만은 살려주는 대가로 늙어 빠진 국왕들이 죄 무릎을 꿇었으니. 델하르사 황실 역시 마땅히 보답을 해야겠지."

"보답이요."

"그래, 라하. 전부 네 침실 노예들로 주마, 늘 그랬듯이."

침실 노예…….

저 말뜻을 모르는 이는 적어도 이 자리에 존재하지 않았다. 이 열정적이고 자유분방한 델로 제국에서도 오직 라하 황녀만이 쓸 수 있는 단어. 권력의 상징이자, 굴종의 상징이고, 때로는 기이한 정염의 상징인…….

"내 생각을 해 주는 건 카르젠밖에 없어."

라하를 묘한 눈으로 살피던 카르젠이 그제야 턱짓을 했다. 기사들은 익숙하게 새로 끌려온 노예들을 라하의 궁으로 운반했다.

숨조차 조심히 쉬고 있던 귀족들의 시선이, 중간 줄쯤에 서 있는 두 남자에게 은근히 쏠렸다.

그럴 만도 했다.

저 아름다운 두 남자도 라하 황녀의 노예였으니까. 노예가 어떻게 이런 자리에 있는지는 간단했다.

델로 제국의 젊은 황제, 카르젠은 피에 미친 이였다. 카르젠은 수많은 왕국을 찬탈하고 죽이고 짓밟고 무너뜨렸다. 그곳에서 끌고 온 왕족이나 귀족들 중 유독 아름다운 외모를 지닌 남자들은 라하 황녀의 노예로 던져졌다.

그러니 라하 황녀의 아름다운 궁은 누군가에게는 선망의 대상이 되었고 훨씬 많은 귀족들에게는 타락의 상징이 되었다.

보수적인 노귀족들은 라하가 어서 푸른색 눈동자를 가진 아이를 낳은 후, 알아서 목을 매면 좋겠다는 말을 뒤에서 가끔 나누곤 했다.

이 모든 말을 알면서도, 들으면서도, 모르지 않으면서도.

라하는 그 대단한 미모와 고귀한 신분에 어울리는 미소만 지었다.

변함이 없던 라하의 미소에 금이 간 건 승전 연회가 준비되어 있는 대연회홀로 향한 후였다.

"네게 줄 선물이 하나 더 있다. 라하."

옥좌에 앉은 카르젠이 입을 열었다.

"이번 13왕국 토벌전에서 큰 도움을 준 이가 있어."

카르젠의 말과 동시에 들려오는 절그럭거리는 소리.

미리 대기하고 있었다는 듯, 시종장을 따라 귀족들을 가르고 나오는 남자. 궁문에서부터 시작된 붉은 주단은 이 대연회홀에까지 길게 이어져 있었고, 남자는 아무렇지도 않게 그 핏빛 주단을 밟고 걸어 나왔다.

두려울 정도로 차갑게 타오르는 시퍼런 눈동자는 귀족들이 웅성거릴 만큼 아름다웠다. 카르젠이 남자를 내려다보며 입을 열었다.

"셰드 힐데스 왕제."

순간 라하의 손끝이 차디차게 굳는다. 아까 끌려왔던 실험체들과 다르지 않은, 빛바랜 머리카락이 시야를 어지럽힌다. 남자의 눈은 라하의 시선을 꿰뚫을 듯 그녀에게 붙박여 있다. 그들의 거리가 가깝지 않음에도 불구하고, 지척에서 마주하고 있는 것 같다.

동시에 수런거리는 소리가 대연회홀을 꽉 메웠다.

"힐데스라면, 힐로스드 왕국의 왕제요?"

"왕제의 이름이 셰드였군요. 원체 베일에 싸인 왕족이었잖아요."

"몸이 좋지 않아 얼굴을 오래 비추지 않았다던데요……."

"여기까지 무슨 일이죠?"

카르젠은 셰드 힐데스를 내려다보며 말했다.

"이 멜로 제국에 공을 세운 대가로, 원하는 게 있다고 했지. 그것도 아주 재미있는 것이었어."

카르젠은 그렇게 말하면서 라하를 돌아보았다. 그는 묘한 미소를 지은 채 말을 이었다.

"왕제가 직접 말하라."

희미한 냉기가 스민 무표정한 얼굴이 라하를 향한다.

"라하 델하르사."

속을 알 수 없는 날것의 목소리가 라하의 귓가를 울렸다.

"그녀를 원합니다. 폐하."

순간 귀족들 사이에서 술렁임이 한 차례 흘렀다. 믿을 수 없었다. 공식 석상에서, 그것도 황제 앞에서. 저 적통 황녀에게 청혼 비슷한 말을 입에라도 담은 남자는 단연코 저 왕제가 처음이었다. 처음이었으며 마지막일 터.

"……."

부드럽던 라하의 손에도 힘이 들어갔다. 카르젠은 기묘한 표정으로 라하를 훑어 내렸다. 젊은 황제의 회색 눈동자에는 호기심 섞인 악의가 미묘하게 일렁이고 있었다.

"내 소중한 쌍둥이는 상으로 줄 수 있는 종류가 아니지."

카르젠의 목소리에 분명한 웃음기가 스몄다. 즐거운 웃음은 아니었다. 수많은 피를 손에 묻힌 반쪽자리 황제의 눈동자가 숨기지 못한 잔인함으로 번들거렸다.

"그러니 라하."

"네, 카르젠."

"힐데스의 왕제가 겨울까지 네 노예로 살아 있다면 정식으로 네 정혼자로 삼아 주마."

사람들의 귀를 순간 의심하게 만드는 그 발언.

노예라니?

부유한 강국의 왕제를 황제의 비천한 침실 노예로 삼겠다니. 하지만 셰드 힐데스, 그 왕제는 약간의 동요도 없었다.

그제야 모두가 눈치챌 수 있었다. 이미 이 조건은 황제와 왕제 사이에서 합의가 끝난 것이라고. 전쟁에서 공을 세운 왕제가 시한부 노예까지 자처해 황녀를 가져야겠다니. 당장 오늘 밤부터 온갖 추측이 난무하겠지만 지금은 그저 조용하기만 했다.

모두가 황녀의 대답만을 기다리고 있었다.

"어떠하지, 내 생각이?"

부드러운 어조였지만 라하에겐 선택권이 없었다. 언제나 그랬듯이.

"좋아요, 카르젠."

"네게 아주 멋진 노예가 생기겠구나, 라하."

귀족들을 죄 술렁이게 만든 돌발 상황도 오래 이어지지 않았다. 다시금 시작되는 오케스트라 연주. 호화로운 개선 연회는 차질 없이 재개되었다. 귀족들의 시선을 한 몸에 받던 그 아름다운 왕제는 시종장의 안내를 받아 이미 대연회홀을 떠났다.

카르젠이 라하에게 시선을 옮기며 말했다.

"당분간은 네 밤이 즐겁겠구나, 라하."

황제의 근처에 있던 귀족들이 흠칫하며 못 들은 척했다. 늦은 밤 야회 정원에서나 할 법한, 의도가 다분한 대화…….

물론 라하는 새하얀 낯 위에 미소를 빗금처럼 드리우기만 했다.

"카르젠 덕분이지요."

늘 그랬듯이.

그녀의 미소는 무너지지 않는다. 잠깐 드러냈던 동요도 씻은 듯 사라진다.

황태자의 눈동자를 빼앗고 자란 황녀로서, 미친 쌍둥이 형제의 비위를 맞추기 위해서는 그런 미소나 그려야만 했으니까.

* * *

열한 살 때까지의 라하 델하르사는 무탈하게 자란 황녀였다.

정궁 황후의 적통 소생인 유일한 황녀.

더군다나 라하의 쌍둥이 오누이는 복중 황태자였다. 후일 카르젠이 등극하면, 수많은 이복누이와 형제들은 값비싼 결혼으로 팔려 나가거나 도륙당하겠지만 라하만은 달랐다.

황태자인 카르젠과 똑같은 푸른색 머리카락에 잿빛 눈동자. 폭군이어도 제 동복누이만은 아끼는 마당에 하물며 자신과 이리도 닮은 쌍둥이를.

어찌 귀하게 여기지 않을 수 있을까?

그 평화로운 삶이 깨지게 된 건 열한 살, 카르젠의 황태자 책봉식이었다.

델로 제국은 시조의 축복을 받은 지고한 나라. 영토에 내린 가호는 역대 황제들에게도 흘러 들어가, 모든 델로의 황제들은 황태자로 책봉되는 날 변치 않는 징표를 받았다.

그것이 바로 머리와 똑같은 눈동자였다.

'계승자의 눈동자'. 변치 않는 창공의 눈.

당연히 카르젠이 받아야 할 징표였다. 사이가 유독 좋지 않았던 황제와 황후도, 시시탐탐 황태자 자리를 노리는 이복형제들도 카르젠의 책봉식만을 바라보고 있었을 때.

삽시간에 변하는 분위기.

무언가 이상했다.

평범한 잿빛 눈동자의 황녀는 주변인들의 시선이 경악에 물드는 걸 이상한 눈으로 지켜보았다. 왜 그러느냐는 물음도 필요 없었다. 황태자의 눈동자는 여전히 평범한 잿빛인데, 황녀. 그 적통 황녀의 눈동자가 새파랗게 바뀌어져 있었으니까.

짝!

돌아간 뺨. 라하는 충격에 빠져 제 뺨을 때린 황후를 올려다보았다. 언제나 고아했던 친모의 얼굴이 악귀처럼 일그러져 있었다.

"대체! 카르젠이 가져야 할 눈을 대체 네가 왜!"

그때 자신에게 꽂히던 카르젠의 시선이며 번뜩이던 황비들의 표정을 라하는 영원히 잊지 못할 것이다.

어찌 되었든 라하는 그날부터 모든 것을 카르젠에게 빼앗겼다. 카르젠의 눈을 라하가 빼앗아 갔으니까. 할 수만 있다면 황후는 라하의 눈을 뽑아서라도 카르젠에게 주었을 것이다. 황후가 조금만 더 늦게 병사했다면 어떻게든 그리하였을 것이리라.

모종의 이유로 양위를 결정한 황제 역시 누구에게 황위를 물려줄지 정하지 못했다.

황태자로서의 모든 권력은 카르젠이 잡고 있었지만, 황제로서의 모든 상징은 라하가 갖고 있었으니까.

황제는 결국 결정을 완벽히 내리지 않고 카르젠에게 황위를 넘겨주었다. 현자들의 판단이나 대귀족 회의도 거치지 않았다. 덕분에 카르젠은 반쪽짜리 황제라는 오명을 얻어야 했고, 별개로 다른 하나의 선택권을 더 얻게 되었다.

쌍둥이의 목숨에 관한 처분.

"어쩔까. 델하르사의 징표를 가진 내 쌍둥이를 죽이면 늙은이들이 개떼같이 물어뜯을 텐데."

델로의 기세등등한 노귀족들의 시선을 피해 미친 쌍둥이가 선택한 방법은 라하에게 수많은 노예를 선물해 주는 것이었다.

재갈을 물린 스무 명의 남자를 끌고 황녀궁에 온 카르젠의 모습을 라하는 아직도 잊지 못했다. 신의 관습을 사랑하고 숭배하는 노귀족들은 아직도 라하를 '진짜'라고 생각했고, 그 보수적인 이들에게서 라하의 평판을 떨어뜨리기 위해서는 더할 나위 없이 좋은 방법이었다.

실제로 이젠 어떤 귀족들도 라하에게 아들을 주려 하지 않는다.

당연한 일이었다.

쌍둥이인 카르젠은 정복자였고, 식민지에서 끌고 온 수많은 왕족과 귀족들이 라하의 노예로 들어왔으니까. 라하의 궁에 바쳐진 노예의 수가, 역대 가장 방탕했던 황제의 후궁 수를 넘었을 때.

라하는 그 노예들의 분노와 원한과 눈물에도 무던해지기 시작했다.

그 남자가 라하의 궁에 들어온 건 그즈음이었다.

이름조차 없어서, 192번이라고 불리던 아름다운 침실 노예.

chapter 1
새장 속의 황녀

지금으로부터 1년 전, 초겨울.

온 대륙에 적지 않은 영향력을 끼치는 신성국이 무도한 깃발 아래 박살이 날 줄은 누구도 예상하지 못했다.

아름다운 스테인드글라스엔 피가 튀었고, 신상 앞에선 죽은 성기사들이 목이 매달려 대롱거렸다. 대리석 바닥엔 잘린 팔다리가 나뒹굴었으며, 신성국에서도 가장 지고하던 11명의 대신관들은 무릎을 꿇고 벌벌 떨었다.

"폐, 폐하······."

"황제 폐하······."

그리고 그들 앞에 서 있는 푸른색 머리카락의 젊은 황제. 그는 붓으로 그려 낸 듯한 전복자였다.

카르젠 델하르사가 재미있다는 표정으로 턱을 기울였다.

"이런. 존귀한 대신관님들이 날 앞에 두고 이렇게 벌벌 떨면 내 꼴이 뭐가 됩니까?"

잔혹한 웃음.

"응? 델로의 황족을 끝장낼 병기를 만들어 내는 실험실 본실이 신성국에 있었을 수가. 그것도 모르고 애꿏은 왕국들만 박살을 냈잖아."

잔인한 웃음이 섞인 빈정거림.

대신관들의 눈에 고통이 짙게 얼룩졌다. 카르젠의 말엔 하등 틀린 것이 없었다. 수많은 왕국들이 델로 제국의 군홧발 아래 짓밟혔으니.

하지만.

카르젠이 그토록 수많은 왕국들을 도륙하지 않았다면 이런 실험실이 비밀리에 생겼을 리도 없다. 저 젊고 아름다운 황제는 그저 군권의 강화를 위해, 내국의 귀족들의 목줄을 바짝 졸라 쥐기 위해 엄청난 숫자의 사람들을 죽였다.

"폐하."

웅덩이처럼 고인 붉은 피. 제국의 기사들이 카르젠 앞으로 인질들을 끌고 왔다.

툭.

철퍼덕.

느긋하게 앉아 있는 카르젠 앞으로, 줄줄이 끌려 온 실험체 몇이 던져졌다. 발과 목에 무거운 족쇄가 채워진 실험체들은 덜덜 떨고 있었다.

카르젠은 바닥에 던져진 실험체의 턱을 발끝으로 치켜 올리며 말했다.

"감히 신성하신 대신관들의 목을 따 버릴 순 없으니, 대신 이 실험체들을 아주 잔인하게 쳐 죽여 보여 드리겠습니다. 어디 보자."

고압적인 잿빛 눈동자가 차갑게 번들거렸다.

"신성국에서부터 말에 매달아 황궁까지 끌고 가 사지를 잘라 놓으면 되겠지. 그러면 굉장히 너덜너덜해질 겁니다. 그다음엔 그대로 끓는 솥에 던져 놓을 테니, 대신관님들의 정찬으로 대접하지요."

농담이 아니었다. 카르젠은 지금 철저히 진심이었다. 대신관들의 온몸이 벌벌 떨렸다. 지금 카르젠에게 멱살이 붙잡힌 저 실험체는 유독 나이가 어렸다. 이제 갓 성인이 되었을 정도였다.

게다가 다른 이들에 비해 확실히 귀하게 자란 태가 났다. 따라서 눈치가 좋은 사람이라면 쉽게 추측할 수 있을 터다.

이 실험체가 카르젠이 짓밟은 망국의 왕족들이나 귀족들 중 하나라는 사실을.

복수라도 꿈꾸고 기어 들어온 모양인지.

"폐하!"

"제발, 제발 자비를 베푸셔서……!"

결국 한 대신관이 무릎으로 기어서 카르젠의 발치에 매달렸다. 그토록 고고하며, 신성하고, 가난하고 병든 이가 아니면 무릎을 꿇지 않는다는 대신관들의 명백한 굴복이었다.

이 모든 것이 역사에 새로 기록되리라. 그제야 이 젊은 폭군은 안쓰러운 미소를 지었다.

"이 개 같은 것들에게 생각보다 더 정을 주신 모양입니다. 하기야, 키우는 가축 따위에게도 정을 주는 연약한 분들이시니."

그런 주제에, 인간들에게는 어찌 또 실컷 실험을 했는지 모를 일이었다. 이토록 이율배반적인 도리라니.

물론, 중요한 건 아니었다.

카르젠은 소년의 멱살을 툭 던졌다. 이미 끌려오기 전부터 만신창이였던 실험체는 그대로 바닥에 쓰러졌다.

"그럼 어떻게 해야 할까. 죽이지도 말라 하시니. ……아."

철을 두드린 고화에 묻은 새빨간 피를 보니 좋은 생각이 났다. 거칠 것 없는 철혈의 황제는 미소를 숨기지 않았다. 어찌 되었든 얼굴만은 델로 황족 특유의 아름다움으로 무장한 청년. 선혈이 뚝뚝 흐르는 검을 들고 있었음에도, 카르젠은 찬란하기만 했다.

"이렇게 하지요. 대신관님들. 내 아름다운 쌍둥이가 이곳에 함께 왔는데."

"……."

"이 정복지에서 많은 선물을 안겨 주겠다고 이미 약속을 넘치게 하여서. 반반한 놈들도 제법 많으니, 적당히 선별해 전부 그녀의 침노로 던져 줘야겠어."

"……!"

대신관들이 그대로 굳었다. 물론 그도 잠시였다. 산 채로 몸을 난도질하겠다는 선고보다는 훨씬 더 나을 거라고 안심하고 있겠지.

어찌 되었든 카르젠은 자신의 이야기가 썩 마음에 들었다. 그는 피가 뚝뚝 떨어지는 검을 기사에게 넘긴 후, 마련된 자리에 털썩 주저앉았다.

'델로의 황족들을 죽이는' 실험에 대한 제보가 들어온 건 한 달 전의 일이다.

다만 실험이 벌어진다는 곳은 신성국이라, 아무리 카르젠이라도 제멋대로 검을 휘두를 순 없었다. 그래서 그는 신성국에 인접한 왕국 세 개를 차례대로 불바다로 만들었다.

신에 의지해 사는 연약하고 독실한 왕국 몇 개쯤이야, 폐허로 만들어 버리는 건 어렵지도 않았다.

이미 죄책감에 벌벌 떨고 있는 대신관들을 보니, 기분이 아주 나아졌다. 카르젠은 평소보다 너그러운 목소리로 말했다.

"비록 이렇게 되었지만, 대신관들은 전부 황궁으로 초대하겠습니다. 그리 아끼는 가축들이 황녀에게 진상되는 영광스러운 모습은 직접 보셔야지."

대신관들의 팔이 조금씩 부들거리기 시작했다.

"설마 거절하지 않을 거라고 믿습니다. 대신관님들. 화해는 해야 하지 않겠습니까? 신께서 노하시면 안 되니."

"……."

물론 카르젠 자신은 신을 전혀 믿지 않는다. 경외하지 않는다. 신성국의 아름답고도 신성한 건축물과 조각, 징표들을 보고 있자면, 쌍둥이의 푸른 눈이 생각나……

진실로 미쳐 버릴 것 같았으니까.

신이 자신에게 주지 않은 계승자의 눈. 창공의 눈. 그 빌어먹을 전설의 눈…….

그러다 문득 카르젠은 등을 곧추세웠다.

"라하는?"

카르젠의 뒤에서 부동자세로 서 있던 근위대의 얼굴에 순간 당혹감이 스쳤다. 모두가 라하의 행방을 모르고 있었기 때문이다.

"라하 델하르사는."

"……폐하."

긴장한 근위대장의 턱짓에 서둘러 기사들이 흩어졌다.

그 기묘한 불안감을 읽어 낸 카르젠이 자리에서 거칠게 일어났다. 먹잇감을 빼앗긴 짐승이 날뛰기 직전처럼 순식간에 분위기가 험악해진다. 아까전, 성기사를 상대하며 입었던 팔의 상처가 터지고, 붉은 피가 바닥으로 뚝뚝 떨어졌다.

카르젠의 눈이 천천히 돌기 시작했다.

"설마 이곳에서 도망친 건 아니겠지."

* * *

라하는 숨을 몰아쉬었다.

"여기서 도망칠 수 있으면 좋을 텐데."

의미 없는 속삭임이긴 하다.

라하는 부서진 문을 밟고 들어갔다. 이미 신성국의 대신전은 군홧발에 구석구석 짓밟혔고, 이런 단단한 문도 전부 걸레짝이 된 지 오래였다.

문 안쪽의 커다란 공간은 실험실 하면 으레 떠오르는 차가운 분위기는 아니었다. 좀 더 아늑하고 온건한 느낌이었다. 그래서 신기했다. 사람을 가지고 실험을 한다니, 더 끔찍한 모습일 거라고 막연히 가졌던 예상이 빗나가서.

"……."

그 안쪽에 한 명의 남자가 쇠사슬로 묶여 있었다. 입에는 재갈이 채워져 있는 것이, 카르젠의 기사들이 원활한 구분을 위해 발견한 그곳에다 일단 묶어 놓은 게 틀림없었다.

거침없이, 그러나 숨을 죽이고 안으로 들어선 라하는 남자의 앞에서 멈칫했다.

자신을 죽일 듯 노려보는 남자의 외모가 당황스러울 정도로 아름다웠기 때문이다. 완벽하게 균형 잡힌 이목구비. 시퍼렇게 타오르는 눈동자. 설령 시골에서 갓 상경한 남작가의 먼 방계라고 해도 단숨에 사교계에서 시선을 사로잡을 게 분명했다.

그러나 동요도 잠시.

라하는 소매를 걷고 왼쪽 손바닥을 자신의 입술에 갖다 댔다. 그녀를 잡아먹을 듯 노려보던 남자는 한 박자 늦게, 라하의 왼쪽 손바닥에서 피가 뚝뚝 떨어지고 있다는 사실을 알았다.

의문은 오래 이어지지 않는다.

남자의 턱이 들어 올려졌다. 동시에 라하는 남자에게 채워진 재갈을 풀어 내렸다. 갑갑한 가죽 구속구에서 해방 된 것도 잠시. 남자의 입술에 차가운 공기보다 먼저 닿는 게 있었다.

라하의 입술이었다.

연인간의 키스 같은 로맨틱한 행동이 아니었다. 맞닿은 점막 사이로 분명히 넘어오는 체액. 금속을 핥아 올린 듯한 맛.

피였다.

"……."

남자가 당황하는 것도 잠시. 라하는 한껏 머금고 있던 피를 남자의 입 안으로 흘려 넘겼다.

"뱉지 마, 삼켜야 살 거야. 제발."

나지막이 중얼거린 라하는 미리 준비해 둔 젖은 천으로 자신의 입술을 닦았다. 혈흔이 번진 남자의 입술도 순식간에 닦아 낸 황녀는 턱까지 내렸던 재갈을 다시 올려 주었다.

모든 건 눈 깜짝할 새였다. 비단 남자만 그렇게 느끼는 건 아닐 터였다. 실제로도, 라하가 이 모든 행위를 행한 건 5분도 되지 않아 끝났으니까.

아주 오래전부터 준비했던 사람처럼.

라하는 적통 황녀 특유의 여유롭고 천진난만하며 느긋한 표정으로 돌아갔다. 남자에게 피를 먹이며 보였던 약간의 절박함은 씻은 듯 사라진 상태였다.

빙글 몸을 돌린 그녀가 오른쪽 벽으로 다가갔다. 벽에 장식되어 있는 아름다운 나뭇가지를 툭 꺾어 낸 것과 거의 동시에, 입구 쪽에서 거친 발소리가 들려왔다.

"라하!"

거칠게 뛰어 들어오는 남자의 머리카락은 푸른색이었다. 라하와 지나칠 정도로 닮은 이목구비는, 누가 보아도 그가 그녀와 몹시 가까운 혈연관계임을 보여 주고 있었다.

동시에 철걱거리는 군홧발 소리. 남자의 뒤를 따라 적지 않은 근위대가 따라 들어왔다. 그들의 얼굴은 하나같이 겁에 질린 듯 창백했다.

라하를 발견하기 직전까지 그랬다.

"카르젠?"

굳은 얼굴의 카르젠은 라하를 발견하고 성큼성큼 다가왔다. 라하는 반짝거리는 나뭇가지를 꺾어 들고 눈을 깜빡였다.

"왜 그래요?"

철없이 자란 귀족 소생이 무서운 줄도 모르고 범의 등에 올라타듯. 순진무구하다 못해 멍청하게까지 보이는 행동이었지만 나쁘지 않았다. 그마저도 눈이 부시게 아름다운 황녀가 하니 그저 명화처럼만 보였으니까.

언제나 그랬듯이.

카르젠이 천천히 숨을 토해 냈다. 그가 거칠게 손짓하자, 근위대가 곧장 고개를 숙이며 물러섰다.

주의 깊은 눈으로 라하를 살피며, 카르젠이 묻는다.

"여기서 뭘 하고 있었지, 라하?"

"신성국은 오랜만이라서 구경하고 있었어요. 어릴 때 오고 처음인 데다, 다신 올 일이 없는 곳이잖아."

"……그래. 그렇지."

그제야 카르젠의 표정이 천천히 풀렸다. 그는 라하의 이마 위에 흐트러진 머리카락을 다정하게 넘겨 주며 말했다.

"네가 사라진 줄 알고, 대신관들의 목을 전부 베어 버릴 뻔했다."

역사상의 그 어떤 폭군도 감히 한 적 없는 말을 그는 아무렇지 않게 한다. 그러나 라하의 미소 역시 변함없었다.

"난 사라지지 않아, 카르젠."

카르젠의 얼굴에 재미있다는 미소가 걸렸다.

"그래. 라하."

쌍둥이의 목소리가 기묘하게 울렸다.

"그 눈을 훔치고 사라지면 안 되지."

속삭이듯 말한 카르젠이 손을 들어 올렸다.

"응."

그의 손가락이 라하의 입술을 천천히 덧그렸다. 가볍게 턱을 누르는 손 끝. 붉은 입술이 자그맣게 벌어진다. 여차하면 입 안에 손가락을 밀어 넣을 수도 있는 상태로도, 둘의 표정엔 약간의 금도 가지 않는다.

서로가 서로를 지나치게 닮은, 두 쌍둥이의 낯.

"피 냄새가 나는군."

"아까 피 웅덩이를 밟았어."

"그래……."

카르젠은 그제야 시선을 들어 올렸다. 쇠사슬로 묶여 있는 남자를 흘긋 본 그가 라하의 귓가에 속삭였다.

"라하."

"응."

"저 녀석까지 포함해 열여섯 명을 전부 네 침노로 주마."

언성을 거칠게 높였던 걸 보상이라도 하듯, 한없이 달콤한 목소리였다.

얼마 후.

신성국을 침공해 전 대륙의 경악과 공포를 쓸어 담은 카르젠은 제국의 황궁으로 당당히 귀환했다.

국가의 귀빈을 모실 때에나 쓸 법한 화려한 마차에는 대신관들이 반강제로 실려 오고 있었다.

신앙심 깊은 귀족들의 안색은 잿빛처럼 창백해졌으나 누구도 감히 목소리를 내진 못했다. 더군다나 카르젠은 분명히 대신관들을 '귀빈'으로 극진히 초대한 것이니까.

표면적으로는 말이다.

안 그래도 초췌하던 대신관들은, 식당으로 안내된 순간 하얗게 질렸다. 마찬가지로 깨끗하게 씻겨진 실험체들이 눈앞으로 끌려 왔기 때문이다.

그들이 죄 헐벗고 있는 거야 이해할 수 있었다. 대신관들의 윤리로는 이해가 가지 않았지만, 어찌 되었든 황녀의 침실 시중을 들어 줄 노예라고 했으니까.

문제는…….

그들의 몸에 새겨지는 선명한 낙인이었다.

"……."

살이 타는 냄새가 코를 찔렀다. 대신관들은 완전히 굳었다. 황녀에게 바쳐지는 침노에 대한 얘기야 유명했다. 하지만……. 저런 끔찍한 인술을 몸에 새긴다는 정보는 진실로 처음 듣는 이야기였다.

"폐, 폐하……."

"저게 대체 무슨……."

카르젠은 충격에 빠진 대신관들의 낯빛을 느긋하게 즐겼다.

"아. 인술이 조금 고통스럽습니다. 내 쌍둥이가 얼마나 귀한데, 감히 불순분자들이 못된 마음을 품으면 안 되니까. 쾌락을 좇다가 위험해지면 안 되지."

카르젠의 눈이 선득한 안광을 뿜었다. 형편없이 떠는 건 그저 대신관들뿐이었다. 실험체들이 비명도 제대로 지르지 못하는 광경을 보며, 대신관이 간신히 목소리를 냈다.

"저런……, 저런 걸 새기고……, 살 수 있는 겁니까……?"

"물론입니다. 대신관. 운이 좋다면 말입니다."

일주일을 넘긴 노예는 단 한 명도 없었지만.

"그럼, 화해의 의미로 함께 잔을 듭시다. 대신관들."

"……."

"대신관들?"

"예, 예에……."

카르젠의 얼굴에는 그저 느른한 기색뿐이었다. 후원하는 예술가들의 음악 연주를 감상하고, 가벼운 연극을 관람하는 배부른 귀족들처럼.

눈앞에서 몸을 뒤틀다 끔찍하게 피를 쏟고 죽어 가는 포로들쯤이야. 그저 흔한 즐길 거리에 불과했다. 적어도 카르젠에게는 그랬다.

* * *

"황녀님."

같은 시각, 라하의 내궁.

"신성국의 실험체라고 해서 별다를 건 없더군요. 이 한 명 말고는 모조리 침실로 데려올 상태도 되지 못합니다. 이이도 얼마 가지 않아 죽을 것 같습니다만……."

"그래."

짧은 대답.

카르젠의 마법사는 깊은 미소를 짓고 고개를 숙였다. 노예들에게 인술을 새기는 날엔 이 적통 황녀의 기분이 바닥을 친다는 사실을 내궁의 그 누구도 모르지 않았다. 그래서 마법사도 이날만큼은 라하 앞에서 적당히 몸을 사렸다.

라하는 침대에 누워 있는 남자를 가만히 들여다보았다.

깨끗하게 씻기고, 침노라지만 황녀의 소유니 꽤나 단장해 놓기는 했지만……. 여전히 재갈을 물고 있었고, 눈에는 안대까지 채워 놓았다. 수갑까지 여전해 누가 보아도 죄인에게나 하는 취급이었다.

인술을 새겼으니 이런 건 이제 필요 없을 테도.

아마 카르젠이 대신관들에게 으름장을 놓기 위해 일부러 명령한 거겠지.

라하는 남자의 수갑을 풀어 내고, 재갈과 안대 역시 벗겨 내 침대 바닥으로 던져 버렸다.

남자의 얼굴은 정말로 아름다웠다. 이렇게 창백한데도, 그런 생각이 먼저 들 정도로.

다만…….

"……똑같네."

점점 꺼져 가는 숨이 그동안의 노예들과 다를 게 없었다. 늘 보던 풍경과 다를 게 없어서 라하는 서글퍼졌다. 그녀 앞에서 죽은 그 수많은 침노들이, 저런 안색과 표정과 호흡으로 천천히 숨을 놓았다. 그들에겐 한 가지 공통점이 있었다.

눈앞에 있는 라하에게 증오와 분노를 쏟아 내다가 숨을 거두었다는 점.

떨리는 손이 남자의 뺨 위를 배회한다. 분명히 그림자가 질 텐데도, 남자는 눈을 전혀 뜨지 못했다.

"……."

라하는 손을 꼭 말아 쥐었다. 대신 무릎을 모으고 앉아 그 위에 뺨을 기대고, 남자의 머리카락을 가볍게 건드려 보았다.

미동도 없는 남자를 바라보다가 세운 무릎에 얼굴을 묻었다.

시체와 자는 건 익숙하다.

곧 숨을 거둘 이를 내버려 두지 않고, 마지막 호흡을 내뱉을 때까지 지켜보고 있는 건 라하가 해 줄 수 있는 유일한 장례식이었다. 수백 번, 수천 번 치른 장례식을 라하는 이번에도 어김없이 반복했다.

죽는 모습을 지켜 봐 주는 걸로도 외로움을 더는 사람들이 가끔 있는 법이어서.

그녀의 내궁에 새로운 노예들이 들어오는 밤은 무정히도 느리게 흘러간다.

얼마나 시간이 흘렀는지 모르겠다. 라하는 미동도 하지 않았다.

노예가 들어오는 날이면, 항상 이렇게 몸을 움츠리고 잠이 들었던 라하였다. 새삼 불편할 것도 없는 자세였다.

소금 석상처럼, 죽은 듯 웅크리고 있던 라하의 몸이 움찔 떨린다. 손목에서 확연한 체온이 느껴졌기 때문이다.

"……?"

라하가 퍼뜩 고개를 들어 올리는 것과 동시에, 얼얼할 정도로 강한 악력이 그녀의 손목을 확 하고 잡아당겼다.

"……!"

눈 한 번 깜빡할 순간이었다. 시야가 뒤집혔고, 라하는 침대 위에 누워 있었다.

곱게 누운 것은 아니었다. 두 손목은 짓눌려 있었고, 바로 위에선 열과 통증에 달뜬 남자가 자신을 노려보고 있었다.

"……."

살아 있는 사람. 죽지 않은 노예.

정말로?

라하의 두 눈이 커졌다. 그녀는 반사적으로 벌떡 몸을 일으키려다가 포기했다. 양손이 남자에게 붙잡혀 짓눌려져 있었기 때문이다. 라하는 간신히 입술을 벌렸다.

"너……."

하지만 그보다 남자의 목소리가 빨랐다.

"……왜 내게 피를 먹였지?"

피로하고, 다소 지친 것처럼 들리는 목소리였다. 며칠을 제대로 쓰지 못한 목울대에서 울리는 가라앉은 목소리. 멍하니 남자를 바라보던 라하가 가만히 대답했다.

"인술을 중화시키는데 황족의 피가 좋다고 해서."

남자도 두 눈이 있었다. 황궁으로 함께 끌려왔던 실험체들이 인술이 새겨지자마자 픽 하고 죽어 가는 걸 보지 못했을 리가 없다.

그래.

이 황녀는 자신을 살린 것이다.

그러니까 왜?

"내게 바라는 게 뭐시?"

경계심이 곤두선 목소리였다. 다친 짐승 같다는 생각이 라하의 머릿속을 스치고 지나갔다. 아니, 실제로 다친 것도 맞고 짐승같이 벗고 있는 것도 맞으니.

"없어."

"없다고."

"그래."

천천히 미소를 짓는다. 라하의 시선이 느리게 아래를 향한다. 그마저도 보이는 거라곤 남자의 팽팽한 근육뿐이었지만.

"노예들이 항상 내 앞에서 죽는 게 지겨워서, 누구 하나 살았으면 좋겠다고 생각한 게 전부야."

절반은 거짓이었지만, 절반은 진심이었다.

"그래서 어디서 주워들은 걸 써 본 거고. 네 목숨 정도는 나한테 아무것도 아니거든."

남자는 라하를 물끄러미 응시했다. 그저 쳐다보기만 하는 것 같은데, 삼백안이라 그런지 그마저도 노려보는 듯 위협적으로 느껴졌다. 어쩌면 위압적인 체구가 그런 분위기를 더 자아내는 걸 수도 있었다.

그럼에도, 라하는 조금도 주눅 들지 않았다. 그녀는 아무런 위협을 느끼지 못하는 양 그린 듯한 미소만 머금고 있었다. 오히려 남자에게 짓눌려 있던 한쪽 손목을 애써 빼내더니 그의 입가에 손끝을 대고 쓸어 보기까지 했다.

"……."

노예에게 혈색이 조금이나마 있다는 사실이 신기했다. 원래 이 궁에 들어온 노예들은 전부 죽기 직전의 파리한 안색들뿐이었는데. 왼쪽 가슴 아래에 새겨진 인술의 표식이 선명한데, 저렇게 살아 있다는 사실이 너무 이상해서…….

"아."

문득 한 가지가 생각난다. 혹시나 싶은 마음으로, 라하는 제 머리 옆을 짚고 있는 남자의 한쪽 손을 잡아 목으로 끌고 온다.

"뭘 하는……."

"혹시 지금 나를 죽일 수 있어?"

"……뭐?"

미친 이 보듯이 하는 눈빛.

가냘픈 라하의 손가락이 남자의 손등을 감싸 눌렀지만, 남자의 손엔 일정 이상으로 힘이 들어가지 않았다. 당연한 일이었다. 노예에게 새겨지는 인술은 황녀를 완벽히 보호하기 위해 만들어진 것이었으니까.

"안 되네."

쓸모없게.

"……."

라하는 물끄러미 남자를 바라보았다.

침노들의 가슴에 인술을 새기는 마법사는, 그러니까 이 황궁의 제1 마법 사는 철저히 카르젠의 부하였다. 권속이라고 불러도 될 정도로 카르젠에게 충성하기 위해 안달이 난 놈이었고.

그 마법사는 언제나 자신의 마법적 공로를 과시하고자 혈안이었다. 그리 고 카르젠에게 아첨하기 위해 인생을 바친 것 같은 놈. 어찌 되었든 머리는 좋아서, 어떻게 해야 카르젠의 신임을 얻을 수 있는지도 금세 알아챈 약아 빠진 놈이기도 했다.

"이 술인은 오직 황녀님을 해치려고 하는 악의만 방해합니다. 다른 쪽으 로는 전혀 상관이 없지요. 어찌 되었든 황녀님의 침실 시중을 드는 노예에 게 새겨지는 인술이지 않습니까."

그 말을 들은 카르젠이 흥미를 보였던 게 시작이었다.

이 내궁에서 시체로 실려 나가는 모든 노예의 가슴에 똑같이 새겨진 붉 은색의 인술. 마법사는 라하의 밤 생활만큼은 아무 지장이 없을 거라고 몇 번이나 자랑하듯 얘기했으나, 인술은 너무 독했다. 가슴에 새겨지는 족족 노예들이 죽어 나갔으니 한 번도 확인해 본 적은 없었다.

애초에 전부 조롱이질 않았던가.

네 손에 들어간 것들은 전부 죽는다는 통렬한 조소.

그런데 오늘, 죽지 않은 노예가 눈앞에 있었다. 무슨 짓을 해도 상관없는, 아니, 그러라고 쌍둥이가 들여보내 놓은 아름다운 남자.

냉정하게 말해, 당장 몇 시간 후 죽을지도 모르는 노예.

하지만 그런 말을 하는 대신…….

라하는 여전히 제 목을 감싸고 있던 남자의 손을 천천히 놓았다. 그녀는 그의 뺨으로 손등을 뻗어 천천히 쓸었다.

"당분간은 어차피 내 노예로 살아야 해."

"……."

"주인의 말을 잘 들으라고 시종들이 알려 주지 않았어?"

침묵이 흘렀다. 남자는 말없이 라하를 쳐다보았다. 묘하게 고압적인 분위기를 두른 남자라, 어떻게 반응을 할지도 예상이 가지 않았다.

라하가 천천히 눈을 깜빡이던 그때.

"그래서."

"……."

"어떻게 해 주면 될까."

낮은 목소리였다. 여전히 채 떨치지 못한 피로가 나지막이 묻어났지만, 한편으론 이상하게 아랫배가 저릿저릿해지는 그런 목소리. 이상한 기분에 사로잡히기 전, 라하는 손을 아래로 내렸다. 그리고 남자의 왼쪽 가슴에 새겨진 붉은 인술을 손끝으로 덧그렸다.

시선을 들어 올리자 눈이 마주친다. 가라앉은 남자의 목소리와 달리, 눈빛은 그러지 못한다는 사실을 라하는 뒤늦게 알아차렸다.

분노와 증오.

묘한 체념.

그래, 이 남자도 포로였지.

포로들이 라하에게 가지던 공통적인 눈빛. 그나마 자신의 목을 조르겠다고 먼저 손을 뻗진 않았으니, 그것만으로도 남자는 충분히 다른 포로들과 달랐다.

라하의 입가에 씁쓸한 미소가 어렸다. 목숨을 살려 주었든 어쨌든, 그래. 어쨌든 라하는 그 피에 미친 폭군의 쌍둥이였다.

카르젠이 흘린 피에 라하는 일종의 공동 책임을 지고 있었다.

생각이 깊어지는 건 내키지 않는다.

라하는 남자에게 입을 맞췄다. 입술과 혀를 약하게 훑고서 조금 떨어진다.

의도가 명백한 입맞춤이었으나, 그 농도가 무겁지 못했다. 라하는 연인도, 정혼자도, 시첩도 없었고 가진 것이라곤 수많은 침실 노예들뿐이었으니까. 그나마도 하루가 가지 못해 죽어 버린 노예들.

"밤 시중이나 들어 봐."

라하가 무엇을 요구할지 남자도 어느 정도 예측하고 있었겠지만.

"……."

라하는 크게 기대하지 않았다. 다만, 이런 눈빛인 만큼 제법 힘을 줘 몰아붙여 주었으면 좋겠다는 생각은 했다.

그래야 그 빌어먹을 마법사를 물이라도 먹일 수 있으니까……. 하는 생각이 짧게 스쳐 가던 찰나.

예고 없이 턱을 붙잡혔다. 순식간에 턱이 눌러지고 자연히 입이 벌어진다. 이건 카르젠이 자주 하던 행동이었다. 라하의 턱을 붙잡아 눌러 입을 조금 벌리고, 손가락을 밀어 넣을지 혀를 밀어 넣을지 아니면 그냥 내버러 둘지 가늠하다 놓던 행위.

하지만 그때와 다른 게 있다면, 눈앞의 이 노예는 정말로 입을 맞춰 왔다는 것이다.

"……흣."

남자의 혀는 그의 체온만큼이나 뜨거웠다. 그의 혀가 거침없이 라하의 살갗을 갈랐다. 입 안을 더듬다 못해 엉망으로 헤집는 입맞춤에 섞이는 열기. 그게 남자 자체의 체온인지 아니면 다른 종류인지 라하는 미처 계산해 볼 수가 없었다.

그럴 여유가 없었다.

남자의 손이 라하의 숄을 벗겨 냈다. 악력이 기본적으로 강한 남자인지, 연약한 옷감이 죽 찢어졌다. 옷감이 미끄러지며 덩달아 벌어지는 옷깃 사이로 남자의 손이 파고들었다. 그는 라하의 가슴을 한 손에 그러쥐었다.

라하의 호흡이 순간 술렁였다.

남자는 처음부터 상의는 제대로 입고 있지 않았다. 그의 손이 라하의 목덜미를 받쳐 끌어당겼다. 아까 전, 시체를 목전에 둔 본능적인 두려움이 아니었더라면 라하는 남자의 벗겨진 몸에 조금 더 오래 시선을 빼앗겼을 것이다.

남자가 고개를 들어 올리고서야 좀 더 제대로 볼 수 있었다.

그는 위협적일 정도로 아름다운 몸을 가지고 있었다. 넓은 가슴은 두툼한 근육으로 꽉 죄여 있었고, 얇은 천 밑에서도 팽팽했던 두꺼운 팔뚝은 그가 움직일 때마다 조밀하게 꿈틀거렸다. 곧고 길게 뻗은 팔다리는 타고난 것 같았으며, 두 손은 라하의 가느다란 목 같은 건 한 손에 꺾어 버릴 수 있을 정도로 위압적이었다.

무엇보다 몸 여기저기에 상처가 적지 않았다. 다만 실험실에서 으레 쓸 법한 바늘 자국은 아니었다. 그보다는 검흔…….

"기사였어?"

라하를 물끄러미 응시하던 남자가 대답했다.

"아니."

짧은 대답과 동시에, 남자가 다시 라하에게 키스했다. 그녀의 숨이 가쁘게 달아올랐다. 어느새 그녀는 가슴을 크게 헐떡이고 있었다. 그가 이를 세운 것도 아닌데 살점이 뜯어 먹히고 있는 것 같다는 생각이 무의식적으로 스쳤다. 그만큼 강렬한 입맞춤이었다. 그녀의 허벅지 아래가 조여들기 시작할 때.

불현듯 두 다리가 잡아 벌려진다. 단 한 번도 누군가에게 이런 종류의 강제를 당해본 적 없었던 라하는 당황해 눈을 크게 떴다.

벌려진 두 다리 사이로 두툼한 몸을 끼워 넣은 남자가 라하의 가슴 쪽으로 손을 뻗었다. 벗고 있는 남자. 아무도 없는 침실. 창문 밖으로는 적막한 어둠이 내리고 있었고……. 어쩔 수 없는 긴장감에 라하의 가슴이 달음박질치던 그때.

남자의 손에서 옷이 완전히 찢겨 나갔다.

"……!"

부드러운 소재의 천이 유실되는 안개처럼 사르르 흘러내렸다. 불빛 아래 고스란히 드러난 라하의 피부는 매끄러운 우윳빛이었다. 카르젠 때문이었다. 그 미친 쌍둥이는, 그녀가 피부 관리나 머릿결 관리에 몰두할 때야 미묘한 신경을 가라앉히곤 했다.

아무리 값비싼 걸 바르고 문지르고 얹어 봤자, 적통 황녀에게 배정된 어마어마한 예산에 비하면 새 발의 피도 되지 않아서. 값비싼 것들이 경쟁적으로 라하를 위해 대령되었다. 덕분에 오늘 이 밤도, 초야 때 한껏 단장하는 신부의 몸과 그녀의 몸이 크게 다르지 않았다. 라하는 언제나 그런 상태였기 때문에.

남자가 라하의 가슴에 얼굴을 묻었다. 그녀의 목에서 순간 신음이 흘렀다.

"읏……."

정말로 낯설고 이상한 감각이었다. 누군가 가슴에 얼굴을 파묻은 것도 처음이었지만, 입 안으로 가슴이 삼켜지는 경험도 처음이었다. 뜨겁게 젖은 혀에 그녀의 가슴이 엉망으로 뭉개졌다. 이미 단단하게 서기 시작한 유두를 그가 괴롭힐 때마다 기묘한 간지러움과 통증이 함께 일었다.

남자가 턱을 들어올렸다. 그는 붉어진 유두를 손끝으로 쥐었다가 놓았다. 그 역시 그녀의 매끄러운 부드러움이 기이한지, 한 손 가득 가슴을 그러쥐었다. 라하는 낮은 신음을 흘렸다. 가슴을 노골적으로 주무르던 손이 이윽고 아래쪽을 향했다.

라하의 몸이 본능적인 긴장감으로 굳었다. 그의 손이 생각해 본 적 없는 곳에 닿았기 때문이었다. 젖은 틈새를 가른 손가락이 안쪽에 숨어 있던 작은 돌기를 만진 순간, 라하는 순간 아랫배에 전류가 찌릿 오르는 것 같았다.

"훗……!"

적통 황녀로서, 후계를 생산하는 법은 물론 배웠다. 다만 그건 철저히 이론이었고 라하는 실제로 단 한 번도 누군가와 성교를 해 본 적이 없었다. 그러니 이런 말도 안 되는 감각도, 열기도 생전 처음이었다.

단단하게까지 느껴지는 남자의 손끝이 돌기를 꾹 누른 채로 쓸어 올렸다. 집요하다 못해 치밀하게까지 느껴지는 움직임에 라하의 손이 그의 단단한 팔을 붙잡았다. 그녀의 예민한 부분을 쉴 새 없이 괴롭히는 손목을 잡아 보았지만 소용은 없었다. 꼭 거목에 매달려 그만하라 애원하는 기분이었다.

"아, 응……!"

라하의 입에서 신음이 터졌다. 갈라진 틈 아래 숨어 있던 클리토리스가 부풀어 오를수록 그녀의 발가락도 함께 곱아들었다. 발아래에 움푹 팬 곳이, 하복부가, 허벅지 사이가 뜨겁고 간지러워 견딜 수가 없었다.

"천천히……. 좀……. 천천히 좀 해……."

"천천히 하면 괴롭기만 할 텐데."

남자의 말이 이해가 가지 않았다. 지금도 충분히 괴로운데 무슨……. 한편으로 그녀의 몸은 확연히 들썩거리고 있었다. 기이하면서도 분명히 드는 안달감에 가슴이 크게 오르락내리락한 그때.

"흑!"

순간 시야에 불꽃이 튀었다. 라하의 머리가 뒤로 젖혀졌다. 아랫배에 고여 있던 열기가 확 터지며 온몸이 순식간에 곤두섰다. 그때까지 남자의 손등을 그러잡고 있던 라하의 손이 덜덜 떨렸다. 생전 처음 느껴 보는 가벼운 절정에, 심지어 타인이 안겨 준 그 말도 못 할 쾌감에 라하는 약한 충격에 빠졌다. 하지만 감상에 빠져 있을 시간은 없었다.

어느 순간 라하는 시트 위에 누워 있었다. 남자가 제 다리 사이로 고개를 숙이는 게 시야 바깥으로 보였다. 그가 무엇을 하는지 깨닫는 건 금방이었다.

"뭘 하는……, 훗……!"

라하의 허리가 순간 들썩였다. 그의 혀가 건드리는 곳을 선명하게 알 수 있었다. 방금 전까지 손으로 괴롭히던 그곳에 뜨겁고 물기 어린 점막이 닿았다. 혀끝으로 클리토리스를 건드릴 때마다 눈이 다 화끈거렸다. 손으로 문지르는 것과 비교도 할 수 없는 짜릿한 쾌감에 머리에 열이 올랐다.

라하가 신음을 흘릴 때마다 남자의 목울대가 일렁이는 걸 그녀는 미처 보지 못했다. 그의 단단한 손가락이 그녀의 더한 안쪽을 깊숙이 파고들어 시트를 그러쥐기만 했을 뿐. 단 한 번도 그곳을 이렇게 생생히 느껴 본 적이 없었다. 그의 손가락이 침입하고 나서야 자신의 몸 깊숙한 곳의 위치를 깨닫게 되다니.

생전 처음 느껴 보는 이물감이 생생했다. 라하를 짓누르듯 붙잡고 놓아주지 않는 남자 때문에 그녀는 도무지 정신을 차릴 수가 없었다. 다리를 오므릴 생각은 할 수도 없었다. 다른 쪽 손이 이미 그녀의 허벅지를 단단히 누르고 있었으니까.

남자는 라하의 예민한 부위들을 아플 정도로 핥고 굴렸다. 이미 절정을 느껴 한껏 예민해진 몸은 아까보다 훨씬 더 빠르게 쾌감의 수위를 넘겼다. 라하의 내벽이 울컥 뱉어 낸 애액이 남자의 눈썹에 튀었다. 그가 혀끝으로 흐물흐물해진 질구를 느릿하게 핥았다. 라하의 허벅지가 가볍게 떨렸다.

라하의 온몸을 기진맥진하게 만들어 놓고서야 남자는 몸을 들어 올렸다. 그녀의 몸은 이미 땀으로 젖어 있었다. 그 탓에 남자도 이미 땀에 젖어 있다는 사실을 라하는 뒤늦게 알아챘다.

왜, 하는 말이 입 밖으로 나오기 전에 남자가 입을 열었다.

"다리 모으지 마."

남자의 말이 무례하다는 생각은 들지 않았다. 그런 잡다한 생각 같은 걸 한 번에 잊게 하는, 묵직한 고통이 라하를 엄습했기 때문이다.

"아윽!"

숨을 어떻게 쉬었는지 모르겠다. 아니, 배가 꿰뚫리는 기분이었다. 방금 전 남자의 손가락이 침입하고서야 알게 된 몸 속 깊숙한 곳에, 말도 안 되는 거대한 것이 밀려 들어왔다. 남자의 성기를 삽입할 차례라는 건 알고 있었는데, 이론과 실재가 팽팽하게 부딪힌다.

이 정신 나간 노예가 성기가 아니라 무릎을 밀어 넣은 게 아닌가?

목이 졸리는 것 같은 압박감을 느끼는 와중에도, 라하는 고개를 들어 보려고 했다. 도무지 제 아래를 꿰뚫은 이 굵기를 이해할 수가 없었다. 그녀는 몸을 조금 비틀었다가 느껴지는 날카로운 통증에 쓰러지듯 머리를 베개에 묻었다.

"숨 쉬어."

남자의 말에 그제야 라하는 자신이 숨도 제대로 못 쉬고 있다는 사실을 깨달았다.

"무릎……, 넣은 거 아냐?"

"……네 몸에 내가 무릎을 왜 넣지?"

"아니고서야……. 아파……."

라하는 어느새 흐느끼고 있었다. 와중에도 왜 남자가 자신의 몸을 그렇게 애무해 댔는지 알 수 있었다. 그녀의 몸에서 흘러나온 충분한 윤활액이 아니었다면 정말로 아래가 찢어져 피가 흥건했을 거라는 사실을 본능적으로 알 수 있었으니까.

아니, 지금도 어딘가 찢긴 것 같았다. 라하의 관자놀이를 따라 눈물이 주르륵 흘러내렸다. 남자의 손이 그녀의 눈가를 매만지듯 닦아 주었다. 그의 얼굴이 가까워지고서야 라하는 깨달았다. 남자의 청회색 눈동자에 고인 건 분명한 열기와 짙디짙은 욕망이었다. 순간 라하의 등골을 쭈뼛 서게 만드는.

"그만해 줄까."

그런 눈으로 잘도 물어 온다. 욕망이 선연한 탁하고 갈라진 목소리에 라하는 귀가 뜨거워지고 있는데.

아, 그래…….

문득, 친애하는 황후 폐하 덕에 겨울날 몇 시간이나 밖에 서 있어야 하는 벌을 받았을 때가 생각났다. 몸을 바들바들 떨다가 손발 하나가 잘려 나가기 직전이 되어서야 라하는 따뜻한 궁으로 돌아올 수 있었다. 황후가 그토록 밉고 무서웠음에도 그녀가 내어 준 데운 우유는 아주 달았다.

굶주렸을 때 내주는 먹이는 그토록 파괴적이다. 남자는 자신을 애무하느라 아주 흥분한 것 같았고…….

무엇보다 둘은 섹스를 해야 했다. 그녀의 생각이 맞는다면 말이다.

"……끝까지 해."

남자는 두 손으로 라하의 양 얼굴 사이를 짚었다. 그리고 아주 미세하게 허리를 움직였다. 이 도무지 익숙해질 수 없을 것 같은 크기에 라하가 정신없이 헐떡이며 적응이라도 하게끔.

그녀는 잘 쉬어지지 않는 숨을 억지로 쉬며 남자에게 매달렸다. 깊게 찌푸려져 있던 남자의 미간이며 잇새에서 흘러나오는 억눌린 신음 소리까지 알아챌 여유가 없었다.

남자는 아까보다는 뭉근히게 허리를 움직였다. 그 부드러운 움직임도 라하는 견디기 힘들었다. 침대에 올라온 내내 못이라도 박힌 듯 한껏 벌리고 있던 다리가 뻐근해진 건 그 즈음이었다. 라하가 두 다리를 그의 허리에 감싼 그때였다.

남자의 눈빛이 순간 짙게 일렁였다. 목울대가 크게 일렁인 것도 같았다. 남자가 허리를 깊게 움직이기 시작했다.

"윽, 흐윽……."

라하의 신음할 때마다 가슴이 출렁였다. 남자의 위협적인 페니스가 연약한 부위를 꿰뚫은 탓에 시야가 아득했다. 온몸이 짓눌린 듯한 압박감과 몸이 찢기는 듯한 고통. 그리고 묘하게 머리를 어지럽게 만드는 가느다란 쾌감.

도저히 정신을 차릴 수가 없었다. 남자의 허리 짓이 점차 거세졌다. 내벽을 난잡하게 쑤셔 대고 자극해 대는 거대한 페니스. 그가 움직일 때마다 라하의 두 눈이 속절없이 젖어 갔다. 누군가 몸 속 깊숙한 곳에 불이라도 붙인 듯 진득하게 달라붙은 열기가 몸부림치고 싶을 정도로 괴로웠다. 몇 번이나 시트를 쥐어뜯었는지 모른다.

그때 돌연, 남자의 입술이 라하의 뺨에 와 닿았다. 혀끝으로 천천히 훑고 올라가는 촉감. 라하는 그제야 자신이 계속 울고 있다는 사실을 알았다. 뺨을 타고 쉴 새 없이 흐른 눈물을 혀로 핥은 남자가 속삭였다.

"……이렇게 울 거면서."

남자의 낮고 탁한 목소리에는 분명히 해갈되지 못한 갈증이 강하게 섞여 있었다. 성욕이 뚝뚝 흐르는 눈동자에 등줄기가 다 오싹해졌다.

라하는 희미하게 떨리는 손을 들어 남자의 뺨을 감쌌다. 그리고 남자가 했듯이 눈가에 천천히 입을 맞췄다.

다른 이유는 아니었다. 울고 싶은 건 이 남자도 마찬가지일 것 같아서. 실험체로 들어갔을 만큼 델로 제국을 증오한 주제에, 이렇게 잡혀 와 황녀의 성욕 해소용으로 쓰이고 있으니까. 아니면 그토록 증오한 델로의 직계 황녀를 깔아뭉개고 성교한다는 사실에 정복감을 느낄 수도 있겠지만…….

그 순간.

퍽!

거칠게 짓쳐 올린 페니스가 라하의 가장 민감한 부분을 난폭하게 찔렀다.

열락이 터지듯 그녀의 입에서 신음 소리가 터졌다. 라하의 눈앞이 하얘졌다. 강렬한 고통과 딸려오는 날것의 쾌감에 그녀의 몸이 바르르 떨렸다.

그와 거의 동시에, 라하는 좁은 질구를 거칠게 쳐올리는 거대한 압박감을 더는 견뎌 내지 못하고 기절했다.

* * *

다음 날.

그렇게 기절했으면서, 라하는 새벽 해가 제대로 뜨기도 전에 눈을 떴다.

몇 년 동안, 이 내궁의 침실에 들어오는 날이면 새벽 일찍 눈을 뜨던 습관이 남아서였다.

남자는 아직 눈을 감고 있었다.

"……."

어젯밤 몸을 섞은 상대.

그 사실이 라하의 마음에 약한 궤적을 그렸다. 건방지기 그지없는 노예지만, 이렇게 눈을 감은 모습을 보고 있으니 그리 나쁜 분위기도 아니었다. 화가 난다고 아이의 뺨을 내려치진 않을 느낌이라고 할까.

라하가 손끝으로 남자의 흐트러진 은발을 가볍게 넘겨주었다. 어제부터 문득 문득 드는 생각이었지만, 이 남자의 얼굴은 제법 라하의 취향에 맞았다. 더 솔직히 표현하자면 수많은 귀족 레이디들의 마음을 빼앗을 만한 외모였다.

붉은 기가 잔잔히 감도는 눈매. 이목구비는 묘하게 날카로운 듯 섬세하다. 약해 보이는 인상은 진혀 없다. 외려 몹시 강건하고 위압적으로만 느껴질 뿐. 특유의 맹금 같은 눈빛과 근육으로 팽팽히 도드라진 몸 때문이리라.

라하는 아직 남자가 제대로 두 발을 딛고 선 모습을 본 적은 없었다. 다만 쇠사슬에 짓눌려 묶여 있을 때도 굉장히 크다고 느꼈으니, 똑바로 서면 키가 제법 클 것 같았다.

넓은 어깨와 근육으로 두툼한 팔을 내려다보던 라하는 설핏 웃었다. 남자의 얼굴을 충분히 감상하자 이상하게 마음이 너그러워졌다.

그녀는 천천히 침대에서 일어났다. 바닥에 발을 디딘 순간, 라하는 저도 모르게 헉 하고 숨을 몰아쉬었다. 허리 아래서부터 찌릿한 통증이 강렬하게 올라온 까닭이었다. 낯설고 당황스러운 고통에 라하는 기가 막혔다.

이렇게 아프다고?

라하는 한껏 이마를 찌푸린 채 그 자리에 가만히 서 있었다. 약간의 시간이 흐르고서야, 그녀는 평소보다 배는 느린 걸음으로 겨우 욕실로 움직일 수 있었다.

"황녀님."

라하의 목욕 시중을 드는 건 평소 따라붙는 시녀들이 아닌 하녀들이었다. 더군다나 매번 바뀌기까지 했다. 그렇다고 별다를 건 없었다. 그녀가 잘 걷지 못해도, 허벅지 안쪽이 체액으로 진득하게 말라붙어 있어도. 그냥 그러려니 하는 것이다.

라하가 이렇게 되어 온 게 생에 최초라는 사실을 아는 하녀는 적어도 이 자리엔 없었다.

한참 동안 가만히 있던 라하는 한 시간 가까이 지나서야 욕조에서 몸을 일으켰다. 하녀들은 욕실에서 더 움직이지 않고 깊게 고개를 숙였다.

그녀가 침실로 돌아갔을 때, 남자는 침대에 걸터앉아 있었다.

높은 창문을 향해 쏟아지는 햇볕을 올려다보고 있었는데, 그 모습에 라하는 잠시 말문이 막혔다. 본인도 이유는 알 수 없는 짧은 감상이었다.

남자가 한 박자 늦게 뒤를 돌아보았다. 허공에서 시선이 부딪힌다. 둘은 아무런 말도 하지 않았다.

라하는 한 박자 늦게 걸음을 옮겼다. 그녀가 미끄러지듯 걸어서 침대에 도착할 때까지, 남자는 단 한 번도 라하에게서 눈을 떼지 않았다.

라하 역시 마찬가지였다.

그의 앞에 멈춰 선 라하는 두 손으로 남자의 턱을 감싸 들어 올렸다.

보석의 가치를 확인할 때의 차갑고, 냉정하게까지 느껴지는 손짓으로. 한없이 고귀한 황족의 무정함이다. 그러나 본인에게는 조금의 자각도 없는 손짓으로 라하는 남자의 뺨을 쓸었다.

라하가 느리게 입을 열었다.

"왜 이렇게 차가워?"

"……."

"……아."

남자의 머리끝이 젖어 있다는 사실을 뒤늦게 안다.

"왼쪽에 있는 욕실을 썼구나."

자신이 있는 쪽의 욕실에는 그림자도 보이지 않았으니. 남자가 쓴 게 틀림없는 왼쪽 욕실은, 이 밀궁에 있는 네 개의 욕실 중 유일하게 따뜻한 물이 나오지 않는 곳이었다.

"그쪽 욕실은 쓰지 마. 온수가 나오지 않으니까."

다른 쪽 욕실을 손가락으로 가리키며 알려 준 라하가 슬쩍 웃었다.

"정말 운이 없네. 너는."

하긴 운이 없으니까 내 노예로 잡혀 왔겠지.

라하가 흘리듯 한 말에 뜻밖의 대답이 돌아왔다.

"운이 없었으면 죽었겠지."

기대하지 않은 내답이었다. 라하는 끝이 차갑게 젖은 남자의 머리카락을 쓸어 넘기다가 살짝 웃었다.

"그렇겠지. 다른 실험체들처럼."

"……."

"거의 다 즉사했지? 난 그때 자리에 없어서 몰랐지만."

남자는 대답하지 않았지만, 그 침묵 자체가 대답이었다. 티를 내지 않는다고 해도 라하 역시 이미 알고 있기도 했고.

노예들이 인술을 이겨내지 못하고 몇 분 만에 죽는 걸 얼마나 자주 보았는데.

남자 주변에 감도는 분위기가 더 가라앉았다. 라하는 그제야 자신이 머릿속에서 계속 했던 생각이 맞는다는 확신을 얻었다.

"실험체들이라고 박대당하진 않았나 보네. 나름대로 다 인연이 있었던 모양인데."

라하는 침대에 털썩 앉아서 물었다.

"몰살당하는 걸 눈앞에서 본 기분이 어때?"

큰 악의는 느껴지지 않는 목소리였다. 언뜻 듣기에는 그랬다. 정말로 그 사실이 궁금해서 묻는 사람인 것처럼.

하지만 어조가 아이 같다고 해서, 내용까지 산뜻한 건 아니다. 남자는 라하에게 시선을 던졌다.

그가 이마를 미미하게 찌푸렸다.

"일부러 말을 그렇게 하나?"

"뭐가?"

"내가 화를 내는 걸 보고 싶어 안달 난 사람처럼 굴잖아."

"……"

라하가 멈칫했다. 뜻밖의 말이었다. 하지만 정곡을 날카롭게 찌르는 말이기도 했다. 그녀가 커다란 눈을 깜빡이는 걸 응시하던 남자는 오래지 않아 시선을 옮겼다. 그게 전부였다. 라하는 남자의 입에서 무슨 말이 더 이어지길 기다렸으나 그는 입을 열지 않았다. 결국 다시 말문을 연 건 기다리던 라하였다.

"화 안 내?"

"너한테 낼 게 아니잖아."

무덤덤한 대답이 신기했다. 저렇게 이성적인 말이라니. 세상엔 합리적인 말을 하는 사람이 제법 많았다. 하지만 차가운 이성은 피해를 입기 전까지만 유지되는 것. 마지막 기사도를 발휘하는 노예들도 있었지만 그들도 종국에는 이를 까득까득 간 분노를 숨기지 못했다.

그러니 라하에겐 처음이었다.

'아직 안 죽어서 그런가?'

이 남자가 특별한 건 아닐 수도 있었다. 라하의 피 때문에 아직은 멀쩡하니까 그녀에게 분노를 쏟아야 한다는 사실을 잠시 잊고 있을 수도 있는 거고.

이 남자도 죽을 때가 되면 달라질 것이다. 그간 노예들이 라하에게 그랬듯이.

그들을 끌고 온 게 카르젠이고, 자신들의 나라를 짓밟은 게 카르젠의 기사들이어도. 막상 눈앞에 있는 건 이 가증스러울 정도로 고귀하고 연약해 보이는 황녀 하나라서.

그들의 인성이 특별히 나쁘다곤 생각하지 않았다. 누구든 강한 사람보단 약한 사람에게 쉽게 화를 내곤 한다. 그래서 그녀는 스스로에게 쏟아지는 저주를 적당히 흘릴 수 있게 된 지 제법 되었다.

높은 창문에서 쏟아지는 햇볕이, 남자의 은빛 머리카락에 감긴다. 그게 꼭 빛이 고이는 모습처럼 느껴져서 라하의 시선이 잠시 그곳에 머물렀다.

뭐.

그래 봤자 노예긴 하지만.

어젠 제법 말도 잘 들었질 않았던가.

라하는 몸을 일으켰다. 그리고 남자의 앞에 서서 턱을 들어 올렸다. 어제는 정신없이 흔들린다고 남자의 사소한 부분까지 제대로 살피지 못했다.

가장 먼저 들어온 건 역시 남자의 눈동자였다.

청회색이라니.

저도 모르게 웃음이 나올 뻔했다.

너무나 노골적이질 않은가. 계승자의 눈동자와 그러지 못한 황족의 눈동자를 섞어 놓은 색깔.

누가 봐도 자신이 실험체였음을 소리치고 다니는 꼴이다.

"카르젠 앞에서 고개 들고 다니지 마."

라하의 말에 순순한 대답이 돌아왔다.

"그러지."

이 눈을 보면 카르젠이 화가 나서 남자의 안구를 잡아 빼 버릴지도 모른다.

이후로도 남자의 아름다운 얼굴을 제법 즐겁게 감상한 라하는 이내 그의 허벅지 위에 앉았다. 얇은 천 두 장 너머로 남자의 근육이 느껴진다. 어제도 느꼈지만, 무슨 실험체가 이렇게 몸이 단단할까.

아무리 생각해도 기사였을 것 같은데.

그러고 보면 근위대도 친위대도, 기사들은 기본적으로 식사량이 어마어마하다. 그제야 그들이 공복이라는 사실이 떠오른다. 라하가 몸을 일으켰다.

"아침이나 먹으러 갈까?"

그녀는 남자의 손을 잡아당겼다. 원래 라하는 이 내궁에서 식사를 거의 하지 않았다. 마지막으로 이곳에서 무언가를 먹은 게 벌써 몇 년도 전의 일이다. 하지만 그건 자신의 사정이고.

이 남자는 살아 있는 대가로 허기가 질 테니까.

라하가 그대로 식당으로 남자를 이끌고 갔다. 남자의 시선이 제 손을 붙잡고 가는 황녀의 손에 잠시 머물렀지만, 라하는 알지 못했다.

"앉아."

남자는 황녀를 향해 건방지게 말을 놓고, 반항적인 눈빛을 보내는 주제에 어떤 면에서는 제법 예의를 지켰다.

예컨대 황녀가 먼저 앉을 때까지 서 있는다거나.

그 모습이 제법 자연스러워서 라하는 확신했다. 아무리 생각해도 높은 사람을 모시던 기사가 틀림없었다. 고귀한 이가 친밀하게 아끼며 전폭적인 신뢰를 쏟은 기사.

어디 귀한 영애의 기사였을까?

그럼 밤마다 저 남자와 밀회를 즐겼을까?

라하는 자신의 맞은편에 앉는 남자를 보면서 턱을 괴고 웃었다.

"식사 시중 들어줄 이는 없어. 알아서 먹어."

이번에도 남자는 라하가 먼저 스푼을 들 때까지 기다렸다가 천천히 식사를 시작했다. 입맛이 없었기에 라하는 대충 뜨다 말아야지 생각했었다. 그랬는데.

'맛있네.'

왜지? 오늘 특별히 맛있는 음식을 갖다 놓은 것도 아닐 텐데. 기이하게 입맛이 돌았다. 한번 인식을 하자 다른 생각도 들었다.

라하는 배가 고팠다.

허기가 지는 기분이 낯설고 이상했다. 라하는 뜨는 둥 마는 둥 했던 수프를 조금 더 열성적으로 입 안에 밀어 넣었다.

입 안으로 씹히는 소고기를 천천히 씹고 삼킨다. 풍미 좋은 크림은 혀 아래로 미끄러져 내려가는 것 같았다. 라하는 샴페인을 잔에 직접 따른 후, 잔을 기울이며 생각했다.

아무래도 어제 제법 육체 활동을 해서 그런 것 같았다.

그게 아니면 앞에 누군가가 같이 식사를 하고 있어서인지.

라하는 천천히 수프를 다 비우고, 샐러드로 손을 뻗다가 맞은편에 앉아 있는 남자를 보았다. 남자도 허겁지겁 먹는 건 아니었다. 확실히 먹는 손짓에서 어릴 때 교육받은 태가 묻어나고 있었다.

하지만…… 잘 먹었다.

그의 손이 움직일 때마다 앞에 차려진 음식들이 삭삭 없어졌다. 라하는 문득, 예전에 참석했던 티 파티가 생각났다.

"요즘은 말을 키워요. 혈통이 좋은 종자인데 제가 사과를 가져다주면 바로 씹어 삼키더라고요. 잘 먹으니까 뭘 자꾸 먹여 주고 싶은 거 있죠."

의외였던 건 그 말에 동조하는 영애들이 제법 있었다는 거.

라하는 무언가를 제대로 키워 본 적이 없어서 그저 한 귀로 듣고 흘렸었다. 그 말이 지금 하필 생각나는 건, 이 노예가 잘 먹는 가축처럼 느껴져서인가?

라하는 남자가 물을 마시는 걸 보고 불쑥 물었다.

"샴페인 마실래?"

남자는 라하가 들어 올린 샴페인 병과 그녀를 번갈아 보았다. 자리에서 일어난 그가 라하 앞으로 다가왔다.

"버릇이 있네."

피식 웃으면서 샴페인을 따른 잔을 남자에게 건넨 다음, 그가 넓은 식탁을 빙 둘러 가는 걸 지켜보았다. 길고 곧은 다리로 남자는 금세 성큼성큼 원래 자리로 돌아갔다.

라하는 잔을 가볍게 들어 올리고 샴페인을 마셨다. 남자도 비슷하게 한 것 같다. 몇 마디 말을 걸어서 남자를 가볍게 괴롭힐까, 했으나 금방 생각을 접었다.

음식은 맛있었고, 배는 고팠고, 맞은편에 앉은 노예가 음식을 해치우는 게 생각보다 보기 좋아서.

그래서 조용히 라하는 식사에 열중했다. 디저트까지 먹고 난 뒤엔 기분이 많이 좋아졌다. 그녀는 입가심으로 차를 마시고 일어났다.

"건드리지 마. 이따가 시녀들이 와서 치울 거니까."

웬만한 귀족이라면 보통 식사 시중을 받을 텐데, 여긴 아무도 없어서 혹시 오해를 할까 싶어 라하는 그렇게 말했다.

그녀는 일어나 식당 문 쪽으로 나갔다. 뒤에서는 남자가 따라오는 게 분명한 소리가 들렸다. 라하는 빙긋 웃었다.

그래, 생각보다 버릇도 있고 눈치도 있는 노예다.

라하가 향한 곳은 침실이었다. 사실 이 내궁엔 침실, 욕실, 복도, 식당. 그 외에는 딱히 쓸 만한 공간이 없었다.

아무래도 시녀에게 작은 서재라도 만들어 놓으라는 말을 해야겠다. 아니, 이 노예는 검을 쥐여 주는 걸 더 좋아하려나.

라하는 그렇게 생각하며 침실에 달린 창가로 향했다. 앞에 있는 의자에 앉아 말했다.

"앉아."

남자가 맞은편에 앉자 라하는 말없이 창밖을 보았다. 커다란 창문이 달렸지만 보이는 풍경은 황량하다. 라하는 내궁의 정원이 예쁘든 말든 전혀 관심이 없었고, 주인이 관심을 갖지 않는 곳을 공들여 꾸며 줄 의리 깊은 정원사가 라하에게 있는 것도 아니었으니까.

뭉쳐서 자라는 기이한 모양의 넝쿨을 별생각 없이 바라보던 라하에게, 뚝 물음이 떨어졌다.

"나를 살려 놓고 어디에 쓸 거지?"

라하는 창에서 시선 한 번 돌리지 않고 말했다.

"내 성욕 채우는 용도로."

남자는 웃지 않았다. 대신 뭣꺼미 시선을 던저 올 뿐. 그래서 라하는 외려 웃음이 나왔다.

그게 내내 궁금했을 텐데 제법 오래 참았다 싶어서.

"이름이 뭐야?"

라하는 천천히 그와 눈을 맞췄다. 처음 만났을 때처럼, 경계심이 가득한 눈으로 쳐다볼 거라고 생각했는데 아니었다. 눈 안에 담긴 감정을 현재의 라하로선 읽기 힘들었다.

"아니면 실험실에서 매겨진 번호가 이름이야? 뭐였더라. 192번이었나."

"셰드."

"셰드……. 그래."

툭 터져 나온 말을 라하는 별 의미 없이 주워들었다. 뭐, 적당히 가명이겠지.

"남들 앞에선 192번으로 불러 줄게. 셰드."

빙긋 웃으며 라하는 눈을 굴렸다. 지금이야 이렇게 둘밖에 없는, 여유롭다 못해 남는 시간을 썩히고 있겠지만 그것도 일주일이다.

아니, 노예가 살아 있다는 사실을 카르젠이 알게 되면 며칠 이내라도 셰드는 그의 앞에 흥미 본위로 끌려갈 것이다.

"그리고……."

"……."

라하는 이제 이 건방진 노예에게 말을 놓지 말라고, 무심코 얘기하려다가 입을 다물었다. 그러고 보니 그가 말을 툭툭 던질 때마다 누가 자꾸 생각난다 싶더니.

카르젠 델하르사.

자신에게 달콤함을 발라 다정하게 말을 붙이는 쌍둥이.

이 되바라진 노예는 달콤하지도, 다정하지도 않지만…….

어쩐지 마음에 들었다. 그 고귀하신 황제와 비천한 침노가 이 적통 황녀에게 똑같이 굴고 있다는 사실이.

둘은 라하에게 그다지 다르지 않다. 기이하게, 그런 생각이 들자마자 기분이 뭉근하게 좋아지기 시작했다. 이상할 정도로.

"밖에서는 누구에게도 먼저 말 놓지 마. 나와 황제에게만 말을 높이면 돼."

왜, 라고 물을 줄 알았는데 남자는 희미하게 고개를 끄덕였다.

의외인데.

그렇게 생각한 순간, 라하는 픽 웃음을 터뜨렸다. 이 남자가 조금이라도 고분고분하면 '의외'라든지, '예상치 못하게' 등의 반응을 보이는 자신을 새삼 인식했기 때문이다.

하기야 이 노예가 얼마나 건방졌던가. 당연한 일이겠지.

라하는 남자의 손을 보다가 말했다.

"너는 날 황녀님이든지, 주인님이든지 편한 대로 불러."

"편한 대로?"

"그래."

셰드는 라하를 물끄러미 바라보다가 입을 열었다.

"라하."

결국 라하는 웃음을 터뜨리고 말았다. 자신의 이름을 저렇게 부르는 건 카르젠 외엔 이 발칙한 노예가 전부였다.

뭐. 그것도 좋지.

"정말 발칙해. 노예 주제에. 마음대로 불러."

라하는 처음 내궁에서 살아남아, 자신과 대화를 해 주는 이 노예에게 몇 가지를 더 알려 주었다.

저쪽 욕실은 찬물밖에 나오지 않으니 쓰지 마. 침실과 연결된 서관 쪽은 절대로 가지 마. 서관 쪽은 출입문도 열지 마. 서관 쪽의 문이 열려도 쳐다도 보지 마. 동관 복도와 반대쪽 후원은 마음대로 나가도 좋아.

"그것만 지키면 돼."

황녀의 말을 들은 남자에겐 그녀의 밀이 한 가지 뜻으로만 들렸나.

네 마음대로 하라고. 뭐든지.

이상한 일이었다.

대체 자신을 뭘 믿고 이렇게까지 해 주는 건지. 정말로 장난감이 필요했던 것뿐인가.

셰드는 종잡을 수 없는 황녀를 물끄러미 바라보기만 했다. 그녀의 아름다운 눈동자는 미미한 생기를 띠고 있었다.

"그래."

* * *

쌍둥이 황제에게 침노를 선물 받은 날, 적통 황녀는 일주일 정도 내궁에 틀어박힌다. 이젠 관례가 되다시피 해 웬만한 귀족들은 전부 알고 있는 일이었다.

그래서 라하가 침노를 선물 받고 이틀도 되지 않아 대연회홀로 나온 것은 제법 이례적인 사태였다.

"내가 네 즐거움을 방해한 게 아닌가 모르겠구나. 라하."

"괜찮아. 카르젠."

라하는 카르젠이 보내 준 귀걸이를 만지작거리다가 말했다.

"아직 카르젠은 약혼녀가 없잖아. 이런 일은 내가 해야지."

"생각도 깊지, 나의 쌍둥이는."

카르젠은 라하가 이런 말을 하면 좋아했다. 그의 비어 있는 정혼자의 자리에 라하를 끼워 넣는 말 같은 것. 예전에는 혀 안에 벌레가 붙어 있는 기분으로 내뱉었지만 그것도 흐려진 지 오래. 이제 라하는 이 정도쯤은 미소에 조금도 금이 가지 않은 채로 말할 수 있었다.

그녀는 그대로 대연회홀, 가장 높은 상석에 앉았다.

황제와 황후가 앉는 자리였다.

지금은 황후가 공석이니 라하가 앉아도 이상할 건 없다.

꼭 틀린 예법은 아니었지만, 라하로선 별로 기분 좋진 않았다. 당연한 일이었다. 라하는 그대로 팔걸이에 팔꿈치를 괬다. 그리고 삼삼오오 모여 있는 귀족 군상들을 가만히 내려다보았다.

처음 카르젠이 등극했을 때. 그는 국경선에 인접한 소왕국을 무너뜨리고 왔다. 그때도 이런 연회가 열렸었다.

그때 귀족들은, 자신들의 젊고 아름다운 황제가 가져온 승전보에 잔뜩 취해 있었다. 하나같이 비싼 술을 기분 좋게 들이켜 벌게진 얼굴. 춤을 청하고 허리를 붙잡는 손에는 그저 날것의 즐거움이 가득했다.

한 달 뒤.

카르젠은 일전과 반대편 국경선에 인접한 다른 왕국들을 무너뜨렸다.

그때도 귀족들은 즐겁게 승전 연회를 즐겼다.

두 달 뒤.

카르젠은 평원에 위치한 세 개의 소왕국을 짓밟았다.

그때부터 다섯 명 중 한 명은 조금씩 겁에 질리기 시작했다.

세 달 뒤.

카르젠은 바다에 있는 두 개의 왕국을 짓밟았다.

반복되는 승전 연회에선 더 이상 흥이 감돌지 않았다.

반년 뒤.

카르젠은 전통대로 '계승자의 눈'을 가진 라하를 황위에 올려야겠다고 주장한 변경백의 작위를 회수했다. 변경백과 직계 가족들의 목은 우둘투둘 잘려 이 대연회홀 중앙에 샹들리에처럼 장식되었다.

시들시들했던 대연회홀의 황실 연회가 그날만큼은 열기가 넘쳤다. 누구도 술을 마시지 않았으나 누구나 얼굴이 붉었고, 모두가 최선을 다해 춤을 추었다. 서로의 눈을 뜨겁게 바라보며 누구도 머리 위를 올려다보지 않았다.

그래.

디 이상 누구도 머리 위를 올려다보지 않았다.

단상 위에 높게 쌓인 황제의 자리. 그 옆에 앉아 무료한 얼굴을 하고 있는 적통 황녀와 누구도 눈을 마주치지 않았다.

귀가 녹을 만큼 달콤한 선율이 대연회홀을 꽉 메운다. 라하는 시종들이 공들여 쌓아 놓은 샴페인 잔들을 보다가 픽 웃었다. 오늘도 술은 거의 줄지 않았다.

끝까지 줄지 않을 것이다.

그러니 초콜릿에 술을 넣어서 내놓는 게 나을 것 같다니까. 라하는 이 연회의 호스트로서 다음 연회 때 내놓을 음식을 미리 생각했다.

술이 이렇게나 줄지 않는 연회라니.

정신 나간 황제가 거슬린다 트집이라도 잡으면 어쩌려고.

라하는 자리에서 일어났다.

"황녀님."

옆에 있던 시종장이 바로 말을 걸었다. 그녀는 가볍게 손을 내저으며 단상으로 내려갔다.

드넓은 대연회홀, 라하를 알아본 귀족들이 허리를 굽히며 적당히 길을 내주었다. 라하가 향한 곳은 서쪽 구석이었다.

"대신관님."

이 제국에 반강제로 끌려온 신성국의 대신관들. 그들은 다른 포로들보다 대접을 아주 잘 받은 것 같지만, 그래도 정신을 못 차리는 기색이 역력했다.

하기야 어떤 정신 나간 폭군이 감히 대신관들을 끌고 오겠는가.

라하가 다가오는 걸 눈치챌 수밖에 없어서, 그래서 온몸의 신경이 곤두섰을 대신관들의 안색은 창백했다.

"술은 드시지 않나요? 대신관님들의 환영 연회라 제가 황궁에서도 가장 귀한 술을 내놓았는데요."

"……아아."

그중에서 가장 앞에 있던 대신관이 겨우 침음을 삼키고 대답을 했다.

"이삭의 기간에는 술을 마시지 않습니다. 죄송합니다, 황녀님."

"그런 걸로 죄송할 필요가 있나요."

라하는 시종에게 손짓을 했다. 황녀의 움직임을 주의 깊게 살피고 있던 시종이 기민하게 다가왔다.

"황녀님."

"가서 차를 내와라. 대신관님들은 어떤 차를 좋아하시지요?"

"……아무거나 좋아합니다. 황녀님."

"그럼……."

적당히 명령을 내리자, 시종이 재빨리 차를 가져왔다. 라하는 찻잔을 든 대신관의 손이 미세하게 떨린다는 사실을 알았다.

"성함이?"

"아마르입니다."

"아마르 대신관님."

라하는 미소를 지었다. 사실, 황녀로서 받았던 교육이 얼마나 빡빡했던가. 대신관들의 인상착의와 이름 정도는 당연히 알고 있었다. 이삭의 기간? 그것 역시 잘 알고 있었고.

대신관들이 여기서 목이 말라 죽든 말든 사실 라하에겐 아무런 상관이 없었다.

그녀는 다른 대신관들에게도 차를 내어 주고, 아마르 대신관과 함께 걸음을 옮겼다. 어차피 대신관들은 그 존경받는 위치와는 달리 그저 성직자일 뿐이다. 라하가 담소나 나누자고 청하는데 적당히 물러날 언변이 있을 리가 있는가.

적당히 외진 구석에 와서야 라하는 입을 열었다.

"192번은 잘 살아 있어요."

"……!"

대신관은 순간 찻잔을 떨어뜨릴 뻔했다. 그렇게 대신관을 놀래켜 놓고도, 라하는 그저 여상한 표정일 뿐이었다.

"폐하께서 제 침노로 주셨는걸요. 그리 괴롭히지 않았답니다."

순간 대신관의 두 눈이 갈 곳을 잃었다. 아무리 소문이 난잡한 난봉꾼이어도, 신전에 갈 때만은 옷차림을 정갈하게 한다. 감히 대신관 앞에서 밤생활을 뉘앙스로라도 꺼내는 건 생을 통틀어도 이 바다 같은 머리카락을 지닌 황녀밖에 없을 터.

하지만 대신관이 아연실색하든 말든, 라하는 그저 우아하게 샴페인 잔만 기울였다.

"잘 먹었고, 잘 재웠고, 잘 있답니다. 이젠 아프지도 않아요."

아픈 건 나밖에 없지.

"아아……."

저도 모르게 아마르 대신관은 나지막이 안도의 한숨을 내쉬었다. 역시. 라하는 자신의 생각이 맞았다는 사실을 깨달을 수 있었다.

셰드는 그냥 어디서 주워 온 어중이떠중이 실험체가 아니었다. 라하는 타인의 기분에 민감했다. 그렇게 살아남았기 때문이다. 그렇기에 라하는 순간적으로 알아챌 수 있었다.

방금 전 대신관의 한숨에 분명한 애정이 깃들어 있다는 사실을.

사랑받고 자란 실험체라. 그것도 웃긴 일인데. 어불성설이지 않은가.

하지만…….

그보다는 이토록 표정 관리를 하지 못 하는 아마르 대신관을 각성시키는 게 먼저였다. 어디서 카르젠이 보고 있기라도 한다면 어쩌려고.

라하는 확연히 안심한 기색의 아마르 대신관을 보면서 입을 열었다.

"아마르 대신관님. 결례가 되지 않는다면, 대신관님께 제 옛날이야기를 조금 해도 될까요?"

조금 더 평온해진 어조로, 대신관이 대답했다.

"물론입니다, 황녀님."

침착한 목소리를 듣자 라하는 하마터면 픽 웃을 뻔했다. 그녀가 지금부터 할 이야기를 들으면 이 대신관은 무슨 반응을 보일까?

기절을 할지도 모를 일이다.

"일전에 하르셀이라는 황궁의가 있었어요. 대신관님. 몇 년 전까지 제 주치의였죠."

"......!"

순간이었다.

라하의 말을 들은 아마르 대신관의 얼굴이 돌처럼 굳었다. 하지만 라하의 목소리는 멈추지 않았다.

"그런데 그 주치의는 좀 이상했어요. 저를 치료하거나, 진단을 할 때마다 피를 심할 정도로 많이 빼 가더라고요."

그녀의 목소리는 매끄럽기만 하다.

"델로 황족의 피가 그리 많이 필요한 일이 대체 뭐가 있었을까요?"

"......"

"델로 황족을 없애는 실험 말고는 그렇게 많은 피를 공수할 이유가 떠오르지 않던데."

"......!"

아마르 대신관의 손은 이제 차디차게 식고 있었다. 라하는 굳이 대신관의 손을 잡아 보지 않고도, 그 체온이 떨어져 감을 짐작할 수 있었다.

그녀는 여상하게 잔을 기울이며 말을 이었다.

"언제부터인가, 하르셀이란 궁의는 제 피를 더 이상 빼지 않았어요. 그리고 얼마 후 그만두더라고요."

고향에 있는 노모가 돌아가시게 되어, 급히 내려가 봐야겠다고 인사를 하러 온 궁의 하르셀을 보며 라하는 생각했었다.

정말 노모기 있기는 하냐고.

지금 당장이라도 잡아 황실 고문실에 처넣으면 저 궁의는 얼마 만에 사실을 내뱉을까?

물론 이루지는 않은 생각이었다.

얼마 뒤, 카르젠이 라하의 침대로 올라와 했던 말을 라하는 똑똑히 기억
했다.

"라하. 감히 델로의 황족을 해치려는 실험을 하고 있는 불순한 종자들이
있다고 하더구나."

그렇게 말하며 카르젠은 라하의 눈두덩을 손끝으로 쓸었다. 그 얇고 부드
러운 표피 밑에 자리한 푸른 눈동자. 계승자의 눈, 창공의 눈.
이 눈이 있는 한 누구도 라하를 해칠 수 없었다. 증명된 전설. 그 이율배
반적인 말이 사실인 곳이니까. 그러니 이 눈을 해치는 실험을 한 모양이지.
그때 깨달았다.
아.
내 피를 그렇게 훔쳐 간 이가 누구였는지를.
자신의 주치의는, 하르셸이란 궁의는 델로의 황족을 해치려는 실험에 가
담해 있었겠지.
그래서 자신의 궁의로 잠입한 것이다. 실험의 성공을 위해 황족의 피가
자료로 필요했을 테니까.
어떤 놈들인지는 몰라도 실력이 좋다는 생각이 들었다. 놈들의 배경이 제법
거대하겠다는 생각도 들었고.
델로 제국의 황실에 궁의로 들어오는 게 쉽지 않았을 텐데 말이다.
당시 라하는 한참 카르젠의 손길에 얼굴을 내놓고 있다가 문득 다른
게 궁금해졌다. 그럼, 하르셸이 주치의를 그만둔 건 그 실험이 성공해서
였을까?
물론 아니었다.
실험은 실패했고, 실험실은 발각되었으며, 그것을 감싸 준 신성국은 박살
나 신관들이 이렇게 개처럼 끌려오는 신세가 되었으니까.

하지만 배경이 거대할 것 같다는 짐작은 맞았으니, 라하의 예측이 다 틀린 것도 아니었다.

"아마르 대신관님."

라하는 종잇장처럼 창백해진 아마르 대신관을 보면서 말을 이었다.

"매번 어린 황녀의 피를 가져간 덕에 실험에 유의미한 진척이 있었는데, 그 진척이 막히면 어떤 생각을 하게 될까요?"

"……."

"아. 피 말고 다른 생체 자료도 필요하겠구나. 그래야 실험을 성공시키겠구나, 하는 생각을 하게 될 것 같은데, 대신관님은 어떻게 생각하시는지요?"

"대체……. 대체 어떻게……."

아마르 대신관은 간신히 벌벌 떨리는 턱에 힘을 주었다.

신성국에까지 퍼진 라하의 소문은 어둡기만 했다. 그녀는 권력 싸움에 패배한 여자들이 으레 겪는 것처럼, 아름답지만 음탕하고 머리는 빈 요부로 묘사되었다.

물론 대신관이 그 허무맹랑한 말을 다 믿은 건 아니다. 하지만 작금 자신의 눈앞에서 신성국의 비밀 계획을 모조리 추측해 정확히 읊는 이 황녀의 영민함은…….

팔에 소름이 돋고 등에 식은땀이 흥건했다.

그런 그를 향해 라하가 안쓰러운 미소를 지었다.

"제가 192번과 얼마나 더 뒹굴어야 하나요?"

"……!"

"얼마나 더 뒹굴어야 실험이 성공할 수 있는데요?"

결국 아마르 대신관은 숨까지 멈췄다. 땀이 비 오듯 쏟아졌다. 눈앞의 황녀는 볕을 쬐는 고양이처럼 그저 천진난만한 낯빛이다. 말도 안 되는 일이었다.

지금 이 황녀가 자신에게 속삭인 모든 것이 신성국에서도 극비로 취급되는 기밀이었으니까.

오직 델로 제국의 황족들을 없애기 위해. 신성국은 제국 황족의 생체 자료가 필요했다. 황족의 숨통을 끊기 위해 그들이 갖고 있는 자료를 더욱 많이 수집해야 했다.

피 다음의 것.

뼈와 살이면 좋겠지만 황족의 살을 자를 순 없었다.

그래서 다른 자료로 눈을 돌렸다.

수도 없는 교합을 통해 차곡차곡 쌓일 생체 자료가 필요했다.

도대체 그 기밀을, 황궁에나 처박혀 사는 이 황녀가 어떻게…….

"도대체, 누구에게……, 들으신 겁니까?"

대신관의 목소리가 벌벌 떨렸다.

"설마, 궁의 하르셸? 아니면, 아니면. 설마 당신의 치, 침노……."

"아뇨."

라하가 단호하게 끊었다.

"아마르 대신관님. 누군가에게 들었을 리가요. 순전히 저 혼자 추측한 건데요. 그리고 대신관님."

라하는 걱정 어린 목소리로 말을 이었다.

"이럴 때엔 끝까지 잡아떼셔야죠. 저를 정신이상자로 뻔뻔히 몰고 가셔야죠."

"……."

"그래야 살아남으시죠."

"화, 황녀님……."

"다음엔 꼭 그러도록 하세요. 아마르 대신관님."

"……."

목이 졸린 듯한 표정을 짓는 아마르 대신관을 보자 라하는 다소 심통이

나기 시작했다. 다음 말은 어떻게 들으려고 벌써 이러는 걸까. 대신관들이라 다들 꽃밭에서 살았던 걸까.

"대신관님. 이것도 순전히 제 추측인데."

라하는 햇솜 같은 목소리로 속삭였다.

"신성국에 실험실 본체가 있다던 몇 달 전의 그 밀고는, 사실 대신전 측에서 하신 건가요?"

아마르 대신관이 더 이상 견디지 못하고 찻잔을 떨어뜨렸다.

쨍그랑!

대리석에 찻잔이 박살 나는 소리. 대연회홀은 오케스트라 소리로 인해 몹시 분주했지만, 근처에 있던 사람들은 알아들을 만한 소리였다.

쏠리는 시선에 아마르 대신관은 몹시 당황했다. 대신관이 찻잔을 깨뜨려 오히려 다행이라고, 라하는 생각했다. 그냥 찻잔을 깨뜨려 당황하는 표정으로 사람들에게 보일 테니까.

라하는 즐거운 미소를 머금었다.

피를 가져가 실험에 유의미한 진척을 쌓았으면, 다음 단계로 넘어가기 위해 최소한 뼈나 살이 필요하겠지. 하지만 황족의 살을 자를 순 없다. 그러니 다른 걸 원할 터다. 얼마쯤 가져가도 그리 티가 나지 않는 것들.

신성력도 그렇고, 황족에게 있다는 알 수 없는 힘도 그렇고. 자세히 받아 가려면 무엇이든 신체적 접촉이 가장 좋을 터.

마침 델로에는 난봉꾼으로 유명한 황녀가 있다. 침노를 적당히 섞어 보내면 어렵지 않게 해결할 수 있을 거라고, 실험을 벌인 이들은 그리 생각했을 것이다.

붉은 분자를 합법적으로 황녀의 침노로 보내는 방법.

길게 생각할 것도 없다. 그러니 신성국이어야 했던 것이다. 카르젠이 아무리 날뛰어도, 델로 제국이 유일하게 완전히 박살 내지 못할 나라가 있다면 바로 신성국이니까.

"괜찮으십니까? 아마르 대신관님."

시종들이 서둘러 달려와 찻잔을 수거해 주었다. 아마르 대신관은 고맙다는 말을 간신히 내뱉었다.

자리가 수습되는 데에는 그리 오랜 시간이 필요하지 않았다.

아마르 대신관은 가까스로 고개를 들어 자신에게 연속으로 폭탄을 던진 황녀를 바라보았다. 라하의 표정에는 여전히 금 하나가 있지 않았다.

"새 차를 드릴까요?"

"……부탁드리겠습니다. 황녀님."

그녀의 손짓에 새로운 찻잔이 금세 대령되었다. 라하는 다정하고 정중하며 상냥한 손길로, 아마르 대신관의 손에 직접 찻잔을 들려 주었다. 큰 소용은 없었다. 아마르 대신관의 손은 떨리고 있었으니까.

찻잔과 받침이 정신없이 부딪혀 달각거렸다.

"조심하셔야죠. 아마르 대신관님."

"……예. 황녀님."

"더 조심하란 말씀이에요."

"……."

아마르 대신관은 머리를 연거푸 몇 대를 얻어맞은 기분이었다. 겨우 찻잔에서 눈을 떼고 올려다본 이 황녀는, 이젠 예전과는 달라 보인다.

델로 제국의 적통 황제, 카르젠 델하르사에게 커다란 콤플렉스를 가져다 주었다는 쌍둥이 황녀.

하지만 겉보기에 그들의 사이는 마냥 나빠 보이지 않았다. 애증으로 오묘했다. 더군다나 황제는 황녀에게 온갖 귀한 것들을 쏟아부어 주었다. 각별히 아끼는 것처럼 착각이 들 때도 종종 생기는 것이다.

가끔 의뭉스러울 때도 있기는 하지만 젊은 황제는 누구에게나 불같고, 그나마 저 쌍둥이에게만 유하다니까.

황제가 황녀의 평판을 바닥에 처박은 건, '계승자의 눈'을 가지지 못해 생긴 황위의 위협을 차단하기 위한 어쩔 수 없는 행위였다고.

이 모두가 신성국에서 수집해 알고 있는 정보였다.

저 황녀는, 지금 알아낸 모든 것들을 자신의 쌍둥이에게 알렸을까?

침노, 192번에게도 알려 주었을까?

"……."

대신관의 머릿속에 의문이 꽉 찼다. 라하가 짙은 머리카락을 귀 뒤로 넘긴 그때.

"라하 황녀님."

시종장이 자연스럽게 대신관과 라하 사이에 끼어들며 공손한 어조로 말했다.

"폐하께서 함께 춤을 추자고 말씀하십니다."

"폐하가? 그래."

라하는 아마르 대신관을 돌아보며 물었다.

"대신관님은 내일까지 있으시나요?"

"……예. 그럴 것 같습니다. 황녀님."

"그럼 오늘 연회부터 편하게 즐기시길 바랄게요. 폐하께서도 화목한 모습을 바라고 계실 테니까요."

"……."

아마르 대신관은 대답을 돌려주지 않았지만, 상관없었다. 그는 그대로 굳어 영원한 소금 석상이라도 될 기세였으니까.

라하는 자신의 허리를 잡아채기 위해 기다리고 있을 쌍둥이에게로 걸음을 옮기며 미소를 삼켰다.

대신관은 어떤 긍정도 하지 않았으나 그의 모든 반응이 대답이었다. 덕분에 라하는 기분이 좋았다. 아주 오래 홀로 해 왔던 추측이 사실임을 깨달아서.

그리고…….

"라하, 왔느냐?"

라하는 순종적인 미소를 그려 냈다.

"카르젠. 기다렸어요?"

"그래. 네가 보고 싶어 미치는 줄 알았다."

라하는 카르젠의 손을 순순히 잡았다. 카르젠과 몇 번이나 춤을 추는 건 제법 참을 만한 일이었다.

* * *

몇 시간 후.

"라하는?"

카르젠이 술잔을 기울이다가 한 말에, 뒤에 시립해 있던 근위대장이 입을 열었다.

"황녀님은 아까 전 궁으로 돌아가셨습니다. 시간이 되었잖습니까."

"아."

그제야 카르젠은 대연회홀 벽면에 세워져 있는 거대한 시계 조각상을 보았다. 시간은 벌써 10시였다. 라하가 돌아가야 하는 시간.

카르젠이 몇 년 전부터 정해 놓은 시간이었다.

"시종장이 따라갔나?"

"예. 폐하."

아까는 한참 대신관과 대화를 나누더니. 그러고 보니 라하는, 그래. 신에게 무슨 감정을 가지고 있을까?

모든 권력의 징표를 이어받은 대가로 새장 속에 갇혀 살고 있는 그녀는 과연 신을 저주하고 있을까?

"내 쌍둥이를 잠시 보고 올까."

흥에 취한 카르젠이 그렇게 중얼거렸다. 항상 침노를 받은 일주일간은 내궁 밖으로 걸음도 못 하는 라하였다.

하지만 이번만은 이변이 있어서 바깥으로 나왔으니, 그 성격에 얼마나 좋아하고 있을까. 아마 내궁으로 돌아가는 발걸음이 가볍지 않겠지.

조금이나마 위로라도 해 줄까 싶었다. 카르젠이 막 걸음을 떼려던 찰나였다.

"폐하."

에스더 공작이 다가온 건 그때였다. 그녀를 본 카르젠이 멈춰 섰다. 거칠 것 없는 폭군이라지만, 에스더 공작에게는 약간의 시간을 할애해 줄 이유가 있었다.

그녀의 언니였던 보르본 백작 부인이 카르젠과 라하의 옛 유모였으니까.

"무슨 일이지?"

에스더 공작은 특유의 사무적인 표정으로 고개를 가볍게 숙였다.

"건승을 경하드리옵니다."

"음."

껍데기 같은 축하 인사를 한 후, 에스더 공작은 본격적인 용건을 꺼냈다.

"슬슬 폐하께서도 정혼자를 맞이하셔야 하지 않겠습니까? 혈기왕성하신 만큼, 지금이 적기입니다."

카르젠의 발걸음이 우뚝 멎었다.

* * *

"황녀님."

시녀들이 정중하게 그녀를 불렀다. 다만 안절부절못하는 기색이 역력했다. 연회장에서 돌아온 이래, 라하는 계속 외궁에 머무르고 있었으니까.

가르센이 라하에게 내준 궁은 이 드넓은 황궁에서도 손꼽히게 큰 궁이었다. 그 구조 또한 특이했다.

독립된 건물인 내궁을 중앙에 두고 커다란 중정이 둘러싸고 있었는데, 그

중정 바깥에 외궁이 있는 구조였다. 건물이 완전히 독립되어 있다 보니, 내궁은 중정을 통하지 않으면 아예 들어갈 수도 없었다.

평소의 라하는 외궁에서 지냈다. 말이 외궁이지 황제에게 가장 총애받는 애첩이 지내도 좋을 만큼 넓었으며 내부도 호화로웠다.

그리고 평소 라하가 발도 딛지 않는 내궁은…….

침노들이 머무는 곳이었다.

라하가 몇 달에 한 번 일주일을 의무적으로 보내야 하는 곳.

다시 말해 라하는 지금 이 외궁이 아니라, 곧장 내궁으로 가야 한다는 소리였다. 카르젠이 웃으면서 권한 말이 '강요'라는 사실을 모르는 멍청한 시녀는 적어도 이 라하의 궁엔 없었다.

이 모든 걸 알면서도 라하는 외궁에 위치한 서재로 향했다. 온갖 진귀하고 흥미로운 책으로 꽉꽉 들어찬 서재는 과연 라하가 겉으로는 총애받는 황녀라는 사실을 실감하게 되는 곳이기도 했다.

시녀들이 어쩔 줄 모르며 따라 들어오든 말든, 라하는 책장을 눈으로 훑기 시작했다.

"황녀님. 내궁으로 가셔야지요."

라하는 책을 꺼내다 말고 뒤를 돌아보았다. 카르젠의 시종장이 눈을 접고 웃으며 라하를 보고 있었다.

"폐하께서 이 일을 아시면 좋아하지 않으실 겁니다."

흘긋 시종장을 본 라하는 다시 책 고르는데 열중했다. 시종장의 눈웃음이 깊어졌다.

"라하 황녀님."

라하는 대답을 하지 않고 몸을 일으켰다. 그녀의 손엔 책 몇 권이 들린 채였다. 라하는 시종장을 쳐다보지도 않고 걸음을 옮겼다.

아직 채 벗지 못한 연노랑색 드레스가 하늘거리며 빛을 뿌렸다. 귀걸이도, 목걸이도. 머리에 고정한 다이아몬드 장식도 그대로였다.

라하는 그대로 내궁으로 향했다.

자신의 뒤를 저벅저벅 좇아오는 발걸음 소리가 선명했지만 뒤도 돌아보지 않았다. 그 발걸음들은 라하가 내궁의 복도로 들어설 때가 되어서야 더 따라오지 않았다. 라하는 걸음을 옮기며 뒤를 돌아보았다.

싸늘한 무표정을 짓고 있던 시종장이, 라하와 눈이 마주치자 한 박자 늦게 다시 그 특유의 소름 끼치는 눈웃음을 지었다.

일부러 늦게 웃었다는 걸 라하가 모를 리가 있나.

철저한 표정 관리는 권력자에게만 보여 주는 것인데. 라하는 권력자의 손에 목을 쥐여 주고 있는 별것 아닌 황녀일 뿐이고.

그녀는 미소 한 조각 돌려주지 않고 고개를 홱 돌렸다.

내궁의 정문에서 침실까지 향하는 동관 복도는 유달리 길었다. 길게 깔린 붉은 카펫을 따라 걷는 라하의 발소리는 시간이 갈수록 작아져, 이젠 기척조차 거의 느껴지지 않았다.

"……."

침실 문 앞에서 라하는 멈춰 섰다. 문은 이미 열려 있어서 굳이 소리를 낼 필요도 없었다. 라하는 열린 틈 사이로 침실을 보았다.

셰드가 침대에 가만히 앉아 있었다.

그는 이번에도 천장 즈음에 뚫린 창문을 올려다보고 있다. 라하는 어쩐지 웃음이 나올 것 같았다.

그래, 아무것도 없어 황폐한 정원은 봐도 별 재미가 없긴 하지. 그것보단 별이 예쁘게 반짝이는 위쪽에 더 볼 게 많았다.

예전의 라하도 온종일 천장이나 쳐다보았으니

기억에 잠기는 건 잠시다. 이내 셰드의 모습에서 다른 것이 연상되려 한다. 무얼까. 라하가 눈을 가볍게 찌푸렸다가 문득 깨닫는다.

아.

새장 속에 갇힌 새로 보이는구나.

라하의 웃음이 점점 잦아들었다. 그녀가 입을 열었다.

"셰드."

"……!"

창문 위를 쳐다보고 있던 셰드가 그녀 쪽을 돌아보았다. 확연히 당황한 기색인 게 신기하고 재밌었다.

이렇게 소리를 완전히 죽인 걸음걸이를 익힌 게 다행이라는 생각이 순간 스쳐 지나갈 정도로.

라하가 웃었다.

"오래 기다렸어?"

"그다지."

짧고 건조한 대답은 셰드의 몸에 오래 밴 습관 같았다. 다만 라하가 예상하지 못했던 건, 그가 이마를 가볍게 찌푸리더니 다시금 입을 열었다는 점이다.

"기다리지 않았어."

"그래."

말을 노예답게 하라는 얘기를 잘 기억하고 있는 모양이었다. 어조가 여전히 건방지기는 하지만, 라하는 관대한 주인이었기 때문에 그런 꼬투리는 잡지 않을 생각이었다.

게다가…….

라하는 어느새 성큼성큼 걸어 자신의 앞까지 온 셰드를 올려다보았다.

이렇게까지 눈치가 있는데.

말과는 달리 행동은 이렇게 정중한 편이라서.

그녀는 들고 왔던 책을 건네주었다.

"혼자 있으면 심심하니까 이거 읽어. 다 읽으면 또 갖다줄게. 아, 아니지."

라하가 심술궂은 미소를 지었다. 이 침노가 새 책을 읽고 싶다고 애첩처럼 아양을 떨고 간청하면 그때나 갖다줘 볼까.

짓궂은 생각과는 달리 라하의 두 눈은 셰드를 가만히 바라보고만 있었다. 책을 넘겨 보는 셰드의 얼굴에 숨기지 못한 흥미로움과 반가움이 묻어났기 때문이었다. 기웃거리는 턱. 조용한 것과는 별개로 무료하긴 했던 모양인지. 온종일 혼자 갇혀 있는 게 쉬운 일은 아니니까.

순간 이 커다란 남자가 마냥 느긋한 소년처럼 느껴진다. 이상한 일이었다. 그는 자신보다 한두 살은 많아 보이는데도 말이다.

그럼 자신도 언젠가, 가끔씩은, 어느 누구에게는 아무 걱정 없는 소녀처럼 보이는 때가 있을까?

라하는 따라오라는 말도 따로 하지 않고, 그저 욕실 쪽으로 또각또각 걸음을 옮겼다.

"……."

그리고 이번에도 말없이 따라오는 셰드의 기척에 소리 죽여 웃었다.

아, 이래서 가축에게 애정을 주고 기르는 모양이지.

라하는 셰드가 욕조에 물을 섞는 걸 보면서 귀걸이를 빼냈다. 무거운 다이아몬드가 달린 귀걸이는 춤을 추려면 별로 적합하지 않은 장신구였지만, 상관없었다. 어차피 카르젠을 제외하면 라하에게 딱히 춤을 신청해 오는 남자가 없었기 때문이다.

같은 파트너와 연속해서 춤을 추는 건 실례였고, 카르젠은 라하와 춤을 추면 적당히 공작 부인이나 혹은 고위 귀족의 여식들과 돌아가며 춤을 추러 갔다. 몸이 크게 흔들릴 일이 없는 라하로서는 보기에만 좋은 이런 관상용 귀걸이를 마음껏 달아도 상관이 없다는 소리였다.

마찬가지로 보석이 달려 무거운 구두를 벗으니 발이 녹을 듯이 편안해졌다. 한편으로는 아침을 잘 먹어서 다행이라는 생각도 들었다. 덕분인지 평소의 연회와는 달리 오늘은 몸이 좀 더 편했기 때문이다. 사람 몸은 가벼운데 온갖 무거운 것들을 주렁주렁 달라고 하니 얼마나 쉽게 지치는지.

“셰드.”

라하는 거울을 보며 입을 열었다.

“이리 와.”

철벅.

욕조 물의 온도를 맞추고 있던 셰드가 일어나며 물이 튀는 소리가 들렸다. 뚜벅뚜벅 걸어온 그가 라하의 등 뒤에 멈춰 섰다.

“위에서부터 하나씩 전부 풀어.”

셰드는 한 박자 늦게, 그게 드레스에 달린 리본을 풀라는 뜻임을 알아들었다.

전면 거울은 라하의 앞과 양옆을 비추고 있었기 때문에, 라하는 적당히 시선을 돌려서 셰드의 손이 닿은 제 등을 확인할 수 있었다.

리본은 숫자가 많았지만, 당기면 풀리는 구조이긴 했다. 셰드는 라하의 날개뼈 부근에 달린 리본을 하나씩 잡아당겨 풀기 시작했다.

풀린 리본이 스르르 흘러내렸다.

리본이 풀릴수록 조이고 있던 가슴이 편해졌다. 셰드의 손이 점점 아래로 내려갈수록, 어깨와 팔을 팽팽하게 감싸고 있던 옷도 천천히 벗겨졌다. 그의 손이 날개뼈를 지나 푹 팬 등에 달린 리본까지 전부 풀어 내렸다.

시녀들은 라하가 오늘 내궁에서 혼자 옷을 벗어야 한다는 생각에, 리본만 풀면 그대로 벗겨지는 드레스를 골라 입혀 놓았다. 덕분에 마지막 리본까지 풀리자 옷은 저항 없이 스르르 흘러내렸다. 작은 비즈들이 수도 없이 박혀 반짝이는 드레스가 허물처럼 라하의 발밑으로 동그랗게 떨어졌다.

거울에는 속옷만 입은 라하가 비치고 있었다. 카르젠을 만족시키기 위해, 또한 황녀궁의 넘쳐 나는 예산을 소진하기 위해 그토록 열심히 관리한 피부는 욕실의 등불 아래서 하얗게 빛났다.

라하는 속옷까지 벗어 내며 욕조로 걸어 들어갔다. 적당히 뜨겁게 데워진 물은 그녀가 들어가자 가볍게 출렁였다. 라하는 욕조에 등을 기대고 앉았다.

그녀는 한 박자 늦게, 자신이 목걸이를 빼지 않았다는 사실을 알았다. 목걸이가 원체 값비싼 것이다 보니 잠금 장치도 한 손으로 쉽게 뺄 수 있는 게 아니긴 했다. 이건 카르젠이 보낸 거라서 시녀들도 군말 없이 목에 걸어 준 것이었고.

라하가 목 뒤의 잠금 장치를 풀기 위해 애를 쓸 때였다.

딱딱한 손이 목 뒤에 닿아 왔다.

달칵.

달칵.

두 번의 소리와 함께 잠금 장치가 풀렸다. 목걸이가 스르르 라하의 쇄골로 미끄러졌다. 그리고 라하의 목을 가볍게 감싸 쥐는 그 딱딱한 손.

"⋯⋯."

물방울이 떨어지는 소리가 욕실을 울렸다. 셰드의 손은 라하의 목에 오래 머무르지 않았다. 그는 라하의 가슴에 흘러내린 목걸이를 거둬 쥐어 욕조 옆 사이드 테이블에 올려놓았다. 툭. 보석과 대리석이 부딪히는 소리가 선명하다.

사실 라하는 저 호화로운 목걸이를 좋아하지 않았다. 몇 년 전 카르젠이 몰살시킨 서쪽 왕국의 국보였으니까.

그 왕실은 라하도 얼핏 들어 알고 있었다. 국왕과 왕비가 정략혼치고는 사이가 굉장히 좋다고 했었다. 그래서 왕비가 왕자를 낳았을 때, 국왕이 손수 경매장에서 아주 귀한 보석을 낙찰받았다고.

그러니 왕비는 언제나 목에 차고 다녔겠지.

어쩌면 카르젠이 왕비의 목을 갈라 버린 다음에 이 목걸이를 뜯어 왔을 수도 있다는 생각이 들었다.

그러니 얼마나 많은 피가 묻어 있었겠는가. 시종들이 덕지덕지 달라붙은 혈흔을 닦아 내느라 제법 고생했다는 말도 들었다. 하기야 카르젠이 연회 때마다 착용하라고 보내는 목걸이들이 다 그런 종류이기는 했다.

찰 때마다 목이 서늘해지는 묵직한 보석들.

"셰드."

라하는 셰드의 손을 감싸 자신의 목을 쥐게 했다. 그가 이마를 나지막이 일그러뜨렸다.

"뭐 하는 거지?"

"오늘 대신관님들을 만나고 왔거든."

셰드의 눈빛이 조금 굳었다. 그래도 그 대신관들보다는 양호한 반응이었다. 라하는 잠시 가만히 있다가 말을 이었다.

"그냥. 그랬다는 소리야."

"……."

"실험을 당할 때 대신관들을 자주 봤어?"

한 박자 늦게 답이 돌아왔다.

"자주 보진 못했다."

"그래? 하기야, 귀하신 분들이지."

라하는 턱을 기울이며 미소를 지었다.

찬찬히 셰드를 살피노라니 저 청회색 눈동자가 역시나 마음에 걸렸다. 아무래도 안 되겠다. 카르젠 앞에서는 아예 바닥에 고개를 처박고 있게 해야 겠다는 생각이 자꾸 머리를 스쳤다.

"들어와, 셰드."

"……."

"싫어? 들어와야지. 어느 침노가 건방지게 주인의 벗은 몸만 보고……."

라하의 말에 셰드가 몸을 일으켰다.

종일 실내에 있어야 하는 노예에게 두꺼운 옷은 필요가 없어서 지금도 그는 가벼운 옷차림이었다. 셔츠와 바지, 그리고 속옷을 느리게 벗어 낸 셰드를 본 라하가 설핏 웃었다.

어쩐지 옷을 곧장 벗지 않더니.

뻣뻣이 선 기둥이 눈에 들어온다. 배꼽에 닿을 듯 꺼덕거리는 걸 볼 때마다 저도 모르게 미간을 가볍게 찌푸리고 턱을 기웃거리게 된다. 신기했기 때문이다.

왜 저렇게 크지?

"그 크기가 일반적인 거야?"

셰드의 뺨이 순간 굳었다. 드물게 당황한 표정에 라하가 웃음을 터뜨렸다. 그래, 아닌 것 같기는 했다.

셰드가 욕조로 들어와 앉았다. 대리석으로 만들어진 욕조에 셰드가 들어오자 솨~ 하는 소리와 함께 물이 흘러넘쳤다. 라하는 자신의 맞은편에 앉은 셰드를 보다가 몸을 일으켰다.

그녀는 셰드의 앞에 앉았다. 그러고는 이마를 찌푸렸다. 아침에 허벅지에 앉을 때는 근육 때문에 안정감이 들더니, 지금은 딱딱한 게 자꾸 엉덩이를 찔러 대서 불편했다.

라하는 등 뒤로 손을 뻗어 자꾸 등허리를 불편하게 만드는 페니스를 잡아 옆으로 좀 치우려고 했다. 다만 그녀의 손이 닿은 물건이 더 딱딱해진다는 건 미리 예상치 못한 일이었고…….

순간 이걸 어떡하지, 하는 생각이 스쳤지만 라하는 굳이 손을 떼진 않았다. 한 손으로도 다 잡아지지 않는 게 라하의 손끝에서 가볍게 움직였다.

"……."

라하가 뒤를 돌아보았다. 셰드의 눈동자와 시선이 마주쳤다. 그 눈에 고인 기묘한 열기. 라하는 지금 자신이 주인이고, 셰드가 노예여서 다행이라는 생각이 설핏 스쳤다.

반대였으면 그대로 깔아뭉개셨을 게 분명했으니.

그녀는 그대로 몸을 돌려 셰드를 마주보았다. 무서울 정도로 치솟은 페니스와 달리, 셰드는 순순한 자세로 자신을 응시하고 있었다. 어디에도 손을 뻗지 않았다.

고분고분한 척하기는.

라하가 미소를 짓고 턱을 기울였다.

"어젠 너무 아팠어."

"……."

"넌 아프지 않았어?"

속삭이듯 말하고 입가와 가볍게 스치는 입술.

"아프진 않았어. 네가 너무 조이긴……."

셰드의 말이 묘한 한숨과 함께 끊겼다. 동시에 라하의 두 눈이 크게 벌어졌다. 그가 그녀의 뒷머리를 붙잡고 갈급히 입을 맞춘 것이다. 내내 잡고 있던 이성의 끈을 더 이상 잡을 수 없는 것 같았다. 허기진 맹수처럼도 보였다. 셰드의 혀가 라하의 점막을 빨아 핥았다.

"흣……."

셰드의 손이 라하의 가슴을 세게 그러쥐었다. 물기로 흥건한 부드러운 가슴이 그의 손안에서 엉망으로 일그러졌다. 이미 딱딱해진 유두를 손끝으로 둥글게 굴린다. 셰드의 다른 쪽 손이 라하의 허벅지 사이로 내려갔다. 수온과 맞춰진 체온이 뜨겁다. 그녀의 다리 사이를 더듬은 손가락이 기어이 말랑한 음핵을 찾아냈다. 꾹 누르며 훑어 올리는 손가락. 라하가 몸을 움찔 떨었다.

반사적으로 떨어지려던 라하의 뒷머리가 그의 손에 붙잡혀 고정되었다. 셰드에게서 쏟아지는 키스가 금세 버거워졌다. 수면에 잠겨 있던 클리토리스가 점점 부풀어 오르기 시작했다. 그의 손가락이 예민한 곳을 꼬집듯 훑자 라하의 발끝이 곱아들었다.

"흐으……."

어쩔 수 없는 신음이 흘러나왔다. 그녀의 두 손은 셰드의 두 팔을 그러잡고 있었다. 그는 느리게 라하에게서 입술을 뗐다.

출렁.

셰드가 몸을 일으키며 라하를 안아 들었다. 피부에 맺혀 있던 물방울들이 도르륵 흘러내렸다.

"……셰드?"

라하는 당황해서 셰드의 목에 팔을 둘렀다. 뜨거운 물에 담겨 있던 피부가 서늘한 공기와 맞닿자 소름이 오도도 돋았다.

셰드는 라하를 안아 든 채로 안정감 있게 욕조 밖으로 걸어 나갔다. 하녀들이 매번 깔아 놓는 커다란 카펫에 물방울이 뚝뚝 떨어졌다. 이대로 침실로 가려는 건가 싶었는데.

라하의 등이 욕실의 차가운 대리석 벽에 닿았다. 그녀가 등을 움츠린 것도 잠시였다. 그녀의 다리를 벌려 자신의 허리를 감싸게 자세를 고치더니, 셰드는 몸을 조금 굽혀 라하에게 다시 입을 맞췄다.

"흑……."

두꺼운 혀가 라하의 입 안을 꽉 채우는 것 같다. 뒷머리는 붙잡혀서 움직일 수도 없었다. 차가운 공기에 천천히 식어가던 라하의 몸이 금세 달아오르기 시작했다. 셰드의 허리에 감겨 있던 다리 사이로 아직 물기에 젖은 손가락이 들어왔다.

느긋하게 클리토리스를 건드리고 지나간 손가락이 그녀의 질구 쪽으로 파고들었다. 라하가 저도 모르게 셰드의 어깨를 세게 붙잡았다.

검을 잡은 게 분명한, 딱딱한 손가락이 부드러운 안쪽에 거침없이 침입해 움직이기 시작한다. 그녀를 자극하려는 목적은 아니었다. 라하는 그 차이를 분명히 알 수 있었다. 그보다는 그녀의 안쪽을 늘리려고 하는 게 분명한 애무였다.

하지만 셰드의 손가락이 안쪽의 깊숙한 곳을 파고들 때마다, 특히 예민한 어떤 부분을 일부러 건드릴 때마다 라하의 목에서 저도 모르게 신음이 흘러나왔다. 늘릴 거면 빨리 늘리고 삽입하지. 그녀의 배에 닿은 거대한 페니스는 당장이라도 그녀에게 처박고 싶은 양 꺼떡거리고 있는데, 그의 손은 외려 느긋하기만 했다. 라하의 애가 탈 정도였다.

"그 정도면 되잖아."

"안 돼."

셰드는 고개도 들지 않고 라하의 몸에 열중했다.

"네가 또 기절하면 안 되니까."

"……."

첫날 기절한 게 생각나 괜히 뺨에 열이 올랐다. 그때 어떻게든 정신을 다 잡고 있었어야 했는데, 저렇게 큰 걸 제 몸에 쑤셔 박아 넣으니까 기절을 한 게 아니겠는가. 이미 열기로 흐려진 눈으로, 셰드를 노려보던 라하가 입을 열려던 그때였다.

예고 없이 몸이 조금 위로 들어 올려졌다. 라하의 시야가 셰드보다 조금 높아졌다. 그녀는 당황해서 그의 어깨를 그러잡았다. 한쪽 손으로 라하를 가볍게 붙잡아 지탱한 셰드는, 다른 쪽 손으로 페니스를 잡아 그대로 질구에 맞췄다.

"으, 흐윽……."

툭툭 불거진 페니스가 뭉근하게 안쪽을 파고들었다. 어제는 아래가 찢어진 게 분명하다고 생각했는데, 다행히도 베인 살갗을 쑤셔 대는 고통은 없었다. 다만 라하의 부드러운 안쪽을 버겁게 열어 대려는 팔뚝만 한 성기 때문에 호흡이 잘 이어지지 않았다.

그럼에도 라하는 셰드에게 한껏 매달려 있었다. 불안정한 자세라, 바닥으로 떨어지기 싫어서 달라붙는 거겠지만 기분이 나쁘지 않았다. 제법 좋기까지 했다. 라하는 셰드의 움직임이 한동안 거칠지 않자 천천히 안심한 듯했다. 본능적으로 긴장하고 있던 모양인지.

라하는 신음을 흘렸다. 몸 안을 가득 채운 그의 성기는 여전히 압박감이 강했지만 어제보단 견딜 만했다. 그녀의 신음 섞인 호흡이 기이할 정도로 간지럽게 느껴졌다.

들러붙는 정욕을 간신히 내리누르며, 천천히 추삽질을 이어 간 그는 이대로 그녀의 따뜻한 몸 안을 천천히 움직이며 맛보는 것도 괜찮겠다는 생각을 했다. 라하는 이 정도 움직임만으로도 버거워 보이기도 했고.

첫날보다 몸이 편한 섹스에 라하는 헐떡이면서도 기분이 좋은 듯했다. 정확히 말하자면 다소간의 여유를 찾은 것 같았다. 뭉근한 쾌감에 눈앞이 아찔해졌지만 버틸 수 있는 정도. 쾌감에 흐려진 눈으로 셰드를 응시하던 라하가 그의 입술을 찾아 더듬어 키스했다.

입 안쪽을 파고드는 혀가 따뜻했다. 젖은 점막을 건드리는 움직임이 간지러웠다. 그의 목을 꼭 끌어안는 팔. 라하는 그런 식으로 만족감을 셰드에게 표현해선 안 됐다. 그의 목울대가 순간 크게 일렁이는 걸 그녀는 미처 보지 못했다.

라하가 입맞춤을 끝내고 고개를 들어올렸다. 땀에 젖은 얼굴로 짓는 미소도 잠시. 그의 눈빛이 조금 이상해졌다는 생각이 들었다.

"……셰드?"

대답은 돌아오지 않았다. 그녀의 입맞춤이 끝나기만을 기다리고 있던 셰드가 그녀의 귀를 한 입에 삼켰다. 혀가 귓불을 크게 핥은 순간, 라하의 몸에 소름이 쭉 돋았다. 동시에 페니스를 물고 있는 질구에 힘이 확 들어갔다. 셰드가 간신히 욕설을 삼키고 거친 신음을 내뱉었다.

"조이지 마."

그의 하복부에 아플 정도로 힘이 들어갔다.

"내가 네 성욕을 채울 때까진 기다려 줘야지, 라하."

귓가 바로 옆에서 들리는 젖은 소리가 지나치게 야하게 들렸다. 갑중이 난 라하가 저도 모르게 침을 삼킨 그때. 턱을 들어 올린 셰드가 두 손으로 라하의 엉덩이를 제대로 받쳐 잡았다. 느리게 왕복하던 페니스가 순간 난폭하게 짓쳐들어왔다.

퍽.

"……흑!"

불거진 페니스가 젖을 대로 젖은 안쪽을 짓쳐 박았다. 아랫배를 꿰뚫듯, 아니 실제로 어딘가를 분명 꿰뚫은 것 같은 팔뚝만 한 성기가 라하의 질 내를 사정없이 치대고 쑤셔 댔다. 그녀의 가장 예민한 부분을 페니스가 사정없이 자극했다.

"흑! 아흑……! 아!"

퍽, 퍽, 퍽. 거친 소리가 쉴 새 없이 욕실을 울렸다. 라하는 숨도 제대로 쉬지 못하고 난잡하게 흔들렸다. 그의 허리를 감싸고 있던 다리는 안쪽을 강하게 박아 대는 충격적인 힘을 이기지 못하고 자꾸만 미끄러졌다.

셰드가 아플 정도로 강하게 그러잡은 엉덩이와 허벅지엔 분명히 붉은 손자국이 날 것이다. 흉기 같은 페니스가 퍽, 아주 깊은 곳까지 무자비하게 쳐올렸다.

우악스럽게 파고드는 난폭한 성기. 벽 뒤에는 등이, 앞에는 셰드가 자신을 가두고 있어 옴짝달싹도 할 수 없었다. 라하의 신음에 흐느낌이 섞이기 시작했다.

"아윽! 흑! 셰드……, 아훗……!"

감당하기 어려운 쾌감에 라하의 두 눈에 순식간에 눈물이 고였다. 온몸에 힘이 들어가는데 셰드에게 치받히는 안쪽에만은 힘이 조금도 들어가지 않았다. 무자비한 말뚝에 꿰뚫린 듯했다. 셰드가 퍽 하고 박아 넣을 때마다 라하의 허리가 바들바들 떨렸다.

그의 성기에 제 내벽이 완전히 달라붙은 것 같았다. 셰드가 아플 정도로 거세게 짓쳐 넣고 난잡하게 빠져나갈 때마다 온몸이 함께 딸려 나가는 것 같아 괴로웠다.

"흑!"

순간 라하의 눈앞이 새하얗게 변했다. 거대한 페니스만큼 벌려져 있던 질 내가 빠르게 경련했다. 온몸에 열꽃이 피어올라 투둑투둑 터지는 것 같았다.

셰드의 성기를 적신 애액이 그녀의 골을 따라 흘러내렸다. 셰드는 성기 끝으로 몰려오는 사정감을 간신히 짓눌렀다.

"하아……. 으…….."

강렬한 절정을 느낀 라하는 몸을 웅크리고 싶었지만, 여전히 그녀의 질구는 활짝 벌어져 있었다. 그녀의 다리 사이에 끼워진 두툼한 근육질의 몸. 셰드는 라하의 절정이 다 가라앉기 전 다시금 움직이기 시작했다.

한 번 오르가슴에 도달한 라하의 내벽은 애액으로 흥건했다. 빽빽하게 주름진 질 내는 셰드의 성기를 잡고 놓아주질 않았다. 먼저 절정을 느낀 건 라하지만, 셰드 역시 그리 제정신은 아니었다. 사실 그녀가 달아오른 뺨으로 입을 맞췄을 때부터 온 감각이 제정신이 아니었다. 탁한 신음을 몇 번이나 흘리고, 눈물로 젖은 라하의 얼굴을 붙잡고 헐떡이는 입 안을 헤집었다.

"셰드, 아흑! 천천히 좀……. 흑!"

이름을 불러 대며 애원하는 저 목소리가 문제였다. 저런 목소리로 놔주길 바라는 게 말이 되지 않았고, 애초에 그녀의 아래쪽이 셰드의 성기를 꽉 물고 놓지 않았다. 그가 거칠게 박아 넣을 때마다 교접한 부위에서 체액이 튀었다. 셰드의 허벅지까지 애액으로 번들거리게 만들어 놓은 걸 모르는 라하의 몸이 제대로 붙잡힌다.

그녀를 품 안에 완전히 가둔 그가 푹 허리를 짓쳐 올렸다. 라하의 안쪽 가장 깊숙한 곳에 참고 참았던 정액이 분출된다. 그는 천천히 허리를 움직이며 라하의 땀으로 젖은 목에 입술을 묻었다. 얼음 같은 미소를 늘 머금고 사는 황녀의 몸은 이토록 뜨겁고 아늑했다.

이상할 정도로.

"흐으……."

라하의 젖은 허벅지가 바들바들 떨렸다. 욕조에 몸을 담갔던 것도 무색하게 온몸이 땀투성이였다. 그녀는 몽롱한 얼굴로 셰드가 자신을 욕조로 데려가는 걸 지켜보았다. 이미 식은 물에 뜨거운 물을 섞는 걸 응시하던 라하는 어느새 꾸벅꾸벅 졸고 있었다.

"……침대에 데려다 놔."

이렇게 명령해 놓지 않으면 이 발칙한 노예가 욕조에다가 버리고 갈지도 모른다는 생각이 들어서.

그 말에 담긴 뜻을 읽었는지 기가 차다는 웃음소리가 들려왔다. 웃는 얼굴이 좀 궁금하다는 생각이 들었지만, 라하는 정말로 기진맥진했다. 그녀는 어느새 셰드의 어깨에 뺨을 기대고 잠에 빠졌다.

오늘도 아주 깊이 잠들 수 있었다.

* * *

다음 날.

침대에서 일어난 라하가 텅 빈 머리 위를 매만져 보았다. 자고 일어났더니 머리카락이 정리가 되어 있었다. 정확히 표현하면 머리에 복잡하게 꽂혀 있던 보석 장신구들이 전부 뽑혀 협탁 위에 가지런히 놓인 채였다.

섬세하게 땋인 머리카락은 그대로였지만, 그래도 잠들기 편하게 어깨 쪽으로 그러모아져 있었다.

원래는 말이 안 되는 일이었다. 이 기간엔 카르젠의 명령으로 인해 특정한 시간대를 제외하곤 사용인들이 들어올 수 없었다. 게다가 시녀들이 어떻게 들어왔다면 복잡하게 꼬아 놓은 머리카락도 제대로 풀어 빗어 놓았겠지.

애매하다면 애매하고, 성의가 있다고 하면 성의가 있는 이런 방식은…….

라하는 이미 비어 있는 옆자리를 보다가 몸을 일으켰다.

셰드에게 이 머리에 대해서 묻고 싶었지만, 시간이 없었다.

'왜 이렇게 오래 잤지?'

대신관들이 참석하는 연회는 오후 3시부터 시작했다. 그래서 좀 더 단장을 서둘러야 했는데, 라하는 점심때가 다 되어 일어난 것이다.

이 시기에 이 내궁에 감히 들어와 깨울 시녀가 있는 것도 아니니까.

라하는 일단 숄을 걸치고 일어났다. 욕실에 들러 어제 끌러 둔 다이아몬드 목걸이까지 챙긴 후, 내궁의 중정을 걸어 나와 외궁에 도착했다. 아니나 다를까, 시녀들이 입구 쪽에서 발을 동동 굴리고 있었다.

예상하지 못한 인물도 함께.

"황녀님."

카르젠의 시종장이었다. 라하의 기분이 바로 바닥을 쳤다. 아침부터 보고 싶지 않은 얼굴 중 하나를 마주쳤으니 당연했다.

"무슨 일이지?"

"다름이 아니라, 폐하께서 황녀님께 보내신 걸 가지고 왔습니다."

시종장은 이 시기에도 라하의 내궁에 들어갈 수 있는 권한을 가진 몇 안 되는 인물이었다. 그렇지만 어젯밤, 보란 듯이 입구 앞에서 멈춰 섰다.

이유야 알았다. 저열한 즐거움 충족이었다. 침노를 선물 받은 날이면 라하가 내궁에 혼자 있는 걸 무서워하는 걸 아니까.

그리고 오늘은 라하가 아슬아슬하게 늦었음에도 들어와서 깨우지 않았다. 그래 봤자 곤란해지는 건 라하의 몫이었으니까.

시종장은 입꼬리만 끌어 올리며 말했다.

"늦으셔서 걱정했습니다."

가끔은 카르젠이 부러울 때도 있었다. 저 사사건건 라하를 긁는 시종장도 그렇고, 근위대장도 그렇고. 그들이 라하를 좋아하지 않는 이유는 하나나. 라하가 카르젠을 망치는 요부라고 생각하니까.

우스웠다. 자신이 자살하는 것 말고는 카르젠에게서 벗어날 수 있는 방법이 대체 뭐가 있다고?

게다가 이 눈이 있으면 자살조차 어려운데.

"그러고 보니, 황녀님."

시종장은 걱정스러운 목소리로 물었다.

"어제 대신관님과 오래 대화를 하시던데, 무슨 대화를 하셨는지요?"

라하가 느릿느릿 눈을 깜빡였다.

어차피 시종장이 라하와 대신관을 눈여겨보았을 것은 예상하고 있었다. 하지만 이렇게 대놓고 캐물을 줄은.

아. 아니지. 원래 이런 놈이지.

라하는 대답하는 대신 평소처럼 굴기로 했다. 고분고분 구는 것도 의심을 살 수 있으니까.

"폐하께서 물으신 건가?"

"제 개인적인 호기심입니다. 황녀님."

"그럼 계속 품고만 있어."

라하는 무성의하게 선을 그었다. 하지만 시종장의 미소에는 한 치의 일그러짐도 없다. 그는 외려 더욱 공손한 어조로 말했다.

"폐하께서 보내신 겁니다."

시종장은 이번에도 보석 장신구 세트를 가지고 왔는데, 어제와 마찬가지로 오늘도 달린 보석이 무척 굵었다.

라하는 어제 착용한 목걸이를 시종장의 손 위에 얹어 주었다.

"이건 폐하께 무사히 돌려드리렴."

"폐하께서 황녀님께 선물하신 물건이 아닙니까. 가지고 계시는 게 좋지 않으시겠습니까?"

"빌려주신 거지. 이렇게 귀한 건 차기 황후한테나 드려야 맞지 않겠어?"

시종장은 특유의 눈웃음과 함께 받아들였다.

"잘 돌려 놓겠습니다."

"그래."

카르젠은 차기 황후라든지, 정혼자라든지, 약혼이라든지 그런 말을 좋아하지 않았다. 다 알면서 꺼낸 말이다. 황제의 기분은 가장 가까이서 보필하는 시종장에게 특별히 중요한 문제일 테니까. 물론 라하 역시 카르젠의 기분이 좋지 않으면 고생하는 건 마찬가지였지만.

그래도 일종의 경고였다. 라하는 시종장이 말을 계속 붙이는 걸 좋아하지 않았다. 적당히 하라는 무언의 경고를 충분히 알아들은 시종장은 조용히 물러났다.

"황녀님. 어서 드레스 룸으로 가셔요."

"준비할 시간이 촉박해서……."

시종장이 떠나자마자 시녀들이 다급히 말했다. 라하는 순순히 걸음을 옮겼다. 모시는 황녀를 커다란 거울 앞에 세운 시녀들이 바쁘게 움직였다. 라하가 거울에 비친 바다 같은 눈동자를 가만히 쳐다보고 있을 때였다.

"폐하?"

뒤에서 뚜벅뚜벅 걸어 들어오는 소리. 라하는 반사적으로 거울에 비친 제 몸을 살폈다. 다행히, 아직까진 그 어디에도 셰드의 흔적은 없다.

"카르젠?"

"기다리기 지루해서 와 봤다, 라하."

라하는 미소를 지었다.

"금방 하고 나갈게. 폐하를 응접실에-."

"그럴 필요 있나."

카르젠은 소파에 다리를 꼬고 앉았다. 이미 완벽하게 차려입은 황제의 정복. 어깨에 달린 금술이 호화롭게 빛났다.

"여기서 기다릴 테니 마저 준비해."

그리고 이 상황이 아무것도 아니라는 듯 짓는 미소. 라하는 오히려 시녀들의 손길이 굳었다는 걸 알았다.

지금 그녀가 걸치고 있는 건 네글리제가 전부니까 당연했다. 그마저도 드레스를 입기 위해선 벗어야 한다.

하지만 라하는 아무렇지 않게 턱짓했다.

"빨리 준비하렴."

거울 너머로 비치는 카르젠의 눈은 그녀에게 고정되어 있었다. 그래, 또 어떤 빌어먹을 놈이 카르젠의 심기를 거슬렀을까.

또 누가 결혼 얘기나 약혼 얘기로 저 빌어먹을 쌍둥이를 심란하게 만들었을까.

그래서…….

"……훗."

라하는 낮은 신음과 함께 움찔 어깨를 떨었다. 가슴을 고정하는 속옷을 위로 움직이다가 어제 종일 괴롭힘을 당한 유두가 휙 쓸렸기 때문이다. 라하의 벗은 몸을 카르젠에게 최대한 덜 노출시키려고 시녀들이 서두르다가 벌인 실수였다.

너무 긴장하고 있어서인지 그 통증에 약한 신음이 흘러나왔다.

문제는 이곳에 있는 시녀들이 숨도 제대로 쉬지 않고 라하의 옷시중을 들고 있었다는 거였다.

황제가 바로 뒤에서 지켜보고 있다는 사실에 그녀들은 잔뜩 긴장했다. 덕분에 이곳에는 옷 스치는 소리밖에 나지 않고 있었다.

그래서 라하의 약한 신음이 카르젠의 귓가에 그대로 꽂힐 만큼.

……카르젠이 그냥 넘어갈까?

"라하."

그럴 리가 없지. 천천히 일어난 카르젠이 한 걸음 한 걸음 다가왔다. 순간 등골이 쭈뼛 섰다.

"왜 그러지, 라하?"

"너무 조이니까 답답해서."

"아아."

카르젠은 어느새 라하의 등 바로 뒤에 섰다.

"답답했다고?"

리본을 들고 있던 시녀가 바로 창백해져서 고개를 숙였다. 하지만 시침 핀으로 찔린 것 같아, 따위의 변명보단 나을 것이다. 그랬다면 정말로 저 하녀는 온 손가락이 바늘에 꽂히는 고문이나 당해야 할 테니까.

라하는 아무것도 아니라는 듯 웃었다.

"응."

카르젠의 손가락이 라하의 긴 머리카락을 그러모아 넘겨 주었다. 드러난 목 위로 시선이 짙게 머무른다. 어디에도 어떤 자국도 없어 그저 하얗고 부드럽기만 한 피부에.

"너무 조이면 그런 소리를 내는구나, 라하."

미묘한 어조였다. 카르젠의 눈은 여전히 라하의 목과 어깨를 잇는 선 사이에 고정되어 있었다. 그가 쳐다본 곳을 따라 소름이 돋지 않기를 라하는 절실히 바랐다.

아니, 아무래도 소름이 몹시 돋을 것 같았다. 이 정신 나간 쌍둥이가 그 살갗을 손으로 문질러 볼 것 같았다.

"카르젠."

그래서 라하는 일부러 카르젠을 향해 몸을 빙글 돌렸다.

"아무래도 내가 살이 좀 찐 것 같은데. 어때 보여?"

얇은 치맛자락이 생기 있게 나풀거렸다. 라하가 몸을 아예 비튼 덕에 카르 젠의 시선이 닿았던 곳에 뒷덜미 대신 다른 게 자리했다. 조금만 내려가면 라하의 가슴이 있는 곳에.

그제야 카르젠은 고개를 들어 시선을 피했다. 그게 적당히 신사적인 부끄 러움을 가장한 것임을, 라하는 모르지 않았다.

"글쎄. 내 눈엔 전혀 모르겠는데."

"그래?"

라하는 시녀들에게로 시선을 옮기며 물었다.

"너흰 어때 보이니?"

시녀들이 황급히 대답했다.

"그대로이십니다, 황녀님."

"그래? 그럼 어서 준비를 해. 폐하께서 기다리시잖아."

그제야 시녀들이 분주하게 다시 움직였다. 아직까지 제 등 뒤에 바짝 붙어 있는 카르젠을 본 라하가 짐짓 장난스럽게 이마를 찡그렸다.

"가서 앉아 계셔 주시겠어요? 폐하. 제가 이 몰골로 나가길 바라시나요?"

"아. 내 쌍둥이를 화나게 할 순 없지. 기꺼이."

그제야 카르젠은 왔던 자리에 가 털썩 주저앉았다. 시녀가 재빨리 샴페인을 가져왔지만 카르젠은 술을 물렸다. 대신 적당히 냉침한 차를 마시는 황제의 시선을 의식해, 시녀들은 부지런히 라하를 치장했다.

그로부터 조금 더 시간이 흐르고서야 라하는 완전히 치장을 끝낼 수 있었다.

간간이 던지는 미소는 다정한 쌍둥이의 표본이었다. 만약 카르젠이 평소에도 저랬으면 어땠을까.

자신과 닮은 이목구비가 웃는 걸 보면서, 라하도 그저 즐겁기만 했을까?

그래도 이렇게 해 두면 괜찮았다. 카르젠은 가끔씩 라하를 가늠하는 눈으로 보았고, 종종 그녀의 눈동자에서 시선을 떼지 못했지만. 속으로 계산을 끝내고 나면 라하를 놓아주었으니까. 이렇게 잘 넘기기만 하면 그래도 며칠은 또 아무 문제가 없었다.

그러니까, 괜찮다고 생각했다.

그때까지만 해도.

* * *

"황녀님."

아마르 대신관은 차마 자신에게 다가오지도 못했다. 현명한 처세였다. 만약 아마르 대신관이 라하를 보자마자 할 말이 있다는 표정으로 걸어왔으면, 카르젠의 눈에 띄었을 테니까.

적당한 변명거리야 잔뜩 생각해 놓긴 했지만, 그 어떤 변명도 쓰지 않고 넘어갈 수 있는 상황보다 낫진 않았다.

아마르 대신관과 격식에 맞는 인사를 주고받은 라하는 걸음을 옮겼다.

어제 자신에게 모든 걸 들켰다는 것에 당황해서인지, 아마르 대신관은 하루 만에 굉장히 핼쑥해져 있는 상태였다. 한편으로는 확실히 표정 관리를 더 열심히 하고 있어서 다행이라는 생각이 들었다.

만일 카르젠에게 들켰다간 정말로…….

카르젠이 대신관들의 팔다리를 잘라 산 채로 라하의 입에 물릴지도 모르니까.

하지만 대신관이 기를 쓰고 긴장해 있는 모습을 보니 그런 꼴은 나지 않을 것 같았다. 이 연회가 완전히 끝나면 대신관들은 신성국으로 돌아갈 것이고, 라하는 관례대로 내궁에 며칠간 더 처박혀 있게 되겠지.

평소와는 달리 기분이 나쁘진 않았다. 외려 기분이 좋기까지 했다. 어째 서일까. 내궁에 혼자 있지 않아도 되어서일까? 어쩌면 그의 체온이 좋아서 일 수도 있었다.

셰드.

라하에게는 생소하기만 한 타인의 온기. 셰드를 떠올리는 그녀의 발걸음은 가벼웠다.

"라하 황녀님."

그 목소리에 붙잡히기 직전까지는.

"……"

어깨가 그대로 굳은 라하가 천천히 뒤를 돌아보았다. 그녀보다 시야가 좀 더 높은 곳에 있는, 중년 여성. 에스더 공작이 라하를 응시하고 있었다.

"에스더 공작."

라하는 목소리가 떨리지 않게 내기 위해서 제법 노력을 기울였다. 그리고 대부분, 라하의 노력은 그녀를 배신하지 않았다.

"오랜만이네요."

"간만에 뵙습니다."

권력에 기민하게 반응하느라 라하에게 절대로 단독으로 접근하지 않는 다른 공작들과는 달리, 에스더 공작만은 일 년에 한 번은 라하에게 반드시 말을 걸었다. 라하는 필사적으로 머리를 굴렸다.

그러니까 오늘이…….

겨울의 세 번째 수요일이었다.

라하의 등이 곧추선 것과 동시에, 시선이 내려갔다. 에스더 공작이 손에 성의 없이 들고 있던 마른 꽃다발.

라하가 열두 살이 된 이후, 일 년에 한 번씩은 무조건 그녀에게 받아야 하는 바로 그 마른 꽃다발. 수분 없이 바짝 말라서 더 깊어진 오렌지 향이 코끝에 점점이 번졌다.

"오늘이 그날이군요."

"예. 제 언니가……, 보르본 백작 부인이 죽은 날이지요."

라하는 건네받은 꽃다발에 오래 시선을 주지 않고 말했다.

"이제 그만 주셔도 되는데요."

"그럴 수가요."

에스더 공작이 느리게 말을 이었다.

"보르본 백작 부인의 유언 중 하나였습니다. 제 직계 가족의 유언 정도는 들어주고 싶고 말입니다."

그리 읊는 에스더 공작의 눈에는 별다른 변화가 없었다. 목이 졸리는 것 같은 담담함. 하지만 처음 이 꽃다발을 라하에게 내밀었을 때, 에스더 공작의 눈에서는 분노가 차오르고 있었다.

"황녀님도 유모의 유언 정도는 들어주실 수 있잖습니까?"

라하가 눈을 내리깔았다.

"그럼요."

"……"

"백작 부인은 저 때문에 사고를 겪으신 건데요."

"예."

에스더 공작이 고개를 가볍게 숙였다.

"백작 부인은 황녀님 때문에 죽었지요."

라하의 눈빛이 멎는다.

"황녀님이 아니셨으면 아직도 살아 있었을 사람인데."

"……"

속을 알 수 없는 표정으로, 에스더 공작이 가볍게 묵례했다.

"결례가 많았습니다. 황녀님. 오늘도 인형처럼 아름다우시군요."

그뿐이었다. 에스더 공작은 지적할 것 없는 우아한 태도로 물러났다. 그녀는 적당히 자신의 지인들이 기다리고 있는 쪽으로 걸어갔다.

남은 건 라하와, 마른 오렌지 향이 나는 포푸리 같은 꽃다발 하나뿐이다.

"……"

라하는 손에 힘을 많이 주지 않으려 노력하며 걸음을 옮겼다. 아까까지만 해도 흠잡을 것 없이 좋았던 기분이, 오렌지 향기가 올라올 때마다 점점 가라앉는다. 눈 깜빡할 새 모든 게 거슬리기 시작했다.

왜 또 저 귀족들은 술을 마시지 않는 건가. 다들 그렇게 굳어 있다가 카르젠의 심기를 거스르면 어떡하려고 저러는 건가. 대신관들은 어제 그렇게 밀했는데도 아직도 저렇게 안색이 창백하면 어쩌자는 거고.

왜 이렇게 시끄럽고, 춥디추운 한겨울인데도 대연회홀은 화가 나게 덥고, 모두가 정신없이 떠들고. 필사적으로 웃고.

대체.

도대체가.

셰드와 얼마나 더 자 줘야, 그 건방진 노예와 뒹굴어 줘야 이 '계승자의 눈'을 부숴 버리는 실험에 성공할까?

지금이라도 돌아가서 종일 그와 처박혀 있을까?

빙글빙글 돌던 머리가 한 가지 분노로 모인다.

왜 난 아직도 살아 있지?

루비로 장식되어 있는 아름다운 구두가 그 자리에서 멈췄다. 멎었다. 목적지를 순간 잊어버린 발이 그 자리에 뿌리를 내린 듯 움직이질 않는다.

라하에게는 영겁처럼 느껴지는 시간.

남들에게는 고작 몇 초 되는 시간.

잘 교육받은 적통 황녀는 이윽고 제정신을 차렸다.

모두가 필사적으로 웃음으로 대하는 황녀이니, 그녀의 아주 짧았던 기행쯤은 소문에도 올리지 않겠지만. 한편으로는 모두가 라하를 흘긋대고 있을 걸 알았다.

쌍둥이 황제의 독사 같은 애증을 받는 황녀니까.

라하는 카르젠이 있는 쪽으로 걸어갔다. 그는 몇몇 군신들과 함께 있었는데, 적당히 무료해 보였고 적당히 흥미로워 보였다.

그의 손이 쥐고 있는 샴페인 잔이 샹들리에 불빛 아래서 예쁘게 빛났다.

라하가 다가오는 것을 먼저 알아챈 귀족들이 고개를 숙였다.

"황녀님."

그리고 아주 자연스럽게 물러났다. 자연스레 라하의 자리는 카르젠의 옆이 되었다.

"라하."

"폐하."

카르젠의 시선이 밑으로 내려갔다. 새하얀 드레스와 다이아몬드로 치장하고 있는 라하와 마른 꽃다발은 어울리지 않는 조합이었으니까.

그가 턱을 살짝 갸웃했다.

"그 꽃다발은 뭐지?"

"에스더 공작이 줬어요."

"아."

옆에 있던 귀족이 서둘러 말을 걸었다.

"에스더 공작은 꼭 한 번씩 황녀님께 꽃다발을 드리더군요."

"맞습니다."

"저번에도 이것과 비슷한 것 같았는데…….."

정말로 궁금해서 묻는 건 아닐 거고, 그냥 카르젠 앞에서 한 번 더 얼굴을 인식시키기 위해 필사적으로 유쾌한 척 말을 잇는 것이다.

라하는 카르젠을 올려다보았다. 그는 시큰둥한 얼굴이었다. 에스더 공작이 왜 이 꽃다발을 주는지, 아는 것 같기도 했고 모르는 것 같기도 하는 얼굴이었다.

아니, 관심이 없는 얼굴이던가.

카르젠의 근처에 있는 귀족들은 입담 좋은 화젯거리를 서로 꺼내느라 바빴다. 설탕에 달라붙은 개미 떼들 같았지만, 상관없었다.

카르젠은 이번에도 여전히 적당히 무심한 표정으로 얘기를 듣다가, 문득 다가오는 시종장의 보고에 귀를 기울였다.

"대신관들이 슬슬 돌아간다고 하십니다."

카르젠은 고개조차 끄덕이지 않고 라하를 보았다.

"라하."

크게 소리 내어서 말한 건 아니었다. 그녀의 귓가에 나지막이 속삭인 것이니까. 하지만 모든 신경이 카르젠과 라하에게 쏠려 있던 귀족들은 전부 저 장면을 보았다.

권력자가 입을 열었다고 즉각 입을 다무는 건 일차원적이고 멍청한 행동이었다. 지금 그들은 철저히 배경이 되어 어떻게든 계속 유쾌하고, 거슬리지 않는 소음을 만들어 내야 했으니까.

그렇기에 존귀한 쌍둥이가 귓속말을 하는데도 앞에 선 귀족들은 즐거운 얼굴로 신변잡기를 나눴다.

권력자의 진정한 이점은 이런 것이겠지. 그 누가 됐건 자신을 거슬리게 하지 않으려 최선을 다한다는 것.

남의 시중을 드는 이들은 마음에 없는 말들을 열심히 떠들어야 하는 것과 대조적이었다.

그리하여 이 델로 제국의 정점, 라하의 쌍둥이는 그녀의 귓가에 대고 말을 이었다.

"아마르 대신관과 어제 무슨 대화를 했지?"

부드러운 목소리였지만 그저 흥미로 던진 말이 아니라는 걸 라하는 잘 알았다. 그 증거로, 곁눈질한 카르젠의 잿빛 눈동자는 분명히 번뜩이고 있었으니까.

"별말은 안 했어요."

"그 별말이 궁금해."

그녀는 카르젠의 귓가에 입가를 갖다 댔다. 카르젠이 조금만 더 앞에 있었다면 분명 입술이 스쳐 버렸을 궤적이었다.

"카르젠."

그의 시선이 라하의 푸른 눈동자에 집착적으로 꽂혔다. 아무것도 모르는 척, 속눈썹을 내리깐 라하는 미소를 지으며 속삭였다.

"왜 우릴 죽이려고 했는지 물어봤어."

"……뭐?"

"신을 모시는 분들이 어떻게 그렇게 잔인할 수 있냐고도 물어봤고."

"……."

잠시 굳어 있던 카르젠이 되물었다.

"대답은 들었나?"

"얼굴만 창백해지시던데. 별 대답은 못 하시고."

"……아."

직후였다. 카르젠의 입에서 천천히 웃음기가 피식피식 새어 나왔다. 한쪽 손으로 얼굴 절반을 짚은 카르젠이 이내 어깨를 굽히고 크게 웃음을 터뜨렸다.

"라하, 젠장. 너는 정말……."

황제의 거칠 것 없는 웃음에 필사적으로 말을 이어 가던 귀족들의 얘기가 뚝 끊겼다. 모두가 안도한 얼굴, 혹은 불안한 얼굴로 웃음을 흘려 대는 카르젠을 쳐다보았다. 라하는 천진난만한 광대처럼 그저 미소만 그리고 있었다.

"너는 정말 왜 내 쌍둥이로 태어났지?"

"왜요? 다른 걸로 태어났으면 좋았을 것 같아요?"

"그럼. 이렇게나 잘 맞는데 적당히 귀족가의 영양으로 태어나지 그랬어. 단승 남작의 딸이라고 해도 당장 황후로 맞았을 텐데."

라하는 하하, 웃음을 흘렸다. 카르젠이 기분이 좋아 보이고 황녀 역시 즐겁게 웃었기에 귀족들도 따뜻한 표정을 지으며 흐뭇한 미소를 덧그렸다.

그녀는 카르젠과 두 번 더 춤을 췄고, 더 이상은 사교계의 관습을 어기기가 애매해진 카르젠이 라하의 곁에 앉아 물었다.

"네 노예들은 마음에 드니?"

"들어."

"어제도 오늘도 사정상 일찍 나왔지만, 일주일은 나오지 않아도 된단다."

카르젠은 라하의 귀밑머리를 넘겨주며 부드럽게 말했다.

"노예들을 예뻐해 줘야지. 너 말고는 의지할 곳도 없는데."

"응, 카르젠."

라하도 카르젠과 비슷한 미소를 지었다. 쌍둥이라 그런지, 서로의 미소를 따라 할 때면 정말로 같은 얼굴을 가진 걸로 착각할 정도로 보였다.

"나 말곤 의지할 곳도 없지."

그 깔끔한 말.

카르젠은 라하의 이런 점을 좋아했다. 억지로 말을 이어 가지 않는다. 자신이 하는 말을 적당히 따라 하고 적당히 입을 다물 줄 안다.

창공의 눈동자를 훔쳐 간 이 쌍둥이는 영악할 정도로 똑똑하다. 카르젠의 넘실거리는 분노를 수완 좋게, 몇천 번 몇만 번이나 기어이 잠재울 만큼.

배부른 맹수가 된 기분이라 카르젠은 시선을 느긋하게 움직였다. 라하의 새파란 속눈썹 밑에 박혀 있는 동공에 잠시간 시선이 머무른다.

카르젠은 팔걸이를 툭툭 두드린 다음, 이번에도 상냥한 쌍둥이답게 물었다.

"내궁에 혼자 있으면 무섭진 않나? 내가 옆에 있어 줄까."

"그래 줄 수 있어?"

"네가 원한다면 얼마든지 그럴 수 있지."

라하는 아까 했던 생각을 취소해야겠다고 마음먹었다.

이 권력자도 마음에 없는 말을 할 줄 안다고.

속마음을 짓밟아 삼키고 라하는 미소를 짓는다.

"괜찮아. 카르젠."

춤을 출 때 잠시 시종에게 맡겼던 말라붙은 꽃다발은 다시 라하의 손에 들려 있다. 생기 없는 향기가 끊임없이 올라와, 라하는 꼭 향기에 익사하는 기분이었다.

* * *

"……그럼 물러가겠습니다."

셰드는 이마를 가볍게 찌푸리고 사라지는 시녀들을 보았다.

벌써 며칠째였다.

라하가 없는 오전이면, 시녀들이 들어와 재빨리 청소를 했다. 음식을 채워 놓고 시트와 꽃병을 갈고 바닥과 욕조를 닦아 놓았다.

첫날 살아 있는 셰드를 보았을 때, 시녀들이 놀라 기절할 것 같은 표정을 짓는 건 보았다. 하지만 그뿐이었다.

셰드는 아픈 척을 하고 있었기 때문이다.

아무리 생각해도 그 푸른 머리카락의 황녀가 입에 먹여 준 피가 아니었으면, 분명히 인술 때문에 벌써 저 세상에 가거나 아직도 앓고 있었을 테니까.

이게 적당한 행동인 것 같았다. 어차피 침대에 누워 적당히 죽어 가는 척만 하고 있으면 됐으니까 별로 어려울 건 없기도 했다.

셰드는 오늘은 라하가 돌아오면 물어봐야겠다는 생각은 했다. 시녀들이 계속 살아 있는 자신을 봐도 괜찮은 거냐고.

생각보다 더 시녀들의 얼굴이 창백했기 때문이었다.

확실히, 그 고통을 겪고 살아 있을 수 있는 사람은 드문 모양이었다.

인술…….

셰드는 자신의 왼쪽 가슴에 새겨진 붉은 문양을 보았다.

인술이라.

황녀의 침노들에게 이렇게 강한 인술이 새겨진다는 건 미처 알지 못했다. 델로 제국의 전쟁 포로나, 혹은 불온 분자들 중 쓸 만한 이들이 제국 적통 황녀의 침노가 된다는 사실은 대륙 전체에 파다할 정도로 유명했다.

다만…….

침노들은 거의 다 일찍 죽었다.

하지만 거기에 대해서는 더 더러운 소문이 압도적이었다.

'그' 황녀가 파괴적일 정도로 가학적인 성 취향을 가져서, 침노들이 견디지 못하고 일찍 죽어 나가는 거라고.

셰드는 라하와 직접 자 보고서야 알았다. 그게 말도 안 되는 소문들이라는 걸.

황녀는 너무 서툴렀다.

정말로 서툴렀다.

잘 느끼기는 하는데, 이런저런 것들이 전부 이론으로 배워 놓은 게 전부라는 사실쯤은 쉽게 알 수 있었다. 고압적인 태도와 태생적인 기품과는 달리, 일단 행동 자체가 어설펐다.

첫 삽입 때는 아예 아프다고 기절까지 했으니 아무리 생각해도 자신이 처음일 수밖에 없는데……. 셰드는 이마를 찌푸렸다.

그런데도 황녀의 성적 취향에 대한 소문은 제법 파다했으니, 아마 어디서 조직적으로 그런 소문을 퍼뜨리는 모양이었다.

당연히 그 주모자는 그녀의 쌍둥이인 황제일 거고.

하기야, 이제 와서 무슨 상관인가 싶었다.

어차피 실험실은 부서져 버렸고, 신성국도 무도한 발길에 짓밟혔는데.

라하가 미처 모르고 있는 것 중 하나.

셰드 역시 자신이 실험의 완성을 위해 이곳에 던져졌다는 사실을 알지 못한다는 것.

그는 그저 죽어 버린 다른 실험체들을 생각했다. 카르젠의 예상과는 달리, 실험체들은 하나같이 자원한 이들뿐이었다. 피를 먹는 폭군에게 나라와 가문, 식솔을 빼앗긴 분노와 원한을 이루 말할 수 없었으니까.

그들과 특별한 감정적 교류가 있었던 건 아니었다. 셰드 역시 본인의 복수를 위해 실험체가 되었을 뿐이니까.

그런 건조한 관계들보다는 그래, 차라리 밤낮으로 기다리게 되는 이 여자가 셰드에겐 조금 더 가까웠다.

라하 델하르사.

그 황녀는…….

셰드가 이마를 잠시 찌푸렸다.

정말로 종잡을 수 없는 여자였다. 그냥……. 세상만사 무료한 표정으로, 무심한 눈동자로, 흥미 없다는 목소리로…….

그래서 가끔은 인형을 보고 있는 것 같다는 착각을 들게 하는 여자.

선명한 건 체온 정도인가.

셰드의 손에 동그랗게 남은 체온은 꼭 영혼에 심긴 양분처럼 느껴진다. 다만 셰드는 그 양분이 제게 결코 이롭지 않을 것임을, 무심코 짐작했다.

그에게 있어 그녀는 복수의 대상일 뿐이질 않나. 그가 그녀에게 다른 감정을 품는 건 서로에게 무서운 결과를 안겨 줄 것이리라.

* * *

더 이상은 버틸 수가 없었다.

"황녀님. 금방 궁의를 불러 오겠습니다."

멀미가 날 것 같아서 라하는 대연회홀에 딸린 휴게실로 들어왔다.

특별한 건 없었다. 카르젠도 이상한 건 눈치채지 못했다.

"황녀님께서, 원래 이때쯤이면 이렇게 기분이……."

시녀가 작고 빠르게 말을 전하는 목소리가 들렸다.

그래, 원래 라하는 새로운 노예들이 들어올 때면 늘 이렇게 상태가 그리 좋지 않았다. 일주일은 그 궁에 처박혀 있다가 나와서도 좋지 않았으니, 이 번처럼 이례적으로 이틀 만에 나온 지금은 더한 게 정상이겠지.

긴 의자에 앉아 어깨를 움츠리고 있는 라하의 귓가로 조금 헐떡이는 인기척이 들려왔다. 호출을 받고 정신없이 뛰어온 게 분명했다.

"황녀님."

앳된 음성. 라하는 고개를 들었다.

"몸을 좀 살피겠습니다."

진중한 목소리와 달리 보이는 얼굴은 기껏해야 열네 살 정도다. 황궁의들만이 입는 정갈하고 고급스러운 의복을 차려입은 소년이 들고 온 상자에서 몇 가지 약을 꺼냈다.

"드세요."

익숙한 것이었다. 안정제였으니까.

라하는 단숨에 안정제를 들이켰다. 가볍게 콜록거리는 그녀의 등을 작은 손이 열심히 두드려 준다. 라하의 주치의는 입을 열었다.

"옥체를 보중하셔야지요."

"……그러려고 했어."

"제가 모자란 탓이에요."

"아니야."

라하는 눈을 꼭 감았다. 몇 번 호흡을 내쉬고서야 서서히 기분이 기준점까지 끌어 올려졌다.

이 어린 의사의 약은 효과가 좋았다. 라하에게.

"올리버."

"예, 황녀님."

라하는 비어 버린 안정제 병을 아쉬운 눈으로 바라보았다.

"이걸 매일 마실 수는 없을까?"

"……안 됩니다."

"응."

라하는 순순히 고개를 끄덕였다. 그녀를 가라앉은 눈으로 보던 소년이 무릎을 꿇고 앉아 진찰을 시작했다.

저 어린 황궁의는 처음 들어온 날부터 참 저렇게 열성적이었다. 라하는 천천히 속눈썹을 내리깔았다.

"올리버."

"네, 황녀님."

"스승님은?"

"스승님께서는 이제 막 사막에 도착하셨다고 편지를 보내셨습니다. 땀방울이 숨을 쉴 때마다 흘러내려 호흡이 조금 곤란하다 하셨지요. 손발을 식혀 주는 델로 제국의 차디찬 겨울바람이 그립다고도 하셨고요."

"힘드시겠네."

"아닙니다."

무언가를 부지런히 메모하며 올리버가 말했다.

"현자이시니 당연히 하셔야 할 일이라고 입이 닳도록 말씀하셨으니까요."

현자.

이 거대한 델로 제국이 신의 축복을 받았다는 또 다른 증표 중 하나였다.

13인의 현자는 델로 제국이 건국되었을 때 처음 시조를 도와 나라를 세웠다고 한다.

대륙을 통틀어 가장 현명한 이들이라는 그들은 오직 델로의 황제만을 위해 지식을 내놓는 집단이었다. 가지고 있는 상징성이 원체 강하다 보니, 그들은 제자도 잘 만들지 않았다.

그 얼마 되지 않는 제자 중 하나가 올리버였다.

의학에 흥미를 느끼고 진로를 틀어 버려, 현자의 공식적인 제자 자리는 내려놓게 되었다지만, 어찌 되었든 현자와의 관계는 끊기지 않았다.

그러니 그 어린 나이에도 황녀의 주치의라는 자리를 꿰찰 수 있었던 거고. 물론 그만큼 실력도 뛰어났다.

올리버는 라하에게 약 한 포를, 나머지는 시녀에게 건네주었다. 그리고 라하에게 나지막한 목소리로 말했다.

"밤마다 꼭 한 포씩 섭취하셔야 합니다, 황녀님."

"응."

무슨 약이냐고 되물어 보는 것도 없다. 라하는 자신에게 처방되는 약이 무슨 약인지 단 한 번도 물은 적이 없었다.

"황녀님."

그래서 올리버는 약 상자를 챙기며 말했다.

"하루 정도는 색을 멀리하셔야 하십니다."

"……."

멍하니 허공을 바라보던 라하가 옆을 돌아보았다.

색……?

뭐, 남자를 멀리하란 소리, 맞나……?

차마 어린애한테 묻질 못해 눈만 깜빡인다. 올리버는 아무렇지 않은 표정으로 엄숙하게 말을 잇는다.

"아무리 당장이 즐거워도 지나치면 몸의 균형이 깨지니, 무엇이든 적당히 즐겨야 향후 건강에 지장이 없습니다."

무슨……. 나이답지 않게 말투는 왜 저리 늙은이 말투인지 모를 일이다.

그래도 올리버를 보면 언제나 웃음이 나왔다. 라하는 염려 어린 눈을 하고 있는 주치의에게 설핏 미소를 보여 주었다.

* * *

서관 쪽에서 부스럭거리는 소리가 난 건 늦은 밤이었다.

라하가 쥐여 주고 간 책을 확인하고 있던 셰드의 고개가 반사적으로 그쪽으로 돌아갔다.

내궁을 정리하고 청소하는 시녀들은 언제나 일정한 시간, 오전에만 왔다. 그리고 그녀들의 발걸음은 언제나 젊은 귀족답게 무겁지 않았다.

더구나 그녀들은 반드시 동관 복도를 통해서만 왔다. 서관 쪽 복도에 가지 말라는 건 시녀들에게도 동일한 명령이었는지, 그녀들은 서관 쪽에는 얼씬도 하지 않았다.

무엇보다…….

지금 들리는 건 분명한 군홧발 소리였다. 그것도 한 명 이상.

셰드는 라하가 건넨 두 번째 책 중앙을 펼쳤다. 파인 종이 사이에는 셰드의 손보다도 조금 작은 단검 하나가 숨겨져 있었다.

책을 도로 덮은 셰드는 그쪽으로 가 보지는 않았다. 어차피 황녀가 가지 말라고 집착적으로 반복했던 곳이기도 했고.

서관 쪽에서 들리는 인기척들은 분주했다. 이쪽으론 아예 들어올 생각도 없어 보였다. 복도의 장식을 옮기기라도 하나. 그런 거라면 무거워서 근위병들을 동원했을 수도 있다는 생각도 잠시.

"제기랄. 피가 샜어!"

숨죽여 들려오는 욕설이 셰드의 기대를 깨부쉈다. 피? 의외의 단어에 셰드의 이마가 조금 꿈틀거렸다.

"젠장. 빨리 치워! 오래 있다가는 경을 치는 곳이잖아."

동시에 아주 조심스럽게 서관 복도와 연결된 침실 문이 열렸다.

셰드는 베개에 몸을 기댄 채 시선에 힘을 뺐다. 여전히 손에는 라하의 책이 들려 있는 상태였다.

의문의 불청객들과 마주치는 시선.

당연히 아무도 없을 거라고 생각했던지, 바깥에 있던 근위병들은 정말 소스라치게 놀랐다.

"……!"

하지만 근위병들은 침대에 앉아 있는 노예보다, 큰 부담을 안고 열어젖힌 침실 문이 더 신경이 쓰인 모양이었다. 그들은 서둘러 원래의 목적을 수행하기 시작했다. 문을 타고 넘어가, 침실 바닥까지 조금씩 적시기 시작한 붉은 피를 닦아 내는 것으로.

다급하게 피를 닦아 내는 기사들의 모습을 셰드는 물끄러미 지켜보았다.

정신없이 피를 닦아 금세 깨끗한 모습으로 만들어 낸 기사가 고개를 들어 올렸다. 노예는, 그러니까 운 좋게도 아직까지 살아 있는 드물기 그지없는 노예는 상태가 그리 좋아 보이지 않았다.

그가 신성국에서 끌려 온 실험체 침노라는 건 당연히 알았다.

기사는 근위대였으니까.

피를 보고도 노예는 아무 말이 없어, 기사들은 입이 바짝바짝 마를 수밖에 없었다. 황녀의 침실 문 사이로 핏물이 흘러 넘어간 것도 문제인데, 자신들이 수습을 위해 침실 문을 열었다는 것도 큰 문제였다.

아무도 보지 못했으면 상관없었지만……. 만일 이 노예가 황녀에게 오늘 본 건 말하고, 황녀가 심기가 뒤틀려 황제에게 이 얘기를 속살거리기라도 한다면……?

상상만으로도 손발이 차갑게 식었다. 즉시 기사는 입을 열었다.

"……황녀님께 노예들은 이곳에 다 옮겨 놓았다고 전해 주시오."

기사가 떠듬떠듬 말을 이었다.

"피가 흘러서 어쩔 수 없이……. 정말 어쩔 수 없었소. 우리는 침실 쪽으로 발도 넘지 않았으니, 정말로……."

이상할 정도로 절박하게 느껴지는 목소리였다. 셰드는 라하의 말을 기억하고 있었다. 서관 복도 쪽으로는 문도 열지 말라고 했던. 그러니 '노예를 다 옮겨 놓았다'는 기사들의 말을 듣고도, 그쪽에 별실이 붙어 있겠거니 짐작만 했다.

그런데 무언가 이상했다.

왜 노예의 피가 이곳 침실로까지 넘어왔다는 거지?

"저, 한번 확인해 보시오. 정말 우린 노예들만 옮겨 놓았으니까……."

와중에도 기사의 목소리에는 채 숨기지 못한 두려움이 묻어났다. 셰드가 무언가를 오해하는 걸 크게 걱정하는 듯이.

황녀가 당부한 말도 있고, 그쪽으로는 가급적 시선을 주지 않으려고 했던 셰드지만 어쩔 수 없이 그쪽으로 눈길을 옮겼다.

그리고…… 무언가 이상하다는 걸 깨달았다.

셰드의 예상과는 달랐다. 서관 복도에 별실 같은 건 딸려 있지 않았다. 그냥 일직선으로 쭉 뻗은 복도였다. 아주 길고, 크며 화려한 장식들이 걸려 있다는 점을 제외하다면 그냥 평범한 황궁의 복도였다.

다만…….

셰드는 기사들이 무엇들을 운반해 왔는지 확실히 알 수 있었다.

복도 중앙에 길게 깔린 붉은 카펫 양옆으로 죽은 노예들이 차디차게 누워 있었다. 전부 이번 실험실에서 끌려온 얼굴이었다. 딱히 안부를 나눈 적은 없지만 얼굴은 대략이나마 기억하고 있었다.

시체들의 목에 걸린 맑은 진주 목걸이들이 연극의 소품처럼 흘러내린다. 그만큼, 현실성이 없단 소리였다.

"죽었잖아."

"……."

"전부 죽었는데 왜 여기 두는 거지? 눈이 없나?"

평생 사용한 듯한 자연스러운 하대가 튀어나왔다. 덕분에 기사들은 노예의 말투에 뭐가 문제점이 있는지 바로 알아차리지 못했다.

게다가 알았다고 한들 뭘 어쩌겠는가.

근위대들도 몇 년 만에 처음 보는 빈사 상태가 아닌 침노였다. 얼굴도 몹시 반반했다. 저놈의 상태가 편안해 보이진 않지만, 그 짧은 사이 수완 좋게 황녀의 애첩 같은 위치를 꿰차기라도 한다면…….

자신들에게 냅다 욕설을 박아도 딱히 할 말이 없다는 소리였다.

동시에 그들은, 조금은 더 공손해져야 할 필요도 느꼈다. 어찌 되었든 그 황녀는 제국 황제의 쌍둥이였다.

"썩이 죽기 전//나신 이곳에 둬야 합니다."

말투가 바로 공손해졌다.

"……어째서?"

기사가 한 박자 늦게 말을 이었다.

"황명입니다."

"……."

황명?

그딴 게 왜 황명이냐는 말이 목 끝까지 올라왔다.

"인술이 강력해서 침노들은 죽어도 금방 썩질 않습니다. 정말 천천히 썩지요."

"……."

"아……. 혹시나 싶어서 말씀드리는데 썩기 시작하면 곧바로 매장합니다. 시체 냄새 같은 건 전혀 나지 않을 테니 걱정하지 마십시오. 이건 인술이 잘못 결합되어서 금방 썩어 버리겠지만, 내일 말씀하시면 당장 치울 겁니다."

굳은 얼굴로 시체들을 쳐다보는 셰드를 두고, 기사들은 피를 닦아 낸 천 뭉치들을 챙겨 서둘러 내궁을 빠져나왔다.

나오는 동안 입을 꾹 다물고 있던 동료 기사는 황녀의 거대한 궁을 아예 벗어나고서야 입을 열었다.

"그런 말을 왜 미주알고주알 늘어놔? 적당히 비위만 맞춰 주고 나오면 됐잖아."

"그것 좀 알려 줬다고 무슨 일이야 있겠어. 저 침노도 일주일이 안 되어 죽을 텐데."

동료 기사가 한 박자 늦게 침음을 흘렸다.

"잊고 있었네. 너 신앙심 강한 놈이었지. 그럼……. 불쌍할 만하지."

"……."

한숨을 내쉰 동료 기사가 툭 어깨를 쳤다.

"그래도 조심히 하자. 입 다물고 살아."

"그래야지."

"높으신 두 분 중 하나라도 기어이 돌아 버리는 날은…… 최대한 멀어야 좋을 게 분명하니까."

* * *

오후 10시.

라하가 궁으로 돌아왔을 때에는 기다리고 있던 시녀들이 줄지어 고개를 숙였다. 라하는 그쪽에는 시선도 주지 않고, 내궁으로 바로 걸어 들어왔다. 익숙하다면 익숙한 일이었다.

그래도 전처럼 마냥 도살장으로 끌려가는 개 느낌은 들지 않았다. 어쨌든……. 저 안에는 사람이 하나 살아 있으니까.

드넓은 중정을 조용히 걸어, 내궁으로 들어서자 밝은 불빛이 눈을 찔렀다. 이 내궁은 라하가 머물지 않을 때도 언제나 완벽하게 관리가 되어 있다. 지금은 말할 것도 없었다.

라하가 이용하는 건 동쪽의 복도였고, 침실과의 문이 잘 닫혀 있기 때문에 인기척 하나 느껴지지 않았다.

문득 라하는 불안해졌다. 색을 멀리하란 올리버의 말이, 셰드에게도 적용이 된다면?

'갑자기 죽은 건 아니겠지?'

복상사 같은 걸로…….

발걸음이 조금씩 바빠졌다. 마지막에는 가볍게 달린 속도로, 라하는 침실 문을 열고 안으로 들어왔다.

호화롭게 장식된 붉은 침실에 들어왔을 때는.

"셰드."

그가 침대 부근에서 일어난 채 천천히 걷고 있었다. 아마 라하의 인기척을 미리 눈치챘는지, 이미 이쪽에 시선을 둔 상태였다.

살아서 움직이는 셰드의 시선에 저절로 웃음이 그려지는 이유가 뭘까. 라하는 딱 꼬집어 설명할 수가 없었다. 그녀는 가볍게 들뜨는 호흡을 내려 앉히며, 셰드 쪽으로 걸어갔다.

"뭐 하고 있었어?"

물으면서도 라하는 아, 하고 웃었다.

"날 기다리고 있었겠네. 그거 말곤 할 게 없으니까."

일부러 짓궂게 말해도, 셰드는 크게 반응을 보이는 편은 아니었다. 다만 살짝 꿈틀거리는 미간 따위를 기대했을 뿐인데…….

"그래."

"……?"

숄을 벗어 내던 라하가 뒤를 돌아보았다. 셰드의 표정은 별반 다를 바 없었다. 순간 들었던 기이한 기분은 그저 예민해서일 뿐이라는 것처럼.

라하는 테이블로 걸어가 잔에 물을 따랐다.

그리고 하나 들고 왔던 약을 물과 함께 먹었다. 쓴맛이 강했지만, 그럭저럭 먹을 만했다. 셰드에게도 이 약을 줘야 하는 게 아닐까 싶었지만 곧 생각을 지웠다. 누가 봐도 저 노예는 너무 강건해 보였다.

"셰드. 아무래도 너랑 너무 심하게 뒹굴었나 봐."

"갑자기 무슨 말이야."

"궁의가 오늘 하루는 색을 멀리하라면서 줬거든, 이 약들을."

"……"

"복상사라도 할까 봐 걱정하는 모양이지."

셰드가 말문을 잃는 걸 보자 라하는 기분이 좋아졌다. 조금 더 짓궂게 무슨 얘기를 해 볼까 생각하며 손을 움직였다. 귓가에서 달랑이는 커다란 사파이어 귀걸이를 빼내기 시작하자, 셰드는 어느새 라하의 뒤에 서 있었다.

그는 어제보다 분명 더 복잡하게 땋은 게 분명한 머리카락을 보면서 이마를 약하게 일그러뜨렸다. 이젠 말을 하지 않아도 목에 걸린 복잡한 목걸이를 달깍달깍 풀어 주는데.

고작 하루 만에 무슨 일이 있었다고, 오늘 아침보다도 이렇게 고분고분하게 굴지.

"셰드."

라하는 걸치고 있던 숄을 벗어 내며 물었다.

"나랑 잔 게 그렇게 좋았어?"

"……뭐?"

"아니면 왜 이렇게 말을 잘 듣지?"

이상하게.

그 이상함은 셰드가 자신에게 찻잔까지 직접 건네주는 걸 보면서 확실해졌다.

물론, 라하의 드레스는 언제나 얇고 겨울의 중정을 걸어오면 온몸의 체온이 빠르게 내려가는 건 맞다. 하지만 어제도 그렇게 식은 몸을 잘만 만졌으면서.

차를 건네주는 깜찍한 짓은 할 생각도 없어 보이더니.

오늘은 왜?

단순히 잘해 준다는 느낌이 아니었다. 그리고 라하는 이런 걸 남들보다 좀 더 정확히 짚어 낼 줄 알았다.

이 노예가 이상하게 내게 더 마음을 쓰려고 하고 있다.

연회엔 따라오지도 않은 놈이 왜 이러는 걸까.

"무슨 일 있었어?"

대답은 바로 돌아오지 않았다. 라하는 셰드가 탄 차가 의외로 입맛에 맞는다는 생각을 하면서 천천히 찻잔을 기울였다.

"몇 시간 전에 기사들이 다녀갔다."

"기사들?"

무심코 되묻던 라하의 미소가 설핏 굳었다.

"근위대?"

"그래."

"……."

라하는 천천히 찻잔을 내려놓았다. 흠잡을 곳 없는 황녀다운 서늘한 기품이 묻어나는 손짓이었지만 평소와는 미묘하게 다르다.

아주 잠깐의 침묵이 흘렀다. 라하가 입을 열었다.

"서관 쪽 문은 열어 보지 말랬……, 아."

라하는 말하면서, 깨달았다. 이 날이 선 주제에 어떤 면에서는 묘하게 고분고분한 침노는 굳이 자신의 명령을 어길 성격은 아니었다.

"근위대가 열었구나."

언뜻 듣기엔 아무런 동요도 없는 목소리였다.

"왜 열었다지?"

"피가 침실 문으로 새어 들어오는 바람에."

"……."

"닦을 요량으로 열어 버리더군."

"그렇구나."

근위대가 얼마나 떨면서 그 문을 열었을지, 어떤 창백한 얼굴로 서둘러 수습하고 떠났을지 라하는 궁금하지 않았다.

다만.

"봤어?"

봤느냐고.

그 서관에 늘어져 있을 죽은 이들을 보았느냐고.

여태 흐르던 침묵을 합친 것보다 조금 더 긴 침묵이 흘렀다.

"그래."

"아……."

신음을 흘린 라하가 천천히 중얼거렸다.

"봤구나."

쩌적 금이 간 유리 조각처럼, 날카로운 적막함이 침실을 꽉 메웠다. 누구도 먼저 입을 열지 않았다.

얼마나 그렇게 박제된 인형처럼 숨만 쉬고 있었을까.

굳게 닫힌 서쪽 복도 문을 바라보고 있던 라하가 느리게 입을 열었다.

"어쩐지 갑자기 이상하게 상냥해졌더라니."

"……."

"내가 불쌍해 보여서 그래?"

대답은 돌아오지 않았다.

대답을 종용할 생각도 들지 않았다.

라하는 그저 낮게 웃음을 터뜨렸다. 그녀는 한쪽 손으로 얼굴의 절반을 감싸 쥐듯 가린 후 웃음을 흘렸다.

"그래."

"……."

"내가 네 눈에 불쌍해 보이나 보구나."

얼굴을 덮은 오른쪽 손에서는 마른 꽃 냄새가 났다.

연회가 끝나고 걸어오는 동안 손등이 희게 질릴 만큼 세게 쥐고 있던 꽃다발의 강렬한 향기가 묻은 것 같았다.

그래.

하필이면 오늘이 그날이어서.

보르본 백작 부인이 죽은 날.

잊고 살고 싶은데, 도저히 잊게 해 주지 않는 그 빌어먹을 공작님 때문에. 얇은 눈꺼풀 아래 덮인 시퍼런 눈동자가 손가락에 꾹 눌리기 시작한다.

오랫동안 멈춰 있지는 않았다. 어쩐지 왼손이 너무 무겁게 느껴졌기 때문이다. 라하는 천천히 걸어, 왼쪽 손에 아직 쥐고 있던 꽃다발을 테이블 위에 올려놓았다. 마른 꽃이라 그런지 약간의 힘만 주어도 꽃잎이 먼지처럼 부서져 흩날렸다.

"가여운 황녀님."

이제는 죽은 보르본 백작 부인의 목소리가 환청처럼 귀에 겹쳐졌다.

"불쌍하게 여겨 주는 어른이 없어서."

라하는 자신이 아는 천박한 욕설이 없다는 사실이 무척 다행으로 여겨
졌다.

아니었으면 방금 욕을 짓씹어 내뱉었을 테니까.

테이블 위에 올라가 있던 라하의 손등에 뼈가 천천히 불거지기 시작했다.

조용한 와중, 침실에 놓인 시계에서 초침 소리만이 규칙적으로 울렸다.

불규칙적으로 심장이 요동친다.

라하는 그대로 발을 옮겼다. 커다란 침실을 가로질러 언제나 굳게 닫힌,
서관과 연결된 문을 열고 나간다.

압도적일 정도로 거대한 복도가 라하의 시선을 짓누른다.

길게 깔린 붉은 카펫. 그 양옆에 차례로 누워 있는 질린 안색의 시체들이
눈에 들어왔다. 처음 셰드가 이 내궁에 운반되었을 때 입고 있는 것과 한
치도 다를 바 없는 몽환적인 옷을 입은 침노들이.

황궁에서도 손꼽히게 호화로운 대연회홀을 뚝 뜯어 와 옮겨 놓은 듯 천
장은 화려했다. 유리 조각처럼 섬세하게 비산하는 불빛이 모든 것을 비현실
적으로 비춘다.

침실로 이어지는 문과, 시체들이 잠든 곳 사이에 절묘한 각도로 놓인
화려한 의자.

담비 털을 두르고 붉은 벨벳으로 마감된 화려한 장식의 의자는 족히
제국의 황후나 앉을 법한 물건이다. 라하의 것이었고, 카르젠이 선물한
것이었다.

"라하, 라하 델하르사."

처음 라하에게 침노들의 시체가 전달된 날.

그녀는 차마 들어가 잠들지도, 서관의 문을 닫지도 못했다. 그저 침노들의 시체를, 혹은 죽어 가는 침노들을 멍하니 내려다보기만 했다.

그들이 전부 죽은 후에도 마찬가지였다.

라하가 침노들의 시체를 보며, 이 복도에 몇 날 며칠간 몸을 웅크리고 며칠을 지낸다는 걸 들킨 날이었던가.

카르젠이 웃음을 터뜨리며 말했다.

"내 쌍둥이는 어떻게 이렇게 불쌍할까."

그때 느낀 감정을 도대체 뭐라고 표현할 수 있을까. 몇 년간의 인내도 깨부수고, 감히 카르젠의 목을 조를 뻔했던 그 끔찍한 모멸감을.

그리고 다음 날.

황제의 시종장은 언제나처럼 웃는 얼굴로 다가왔다. 그러더니 카르젠의 선물이라며, 이 무거운 의자를 옮겨 두고 갔다.

"꼭 이곳에 앉아 보시랍니다. 예. 지고하신 황제 폐하께서요."

라하는 그 의자에 주저앉아, 그날 또 새로 들어온 침노들을 보았다. 카르젠이 의자가 아깝다며 또 선물해 준 침노들이었다. 그 미친놈은 빌어먹게도 병법과 지략에 뛰어났고, 전쟁에 나가면 죽는 법이 없었다.

항상 끌고 오는 수많은 포로들만이 죽어 갔지.

라하는 무릎을 끌어안고 침노들을 내려다보았다.

그때 라하는 사람이 어떻게 죽어 가는지 알았다. 모든 희망을 내던지고 죽어 가는 사람의 모습은 생각 이상으로 처절하고, 끔찍하고, 두렵고, 무서웠다.

죽어 갈 때 기이하게 맑아지는 살갗과 점점 꺼져 가는 호흡. 모든 욕심과 야망과 삶과 소망을 붙잡지 못해 흘려 내며…….

자신의 귓가에 박히는 그 저주들을.

이 빌어먹을 눈 때문에 맺힌 그 저주들을.

나를 원망하면서 숨을 놓으면 된다.

태어난 게 문제였던 나를 원망하면 된다.

라하는 무릎에 얼굴을 묻고, 며칠을 그렇게 지냈다.

그녀에게 허락된 시간들은 늘 그랬다.

인기척은 조금 후에 들렸다.

의자에 몸을 웅크리고 앉아 있던 라하는 고개도 들리지 않고 말했다.

"내 시야보다 높게 있지 마."

그녀의 곁에 걸어온 셰드가, 곧장 몸을 굽혔다. 한쪽 무릎을 꿇고 앉은 꼴이 어찌나 기사 같은지. 침노 주제에 어찌 그리 고결해 보이는지.

하지만 더 이상 대거리할 기력도 남아 있지 않았다. 라하는 끌어안은 무릎에 얼굴을 묻고 말했다.

"들어가서 자."

대답은 천천히 돌아왔다.

"너는."

"……."

"여기 있을 건가."

정말이지……. 입술이 절로 짓씹힐 정도로 건방진 노예였다.

"말 놓지 마."

"당신은 여기 있을 겁니까."

"……하."

라하는 그래, 처음부터 명령을 잘못 내렸다는 사실을 깨달았다. 카르젠과 똑같이 제게 멋대로 구는 저 비천한 노예가 재미있어서 내버려 둔 게 문제였다.

어디서 굴러먹던 용병 같은 놈이 아니라는 사실은 알겠다. 천한 쓰레기가 아니라는 사실도 알겠다.

어쩌면 그보다 높은 신분이었을 수도 있겠지.

그래서?

설사 망국의 왕족이었다고 한들 제국의 적통 황녀보다 존귀할 수가 있을까?

그러지도 못한 게 감히 나를 동정하듯이 쳐다보고 있다. 자신이 이곳에서 잠들지 못하게 말을 걸고 있다. 당장 눈앞에서 꺼지라고 신호를 보내도, 분명히 읽었을 그 눈치 좋은 노예가 계속해서 주변을 서성이고 있다.

감히.

아침까지 그리 뻣대던, 자신에게 내심 거리를 두는 게 분명했던 그 태도가 라하에게는 훨씬 나았다.

아주 오래전, 젖은 천으로 덮어 두었던 가슴 속에서 불씨가 지글지글 타오르는 기분이었다. 채 죽이지 못한 모든 것들이 라하의 가슴을 숨 가쁘게 감싸 조른다.

라하는 욕설처럼 내뱉었다.

"난 여기서 잘 거야. 쭉 그랬으니까."

"……."

"그러니 너는 들어가서 자. 명령이야."

셰드가 천천히 일어났다.

이마저도 불복했으면 정말로 눈이 돌아 버릴 것 같았는데, 그래. 아직 그럴 만한 머리는 남은 모양이지.

그렇게 생각하던 라하의 어깨 위로 무언가 따뜻한 게 얹혔다.

"……."

가녀린 팔 위로 흘러내리는 천을 본다. 방금까지 셰드가 입고 있었던 셔츠였다.

"……."

그래. 이 서관 쪽 복도는 추웠다. 안 그래도 잘 썩지 않는 시체를 더 오래 보존해 두기 위해서. 카르젠이 명령을 내려놓은 것인지는 모르겠지만 따뜻한 침실과는 달리 전혀 불이 들어오지 않았다.

익숙한 냉기를 머금고 천천히 진정되던 가슴이 순간 구토가 나올 정도로 울렁였다. 가슴에 바늘 수만 개가 엎히는 듯한 느낌에 라하는 고개를 들어 올렸다.

눈을 찌르는 불빛이 셰드의 은발을 환하게 비춘다. 입고 있던 옷은 자신에게 벗어 주어 훤히 드러난, 검흔이 여기저기 나 있는 단단한 몸. 그리고 여전히 자신을 응시하고 있는 그 청회색 눈동자.

라하는 천천히 입을 열었다.

"나를 동정하니?"

대답은 돌아오지 않았다. 셰드가 무덤덤하게 짓고 있는 건조한 무표정에도 그다지 변화는 없었다. 하지만 타인에게 섬세하게 깔린 분위기를, 라하는 언제나 읽어 버리곤 했다.

그게 노예에게는, 아니, 그 어떤 타인에게도 용납할 수 없는 대답이라는 게 문제였다.

가엾다고.

그딴 표정으로.

나를 따라 한 눈이나 갖고 있는 주제에.

라하가 자리에서 느리게 일어났다. 순식간이었다. 그녀의 싸늘하게 질린 손이 셰드의 뺨을 무자비하게 내리쳤다.

"……."

자신이 며칠 동안 아무리 밀어내도 밀리지 않던 노예의 뺨이 천천히 달아올랐다. 뺨을 맞고도 셰드는 물끄러미 자신을 쳐다보기만 한다.

떨리는 건 그저 라하의 손뿐이었다. 빌어먹게도.

"라하."

셰드의 입이 천천히 열렸다.

"인술이 잘못 결합되어서 피가 난다고 하더군요."

"……."

"그러니 지금 시체가 썩고 있는 거겠지요."

"……."

"썩기 시작하면 시체를 치운다고 했으니."

기사는 분명히 그렇게 말했다. 시체 썩는 냄새가 나기 전에 이 시체들을 치운다고. 그러니 라하가 이 기괴한 의자에 앉아 시체들을 쳐다보고 있는 것도, 시체가 썩기 직전까지만 행해지는 일일 터다.

그러니 지금은 라하가 시체를 보고 있을 이유가 없다는 소리였다.

라하는 천천히 눈을 깜빡였다.

모멸감에 젖어 그런 것도 잊고 있었다.

"피가 침실 문으로 새어 들어오는 바람에."

"닭을 요량으로 열어 버리더군."

라하는 두 손으로 느리게 얼굴을 쓸어 넘겼다.

빌어먹을 카르젠의 마법사는, 이 노예들의 시체가 썩기 전까지는 절대 치워 주지 않았다. 그러나 이번에는 인술이 잘못 되어서 이렇게나 빨리 썩어 버렸으니, 내일 당장 치워 줘야 하는 마법사의 표정은 제법 볼만할 터다.

좋은 일이었다.

……객관적으로는 그랬다.

라하는 죽은 이들의 얼굴을 하나씩 눈에 담은 후에야 몸을 돌려 걸음을 옮겼다. 얇은 셔츠가 바닥에 떨어졌지만 돌아보지도, 줍지도 않았다.

그녀 대신 셔츠를 주운 셰드는 죽은 이들의 얼굴을 말없이 내려다본 후에야 걸음을 옮겼다. 라하가 뒤도 돌아보지 않았지만, 그는 서관 복도와 이어지는 문까지 단단히 닫아걸어 버렸다.

* * *

냉골 같은 서관 복도와는 달리, 침실은 황녀의 처소답게 따뜻하고 좋은 향기가 났다.

라하는 침대에 앉지 않고 가만히 서 있었다. 감정이란 감정이 죄 거세된 인형처럼, 살아 있기만 한 인형처럼 말없이.

사실, 저 황녀는 처음 만났을 때부터 그랬다. 저렇게 가만히, 숨도 쉬지 않는 것처럼 정지되어 있을 때가 가끔씩 있었다.

이렇게 길었던 적은 처음이지만.

셰드가 욕실로 향해 목욕물을 채우고 온 이후에도, 라하는 계속해서 허공만 보고 있었다. 젖은 손으로 그녀의 손목을 잡아도 아무런 반응이 없다.

뜨거운 물이 담긴 욕조에 몸을 담그고, 땋인 머리카락을 풀어 주는 손길에도 마찬가지였다. 라하는 정말로 가만히, 조각상처럼 눈만 뜬 채로 말없이 있었다. 셰드가 몸을 닦아 주고 욕조에서 꺼낼 때도 마찬가지였다.

시녀들이 잘 개어 놓고 간 부드러운 수건이 몸을 감싼다. 가벼운 가운까지 걸친 라하는 몸이 완전히 들리고서야 퍼뜩 현실감이 들었다.

"……?"

정신을 차리니 셰드의 품 안이었다. 그가 자신을 안아 든 채로 성큼성큼 걸음을 옮기고 있었다. 아까까지만 해도 차갑게 식어 있던 몸이 뜨거웠고, 머리끝이 물기로 젖어 있었다.

침대에 내려앉고서야 라하는 눈을 몇 번 깜빡일 수 있었다. 그녀를 조심히 내려놓은 셰드는 자신이 정신이 차린 기색을 보이자마자, 그래서 고개를 들자마자 곧장 시선을 낮췄다.

"내 시야보다 높게 있지 마."

아까 했던 말을 정확히 기억하는 모양이다. 언제 한 것인진 모르겠지만 자신을 씻겨 놓은 건 그가 틀림없었다. 라하는 제 앞에 한쪽 무릎을 꿇고 앉은 노예를 물끄러미 바라보다가 입을 열었다.

"일어나 앉아."

그렇게 말하며 몸을 일으켰다. 순순히 앉은 셰드 앞에 다가간 라하가 그의 턱을 붙잡아 들어 올렸다. 이 노예는 또 고분고분 잡힌 대로 턱을 올려 준다.

뺨을 한 대 더 때릴 생각이었다.

몇 대를 더 때릴 생각이었다.

하지만 여전히 붉은 기가 남아 있는 뺨을 보니 손에서 힘이 천천히 빠졌다.

물기로 젖은 머리카락이 뺨에 달라붙는다.

"건방지게 굴지 마."

날 감히 동정도 이해도 하지 말라고. 사람이 애써 외면하고 있는 걸 헤집어 들려고 하는 게 얼마나 무례한 일인지. 황녀에게 무례한 이들은 대부분 목숨을 내놔야 한다는 걸 이 노예는 모르는 게 틀림없었다.

실험체답게 목숨을 내놓은 채로 살아서인지. 라하는 목 끝까지 차오른 두려움을 삼키고 입을 열었다.

"내가 널 살려 줬다고 기어오르지 마. 애초에 너는."

애초에 이 노예는.

"내 밤 시중이나 드는 존재잖아."

잔인한 말에도 셰드는 고개를 떨어뜨리지도, 시선을 피하지도 않았다. 서늘한 청회색 눈동자는 아무런 변화도 없이 자신을 보고 있었다. 그게 더 라하를 숨 막히게 했다. 말로 난도질을 하고 싶은데 들어먹지를 않아서. 아무리 비수를 내뱉어도 기분이 좋아지지도 즐겁지도 않아서.

턱을 붙잡고 있는 건 자신인데, 온몸이 붙잡혀 있는 건 자신 같아서…….

라하는 남자의 셔츠를 잡아당겼다.

그리고 거칠게 입을 맞췄다.

아까 전, 자신이 제법 매섭게 내려지긴 했던 모양이다. 셰드의 입 안은 터져 있었다. 터진 살갗에서 피 맛이 느껴졌다. 라하의 혀가 상처를 무자비하게 더듬을 때도, 셰드는 미동도 없이 가만히 있었다.

아플 정도로 눌러 피가 났음에도 셰드는 묵묵히 키스를 받았다. 다만 목울대가 조금씩 일렁이기 시작했다.

라하의 손이 셰드의 셔츠 안으로 미끄러져 들어갔을 때도 마찬가지였다. 시트 위에 얹어진 셰드의 손에 힘줄이 돋아나고 있다는 걸 라하는 미처 보지 못했다. 그녀가 처음 입을 맞추던 그 순간부터 일어나던 반응이었다.

라하의 기억이 잠깐 끊겼을 때, 셰드 역시 씻은 듯했다. 그에게선 라하에게서 나는 것과 같은 향유 냄새가 은은하게 났다.

고개를 들어 올린 라하가 손을 아래로 뻗었다. 밤 시중을 드는 시첩에게 입히는 옷들이 거의 다 그러하듯, 그의 옷도 끈 몇 개만 잡아당기면 그대로 풀리곤 했다. 라하는 셰드가 당황한 걸 보고 싶었다. 그래서 바지에 달린 끈을 잡아당겼다.

허벅지 위에 빳빳하게 눕혀 있던 페니스가 모습을 드러낸다. 셰드가 굳는 것도 잠시, 라하의 가느다란 손가락이 두꺼운 기둥을 건드렸다.

셰드의 눈동자가 낮게 일렁였다. 그가 이마를 조금 찌푸리는 것과 동시에, 시트를 그러쥐고 있던 손에 힘줄이 강하게 돋았다.

그러거나 말거나 라하의 두 눈은 페니스 쪽에 처박혀 있었다.

이런 게 어떻게 자신의 몸 안으로 들어갔다 나간 건지 생각을 할수록 신기했다. 입을 한껏 벌려도 물기 힘들 것 같은…….

라하가 미끄러지듯 침대에서 내려가 몸을 굽혔다. 시험 삼아 셰드의 페니스를 입에 물었지만, 확실히 한껏 입을 벌려도 어려웠다. 한껏 벌어진 턱이 저려왔다. 살면서 이렇게 크게 입을 벌려 본 적도 손에 꼽을 정도로 없는 것 같았고.

라하는 입 안에 들어온 페니스를 혀끝으로 핥고 쓸어 보았다. 서투른 애무였다. 라하 스스로도 혀가 몹시 어설프게 움직인단 건 알았지만 별로 상관은 없었다. 셰드의 몸에 확연히 오르는 열기를 모를 수가 없었으니까.

기묘한 만족감을 가져다주는 반응이었다.

라하는 조금 더 그의 페니스를 물고 혀로 핥다가 고개를 들어 올렸다. 사실……. 이대로 그가 사정할 때까지 입에 물고 있다간 정말로 턱이 빠질 것 같았기 때문이다. 붉어진 눈가가 자신을 응시하고 있다. 라하는 입을 열었다.

"이젠 네가 하고 싶은 대로 해."

다분히 자기 파괴적인 말이었다. 라하는 셰드와 관계를 가질 때마다 크기와 힘에 압도되어 조금씩 끙끙 앓았다. 더군다나 주치의가 하루는 색을 멀리 하라는 진단까지 내렸다.

하지만 무슨 상관이란 말인가. 라하는 셰드가, 자신의 목구멍에 저 물건을 찔러 넣을 거라고 생각했다. 아니면 다른 쪽에 밀어 넣든지.

"……."

그러니까 라하는 전혀 몰랐다.

그가 그대로 그녀의 팔목을 잡아 들어 올려 입을 맞춰 올 줄은.

자기 걸 빨았던 건데 상관없나, 하는 생각도 잠시였다. 뒷머리가 붙잡힌 채 키스가 깊어진다. 라하는 이대로 키스를 하다가 섹스로 넘어가면 괜찮겠다는 생각이 들었다. 어차피 그런 순서니까.

그런 순서였고…….

그러다가 불현듯 깨닫는다. 키스는 애욕과 열기가 가득했으나 관계로 가기 전, 숨도 쉬지 못하게 몰아붙이던 이전의 입맞춤과는 결이 달랐다. 좀 더 다정한 입맞춤이었고, 그래서…….

셰드의 팔이 라하의 허리를 껴안는다. 밀착한 몸과 꺼덕거리는 물건은 분명히 라하에 대한 욕망으로 가득한데. 그걸 굳이 숨길 생각도 없어 보이는데도.

입맞춤은 더 거칠어지지 않았다.

라하는 기분이 이상해졌다.

chapter 2
노예는 누구인가

일주일간 라하는 내궁에서 나오지 않았다.

황녀는 이전에도 늘 그랬기 때문에, 누구도 이상하다는 생각을 하지 않았다. 황녀궁의 시녀들은 입이 몹시 무거웠으며, 또 대외적으로는 신성국이 무너진 일 때문에 황궁 전체가 바쁘기도 했다.

그 덕분에 얻게 된 기이한 평화로움이 라하의 몸을 적셨다.

침노들이 멀쩡했다면, 정말로 카르젠이 원하는 대로 색이나 밝히면서 사는 평범한 방탕아가 되었을 수도 있겠다는 생각이 들었다.

일단…….

셰드와 뒹굴 때면 아무 생각도 안 나는 게 정말 마음에 들었다.

겨울의 창가를 바라보며, 라하는 마시고 있던 샴페인 잔을 거의 다 털어 버렸다.

오늘이 그 일주일의 마지막 날이었다.

덕분에 오늘, 거의 새벽이 될 때까지 셰드를 놓아주지 않았다. 다리 아래가

후들거렸지만 드레스를 조금 두꺼운 걸 입으니 그럭저럭 해결되었다.

그런데 다리가 벌벌 떨리는 건 자신뿐인 것 같았다. 라하는 셰드의 길게 뻗은 다리를 보다가 시선을 옮겼다. 왜 저렇게 멀쩡하지? 허벅지가 두꺼운 근육으로 이뤄져서 그런 걸까. 라하는 침대에서 만져 본 셰드의 허벅지를 생각하다가 시계를 보았다.

슬슬 나가야 했다. 아직은 셰드가 멀쩡하다는 걸 카르젠에게 알리고 싶지 않았다.

"넌 여기 있어. 여기가 안전하니까. 내 시녀들 말고는 오는 사람도 없고."

"그러겠습니다."

라하는 조금 기가 찼다. 저 노예는, 성격 자체는 절대 고분고분하질 않다. 라하가 숱하게 겪었듯이. 그런데도 입으로만 고분고분한 척을 하니.

"밤에는 올 거야."

"예."

그 고분고분함이 일주일 전, 늘어진 시체들을 본 이후부터 이어졌다는 사실은 썩 마음에 들지 않았다.

아마 머릿속으로는 아직도 자신을 동정하고 있을지도 모르지. 명령으로 행동은 끊어 낼 수 있어도 생각까지는 끊어 낼 수 없으니까.

그래도……. 봐주기로 했다.

그냥 그러고 싶었다.

라하는 숄을 걸치고 동관의 긴 복도를 걸었다. 셰드가 자신의 속도를 맞춰 걸어오는 게 나쁘지 않은 기분이었다.

노예가 더 이상 나올 수 없는 궁의 출입문 앞에서, 라하는 셰드를 돌아보았다.

"이따가 궁의를 보낼게. 어린애고 착한 애니까 겁주지 마."

"……?"

셰드가 이마를 약하게 찌푸렸다.

"어린애?"

"보면 알아. 개한텐 하고 싶은 말 다 해도 되고."

라하는 살짝 웃었다. 올리버의 그 어린 모습과 황궁의만 갖추는 세심한 정복, 그리고 노인네 말투는 바로 적응하기 어려울 것이다.

그걸 생각하니 기분이 좋아졌다. 라하는 셰드에게 가볍게 손짓을 했다. 곧장 허리를 숙이는 그의 뺨에 가볍게 입을 맞췄다. 반쯤 충동적으로 한 일이었다.

조금 커진 청회색 눈동자를 응시하며, 라하가 빙그레 웃었다.

"다녀올게, 셰드."

라하가 내궁의 긴 중정을 걸어, 외궁에 도착하자 늘 그랬듯이 시녀들이 공손하게 기다리고 있었다.

그 앞에 있는 인물을 발견한 라하가 눈을 깜빡였다.

"황녀님. 늦게 인사드립니다. 그간 건강은 괜찮으셨는지요."

"궁정백."

영지에 작은 문제가 생겨서 잠깐 자리를 비웠던 팔츠 궁정백이었다. 중년의 그는 공손하고 입이 무거우며 무엇보다 꽃과 나무를 신기할 정도로 잘 길렀다.

제국 안주인의 오랜 부재가 생각보다 수면 위로 떠오르지 않는 것에, 팔츠 궁정백의 도움이 컸다는 걸 부정할 수는 없었다.

황궁 정원은 그가 있는 덕분에 아주 완벽하게 관리되고 있었으니까. 다들 황후의 부재를 잠깐이나마 잊을 정도로. 결혼 얘기에 진저리 치는 카르젠에게도 굳이 건드릴 것 없는 인사였다.

라하는 다정한 미소를 짓는 팔츠 궁정백을 보다가 함께 웃었다.

"내궁 안에 한 명이 살아 있어."

"……예?"

"금방 죽진 않을 것 같아."

"아……."

"그러니까 안쪽 정원을 좀 관리해 주면 좋겠는데."

늘 황량한 곳만 보면 셰드가 너무 심심할 것 같아서. 팔츠 궁정백이 눈을 깜빡거리다가, 한 박자 늦게 고개를 숙였다.

"성심을 다하겠습니다. 황녀님."

* * *

몇 시간 후.

대회의실 앞에서 대기하고 있던 시종장은 뜻밖의 인물이 방문해 당황스러운 표정을 지었다.

"……황녀님?"

라하 델하르사였다. 바다 같은 머리카락을 뒤로 늘어뜨리고, 머리카락과 꼭 같은 눈동자가 긴 속눈썹 아래 박혀 있는. 목과 소매에 보드라운 털을 덧댄 최고급 드레스를 차려입은 황녀는 얼핏 보기에도 몹시 고아했다.

문제는……. 라하의 상태가 시종장의 예상보다 훨씬 좋아 보였다는 것이다.

원래 라하는 내궁에서 나오는 날이면, 외궁에 틀어박혀 밖으로 잘 나오지 않았다. 그래서 카르젠이 일부러 라하가 내궁에서 나오는 날을 함께 정찬을 하는 날로 잡을 만큼.

카르젠과 대화를 나누고 있을 때의 라하는 언제나 부드러운 미소를 머금고 있었지만, 그녀의 발걸음이 도살장에 끌려가는 가축과 별반 다르지 않다는 걸 시종장은 모르지 않았다.

이젠 노예가 죽어도 별로 가슴 아프지 않은 것인가.

하기야, 몇 년이나 숱하게 보았으니 이젠 무덤덤해졌을 수도 있다. 그녀 앞에서 죽어 버린 이들만 천 명에 가까우니.

"황제 폐하는? 함께 오찬을 드는 날인데."

정신을 일깨우는 목소리에 시종장이 고개를 숙였다.

"황녀님. 송구합니다. 폐하께서는 오늘 중요한 국무 회의가 갑자기 잡히셔서……."

"그래?"

"예. 황녀님."

"신앙심 깊은 왕국들이 시끄러운 모양이네."

대신관들을 질질 끌고 간 그 무도한 행태에 열 받아서 단체로 항의 사절단이라도 보낸 모양이지.

시종장은 깊숙이 고개를 숙였다.

"예. 물론 저야 정확히 알지는 못합니다만."

"그래, 알았어. 폐하께 내가 왔다 갔다고 전해."

"알겠습니다. 황녀님."

그 정신 나간 쌍둥이와 함께 식사를 하지 않아도 된다면, 뭐 나야 좋지. 라하는 드물게 가벼운 발걸음으로 돌아 거대한 본궁을 걸어가기 시작했다. 그녀를 알아본 귀족들이 깊게 허리를 숙였다.

라하는 가볍게 턱짓을 해 주면서 생각에 잠겼다.

'……셰드랑 먹을까?'

오늘 올라올 와인 중에 괜찮은 와인이 있었던 걸로 기억하는데.

그러다가 라하는 고개를 저었다. 혹여 국무 회의가 짧게 끝이 날 수도 있으니까. 아직은 셰드를 카르젠 앞에 보일 때로 적절하지 않았다.

이는 몹시 현명한 판단이었다. 그녀가 황궁의 정원사들에게, 내년 봄에 심어야 하는 묘목과 조경들에 대해서 듣던 때였다.

황제의 본궁에서 사람이 찾아왔다.

"황녀님. 폐하께서 저녁 정찬을 함께하자고 하십니다."

"그래? 알겠어."

셰드에게 먼저 저녁을 먹으라고 일러 둬야겠다는 생각이 들었다.

"예. 그리고……."

묘목이 그려진 모음집을 넘겨 보고 있던 라하가 고개를 들었다.

"왜?"

"폐하께서 일주일 후에 있을 연회에 황녀님도 참석하라 하셨습니다."

"연회?"

라하가 일주일 동안 내궁에 처박혀 있을 동안에도 황궁의 시간은 멀쩡히 흘러간다. 그 와중에 또 무슨 황궁 연회가 잡힌 모양이었다.

하지만…….

지금 당장 열릴 연회가 무엇이 있지?

무슨 연회냐고 물으려던 라하가 이마를 살짝 일그러뜨렸다.

딱 하나 짐작 가는 게 있었다.

"폐하께서 정혼자를 찾으신다니?"

"예. 황녀님."

역시.

지금은 신년회가 열릴 기간도 아니고, 겨울 사교철이라 수많은 귀족 가문에서 매일같이 화려한 파티를 열고 있었다.

전쟁이 있었던 것이 아니고 황족의 탄신일이 있던 것도 아니다.

그런데 굳이 궁중에서, 그것도 카르젠의 이름하에 연회를 연다니…….
정혼자를 찾는 연회 말고는 열릴 만한 게 없었다.

라하는 종이를 한 장 넘기며 여상하게 말했다.

"그래. 준비를 해야겠네."

"예."

그와 함께 시종장이 어떤 물건도 함께 내밀었다.

"황녀님. 폐하께서, 황녀님이 연회에 착용하고 오시면 좋을 것 같다고 하시면서 선물도 보내셨습니다."

커다란 루비가 달린 순금 목걸이를 본 라하가 미소를 지었다. 그래. 카르젠은 자신이 키우는 말과 매의 목에 순금 장신구를 거는 것을 좋아했다.

"폐하께 감사하다고 전해 드리렴."

"직접 말씀드리시면 더 좋아하실 겁니다."

무성의하게 종이를 넘기고 있던 라하가 고개를 들어 올렸다. 시종장이 고개를 조아리며, 듣기에는 흠잡을 곳 없는 목소리로 말했다.

"제 미천한 입으로 전했다가, 혹여 폐하께서 성의가 없다 오해라도 하실까 봐 말씀드리는 것입니다."

라하는 피식 웃었다.

"참 충성심이 깊구나. 폐하께 말씀드려 칭찬을 해야겠어."

"과분하신 말씀입니다."

책을 덮은 라하가 성의 없이 시녀에게 묘목 모음집을 넘겨 주었다. 아직 무슨 나무를 심을지 정하지 못했지만.

계절은 아직 남아 있다. 서두를 건 없다.

* * *

관자놀이를 짚은 채 진상되는 검들을 보고 있던 카르젠은, 익숙한 발걸음 소리가 들리고서야 고개를 들었다.

"라하."

"카르젠."

미소를 지으며 다가오는 쌍둥이. 카르젠은 일어나면서 명령했다.

"다 치워라."

곧장 복종한 시종들이 조용히 늘어놓고 있던 진상품들을 치우기 시작했다. 카르젠은 라하에게로 다가가 팔을 내밀었다. 흠잡을 곳 없이 에스코트하는 모양새다. 라하는 카르젠의 팔에 손을 얹었다.

"바빠?"

"방금 전에 국무 회의가 끝났어. 피곤하군."

카르젠이 이마를 찌푸렸다. 확실히, 골이 아프긴 한 모양이다. 아무리 그가 신성국까지 무너뜨린 미친놈이지만 각국에서 항의 사절단을 보냈는데.

라하는 카르젠을 따라 상석으로 향했다. 연회장과는 달리, 이곳에는 황제를 위한 높은 의자 하나밖에 없었다.

눈치 좋은 시종이 이미 등받이가 없는 의자를 들고 따라오고 있었다. 라하는 거기에 앉으려 했으나 옆에서 그녀의 팔을 확 잡아당겼다.

"……."

카르젠의 딱딱한 허벅지가 치맛자락 밑으로 느껴졌다. 카르젠이 라하를 품에 안고 그대로 앉은 것이었다. 잠시 굳었던 시종은 이내 마치 아무 일도 없던 것처럼 의자를 들고 뒷걸음질 쳤다.

카르젠은 인형을 끌어안은 소년처럼 라하를 껴안고 짓궂은 어조로 물었다.

"왜 이렇게 긴장하지?"

라하는 눈을 동그랗게 뜨고 말했다.

"갑자기 잡아당겨서 넘어지는 줄 알았어."

"내가 사랑하는 쌍둥이를 어떻게 다치게 두겠어. 그렇잖아도 나와 너무 닮아서, 네가 다치면 내가 꼭 다치는 것 같을 텐데."

"응."

카르젠이 속삭이는 목소리로 말했다.

"힘 빼야지, 라하."

"응."

어차피 카르젠의 팔이 라하의 허리를 두르고 있는 채였다. 그녀는 허리를 느슨하게 이완시켰다. 도리어 카르젠의 허벅지에 힘이 들어가는 게 느껴졌지만, 라하는 모르는 척 그냥 미소만 지었다.

어렵지 않았다.

이 허벅지 위가 셰드의 허벅지 위라고 되뇌고 되뇌다 보면 정말로 참을 만했다. 새삼 깨닫게 되는 것도 있었다. 셰드는 역시나 꾸준히 검을 잡았을 거라는 사실을. 허벅지의 단단함이 얼추 비슷하다.

그렇다면 정원 따위를 꾸미는 것보다 제대로 된 검을 갖다주는 게, 괜찮지 않을까? 라하는 셰드에 대해서 아직도 많이 알지는 못했다. 그냥…… 일주일간 정신없이 뒹굴었던 것 같다. 셰드는 라하의 입맞춤을 한 번도 거절한 적이 없었다. 노예니까 당연한 반응일 수도 있지만. 항상 먼저 지치는 것도 라하였고.

다만…….

셰드는 갑자기 문득문득, 아이를 달랠 때처럼 그녀의 뺨을 손끝으로 쓸어줄 때가 있는데, 그게 사람 기분을 정말로 이상하게 했다.

"왕국들이 너무 건방져."

조금 흐트러진 귀밑머리를 넘기고 있는데, 카르젠이 입을 열었다.

"어찌나 시끄러운지 새들 수천 마리를 붙잡아 가둬 놓은 것 같더군."

"왜?"

라하는 무구한 목소리로 물었다.

"실험실이 신성국에 있었는데, 카르젠이 처단하는 건 당연한 거잖아."

"그래. 그런데 신성국에서는 그런 실험인 줄은 몰랐다고 잡아떼고 있지."

라하는 어쩔 수 없이 실소했다. 그들이 몰랐을 리가.

그러나 어떤 정치 싸움도 명분이 우선이다. 아무리 압도적인 무력이 있어도, 명분이 짧으면 결국 어디서든 공격을 닥하니.

카르젠은 라하의 눈썹 부분을 엄지로 느릿느릿 쓸었다.

"기분이 영 더럽구나."

라하는 아무 말도 하지 않았다. 카르젠의 기분이 바닥을 치고 있다는 사실은 그가 자신을 허벅지 위에 앉히는 순간부터 알 수 있었다. 이 쌍둥이는 늘 그랬다. 무언가가 자신의 뜻대로 풀리지 않으면, 라하를 근처에 두어야 했다.

쌍둥이끼리 잡아도 괜찮을 부위를 먼저 잡는다. 예컨대 손이라든지, 손가락이든지. 혹은 팔 같은 부위. 그리고 조금씩 올라오는 손은 어느새 라하의 어깨까지 지분거리고 있었다.

카르젠의 기분이 안 좋은 일이 계속 일어나면, 저 손은 어디까지 향할까?

쇄골?

가슴?

혹은 그보다 더한 곳?

어쩌면 두개골을 부수고 눈동자를 잡아 빼려고 할 수도 있겠지.

이렇게 붙어 있는 와중에 살갗 위로 소름이 오스스 올라오면 곤란했기에, 라하는 다른 생각을 하려고 애썼다. 바로 셰드가 떠올랐다. 그 건방진 노예. 셰드는 이 정신 나간 쌍둥이처럼 제 손이나 어깨 따위에 굳이 집착하진 않았다. 당연했다. 그와 그녀는 합법적으로 몸을 섞을 수 있으니까.

그는 그녀의 어떤 부분을 만져도 상관없는 존재였다.

그런 주제에……. 제법 라하의 손을 자주 잡기는 했다. 굳은살 가득한 셰드의 손을 생각하니 기분이 아주 조금 나아졌다.

그걸 떠올리면 카르젠의 체온도 조금은 참을 수 있었다.

황제가 쌍둥이 황녀를 허벅지 위에 앉히고 어깨를 지분거리고 있어도, 단 아래의 시종들은 그저 몹시도 공손하고 지나치게 정중한 얼굴로 정리에 분주하다.

라하는 그들이 분주하게 정리하는 보물들을 빤히 바라보았다. 다른 건 별로 눈이 가지 않았고, 희한하게 보검들에만 시선이 갔다. 검을 잘 모르는 라하가 봐도 정말 좋은 검들뿐이었다.

하나쯤 얻어 갈 수 있지 않을까?

그러다가, 턱이 붙잡혀 시선이 돌아왔다.

"뭘 보고 있는 거지?"

카르젠의 목소리가 묘했다.

"시종을 보고 있는 건가? 아니면……. 검?"

"카르젠."

라하는 자신의 허리를 껴안고 있는 카르젠의 팔 위에 손을 얹었다. 그의 시선이 그쪽으로 내려왔다 다시 위로 올라온다.

"이런 말 해도 될까?"

"물론."

"이젠 슬슬 나이프로 고기를 썰고 싶어."

"아."

그제야 카르젠이 표정을 풀었다. 그의 손이 라하의 밋밋한 배를 가볍게 쓸었다. 순간 어쩔 수 없이 목덜미를 따라 소름이 오스스 돋았다.

"내가 널 너무 오래 기다리게 했구나."

근처에서 귀를 기울이고 있던 시종장이 재빨리 허리를 굽혔다.

"정찬장으로 모시겠습니다. 폐하, 황녀님."

* * *

같은 시각.

라하의 내궁에 들어온 올리버는 눈을 깜빡거리고 있었다.

"옥체 보중하셨는지요. 애첩님. 라하 황녀님의 명령을 받고 왔습니다. 올리버라고 불러 주시면 됩니다."

꾸벅 숙이는 고개.

올리버는 예전에도 몇 번, 내궁에 들어와 본 적이 있기는 했다. 카르젠은 라하에게 집착하는 것과는 별개로, 궁의가 내궁에 들어가는 것은 전혀 신경을 쓰지 않았기 때문이다.

인술이 고통스럽기는 했으나 일주일씩 사는 노예들이 없던 것도 아니었고, 라하가 주치의를 불러 그들을 진단하게 하는 것도 알았다. 그 발버둥이 카르젠에게는 퍽 안타깝고 딱한 일이었으리라.

몇 번 반복된 일을 군이 들춰 볼 만큼 카르젠도 한가하진 않았다. 어찌 되었든, 이 거대한 델로 제국의 반쪽짜리 황제가 아니던가.

그래서 오늘 올리버가 내궁에 들어온 걸 군이 의심하거나 주목하는 사람은 없었다.

올리버 역시 큰 긴장 없이 들어왔다. 그 푸른 눈의 황녀님이, 내궁에 들어가 노예를 살펴 달라는 말을 할 때 조금의 긴장도 없었기 때문이다.

아주 드문 확률을 깨고, 조금 상태가 괜찮은 노예가 들어왔던가. 그 추론은 사실이었다.

"……."

그리고……, 셰드와 올리버는 서로를 희한한 눈으로 마주 보았다.

올리버야 그런 시선이 익숙했다.

어리다고 황녀님에게 들었을 수도 있지만, 이렇게 어릴 줄은 몰랐을 터. 보통 궁의는 적어도 30대 후반은 되어야 꿰찰 수 있는 자리다. 더군다나 대륙에 단 하나뿐인 제국 황실의 황궁이라면 40대에 채용된다고 해도 늦은 게 아니었다.

하지만 올리버는 자신보다 이 남자가 더 신기했다.

노예라면 인술의 고통 때문에 힘을 잘 못 쓸 텐데도 황녀님이 왜 복상사 비슷한 걸 당할 것 같았는지, 얼굴을 보니 대충 가늠이 간 것이다. 사교계에 데려다 놓으면 많은 여성들이 행복해할 것 같은 얼굴이었다.

"흠흠."

올리버가 헛기침을 했다.

"그러니까…… 애첩님?"

"뭐?"

셰드가 헛웃음을 지었다. 아니, 그래. 제 딴에는 아주 정중한 표현이라는 걸 알긴 알겠는데…….

"일단은 황녀님의 명대로 진찰부터 하겠습니다. 괜찮으시면 소매를 팔뚝까지 걷……. 아니 그냥 옷을 벗어 주시겠습니까?"

올리버는 빙글빙글 돌면서 셰드를 진찰했다.

"몸 여기저기에 상처가 많으신데 이건 오래 된 검흔이라서 제가 손을 쓸 수 없군요. 그리고 인술은……. 이미 어느 정도 짐작하고 있으시겠지만 애첩님의 몸에선 크게 힘을 쓰지 못하고 있습니다."

올리버는 진중한 얼굴로 말했다.

이 남자의 몸을 다 살펴본 후에야 의문이 풀렸다. 노예지만 이상하게 몸에서 인술이 날뛰지 못해서, 그래서 건강이 거의 정상이었던 모양이다. 그제야 라하가 불편해했던 것도 이해가 갔다.

모든 의문을 푼 올리버는 맞은편에 앉았다.

"애첩님은 무슨 차를 좋아하시는지요?"

"그런 건 왜 묻지?"

"애첩님이 그다지 아프신 곳이 없는데 저를 보낸 황녀님의 의도를 짐작했습니다. 아마 제가 애첩님의 대화 상대라도 되어 주길 바라신 것 같아요."

"대화 상대?"

셰드는 순간 기가 찼다. 아니, 아까부터 애첩이라는 그 낯간지러운 표현은 둘째 치고, 무슨……. 고작 하루를 혼자 둔다고 무슨 큰일이라도 나는 줄 아는지.

울음 참는 아이 같은 낯으로 매일을 살아가면서, 누구를 아이 취급하는지 모를 일이었다.

"됐어. 가 봐."

"예? 아……. 그럼 무슨 주류를 선호하시나요?"

"크게 안 즐겨. 가 봐."

올리버는 끈덕졌다.

"그럼 뭘 하면 즐거우신지 제게 편하게 말씀해 주셨으면 좋겠습니다. 황궁의로서, 황녀님이 아끼시는 분의 정신 건강도 중요합니다."

올리버는 생각보다 라하의 명령에 꼼짝도 못 하는 것 같았다.

더군다나 즐겨?

순간적으로 늘 쥐고 살았던 검이 생각났다. 하지만 그건 온전히 즐기는 것이라기보다는 생존을 위했던 거고.

뭘 해야 즐거웠지?

"다녀올게."

순간 라하가 자신의 뺨에 입을 맞추던 게 생각났다. 즐거움이라는 표현이 생각나자 반사적으로 뒤따라온 장면이었다. 셰드가 조금 당혹스러움을 느낄 정도로.

"나 기다리는 거 말곤 할 일도 없잖아."

개가 주인을 기다리는 것과 그다지 다를 건 없지만……. 그게 그리 불쾌하진 않았다. 하기야 이 황궁에 끌려와 제대로 대화를 나누는 이라고는 그 무너질 것 같은 황녀밖에 없으니 당연한 일일지도 몰랐다.

셰드는 자신을 반짝이는 눈으로 바라보고 있는 올리버를 응시했다.

그러다가 문득 깊은 의문이 머리를 파고든다.

"아까 정신 건강이라고 했나?"

"예? 예. 그랬습니다."

"왜 내 정신 건강만 돌보는 거지?"

"예?"

"다른 이는?"

"……."

순간 올리버의 미소가 쨍하니 굳었다.

지금 이 아름다운 노예가 말하는 게 무슨 말인지 모를 수가 없어서였다. 그래. 올리버는 주치의로서, 제국의 충실한 황궁의로서 한 명의 건강을 더 충실하게 관리할 의무가 있었다.

라하.

안정제를 제외한 어떤 약의 이름도 되물어 본 적이 없는 그 황녀.

올리버의 올리브색 눈동자에서 천천히 빛이 꺼졌다.

어깨를 느리게 움츠린 소년은 두 손을 아이처럼 꼼지락거렸다. 짧지 않은 침묵이 황녀의 노예와 황녀의 주치의 사이에 감돌았다.

"그분은……."

말이 느리게 흘러나온다.

"제가 그분을 치료하는 걸 허락하지 않으십니다."

단 한 번도. 올리버의 눈동자가 처연하게 가라앉았다.

"그래서 제가 치료할 수 있는 건 기껏해야 몸의 상처가 전부였습니다."

* * *

어린 주치의가 떠난 건 세 시간이 훌쩍 지나서였다.

"참, 황녀님은 일주일은 못 들어오실 예정입니다. 연회가 준비되고 있었는데, 아무래도 황궁에서 안주인 역할 하시는 분이 일단은 황녀님뿐이라, 황녀님께서 마저 준비하시는 게 그림이 더 좋기 때문입니다."

늘 그렇듯 적응 안 되는 말투로 얘기한 올리버가 조금 당황하면서 물었다.

"서운하십니까?"

어린애 특유의 무해함으로 무장한 소년이 솔직하게 허를 찌르는데, 하나하나 헛웃음만 나온다.

"아니."
"다행입니다. 혹시 많이 서운하시면 제가 가져온 이 노트와 펜에 감정을 마음껏 적으십시오. 이렇게 하면 그냥 마음으로 품고 있는 것보다 훨씬 정신 건강에도 좋고……."

올리버의 말대로, 10시가 지나서도 라하는 오지 않았다.
자정이 되는 시간이 다 되어서도 마찬가지였다.
셰드는 라하가 외궁에서 가져온 책들 중 하나를 읽다가 시선을 들어 올렸다. 손만 뻗으면 닿을 수 있는 협탁에 놓인 초록색 책을 펼치자, 역시나 안쪽에는 단검이 잘 자리하고 있었다.
짧은 몸체를 툭툭 던져 들었다가 잡는다. 어릴 적부터 검을 잡아 왔다. 단검도 나쁘진 않았지만 아무래도 더 무거운 검이 셰드의 손에 맞기는 했다.
고개를 들어 지붕과 창가 쪽에 비스듬히 난 유리창을 올려다보았다. 오늘은 달이 밝았다. 달빛이 둥글게 쏟아져 들어오는 꼴이, 일평생 숨 돌릴 틈 없이 살았던 기사에겐 어쩐지 과분하게까지 느껴지는 광경이었다.
눈이 올 것도 같았다.
아니, 눈이 내리고 있었다.
셰드는 라하가 늘 입고 다니던 얇은 드레스를 생각했다. 그 황녀는 신분만은 말도 안 되게 드높은 주제에, 자신의 체온에 대해선 최소한의 관심도 기울이지 않았다. 동사라도 걸려 손가락 한두 개는 못 쓰는 지경이 되어야 신경을 쓸 모양인지.

그가 단검을 책 사이에 밀어 넣었다.

나지막한 인기척이 들린 건 그때였다. 이 시간에 무슨. 동관 쪽 출입문으로 향한 셰드가 문을 열었다.

동관 복도의 천장은 70% 이상이 통유리로 되어 있었다. 그래서 눈이 하염없이 내리는 밤하늘이 고스란히 눈에 들어왔다.

그래서 꼭.

"셰드."

라하가 눈밭에서 걸어오고 있는 것 같은 착각이 들었다.

"안 잤네."

라하가 웃고 있었다. 일주일은 오지 못할 거라던 말. 버렸던 기대. 거의 모두가 잠든 늦은 시간. 휘황찬란하게 내리는 달빛. 쏟아지는 새하얀 눈과 선명한 추위. 이 모든 게 뒤섞인다.

"라하."

셰드가 기이한 기분에 사로잡혀 그녀를 보았다.

"오지 못할 거라고 들었는데요."

그녀는 대답을 하는 대신 가져온 보검을 그에게 턱 하고 밀어 넘겼다. 이 밤에 이렇게 나온 게, 그녀에겐 말도 안 되게 즐거운 일인 모양이었다.

"밤엔 온다고 했었잖아."

그녀는 셰드의 목에 팔을 감았다. 거의 본능적인 행동으로, 그는 라하의 몸을 가볍게 안아 들어 품에 세게 내리눌렀다. 세게 껴안았다는 표현이 더 어울릴 듯싶은 접촉이었다.

라하가 나지막하게 말했다.

"오래는 못 있어."

내일도 못 오고, 일주일은 정말 못 올 게 분명했다.

"그럼 어떻게 해야겠어?"

그렇게 속삭여 놓고, 라하는 셰드의 입에 가볍게 키스했다. 아예 잠깐의 불장난만 즐기고 갈 생각이었는지, 옷조차도 너무 가볍다. 이 황녀는 정말 이상한 부분에서 뻔뻔했다.

그런 생각을 하면서도…….

그는 기꺼이 그녀의 숄을 한 손으로 끌렀다. 라하가 머금은 미소를 혀끝으로 핥아 보고 싶다는, 스스로도 이해하기 어려운 기분이 들었다. 셰드는 턱을 기울여 그대로 라하에게 깊게 입을 맞췄다.

그때부터였다. 그가 이상한 갈증이 들기 시작한 것이.

* * *

일주일은 쏜살같이 흘렀다.

라하는 이번에야말로 초콜릿 안에 술을 넣은 디저트를 연회장에 내놓으라고 명령했다. 이미 2주 전부터 황실 주방에서는 세상의 모든 진귀한 음식들을 공수하느라 정신이 없었다.

날씨는 한겨울이라 추웠지만, 그래도 유리를 많이 써서 최대한 바깥 풍경을 많이 보이게 하는 건 델로 제국의 유구한 사교 문화였다. 난방비가 많이 들겠지만, 제국 황실이 내탕금을 걱정할 이유는 없었다.

사람 키의 두 배는 넘는 커다란 창문에는 전부 붉은 벨벳 커튼이 새로 달렸다. 완벽한 잡힌 풍성한 주름이며 끝단에 섬세하게 수놓아진 금실 문양. 어딜 보아도 황실의 연회였다.

배경처럼 숨겨진 오케스트라에서 달콤한 선율들이 쉬지 않고 울려 퍼진다. 이전의, 대신관들을 끌고 와 아닌 척 경직되었던 연회와는 분위기 자체가 달랐다.

그럴 수밖에 없을 터다.

"황제 폐하의 정혼자를 선택하는 파티라니요."

"분위기가 좋네요."

역대 황제들은 당연히 거의 열어 본 적 없는 파티였다. 황제의 혼사는 당연히 정략혼이 절대적이었고, 미리 조건이 맞는 가문의 영애와 약혼을 맺고 황후로 책봉하는 게 일반적이었으니까.

실제로 카르젠 역시 물밑에선 몇몇 대귀족 가문의 영애들과 혼담이 오가고 있었다. 그러나 말 그대로 혼담이 오가고 있는 것뿐이었다. '계승자의 눈'을 이어받지 못하였으나, 역대 그 어떤 황제보다도, 핏물에 전 군권을 가진 젊은 황제는, 대령되는 모든 영애가 썩 마음에 들지 않는 듯했다.

어차피 얼어붙은 분위기를 부드럽게라도 만들 겸 파티를 여는 것. 서로 나쁘지 않은 방안이었다. 카르젠 역시 얼어붙은 내정에 약간은 더 신경을 써야 한다는 귀족들의 간청을 아예 무시는 할 수 없을 테니.

어찌 되었든, 계산으로 바삐 굴러가던 귀족들의 시선은 얼마 후 황제가 입장한다는 쩌렁쩌렁한 목소리를 듣고서야 한 곳에 집중되었다.

* * *

"신경을 제법 썼구나. 라하."

연회장을 둘러본 카르젠의 솔직한 공치사였다.

"마음에 들어?"

"지금 네 모습만큼은 아니지만."

라하의 귓가에서 커다란 다이아몬드 귀걸이가 반짝였다. 순금으로 마무리한 귀걸이는 목걸이와 한 세트인 게 티가 났다. 굳이 짝을 맞춘 걸 고르라면 훨씬 가시적인 게 하나 더 있기도 했다

라하는 카르젠과 비슷한 색깔의 옷감을 몸에 두르고 있었으니까. 처음부터 황궁의 수석 디자이너가 그렇게 디자인한 옷이었다.

카르젠은 라하의 장갑 낀 손등에 가볍게 입을 맞췄다. 정혼자니, 약혼자니, 황후니 모든 걸 좋아하지 않는 그였지만 어찌 되었든 이 연회의 본질적인

목적은 인지하고 있는 듯, 그 역시 제대로 성장한 차림새였다.

라하는 자신과 지나치게 닮은 쌍둥이의 옆모습을 흘긋 보았다.

젊고 아름다운 황제라.

그래서 대놓고 황후를 찾겠다고 벌인 로맨틱한 연회라.

다 좋지. 좋았다.

'계승자의 눈'이 없는 대신 무자비하게 타국을 침략했으니, 이 정도는 해야 이미지 쇄신에도 좋을 것이다. 아주 적당할 때 에스더 공작이 정혼자를 찾으라는 조언을 건넸다고 생각했다.

좋다. 약점도 기회가 되니 카르젠은 참 운을 타고난 게 틀림없다.

한날한시에 함께 태어난 쌍둥이인데 이쪽은 그리 운이 좋지 못하고.

"지고하신 황제 폐하. 인사 올리겠습니다."

모든 게 흠잡을 게 없었다.

이런 파티에서까지 굳이 미혼인 자신과 입장한 것도 뭐, 사이좋은 쌍둥이로 보일 수 있을 터다.

어떻게든.

세 시간이 지나고서야 후보인 귀족 영애들의 소개가 끝났다. 내내 그 옆에 앉아서 함께 인사를 들어야 했던 라하는, 카르젠의 얼굴에 지루함이 묻어나고 있다는 사실을 깨달았다.

그건 이해했다. 라하도 제법 지루했다.

"그럼 이따가 보자, 라하."

"네. 카르젠."

남들이 보고 있을 때면 라하의 말은 바로 공손해진다. 응당 그래야 하기는 했다. 그나마도, 이름을 부르지 않으면 카르젠의 눈빛이 서늘해지기 시작해 호명만은 웬만해선 해 주곤 했다.

라하는 카르젠의 시선이 자신에게 굉장히 오래 머물렀다는 사실을 알고 있었다. 덕분에 내내 긴장하며 몸에 힘을 주느라 힘들었다.

카르젠이 춤을 추러 간 이후에는 좀 더 편안해졌다.

그리고 그녀는 자신이 내궁에 박혀 있던 일주일 사이, 무슨 새로운 소문이 퍼졌는지 알게 되었다.

"마법 인술을 이젠 많은 귀족들이 알게 되었습니다."

카르젠의 심복이자, 매번 침노들에게 인술을 새기는 마법사가 다가와 말했다.

"아무래도 수많은 대신관들 앞에서 인술을 새기는 걸 보였으니 소문이 나지 않을 수는 없겠지요."

그럼 그렇지.

이제 또 다음 침노가 들어와 일찍 죽으면, 귀족들은 물밑에서 열심히 궁금해할 것이다. 노예들이 금세 죽는 건 인술 때문인지, 아니면 라하 황녀의 가학적인 성 취향 때문인지. 뭐 알 바는 아니었다.

다만 전자라면 확실히 귀족들이 카르젠을 더 두려워할 거라는 사실쯤은 쉽게 추측할 수 있었다. 그는 이런 식으로 귀족들의 목줄을 조이는 데 능란하니까.

상석에서 내려온 라하는 적당히 자신이 앉을 만한 테이블로 향했다. 황족을 위한 자리를 반드시 하나는 비워 두는 게 원칙이라, 가장 적당히 붐비는 테이블에 앉으면 그만이었다. 어차피 여기 초청받은 이들도 전부 최소 백작가 이상의 귀족들이다.

게다가……

카르젠에게 비교적 가까운 상석 쪽 테이블은 전부 라하 또래의 귀족 영애들뿐이었다. 다시 말해, 카르젠의 예비 신붓감들.

"황녀님."

"황녀님께 인사 올립니다."

"앉아요."

라하는 그린 듯한 미소를 되돌려 주며 가장 먼저 앉았다. 영애들이 따라서 앉는다. 테이블 위에는 황궁 주방에서 심혈을 기울여 만들어 낸 수많은 디저트들이 호화롭게 늘어서 있다.

라하는 시종이 가져온 샴페인을 맛보며 생각했다.

'다들 열심히 먹었네.'

역시, 술이 들어간 초콜릿을 내놓는 건 좋은 생각이었다. 달콤하고 고급스러운 맛에 한 개만 더 맛볼까 싶어 손을 뻗게 되니. 그러다 보면 너덧 개는 거뜬히 먹으니까.

한번 술이 들어가면 샴페인이나 와인 따위에 입을 대는 게 훨씬 쉬워진다. 모름지기 파티란 즐겁고 들떠 있어야 정상인데, 술 한잔하지 못하는 귀족들이 벌벌 떨고만 있으면 얼마나 분위기가 이상하겠는가.

카르젠의 심기가 상하면 그건 누구더러 감당하라고.

라하는 옅은 미소와 함께 기포가 올라오는 샴페인을 감상했다.

오랜만에 풀어진 분위기의 연회. 게다가 분명히 취기가 올라오는 사람들이 가득한 곳에서는, 언제나 실수하는 이가 나오기 마련이었다.

더군다나 '적의'를 받아도 상관없는 인물이 황실에 분명히 존재한다면.

마치 라하 델하르사처럼.

시작은 샴페인 잔을 놓치는 소리였다.

쨍그랑!

한 테이블에 앉아 있던 귀부인이 놀란 얼굴을 했다.

"어머니!"

반사적으로 튀어나오는 목소리. 라하는 누가 봐도 모녀 관계임을 짐작할 수 있는 두 사람을 물끄러미 보았다. 그 테이블 근처에 있던 딸을 보러 온 게 틀림없었다.

이런 자리인데도 굳이 딸을 보러 여기까지 오다니, 모녀 관계가 아주 좋은 모양이다.

'……아니네.'

라하는 귀부인의 얼굴을 가까이서 보고서야 알았다.

이웃 나라 왕비였다.

비단 내국의 귀족들만 초대한 자리가 아니었으니까. 이번 대 델로 제국의 황제인 카르젠이 워낙 밟아 대서 그렇지, 보통은 타국 간에도 정략혼이 빈번하게 이뤄지곤 했다.

"죄송합니다, 황녀님."

가장 신분이 높은 라하에게 연신 사과가 돌아온다.

"제가 너무 놀라는 바람에……."

왕비는 우아한 태도로 가슴 위에 손을 얹고 숨을 가쁘게 내쉬었다. 확실히, 아무리 무장했다지만 아직은 어딘가 어설픈 영애들과는 질적으로 다른 태도였다.

"참, 그러고 보니 무서운 이야기를 들었답니다, 황녀님."

사과를 이유로 가까이 다가와, 목적으로 찌르는 폼이 예사롭지 않았으니까.

"듣기로는, 노예 중에서도 특히 얼굴이 아름다운 노예가 있었다던데요."

"아."

셰드를 말하는 것일 터다. 라하는 나중에 알게 되는 얘기였지만, 제국 사교계에선 셰드가 황녀의 노예가 아닌 인형이라는 말까지 암암리에 돌 정도였다.

사유야 당황스럽게 아름다운 외모 덕분이었고.

라하는 샴페인 잔을 든 채로 대답했다.

"네, 있더군요."

왕비는 걱정스러운 표정으로 물었다.

"대신관님들을 모셔 와야 할 정도로 아름답던가요?"

내가 데려온 게 아닌데.

"하지만 노예들은 마법의 힘을 이기지 못하고 몇 달도 되지 않아 다 죽는다고 들었어요."

몇 분이면 죽어.

"너무 많은 노예를 들이시는 게 아닌가요? 꽁꽁 숨겨 놓고, 저희도 좀 보여 주지 않으시고."

너희 주변을 죄 짓밟은 그 미친 폭군이 허락하지 않아.

라하는 미소도 나오지 않았다. 정말 기분이 나빠서 얼굴이 굳은 건 아니었다. 그랬으면 진작 카르젠 앞에서 단 한 줌의 미소도 그려 보이지 못했을 테니까.

그녀는 어머니, 하면서 왕비의 곁에 어쩔 줄 몰라 하며 서 있는 소녀를 흘긋 보았다.

왕비의 딸이니 공주님이겠지.

공주님이라.

구김살 하나 없어 보이는 맑은 인상이었다.

여기 참석한 모두가 그랬지만 특히나 공들여 꾸민 티가 났다.

이 자리에 이렇게나 꾸미고 나올 정도면, 당연히 델로 제국의 황후를 꿈꾸고 있을 거고.

그래, 뭐. 다들 꿈은 꿀 수 있질 않던가.

보아하니 이 왕비는 자신의 딸을 몹시 아끼는 것 같았다. 값비싸게 팔아먹을 재산의 의미로든, 혹은 그저 순수한 애정으로든. 어쨌든 이 반짝이는 연회장에서도 자기 딸이 가장 예쁘고 사랑스러워 보이겠지.

제국 황후의 꿈이 그리 허황된 꿈처럼 여겨지지 않을 정도로.

그러니 황제의 옆에 붙어 있는, 마법까지 써서 침노들을 강제하고 죽인다는 쌍둥이 황녀가 몹시도 꺼림칙하겠지.

그게 아니면 그냥 신성국이 엉망이 된 것에 화가 났거나. 어차피 카르젠에게 화를 내지 못해 자신에게 화를 내는 사람들은 숱하게도 겪었다.

들고 있던 샴페인 잔에서 기포가 포르르 올라왔다.

카르젠이 어떤 여자를 황후로 맞을지는 라하가 알 바 아니었다. 외려 조금이라도 관심 갖는 티를 내면 그 정신 나간 놈이 자신에게 어떤 반응을 보일지 알 수 없기도 했고.

하지만 적어도 면전에서 이렇게 시비를 거는 이 왕국은 안 됐다.

자신에게 유독 적대적인 황후는 피곤했다.

"음지에서 뒹구는 이들을 내어 보기엔 부끄럽고……."

라하는 느리게 미소를 흘렸다.

"왕비님이 원하신다면 오늘 밤 당장이라도 내궁에 초대하죠. 내 노예들이 머무는 곳입니다."

"어머."

"그런데 내 내궁에는 내 노예만이 출입할 수 있답니다."

라하의 속눈썹이 느리게 팔랑였다. 그녀의 말을 정확히 알아들은 왕비의 얼굴에 천천히 미소가 번졌다.

"혹, 저를 황녀님의 노예로 삼기라도 하겠다는 말씀이신가요?"

"설마요."

이 연회에 초대된 왕족들은 전부 나라가 튼튼하며, 믿고 뻗댈 수 있는 자원을 보유한 왕국의 정점들이었다. 그런 나라의 왕비를 노예로 데려가겠다는 말은, 누가 들어도 일방적인 선전포고였다.

무엇보다 라하는 황후가 아닌 황녀였다.

이 말은, 즉 좀 더 부담 없는 존재로 공격을 해야 한다는 소리였다. 무엇이든 맞는 선끼리 그어야 탈이 덜한 법이니.

라하의 시선이 왕비의 옆을 향했다.

"공주라면 모를까."

"……!"

라하가 한 발자국 다가가자 왕비의 곁에 붙어 있던 공주가 저도 모르게 뒷걸음질을 쳤다. 헌신적인 어머니 밑에서 사랑받은 티가 날 때부터 알았지만, 그럴 것 같았다.

"황녀님. 농담이 재미있으십니다."

"농담이요?"

라하가 정말로 재미있는 농담을 들었다는 듯, 약하게 웃음을 터뜨렸다.

"타국에서 온 손님이라 잘 모르시는 모양인데, 난 농담을 즐기지 않습니다."

"……."

"내가 지금이라도 폐하께 청할 수 있지 않을까요?"

"……!"

치렁치렁한 소매 아래 감춰져 있던 왕비의 손에 힘이 약하게 들어가는 것도 잠시.

"뭘 청하겠다는 거지?"

라하 쪽에 온통 쏠려 있던 귀족들의 시선이 확 뒤로 돌아갔다. 동시에 쭈뼛 서는 등골. 카르젠이었다.

"라하. 내가 잘못 들었나?"

"카르젠."

"내 쌍둥이가 갖고 싶은 게 있다는 건 처음 듣는데. 무엇이지?"

그러니까 보통의 교양 있는 푸른 피라면, 여기서 그쯤 해야 했다. 왕비는 충분히 라하의 경고를 알아들은 티를 냈으니까. 우아한 자비를 베풀어야 마땅하다고…….

"여자도 노예로 선물해 줄 수 있나요?"

순식간에 왕비의 숨이 굳었다. 카르젠은 묘한 눈으로 라하를 바라보았다. 한 박자 늦게 답이 돌아왔다.

"물론."

이젠 공주의 얼굴이 창백하게 질리기 시작했다.

"네가 원하는 노예가 있다는 건 또 처음 듣는구나. 누구를 원하지?"

되물은 카르젠이 천천히 주변을 둘러보았다. 숨도 조심해서 쉬는 귀족들 사이로 왕비와 공주의 얼굴이 차례로 보였지만, 카르젠의 관심을 끌지는 못했다. 그토록 무감하고 무심한 표정으로 카르젠은 다시 라하를 보았다.

"라하."

재촉하는 목소리에 라하가 미소를 지었다.

"당장은 없어요."

"그래?"

아쉬움이 은은하게 묻어나는 대답이었다.

"생기면 당장 말하렴."

그래. 이런 연회는 카르젠의 취향이 아니었고 지금이라도 또 피에 미친놈처럼 날뛰고 싶겠지.

라하는 부드러운 미소를 지었다.

"네. 카르젠."

카르젠은 잠시 후에야 자리를 비웠다. 그가 떠나고서야 겨우 숨을 돌린 레이디가 라하에게 얼른 미소를 그려 냈다.

"황녀님. 이 샴페인이 너무 입맛에 맞네요."

"어떤 것이죠?"

자리를 권하는 말에 라하는 적당히 앉았다. 굳이 왕비와 공주를 다시 볼 필요는 없었다. 이미 그들은 빠르게 정중해진 상태였다. 정확히는 왕비가, 이전과 비교도 안 될 만큼 점잖아졌다. 라하가 자신의 딸을 어떻게 할까 봐 정말로 겁을 먹은 것 같았다.

우습지. 애초에 마음이 상하지도 않았는데.

그저 공주가 걱정을 가득 담아 어머니에게 잠깐 시선을 길게 줬을 뿐이다. 왕비는 여전히 아름답고 자애롭고 웃고 있었지만. 그러면서 떨리는 공주의 손을 꼭 잡아 주고 있었다.

카르젠에게 저런 말을 들은 이상, 직접적인 겨냥까진 아니어도 황후 자리는 텄다는 걸 분명히 깨달았을 것이다. 라하를 노릴 정도였다면 국력에도 좀 자신 있는 나라의 왕비고 공주일 테니, 황후 자리에 목숨을 걸 이유도 없고.

오늘 이 연회는, 라하가 가만히 있는 이상 저 모녀에겐 그저 '큰일 날 뻔했다' 정도의 기억으로만 남겨질 터다.

그래서 라하는 그녀답지 않게 조금 후회가 됐다.

'저 공주를 카르젠의 정혼자로 밀어줄걸 그랬나.'

내게 시비를 걸었다는 이유로, 지옥에서 스스로 멀어지게 됐네. 운도 좋지. 저이는 라하가 이제껏 본 사람들 중 가장 운이 좋은 공주였다. 기분이 살짝 가라앉았다. 조금 심통이 난 것 같기도 했다.

그렇다면 가장 싫은 여자를 골라 카르젠의 옆자리에 밀어 넣어 볼까, 하던 라하는 금세 포기했다.

반쯤 성의 없이 한 생각인데다가, 어쩐지 셰드가 알게 되면……. 그 특유의 기가 차다는 표정을 지을 것 같아서. 아니면 얼굴이 차갑게 굳을 수도 있고.

라하는 설탕이 파스스 입 안에서 부서지는 예쁜 과자를 입 안에 넣었다. 그의 얼굴을 떠올리자 우습게도 기분이 천천히 풀렸다.

파티는 제법 순조롭게 무르익었다.

"라하."

카르젠이 조금 지친 것 같은 얼굴로 다가온 건 그즈음이었다. 아까부터 춤이 끊이지 않았을 테니 당연한 일일 터. 일부러 관대한 기준을 적용해 참석객 수를 더 늘린 보람이 있었다. 종일 빙글빙글 돌았을 텐데 힘들겠지.

라하는 카르젠에게 냉침한 차를 내밀었다. 한 잔을 단숨에 비운 카르젠이 후, 숨을 내쉬며 물었다.

"시시하구나."

"그래요?"

그리고 카르젠은 라하의 예상보다 더, '괜찮은 신붓감'을 찾기 위한 이 과정에 빠르게 질린 모양이었다. 고행처럼 느끼고 있는 듯도 하였다.

신전에선 정결해야 하며 황궁에서는 예의를 차려야 하듯이, 황후 될 이를 찾기 위한 파티에선 카르젠은 당연히도 좋은 남자인 척 가장을 해야 했으니까.

물론 이 젊은 황제가 피에 젖은 미친놈이라는 걸 여기 참석한 모두가 알고 있지만, 그래도. 목적이 명확한 이런 자리에서는 말쑥하고 정중한 척을 해야 했다.

어쨌든 카르젠의 몸에 흐르는 것도 적통 황족의 피니까.

"마음에 드는 영애가 있나?"

"카르젠은?"

"글쎄. 내 쌍둥이와 닮은 여자는 없구나."

"그렇겠지."

라하는 귓가에 자연스럽게 빼놓은 푸른색 머리카락을 가볍게 건드리며 말했다.

"우리 머리색은 독특하잖아. 카르젠."

"그래. 그러면."

카르젠의 입가가 옅은 호선을 그렸다.

"이 제국의 모든 여자들에게 파란 가발을 쓰게 할까?"

"파란 가발?"

"아니, 안 되겠군. 그러면 네가 숨어도 찾기가 어려울 테니까."

뼈가 있는 말이었지만, 대답하는 라하의 목소리는 그저 무해하기만 하나.

"나는 숨을 일이 없는걸."

"그래, 라하."

카르젠이 라하의 턱을 가볍게 매만지며 말했다.

"그래도 혹시 모르니."

지금 뭐라고 대답해야 할까? 당찬 어조로 되묻는 게 나을까? 아니면 조용히 입을 다물고 있는 게 나을까? 어떤 게 더 이 쌍둥이의 심기를 더 거슬리지 않는 반응일까.

머릿속으로 수많은 생각이 빠르게 회전한다.

라하는 후자를 택했다.

"……."

황녀의 침묵. 아무것도 듣지도 말하지도 못하는 인형처럼 그저 조용히 입을 다물었다. 덕택에 들리는 것이라고는 잔잔한 음악 소리가 전부였다. 라하를 내려다보던 카르젠은 침묵이 제법 길어지고서야, 별말 없이 시선을 옮겼다.

아름다운 대연회홀. 파티는 즐거워 보였다. 이전보다 더 명확한 목적이 있으니, 다들 번뜩이는 눈을 하면서도 가장 매력적인 모습으로 웃었다. 자연히 활기가 넘쳤다.

라하는 눈으로 비어 가는 잔들을 체크했다. 구색을 맞추기 위해 아주 독한 술도 내놓았는데, 그쪽 잔들도 제법 비어 있었다. 확실히 이전 연회들보단 분위기가 좋단 말이지.

슬슬 비어 가는 잔들을 다른 술로 채워 놓으라 명령해야겠다고 생각하고 있던 와중이었다.

갑자기 카르젠이 몸을 굽혀 왔다.

"라하."

"응."

"내가 결혼을 하면 좋겠어?"

"그럼. 귀족들이 매일 떠들잖아. 제국의 안정을 위해 황후를 맞이하셔야 한–."

"아니, 라하."

"……."

"그 지루한 말들이 아니라, 네 의견이 궁금하단 소리다."

카르젠이 라하의 허리를 감싸 안았다.

"하지만 내 쌍둥이가 좋을 거라고 대답을 하면 영 서운할 것 같단 말이지."

라하가 미소를 빙긋 그렸다.

"그럼 싫다고 할게."

"그런데 싫다는 말을 들으면, 또 다른 생각이 들 것 같아."

다른 생각.

지금 카르젠이 잡고 있는 게 자신의 허리가 아니라 허벅지였으면, 분명 저 손가락 사이사이에 살이 꽉 눌러 잡혔을 거라는 강한 확신이 들었다.

"라하."

목소리가 라하의 목을 꽉 조르는 것처럼, 느리게 흘러나온다.

"무슨 생각인지 궁금하지 않아?"

라하는 가만히 카르젠을 올려다보았다.

그의 목소리가 낮아질 때, 그녀는 카르젠을 한참 동안 응시하고 있어야 했다. 이 기묘한 빛깔의 눈동자를 향해 뚝뚝 떨어지는 집착을 충분히 만족시켜 주어야 했다.

왜 하필 안구였을까.

하다못해 '계승자의 눈'이 손등에 그려지는 문양 같은 거였으면, 얼마든지 카르젠의 입에 내어 줄 수 있었을 거다. 그렇게 집착하다 못해 정신이 나갈 것 같은 그 증표를 마음껏 개처럼 핥으라고.

당장이라도 눈을 핥고 싶어 하는 저 눈빛을 볼 때마다 몸 위로 벌레기 기어가는 것 같다.

라하는 속으로 수천 가지의 대답을 재고, 계산하고, 재고, 계산하고. 그러다 천천히 입을 열었다. 남들 눈에는 그저 아름답게 눈만 몇 번 깜빡인 걸로 보일 터다.

"궁금하지 않아."

카르젠의 표정이 변하기 전에 라하가 다시 입을 벌렸다. 벌려져 드러난 붉은 혀에 카르젠의 시선이 멈춘다.

"내가 싫다고 해도 결혼할 거잖아, 카르젠."

결코 서두르는 티를 내지 않으면서, 서둘러 말을 이어 붙여야 한다는 것. 생각보다 훨씬 더 어렵고 어려워 심력을 소모하는 일이었다.

카르젠이 속삭이듯 대답했다.

"네가 싫다면 하지 않으려고 했지."

그럼 아내와 할 일을 내게 종용하려고? 차가운 머릿속과는 달리 라하의 미소는 언제나 그렇듯 상냥하고 부드럽다.

"미안한데, 카르젠."

라하가 나지막한 비밀을 속삭이는 소녀처럼 귓가를 가져다 댔다.

"그러기엔 내 쌍둥이가 너무 아름다워."

그녀의 손끝이 카르젠의 뺨과 턱을 가볍게 건드렸다. 남들의 시선에는 아슬아슬하게 가족의 정으로 보일 정도로. 딱 그만큼의 애정을, 받아먹을 놈의 아가리가 터질 듯 꾹꾹 눌러 채워서.

"다들 넘치게 질투를 할 텐데……. 내가 모든 레이디들에게 미움을 받는 걸 원하는 건 설마 아니겠지?"

짐짓 사랑스럽게까지 들리는 목소리. 라하가 먼저 하는 접촉은 흔치 않았고, 할 때마다 이토록 산뜻하고 담백하기만 했다. 카르젠이 이 이상 무언가 더 강제한다면 다시는 받을 수 없는 애정이기도 했고.

그 애정이 카르젠에겐 보잘것없는 것에 가깝다고 해도 상관없었다. 오히려 그 이상이야말로 카르젠이 원하는 것에 훨씬 가깝다고 해도 상관없었다.

카르젠은 충분히 즐기고 있었으니까.

스킨십으로 황제를 좌지우지하려고 하다니. 어딘가의 정부와 다를 바가 없질 않은가.

역사 속 숱한 정부들도 황제의 쌍둥이는 아니었을 테지만, 그런 비소조차 상관없었다.

"그럴 리가 있나. 넌 제국 모든 레이디의 경애를 받아야 하는 황녀인데. 네가 상심하는 건 정말로 보고 싶지 않단다."

카르젠이 적당히 아쉬워하고, 적당히 물러나기만 하면 됐다.

지금처럼.

그가 손을 뻗어 라하의 머리카락을 만졌다. 길게 늘어뜨린 머리카락이 카르젠의 손에서 의미 없이 흔들렸다.

문득 궁금해졌다.

이 미친놈은, 시침을 드는 여자들에게 파란 가발을 씌우고 하는 게 아닐까?

뒷모습은 거기서 거기이질 않겠나. 라하의 피부가 유독 하얀 편이긴 했지만, 침대 위 조명이 적나라할 것 같지도 않고. 물론 카르젠의 침실 조명 같은 거 알고 싶은 생각도 없긴 했지만.

'셰드한테 물어나 볼까.'

날 뒤에서 안으면 어떤 느낌이냐고. 푸른색 가발을 뒤집어쓴 여자와 날 구분할 수 있겠냐고.

'아무래도 비슷하겠지.'

라하는 그런 생각을 하면서도 미소를 지우지 않았다. 라하의 머리카락부터 손, 팔, 어깨까지 지분거리던 카르젠은 그녀 목에 걸린 순금 목걸이를 품평하듯 성의 없이 돌려 보고서야 그녀를 보내 주었다.

미소를 지으면서 단 밑으로 내려온 라하에게 기다렸다는 듯이 귀족들이 붙었다.

"두 분께서 참으로 우애가 깊으십니다."

우애라.

아직까지는 그렇게 보이는 모양이었다. 그래, 어느 정신 나간 쌍둥이가 자신의 오누이를 침대로 끌어들이지 말지 간을 보고 있다고 생각할 수 있을까. 그것도 온갖 훌륭한 교육은 죄 끌어 받은 제국의 황제가.

"저희 집 남매들도 두 분의 반이라도 따라가면 얼마나 좋을지 모르겠습니다."

그래도 저런 정신 나간 말을 하는 걸 보니, 둘 사이에 흐르는 이상한 기류까지 알아채진 못했나 보지.

"두 분의 우애가 제국의 귀감이시지요."

"그럼요, 황녀님."

대체 언제까지 우리가 그저 사이좋은 쌍둥이로 보일 수 있을까?

나중엔 자신더러 결국 색욕에 미쳐서 쌍둥이까지 침대에 끌어들였다고 하는 게 아닌지 모르겠다.

그러면 정말 억울할 텐데.

라하는 자신의 침노로 충분히 만족하고 있는데.

"하지만 너무 사이가 좋은 남매들은 외려 결혼을 잘 못 한답니다. 하하하!"

라하는 서늘한 무표정으로 웃는 남자를 쳐다보았다. 그녀의 웃는 얼굴만 보고 농담 같지도 않은 농담을 걸었던 타국의 대공은 서둘러 화제를 돌렸다.

다른 나라의 이들이 많이 참석하는 파티는, 생각보다 더 날것 느낌이 났다. 오랜만에 겪는 분위기이기도 했다. 내국 귀족들만의 연회는 이미 정제될 만큼 정제되어 이런 맛이 나지 않은 지 제법 되었지.

셰드를 만나기 전이라면, 이런 인사들을 보고 몇 마디 더 걸어 보았을 수도 있었을 터다. 하지만 오늘은 이들을 상대하며 괜히 눈에 띌 필요가 없었다.

어차피 조금 있으면 아주 크게 눈에 띄게 될 테니까.

게다가 밤에 셰드를 상대하려면 체력이든 뭐든 아껴 놓는 게 좋다는 걸, 그녀는 노예와 함께한 길지 않은 날 동안 절실히 깨달은 상태였다.

라하는 타국인 무리에서 걸음을 떼 자국인들에게로 향했다.

"황녀님. 오늘도 무척 아름다우십니다."

"자멜라 공작 영애."

공작 영애들은 이런 점에서 훨씬 편했다. 대귀족가의 여식들은 아무래도 사교 쪽 교육을 더 엄격하게 받으니.

나이가 어려서 부족한 부분도 충분히 보완 가능하다. 라하는 얼굴이 익숙한 델로의 귀족들과 몇 마디 담소를 나누었다.

보석으로 휘황찬란하게 장식된 시계를 본다.

라하는 셰드를 생각했다. 아니, 자연히 떠올리고 말았다. 어쩔 수 없는 웃음이 깊게 그려져서, 멀지 않은 곳에 있던 몇몇은 흘끔흘끔 황녀를 훔쳐보았다.

* * *

"황녀님은?"

"가셨습니다."

자멜라는 푸른색 드레스를 내려다보았다. 그녀의 눈동자 색에 맞춘 드레스였다. 이 '정혼자를 찾는 파티'에 타국의 왕족과 대귀족들을 제법 초청한 건 현명한 판단이었다. 그렇지 않아도 모든 파티에서 귀족들의 시선은 반으로 갈린다.

황제를 보거나, 황녀를 보거나.

황녀를 보든지, 황제를 보든지.

황녀를 자세히 살펴라, 따위의 무도한 말이 도는 건 아니었다. 그들도 목숨은 소중했으니까. 다만 여러 번 황실 연회를 겪은 대귀족들은 어느 정도 알게 되는 것이다.

황녀가 그들의 생각보다 더 중요한 인물이라는 걸.

단순히 '계승자의 눈'을 갖고 있어서가 아니라…….

"자멜라. 폐하께 인사를 드리러 가자꾸나."

"네, 아버지."

아까 인사는 다 끝냈고, 이미 춤도 한 번 췄다. 물론 카르젠은 자신에게 약간의 흥미도 없는 게 눈에 보였지만. 그래도 자멜라는 윈스턴 공작의 딸이었다. 대귀족은 어떤 의미로든 황가와 가까운 편이었다.

좀 더 눈도장을 찍을 수 있는 기회가 남들보단 많다는 소리이기도 했다.

자멜라는 걸음을 옮겼다. 아까 전, 결국 눈물까지 흘린 공주는 왕비와 함께 휴게실로 간 이후 구석에 박혀만 있었다.

"잘 보여야 한단다, 자멜라. 흥미를 끌면 더 좋지만 과하지 않게. 목줄이 네게 없음을 명심하고."

작고 빠르게 이르는 목소리에 자멜라가 아주 가볍게 고개를 끄덕였다.

"폐하."

평소라면 황제의 곁을 독차지했을 나이 든 노귀족들이 오늘만큼은 눈치 있게 젊은 레이디가 다가오면 자리를 비워 주었기 때문에, 자멜라는 어렵지 않게 황제의 근처에 설 수 있었다.

제게 아주 무심히 스치는 찰나의 시선으로도 충분했다.

"지금 드시는 와인보다는 저 와인을 드시는 게 어떨까요?"

자멜라는 근처에 서 있는 오른쪽의 시종을 부채로 가리켰다. 와인 잔을 은쟁반에 받쳐 든 채 사물처럼 서 있는 시종들 중 하나였다.

물론 이런 뻔히 보이는 말 붙이기 역시 젊은 권력자에겐 잊을 만하면 누군가 시도해 오던 것일 터. 자멜라는 말을 이었다.

"황녀님께서 저 와인이 오늘 와인 중 제일 마음에 든다고 하셨거든요."

카르젠의 시선이 드디어 멈춘다.

와인을 보았다가, 자멜라의 눈을 보았다가, 마지막으로 그녀가 입고 있는 드레스에 좀 더 오래 시선을 던졌다.

아마, 그 황녀를 제외하고는 오늘 이 파티에서 가장 오래 황제의 시선을 붙잡은 결혼 적령기의 레이디일 터였다.

* * *

"황녀님."

라하는 뒤를 돌아보았다. 복도를 걷고 있는데, 시종장이 따라와 말을 건 것이다.

"어딜 가시는지요?"

"내 궁에."

무감각하게까지 느껴지는 무덤덤한 대답이었다.

"벌써 자리를 피하시면 폐하께서 섭섭해하지 않으시겠습니까?"

"정혼자를 찾는 파티에 쌍둥이가 붙어 있는 꼴도 썩 보기 좋진 않아서."

라하의 걸음은 한 번도 멈추지 않았다.

그러나 시종도 마찬가지였다.

"황녀님."

"……."

"오늘 폐하께서 기분이 크게 좋지 않으십니다."

"그래? 자네가 잘 보살펴 드려."

"황녀님."

시종장은 여전히 웃는 낯이었다.

"제가 있는 것보다 황녀님이 보살펴 드리는 게 좋지 않으시겠습니끼? 손만 잡아 드려도 좋아하실 테니."

라하는 대답 없이 시종장을 바라보았다. 그녀의 무표정한 얼굴에 아무런 동요도 느끼지 않고, 그저 가식적인 미소만 그려 낼 수 있는 몇 안 되는 인물이 시종장이었다.

카르젠이 시종장의 말대로 움직이는 꼭두각시는 결코 아니었다. 하지만 저 시종장이 카르젠에게 라하의 얘기를 이상하게 흘리면, 그건 또 그것대로 라하가 곤란했다.

"그럼."

라하는 느리게 속눈썹을 깜빡였다.

"옷이라도 갈아입고 올까."

"좋은 생각이십니다. 폐하께선 황녀님이 피부를 드러낸 드레스를 좋아하시죠."

시종장의 시선이 라하의 드레스를 훑어본다. 오늘 그녀는 조금 답답해 보일 정도로 얌전한 드레스를 입고 왔다. 목도 어깨도 전혀 보이질 않았다.

평소 카르젠의 취향과는 달랐다.

"황녀님께서는 아주 보드랍고 예쁜 피부를 가지시지 않으셨습니까."

"그래……."

라하의 얼굴엔 어느새 미소가 되돌아온 상태였다.

"좀 더 헐벗은 걸로 갈아입고 오지."

"현명한 생각이십니다."

"폐하의 손 말고 다른 곳도 잡아 드리면 시종장이 기뻐 죽을 날일 것 같군."

적나라한 말에도 시종장은 그저 공손하기만 했다.

"폐하의 기쁨이 곧 저의 기쁨이지 않겠습니까."

"말은 참 잘 하는구나."

라하는 손가락으로 시종장의 이마를 톡톡 쳤다. 개를 건드리는 듯한 손길이었지만, 시종장의 웃는 낯에는 변함이 없다.

하기야 항상 라하를 보는 눈만은 소름 끼치게 차가웠으니 변할 것도 없다. 지금도 눈빛만은 그러하질 않던가.

머리 텅 빈 애첩을 보는 눈도 저보단 따스할 것 같았다.

"그래도 역시……."

라하는 픽 웃으며, 시종장의 기대를 낱낱이 부쉈다.

"궁에서 쉬어야겠구나. 피곤하니까."

* * *

"시시하군."

카르젠이 툭 던진 말에 근처에 있던 귀족들이 얼어붙으며 눈치를 보았다. 또 한 번 춤곡이 돌았다.

귀족들은 성별을 가리지 않고 다 비슷하다. 그나마 달랐던 건 향수 냄새 정도인가. 그마저도 나중엔 후각이 마비되는 느낌이라 별다를 게 없었다. 카르젠은 그 고귀한 대신관들이 벌벌 떠는 걸 보는 게 더 재미있었다는 생각을 했다.

고작 몇 주 전에 그런 자극적인 연회를 즐겼더니, 이건 뭐 맹숭맹숭해도 너무 맹숭맹숭해서.

타국의 왕족들까지 이렇게 정성껏 초청할 필요는 없었는데. 연회를 준비한 건 늘 그랬듯이 라하 델하르사. 자신의 그 사랑스러운 쌍둥이는 궁내무관들의 의견을 도통 쳐 낼 줄을 모른다.

덕택에 궁의 경비가 조금 소홀해질지도 모르겠다고, 근위대장이 조심스럽게 말했던 게 생각났다.

이런 날은 드나드는 사람들이 많으니까.

총 열두 번의 춤을 더 추고 돌아온 카르젠은, 차가운 술을 들이켰다. 술을 보면 라하가 생각났다. 자연스럽게.

라하…….

카르젠은 느긋하게 턱을 들어 올렸다. 사람들이 북적거려 끝과 끝이 잘 보이지도 않는 거대한 연회장을 세 번 정도 돌아보았을 때, 그는 깨달았다.

라하가 없다.

시계를 본다. 시곗바늘은 아직 8시를 가리키고 있다.

10분이 지나도 보이질 않았다.

카르젠의 목 뒤가 천천히 빳빳해지고 있다는 걸 충실한 시종장은 알아냈다.

"라하는?"

"황녀님께서는 피곤하다 하시면서 궁으로 돌아가셨습니다."

"궁으로? 왜. 할 것도 없을 텐데."

물론 라하는 카르젠과 몇 번이나 춤을 췄고, 제법 오래 대연회홀을 지키고 있기는 했지만······.

평범한 황녀라면 지금쯤 돌아가도 아무런 문제가 되지 않는다.

평범한 황녀라면 말이다.

카르젠이 수많은 귀족들을 보았다. 드나드는 이가 많고 타국의 손님들도 많으니 궁의 경비가 소홀해질 수도 있다고.

"언제 돌아갔지?"

"35분 전에 돌아가셨습니다."

"······아, 설마."

라하가 도망간 건 아니겠지.

카르젠의 표정이 차가워지기 시작했다.

"라하가 있는지 보고 와라. 있으면 데려와."

"예. 폐하."

품격 있는 황궁의 사용인들이 그러하듯, 시종장 역시 신속하지만 우아한 걸음으로 대연회홀을 빠져나갔다.

카르젠은 옥좌와 비슷한 상석에 비스듬히 앉아 잔을 기울였다.

온 신경은 문 밖에 쏠려 있었고, 춤곡은 두 번이 더 돌았다. 그때까지 시종장은 돌아오지 않았다.

결국 카르젠이 일어나 성큼성큼 움직일 때까지.

* * *

"황제 폐하께 인사 올립니다."

시녀들이 거의 바닥에 합쳐질 듯 고개를 조아렸지만, 카르젠의 눈엔 들어오지도 않았다. 라하의 궁에 가까워질수록 카르젠의 회색 눈에선 서서히 이지가 사라지고 있었다.

"라하는."

"황녀님께선 내궁에……."

"내궁?"

"내궁에 들어가시더니 나오지 않으신지 제법……."

우물쭈물거리는 시녀들의 행태가 심상치 않았다.

"비켜라!"

"폐, 폐하!"

카르젠은 바로 시녀들을 걷어차고, 내궁과 이어진 중정으로 성큼성큼 걸어갔다.

이곳은 일부러 카르젠이 보수에 보수를 거듭한 후 라하에게 내어준 곳이었다. 내궁 뒤로 후원이 있긴 하지만 담벼락이 유독 높다. 결코 도망칠 수 없는 곳인데 어떻게 도망친 것인가?

아니, 애초에 황궁의 담을 넘을 재간이 없을 텐데.

아니지. 그 지극히 사랑스러워, 죽여서 뼛조각까지 씹어 버리고 싶을 정도로 사랑스러운 쌍둥이라면. 타국의 왕족들에게 몇 가지를 약속하고 이곳에서 자신을 빼내 달라고 거래를 청했을 수도 있을 터다. 어쨌든 계승자의 눈동자를 얼굴에 박아 놓은 건 그 쌍둥이가 아니던가.

만약에 라하가 도망쳤다면, 궁문을 닫아걸어야 했다. 궁문부터 봉쇄한 뒤에 모든 국경선을 틀어막고, 아니 그전에 황궁에 있는 모든 왕족들을 억류하고 제도를 샅샅이 뒤져야⋯⋯.

긴 중정을 뛰듯이 걸어 내궁 현관을 발로 박차고 들어갔다.

언제나 불이 켜져 있는 긴 복도를 걸은 끝에 반쯤 열려 있는 침실로 들어갔을 때.

카르젠이 우뚝 멎었다.

"⋯⋯."

온화한 불빛이 가득 한 황녀의 침실. 신선한 꽃향기가 부드럽게 분위기를 잡아 주는 안식처.

공기 때문인지, 익숙하다면 익숙할 침실의 풍경이 새삼스러울 정도로 기이하게 다가왔다.

자신이 보냈던 시종장은 바닥에 납작 엎드려 있었으며, 라하는 드레스가 흐트러진 채로 침대에 걸터앉아 있었다.

그리고 그 뒤에 있는 헐벗은 남자.

"⋯⋯."

카르젠이 돌처럼 굳어 버린 것도 잠시였다.

"카르젠?"

인기척을 한 박자 늦게 깨달은 듯, 라하는 가증스러울 정도로 우아한 몸짓으로 자신을 돌아보았다. 그녀가 일어서는 것과 동시에 앞섶이 찢겨 나간 드레스가 어깨를 타고 흘러내렸다.

급하게 걸친 듯 제대로 입고 있지도 않았다. 시녀들이 애를 써서 감추던 살갗의 절반 이상이 드러났지만, 지금은 감상할 여유도 없었다.

라하의 뒤에 있던 남자가 무릎을 꿇은 것도 거의 동시였으니까. 그는 별 망설임도 없이 이마를 바닥에 붙였다.

"⋯⋯아."

반사적으로 알게 된다. 노예의 예법이라는 사실을.

아직까지 살아 있는 노예가 있었다고.

그것도 저렇게 멀쩡한 낮으로.

카르젠은 노예를 오래 보지 않았다. 그의 시선이 라하를 향했다. 아니, 라하에게 고정되었다. 카르젠은 그대로 입을 열었다.

"시종장은 왜 저러고 있지?"

황제의 시종장이 저리 납작 엎드려 있는 꼴이 어디 흔할까. 그러나 라하는 천진난만하게까지 들리는 목소리로 사뿐사뿐 말했다.

"내가 꿇으라 했어."

"저놈이 네 심기를 거슬렀나?"

라하는 대답 없이 미소를 그렸다. 동시에 카르젠 쪽으로 걸어오는 발걸음. 카르젠은 그래, 아까부터 자신의 시력에 문제가 생긴 게 아닌가 하는 생각을 하고 있었다.

그녀의 얼굴이 희끄무레했기 때문이다.

한 발자국, 두 발자국. 라하가 걸어 와 카르젠 앞에 멈춰 섰다. 그녀는 긴 속눈썹과 얼굴에 튄 희끄무레한 체액을 손등으로 가볍게 닦아 냈다.

라하가 너무도 자신의 근처에 걸어와 멈춘 덕에 분명히 알 수 있었다.

타인의 정액 냄새였다.

"카르젠."

라하는 얼굴에 묻은 우유를 닦아 내는 고양이처럼 천진하게 뺨을 손등으로 닦으며 말했다.

"시종장이 내 정사를 훔쳐보고 있었어."

"……!"

식은땀으로 등이 다 젖어 있던 시종장이 벌떡 고개를 들었다.

"아닙니다. 아닙니다! 저, 저는……!"

"아니기는."

라하는 입술에 튄 정액을 엄지로 느릿느릿 문지르며, 시종장을 응시했다.

"이걸 못 봤니?"

"……."

"다 봤잖아."

"저는, 그저 폐하의 명을 받고 황녀님의 행방을 찾기 위해서 찾아온 것뿐입니다!"

"저런."

시종장의 절규는 카르젠의 귀에 들어오지도 않았다.

라하의 숨이 닿았다. 조금만 손을 뻗으면 라하의 허리를 홱 끌어안을 수 있는 거리라 더 확실히 알 수 있었다. 그 사랑하는 쌍둥이의 호흡이 닿았다. 만족한 관계 후의 달뜬 숨으로 라하가 말했다.

"너무 수치스러워서 자살해 버리고 싶어. 카르젠."

짓뭉개 버리고 싶을 정도로 달콤한 목소리다.

"그런데 난 자살을 할 수 없으니 어떻게 해야 할까?"

"……."

"어쩌다 본 건 실수라고 이해하겠지만, 가만히 보고 있었지 뭐야. 내가 시종장의 눈요깃거리였나?"

"황녀님……!"

카르젠의 시선이 라하를 천천히 훑었다. 적나라한 정액이 튄 눈썹 뼈와 속눈썹. 어쩌면 그녀의 눈동자에도 얼마쯤 정액이 튀었을 수도 있겠다. 뺨과 입술은 붉은 것을 잔뜩 문지른 듯 발갛기만 했다.

라하가 천진난만하게 들리는 목소리로 물었다.

"카르젠이 보라고 시켰어?"

한 박자 늦게 입이 열렸다.

"그럴 리가."

왜 얼굴에 정액이 튀지? 입에 물었나? 저 노예 놈의 것을 물었나? 만족할 때까지 빨아 주고 입 안에 사정해도 좋다고 허락했나?

저 머리를 붙잡고 목구멍에?

"……사랑하는 라하."

카르젠은 천천히 물었다.

"내가 어떻게 해 주길 바라지?"

"황법대로."

"아."

카르젠이 그제야 천천히 몸을 움직였다.

"좋지. 적통 황녀의 정사를 몰래 훔쳐본 시종장이라니. 공작이라고 해도 즉시 참형감이다."

"폐하! 황제 폐하! 억울합니다! 저는 정말 폐하의 명을 받잡았을 뿐입니다! 감히 황녀님을 모욕하려는 의도는 정녕코 조금도 없었……!"

"입 닥쳐라!"

카르젠은 허리에 차고 있던 검을 거칠게 꺼냈다. 무자비하게 휘둘러지는 검.

"폐……, 컥……!"

새빨간 피가 카르젠의 온몸에 튀었다. 목이 그어진 시종장이 그대로 바닥에 쓰러져 바르르 떨었다. 그가 쿨럭, 고통에 찬 기침을 내뱉을 때마다 거품이 섞인 선혈이 바닥에 주르륵 쏟아져 내렸다.

뜨거운 피를 뒤집어쓰니 찬물을 머리에 부은 것처럼 어느 정도 정신이 돌아왔다. 돌아 버릴 것 같던 신경이 어느 정도 수복되었다.

"……"

카르젠은 고개를 들어 올렸다. 더운 숨이 허공에 흩어졌다. 피가 튄 검을 바닥에 쨍킹 딘진 그는 걸음을 옮겼다. 침실 중앙에 하늘거리는 설렁줄을 잡아당긴 카르젠이 침대 쪽으로 걸어갔다.

아직까지 열기와 체액으로 젖어 있는 시트…….

카르젠은 더 이상 최소한의 웃음도 그려지지 않았다. 그는 목을 꺾어 허공을 한번 바라본 다음에, 천천히 입을 열었다.

"라하."

"응."

"이리 와."

"응."

라하가 순순히 카르젠의 앞에 가서 섰다. 그제야 그는 그녀를 홱 잡아당겼다. 침대에 털썩 주저앉은 카르젠의 허벅지 위에 라하가 앉혀졌다.

라하의 척추뼈를 아래에서 위로 느릿느릿 쓸어 본 카르젠은 그녀의 허리를 껴안았다. 회색 눈동자가 여전히 바닥에 무릎을 꿇고 있는 셰드에게로 향했다.

"이놈은 뭐지?"

"내 침노."

찢어진 드레스로 절묘하게 몸을 가린 채, 라하는 말을 이었다.

"죽지 않더라고. 신성국의 실험체였어서 그런가 봐."

"다른 실험체들도 살아 있나?"

"아니. 얘만 살았어."

"그래……. 그렇군."

카르젠은 손을 들어 라하의 목과 어깨를 감쌌다. 그런 다음 제 품 안으로 꾹 짓누른다. 순간의 당황도 눈 깜짝할 새 사라지고, 라하는 순응하듯 카르젠의 품에 완전히 안겼다. 허공에 들린 라하의 다리가 가느다랗게 흔들렸다.

"고개를 들어 봐라."

카르젠의 말에 셰드가 고개를 들어 올렸다. 그뿐이었다. 시선을 마주치지도 못하고 눈을 내리깐 모습이 완벽히 노예의 형상이었다.

쥐새끼 같은 신성국은 실험체들에 대한 모든 자료를 없앴지만, 그래도 딱 한 명의 자료는 미처 없애지 못했다. 그게 바로 카르젠이 대신관들 앞에서 멱살을 쥐고 조롱했던 아주 젊은 실험체였다.

그는 카르젠이 몇 년 전 복속시킨 망국의 막내 황자였다. 라하에겐 굳이 얘기해 주지 않았지만, 남은 자료 또한 더 없지만. 그 일대의 실험체들이 거의 다 그런 존재이리란 건 어렵지 않게 짐작할 수 있었다.

이놈도 그런 놈이겠지.

분명 왕족이나 귀족이었을 주제에, 생각보다 노예답게 군다.

라하가 여상한 목소리로 입을 열었다.

"어때? 아름답지."

"아."

셰드의 쇄골 부근에 퍼진 붉은 자국을 보던 카르젠이 고개를 들어 올렸다.

"그래. 아름답구나. 이런 노예가 네 취향인가?"

"카르젠이 준 거잖아. 무엇이든 내 취향이 아니겠어."

"내 쌍둥이는 말도 사랑스럽게 하지."

카르젠이 짐짓 상냥하게 라하의 뺨을 매만졌다. 하지만 눈빛은 얼음장처럼 차가웠다. 그의 시선이 라하의 목 아래를 훑어보았다.

목보다는 가슴에 가까운 부근에 붉은 자국이 수도 없이 남아 있었다. 라하의 피부를 혀로 핥고 입술을 모아 세게 빨아들여 남긴 자국이며 가슴을 세게 주물러서 생긴 게 분명한, 남자의 선명한 손자국…….

이 지나치게 아름다운 쌍둥이는, 더없이 순진한 얼굴로 눈만 깜빡이고 있었다. 채 닦아 내지 못한 정액이 그녀의 속눈썹 끝에 말라붙은 채다.

바깥에서 인기척들이 다급히 들린 건 그때였다.

"폐하!"

비단 라하 궁의 시녀들뿐만이 아니었다. 아까 전, 카르젠이 이 내궁으로 성큼성큼 걸어 들어오며 이미 호출해 놓았던 근위대도 함께였다.

근위대들은 이 뜻밖의 상황에 당혹해 고개를 숙였다. 라하는 누가 보아도 정사 직후의 모습이었고, 카르젠은 그녀를 으스러질 정도로 껴안고 있었기 때문이었다.

바닥에 퍼져 있는 시종장의 시체를 보고 있는 게 훨씬 편안했다.

근위대장만이 가까이 걸어왔을 뿐이었다.

"폐하."

돌연 내궁에 근위대들이 들이닥쳤는데도, 라하는 아무것도 묻지 않았다. 그저 자신을 쳐다보기만 했다. 그녀의 시기적절한 침묵이 카르젠은 웃음이 나올 정도로 거슬렸다. 차라리 왜 그들이 여기 있는 거냐고 물어보기만 했어도.

"네 시녀들이 왔구나."

카르젠은 다정하게 속삭인 후 그녀를 침대에 내려놓으며 일어섰다. 동상처럼 굳어 있던 시녀들이 서둘러 다가와 라하를 숄로 감싸 주었다.

라하의 시선이 자신보다 훨씬 더 벗고 있는 셰드에게로 잠깐 향했다가 도로 제자리로 돌아왔다.

"라하."

마찬가지로 피에 전 정복을 확인한 카르젠이 입을 열었다.

"옷을 갈아입고 연회에 참석하거라. 모후도 없으신 황궁인데, 네가 응당 자리를 지켜야지."

"알겠어."

눈치 빠르게 시녀 한 명이 황녀의 드레스 룸을 확인하기 위해 침실을 나섰다. 외궁이 잠깐 소란스러워질 예정이었다.

라하 쪽으로는 고개도 들지 못하고 있던 근위대들은, 침실에 퍼진 시종장의 시체를 운반하려고 했다. 했는데…….

"너희더러 치우라고 한 적 없다."

곧장 근위대들이 물러났다. 카르젠이 성의 없이 단추를 풀며 말했다.

"라하."

"응."

"네 노예를 빌리는 게 좋겠군."

라하가 망설임도 없이 대답했다.

"가 봐, 192번."

냉정한 호칭이었다. 가축도 그렇게 키우진 않을 터다.

"이름도 붙여 주지 않은 거니?"

"그게 자기 이름이라고 했는걸."

"순진하기는."

기분이 확연히 나아진 카르젠이 피식 웃었다. 회색 눈동자가 제 앞으로 온 노예를 응시한다. 여전히 고개도 들지 않고 있기는 한데, 어딜 봐도 제법 검을 잡은 태가 났다.

"나도 192번이라고 부르면 되겠나, 라하?"

"카르젠이 원하는 대로 불러."

"자비롭기도 하지."

카르젠은 턱짓으로 절명한 시종장의 사체를 가리켰다.

"라하의 시녀들은 이런 걸 치울 신분이 아니지. 근위대들은 다시 연회에 참석해야 해서 옷이 더러워지면 곤란하단 말이지."

핏물이 튈 대로 튄 카르젠의 정복이 툭 하고 바닥에 떨어졌다.

"네가 시체를 끌고 나와라. 192번."

"예."

셰드가 순순히 시종장의 시체를 끌고 굽혔던 몸을 편 그 순간.

"꿇어야지."

잔인히게 번들거리는 카르젠의 목소리가 침실을 가득 채웠다.

"노예가 어찌 황제 앞에서 두 발로 걸으려고 하는 것이지?"

카르젠이 비틀린 미소를 지었다.

"기어서 따라와라."

라하의 푸른 동공이 순간 크게 벌어졌다. 하지만 그도 찰나일 뿐. 카르젠이 자신을 돌아보려고 하자, 바로 표정은 정돈된다.

라하 곁에 붙은 시녀들에게 카르젠이 무성의하게 명령했다.

"황녀를 최대한 빠르게 치장시켜라. 적어도 15분 안으로는 다시 연회장에서 보고 싶으니."

"예, 폐하."

피 냄새가 남아 있어서 그런지, 시녀들은 평소보다 조금 더 겁에 질린 눈치였다. 카르젠이 휙 나가고, 시녀들은 곧장 분주하게 달라붙었다. 그 덕분에 라하의 시야가 완전히 막혔다.

"……."

라하의 목이 천천히 타기 시작했다.

아무리 그래도, 라하의 노예를 궁 바깥으로까지 끌고 가진 않을 것이다. 그러진 않겠지. 적어도 내궁 입구까지만 가면……. 그쯤에선 셰드를 놓아줄 것이다.

애초에, 시종장을 처리하기 위해 계획을 세우면서 카르젠이 얌전하게 반응하리라곤 생각한 적 없다.

그 폭력적이고 더러운 성격으로, 제가 보는 앞에서 셰드의 무릎을 자근자근 짓밟겠지. 그 징그러운 세 치 혀로 자신이나 짓밟을 거라고 예측했다. 카르젠 델하르사는 늘 그랬으니까.

그러니까 이딴 식으로, 제 시야 밖으로 셰드를 끌고 갈 거라곤 생각해 본 적은 없다는 소리다. 카르젠은 순전히 라하를 괴롭히기 위해 침노들을 갖고 놀던 성격이었으니까.

그 역겨운 시종장을 해치우는 계획이니, 평소보다 자비로운 마음으로 카르젠의 분기를 감당해 줄 생각이었다.

그랬는데.

분명히 그랬는데.

목 아래 불길이 지글지글 끓는다. 기분이 바닥을 친다.

도대체 자신은 자신의 것을 온전히 지킬 수가 없다.

이건 셰드를 향한 동정심인가? 아니면 한 줌의 미안함? 아끼는 가축이라면 가축이니, 타인에게 괴롭힘을 당하면 기분이 좋지 않은 건 그래. 당연한 일일 테니까, 그래서?

그래서 내 기분이 이따위인가?

가슴에 돌이 얹힌 느낌이라 라하는 아예 눈길을 바닥에 처박았다.

"화, 황녀님……!"

그 짧은 사이에 정신없이 뛰어 드레스 몇 벌을 외궁의 드레스 룸에서 가져온 시녀는 입도 열지 못하고 라하의 재단장에 바빴다.

내 노예는 어디쯤 있냐고 묻고 싶었다. 그러나 어쩔 수 없이 떨리는 목소리가 나올 것만 같아, 라하는 차라리 침묵을 택했다.

셰드가 빨리 돌아오길 바랐다. 바라고 바랐지만, 순식간에 단장이 끝나고 출입문으로 향할 때까지도 셰드는 보이지 않았다.

시종장의 사체가 끌려간 핏빛 흔적만이, 중정과 외궁을 넘어 길게 남아 있었다.

* * *

"보세요. 폐하가 다시 오셨네요."

"황녀님도……. 오셨군요."

"어딜 가셨던 걸까요?"

눈썰미 좋은 이들은 카르젠도 라하도 모두 새로운 옷으로 갈아입고 왔다는 사실을 알았다.

왜 함께 사라져 옷이 둘 다 바뀌어져서 왔을까.

얼핏 듣기엔 이상하게 들릴 얘기였지만, 그뿐이다. 이렇게 사람이 많은 공식석상에서 보란 듯 새로운 옷으로 차려입고 나왔으니. 혹시 모를 추문이 말이 안 된다는 걸 방증하는 일이기도 했다.

시끄럽게 소리를 지르면서 나오는 도둑이 어디 있단 말인가?

더군다나 황제의 표정이 확연히 나빠진 상태였다. 아까도 그리 웃는 낯은 아니었지만 지금은 누군가에게 뒤통수라도 얻어맞고 온 듯, 짙은 살벌함까지 묻어나고 있었다.

황제를 보는 게 무서웠던 사람들은 라하에게로 자연히 시선을 옮겼다.

황녀는 목걸이를 제외한 모든 것을 싹 갈아입고 온 상태였다. 물론 뭘 입어도 눈이 부신 적통 황녀였다. 아마 그녀가 '계승자의 눈'을 가진 게 아니었더라면, 그래서 그저 황제의 평범한 쌍둥이였더라면 분명 황제는 마음 편하게 사랑을 주었을 게 분명할 것이다.

저렇게 아름다우니까.

하지만 지금은 그저 쌍둥이 황제의 애증을 받는 애매한 존재일 뿐. 써먹을 곳조차 드물다.

"폐하."

궁내무관장이 다가와 허리를 숙였다.

"특별히 눈에 담으신 영애가 있으신지요."

"여기 참석한 여자들을 전부 내 침대로 데려오라고 하면 어떨까."

"……예?"

"그러고 보니 다 같이 벗겨 놓고 즐기는 건 한 번도 해 본 적이 없군."

"저, 폐하……."

"누가 반항할 것 같나? 그것들 목을 다 잘라야 기분이 괜찮아질 것 같은데."

"……."

궁내무관장이 완전히 굳었다. 카르젠은 방만하게 상석에 등을 기대, 손등으로 뺨을 괬다.

"어차피 너희가 정해 놓은 여자들 있을 거 아냐. 이딴 건 그냥 눈속임이지."

"……명단을 가져올까요?"

"가져와."

신의 증표를 이어받아 언제나 지지 기반이 튼튼했던 델로 제국의 역대 황제들과는 달리, 카르젠은 '계승자의 눈'을 이어받지 못한 유일한 황제였다.

그러니 입지가 분명한 외척이 필요했다. 강한 가문의 여식을 안주인으로 맞는 게 전략적으로는 맞는 방법이었다. 후일 그들이 제 목줄을 틀어쥐려고 하면 어떻게 해결해야 하는지는, 당장 중요한 게 아니었다.

카르젠은 뺨을 괸 채 시선을 옮겼다. 라하는 대귀족가의 영애들과 함께 얘기를 나누고 있었다. 목에 걸고 있는 커다란 다이아몬드 목걸이만은 여전한 게 그나마 덜 거슬리는 부분이었다.

"폐하. 춤은 더……."

"됐다."

"예, 알겠습니다. 폐하."

이미 모두와 한 번씩 춤을 추었다.

카르젠은 약혼을 하는 것조차 차일피일 그것을 미루었으니 이번에도 어쩌면 미룰 수도 있겠다. 몇몇은 그렇게 예상했으나.

10시가 다 되어 가는 시곗바늘을 보며 카르젠이 말했다.

"라하더러 오늘은 끝까지 연회에 남아 있으라고 전해라."

기분 탓일까. 잔인하게 느껴지는 어조였다.

* * *

'미친 자식.'

새벽 3시가 다 되어서야, 라하는 겨우 궁으로 돌아올 수 있었다. 연회는 이미 파장이다.

당장이라도 달리고 싶다. 뛰어서 셰드를 확인하고 싶었다. 내 노예는 멀쩡한가. 다치진 않았나. 망가지진 않았나.

……살아는 있나.

마음과는 달리 라하는 대연회홀이 있는 본궁에서부터, 자신의 침소가 있는 궁까지 한 번도 속도를 높이지 않았다.

"황녀님."

궁의 주인이 돌아오자, 시녀들이 서둘러 고개를 숙였다. 라하는 주변을 둘러보았다.

"노예는."

"내궁에 들어가 있습니다."

"살아 있어?"

"예, 황녀님."

그제야 어깨에 힘이 조금 빠졌다. 조금도 뛰지 않았는데 어째서 심장이 요동치는지 알 수가 없었다.

"어디까지 끌고 갔지?"

"은의 갈림길까지 끌고 가셨습니다."

"……하."

걸어서 30분은 걸리는 곳을 무릎으로 기게 해서 끌고 갔다고.

"올리버 불러."

차갑게 명령한 라하는 곧장 내궁으로 향했다. 냉혹한 밤공기가 그대로 내려앉은, 빌어먹게도 커다란 중정을 걷고 걷고 종국에는 뛰어서 내궁에 도착했다. 라하는 어느새 헐떡이고 있었다.

"……."

침실의 문은 조금 열려 있었다.

"……셰드."

의자에 몸을 기대고 있던 셰드가 느리게 고개를 돌렸다.

"일어나지 마."

안으로 뛰듯이 들어간다. 금세 거리를 좁혀 그의 앞에 선다. 그녀의 동공이 정지한다. 찬물을 머리에 뒤집어쓴 것처럼, 머리에서부터 거꾸로 열기를 빼앗기는 기분이다.

셰드의 무릎은 온통 피투성이였다. 피가 흐를 대로 흘러 다리 아래로는 온통 붉었다.

"……올리버가 올 거야."

라하가 토해 내듯 말했다. 황궁에서 대규모 파티가 열릴 때는, 혹시 모를 사고를 대비해 모든 궁의가 황궁에 머문다. 그리고 오직 라하만을 위한 주치의는 그녀의 처소와 멀지 않은 곳에서 대기하고 있었다.

라하는 그 붉은 피에 차마 손조차 댈 수 없었다. 그저 고정된 듯, 난잡하게 헤집어진 상처를 보다가 물었다.

"아파?"

"버틸 만합니다."

"말 놔."

라하가 이를 악물고 말했다.

"말 높이지 마."

카르젠은, 그 정신 나간 놈. 멀쩡한 사람의 무릎을 걸레짝으로 만든 돌아 버린 폭군은 뒤에서라도 자신이 노예와 똑같은 취급을 당한다는 걸 알아야 했다. 그래야 조금이나마 속이 풀릴 것 같았다. 자신의 속뿐만이 아니라, 이 노예의 속 역시.

셰드가 희미하게 웃었다.

"그래."

뭉그러져 있던 영혼이 천천히 진정된다. 낯선 기분이었으나, 그랬다.

한 박자 늦게 라하는 정신을 차렸다. 그제야 최소한의 처치도 해 놓지 않은 시녀들에게 짜증이 몰려왔다. 그래, 앞에서 시체를 봐서 놀란 건 알겠다.

하지만 적어도 소독이나 약 정도는…….

그러다가 결국 눈을 꾹 감는다.

시녀들을 탓할 게 아니긴 했지.

라하는 장식장에서 투명하고 도수 높은 술을 꺼내왔다.

거침없이 달려왔음에도, 라하는 여전히 아름답다. 황제의 가장 큰 사랑을 받는 황녀가 입은 드레스는 금실이 수놓아져 화려했고, 머리와 목에는 같은 세트인 게 분명한 커다란 다이아몬드가 반짝이고 있었다.

그렇게 아름답고, 태생적으로 서늘하고 차가운 목소리로…….

"셰드."

표정만은 이토록 엉망진창인 것을 오직 그녀만이 모를 것이다.

아니, 오직 셰드만이 알게 되는 얼굴이겠지.

"아파도 참아."

그녀는 셰드의 무릎에 천천히 술을 부었다. 상처에 술이 스며들며 살갗이 타오르는 듯한 통증이 엄습했다. 굉장히 고통스러울 텐데도, 셰드는 이마만 미약하게 찌푸릴 뿐이었다.

"상처에 술 붓는 건 어디서 배운 거지?"

"예전에 급할 때."

라하의 목소리는 짧았다. 더 이상의 사정을 추론하기 어려울 만큼. 남한테 부었다는 게 아니라, 본인의 상처에 부어 보았다는 듯한…….

"스스로한테 부었나?"

시선을 들어 올린 라하가 일그러진 낯으로 웃었다.

"그게 중요해?"

라하는 병을 내려놓고 몸을 일으켰다. 그러더니 돌연 셰드의 얼굴을 품 안에 껴안았다.

아무 말도 하지 않았다. 그저 가느다란 두 팔로 셰드를 가슴에 가둔 채 가만히 있었을 뿐이다. 유달리 얇은 드레스 탓인지, 라하의 심장 고동 소리가 셰드에게 그대로 전해졌다. 라하는 셰드를 놓는 그 순간까지 아무 말도 하지 않았다.

천천히 고개를 들고 멀어지는 라하의 손목이 붙잡혔다. 향유를 발라 반짝이는 푸른색 머리카락이 셰드의 뺨 위로 늘어진다.

"왜."

라하가 미소를 지었다. 평소와는 다르게, 묘하게 서글퍼 보이는 미소였다.

"키스해 줘?"

"그래."

셰드는 그대로 라하의 양 손목을 잡아당겼다. 그녀의 몸이 가볍게 비틀거리며 그에게로 무너졌다. 셰드에겐 지나치게 부드럽게 느껴지는 몸이다. 조금만 힘을 주어 잡아도 흔적도 없이 녹아 버릴 것 같은……

그가 턱을 조금 기울였다. 맞닿는 입술. 라하는 순순히 입맞춤을 받아 주었다. 뜨거운 열기와 말캉한 촉감. 더운 호흡이 섞였다. 입술이 아주 조금 떨어졌을 때, 라하는 눈을 내리깔았다.

"미안해."

그녀가 다시 한번 그의 목을 세게 껴안았다.

"정말 미안해."

순간 셰드는 몹시도 기이한 기분이 들었다.

마음속의 무언가가 세게 붙잡혀 한순간 숨이 막히는 기분. 이상한 막막함이 목을 조르고 사라졌다.

"황녀님은 자신을 치료하게 허락지 않으십니다."

무얼까. 본인의 상처는 곪든지 썩든지 쳐다도 보지 않는 황녀가, 너무도 순순히 사과 같은 걸 건네는 이유가.

라하의 온기가 셰드의 몸에 천천히 스몄다.

"애첩님!"

올리버가 허겁지겁 달려온 건 얼마 후였다.

"다행히 뼈나 연골을 다치시진 않았습니다. 너무 걱정하지 마시고, 일주일 정도는 무릎은 쓰지 마십시오."

"걷지 말란 소리야?"

"그게 아니라……."

셰드가 턱을 조금 기울였다. 아.

"알아들었다."

"예. 애첩님. 그럼 약을 달여 오겠습니다."

올리버는 셰드에게 약을 먹이고, 붕대를 한 번 더 점검한 후에야 내궁을 떠났다. 라하는 침대에 앉아 셰드를 보았다. 두 무릎에 감긴 붕대에 몇 번 더 시선이 갔다.

'기분이 괜찮을까.'

적통 황녀에 그저 사랑받는 노예일 때와, 많은 근위대가 보는 앞에서 시체를 끌고 개처럼 기어간 때는 기분이 천지차이로 다를 텐데.

카르젠은 제 어미를 닮아서 사람의 자존심을 어떻게 박살 내고 효율적으로 굴복시키는지 지나치게 잘 알았다.

"일주일 안에 새 시종장이 들어올 거야."

라하는 셰드의 손을 만지작거리며 말했다.

"당신 뜻대로 됐나?"

"응."

라하가 여전히 가라앉은 목소리로 말했다.

"그렇게 따라올 줄 알았지."

시종장은 그런 놈이다. 카르젠의 명에 따라 황녀를 찾으러 내궁까지 들어

왔겠지. 기사도 아닌 시종장의 기척을 느끼지 못했을 리가 없다.

그럼에도 셰드는 고개조차 들지 않고, 라하에게 입을 맞췄다.

"애초에 네가 날 벗기고 있는데 그걸 가만히 보고 있었잖아."

라하가 앞섶을 가볍게 팔랑였다. 아마 시종장으로서는 당황해서 다리가 굳은 것도 컸겠지만, 어쨌든. 만약에 앞에 있는 게 라하가 아니라 카르젠이었으면 사지가 잘려 있어도 어떻게든 사용인의 덕목을 지켜 눈을 피했을 것이다.

한동안 사교계가 뒤숭숭할 것이다. 시종장 정도가 바뀌면 왜 바뀌었는지 얘기가 나오니까.

더군다나 여기엔 라하의 시녀들과 근위대들만 있었다. 근위대들은 직위의 특수함 때문에 이런저런 말을 잘 옮길 수 없지만, 시녀들은 달랐다. 그들은 애초에 주인의 의도대로 대화와 정보를 찔끔찔끔 흘려보내는 데 중요한 역할을 하고 있는 사람들이다.

"내게 아주 유리한 소문을 내겠지. 새로 바뀔 시종장은……, 내게 우호적일 거고."

황제의 시종장의 자리를 노리는 이들이 얼마나 많은데. 게다가 어쨌든 황녀의 내궁에서 시종장이 불경하여 황제가 즉결 처분했다는 얘기는 거짓도 아니다.

카르젠의 성격이 불같은 걸 누가 모를까.

어쨌든 시종장 자리에는 유감없다.

라하는 그 시종장이 싫었으니까.

자신을 카르젠의 명성에 누를 끼치는 구제 못 할 독부 취급을 하면서, 한편으로는 자신이 순순히 벗고 카르젠의 침대에 들어가 눕기를 바란다.

카르젠이 원하는 대로 입고, 카르젠이 원하는 만큼 벗고, 카르젠이 원하는 그대로 입을 맞춰 주길 바라는…….

역겨운 놈이었다.

라하가 쌍둥이가 아니라, 이복누이였다면 벌써 카르젠에게 진상되었을 것이다. 분명히 그랬다.

"정말 싫은 놈이었어."

혼잣말 같은 얘기에 대답이 돌아왔다.

"왜 싫지?"

라하는 그제야 셰드가 자신을 주의 깊게 보고 있다는 사실을 알았다. 그녀는 미소를 머금으며 무릎을 세웠다.

"난 그냥 싫은 사람이 많아. 적통 황녀의 비위를 맞추는 게 쉬운 줄 알아?"

성격이 나쁘다 못해 인성이 바닥에 처박히는 것 같은 말을 아무렇지 않게 하고서, 라하가 셰드를 보았다. 그녀의 두 손이 그의 뺨을 감싸 안았다.

"네 덕분이야."

그 말이 그렇게까지 달콤하게 들린다는 걸, 이 황녀는 알기나 할까?

"내가 널 이용한 거니까."

라하는 말을 이었다.

"그러니까 너도 날 이용하고 싶으면 해도 돼."

"이용?"

"응."

"내가 당신을 이용할 게 뭐가 있지?"

"없으려나?"

라하는 턱을 살짝 기울였다.

"그럼 원하는 건 없어?"

무릎은 쓰지 말라던 올리버의 말, 알아들었던 셰드의 대답. 라하도 한 박자 늦게 그게 무슨 뜻인지 알았다.

무릎은 쓰지 말라고.

무릎만 쓰지 말라고.

"없으면 내 마음대로 하고."

아까 전. 어차피 카르젠은 자신을 쫓아 내궁으로 뛰어올 테니, 가장 가시적인 방법으로 충격을 주고 싶었다. 그래서 셰드의 페니스를 입에 물려고 했다. 턱이 빠질 것 같다고 속삭이며 웃는 목소리에 손이 붙잡혔다. 그녀의 하얗고 가느다란 손가락이 그의 페니스 위로 겹쳐졌다.

이미 젖어 있는 선단. 셰드의 손은 라하의 손보다 훨씬 컸다. 그렇게 손이 완전히 붙잡힌 채로 아래위로 움직이기 시작했다. 한 손으로도 다 감쌀 수 없는 페니스가 뜨겁게 느껴졌다.

아주 이상한 기분이었다. 와중에도 셰드의 눈은 라하의 얼굴에만 고정되어 있었다. 그 눈길에 어쩐지 아랫배가 저릿저릿했다. 자극당하는 건 그의 페니스인데, 라하의 하복부에 열기가 고이는 것 같았다.

라하는 올리버를 데려오면서 함께 온 시녀들 덕분에 이미 편한 차림이었다. 어깨에 두른 얇은 숄을 고정한 브로치를 직접 풀었다. 스르르 옷이 어깨를 타고 흘러내렸다. 안에 입고 있는 건 얇디얇은 네글리제가 전부라, 살갗이 고스란히 비쳤다.

또한 시녀들은 놀라울 정도로……. 앙큼했다. 끈만 잡아당기면 스르륵 풀리는 속옷은 라하도 처음 보는 거였다. 그들이야말로 노예들이 하루도 안 돼 죽어 나가는 걸 눈치채고 있는 몇 안 되는 인물들 중 하나기도 했으니까.

속옷까지 쉽사리 벗어 낸 라하가 셰드의 허벅지 위에 앉았다. 벌려진 다리 사이, 탄탄한 허벅지가 가볍게 꿈틀거린다. 라하가 셰드의 하의를 벗겨 냈다. 이제는 제법 익숙해진 팔뚝만 한 페니스를 라하가 손끝으로 가볍게 쉬었다. 아까 전, 셰드에게 붙잡혔던 그대로 움직이는 가냘픈 손.

"라하."

조금 그르렁거리는 듯한 목소리가 들려왔다. 그녀가 고개를 들어 올렸다.

"내가 원하는 대로 해도 됐댔나?"

"응."

눈을 깜빡이는 것도 잠시. 셰드가 라하를 끌어안았다. 잡아먹을 듯 키스하던 입이 점차 아래로 내려갔다. 반듯하게 뻗은 쇄골을 빨아 당겼다가 놓는다. 따끔함에 라하가 이마를 약하게 찌푸린 찰나.

가슴으로 내려가고, 이윽고 아래로 입술이 내려갈 거라는 예상도 잠시였다.

커다랗고, 딱딱하게까지 느껴지는 셰드의 손이 라하의 양 허벅지를 벌려 잡았다. 손쉽게 위로 안아 든다. 갑자기 몸이 들린 라하가 당황해서 셰드의 어깨를 붙잡았다.

그의 손이 갈라진 틈을 찾아 더듬는다. 예민한 부위를 스칠 때마다 라하의 몸이 움찔했다. 셰드는 애액으로 젖은 라하의 질구에 손가락 두 개를 끝까지 밀어 넣었다. 라하가 작은 신음을 토했다.

찌걱거리는 소리. 좁은 질구를 벌리기 위해 뭉근하게 손가락을 움직이던 셰드가 손을 뺐다. 잔뜩 젖은 손끝을 맛본 셰드의 눈가가 이미 붉었다.

"매번 이렇게 잘 젖어 줘서 황송할 정돈데……."

그의 커다란 손이 라하의 두 허벅지를 단단히 붙잡았다.

"셰드……. 아흑!"

라하의 두 눈이 크게 벌어졌다. 질구에 맞춘 페니스가 무자비하게 삽입된다. 평소와는 달리 애무를 받지 못한 질 내에 삽입되기에는 크기가 지나쳤다. 라하의 숨이 턱 막히는 것도 아랑곳하지 않고, 셰드는 그녀의 허벅지와 엉덩이를 감싼 손을 거칠게 움직였다.

"흑……! 으흑……!"

크기가 주는 묵직한 쾌감. 짓쳐 올리는 힘이 말도 안 되게 강했다. 안쪽이 온통 엉망으로 비벼졌다가 딸려 나가는 것 같았다. 안쪽에서 뭉근한 열기가 퍼지는 것도 한순간이었다.

"셰드, 흑……! 아!"

검을 잡던 사람들은 날것의 피를 보면 좋은 의미로든, 좋지 않은 의미로든 등골이 쭈뼛 선다고 했다. 쉽게 말해 흥분한다고. 정도의 차이가 있을 뿐이지 거의 다 그렇다고 했다. 지금 셰드 역시, 분명 피 때문에 흥분한 것 같았다.

골반을 붙잡고 조금도 놓아주질 않는다. 퍽, 퍽. 셰드가 흉포하게 짓쳐 올릴 때마다 눈앞이 열기로 벌벌 떨렸다. 목에서 자신의 것이 아닌 것 같은 흐느낌과 신음이 쏟아졌다. 몸을 비틀어 셰드의 손에서 벗어나고 싶었다. 자극이 너무 강했다. 눈앞에서 아찔하게 흔들리는 가슴에 셰드의 목울대가 크게 일렁였다.

"으응……! 응……!"

퍽. 세게 올려 부딪히는 힘에 라하의 팔이 벌벌 떨렸다. 아랫배가 그대로 꿰뚫리는 게 아닌가 하는 생리적인 공포가 들었다. 그마저도 금세 쾌감에 전복되고 말았지만. 열기가 몸을 집어삼키는 것 같았다.

"흑!"

축 늘어진 라하의 몸을 셰드가 다시 붙잡았다. 무릎을 쓰지 말라니 생각보다 자세가 굉장히 한정적으로 변했지만 상관없었다.

셰드의 손이 라하의 턱을 잡았다. 입을 맞추고 싶었다. 할딱이는 호흡이 쉬지 않고 새어 나오는 그 사랑스러운 입에, 셰드는 정말로 잡아먹을 듯 키스했다. 라하는 거의 끌려가듯 키스를 받았다.

점차 안정되던 호흡도 오래가진 못했다. 그녀에게서 입술을 뗀 셰드는 다시금 자신의 것을 세게 물고 있는 라하의 하복부를 흉포하게 쳐올렸다.

"아응……! 흑……! 셰드……! 홋……!"

라하의 신음 끝에 물기가 섞이기 시작했다. 안쪽이 그대로 녹아 버리는 것 같았다. 처음엔 크기가 버거웠다가 이젠 그의 힘이 너무 버거웠다. 호흡이 자꾸만 달려 숨을 쉬는 게 어려웠다. 셰드의 양 허벅지 사이에 나란히 놓인 다리. 발끝은 이미 계속 곱아들고 있었다.

"밀어내지 말고……. 라하."

낮게 속삭이는 목소리. 셰드는 아예 라하의 양 손목을 한 손으로 쥔 채 그녀를 무자비하게 몰아붙였다. 목 아래가 뜨거워지며 눈시울까지 달아오르기 시작했다. 안쪽 가장 깊은 성감대는 수십 번을 자극당해 견딜 수가 없었다.

"흑……! 아!"

이윽고 절정을 느낀 그녀가 흐느끼면서 몸을 떨었다. 셰드의 입에서 탁한 신음이 흘렀다. 그는 라하의 몸을 몇 번 더 짓쳐 올리고서야 안쪽에 사정했다.

라하는 셰드에게 두 손이 붙잡힌 채 그의 가슴에 축 늘어졌다. 헐떡이며 숨을 고르다가 고개를 들었다. 셰드가 정액을 가득 분출하고서도 페니스를 빼지 않았기 때문이었다.

"셰드……."

이름을 부르는 그 목소리가 어찌나 녹아내릴 것 같던지. 셰드의 페니스가 금세 부풀어 올랐다. 라하는 움찔하더니 물었다.

"……더 할까?"

"그 몸으로?"

"내가 다친 건 아니잖아. 네가 다친 거지."

라하는 미간을 약하게 찌푸렸다.

"하지만 다쳤으면 무리하면 안 되잖아."

그녀는 머뭇거리다가 내려왔다. 커다란 이물감이 빠져나갈 때의 느낌도 선득해서 낮은 신음이 절로 샜다.

"……셰드."

라하는 아직도 열기가 고여 있는 것 같은 아래를 의식하며 말했다.

"하고 싶을 때 마음대로 해도 돼."

"네가 자고 있어도?"

"응."

"누가 주인이고 누가 노예인지 자각은 있고?"

"그럼. 내 혈통이 얼마나 존귀한데."

라하가 장난스럽게 웃었다.

셰드는 라하가 간혹 이상하게 느껴졌다.

성욕을 채우기 위한 용도? 그래, 그런 용도로 침노를 쓸 수도 있지.

하지만 방금 전 섹스는 라하 자신을 위한 게 아니었다. 셰드가 겪은 고초에 대한 보상으로 자신의 몸을 내어 준 느낌이었지. 입맛이 썼지만 사실이 그랬다.

그런데…….

방금 라하의 말은 좀 이상했다. 하고 싶을 때 마음껏 하라고? 노골적인 말인 건 둘째 치고, 무언가 짚기 어려운 기이한 감이 스치고 지나갔다. 일종의 본능적인 촉이었다.

셰드가 무슨 생각을 하는지 모르는 라하는, 침대에 누우려다가 멈칫했다.

"내가 자다가 네 무릎을 건드리면 어떡해."

"상관없어."

정말로 상관없었다. 하지만 라하는 고개를 저었다.

"저쪽 보고 옆으로 누워 봐."

"음?"

셰드가 순순히 따랐다. 라하는 뒤에서부터 그의 허리를 껴안았다. 그리고 넓은 등에 뺨을 붙였다.

"이러면 되겠지. 잘 자."

그러고는 곧장 감아 버리는 눈.

셰드는 시선만 조금 내려, 제 허리 앞에 꼭 껴안고 있는 흰 손을 내려다보았다.

그의 손이 그녀의 손을 깍지 껴 잡았다. 등에 달라붙은 온기가 너무 작게 느껴졌다. 손도, 등줄기도. 아마 그녀만이 모를 것이다. 죽기 직전의 사람처럼 그토록 움푹 패고 도드라진 뼈의 모양을.

자신의 등 뒤에 붙어, 규칙적으로 내는 호흡. 나긋한 맥박. 이 모든 반응과는 달리 잠들지 못하고 있는 그 가여운 주인.

셰드는 몸을 뒤집었다.

"……?"

어느새 시야가 겹쳐진다.

"셰드……."

셰드의 가슴에 껴안긴 채로 라하가 눈을 깜빡였다.

"무릎 치면 어떡해?"

"마음껏 쳐. 주인이 그러겠다는데."

기가 찬 라하는 웃음을 흘렸다. 셰드는 라하의 등을 감쌌다. 그녀는 어쩐지 포대기에 둘둘 말린 아이가 된 것 같다는 생각이 들었다.

다만 셰드의 체온은 따뜻했고, 넓은 품은 안정감이 있었다. 몇 번이나 몸을 섞을 때마다, 셰드는 라하가 팔을 뻗으면 순순히 안아 주었다. 근래는 자신이 먼저 그녀를 안아 주기도 했다. 누구도 그녀를 이렇게 오랫동안 안아 준 적이 없어서.

그래서 라하는 기분이 정말로 이상했다.

"자자, 라하."

그 속삭임이 품은 온기조차도.

* * *

제도에 위치한 윈스턴 공작저에 엄청난 소식이 도착한 것은 얼마 후였다.

"자멜라!"

윈스턴 공작이 체면도 잊고 벌컥 문을 열었다. 그 순간, 방에서 친구들과 카드 게임을 하고 있던 자멜라 윈스턴 공작 영애는 본능적으로 깨달았다.

"공작님? 무슨 일이십니까?"

"흠흠."

자멜라의 소꿉친구인 로자인이 묻자, 윈스턴 공작이 헛기침을 했다. 그는 곧 숨기지 못한 기쁨과 자랑으로 크게 웃었다.

"자멜라. 보아라. 황실에서, 폐하께서 혼담서를 보내셨다."

"……!"

자멜라와 함께 웃고 있던 또래 귀족들이 벌떡 일어났다. 자멜라는 적어도 그들보단 한 박자 늦게, 우아하게 일어날 줄 알았다.

윈스턴 공작은 한쪽 손을 가슴에 올리고 정중하게 말했다.

"이젠 네가 이 위대한 델로 제국의 차기 황후가 되는 것이구나."

"아버지. 그렇다고 그리 인사는 하지 마세요. 부녀 사이에 무슨."

"그래. 실감이 나지 않아 한번 해 보았다."

윈스턴 공작은 몇 번이고 웃음을 터뜨렸다. 졸지에 딸이 황후가 되게 생긴 그는 너무나 즐거워 보였다. 큰 경사를 맞은 윈스턴 공작가에선 당장 즉흥적인 파티 준비를 시작하였고, 자멜라는 연신 축하한다는 말을 건네는 친구들에게 고맙다는 말을 돌려주었다.

윈스턴 공작은 자멜라에게 혼담서가 담긴 고급스러운 상자를 조심히 들려주며 말했다.

"잘 했다. 아비가 하라는 대로 잘 했어. 황제 폐하께는 그 정도 관심만 끌어도 충분했으니."

'그 정도 관심'을 끄는 것도, 그 황제를 상대로는 몹시도 어려운 일이었시만.

자멜라는 입가를 올렸다.

황제는 자신에게 전혀 관심이 없었다. 천치가 아니고서야 그 소름 끼치는 무관심을 모를 수가 없었다.

"참, 황제 폐하께서 이틀 뒤 너와 이 아비를 매사냥에 친히 초청하셨다. 이 얼마나 큰 영광이란 말이냐!"

기뻐하는 윈스턴 공작은, 가신들이 찾아왔다는 집사의 말에 자멜라의 방을 나섰다.

"그럼 이제 황후 폐하라고 불러 드려야 하나?"

"벌써부터 무슨. 책봉되기도 전에도 그러면 오히려 황실 불경죄로 곤욕을 치를 텐데."

황후의 친우가 되게 생겼다고 웃음을 터뜨린 친구들은 이젠 판돈을 확 키운 카드 게임에 열중하기 시작했다. 좋은 기분은 도박의 중요한 요소이긴 하지.

자멜라는 한쪽에서 떠드는 친구들을 둔 채, 화장대에 앉았다.

"자멜라. 축하해."

"로자인."

자멜라의 소꿉친구인 로자인이 그녀의 등 뒤에 멈춰 서서 웃었다.

"집에 돌아가면 숙부님께 말씀드려야겠어. 너와 날 결혼시키고 싶어서 제법 안달이던 분이셨는데."

자멜라가 빙긋 웃었다.

"그러지 말고 리굴리쉬 백작님께 지금 편지를 보내서, 오늘 파티에 초청을 하면 어때?"

"숙부님의 울지도 웃지도 못하는 얼굴을 보자는 거군. 좋아."

로자인이 종이와 펜을 찾아 걸음을 뗐다. 거울에 비치던 그 금빛 머리 청년이 사라지자, 자멜라는 다시금 시선을 본인에게 고정시켰다.

공교롭게도 그녀는 오늘 역시 푸른색 드레스를 입고 있었다. 연회장에서 입었던 것보다는 색깔이 차분했지만.

왜 황제가 다른 공작 영애도 아닌, 자신을 굳이 선택했을까?

별빛이 화사하게 흘러내리는 것 같던 연회장이 떠오른다.

달콤한 선율과 독한 술들도 연이어 떠오른다.

"황녀님께서 저 와인이 오늘 와인 중 제일 마음에 든다고 하셨거든요."

자멜라는 차기 황후다운, 기품 있는 미소를 지었다.

거울 속에 비치는 그녀의 눈동자는 드레스와 똑같은 푸른색이었다. 자멜라가 중얼거렸다.

"라하 델하르사."

그 황녀님과도 같은 색이었고.

* * *

"지고하신 황제 폐하께 인사 올립니다."

윈스턴 공작을 따라 자멜라가 흠잡을 곳 없는 자태로 인사를 올렸다.

이곳은 황실 소유의 거대한 숲. 역대 황제들이 종종 매사냥을 나오는 곳이었다. 그리고 황제는 혼자가 아니었다.

"황녀님께 인사 올립니다."

"황녀님."

라하 황녀는 이 자리에도 함께였다. 하기야, 황제의 하나뿐인 쌍둥이인 만큼 가족이 될 자리에 미리 나오는 건 이상한 일이 아니었다.

"오늘은 날씨가 좋군."

"그렇습니다. 폐하."

윈스턴 공작이 카르젠과 함께 사냥터 쪽으로 향했다.

"황녀님."

라하는 고개를 들었다.

"옆에 앉아도 될까요?"

라하는 빙긋 웃으며 손을 권했다. 다소 멀었던 자리가 순식간에 가까워진다. 시종이 새로 놓은 의자에 앉은 자멜라가 시선을 똑바로 했다.

"차는 입맛에 맞으시나요?"

"예. 아주 훌륭한 차였습니다."

"다행이네요. 오늘은 햇볕이 좋지요."

"매사냥을 하기 좋은 날씨죠. 조금 춥지만요."

"춥다면 탕파를 가져 오라고 하지요."

라하의 말이 끝나기도 전에 눈치 좋은 시종들이 서둘러 탕파를 가져왔다. 자멜라는 가볍게 고개를 숙였다.

"감사합니다. 황녀님."

"별말을. 이제 곧 가족이 될 텐데 편히 해요."

"황공한 말씀을 하시는군요."

라하는 그저 빙긋 웃고 앞을 보았다.

언뜻 보기에는 눈앞에서 매사냥을 하는 두 남자, 카르젠과 윈스턴 공작에게 집중하는 것 같았지만 자멜라는 알 수 있었다.

저 황녀는 아무것도 보고 있지 않았다.

물 흐르듯 흘러가는 우아하고 자연스러운 대화도. 아마 황녀는 자신이 한 말을 기억도 못 할 것이다. 기억력이 나쁘다는 뜻이 아니었다. 기억할 가치가 없어서 흘려보냈다는 표현이 맞겠지.

조금 불쾌했다.

매사냥이라고 해 봤자, 한겨울에 짐승이 돌아다닐 리 없다. 미리 풀어 놓은 토끼나 여우 따위를 잡아 와 기분이나 내는 것이다.

인정 있는 귀족들은 별로 좋아하지 않는 취미였다.

그리고 인정이라곤 군홧발로 짓밟은 게 틀림없는 카르젠은 이 매사냥을 제법 흥미로워했다.

어느새 사냥감들을 싣고 차양 밑으로 돌아온 카르젠은 라하에게 성큼성큼 걸어갔다. 그는 다소 흐트러진 호흡으로 라하에게 물었다.

"마음에 드느냐, 라하?"

"그냥……, 그래요."

시큰둥한 대답에 카르젠이 웃음을 터뜨렸다.

"그래. 넌 커다란 맹수가 아니면 영 성에 차질 않아 했지."

카르젠이 맹수한테 목이 따이길 자주 바랐는데, 아쉽게도 그런 일은 일어난 적이 없었다. 그래도……. 이 은여우는 제법 귀여웠다.

눈이 새까맣고 순해 보였다. 내 후원에 두고 키울까. 셰드는 혼자 있는 시간이 많으니, 그에게도 뭐든 동물을 갖다주면 좀 덜 심심해하지 않을까 싶어서.

셰드의 은발만큼 새하얗고 예쁘게 빛나는 건 아니지만, 은여우 역시 이명 때문인지 묘하게 겹쳐 보이는 부분도 있었다.

이 작고 귀여운 은여우와 닮았다고 하면서 셰드를 놀릴 걸 생각하니 라하는 조금 즐거워졌다.

'역시 데려가 키우는 게 좋겠어.'

"크게 다치지도 않았군요. 역시 폐하의 매 날리는 솜씨는 대단하십니다."

윈스턴 공작이 다가와 말했다.

"그대로 키우셔도 되겠습니다. 황녀님."

"그러게요."

"이렇게 작달막한 걸 뭐 하러 키우나. 홀수라 새끼도 칠 수 없는데."

"한 마리를 더 구하면……."

"아니, 라하."

쿡.

카르젠이 단검으로 은여우의 눈을 무자비하게 쑤셨다.

"……!"

비명은 나오지 않았다. 그 전에 카르젠이 은여우의 두개골을 박살 내어 버렸으니까. 뼈가 부서지는 소리. 흐르는 뇌수. 은여우에게서 터진 붉은 피가 카르젠과, 가까이 있던 라하에게 끔찍하게 튀었다.

"……."

라하는 천천히 눈을 깜빡였다. 하필 눈 부근에 생피가 튀어서, 속눈썹에 혈흔이 걸렸다.

그러니까 꼭……. 셰드의 정액을 얼굴에 뒤집어쓰고 카르젠을 만났을 때처럼.

"폐하! 황녀님!"

윈스턴 공작이 목소리를 높였다. 시종들이 닦을 것과 따뜻한 물을 들고 서둘러 뛰어오기 시작했다.

"보거라, 라하."

김이 나는 피를 뒤집어쓰고도, 쌍둥이는 고심하는 표정으로 말했다.

"이걸로 네 목을 감싸면 좋겠더군."

라하는 카르젠이 건네주는 은빛 시체를 받아들였다. 방금 무자비하게 숨이 끊어진 동물은 아직까지도 그 체온이 선명했다.

"마음에 드나?"

라하는 은빛 껍질에서 시선을 떼고 짐짓 화가 난 표정을 지었다.

"마음에 안 들어요. 제 옷을 버려 버리면 어떡해요?"

"이런. 그쪽으로 피가 튈 줄 몰랐어서 그래. 화났나?"

"됐어요."

"화내지 말거라, 라하. 그런 모습도 지나치게 사랑스럽긴 하다만."

카르젠이 손짓했다. 그의 망토를 들고 있던 시종장 대리가 서둘러 다가왔다. 카르젠은 손수 라하에게 황제의 망토를 걸쳐 주었다. 담비 털과 벨벳, 그리고 보석으로 장식한 황제의 망토는 라하에게 너무 무거웠다.

가볍게 휘청거리는 그녀를 카르젠은 묘한 눈으로 바라본다. 눈이 마주치자 그제야 옅은 미소를 짓는다.

"옷을 따뜻하게 입어야지, 라하."

"드레스는 갈아입고 올게요. 피가 많이 묻어서."

"라하."

라하의 앞섶은 온통 피투성이였다. 얼굴도 마찬가지였다. 카르젠이 피가 묻지 않은 손끝으로 라하의 눈과 뺨을 느릿느릿 쓸어냈다. 흰 피부에 피가 잉크처럼 번졌다.

"상관없으니 그대로 있거라."

"……."

"내 쌍둥이는 너무 아름다워서 피가 좀 튄 건 아무 상관없으니까."

"그럴게요."

뜨겁게 쏟아진 피가 가슴 위에서 점차 차갑게 식어 간다. 라하는 그런 피투성이의 몰골로, 아무렇지 않은 표정을 지었다. 카르젠이 건네 준 죽은 여우를 안은 채. 그녀가 걸음을 뗄 때마다 붉은 피가 흘러 배를 적시고 다리 아래로 뚝뚝 떨어졌다.

"……."

잠시 물러나 있던 윈스턴 공작은 라하의 꼴을 보고 저도 모르게 당황한 낯을 했다. 물론 사냥터에서는 옷이 피에 젖어도, 사정상 바로 갈아입지 못하는 경우가 가끔 있기야 하지만…….

이런 황실의 숲에선 결코 있을 수 없는 일이었다. 심지어 대상이 귀애받는 황실 직계라면.

카르젠은 미리 준비된 의자에 털썩 앉았다. 차례로 자리를 권한 카르젠은, 시종장 대리가 가져온 더운 물수건으로 얼굴을 닦으며 말했다.

"윈스턴 공작. 돌아가지 말고, 점심 오찬이나 함께합시다."

"예. 폐하."

윈스턴 공작이 대답했다. 카르젠은 수건으로 핏자국을 닦아 내며 말했다.

"물론 자멜라 영애도 함께 들지."

"영광입니다, 폐하."

자멜라는 얌전히 서 있는 황녀를 보았다. 그녀에게서는 피비린내가 감돌고 있었다. 다정한 손이 스치고 지나간 듯, 문질러 닦은 핏자국이 남은 얼굴. 커다란 물빛 보석을 달아 둔 앞섶은 혈흔으로 가득하다. 품에 인형처럼 안겨 있는 여우의 숨은 끊어진 지 오래고…….

쉽게 입이 떨어지지 않는 몰골을 하고서도, 황녀는 아무렇지 않은 기색이었다. 당황스러울 정도로 태연한 얼굴로, 황제가 친히 죽여 준 은빛 짐승을 품에 소중히 안고 있다. 대단한 아첨꾼이라고 해도 곧장 따라 할 수 없을 자태.

그 우아한 분위기는 역시, 적통 황녀에게나 깃들 수 있는 것이었다.

카르젠은 무심히 얼굴을 닦고 있었지만, 그뿐이다. 저 황녀를 계속해서 데리고 다녔으니 이번에도 그렇겠지.

그렇다면 먼저 얘기를 꺼내 황제의 환심을 사는 게 좋았다. 자멜라는 유리알 같은 미소를 머금었다.

"황녀님."

"……?"

"황녀님께서도 함께 오찬을 하시지요."

"……."

"곧 가족이 되실 분인데 자주 함께 시간을 보내고 싶습니다."

'자멜라!'

윈스턴 공작이 당황하는 게 느껴진다. 하지만 자멜라의 낯은 몹시도 무구하고, 온화하며, 다정하다. 황족에 대한 경외와, 곧 가족이 될 이에 대한 호기심 섞인 애정만이 가볍게 들뜬 표정.

라하의 긴 속눈썹이 부채처럼 두어 번 팔랑였다.

"그럴까요."

선선한 대답을 돌려준 라하가, 카르젠을 보았다.

"옷을 갈아입고 싶어요. 폐하. 이런 차림으로 모두의 식욕을 해칠 수는 없잖아요."

가느다랗게 뜬 눈으로 라하를 살피고 있던 카르젠은 고개를 끄덕여 허락했다.

얼마 후, 윈스턴 공작은 관습대로 세 번의 절을 하고 난 후에야 카르젠의 맞은편에 앉았다.

정찬용 식탁이 아니라, 더 크기가 작고 둘러앉을 수 있을 법한 8인용 식탁. 중앙엔 카르젠이 앉았고, 맞은편엔 윈스턴 공작이 앉았다.

윈스턴 공작의 왼편엔 자멜라가, 그리고 그녀의 맞은편이 라하의 자리였다.

아까보다 좀 더 격식 없는 분위기였다. 누가 보아도 가족 간의 친애를 다지기에 완벽한 자리였다.

라하가 갈아입고 온 청록색 드레스를 보던 자멜라는, 문득 다른 생각이 들었다.

그녀가 하고 있는 순금 목걸이가 그대로였기 때문이다.

그러고 보니 저번에도 순금으로 된 목걸이를 하지 않았던가? 자세히 기억나지 않는 일이었다.

식사는 순조로이 이어졌다. 황실 주방장들이 공을 기울여 찌고 볶고 구워 낸 음식들은 식감이 기가 막혔다.

레몬즙을 뿌린 신선한 굴 요리는 윈스턴 공작의 입에 아주 잘 맞았다. 음식 하나만은 황실의 것을 능가할 귀족가가 드물긴 하지. 자멜라는 눈앞에 내오는 멧도요 구이를 보았다. 무쇠 냄비에 익히고 와인을 졸인 소스를 끼얹은 멧도요는 아주 먹음직스러운 냄새를 풍겼다.

멧도요는 잡기 까다롭지만 맛이 좋아서, 정찬에는 빠지지 않고 나오는 새 요리였다.

"신경을 많이 써 주셨군요."

"내 솜씨이겠나. 라하의 솜씨지."

"감사합니다, 황녀님."

라하는 큰 변화 없는 미소를 지었다.

"이제 가족이 될 텐데요. 신경을 써야죠."

라하는 그렇게 말하고 카르젠을 보았다.

"그렇죠, 폐하?"

"그럼."

카르젠의 대답이 평소보다 조금 늦었다는 걸 눈치챈 건 적어도 라하밖에 없었다. 아니, 평소라면 그랬을 것이다.

하지만 그들에게 훨씬 더 많은 주의를 기울이고 있던 레이디가 여기엔 한 명 더 있었다.

"멧도요는 달 위를 나는 새라고들 하죠."

자멜라의 우아한 목소리가 들렸다.

"멧도요가 은빛 달 위를 나는 모습은 대단한 사냥꾼이 아니면 평생 볼 수 없다던데, 정말인지 궁금해요. 아버진 보신 적 있으신가요?"

"나도 아직 직접 본 적은 없구나. 그러고 보니 폐하께서는 이제 곧 보게 되시겠군요."

윈스턴 공작의 말에 카르젠이 턱을 갸웃했다가 아, 하면서 입을 열었다.

"그렇군. 은도요를 잡아 올 때가 되었단 말이지. 영애에게 선물해야 하니."

은도요는 황제가 황후에게 청혼하기 전 일종의 관례로 선물하는 새였다. 황제가 직접 잡아 선물한 후, 결혼식 날 함께 나눠 먹는 것이 대대로 내려오는 델로 황실의 전통이었다.

"아주 잊고 있었어."

카르젠이 피식거리며 말하자, 윈스턴 공작이 웃었다.

"제법 짧지 않은 외유가 되실 것 같습니다. 줄곧 바쁘셨으니 한숨 돌리시는 것도 좋지요."

"그래. 그것도 좋겠지."

"참."

윈스턴 공작이 막 생각이 났다는 듯이 물었다.

"국혼은 언제쯤 치르실 생각이십니까, 폐하?"

"흠."

"아무래도 올해 봄이 좋지 않을까 싶습니다. 대대로 국혼은 봄에 치러졌으니까요. 물론, 가장 중요한 건 폐하의 성심이시지만⋯⋯."

"봄이라."

카르젠이 잠시 생각에 잠겼다. 라하는 적당히 빵을 뜯고 있었다.

"봄이 국혼의 계절이긴 하지만 봄은 매해 돌아오지."

"폐하의 말씀은⋯⋯."

"1년 후 봄이 좋겠소. 동부 쪽 국경선이 아직은 탈이 많아서."

"예⋯⋯. 폐하께서 공사다망하신 분이지요."

아버지의 미소 어린 가면 아래 고인 실망감을 자멜라는 잘 알아챌 수 있었다. 그녀는 어떤가?

예상보다 늦어진 결혼에 실망했던가. 아니면⋯⋯.

불안했던가?

카르젠은 제 옆에 앉은 적통 황녀에게 다감하게 말을 걸고 있었다.

"이번에 동부로 출정하게 되면 네게 더 많은 노예를 선물해 줄 수 있을 것 같구나."

"무리하지 마세요, 카르젠."

"내 쌍둥이가 이리 말하는데, 최선을 다해 보중하마."

카르젠이 턱을 살짝 기울였다.

"네게도 은도요를 한 마리 선물해 주랴?"

"전 새를 좋아하지 않잖아요. 카르젠."

"아. 그랬지."

자멜라는 웃음을 잃지 않으려 노력하며, 우아하게 식사를 재개했다.

핏물에 잠겨 있는 사람은 그 그악스러움에 대해 제대로 깨닫지 못한다. 하지만 핏물에 막 걸어 들어가야 하는 사람은 다르다. 그리고 그득하게 고인 핏물보다도 괴기스러운 건, 그 안에 목 끝까지 담가진 채 웃고 있는 사람들이었다.

귀족으로서 올라갈 수 있는 최고의 자리. 그 드높은 자리에 올라가기 위해서는 감수해야 할 게 많았다.

계승자의 징표를 가진 쌍둥이 황녀의 눈은 아주 새파랬다. 자신과는 비교도 할 수 없을 정도로.

chapter 3
목적 없는 애정

공작이 착석했던 자리에서 은도요 얘기가 나왔기 때문에, 그 얘기는 일정 부분 공식적인 약속으로 취급되었다.

덕분에 얼마 지나지 않아 카르젠은 은도요를 잡기 위해 황궁을 떠나야 했다.

델로 제국은 대륙 최고의 제국이었고, 신의 가호를 받았다는 제국은 마땅히 문화가 발달하기 마련이었다. 그런 호화로운 문화를 즐기지도 않고 그저 핏물에 절어 왕국들을 짓밟는 걸 즐겼던 젊은 황제로서는 제법 시간이 오래 걸릴 터였다.

"오늘쯤 진상품들이 올 거다."

"응."

"듀크 후작도 올 거고."

"응. 마중해 줘야 해?"

"그럴 리가."

카르젠이 같잖다는 듯 웃었다.

"후작이야 궁을 지키는 개지. 적당히 대꾸나 해 줘라."

"응."

"다녀오마, 라하."

"응."

고분고분하지만 길지 않은 대답.

라하를 살펴보던 카르젠이 손을 뻗었다. 그는 오른손으로 라하의 턱을 잡아 들어 올리더니, 뺨에 입을 맞췄다. 일 초, 이 초, 삼 초. 떨어지지 않는다. 아주 느리게 떨어지는 입술.

"……."

시간이 길어질수록 고개를 들 줄 몰라 하는 건 주변의 시종들. 라하의 미소는 변함이 없다. 카르젠은 재미있다는 표정을 지었다.

"혈육에게 이 정도 축복은 받는다지."

"더 필요해?"

"원하기야 끝도 없이 원하지만……. 그러면 오늘 출발을 못 할 것 같구나."

카르젠은 라하의 귓가에 속삭였다.

"얌전히 있거라."

"응."

입술 끝이 귓불에 닿은 것 같아서, 라하는 온몸에 벌레가 기어 다니는 것 같은 기분을 다시 맛보았다.

그래도.

카르젠이 떠났다. 유일하게 운신이 자유로운 황족으로서, 허리를 꼿꼿이 펴고 서 있던 라하는 깃발이 사라질 즈음에야 몸을 돌릴 수 있었다.

그때 곧장 누군가 그녀에게 다가왔다. 근위대장이었다.

"황녀님. 모시겠습니다."

"그래."

카르젠이 돌아올 때까지, 라하는 이 근위대장 없이는 결코 외궁 밖으로 나갈 수도 없을 터였다. 상관없기는 했다. 이젠 내궁에 셰드가 있으니까.

차라리 내궁이 나았다. 아니, 좋았다.

라하는 걸음을 옮겼다. 시종장이 갑작스레 목숨을 잃는 바람에 생긴 공석. 그 엄청난 권력의 자리를 차지하기 위해 이미 수많은 가문에서 출사표를 던졌다. 덕분에 오히려 체계가 어수선해진 감이 있었다.

새로운 시종장이 정해질 때까지는 계속 그러겠지. 적어도 며칠은 더 이럴 것이다.

'나와는 상관없는 일이지.'

라하는 외궁의 서고로 향했다. 그녀의 발걸음이 내궁에 제한되는 건 새로운 노예들을 받고 난 일주일뿐. 그때가 아니라면 황궁의 어디로 향하든 순전히 라하의 자유였다.

라하는 책을 몇 권 꺼냈다가 문득 그런 생각을 했다.

카르젠은 없고, 근위대장은 어차피 문 밖에서 지키고 있고.

"……."

자리에서 일어난 라하는 내궁으로 향했다.

얼마 후, 황녀의 화려한 외궁에는 그녀의 아름다운 노예가 턱을 비스듬히 기울이고 있었다.

"여기가 내 침실이야."

정확히는 드넓은 외궁에 있는 여러 개의 침실 중 하나지만, 라하는 굳이 많은 침실을 돌아가며 사용하지 않았다. 그녀는 침대를 턱짓으로 가리키며 짓궂은 어조로 말했다.

"여기서 너와 자도 상관은 없겠지만 바깥의 시녀들이 기절할 것 같으니까."

"그럼 여길 왜 보여 주는 거지?"

"그냥."

라하는 눈을 깜빡였다.

"거긴 너무 답답하니까. 나와 있고 싶으면 여기까지 나와도 좋아."

내궁과 외궁이 다른 점이 있다면, 외궁에선 적통 황녀에게 어울리는 시녀들이 졸졸 따라다닌다는 점.

그들은 라하가 침노에게 '외궁'을 영역으로 허락해 주었다는 사실을 머리에 잘 기억해 두었다. 이 애첩 같은 침노를 깍듯이 모시라는 뜻이었으니까.

얼추 안내를 마친 후 라하는 곧장 셰드와 함께 내궁으로 들어가 버렸다.

그녀는 들어가자마자 늘 그랬듯 셰드의 무릎부터 확인했다. 다친 날부터 매일매일 올리버가 와서 지극히 치료해 준 덕에, 무릎은 순조롭게 나았다.

"그런데 제 생각보다 훨씬 빨리 나으시는군요. 회복력이 괴물 같으십니다."

라하 역시, 셰드의 경이로운 회복력이 신기했다.

"그것도 실험의 결과야?"

라하는 눈을 깜빡이며 물었다.

"아니."

"그럼 원래 그렇게 빨리 나아?"

"어느 정도는."

"신기하네."

그게 그렇게 신기한가. 셰드는 무심한 눈으로 온전한 무릎을 내려다보았다. 어느새 라하는 그의 허벅지를 베고 누워 있었다. 흐트러진 그녀의 머리카락을 무심코 넘겨 주게 된다. 벌써 이런 행동에 이만큼이나 익숙해졌다.

물론 아직도 익숙해지지 않은 것도 있었다. 예컨대 방금 전 실험 얘기 같은 것. 서로 좋지 않은 기억일 테니, 자신 같으면 실험 얘기 같은 건 입에도 꺼내지 않을 텐데. 라하는 크게 개의치 않는 듯했다. 그래서일까. 아직도 셰드는 이 황녀가 종종 희한하게 느껴졌다.

게다가 물어보는 종류도 몹시 한정되어 있었다. 오직 실험의 결과만을 궁금해했으니까. 이 황녀는 자신에게 다른 건 전혀 묻지 않았다.

어디서 왔는지, 어느 가문 출신인지. 성은 무엇인지. 으레 묻게 되는 인적 사항을 라하는 한 번도 물어본 적이 없었다.

라하는 셰드의 손을 붙잡아 자신의 목을 감싸게 했다.

첫날처럼 목을 조르게 하려는 시도는 없었다.

그냥 목을 감싸기만 하는, 그래서 왠지 자신의 목을 보호하는 듯한 그런 느낌이 들었다. 단지 기분 탓일 수도 있지만.

"황실은 원래 겨울 사교가 잘 없는 편인데."

신년회 같은 걸 대신 아주 크게 하니까. 그런 겨울 사교는 귀족들에게 내어 주는 게 황실의 호의였고 그간의 관습이었다.

그래서 라하도 겨울을 좋아했다. 조용히 처박혀 있을 수 있으니까. 하지만…….

"황제의 정혼자가 생겨서 이번엔 그 조용한 게 오래 못 갈 것 같아."

"나간다는 얘기인가?"

"응. 나 기다리고 있어."

"그러지."

라하는 셰드의 목으로 손을 뻗었다. 굽혀 오는 몸. 맞닿는 입술. 파고드는 혀. 라하의 호흡이 천천히 들뜨기 시작했다.

처음에는 목적이 있어서 했던 관계. 그다음엔 그래, 라히는 이 행동이 좋았다. 그리고 이 노예는 노예답게 충실히 응했다.

그러니까……. 한 서너 번 정도까지는.

가끔 라하는, 밤에 한해선 이 관계가 무섭도록 전복이 된 게 아닌가 하는 생각을 했다.

"훗……."

라하의 입에서 신음이 흘렀다. 그녀의 가슴이 셰드의 손아귀 안에서 엉망으로 일그러졌다. 일부러 희롱을 하는 게 틀림없다. 그 증거로 정점을 손끝으로 집요하게 건드리고 있었으니까. 그러면서도 굳은살로 딱딱한 손이 가슴을 야하게 주무르는 손길에 라하는 확실히…….

"몇 명하고 자 본 거야?"

"……?"

라하의 목에 입을 맞추고 있던 셰드가 고개를 들어 올렸다.

"네가 처음인데."

"거짓말."

"왜 거짓말이지?"

"그야……. 잘하잖아."

라하의 말에 셰드가 눈을 껌뻑였다. 그가 커다란 손으로 입매를 감싸듯 가리더니, 뜻밖에도 시선을 피했다. 라하의 눈이 조금 동그래졌다.

"정말 잘했으면 널 기절시키진 않았겠지."

"음……."

말끝을 늘이던 라하가 서서히 이마를 찌푸렸다.

그럼 그냥 처음에는 아무것도 모르고, 그 무지막지한 걸 자신의 몸에 밀어 넣은 거구나. 기가 막혔다.

"죽을 뻔했네."

"안 죽고 멀쩡하잖아."

"정말……. 뻔뻔해."

라하는 얼굴을 일그러뜨렸지만, 한편으로는 셰드의 뺨에 어리는 붉은 기를 보았다. 어쩐지 기분이 말랑말랑해졌다. 이럴 땐 정말, 평범한 소년 같은 그 모습이 라하의 기분을 이상하게 만들었다.

솔직히 말하자면 라하는 셰드와의 잠자리가 좋았다. 물론 신성국에서 계획중인 비밀 프로젝트를 원활히 돕기 위해 더 열심히 하는 것도 있지만, 기본적으로 그가 좋았다.

아니지.

그가 좋은 게 아니라 그의 몸이 좋은 거지. 라하는 셰드의 가슴에 뺨을 묻은 채로 말했다.

"정원이 꾸며지려면 조금 시간이 걸릴 거야."

"그래."

라하는 미소를 지었다.

"그러니까 나가자, 셰드."

"어디로 가자는 거지?"

"오늘 진상품들을 고르기로 했거든."

카르젠이 있을 땐 절대 셰드를 눈앞에 내보이고 싶지 않다. 하지만 그는 현재 궁에 없고, 라하를 제약할 만한 이는 없었다. 비록 철통같은 감시들이 그녀를 감싸고 있지만 무슨 대수란 말인가.

이 새장 안에 얌전히 갇혀 있으라고 말한 건 카르젠인데.

새장이 아무리 넓어 봤자 새장이지만, 그래도 어차피 새장에 갇혀 있을 거면 큰 새장이 낫지.

무엇보다 라하는 셰드를 적당히 데리기 다니기 좋은 장신구 취급도 잊지 않고 해 주어야 했다. 너무 애지중지하다간 카르젠의 심기를 또 거슬러 버릴지도 모르니까.

* * *

"황녀님."

본성의 시종들은 라하를 보자 고개를 숙였다. 시종들은 그녀의 뒤를 따르는 키가 크고 단정한 노예는 능숙하게 모른 척했다.

"진상품이 거의 다 정리되었습니다."

"그래."

라하는 셰드를 돌아보며 미소를 지었다.

"들어가자."

라하는 셰드와 함께 안으로 들어갔다. 그녀가 입장하는 것과 동시에 자리하고 있던 모든 사용인이 허리를 깊숙이 숙였다.

그러자 이미 선객으로 와 앉아 있던 여성 역시 일어섰다. 그녀는 무례하지 않을 선으로 묵례했다.

"에스더 공작."

"황녀님."

모노클을 낀 에스더 공작의 눈이 라하를 보았다가, 자연스레 라하 뒤에 선 셰드에게로 향했다. 오래 머물지는 않은 시선이었다. 무례하지도 않았다. 그저 그 자리에 '서 있는 사람'에 자연히 주게 되는 눈길 정도로.

라하는 먼저 착석한 후 가볍게 손을 들어 에스더 공작에게 권했다.

"자리에."

"감사합니다."

라하는 느리게 눈을 깜빡였다. 그날 마른 꽃다발을 받고는 에스더 공작과 처음 조우하는 것이었다.

특별할 건 없었다. 원래도 이렇듯 드물게나 만나게 되니까.

'에스더 공작도 진상품을 하사받으러 왔나 보구나.'

어찌 되었든 에스더 공작에도 먼 황가의 혈통이 섞여 있었으며, 무엇보다 현 황제와 황녀의 유모를 친언니로 둔 입장이니.

에스더 공작 역시, 황가에 진상품들이 어마어마하게 들어오면 성은을 나눠 받는 귀한 사람이었다.

무엇을 하사받았냐는 등의 대화는 할 생각이 없었다. 그건 라하도, 저쪽도 마찬가지일 테니까. 오래 있고 싶지도 않았다. 라하는 이미 내정해 놓았던 진상품만 받으면 곧장 이 궁을 나설 생각이었다.

그때였다.

"라하 황녀님."

거친 남성의 목소리. 라하는 서늘한 표정으로 턱을 들어올렸다.

"듀크 후작."

한쪽 눈이 없어서 금실로 수놓아진 검은 물소 가죽 안대를 끼고 있는 남자가 다가오고 있었다. 현 근위대장의 친부인 남자, 듀크 후작이었다.

"오랜만에 인사드립니다. 그간 격조하셨는지요."

"물론. 앉지."

"감사합니다. 황녀님."

'가지가지하는군.'

아무리 시종장이 없어도 시종들이 일을 너무 못하는구나. 보통은 이렇게까지 시간을 겹쳐 놓지 않는데 말이지.

실제로 시종들은 지금 제법 당황한 기색이 역력했다. 그렇지. 일부러 공치사를 하려고 급을 세워야 하는 전쟁 후가 아니고서야. 이럴 때 하사품을 굳이 한자리에서 보여 주면 좋을 게 없으니까.

게다가 한 공작은 라하에게 불편한 존재였고, 한 후작은 라하에게 짜증이 나는 존재였다.

"서부의 보검을 가져가셨다고요. 황녀님."

"소식 한 번 빠르군, 후작은."

"과찬이십니다. 그런데……. 황녀님처럼 연약하신 분이 검을 쓰시지는 않을 것이고, 아. 혹시 노예에게 선물하신 것인지요?"

라하는 빙긋 웃었다.

"후작은 눈치가 좋아. 그랬지. 내 노예에겐 좋은 것만 주고 싶어서 말이야."

"황녀님의 관대함이야 전부터 잘 알고 있었지요."

듀크 후작은 한쪽만 남은 눈으로 가볍게 웃었다. 그 눈이 곧 라하의 뒤에 무표정한 얼굴로 서 있는 셰드를 바라본다.

"기사 태가 나는군. 흠……. 아니. 생각보다 훨씬 뛰어난 기사였던 것 같은데……. 어때. 근위대 밑에서 교육을 받아 보는 건 어떤가?"

"노예에게 무슨."

라하가 가볍게 말했지만, 듀크 후작은 턱을 쓰다듬으며 말했다.

"노예란 유사시에 몸을 던져 주인의 목숨을 구하기도 해야지요. 근위대를 부담스러워하실 이유는 없습니다. 제 아들놈이 근위대장이니 함께 훈련을 하면 오히려 편의를 봐주겠지요."

라하의 눈빛이 차가워졌다.

근위대장이 아들인 귀족이니 당연히 내궁에서 있었던 일도 상세히 전해 들었겠지. 카르젠이 셰드를 갈림길까지 기어가게 했다는 것도.

"어떤가?"

따라서 듀크 후작의 권유는 분명한 조롱이었다. 그러나 대답은 라하가 아닌 다른 쪽에서 흘러나왔다.

"거절하지."

"……?"

순간 듀크 후작은 자신의 귀를 의심했다.

"지금 내게 한 대답인가?"

"그래."

"침노 주제에 건방지게……!"

"건방지다니. 후작."

라하는 찻잔을 부드럽게 내려놓았다.

"왜 건방지지? 주인인 내가 허락한 일인데."

"황녀님! 저이는 한낱 노예입니다! 존귀함이 다릅니다!"

"그래, 존귀함이 달라. 후작."

계승자의 징표를 띤 황녀의 눈이 듀크 후작을 나른하게 바라보았다.

"델하르사의 성을 이은 내가 허락한 일이란 말이야."

"……."

"노예에게 건방지다고 하는 건 내게 건방지다고 하는 건가?"

듀크 후작의 한쪽 눈이 조금 커졌다. 노회한 귀족답게, 그는 곧 고개를 숙였다.

"아닙니다. 황녀님. 제가……. 실언을 했습니다."

"후작은 눈치가 빨라서 좋아."

칭찬인가? 듣기에 따라서 몹시 기분이 나쁠 수도 있는 칭찬이었다. 고위 귀족을 눈치 빠른 고용인 취급하는 듯, 자존심을 쿡쿡 건드리는 언사. 하지만 그 말을 건넨 황녀의 낯은 여상하기만 했다. 늘 그랬듯이.

그러고는 침묵이 흘렀다.

짧은 침묵이기는 했다. 황녀, 공작, 후작. 아무리 시종장이 급사해 어수선 하다고는 하지만, 이만한 거물들이 앉아 있는데 시종들이 신경을 쓰지 않을 순 없다. 당연한 일이었다.

"황녀님. 황녀님께서 선택하셨던 '황금 대각'입니다."

라하가 시선을 들었다. 붉은 벨벳을 깐 은쟁반 위에 다소곳이 올라가 있는 화려한 금박 케이스.

저 안에 들어 있는 건 황금 대각이라 불리는, 아주 귀한 연고였다. 생긴 지 얼마 되지 않은 흉터는 거의 반드시 없애 준다. 들어가는 재료들이 하나 같이 10년 이상씩은 기다려야 하는 것이라 아무리 많은 돈을 주어도 구하 기가 어려웠다.

그런 게 떡하니 진상품으로 들어온 것이었다. 황족들은 진상품을 고를 수 있는 권한이 있었다. 라하는 이 황금 대각을 보자마자 곧장 이걸 선택했다.

셰드에게 발라 주면 되겠지.

시종이 허리를 굽히고 은쟁반을 들고 오던 그때였다.

"황금 대각이 두 개인가?"

듀크 후작이 이마를 찌푸리고 입을 열었다. 목록을 들고 있던 시종이 서둘러 종이를 확인하더니 황급히 고개를 저었다.

"아닙니다. 후작님. 이번에 들어온 황금 대각은 하나뿐입니다."

"……?"

듀크 후작의 안색이 천천히 나빠지기 시작했다.

"황녀님. 저 역시 황금 대각을 하사받기로 했습니다만."

"헉!"

시종이 놀라 숨을 들이켰다. 확인에는 1분도 채 걸리지 않았다.

"이럴 수가. 호, 혼선이 생겼습니다."

"시종장이 부재하면 이래서 불편하구나."

인수인계 같은 게 있었을 리가. 그냥 카르젠의 칼에 맞고 급사했는데. 시종 체계가 어수선해진 탓에 이런 일이 생겼다.

이마를 가볍게 일그러뜨리고 있던 듀크 후작이 먼저 입을 열었다.

"황녀님. 제게 양보해 주시지 않겠습니까."

"안타까워, 후작. 내가 써야 해서."

"황녀님께서 다치실 일은 결코 없을 것이고, 다친 곳도 없어 보이는데……."

듀크 후작이 시선을 들어 올렸다.

"황녀님의 아름다운 노예에게 쓰실 예정이십니까?"

아주 여러 가지 의미가 들어간 말이었다. 라하가 밤마다 침노들을 가혹하게 굴린다는 소문은 모르는 귀족이 없었다. 그나마 이 침노는 멀쩡해 보인다지만, 옷 안으로 무슨 상처가 있을지 몰랐다.

채찍 자국이 있을 수도 있고 칼로 그은 자국이 있을 수도 있겠지.

너무나 도발적인 말에 라하는 외려 재밌어졌다.

"역시 눈치가 좋아, 듀크 후작은."

"……."

듀크 후작은 잠시 탐색하는 듯한 눈으로 라하를 보다가 말했다.

"그렇다면 저번에 가져가신 그 보검이라도 내어 주시겠습니까?"

라하는 피식 웃었다.

"폐하께서 이 나를 협박하라고 듀크 후작에게 이른 적이 계시던가?"

"……그럴 리가 있겠습니까. 다만."

듀크 후작은 자신이 가져가려고 한 걸 천한 노예에게 쓰겠다는 말에 굉장히 심기가 상한 듯 보였다.

"보통 우아한 자리에서는 이런 양보할 수 없는 다툼이 생겼을 때, 서로의 기사를 내세워 절도 있는 무훈으로 결론을 내리지요."

"무훈이라."

"하지만 근위대는 전부 황제 폐하만을 위한 목숨이니……."

"……."

"황녀님께는 공식적인 기사가 없으시고."

듀크 후작이 한쪽만 남은 눈으로 웃었다. 카르젠의 검에 절명한 그 소름 끼치던 시종장이 생각나는 웃음이었다. 가식적이고 차가우며, 상대방을 조롱하기 위해 혈안이 되어 있는 그 웃음.

라하가 물끄러미 듀크 후작을 보았다.

"아니면, 혹 생각해 둔 기사가 있으십니까?"

어쩜 이렇게 뱀 같은 말일까.

생각해 둔 기사라니. 당연히 없었다. 라하가 평범한 황녀였다면, 레이디로서 연모하여 나설 기사들이 있었겠지. 하지만 지금의 그녀가 어디 평범한 황녀였던가. 쌍둥이의 황위를 간접적으로 위협하는 존재. 그녀가 손발을 다 잘라 낸다고 한들 그 위협은 영원할 텐데.

그러니 라하에겐 기사가 없다. 해석하는 정도에 따라서는 그녀가 황위를 노리고 있다고 말이 나올 수도 있는 문제였으니까.

라하는 듀크 후작을 보면서 평소처럼 미소를 지었다.

"내게도 한 명의 기사가 있어."

"……외람되지만, 누구를."

"카르젠."

순간 듀크 후작의 얼굴이 굳었다. 황제의 이름을 입에 담고도 황녀의
안색은 평소처럼 부드럽고, 온화하며, 기이하게 천진난만하다.

"……황녀님. 그 말씀은."

"문제가 있는 말인가?"

"……."

"어쩔까, 듀크 후작. 폐하가 돌아오실 때까지 기다릴까?"

듀크 후작이 어금니를 짓씹었다. 그는 쥐어짜 낸 듯 정중한 어조로 말했다.

"죄송한 말씀입니다만, 황녀님. 저는 오늘 꼭 저 연고, 황금 대각을 가져
가야 합니다."

"집안에 급한 환자라도 있는 모양이야?"

"집안은 아닙니다."

듀크 후작은 입꼬리만 들어 올려 웃었다.

"제 정부가 입은 상처에 유효하게 약효가 작용할 수 있는 기간이 정확히
오늘까지여서 말입니다."

"……."

"제가 몹시 아끼는 이라, 반드시 황금 대각을 하사받아 발라 주고 싶다고
생각하고 있었지요. 부디 고귀한 황족께서 가여운 제국민을 위하여 아량을
베풀어 주시지 않겠습니까."

아주 재미있는 말이었다.

대관절 어느 정신 나간 귀족이 황녀 앞에서 정부의 상처를 운운할 수 있
을까. 아무리 난봉꾼이어도 불가능한 일일 터다. 최소한의 예의와 상식이
있다면.

그리고 듀크 후작은, 카르젠을 최근접에서 보필하는 근위대장의 아버지로서 이미 잘 알고 있는 것이다.

라하에겐 최소한의 예의와 상식을 지키지 않아도 뒤탈이 없을 때가 있다고. 어차피 동복 황제에게 침대를 데워 줄 침노들이나 매번 선사받는 처지이질 않은가. 그런 주제에 이런 성적인 무례를 따지기라도 할 수 있을까.

그러니 라하의 미소에는 약간의 변화가 없다. 손에 부채를 쥐고 있었으면 살랑살랑 부치며 듀크 후작을 바라보고 있었을 터였다.

그 어떤 분노도 표하지 않는 게, 가끔은 듀크 후작조차 아리송할 때가 있는 것이다. 이렇게나 긁어 놓았는데도 정말로 화가 나지 않는 걸까. 불쾌하지 않는 걸까. 이 황녀는 감정의 어느 부분이 고장이라도 난 걸까. 아무리 속이 좁고 납작 엎드린 이라도 한계 이상의 조롱을 받으면 손에 힘이라도 들어가기 마련인데.

이 황녀는 그러지조차 않는다. 최소한의 반응조차 보이지 않는 모습은 때때로 기괴하게까지 느껴졌다.

어찌 되었든…….

여기까지 왔으니 소기의 목적은 달성하고 싶은 듀크 후작이었다. 저깟 침노에게 쓰기엔 귀하디귀한 황금 대각이질 않은가. 용납할 수 없었다. 반드시 황금 대각을 가져가야 속이 풀릴 것 같았으니.

"황녀님."

듀크 후작이 정중하게 재촉하는 목소리로 입을 열었다. 그때, 다른 쪽에서 목소리가 흘러나왔다.

"에스더의 기사를 빌려드리겠습니다."

"……?"

듀크 후작은 순간 귀를 의심해 옆을 돌아보았다. 그래. 이 테이블에는 아까부터 한 마디 말도 없던 공작이 앉아 있긴 했었지만.

"에스더 공작님. 방금……. 뭐라 하셨습니까?"

"황녀님이 마땅히 쓰실 기사도 없으시니, 에스더 공작가의 기사 중 적당한 이를 차출해 빌려드릴 수도 있다고 하였습니다."

"⋯⋯."

잠시 말문을 잃었던 듀크 후작은 곧, 천천히 어깨를 떨며 웃었다.

"잊고 있었습니다."

"⋯⋯."

"그렇지요. 에스더는 대대로 황녀님께 약하지요."

"예."

에스더 공작은 라하에게 도움을 내밀었다고는 믿기 힘들 만큼, 차갑고 냉정한 낯으로 말했다.

"황녀님께 약해야지요."

그 짧은 말에 담긴 수많은 뜻. 다른 귀족들은 모른다. 대부분이 모른다. 그러나 하필이면 이 앞에 앉아 있는 이. 듀크 후작만이 근위대장의 아버지라 대충은 알고 있을 뿐이었다.

그리고 라하.

듀크 후작이 어떤 조롱을 하든 도자기 같은 미소와 자태에는 단 한 번의 금조차 가지 않았던 그 아름다운 황녀의 안색이 조금씩 창백해지고 있었다.

듀크 후작은 그제야 진정으로 만족스러운 기분이 들어 말했다.

"돌아가신 보르본 백작 부인이 알면 기뻐하실 겁니다. 보르본 백작 부인은 황녀님 대신 중독되셨지 않았습니까."

"⋯⋯."

"어찌 그리 선한 분이신지 모르겠습니다. 황녀님께서는 참 운이 좋으신 분이고 말입니다."

"⋯⋯."

"소문으로는 선황후께서 황녀님께 내린 독이라는 말도 돌지만⋯⋯. 예. 그저 소문일 뿐이지 않습니까?"

돌아오는 대답은 없었다. 그럴 줄 알았다. 늘 그랬으니까. 몇 년째 그랬으니까. 카르젠은 모르는 게 틀림없지만, 저 황녀는 보르본 백작 부인의 얘기를 하는 걸 극도로 좋아하지 않았다.

듀크 후작은 파리하게 질린 라하의 낯을 보며 흡족한 기분으로 말했다.

"그리고 보니 장례식에서도 황녀님은 눈물 한 방울 보이지 않으셨지요. 무가의 수장 입장에서는 정말로 의연하시단 생각밖에 들지 않았습니다. 에스더 공작도 알고 계시지요?"

에스더 공작이 천천히 입을 열었다.

"예."

"……."

"그러니 보르본 백작 부인의 유지를 받들어, 에스더는 언제까지고 황녀님께 우호적일 겁니다. 기사를 빌려드리지요."

사무적으로까지 들리는 말이었다.

"원하십니까, 황녀님?"

무기질적으로까지 보이는 황녀의 눈과 시선을 마주한다. 라하는 눈길을 피하지 않았다. 하지만 그 고상한 태도 역시 그저 별것 없는 습관일 뿐이다.

라하의 얼굴엔 이미 핏기가 없다. 호흡이 조금 막히는 것도 같았다. 라하는 간신히 말문을 뗐다.

"괜찮습니다. 공작."

라하는 더 이상 에스더 공작과 마주하고 앉아 있고 싶지 않았다. 그녀의 기사를 빌리는 건 더더욱 끔찍했다.

황금 대각은……. 그래. 가진 보물들을 다 팔아서 하나 더 구해 보자. 궁에 쌓인 그득한 보석들을 팔면 아무리 귀한 것이라고 한들 어찌 하나는 구할 수 있겠지. 생각이 합리적으로 돌아가지 않았다.

라하가 몸을 일으킨 직후였다.

그녀의 팔과 손을 감싸 오는 단단한 손. 셰드였다. 라하의 몸이 차갑게 식은 탓인지 드러나는 살갗에 닿는 셰드의 손이 유달리 뜨겁게 느껴졌다.

그 순간.

라하가 끼고 있던 실크 장갑이 강한, 그러나 강압적이진 않은 힘에 의해 벗겨졌다. 라하가 드물게 당황했다. 셰드였다. 그녀가 고개를 들어 올린 직후였다.

"……!"

듀크 후작의 뺨이 옆으로 조금 돌아갔다. 그의 얼굴에 정확히 꽂힌 장갑이 스르르 바닥으로 떨어졌다.

* * *

"……192번."

라하의 호명에 셰드가 검을 확인하다 말고 턱을 움직였다. 여기에는 종자들이 있으니 당연한 호명이었다.

종자들은 알 수 없는 표정이었다. 정확히는 이해를 하지 못하겠다는 낯이다. 황녀의 침실 인형과, 듀크가의 기사단장이 갑자기 비공식 결투를 벌이겠다니…….

"그래도 되는 거야?"

"뭐가 말입니까."

"듀크 후작가는 대대로 무가인걸."

"괜찮습니다."

라하는 도무지 납득하기 힘들었다. 하기야 이제 와서 물릴 수도 없었다. 기사의 결투는 위대한 제국사 속에서도 대대로 성역으로 취급되질 않던가. 설령 황제의 이해관계가 섞인다고 해도 눈 감고 모른 척하는 구역이란 뜻이었다.

라하는 장갑을 빼앗겨 드러난 한쪽 손으로 셰드의 턱을 가볍게 그러쥐었다.

"다치지 마. 대충 해. 비슷한 건 다시 살 수 있어."

속삭이는 말에 셰드는 하마터면 웃음을 터뜨릴 뻔했다. 한편으로는…….

"보르본 백작 부인은 황녀님 대신 중독되셨지 않았습니까."

셰드는 알았다. 듀크 후작이 그 말을 내뱉는 순간, 라하 델하르사는 순식간에 가벼워졌다. 영혼의 밀도가 엷어질 대로 엷어져, 그녀는 곧 투명해질 것만 같았다. 아스라해질 것같이 핏기 없는 안색으로 그저 허둥지둥 도망치려고 했다.

평소에는 무슨 생각을 하는지 알 수 없는 이 여자를 그렇게 쉽게 증발시킬 수 있는 한 마디. 보르본 백작 부인이 도대체 누구기에.

중독은 또 무슨 말이기에.

그 모든 걸 묻는 대신 셰드는 듀크 후작의 뺨에 장갑을 던졌다. 반쯤은 충동이었고 반쯤은, 그래.

모르겠다.

정말로 모르겠다. 이 여자에 대해서만큼은 알 수 있는 게 그리 많지 않았다. 그 영역에 자신의 감정이 들어갈 줄은 진실로 생각해 본 적이 없어서.

"셰드? 다치지 말라고 한 말 들었지?"

라하의 목소리에 셰드가 시선을 옮겼다. 그는 이 새하얀 낯의 주인에게 순응하듯 고개를 가까이 굽혔다.

"예. 라하."

"……."

라하의 눈이 셰드를 빤히 보았다.

바깥에서도 이름을 부르다니, 건방져라. 그런데 이참에 밖에서 황녀님, 주인님 하고 부르는 건 그만두게 해 버릴까. 왜 셰드가 부르는 이름은 이상한 기분을 들게 하는지 모르겠다. 라하는 바로 앞에 있는 셰드의 입술에 꾹 입술을 눌렀다.

"황녀님."

멀지 않은 곳에 있는 비공개 연무장에선 이미 듀크 후작이 기다리고 있었다.

"인정하겠습니다. 저 침노는 몸이 아주 강건합니다. 검을 꽤나 잡은 모양이지만, 그래 봤자 침노입니다. 제 기사단장이 이겨 봤자 듀크엔 별다른 명예도 되지 않는다는 소리입니다."

"그래서?"

"먼 이국에서는 '칼춤'이라는 것이 몹시 인기라지요. 얇은 비단을 나신 위에 걸친 미인들이 초승달처럼 휘어진 곡도를 들고 나비처럼 우아하게 추는 춤이 참으로 보기 좋은 즐길 거리라고 했습니다. 그런 걸 보고 싶으신 거라면 제가 얼마든지 이국의 곡도를 수배해 황녀님께 진상하겠습니다."

그러니까 알아서 취소하라고. 뭐, 그런 뜻이었다. 듀크 후작의 말이 틀리지 않긴 했다. 셰드는 기사도 아니긴 했으니.

라하는 부드러운 미소를 지었다.

"듀크는 참으로 정중하구나."

"……황송한 말씀을."

뼈 있는 말에 듀크 후작은 슬슬 입을 다물었다.

황녀의 노예를 다치게 하는 건 결코 내키지 않았다. 그녀의 쌍둥이 황제가 분노까진 않더라도 거슬려 할 수 있으니까. 자신이 황녀에게 준 장난감에 흠집을 냈다는 이유로.

하지만 그냥 넘어가기엔 저 은발의 노예가 지나치게…….

건방졌다.

이리도 건방질 수가 없었다. 황녀가 제 뒷배임을 알고 겁도 없이 까부는 그 모습은 과연 천박한 침노나 할 법한 행동이었다.

그럼에도 듀크 후작이 결투에 응하도록 다른 이도 아닌 기사단장에게 지시한 까닭은, 그가 무가 출신이기 때문이었다. 그렇기에 알아볼 수 있었다.

황녀의 취향인 듯, 침노는 목까지 올라오는 아주 정숙한 옷을 입고 있었지만, 그런 옷으로도 몸 선을 다 가릴 수는 없었다. 침노의 몸에 두껍게 붙어 있는 근육은 그냥 붙은 게 아니었다. 그가 신성국에서 끌려 온 실험체라는 건 온 세상이 다 알았다.

일부러 몸에 힘을 빼고 있는 듯하지만 기본적으로 곧게 뻗은 단정한 자세. 긴 팔다리의 움직임 또한 자연스러웠다.

실험체가 태어날 때부터 실험체이진 않았을 테니, 아마 일전에 기사는 되었으리라. 그러니 듀크 후작은 신중한 결정을 내린 것이다.

게다가 아무리 생각해도, 고작 침노 따위에게 귀하기 그지없는 황금 대각을 발라 주는 건 듀크 후작의 푸른 피가 용납할 수 없는 일이었으니.

"그럼."

서로 검을 든 채 정중히 인사를 한다.

황녀와 듀크 후작, 그리고 노예와 기사단장만이 있는 비공개 연무장. 이기든 지든 듀크 후작가에 좋을 게 없으니 듀크 후작이 제안한 일이었다. 라하는 순순히 응했고.

약간의 침묵이 흘렀다. 라하의 시선은 오직 셰드에게 꽂혀 있었다.

듀크 후작이 팔짱을 끼고 느긋하게 이 판을 관망하고 있는 것과는 대조적인 시신이었나.

"다치게 하지 마라. 그렇지만, 자존심을 지켜 줄 필요도 없다. 여자 침대나 데워 주는 노예에게 지켜 줄 자존심이 어디 있겠느냐마는."

듀크 후작이 건넨 말을 기사단장은 분명히 기억하고 있을 것이고, 충실한 기사단장은 빠르게 결판을 내기 위해 곧장 움직였다.

"……!"

듀크 후작의 여유로웠던 얼굴이 그대로 굳었다. 그건 라하 역시 마찬가지였다. 드물게 당황한 낯으로 라하는 기사단장의 검을 보았다.

바닥에 떨어져 있었다.

듀크 후작이 중얼거렸다.

"이게……. 무슨……. 말도 안 되는……."

그는 분명히 보았다. 기사단장의 손목은 거의 너덜거렸다. 방금 전 저 건방진 침노가 검이 붙은 순간 검집으로 손목을 내리찍은 것이다.

말도 안 되는 악력이었다. 웬만한 힘이 아니었다. 한 번 떨어진 검은 다시 주울 수도 없었다. 그런 건 명예를 바닥에 처박는 것과 다르지 않았다.

하지만 너무도 짧게 끝난 결투.

기사단장까지 유례없는 일에 멍하니 손목을 부여잡은 아주 잠시. 그를 잠깐 훑어본 셰드가 돌연 쥐고 있던 검을 바닥에 던졌다. 듀크 후작이 당황한 찰나.

"……?"

갑자기 기사단장의 멱살이 잡혀 들렸다. 눈 깜빡할 새였다.

퍽!

기사단장의 뺨에 주먹이 내리꽂혔다. 붉은 피가 터지며 기사단장의 눈이 잠시 까뒤집혔다.

"무슨!"

듀크 후작은 그대로 목에 핏대를 세웠다.

"이런 정신 나간……!"

그대로 휘청거리는 기사단장을 바닥에 던진 셰드는 다시 바닥에 던졌던 검을 주워 들어 회수했다. 기사단장은 아예 일어나질 못했다.

셰드는 흘긋 기사단장을 본 후, 다시 기사답게 가볍게 묵례를 했다. 결투를 끝낼 때 승자와 패자가 함께하는 인사법이었다.

그는 연무장 중앙의 가장자리, 시종들이 테이블 위에 올려놓고 간 황금 대각을 가볍게 쥐어 들었다.

아무도 입을 열지 못했다. 듀크 후작은 특히나 그랬다. 셰드는 석상처럼 굳어 있는 듀크 후작에게로 걸어오며 말했다.

"이제 됐나?"

"……."

듀크 후작은 차마 입도 열지 못했다. 아예 입이 얼어 버린 것 같았다.

셰드는 가만히 눈만 깜빡이고 있는 라하를 보았다. 그녀도 적잖이 놀란 것 같았다. 무표정했던 셰드의 얼굴에 옅은 미소가 잠시 어렸다.

"이겼습니다. 주인님."

"……아."

듣도 보도 못한 결투에 잠깐 넋을 놓았던 라하가 결국 드물게 웃음을 터뜨렸다.

"훌륭했어."

셰드도 그녀를 따라서 웃음을 머금었다.

* * *

바깥으로 나왔을 때는 당연히도 근위대 일부가 대기하고 있었다. 카르젠이 있을 때는 이 정도는 아닌데, 카르젠이 궁을 비울 때면 항상 황제의 근위내가 철통같이 라하를 보호했다.

아니, 감시를 하는 거겠지.

"황녀님. 이만 처소로 모시겠습니다."

근위대장이 고개를 꾸벅 숙였다.

라하는 늘 그랬듯이 웃음이 나올 것 같았다. 어느 근위대장이 황제가 외유를 나가는데 따라가질 않는 것인가. 집착적으로 자신에게에나 붙여 놓고.

그러다가 붙은 분자에게 목이나 썰리면 어쩌려고.

'아니, 그러면 나야 좋겠지만.'

어차피 뒤에서 졸졸 따라오는 기사들 따위, 무시하면 된다. 라하와 셰드는 궁으로 향했다.

"폐하는 언제 돌아오신다지?"

"일주일은 걸린다고 하셨습니다."

"그래……."

카르젠은 언제나 라하더러 '안전히' 있으라고 말하고 궁을 떠난다. 이 말 인즉슨 네 궁에만 가만히 머물라는 소리였다.

"내궁으로 가십니까?"

"그래. 폐하가 돌아오실 때까지 안 나올 거야."

"……예, 황녀님."

의심스러운 눈초리였지만, 어쨌든 근위대장은 고개를 숙였다.

아마 이 궁을 중심으로 하여 근위대가 빈틈없이 진을 치기 시작할 것이다. 일주일은 그럴 것이다. 그러든 말든 라하는 상관없었다.

근위대장을 뒤로하고 라하는 안으로 들어왔다.

"셰드."

그리고 부르는 이름.

"원래 그렇게 힘이 세?"

"적당히 쓸 만은 해."

"그게 적당히야?"

라하는 셰드의 손을 쥐어 보았다. 자신보다 훨씬 크고 단단하며 굳은살이 많은 손. 라하는 힘을 주어 보았다. 셰드의 손에도 따라서 힘이 들어갔지만 얼마 가진 못했다.

"인술 때문에 그렇지. 생각도 못 했네."

인술이 없어진다면, 셰드는 정말로 자신의 목쯤은 가볍게 부러뜨릴 수 있을 것 같았다. 그 대단한 기사단장을 한 방에 나가떨어지게 하는 것만 봐도……

라하는 셰드를 보며 빙긋 웃었다.

"벗고 앉아 봐, 셰드."

그녀는 셰드가 내려놓은 황금 대각을 열어 보며 말했다.

"발라 줄게, 약."

셰드는 익숙하게 옷을 벗었다. 그리고 몇 번 옷을 입으면서, 라하의 취향을 대충 알 것도 같았다. 목 끝까지 올라오는 정숙하게 느껴지는 옷.

자신은 어쨌든 침노이니, 주인이 밖에서도 벗고 다니라면 기꺼이 순응해야 하는 처지인데도. 라하는 귀족들의 정복에 가까운 옷들만 시녀들에게 가져오게끔 명령했다. 시녀들은 또 어찌나 많은 옷을 공수해 오는지.

단추를 풀어 내리고 옷을 벗어 테이블에 올려놓는다. 평소라면 바지만 입은 채로 침대에 앉았겠지만, 라하가 약을 발라 주고 싶어 한 곳은 다름 아닌 무릎이었다.

바지까지 벗어 낸 셰드를 본 라하가 미소를 지었다.

"거기까지만 벗어도 돼."

더 안 봐도 알겠으니까. 두툼한 앞섶을 보던 라하가 셰드를 침대에 앉혔다. 그간 비싼 약을 많이 발랐지만 원체 고생해서 그런지 흉이 완전히 사라지진 않은 상태였다. 라하는 셰드의 앞에 몸을 굽히고 앉았다.

탄탄하게 뻗은 허벅지 아래 아직도 흉터가 남아 있는 무릎. 라하는 달칵하고 직각으로 되어 있는 황금 갑을 열었다. 안에는 약초 향이 강하게 나는 흰색의 연고가 가득 담겨 있었다.

라하는 연고를 손으로 들어 셰드의 무릎에 발랐다. 양 무릎에 비슷한 양을 바른 다음에 고개를 들어 올렸다.

자신을 내려다보고 있는 셰드와 눈이 마주친다.

"다른 곳도 발라 줄까?"

셰드의 몸에는 이리저리 검흔이 많았으니까. 당장 어깨, 가슴, 팔뚝 등 등……

"오래된 거라서 발라 봤자 낭비야."

"그런가."

라하는 손에 묻어 있는 것만 셰드의 허벅지에 난 검흔 위에 덧발랐다. 다른 흔적들과는 달리 유독 긴 검흔이었다. 허벅지의 탄탄한 감촉이 손에 기분 좋게 감겨왔다.

"여긴 왜 다쳤어?"

큰 의미 없는 질문이었다. 적당히 흘려버릴 거라고 생각한 것과는 달리, 의외로 선선한 대답이 돌아온다.

"숙부가 긋고 죽었지."

"……?"

허벅지를 만져 보고 있던 라하가 시선을 올렸다.

"너도 이상한 가족들 틈에서 살았구나. 다들 어느 정도는 그러고 사나 봐."

라하의 말에는 묘한 안도감이 배어 있었다. 자신만 이렇게 이상하고 끔찍하고 배덕적인 가족을 가진 게 아님을 알아서일까. 사람은 때로 자신만이 지옥에 사는 게 아니라는 사실에 안도할 때가 있다.

이상적인 방법은 아니지만, 라하는 어떤 방법으로든 안도를 해야 할 필요가 있었다.

할 수 있다면 더 많이, 더 자주. 계속해서.

"그래."

달칵. 셰드는 이미 열려 있던 황금갑을 닫아 버렸다. 라하의 손에 약간 이나마 묻어 있던 연고는 이미 셰드의 몸 위에 알뜰하게 발린 후였다.

라하는 두 팔을 뻗어 셰드의 손목을 잡아당겼다. 셰드가 기꺼이 몸을 굽혔다. 입술이 맞닿는다. 셰드의 혀가 라하의 입 안을 침범해 금세 엉망으로 헤집기 시작했다.

"훗……."

라하의 몸이 순식간에 들렸다. 셰드의 허벅지 위에 앉혀진 라하의 허리가 바짝 끌어당겨졌다. 셰드의 손이 라하의 가슴을 옷 위로 더듬었다. 한 손 가득히 주무르자 라하가 약한 통증을 느끼고 이마를 찌푸렸다.

"……아파."

직후, 하지 말라고 얘기하는 게 더 나았을 거라는 생각이 들었다. 셰드의 손에서 옷이 완전히 뜯겨 나갔으니까. 순식간에 라하의 가슴이 드러났다. 셰드는 라하의 가슴을 한 손으로 완전히 감싸 잡으며 손가락으로 유두를 둥글게 건드렸다.

"으응……."

신음도 잠시. 셰드는 라하의 몸을 좀 더 위로 올렸다. 라하는 자신이 장난감이라도 된 듯한 기분이었다. 이상한 기분도 잠시.

셰드의 얼굴이 라하의 가슴에 처박혔다. 희고 둥근 가슴을 입 안 가득 물고, 정점을 혀끝으로 핥는다. 라하가 어깨를 움찔거렸다. 아까보다 더 짙은 신음이 흘러나왔다. 그녀의 손이 셰드의 양 어깨를 밀어내듯 잡았지만, 소용은 없었다. 셰드는 조금도 밀려나지 않았으니까.

"아……!"

순식간에 밑이 젖는다. 사실 언제부터 젖고 있었는지도 알 수 없었다. 셰드가 찢어 내듯 벗겨 낸 옷은 윗부분뿐이라, 치마는 아직 히리 부근에 아슬아슬하게 매달려 있었다.

라하의 발에서 슬리퍼가 달랑대다 떨어졌다. 셰드는 라하를 침대 위에 눕혔다. 커다랗고 단단한 손이 그녀의 치마를 완전히 잡아당긴다. 제법 두꺼웠던 천인데도 너무 쉽사리 찢겨져 침대 위를 굴렀다.

셰드가 라하의 두 다리를 잡아 활짝 벌렸다.

"……."

도대체 이 노예와 몇 번이나 몸을 섞었는데. 이 자세만은 아직도 수치스러웠다. 라하는 다리를 오므리고 싶었지만, 셰드는 일절 용납하지 않았다. 그가 고개를 숙였다. 닫혀 있는 질구 사이로 애액이 조금씩 흐르고 있었다. 셰드가 혀끝으로 클리토리스를 진득하게 쓸어 올렸다.

"흑……!"

순간 전기가 오르는 듯한 찌릿한 자극에 라하의 몸이 크게 떨렸다. 그럼에도 허리 밑은 셰드의 몸에 완전히 고정되어 있었다. 무거운 쇠사슬로 칭칭 묶여 있는 것 같은 착각마저 들 정도였다.

셰드가 클리토리스를 집요하게 괴롭히기 시작했다. 음핵에서도 가장 민감한 부분을 잔인할 정도로 쉬지 않고 자극했다. 라하의 눈가가 순식간에 붉어지기 시작했다.

"으응……! 응!"

순식간에 통통하게 부푼 음핵이 괴로울 지경이었다. 라하는 셰드를 뿌리치고 싶었지만 아무리 발버둥을 쳐도 꼼짝도 할 수 없었다. 발끝에까지 전기가 오르는 기분이었다. 끊임없이 괴롭힘당한 클리토리스가 아플 지경이 되어서야, 셰드의 혀가 다른 쪽을 향했다.

이미 젖을 대로 젖어 있는 질구였다. 라하의 허벅지를 옴짝달싹도 못하게 꽉 잡아 쥐고 있던 그가 손을 뗐다. 흰 피부에 발갛게 난 손자국에 그의 목울대가 크게 일렁였다. 셰드의 손가락이 푹 젖은 질구 사이로 파고들었다.

"훗……."

한 개는 충분히 받아먹을 것 같아 처음부터 세 개를 밀어 넣었더니, 빠듯해하면서도 잘 들어갔다. 빽빽하게 주름진 질 내로 손가락이 사정없이 침입한다. 셰드는 힘을 주어 손가락을 쿵쿵 추삽질하듯이 움직였다. 그것만으로도 가벼운 섹스를 하는 기분이었다. 라하는 손을 꽉 그러쥐고 눈을 꾹 감았다가 떴다. 잔뜩 흐트러지는 호흡이며 눈빛.

이젠 너무나 잘 알고 있는 그녀의 성감대는 제법 깊은 곳에 위치해 있었고, 손가락보다는 다른 쪽으로 자극해야 한다는 것도 잘 알고 있었다.

어느새 셰드는 완전한 나신 상태였다. 아무리 손가락으로 늘려 놔도 큰 소용은 없는, 좁고도 촉촉한 질구로 그의 팔뚝만 한 페니스가 맞춰진다. 라하는 이때만 되면 어쩔 수 없이 긴장이 되었다.

도대체 저 크기는 보면서도 믿을 수가 없어서……. 게다가 자비도 없었다.

"흑!"

말도 안 되게 거대한 페니스가 거침없이 질 내를 쑤셔 댄다. 눈 깜짝할 새 한계까지 벌어져 버린 안쪽. 라하의 숨이 턱 막혔다. 납작한 아랫배에 굴곡까지 옅게 져 있는 저 모습이 도무지 이해가 가지 않았다. 셰드가 움직일 때마다 움직이는 굴곡에 라하는 시선을 피해 버렸다. 아직도 저 형체만은 무서웠다.

"흑! 아흑……! 으응……!"

두툼한 성기가 안쪽을 거침없이 박아 댈 때마다 라하는 울음 섞인 신음을 토해 냈다. 하루 종일 박아 댄 것도 아니고 얼마나 했다고, 그 크기가 버거워서 숨 쉬는 것도 힘들었다. 그러면서도 자신의 몸은 솔직하기 그지없어 진득한 쾌감으로 떨고 있었다.

저 빠듯한 크기와 힘을 견뎌 내기 어려웠다. 당장이라도 셰드를 밀어내고 싶어 하면서도 한편으로는 그의 밑에 종일 깔려 있고 싶은 이율배반적인 생각이 라하의 머리를 꽉 채웠다.

"아흑!"

셰드가 난폭하게 짓쳐 박자 라하의 두 눈이 크게 벌어졌다. 순식간에 눈물이 고였다.

"셰드, 제발……. 천천히……. 흑……."

조금만 약하게 해 달라는 말이 큰 소용이 없는 걸 알면서도, 반사적으로 그런 애원이 흘러나왔다. 아니, 일단 듣기는 했다. 아주 잠깐 셰드의 움직임이 느려졌다. 그의 손이 땀이 맺힌 라하의 이마를 쓸다가 곧 얼굴을 숙여 입술을 삼켜 왔다.

헐떡이는 호흡을 삼키고 입 안을 부드럽게 맛본다. 허리 밑에서 뭉근하게 움직이는 느낌은 라하에게 딱 적당한 쾌감이었다. 그러니까, 겨우겨우 감당할 수 있는 쾌감이었단 소리였다.

"훗……. 으응……."

사람을 죄 녹여 버릴 정도로 부드러운 안쪽이 셰드의 것을 견딜 수 없게 물어 왔다. 오돌토돌한 돌기들이 페니스를 어떻게 자극하는지. 얼마나 사람을 돌게 하는지. 이 황녀가 알기나 할까. 그는 입술을 떼고 라하와 시선을 맞췄다. 자신을 보며 젖어 있는 눈을 보자 정말로 미쳐 버릴 것만 같았다.

그런 눈이나 하지 말고 약하게 해 달라고 매달리든가.

큰 표정 변화가 없는 얼굴이면서도, 셰드의 눈빛만은 짙어졌다고 라하가 생각한 그 순간이었다.

"흑!"

퍽 하고 안쪽을 크게 쳐올리는 허리. 그대로 몸이 뚫려 버리는 것 같았다. 라하가 두 손으로 시트를 꽉 쥐었다. 좁은 구멍을 갑작스럽게 쑤셔 오는 난폭한 쾌감에 예민한 내벽이 바르르 떨렸다.

"흑……, 응……! 아!"

온몸이 열기로 달아오르고 목에서 짐승 같은 신음이 새어 나왔다. 라하는 어느새 셰드의 목에 두 팔을 감고 매달리고 있었다. 그의 허리에 매달린 두 다리가 파르르 경련했다.

딱딱하게 선 선홍빛 유두가 셰드의 가슴에 스쳤지만 아래쪽의 감각에 밀려 신경 쓸 겨를조차 없었다. 퍽, 퍽, 퍽. 셰드가 몇 번 더 거칠게 박았을 때,

라하의 시야가 순간 새하얘졌다. 셰드의 거대한 페니스를 빠듯하게 품고 있던 질 내가 크게 경련했다.

"하……."

선 이상의 쾌감을 느낀 셰드의 목에서 거친 신음이 터졌다. 사정감이 미친 듯이 치밀어 올랐다. 라하가 울면서 자신에게 매달릴 때 셰드는 형용할 수 없는 기분을 느꼈다. 아니, 그리 어렵게 표현할 것도 없었다. 페니스를 잡아 쥐어짜 내는 듯한 이 부드러운 속을 더 난잡하게 만들고 싶었다.

절정을 느낀 라하의 몸이 힘없이 흔들렸다. 하지만 이대로 계속 박아 대면 또 예민한 몸은 정신없이 그가 주는 흉포한 쾌감에 반응할 걸 알았다. 하지만 그러고 나면 이 연약한 몸이 열로 펄펄 끓을 것 또한 알아서, 셰드는 허리를 빠르게 털었다.

체액으로 난잡해진 안쪽에 마음껏 정액을 쏟아 낸다. 마지막까지 사정하고서야 셰드가 낮은 신음을 내뱉었다.

땀에 흠뻑 젖은 건 두 사람 모두 마찬가지였다.

라하가 탁해진 눈을 천천히 깜빡였다. 셰드의 페니스는 아직도 가라앉을 기미가 없어 보였고, 무엇보다 그의 눈동자에 고인 욕망이 이토록 선연했다.

라하는 제 얼굴 위에 있는 셰드의 뺨을 감싸 잡으며 말했다.

"궁금한 게 있어."

"말해."

"난 머리색이 특이하잖아. 그럼 뒤로 하면……. 가발을 씌우면 전부 나로 보일까?"

"그런 건 왜 묻지?"

"그냥. ……궁금해서."

그 말을 하는 것과 동시에 라하의 몸이 인형처럼 뒤집혔다. 순식간이었다. 그녀의 엉덩이를 가볍게 잡아 들어 올린 셰드가 체액으로 흥건한 안쪽에 그대로 페니스를 맞췄다.

퍽!

라하의 숨이 턱 막혔다. 흉포하게 짓쳐들어오는 흉기 같은 물건. 질 내가 크게 수축했다. 일부러 거칠게 박은 것 같진 않았지만, 크기가 크기이다 보니 라하는 순간 목이 졸리는 기분이었다.

"흑……! 으흑……!"

퍽, 퍽, 퍽. 셰드의 무게가 실려 평소보다 더 아슬아슬한 곳까지 삽입되는 것만 같다. 라하의 팔이 바들바들 떨렸다. 몇 번 정도 거친 추삽질이 반복되었을 때, 라하는 더 이상 견디지 못하고 쓰러지듯 베개에 얼굴을 묻었다.

퍽!

"흑……! 으응……! 아!"

라하의 신음에 흐느낌이 섞였다. 오래 버티지도 못했다. 순간 질 내가 확 경련하며 라하의 몸이 부들부들 떨렸다.

짧은 간격으로 연달아 절정을 느낀 그녀의 눈앞이 새하얘졌다. 셰드의 목에서 짐승처럼 낮은 신음 소리가 났다. 페니스를 세게 물고 정액을 쥐어짜 내려는 듯 안쪽에서 오는 아찔한 쾌감. 그의 허리 짓이 느려졌다. 셰드는 정신없이 헐떡이는 라하에게로 몸을 숙였다. 체중이 실리며 삽입된 각도가 바뀌었다.

"웃……."

셰드는 그대로 라하의 양쪽 팔을 잡아당겨 세웠다. 그의 악력이 원체 강하다 보니 축 늘어진 그녀의 몸도 종이처럼 가볍게 들렸다. 라하가 무너지지 못하게 붙잡은 셰드의 두 눈이 천천히 그녀의 뒷모습을 훑었다.

땀에 젖어 흐트러진 푸른색 머리카락. 날씬한 등. 열기가 오를 대로 오른 새하얀 살갗. 자신의 페니스를 꽉 물고 있는 그 적나라하고 야한 모습.

셰드가 낮아진 목소리로 말했다.

"모르겠는데."

땀에 젖은 라하의 얼굴이 뒤를 돌아보았다. 열기와 쾌감에 혼탁해진 푸른 눈.

"네가 아니면 무슨 가발을 뒤집어씌워 놔도 너로 보이진 않을 것 같아."

그제야 셰드가 아까 전 자신의 질문에 대답하는 것임을 알았다. 라하는 헐떡이면서도 겨우 입을 열었다.

"……머리만 푸른색이면 되는 게……."

퍽!

"흑!"

말을 더 이상 이을 수가 없었다. 라하의 등줄기가 곧추섰다. 베개에 얼굴을 파묻고 견뎌 내고 싶었지만 셰드가 자신의 양팔을 단단히 잡고 있어서 그럴 수도 없었다. 허공에 들린 상체. 셰드가 박아 댈 때마다 라하의 가슴이 흔들렸다.

"아응……! 홋! 셰드……. 흐윽!"

발끝이 곱아들었다. 라하의 입에서 울음기 섞인 신음이 몇 번이나 터졌다. 누군가 뜨거운 물에 얼굴부터 처박은 듯 호흡조차 뜨거웠다. 셰드가 양팔을 단단히 붙잡아 당기고 있지 않았다면 이미 시트 위에 쓰러졌을 텐데. 라하의 뺨을 타고 눈물이 뚝뚝 흘렀다.

퍽.

셰드의 무게가 묵직하게 실리며, 그가 안쪽 깊은 곳에 사정했다. 정액이 라하의 질 내를 가득 채웠다. 셰드는 충분히 사정했음에도 페니스를 꺼내지 않았다. 그저 그녀의 몸 깊숙한 곳에 묻고 그 지나칠 정도로 뜨겁고 부드러운 체온을 실감했다.

……정말로 정신이 나갈 것 같았다.

그녀가 들뜬 호흡을 내쉬며 겨우 시트 위로 무너졌다. 셰드는 그녀의 등 위에 몸을 겹치며 목덜미에 입술을 묻었다. 할 수만 있다면 이 호흡까지 집어삼키고 싶었다. 그렇게 달콤한 숨결이었다.

그녀의 목에 가볍게 입을 맞춘 셰드가 성기를 빼냈다. 라하가 가볍게 몸을 떨었다. 애액과 뒤섞인 정액이 주르륵 흘러 시트 위로 떨어졌다.

"라하."

이유 없이 그녀의 이름을 부르고 싶을 때가 있었다. 지금처럼. 셰드는 땀에 젖은 라하의 몸을 끌어안았다. 라하는 자신의 허벅지에 닿아오는 셰드의 페니스를 내려다보았다.

조금만 더 자극을 줘도 다시 할 수 있을 거라는 사실을 모를 수가 없었다. 정액 대신 피가 나올 때까지 제 몸에 쑤셔 박고 싶은 걸까…….

하는 생각도 잠시.

라하가 인형처럼 눈을 깜빡이다가 간신히 호흡을 추스른 후 물었다.

"더 할까?"

듣기에 따라선 유혹처럼 느껴지는 말이었다. 셰드에겐 충분히 유혹으로 들렸다. 아마 그녀가 손만 뻗어도 셰드는 그런 기분을 느꼈을 테지만…….

"아니."

라하의 푸른 머리카락이 이마에 흐트러져 있었다. 셰드가 그녀의 이마에 흐트러진 머리카락을 손끝으로 넘겨 주었다. 그 손길이 봄날의 새순처럼 몹시도 간지럽게 느껴졌다. 셰드는 속삭이듯 말했다.

"한숨 자고."

"……좋아."

당장이라도 더 할 것처럼 말해 놓고, 반응은 이렇게 솔직하다. 반색한 라하는 두 팔을 뻗었다. 셰드가 익숙하게 그녀를 품에 끌어안았다. 하얗게 드러난 나신 위에 이불을 덮어 주는 손길은 이미 길든 자의 것이다.

라하는 셰드의 체온이 뜨겁다고 생각하며 눈을 감았다. 그녀는 그야말로 순식간에 잠에 빠졌다.

그는 그녀를 물끄러미 바라보았다.

이 황녀의 유모가 대신 독살당했다는 얘기. 사실 그건 별로 놀랍진 않았다.

첫날부터 이 황녀가 어딘가 깊은 감정에 함몰되어 있다는 사실은 어렴풋이 짐작할 수 있었다.

다만······.

"더 할까?"

연약해 부서질 것 같은 몸으로, 충분하다 못해 지나치게 쾌감을 느껴 온몸을 덜덜 떨면서도 그렇게 묻는 건 이상했다. 평소에는 그러지 않았다. 라하는 무언가······, 그녀가 감당하기 어려운 일이 생기면 더 할까 묻곤 했다.

자신의 물건이 가라앉지 않은 건 그렇다 쳤다. 평소에도 그랬으니까. 셰드의 욕심대로 라하를 밀어붙였다간 정말 그녀는 죽을지도 몰랐다.

이상하다.

자신과 더 길게 섹스해야 하는 이유라도 있는 것처럼.

그럴 이유가 뭐가 있다고. 셰드는 붉은 자국이 퍼진 라하의 흰 피부를 내려다보았다. 솔직한 말로 그녀의 몸 안에 처박은 채로 종일 흔들고 싶었다. 그게 안 되면 그녀의 몸속에 파묻은 채로 잠들어 볼까.

그러다가도 깊게 잠든 모습을 보면 기이하게 미소가 나왔다. 셰드는 라하의 뺨을 손끝으로 천천히 쓸어 보다가 이마에 입을 맞췄다.

* * *

나흘 날.

라하가 예상했던 것처럼 궁은 완전히 철통 감시에 휩싸였다. 차라리 밖에 돌아다닌다고 하면, 평소처럼 그런다고 했으면 줄에 꿰인 생선들처럼 뒤를 졸졸 따라다니기나 했을 텐데.

그 황녀가 내궁에나 처박혀 있겠다고 하니까.

내궁에 들어가기 껄끄러운 근위대로서는 라하의 궁을 완전히 감시하는 방법을 선택한 모양이었다.

언뜻 보기엔 대역 죄인을 포위한 모양새였지만, 라하는 별로 상관하진 않았다.

눈에 보이는 감시도, 보이지 않는 감시도 모른 척하면 그만이었으니까.

"으……."

지금은 벌벌 떨리는 다리가 문제였다. 라하는 셰드와 아침에도 관계를 맺으려고 했으나, 도저히 다리에 힘이 들어가지 않았다. 허리가 뻐근한 바람에 결국 셰드가 욕조까지 안아 주고, 식탁에도 셰드한테 옮겨서 가야 했다. 여물통이 된 기분이었다.

그래도……. 나쁘지 않은 기분이었다.

그날 저녁부터는 눈이 내렸다. 내궁의 후원은 아예 커다란 담장이 하나 쳐져 있어서, 외궁에서도 들여다볼 수 없었다. 라하는 후원의 출입문에 앉았다. 제법 자주 앉았는지 손수건이 하나 깔려 있었다.

"내 거야."

"여기 있는 게 다 네 거겠지."

여상한 반문에 라하는 미소를 지으며 시선을 옮겼다.

"너 말고 내 건 더 없어."

조용한 저녁의 시간이었다.

라하는 눈이 올 때면 항상 이 자리에 앉아 설경을 구경하곤 했다. 그녀의 손에는 깊고 둥근 컵도 들려 있었다. 평소에 잘 마시지 않는, 초콜릿을 녹여 놓은 것이었다.

눈송이가 소복소복 내렸다. 라하는 셰드의 팔을 잡아당겼다. 그는 고분고분 그녀의 곁에 앉았다. 흰 눈이 내려서인지 사방이 유달리 고요했다. 자고 일어나면 온통 백색이 펼쳐져 있겠지. 보고 있으면 눈이 아릴 만큼.

가만히 눈 내리는 하늘을 보던 라하가 문득 물었다.

"일주일은 여기 있어야 하는데, 하고 싶은 거 있어?"

"너는?"

셰드의 반문에 라하가 눈을 깜빡였다.

"지금은 딱히 없어. 음……."

라하가 셰드의 어깨에 머리를 기댔다. 푸른색 머리카락이 사르르 흩어졌다.

"지금이 제일 마음에 드는 것 같아."

그렇게 말한 라하가 고개를 들었다.

"하고 싶은 거 있으면 언제든지 말해."

관대한 어조로 말한 라하가 아, 하면서 눈을 동그랗게 떴다.

"이게 그거구나. 미인의 애첩에 홀려서 뭐든 들어주는 폭군."

"뭐?"

"그러니까 베갯머리송사 같은 건가?"

셰드는 진심으로 헛웃음을 지었다.

"너는 정말 가끔……."

라하가 소리 내어 웃는 걸 보니 기가 찼던 것도 스르르 옅어진다. 차가운 기운에 얼어붙은 것 같은 발그레한 볼이 눈에 들어온다. 셰드가 손을 뻗어 그녀의 뺨을 감쌌다. 라하는 움직이지도 않고 시선을 들어올렸다.

가만히 마주치는 시선.

셰드는 고개를 조금 숙여서 바로 앞에 있는 라하의 입에 키스했다.

라하는 초콜릿을 한 컵 가득 담아와 놓고 정작 맛은 거의 보지 않았다. 좀 더 식으면 먹으려고 한 것 같은데, 그래서인지 라하의 혀끝에서는 약한 초콜릿 맛이 났다.

조용히 서늘한 얼굴을 만지던 셰드는, 라하를 아예 안아 들어 품에 끌어안았다. 어차피 이 황녀는 밖이 춥든 얼어붙든 전혀 신경을 쓰지 않는 걸 알아서. 따뜻하게 입고 다녔으면 좋겠다는 말도 노예로서는 과분한 것이었다.

밖은 어수선하고, 거대한 황궁에서. 카르젠은 없는 곳. 자신을 증오하는 사람들도 없고 꼭 다른 세계처럼 동떨어진 라하의 내궁.

눈은 계속해서 내렸다.

라하는 셰드의 품에 안겨 하얘지는 세상을 보았다.

다른 걸 더 하려고 했다. 어차피 셰드와 관계는 맺어야 했으니까. 그런 목적의식 분명한 행위를 하려고 했는데, 이상하게⋯⋯.

입맞춤만으로도 무척 기분이 좋았다.

정말 드물게, 사무칠 정도로 마음에 드는 분위기였다.

* * *

"⋯⋯폐하. 그 정도면 되시겠는지요?"

카르젠은 흘긋 고개를 들어올렸다. 아마르 대신관이 긴장한 기색으로 자신을 보고 있었다.

"아아. 됩니다."

그래.

"왜 그의 인적 사항을 궁금해하시는지⋯⋯."

"이놈이 살아남았거든."

"⋯⋯."

순간 아마르 대신관은 표정 관리에 힘써야 했다. 라하로부터 표정 관리 똑바로 하라는 냉정한 말을 몇 번이나 들어서, 제법 성공할 수 있었다.

아마르 대신관을 주의 깊게 살피고 있던 카르젠이 곧 서류로 시선을 돌렸다.

"서부 모르포 공국이라⋯⋯. 몇 년 전에 복속시켰던 그곳인가?"

카르젠의 목소리엔 성의가 없다. 그렇게 불바다로 만든 곳이 얼마나 많았는지 굳이 셀 필요가 없었으니까.

"기사였군. 그래 보이긴 했다만."

나이나 이름 같은 가장 기본적인 인적 사항은 이미 소실되어 없었지만 상관없었다. 관심도 없었고, 그 192번이라는 무성의한 이름이 침노 따위에겐 아주 잘 어울렸기 때문이다.

"요즘 내 쌍둥이가 그 비천한 것을 마음에 들어 해서."

"……."

"혹시 모르니 비슷한 걸로 몇 개 더 구해 놓으면 좋겠습니다, 아마르 대신관."

"그게 무슨 말씀이신지……?"

"인형 같은 건 너무 아끼다 보면 금세 찢어져 망가지거든. 그때 비슷한 걸 갖다 채워 줘야 내 사랑하는 쌍둥이가 상심이나마 덜할 테니 하는 말입니다."

"……!"

카르젠의 얼굴이 잔혹한 미소를 띠었다.

"아. 참. 아마르 대신관."

"예, 폐하……."

"오늘 델로의 황궁으로 같이 갑시다."

신의 축복을 받았다는 델로 제국에선 다른 왕국들보다 훨씬 호사스러운 의식들을 치를 수 있었다. 예를 들어 황제의 직속 시종장은 황제에게 충성을 맹세할 때, 신관들을 대동해 축복 의식을 받는 게 가능했다.

대대로 신성국에서는 제법 고위급의 신관들을 파견해 주었지만, 그건 어디까지나 제국과 신성국이 우호적인 관계를 맺고 있을 때의 얘기다.

지금은…….

한쪽이 일방적으로 다른 쪽을 짓밟고 있는 형국이 아니던가.

"대신관께서 내 새로운 시종장을 축복해 줘야지."

"……예. 제가 가겠습니다."

"오랜만에 라하와 인사도 하시고. 그 애와 일전에 대신관을 곤란케 할 질문을 하였다던데, 대답을 제대로 못 하셨다고."

"…….."

카르젠이 탐색하는 듯한 눈으로 대신관을 살폈다.

"이제 대답은 준비하셨습니까?"

"……황송하게도 아직도 황녀님의 당돌한 질문엔 당황하고 있습니다."

"그래."

카르젠이 탐색하는 듯한 목소리로 물었다.

"무슨 질문이었습니까?"

라하는 그날 이후, 더 이상 이 대신관과 마주한 적이 없었다.

또한 그녀는 대연회홀에서 대신관들보다도 운신이 자유롭지 않은 유일한 황족이었다.

그 뒤로 더 만나지 못했겠지.

"무슨 질문이었느냐 물었습니다."

아마르 대신관의 안색이 백짓장처럼 창백해지기 시작했다.

"아마르 대신관."

인내심 짧은 황제의 되물음에 아마르 대신관이 겨우 입을 열었다.

"……어째서……. 어째서 두 분을 해치……, 려고 할 수 있냐고…….."

"…….."

"그런……. 질문을 하셨습니다…….."

주의 깊은 눈으로 아마르 대신관을 살피던 카르젠이 피식 웃었다. 실로 유쾌한 낯이었다.

"내 쌍둥이가 맹랑한 성격이라."

"…….."

"좋습니다. 차라도 마시자고 하고 싶은데 시간이 없으니, 곧장 제국으로 갈 채비나 하십시오."

"……예. 황제 폐하."

아마르 대신관은 성큼성큼 걸어 나가는 푸른 머리의 황제를 보았다. 눈앞에서 몇 명이나 잔인하게 쳐 죽이는 걸 보아서인지, 저 젊고 아름다운 살인자만 보면 온몸에 식은땀이 흘렀다.

겨우 발걸음을 떼며, 아마르 대신관은 일전 황녀에게 들었던 말을 반추했다.

"카르젠이 대신관님에게 물어보면 이렇게 대답하세요. 저도 그렇게 대답할 거니까. 제 쌍둥이가 의심이 많은 성격이라."

사사건건 불충한 의도가 없는지 뒤집고 헤집는 게 일상인 황제. 수틀리면 목을 자르고 손에 피를 묻히기를 주저 않는 황제.

그런 폭군 밑에서 숨죽이고 사는, 황제의 징표를 가진 쌍둥이……

아마르 대신관은 느리게 숨을 몰아쉬었다.

황제가 가져온 두 마리의 은도요는 그 앞에 놓인 새장에 얌전히 앉아 있었다.

* * *

카르젠은 엄청나게 긴 행렬을 이끌고 황궁으로 돌아왔다.

그 행렬에 신성국의 대신관을 포함한 신관들이 있을 줄은 라하노 미처 예상하지 못한 일이었다.

'아주 자존심을 짓밟아 뭉개는구나.'

아마 적잖은 이들이 그렇게 생각하고 있을 터. 한편으로는 카르젠이 그 신성국조차 무참히 짓밟은 흉포함이 생각나 모두가 몸을 더 납작 수그리겠지.

"카르젠."

카르젠을 맞이한 라하가 빙그레 웃었다. 대신관을 위시한 신관들은 이미 황궁 안쪽에 마련된 신전으로 향했고, 황궁은 분주했다.

"그 비천한 침노 놈을 데리고 돌아다녔다고 들었는데."

"응."

"지금은 어디 있지?"

"오랜만에 신관들이 보고 싶어 할 것 같아서, 내 시녀들이랑 황궁 신전으로 보냈어."

"참 너그럽구나. 그래 봤자 얼마 있지 않으면 죽을 것을."

"내가 아껴 쓰면 되지."

"뭐 하러 아껴 써. 네가 원한다면 내일이라도 당장 전쟁을 일으켜 침노들을 선물해 주마."

"오늘 돌아왔는데 내일 다시 나간다고?"

라하는 짐짓 이마를 찌푸렸다.

"가지 마, 카르젠."

카르젠이 피식 웃었다.

"너는 종종 어린아이 같구나."

라하가 미소를 흘렸다. 카르젠은 라하의 뺨으로 손을 뻗었다가 문득 손가락으로 목까지 올라온 드레스를 예고 없이 잡아 내렸다.

"……!"

근처에 조용히 시립하고 있던 사용인과 근위대들이 서둘러 시선을 피했다. 카르젠은 가만히 라하의 목을 내려다보았다.

하얗기만 했던 목에, 붉은 자국이 가득했다. 그 상태로 누구도 입을 열지 않았다. 카르젠의 시선은 못 박힌 듯 그녀의 얼룩덜룩한 살갗에 고정되어 있었다.

"라하."

"응."

"그 노예가 마음에 드는 모양이야."

"응."

순순한 대답. 카르젠의 표정엔 변화가 없다. 라하의 가느다란 목을 감싼 천이 조금만 더 유연한 재질이었으면, 카르젠은 기꺼이 라하의 빗장뼈 아래까지 그 눈으로 직접 살펴보았을 것이다.

"질투가 나는걸, 라하."

"왜?"

"그 노예를 나보다 더 좋아하는 것 같아서."

"그럴 리가 없잖아, 카르젠."

"말과 행동이 이렇게 다른데 말이지."

카르젠이 매번 이렇게 구니, 그 충실했던 시종장이 라하를 황제의 침대 위에 벗겨 놓고 싶어 했던 것이다. 도대체가, 쌍둥이끼리 성교라도 하자고? 자신과 셰드가 하듯이?

이젠 역겹지도 않았다.

카르젠이 안타까운 표정을 지으며 말했다.

"그 침노가 죽으면 네가 몹시 슬퍼할 것 같아 벌써 걱정되는구나."

이토록 상냥한 염려. 라하는 표정 하나 변하지 않고 말했다.

"침노가 죽는 건 어쩔 수 없지."

"그래. 원래 장난감은 오래 살지 못하니까. 다만 나는 도통 네가 왜 그 침노에게 그렇게 관심을 가지는지 모르겠구나. 얼굴이 반반해서?"

카르젠이 턱을 슬쩍 기울였다.

"시종장의 시체를 끌고 기어 오라고 할 때도 한 마디 반항 없이 따라오는 꼴이 제법 고분고분하긴 하다만. 오히려 고분고분해서 재미가 없었어. 지금은 또 다를까?"

"설마 또 내 침노를 망가뜨리려는 건 아니지. 카르젠."

"재미있잖아, 라하."

사탕으로 아이를 꾀듯, 카르젠의 목소리가 부드러워졌다.

"고대에는 굶주린 사자 앞에 노예를 맨몸으로 던지고 즐기는 왕국도 있었다고 하던데. 궁금하지 않나?"

"카르젠."

라하는 카르젠의 손을 잡으며 말했다.

"어릴 때 기억나?"

"음?"

"모후께서 내가 매일 인형만 들여다보니, 그 인형의 배를 갈라 버리셨지."

갈기갈기 찢어진 인형은 빼앗겨 어디로 갔는지도 알지 못했다. 아직도 알지 못했다.

"정말……. 종일 그 인형만을 찾아다녔는데. 기억하지?"

"아."

카르젠이 라하의 손가락 사이사이에 힘을 주어 잡아당겼다. 엄지손가락으로 느긋하게 그녀의 보송한 손등을 쓸어 본다.

"기억하고말고."

"그렇지?"

"그래."

당연히 기억하고 있었다. 열두 살이었던가, 열한 살이었던가. 카르젠에게 가야 마땅했을 '계승자의 눈'을 가져 버린 라하는 그야말로 살아 있는 저주 인형이었다. 황후는 라하를 볼 때마다 차오르는 분기를 이기지 못했다.

그렇잖아도 끔찍한 딸이, 고작 몇 달 사이에 점점 정신 나간 이상자처럼 굴었다. 라하는 그렇게 인형 하나에만 몰두했다. 그 꼴조차 보기 싫었는지 황후는 시녀를 시켜 인형을 곤죽으로 만들어 버렸다.

그때 라하는 뺨을 연거푸 맞고서도 빼앗긴 인형을 찾으러 돌아다녔다. 비가 오는 날에도 마찬가지였다.

제정신을 차리게 되기까지 얼마나 걸렸더라.

카르젠은 라하의 침노에게서 관심을 떼기로 결정했다. 그 침노를 억지로 망가뜨리면 오히려 더 집착할 것 같으니.

그녀의 목을 뒤덮고 있는 저 자국에서도 어쩔 수 없이 눈을 뗐고. 그래, 지고한 황녀가 남자 몇이나 갖고 놀겠다는데 그게 무슨 흠이라고.

"지고한 황제가 비천한 침노 따위와 총애를 다퉈야 하다니, 촌극이 따로 없어."

미친놈.

라하는 부드러운 미소를 머금었다.

* * *

"……하여, 신의 은총을 받은 델하르사의 고귀한 핏줄을 충성을 다해 보필하도록 다짐하며……."

대신관이 직접 시종장의 의식을 주관해 주는 적은 역사 속에서도 처음이라, 당연히 귀족들 사이에선 관심이 쏠릴 수밖에 없었다.

라하는 즐거이 이 판을 깔아 주었다.

그래서 궁중에서는 때 아닌 연회가 열렸다. 연회가 자주 열리는 감이 있었지만, 그동안 카르젠이 미친 듯이 열었던 승전 연회나 이거나 횟수는 비슷했다.

예상대로.

새로운 시종장은 확실히, 라하에게 훨씬 디 호의석이었다. 정확히는 라하에게 공손하게 굴었다. 이전에 그 건방지기 짝이 없던, 언제쯤 자신을 카르젠의 침대에 올릴 수 있을까 가늠하던 소름 끼치던 눈을 가진 시종장을 생각하면 장족의 발전이었다.

"라하."

녹빛 드레스를 입고 샴페인 잔을 들고 있던 라하 곁으로 카르젠이 다가
왔다. 평소와 다른 점이 있다면, 그의 곁에 여자가 서 있다는 점이었다.

자멜라 윈스턴 공작 영애.

은도요까지 선물 받은, 공식적인 황제의 정혼자.

그녀 덕분에 라하는 카르젠과 평소 춰야 하는 춤의 절반만 출 수 있었다.
그게 얼마나 기쁘던지. 마음 같아서는 자멜라에게 가진 보석을 죄 선물해
주고 싶을 정도였다.

"두 분 편히 말씀 나누시지요."

하지만 자멜라는 확실히……. 눈치가 굉장히 빠른 영애였다. 역시 대귀족
가문의 영애라 그런 걸까.

아주 자연스럽게 사라지는 모습이 아쉬웠다. 라하는 카르젠과 둘만 있고
싶지 않은데, 정말로.

"라하. 노예를 데려왔더구나."

"응."

"과분한 자리 아니더냐?"

"자기 시동들이나 정부들 데려오는 귀족들이 얼마나 많은데."

물론……. 그들도 이런 황실 연회에는 체면상 데려오지 못하지만.

"무슨 상관이야. 내 노예는 지고하신 황제께서 선물해 주신 거고, 난
제국의 적통 황녀인데."

라하의 철없고 오만하게 들리는 말이 카르젠을 몹시 흡족하게 만든 건
틀림없었다. 그가 만족스러운 웃음을 터뜨렸다.

"그래. 그들과 우리는 격이 다르지. 네 말이 맞다. 책망하는 게 아니야."

"응."

"건방진 신성국에게 저들이 애지중지 만들던 병기가 침실 노예로 전락한
꼴을 보여 주는 것도 아주 괜찮은 생각이고."

"응."

카르젠은 라하의 손에 깍지를 껴서 잡았다. 손등에 입을 맞추면서도 눈은 라하의 얼굴을 샅샅이 살피고 있다.

그 노골적인 시선을 알면서도 모른 척, 라하는 미소만 지었다. 부디 신성국에서 빨리 셰드와 좋은 대화를 끝내기를 바라면서.

* * *

이제나저제나 하던 아마르 대신관은 셰드를 보고 하마터면 눈물을 보일 뻔했다.

"건강해 보이시는군요."

신성하기로는 하늘을 찌르는 대신관이, 한낱 노예에게 공대를 쓰고 있다. 주변에서 이상하다고 여길 수도 있지만 상관없었다. 그에 대한 변명은 이미 준비해 놓았다.

신을 모시는 사제 된 신분으로, 사람을 살해를 위한 실험에 썼으니 그에 대한 깊은 죄책감을 담아 약자를 대하듯 공경하는 것이라고.

일전, 라하에게 모든 걸 들켜 큰 충격을 받은 이후. 아마르 대신관은 아주 조금의 방심도 하지 않았다. 할 수 있는 모든 대비책을 다 마련해 두었다.

"황녀님께서 잘 대해 주시는 것 같아 다행이고……."

말끝을 흐린 아마르 대신관은 셰드의 두 손을 잡았다. 남들이 보기에는 그저 치밀어 오르는 감정을 이기지 못해 두 손을 잡은 것으로 보였을 것이다.

카르젠이 붙여 놓은 명백한 감시역인 근위대장 역시 그렇게 보았다.

"부디 언제나 건강하셔야 합니다. 황녀님께도 언제나 감사드리시고요."

감사라는 말이 조금 기이하게 들렸다. 물끄러미 대신관을 살피던 셰드는 천천히 입을 열었다.

"그러겠습니다."

"예……. 그럼 됐습니다."

셰드의 손을 놓은 아마르 대신관이 슬픈 미소를 지었다.

"황녀님께 따로 감사 인사를 드리고 싶소."

"아. 모시겠습니다. 대신관님."

근위대장이 바로 아마르 대신관을 안내했다. 셰드는 그의 뒤를 성큼성큼 따라가면서, 장갑을 끼지 않은 손을 내려 보았다. 아주 잠시 머물던 시선이 금세 제자리를 향했다.

이상한 일이었다.

아마르 대신관은 방금 전, 누구도 모르게 셰드에게 신성력을 불어넣었다. 그게 무슨 의미였는지 알게 되는 건 얼마 후였다.

* * *

시종장의 급사로 인해 어수선했던 황궁은, 새로운 시종장이 정식으로 임명되면서 안정을 찾았다.

겨울이 된 지 얼마나 됐다고 신년회가 성큼 다가왔다.

신년회는 델로 제국의 황실에서 국경일과 더불어 가장 중요하게 생각하는 행사였다.

하지만 황실엔 이런 것을 주관할 높은 황족이 전무했다. 덕택에 라하는 이런 행사를 싫든 좋든 열심히 도맡아야 했다. 최소한 일주일은 내궁에 들어가기도 힘든 강행군이 이어질 예정이었다.

그런데 오늘은…….

"흠흠. 황녀님."

"윈스턴 공작."

"예. 그간 강녕하셨습니까."

"할 말이라도?"

"……아."

라하가 너무 직설적으로 묻자, 윈스턴 공작이 곧장 목을 가다듬었다.

"다름이 아니라, 신년 연회를 제 여식과 함께 준비하시는 건 어떨까 싶습니다만."

"……?"

라하가 눈을 깜빡였다.

"이제 곧 한 가족이 될 것이며, 제 여식이 모자란 점이 많지만 황녀님께서 가르쳐 주시면 더욱 보기도 좋을 것 같고……, 그렇게 생각하지 않으십니까?"

윈스턴 공작은 라하의 성격에 대해서 마냥 낙관적으로 생각하진 않았다. 저 황녀는 황제의 견제를 받고 있지만, 어쨌든 '계승자의 눈'을 이어받은 적통 황녀였다. 더군다나 극도로 감정을 드러내지 않을 뿐이지, 유순한 성격인 것은 결코 아니었다.

황제 역시 이를 알고 있으니 그토록 최선을 다해 견제를 하는 거겠지. 그러면서도 쌍둥이에 대한 애정과 사랑을 완전히 버리지도 못해서 결국은 이토록 깊은 애증만을 받는 황녀.

그러니…….

불쾌한 티를 낼 수도 있을 거라고 생각했다. 황녀가 도맡고 있는 황후의 일을 넘기라고 은근히 요구한 것이니까.

하지만 제 여식을 위해 꼭 필요한 절차이기도 했다. 적어도 윈스턴 공작은 그렇게 생각하고 있었다.

"그리죠."

"예?"

라하는 자리에서 일어났다.

그녀가 신년 연회 준비를 하고 있던 이곳은 라하의 처소가 아니었다. 황실

내 큰 행사를 준비할 때면 황제의 본궁 곁에 마련된 거대한 집무실이 더 일하기에 효율적이었기 때문이다.

원래 이곳은 대대로 궁의 안주인인 황후가 일하는 곳이었고, 또 카르젠이 라하에게 일하라고 반강제적으로 권유한 곳이기도 했다.

라하는 읽고 있던 서류들을 탁탁 정리해 책상 위에 가지런히 올려놓았다.

"자멜라 윈스턴 영애에게 이곳에서 일하라고 하세요."

"……그게 무슨 말씀이신지요, 황녀님?"

"너흰 자멜라 윈스턴 영애가 오시면 잘 보필해 드려라."

함께 황실 연회를 준비 중이던 궁내무관들이 깊숙이 고개를 숙였다. 얼이 빠져 있던 윈스턴 공작은 한 박자 늦게 정신을 차렸다.

"화, 황녀님!"

＊ ＊ ＊

카르젠은 라하가 일하고 있을 집무실 문을 열고 들어왔다가, 눈을 가느스름하게 떴다.

"윈스턴 공작이 왜 여기 있지?"

"폐하. 그것이……."

"내 쌍둥이는?"

윈스턴 공작은 재빠르게 머리를 굴렸다.

어찌 되었든 그 역시 당당한 대귀족. 라하가 선선히 나갔다고 해서, 얼씨구나 자신의 딸을 데려와 앉혔다가는 어떤 결과를 초래할지 모를 수가 없었다. 그렇다고 당장 코앞인 연회를 준비도 않고 손 놓고 있을 수도 없었고.

결국 자신이 준비를 하고 있는 희한한 꼴이 연출되었다.

"사실 아까 전에……."

윈스턴 공작이 적당히 거짓을 섞은 진실을 얘기하자 카르젠의 얼굴이 차가워졌다.

"라하는 원래부터 노는 걸 더 좋아했지. 아직 어린애 같은 아이라서."

"예……. 혹시 황녀님께서 심기가 불편하셨을까 봐 염려되는군요."

"윈스턴 공작."

카르젠이 텅 빈 라하의 공간을 둘러보았다.

"혹 그대의 여식이 라하의 일을 빼앗으라고 부탁했나?"

"……?"

윈스턴 공작이 고개를 가볍게 조아렸다.

"아닙니다, 폐하. 제 딸은 이 일을 알지도 못합니다."

차분한 목소리였지만 속내는 달랐다. 자칫 잘못하다가는 정혼자의 신분으로 벌써부터 황후의 권력을 탐내는 구도로 갈 수도 있었다.

애초에 황녀가 아예 그렇게 나갈 줄은 윈스턴 공작도 상상하질 못했던 일이라……. 아마 그뿐만이 아니라 카르젠도 예상치 못한 일이었을 것이다.

"폐하. 오해십니다."

카르젠은 뒤에서부터 들리는 목소리에 시선을 돌렸다. 자멜라 윈스턴이 다가와 인사를 올렸다.

"자멜라 영애. 오해라?"

"아무래도 황녀님께서 제게 아량을 베풀어 주신 것 같습니다. 그분께서 마음이 넓고 따뜻한 분이라는 건, 함께 연회에서 짧게 담소를 나눌 때마다 알 수 있었으니까요."

아버지의 부름을 받아 왔으나 차마 앉지 못하고 있던 자멜라는 선선히 웃었다. 카르젠은 그녀의 푸른 눈동자를 보다가 턱짓을 했다.

"라하의 마음씀씀이는 내가 잘 알지. 윈스턴 공작."

"예, 폐하."

"공작이 직접 가서 라하를 데리고 오도록. 이렇게 가족 될 이들끼리 저녁 정찬이나 함께하면 좋을 듯싶어."

"영광입니다."

라하 때문에 당황했던 아까와는 달리, 오히려 좋은 결과가 생겼다. 그간 카르젠이 바쁘다는 이유로 자멜라와 잘 만나 주지 않았기 때문이다.

게다가 라하처럼 신분 높은 레이디를 에스코트하러 가는 것은 오히려 기사적인 명예욕도 채워 주는 일이었다.

윈스턴 공작은 기꺼운 마음으로 거대한 집무실을 나섰다.

"그럼 영애는……."

"폐하."

자멜라가 미소를 지었다.

"일전에 구경시켜 주시기로 한 '태양의 정원'에서 정찬을 하시는 건 어떨까요?"

태양의 정원은 오직 직계 황족들만 거닐 수 있는 아름다운 정원이었다. 황후가 될 레이디라면 황제와 함께 그곳을 산책하는 게 가능했지만.

"태양의 정원이라."

카르젠은 잠시, 비어 있는 집무실의 자리를 보았다. 라하가 곧장 자리를 박차고 나갔다고 하니. 아마 내궁으로 향해서 그 노예와 침대 위를 뒹굴고 있을 수도 있겠지. 분명히 그럴 것이다.

라하는 흥미를 보이는 것이 도통 없는 성격이었으니.

게다가 근래 들어 그녀는 계속해서 목 끝까지 올라오는 드레스만 골라 입었다. 평상복도, 연회복도 예외는 없었다. 그 답답한 드레스를 보고 있자면, 가끔은 손이 올라갈 것 같았다. 손가락으로 가슴 바로 위까지 선을 깊게 그어 주고 싶었으니까.

여기까지 천을 잘라 내서 피부를 보이라고. 네가 내게 늘 그러했듯.

카르젠은 시선을 옮겨 자멜라를 보았다.

"그러도록 하지. 영애."

* * *

태양의 정원은 입구부터 몹시도 아름다웠다.

대대로 황족의 직계 또는 방계가 아니면 결코 초청받을 수 없는 곳이었다. 상징적인 의미도 대단히 강했다. 황제의 정혼자가 초청받는 곳.

윈스턴 공작이 알았으면 기쁨을 감추지 못했을 것이다. 공작인 그는 물론이며, 그의 부모님. 또 그의 조부모님 역시 한 번도 출입해 본 적 없는 그 대단한 '태양의 정원'이었으니까.

"그럼, 편히 구경하고 계십시오. 영애. 곧 폐하께서 도착하실 겁니다."

"알겠어요."

함께 오던 중, 카르젠은 잠시 근위대장에게 볼일이 생겨 자멜라가 먼저 도착하게 되었다.

자멜라는 크리스털 온실 안을 둘러보았다.

'태양의 정원'이라는 품격 있는 이름에 어울리게, 대귀족 가문에서도 쉽게 들이지 못하는 저 먼 남부의 귀한 식물들이 아낌없이 조경되어 있었다. 아담하게 파 놓은 연못 가장자리는 금빛 대리석으로 마감되어 있었고, 오렌지나무 수목들이 줄지어 이어진다.

이 모든 호화로움이 '공간 안'에 위치했다. 거대한 크리스털 하우스 아래 이 모든 것들이 숨 쉬고 있었으니.

겨울이라 바깥을 구경하지 못하는 건 아쉬웠지만, 이 커다란 내부 역시 대단히 아름다웠다.

자멜라는 대귀족다운 우아한 품새를 몸에 두르고, 과연 아름다운 곳이라 잔탄하며 천천히 이곳저곳을 구경하듯 느리게 둘러보았다.

회랑에서 예술품을 감상하는 듯한 몸짓이다.

"정말 아름다운 곳이네요."

"예. 역대 황제들께서도 가장 사랑하신 곳입니다."

시종장이 능숙하게 자멜라의 말을 받았다. 잠시 자멜라의 눈이 그 시종장에게 향했다. 며칠 전 부로, 완전히 새롭게 시종장의 자리에 오른 이였다.

이전 시종장은 모종의 이유로 목숨을 잃었다. 그 이유는…… 감히 라하 황녀에게 모욕을 주었기 때문이라고 했다.

라하가 셰드에게 했던 말 그대로, 라하 궁의 시녀들은 아주 적당히 말을 흘릴 줄 알았다.

귀족들은 더 이상 자세히 알아낼 수 없는 이유들.

의외면서도 한편으로는 납득이 가는 이유였다. 황제는 동복 쌍둥이의 목줄을 가혹하게 틀어쥐고 있으면서도, 누구나 보란 듯 화려하게 꾸며 놓고 있었다. 그러니 아무리 황녀의 처지가 가혹해도 겉으로 함부로 구는 이는 없는 것이지.

다만 이번 일은 조금 더 충격이었다.

황제가 생각보다 더 황녀를 아끼는 것이라고. 역시 '계승자의 눈'을 가지지 못한 열등감도, 동복 쌍둥이라는 혈육의 정을 덮을 정도는 아니라고.

조금 더 라하에게 공손할 필요가 있음을, 수많은 귀족들이 말은 하지 않았어도 제대로 느꼈다.

어차피 내궁 업무까지 선뜻 내어 주고 가는 황녀이니, 자멜라가 황후가 된다고 해서 부딪힐 일은 없겠지. 라하 황녀의 기이한 무기력함에 대해서 공작급 이상의 대귀족들은 모를 수가 없었다.

그녀에 대해서는, 글쎄.

'계승자의 눈'을 가진 이상 내칠 수도 죽일 수도 없으니. 어디 적당한 별궁에서 여생을 살게 되지 않을까…… 하는 게 많은 이들의 예상이었다. 그러니까, 카르젠의 흥미가 전부 떨어지면 말이다.

그리고 윈스턴 공작은 확신하고 있었다. 카르젠의 그 흥미를 떨어뜨리게 할 수 있는 인물이 바로 자신의 딸인 자멜라라고.

"영애. 폐하께서 오셨습니다."

카르젠이 도착한 것은 얼마 후였다.

크리스털 온실 안에는 올리브색의 최고급 대리석을 깎아 만든 커다란 직각 식탁이 놓여 있었다.

카르젠이 가장 먼저 상석에 앉고, 시종장이 물 흐르듯 자멜라를 자리로 안내했다.

능숙한 시종들은 이미 자리 분배도 끝내 놓았다. 비록 자멜라가 아직은 정혼자라지만, 황후의 자리를 이어받을 정혼자이니 자멜라의 자리는 황제의 왼쪽 자리여야 했다.

"영애도 앉지."

"황공하옵니다, 폐하."

그러나 오른쪽 자리로 안내된 자멜라는 조용히 착석했다.

저 왼쪽 자리에 자신의 아버지를 앉힐 리도 없으니, 자연히도 저 자리에 앉을 이는 한 명밖에 없었다.

라하 델하르사 황녀.

"……."

그럼에도 자멜라는 과연 열심히 교육받은 훌륭한 공작 영애였다. 머금고 있는 미소에는 한 치의 금도가 있지 않았다.

그런 미소를 머금고, 자멜라는 자신이 앉지 못한 황제의 옆자리를 보았다.

재미있질 않은가.

꼭 황후에게 애첩을 소개시켜 주는 자리 같아서 말이지. 여기서 라하 황녀가 애첩인지, 황후인진 알 수 없지만.

시종장이 공손하게 말했다.

"날이 차가우니 가볍고 따뜻한 차를 올리겠습니다."

자멜라가 앞에 놓인 찻잔을 바라보았다.

"정말 좋은 차군요."

눈송이 속에 피어난 붉은 꽃 한 송이. 미식가들만이 즐기는 고급스러운 향취의 차가 대령되었다.

이미 준비되어 있던 중규모의 악단이 보이지 않는 곳에서 나른한 음악을 연주했다. 완벽한 선율이었다. 인공적으로 만들어 놓은 폭포에서 쏟아지는 물소리. 각종 귀한 꽃들이 내뿜는 향기.

아주 적당하다. 너무 적당해서 어쩌면 마시는 차의 향기가 더 머리에 남을 것만 같은, 그런 자리였다.

"폐하."

그래서 자멜라는 입을 열었다.

"왜 저를 선택하셨나요?"

"……."

카르젠이 나른하게 눈을 들어 올렸다. 자멜라는 공작 영애다운 은은한 미소를 머금고 있었다. 방금 전 당돌한 질문을 한 레이디라고는 믿을 수 없을 만큼.

내내 권태로운 표정의 젊은 황제는 처음으로 약한 흥미를 내보였다.

"그런 건 왜 묻지?"

"궁금하였답니다. 그곳엔 너무 많은 레이디들이 있었는데도 제가 선택된 이유에 대해서 말이지요."

카르젠이 턱을 비스듬히 기울였다. 대담한 말. 황제의 관심을 끌기에 적당한 주제. 하지만 돌아오는 대답이 동화처럼 따뜻할 리는 없었다.

"어차피 우리의 결혼은 거래인데."

"……."

"영애의 아비가 내게 가장 좋은 걸 제시했어."

"……."

"난 그걸 산 거고."

장사와 품평과 거래. 잔인할 정도로 노골적인 대답이었다. 연약한 천 하나

덮어씌워 주지 않은 황제의 말. 약간의 달콤함도 포장도 없는 대답을 들었지만, 자멜라는 애써 미소를 잃지 않을 수 있었다.

"궁금증이 풀렸나?"

"예, 폐하."

카르젠은 시선을 돌렸다. 마침 시종장이 공손히 말을 붙였다.

"폐하. 황녀님께서 막 윈스턴 공작과 출발하셨답니다."

"음."

자신에게서 시선이 거둬들여지고서야, 자멜라는 찻잔으로 시선을 내렸다. 수색 옅은 찻물 위에, 푸른색 눈동자가 물결치며 비쳤다.

"영애의 아비가 내게 가장 좋은 걸 제시했어."

"난 그걸 산 거고."

그 대답은 진실이 아니었다. 자멜라의 생각엔 그랬다.

폐하.

제가 푸른 눈을 가져서 그런 게 아닌가요?

공작 영애들 중 유일하게 푸른 색깔의 눈을, 운 좋게 가져서가 아니고요?

사실은 그걸 물어보고 싶었다. 단둘이 있을 수 있는 기회는 몹시 흔치 않으니까. 담대하게 황제의 의중을 찔러 묻고, 진실을 알고, 최종적으로는 황제의 진정한 관심을 끌고 싶었으나…….

상상과 달리 전혀 입이 열리지 않았다.

살육자는 아무리 감춰도 살육자다. 손에 칼 하나 쥐고 있지 않아도, 징복을 잘 차려입고 있어도. 꽃향기에 감싸이고 실크 장갑을 끼고 있어도.

카르젠은 수많은 왕국을 짓밟은 학살자였다.

그토록 많은 사람을 아무렇지 않게 도륙해 놓았는데, 자신도 그렇게 만들 수 있지 않을까? 순간 상대를 선득하게 만드는 저 눈을…….

황녀는 어떻게 매번 그리 가까이에서 마주 보고 웃을 수 있는 거지?

"아."

카르젠은 지루한 기색을 성의껏 감춰 주며, 툭 던지듯 말했다.

"오늘 드레스가 아주 예쁘군, 영애. 자주 입도록 해."

"영광입니다. 폐하. 돌아가는 길에 비슷한 색감의 드레스를 더 사야겠네요."

자멜라는 이윽고, 들어서는 황녀와 윈스턴 공작을 보고 자리에서 일어났다. 발치에서 자멜라가 입은 푸른색 드레스가 흔들렸다.

* * *

그날 밤.

라하는 윈스턴 공작이 더욱 자신을 견제해서, 그냥 본궁 일은 하나도 주지 않으면 좋겠다는 생각을 했다.

물론 어렵겠지만.

"……?"

라하는 궁으로 돌아와 고개를 갸웃했다.

"황녀님."

셰드가 내궁이 아닌 외궁에 나와 있었다. 그더러 나와도 좋다고 예전에 허락하긴 했으니, 문제 될 건 없지만…….

이상한 건 셰드가 라하의 드레스 룸에 있다는 것이다. 살갗이 가볍게 비치는 얇은 옷을 입고, 시종들이 부지런히 보석들을 대어 보고 있었다. 셰드는 살짝 피곤해 보였다. 라하가 드레스를 몇 벌씩 갈아입으면서 옷을 주문해야 할 때와 비슷했다.

와중에 시녀 몇은 옆에서 목록을 보면서 성실히 체크를 하고 있었다.

"너희 뭐 하니?"

"황녀님."

시녀들이 고개를 숙였다. 가장 연차가 높은 시녀가 다가와서 조심스레 말했다.

"일전에, 저분께 푸른색 장신구가 잘 어울린다 하셔서 창고에 있는 것들을 좀 내왔습니다."

"무슨……."

라하는 기가 차서 웃었다. 그렇지. 그녀는 원래 무언가를 좋다, 싫다 말을 하는 법이 잘 없었다. 호불호를 거의 드러내지 않은지는 굉장히 오래되었고. 덕택에 궁의 시녀들은 라하가 간만에 입 밖으로 꺼낸 '취향'에 귀를 쫑긋한 모양이었다.

"내 침노한테 쓸 푸른색 장신구가 좀 더 있으면 좋겠는데."

그런 말이었지, 아마.

몇 개 적당히 걸 챙겨 와 내궁에 가져다 놓으면 될 걸 가지고, 라하 궁 창고에 있는 보석 장신구를 죄 쓸어 온 모양이었다. 그것도 전부 푸른색으로.

"몇 개나 대어 봤는데?"

"아흔 가지 정도를 대어 보았습니다."

"그 정도면 됐어. 이거랑, 저거랑, 그것까지……. 내궁에 갖다 놔."

"예, 황녀님."

시녀와 시종들이 줄줄이 상자를 들고 내궁으로 가고, 라히는 세드에게로 가까이 걸어갔다.

언제 봐도 피로한 적이 없던 그 잘난 낯이 조금 지쳐 보이는 게 웃음이 나왔다. 매일 밤 자신을 기절 직전까지 몰아가면서, 항상 별다른 변화 없는 낯이 가끔은 뻔뻔해 보일 때도 있었는데.

오랜만에 시녀들의 시중을 받아 목욕을 하고 난 다음에는 내궁의 침실로 향했다. 마찬가지로 머리끝이 조금 젖어 있는 셰드가 침실에 있었다. 그는 그녀를 보자마자 가까이 걸어왔다.

"피곤해?"

"……조금. 네 시녀들은 정말 열성적이군."

"원래 아름다운 걸 꾸미고 싶어 하는 건 황궁 사용인들의 유구한 취미니까."

　라하는 진지한 얼굴로 말하고 거울 앞에 앉았다. 긴 머리카락을 빗어 내리던 손이 붙잡힌다. 라하의 등 뒤에 서서 빗을 가져간 셰드가 이마를 살짝 찌푸렸다. 풍성한 머리카락을 손으로 그러잡은 후 천천히 빗겨 내려간다.

　절반쯤 잡고 빗고, 두피에서부터 또 빗고, 제법 신중한 얼굴로 향유를 들어 라하의 머리끝에 발라 주었다.

"이런 건 또 어디서 배웠어?"

"네 시녀들은 내가 널 똑바로 보필 못 할까 봐 걱정이 태산이던데."

　라하가 픽 웃었다. 셰드에게 길고 숱 많은 머리카락을 빗질하는 법까지 열심히 가르쳤을 시녀들이 참 대단하단 생각이 들었다.

　확실히, 시녀들은 참 어지간히도 눈치가 빨랐다. 라하가 팔츠 궁정백을 시켜 내궁의 정원과 후원을 관리할 것을 명령한 이유를 대강 눈치챈 듯하니.

　말이 가르친다지, 일단은 대화를 나눌 수 있는 합법적인 시간이 될 수도 있질 않던가.

　이번에야 윈스턴 공작에게 일을 몽땅 넘기고 들어왔다지만, 원래 라하는 거의 일주일은 거처에 들어올 수도 없었을 것이다.

　윈스턴 공작은…….

　딸이 황궁에 들어와서도, '계승자의 눈'을 가진 황녀에게 치여 기를 못 펴고 살까 걱정을 한 모양이다. 그러니 일부러 와서 자멜라에게 일을 가르쳐 주며 함께 신년 연회를 준비하는 건 어떻겠냐느니, 그런 말을 한 것이지.

참 눈물 나는 부정이었다.

라하는 윈스턴 부녀에 대해 어떤 사심도 없었다. 자신을 방해물로 여기는 그 마음가짐은 알겠는데, 굳이 불쾌하지도 않았다. 라하는 평생을 쌍둥이의 방해물로 여겨졌으니까.

그러니 그냥 일을 전부 양도하고 나온 것이다. 덕분에 윈스턴 공작은 떠 맡은 일거리 때문에 골머리를 썩겠지만, 라하가 거기까지 배려해 줄 이유는 또 없었으니까.

라하는 거울에 비친 셰드를 바라보았다. 근육이 가득 붙은 커다란 덩치 로, 저렇게 수려한 얼굴을 가진 채, 그저 제 머리카락에만 열중하고 있는 남자를 보니 일 같은 걸 전부 때려치우고 온 자신의 선택이 아주 옳았다는 생각이 들었다.

웃음이 나왔다.

아마르 대신관은, 셰드에게 무슨 얘기를 했을까.

'나와 자는 것까지 실험의 일종이란 얘기는 안 했겠지.'

일종의 직감이었다. 라하는 굳이 묻지 않고, 일부러 다른 얘기를 했다.

"시녀들이 왜 열심히 가르치는지 알겠네. 잘 배우잖아."

"간단한 일인데 무슨."

"어린 시녀들 중엔 실수하는 애들도 종종 있었어."

픽 웃은 라하가 자리에서 일어나, 침실 한쪽에 놓인 테이블로 걸어갔다.

테이블 위에는 푸른색 보석들이 잘 정리되어 있었다. 라하는 그중에서 아 청빛이 감도는 보석들을 꿰어 만든 목걸이를 들어 올렸다. 그녀가 셰드에게 로 다가갔다.

긴 목걸이가 라하의 가느다란 팔에 주렁주렁 늘어졌다. 라하는 셰드가 입고 있는 가운을 젖혔다. 허리에만 끈을 묶어 놓은 가운이 상체를 고스 란히 드러내며 반쯤 벗겨졌다.

라하가 셰드의 벗은 몸 위에 목걸이를 걸었다. 여성의 목에서는 다섯 번은 둘러야 하는 긴 목걸이지만, 셰드의 두꺼운 목 위에선 두 번만 둘러도 넉넉하니 예쁘게 보였다. 라하는 팔짱을 끼고 한 걸음 물러서서 자신의 노예를 감상했다.

푸른색 보석이 눈 색깔과 몹시 어울렸다.

"잘 어울리네. 내가 그래도 적통 황녀라서 안목이 좋거든."

"이런 게 취향인가?"

"네가 취향인 거지."

가볍게 건넨 말. 순간 셰드가 무슨 표정을 지었는지, 라하는 미처 보지 못했다.

라하는 그대로 셰드의 손을 잡고 침대로 끌고 왔다. 평소처럼 라하가 눕는 게 아니었다. 그녀가 셰드를 밀어 넘어뜨렸다. 그 아이 같은 힘에 그는 순순히 넘어가 누워 주었다.

익숙하게 그의 허리 위에 앉은 라하가 몸을 숙여 입을 맞췄다. 머리카락이 셰드의 얼굴 옆으로 늘어졌다. 점막을 핥고 치열을 건드린 혀가 붙잡혀 뒤엉켰다.

라하 입장에서는 나름대로 깊은 입맞춤이었다고 생각하지만, 반대편 입장에선 그러지 못했다. 새가 쪼듯 가벼워서 더 애가 타는 키스나 다를 게 없어서. 라하가 이렇게 가벼운 것도 문제라는 생각도 들기 시작했다. 황녀니까 충분히 좋은 식사들이 나오는데 왜 항상 먹는 둥 마는 둥 하는 건지.

"……?"

라하는 부드럽고 만족스러운 입맞춤을 즐기다가 눈을 나른하게 깜빡였다. 셰드가 자신을 뚫어져라 보고 있었기 때문이다.

그녀가 젖은 입술을 가볍게 들어 올리고 물었다.

"왜 그……."

말은 끝까지 이어지지 못했다. 거의 동시에 라하의 입술이 삼켜져 버렸으니까. 셰드의 손이 그녀의 머리를 다소 거칠게 붙잡고 그야말로 잡아먹을 듯 키스했다.

근육으로 촘촘하고 두꺼운 팔이 라하의 가느다란 몸을 옴짝달싹도 못 하게 내리누른다. 정말로 짐승에게 혀 안쪽부터 잡아먹히는 기분이었다. 숨이 모자라진 라하가 금세 헐떡이기 시작했다. 그의 손이 가슴을 지나쳐 곧장 아래로 내려간다. 한 겹의 가벼운 드레스 사이를 파고들어, 얇은 속옷을 밀고 파고드는 손길.

"홋……."

라하가 신음을 흘렸다. 그의 손가락이 솟아오른 예민한 돌기를 괴롭힐 때마다 아랫배에 전류가 튀는 기분이었다. 등줄기를 따라 올라온 쾌감에 어느새 눈앞이 어지러웠다. 금세 젖기 시작한 질구로 파고드는 세 개의 손가락. 내벽을 느리게 쑤시는 손가락은 약한 삽입처럼도 느껴진다. 흘러나와야 할 신음 소리는 그의 혀와 입술에 눌려 새어 나오지도 못했다.

속옷이 다 젖고 나서야 셰드는 라하를 풀어주었다. 그녀의 드레스는 어느새 벗겨져 바닥에 떨어져 있었다. 흰 나신이 유혹적이다. 라하는 붉어진 눈으로 물었다.

"내가 잘 젖는다고 그랬잖아."

셰드의 입가에 희미한 미소가 어렸다.

"그래. 그런데?"

"그런데 왜 이렇게 열심히 애무를 해?"

"그럼 그냥 박으면 좋겠나?"

"그런 건 아니지만……. 그냥."

기분이 이상해서. 공들여 하는 입맞춤이나 은밀한 부위에 충분히 열중하는 손길이나 체온 같은 게. 내 기분을 자꾸 이상하게 만들어서.

내리깐 라하의 긴 속눈썹을 응시하던 셰드가 간단히 대답했다.

"그러고 싶었어."

셰드는 라하의 가슴을 한 손으로 쓸어 잡으며 말했다.

"그리고 넌 네 몸이 얼마나 약한지 자각을 좀 할 필요가 있어. 찢어지면 그곳을 올리버한테 보이려고 그러나?"

라하가 눈을 동그랗게 떴다가 웃음을 터뜨렸다.

"아니. 그런 생각은 해 본 적도 없어."

웃음기 어린 얼굴로 대답한 라하가 셰드의 목을 꼭 끌어안았다. 바로 제 허리를 껴안아 오는 단단한 두 팔. 언제부터였을까. 굳이 섹스를 할 때가 아니어도, 셰드의 품에 종종 몸을 묻기 시작한 건. 언제부턴가 자신은 그의 체온에서 강한 안정감을 얻고 있었다.

* * *

라하가 윈스턴 공작 부녀에게 신년 연회를 준비하는 일을 떠맡기고 나가 버렸다는 사실은 궁내에 쫙 퍼졌다.

이대로 윈스턴 공작이 제 일을 몽땅 가져가 주면 좋겠다고, 라하는 바랐지만 당연히 이루어지지 않을 일이었다.

오히려 아직 정혼자의 신분으로 황후의 일을 도맡겠다는 욕심이 그득하다며 여론이 좋지 않아졌다. 카르젠의 옆자리에 여식을 밀어 넣고 싶어 한 귀족들이 한둘이 아니니 당연한 일일지도 몰랐다.

윈스턴 공작도 라하가 몽땅 맡기고 훌렁 가 버릴 줄은 모르고 시도한 일이었지만.

어찌 되었든 라하가 돌아온 후, 신년 연회는 순조롭게 준비가 되었다. 카르젠의 승전 연회를 항상 도맡아 준비해야 했던 라하에게 '연회 준비'란 이골이 날 만큼 쉬운 일이었다.

"결국 이번에도 황녀님의 도움을 많이 받았군요."

"윈스턴 공작 부녀가 도움을 받은 게 아닐까요?"

"으음……. 아무래도 그렇지요."

궁내무관들은 그렇게 쑥덕였다. 그간 라하의 지시하에, 라하가 명하는 대로, 라하의 주도하에 커다란 궁내 행사들을 준비했던 이들이었다. 갑자기 황녀가 자리를 박차고 나가니 일이 당연히 원활하게 굴러가지 않았다. 윈스턴 공작이 발 벗고 나섰다지만 결국은 돌아온 황녀의 공로가 가장 컸다.

라하는 고개를 들어 천장을 바라보다가 걸음을 옮겼다.

신년 연회는 평소 자주 열리는 승전 연회와는 결이 달랐다. 지정된 장식들도 있었고, 벽에 달아야 할 두꺼운 다마스크 천의 색깔도 정해져 있었으며, 무엇보다 무척 풍요롭고 화려했다.

카르젠 덕분에 1년에 몇 번이나 치르는 승전 연회는 늘 비슷비슷했고, 즐겨야 할 손님들은 전부 젊은 폭군 때문에 주눅 들어 있었지만, 신년 연회는 아니니까. 1년을 새로 시작한다는 들뜬 분위기에 조금이나마 사람들이 풀어지는 궁중 연회이기도 했다.

"황녀님. 잠시만 기다려 주십시오."

시종의 말에 라하가 멈춰 섰다.

그리고 1년에 단 한 번 있는 신년 연회에, 이 날에만 볼 수 있는 특별한 황족들도 있었다.

"폐하. 선황께서 알현을 허락하셨습니다."

노시종이 고하는 말에 카르젠이 걸음을 옮겼다. 그는 평소와는 달리 훨씬 더 격식 있게 성장한 차림새였다. 라하는 카르젠의 뒷모습이 선황이 머무는 거대한 침궁으로 사라지는 걸 조용히 지켜보았다

그녀의 뒤에는 마찬가지로 예복을 입은 시종 및 시녀, 그리고 근위대가 일렬로 정지해 있었다.

전부 카르젠을 따라온 이들이다.

라하 델하르사는 황녀일 뿐이라, 선황을 배알하러 들어갈 필요까지는

없었다. 정확히는 그럴 자격이 없었다. 대신 겹겹이 세워진 호화로운 기둥과 보석을 박아 놓은 아름다운 벽을 감상하듯 구경했다.

장미색 대리석으로 만들어진 벽에는 진주 가루와 순금 알갱이를 흩뿌려 놓아 그 자체로도 몹시 눈이 즐거웠다.

이 아름다운 벽 가장 안쪽에 선황의 침실이 있다.

선황. 라하의 아버지.

모종의 이유로 양위를 한 델로의 황제.

'어쩔 수 없는 일이었지.'

선황은 다리 한쪽을 잃어버렸으니까. 더 이상 제대로 된 거동이 불가능했다.

젊은 황태자에게 모든 걸 물려주고, 죽을 때까지의 평안한 노후를 피의 맹세로 보장받은 아버지는 뒷방으로 물러났다.

차라리 명예로운 전투의 선봉장으로 섰다가 다리를 잃은 거라면 모를까. 선황은 아주 불명예스러운 이유로 한쪽 다리를 잃었다.

바로 라하 때문이었으니까.

그녀가 카르젠을 대신해 이 계승자의 눈동자를 가져가는 바람에.

라하가 중얼거렸다.

"두 분 다 정말."

자식 사랑이 애절하시지.

황후는 카르젠에 대한 애정이 지극하여 라하를 증오했고, 황제는 역사에 남을 '완벽한 부자'의 모습을 해쳐 버린 라하를 증오했다.

그래서 황제는 라하의 목을 졸랐다. 그 역시 '계승자의 눈'을 가진 황제이니, 같은 '계승자의 눈'을 이어받은 황녀는 해칠 수 있을 거라고 계산했던 모양이다.

하지만 우습게도 황제와 황녀의 계산은 틀렸다.

'계승자의 눈'을 가진 황녀를 죽이려 한 대가로, 황제는 한쪽 다리를 완전히 잃었다. 그나마 황제 역시 '계승자의 눈'을 가진 이이기 때문에 그 정도로 끝난 것이었다.

어쨌든 그날 이후 황제는 국정을 더 이상 수행하지 않기로 결정하였고, 황제의 관은 카르젠에게 넘어갔다. 그것이 델로 제국을 통틀어도 한 번도 없던 '양위'의 진실이었다.

그래서일까?

라하는 간혹 궁금해지곤 했다. 매년 신년회를 앞둔 이 날. 저 화려하고도 조용한 별궁에서 선황과 카르젠은 무슨 대화를 나눌까?

네 쌍둥이를 죽였느냐?

아직이요.

어서 죽이도록 하거라.

노력 중입니다.

아마 그런 뻔한 대화를 나누고 있지 않을까……. 그런 내용 말고는 딱히 떠오르는 것도 없었다. 원래도 부자 사이가 그리 돈독하진 않았다. 라하가 느릿느릿 눈을 깜빡이던 그때였다.

뒤에서부터 다가오는 높은 구두 소리. 또각또각. 은을 두드려 붙인 구두 굽과 대리석 바닥이 부딪히는 소리는 묘하게 도발적이었다.

구두 소리는 정확히 라하의 등 뒤에서 멈춰 섰다. 그녀의 귓가를 타고 매혹적인 목소리가 흘러 들어왔다.

"안녕, 라하."

라하는 뒤도 돌아보지 않고 말했다.

"황녀님이라고 부르셔야지요. 어머니."

이 제국의 적통 황녀에게 '어머니'란 호칭은 멸칭이다.

그러니 라하의 말은 한 마디 한 마디가 전부 완벽한 조롱의 의미였다.

하지만 뒤에 서 있는 여자 역시 오랜 시간을 이 델로 제국의 황궁에서 보낸 이였다. 그녀는 한 치 흔들림도 없는 다정한 목소리로 말했다.

"내가 감히 어찌 황녀님의 죽은 어머니를 모독할 수 있겠니, 라하."

그제야 라하는 뒤를 돌아보았다. 선황과 비슷한 연배의 여자가 자신을 보고 아주 고결하고 부드러운 미소를 머금고 있었다.

선황의 후궁인 2황비. 그 많은 후궁 중 아직까지 유일하게 살아남은 여자이기도 했고, 선황을 돌보는 유일한 황족이기도 했다. 안타깝게 다리를 잃으신 선황의 곁을 돌봐 드릴 이가 필요하다는 2황비의 눈물 어린 주청이 카르젠에게 제법 유효하게 먹혔던 까닭이었다.

그래도 한때는 사교계의 나비 같은 이였다. 황후가 일찍 죽고, 그녀의 빈자리를 차지하며 제법 내명부를 호령했던 후궁이었지만⋯⋯.

지금은 사교계에도 얼굴 한 번 내밀지 못하는 처지였다. 별로 불쌍하진 않았다. 겉모습부터가 화려했으니까. 과연 2황비는 선황의 하나 남은 후궁답게 호화로운 차림을 하고 있었다.

물론 그마저도, 라하에 비할 바는 아니었지만.

제국이 아니라 대륙을 통틀어도 가장 값비싼 것들만 걸치고 있을 황녀에게, 2황비는 입 꼬리를 들어 올려 웃어 보였다.

"아직도."

또각.

"카르젠에게 맞고 사니?"

또각또각.

두 발자국 더 가까이 걸어 온 2황비는, 라하의 이마께로 손을 뻗었다. 닿지는 않았다. 그저 가까운 거리를 두고 배회하는 그 우아한 손.

"이쯤에 카르젠이 때려서 만들어 놓았던 흉터가 있었잖니. 다 없어졌구나. 황궁 시녀와 궁의들은 솜씨가 유독 좋지."

화려한 손끝이 라하의 얼굴선을 따라 주욱 내려온다. 그러고선 목까지 덮어 감싸 놓은 드레스 위를 꾹 눌러 짚었다.

2황비가 짙은 미소를 머금고 상냥하게 말했다.

"목을 졸라대 생긴 까만 멍은 물론 벌써 사라졌겠지. 멍은 생각보다 느리게 빠진다는 걸 널 보고 알았단다."

이건 철저히 진담이기는 했다.

가느다란 목에 졸린 손자국이 생기고, 피가 맺혀 새까만 멍이 들고, 보라색으로 멍이 들며, 이후엔 푸른 멍으로 가라앉고, 종국엔 노란 멍까지 들어야 원래의 피부색으로 돌아온다는 것을.

황비는 라하의 목을 보고 알았으니 말이다.

"그 대단한 '계승자의 눈' 때문에."

그녀가 고아하게 웃었다.

"널 때리면 카르젠 본인에게도 선명한 상처가 나던데, 그런데도 어떻게든 널 포악하게 때리더구나. 난 사실 네 쌍둥이 황제께서 제정신이 아니라고 생각했단다."

"……."

"넌 어떻게 생각하니, 라하?"

라하는 천천히 눈을 깜빡이며 대답했다.

"글쎄요. 옛일이죠."

"옛일? 지금은 안 때리는 모양이구나."

"네. 카르젠이 이젠 저를 모시고 산답니다."

황비가 소리 내어 우아하게 웃었다. 그녀가 라하에게로 몸을 조금 기울이고 물었다.

"왜? 붙어먹게?"

"네."

라하가 변화 없는 미소로 화답했다.

"어머니 앞에서 붙어먹어 드릴게요."

황비가 손으로 입가를 가리고 우아하게 웃었다.

"정말 너희는 내가 본 쌍둥이들 중 가장 천박해."

"그런가요."

"그래, 진실로. 라하 델하르사."

짧은 침묵이 흘렀다. 라하의 미소는 여전히 상냥하다.

"그렇다고 하시니."

아주 다정한 목소리로, 라하가 말을 이었다.

"2황자도 함께 붙어먹어 드려야겠어요."

"……뭐?"

"어머니의 아들이요. 벌써 잊으셨나요."

"……."

"카르젠과 함께 셋이서 붙어먹어 드리겠다고요. 어머니 앞에서요."

라하가 빙그레 웃었다.

"제가 무서워서 제대로 세울 수나 있을지는 모르겠지만요."

황비의 미소에 완전히 금이 갔다. 2황자는 카르젠이 황제로 책봉되자마자, 이름뿐인 영주로 봉해져 델로 제국의 황무지로 반쯤 쫓겨난 지 몇 년째였다.

한낱 후궁의 아들.

라하처럼 '계승자의 눈'도 가지지 못한 평범한 황족일 뿐이다. 계승 서열 싸움엔 제대로 끼지도 못한. 그런 황족들의 말로가 모두 그러하듯, 납작 엎드려 살다가 황제가 오라 하면 오고 가라 하면 가는 삶을 보내고 죽겠지.

2황비의 손이 차갑게 식기 시작했다. 그녀는 식어 가는 체온만큼이나 싸늘한 비소를 머금고 비수를 던졌다.

"정말 정신이 나간 말을 아무렇지도 않게 하는구나."

"쌍둥이끼리 붙어먹으라고 말한 건 어머니시잖아요. 눈앞에서 보고 싶으셨던 게 아닌가요?"

카르젠이 부르면 2황자는 불복종할 수 없다. 그리고 정말 이 정신 나간 계집이, 카르젠과 함께 2황자와 침대에서 뒹굴고 싶다고 말하면 마찬가지로 미친 게 틀림없는 그 반쪽짜리 황제는 분명…….

"카르젠에게 부탁해 볼까요."

황비의 턱에 힘이 들어갔다. 그녀의 눈에서 핏줄이 툭툭 터졌다. 몇 번이나 숨을 억누른다. 격분을 겨우 찢어 가린 듯한 목소리가 흘러나온다.

"라하 델하르사."

"네, 어머니."

"넌 정말 정신이 나간 계집이야."

"제가요."

"어찌 그 꼴을 겪고도 아직도 그렇게 살아 있냐고. 정말……. 미친 거지."

속삭이는 목소리.

대답은 돌아오지 않았다.

라하의 미소 역시 여전했다. 돌아 버릴 정도로.

"2황자도 개처럼 구르며 살아 있는데 제가 살지 못할 이유가 있나요?"

끝까지 귀부인의 고아함을 지키던 황비의 얼굴이 서서히 일그러지기 시작했다. 화병처럼 내리눌렀던 몇 년간의 분기를 더 이상은 이기지 못하겠는지, 아니면 아들이 황무지로 끌려간 이후 줄곧 복용한 안정제의 효능이 다했는지.

"라하 델하르사! 이 정신 나간 계집이!"

황비가 기어이 비명을 질렀다. 그녀가 라하의 목을 조르기 직전, 멀리서 대기하고 있던 근위대들이 순식간에 달려들어 황비를 떼어 냈다.

"모셔라!"

"안정제를 가져와!"

근위대들이 황비를 질질 끌고 가고, 서둘러 시녀들이 달려와 흐트러진 옷매무새를 정돈해 주었다.

"괜찮으십니까, 황녀님?"

"됐어."

라하는 차림새가 멀쩡해지자마자 시녀들을 물렸다. 어차피 카르젠은 자신이 선황을 보고 올 때까지 기다리는 걸 좋아했다.

하지만 잠시 후 황명이 떨어졌다. 그 황명을 듣는 순간, 라하는 속으로 침음을 삼켰다. 하필이면. 차라리 황비에게 맞아 아픈 척하고 궁으로 돌아가는 게 나았겠다, 하는 생각이 들 정도였다.

"선황 폐하. 라하 황녀님이 드셨습니다."

나이 든 시종이 공손히 말을 올렸다. 라하는 몇 년 만에 들어오는지 모르는 선황의 침궁으로 발을 디뎠다.

* * *

"폐하. 황녀님께서 선황을 배알하러 막 들어가셨습니다."

근위대장 블레이크의 보고에 카르젠은 걸음을 옮기며 물었다.

"사람은?"

"붙여 놓았습니다."

카르젠은 이마를 조금 찡그렸다가 곧이어 있을 신년 연회를 위해 먼저 걸음을 옮겼다. 대륙 유일의 제국에서 여는 신년회이니만큼, 타국에서도 사절단을 보낼 정도로 규모가 컸다.

하필 선황이 '양위'를 해 황위를 이어받은 황제라서.

신년 연회가 열리기 전, 황제가 신년 연회 주최사를 하기 전. 오후의 시간엔 선황이나 태후를 알현해야 한다는 예법이 있었다.

말 그대로 예법이었다. 태후는 종종 있을지언정 선황이 있었던 적은 델로 제국의 역사상 처음이었으니까.

덕분에 시간이 모자라게 되어 카르젠은 먼저 자리를 떴다.

"네가 직접 라하를 데리고 연회장으로 와라. 선황의 침실 앞에서 기다렸다가."

"예, 폐하."

블레이크가 고개를 숙였다. 선황은 자신의 영역인 침실에 사지 멀쩡한 감시 책이 들어오는 걸 극도로 혐오했다. 양위를 한 선황이라. 다른 역사에서는 이빨 빠진 범으로 대접받겠지만 델로 제국은 달랐다.

카르젠은 여전히 '계승자의 눈'을 이어받지 못한 황제였으니까.

이빨은 오히려 라하에게 있질 않은가. 물론 그 어여쁜 짐승의 목줄을 잘 쥐고 있는 건 카르젠 자신이었고.

블레이크는 카르젠이 떠나자마자 곧장 걸음을 옮겨 선황의 침실이 있는 궁으로 향했다. 제국의 황궁은 몹시도 광활했고, 남쪽 가장 볕이 잘 드는 호화로운 궁이 선황의 거처였다. 비록 무척 외지긴 하지만 겉보기에는 낙원에 온 듯 아름다우니 무엇이 문제일까.

"황녀님은?"

"아직 대화 중이십니다."

"알겠다."

블레이크는 부동자세로 서서 별궁의 연못을 바라보았다. 겨울이고, 오후인지라 햇볕은 받지 못했지만 그래도 수정등을 띄워 놓아 제법 아름다웠다. 조용히 연못을 바라만 보고 있던 그때, 인기척들이 들렸다.

"근위대장."

블레이크가 뒤를 돌아보고 곧 가볍게 눈인사를 했다.

"아, 소나 후작님. 에스더 공작님도 함께 계셨군요."

"진상품을 드릴 차례라 와 있었네."

"그러십니까."

어사씨 침실에는 입장을 허락받지 못했고, 진상품은 고위 귀족이라면 선황에게 매년 올리는 것이었다.

에스더 공작은 늘 그렇듯 고개만 까딱했을 뿐이고, 소나 후작이 말을 걸었다.

"황녀님께서 안에 들어 계신다고."

"예. 그렇습니다."

"그렇군……. 황녀님께 희귀한 보석을 선물해 드려야겠어."

"……."

그 말에 블레이크의 눈이 조금 커졌다가 제자리로 돌아왔다. 그러고는 여상한 목소리로 말했다.

"예. 황녀님이 보석을 좋아하시지요."

듣고 있던 에스더 공작은 피식 웃었다. 소나 후작과 블레이크의 눈이 동시에 그쪽으로 향했지만, 그뿐.

"……."

귀족이 넘쳐나고, 그보다 몇 만 배는 많은 평민이 넘쳐나는 이 거대한 제국에서도 손꼽히는 대귀족들.

이들 중 그 누구도 방금 대화가 가진 속뜻을 모른 이가 없었다.

쌍둥이 황제가 목줄을 틀어쥐고 있던 어쩌든 라하는 '계승자의 눈'을 가진 후계자였다. 더군다나 선황이 직접 부르기까지 했다니. 지난 몇 년간 한 번도 황녀를 부른 적 없는 선황인데.

이 말인즉슨, 아직도 전통적인 입장을 고수하는 보수적인 귀족들에게 묘한 소식으로 들릴 거라는 얘기였다. 어쩌면 라하가 결국은, 또는 신의 뜻대로 황위를 물려받을 수 있지 않느냐는.

그러니 소나 후작이 희귀한 보석을 선물하겠다는 말을 꺼낸 것이다. 아직 카르젠에게 완전히 마음을 붙이지 못한 귀족들은 라하에게 귀한 선물을 하는 것으로 은근한 지지 의사를 천천히 표현할 테니까.

이 모든 걸 알아들은 에스더 공작은 그저 웃었을 뿐이고, 뭐 그리 어렵게 말하나 싶었지만, 어찌 되었든 황궁 안이었다. 귀족적인 화법을 잘 사용하는 것도 중요했다.

에스더 공작은 드넓은 선황의 별궁을 둘러보며 말했다.

"황녀님을 위해 폐하께서 시종장을 즉결 처분했다는 얘기가 사교계에 자자합니다."

"⋯⋯예."

블레이크는 한숨을 삼켰다. 시종장을 그렇게 재판 절차도 없이 죽이면 안 되는 일이었다. 황제의 권위가 상하는 문제는 차라리 사소한 것이었다. 애초에 카르젠은 피로 물든 권좌에 앉아 있는 젊은 황제이니, 그런 일이야 크게 중요치도 않은 것이었다.

문제는⋯⋯.

황녀를 위해서.

저 명제가 거슬렸다.

카르젠은 물밑의 여론을 적극적으로 신경 쓰는 성격이 아니다. 당연한 일이었다. 그는 공동의 커다란 적, 예컨대 한 나라를 짓밟아 물리치고 승전보를 가져오는 것으로 황위를 굳건히 지키는 황제였으니까.

무엇보다 블레이크는 카르젠에게 간언할 수도 없었다.

왜냐하면 그 라하 황녀가.

다른 것도 아닌 침실에서, 황제가 선물해 준 노예와 정사를 벌이던 중 생긴 문제였으니까. 도대체 라하 델하르사, 그 황녀가 무슨 몰골로 황제를 맞이했기에 황제가 기어이 눈이 돌았는지 모르겠다.

알 수가 없었다.

하지만 카르젠을 오랫동안 전장에서부터 보필한 블레이크는 확실하게 알 수 있었다. 이미 물밑으로 가라앉은 그 얘기를 괜히 꺼내는 건 멍청하다 못해⋯⋯.

화약고에 불덩이를 던지는 것과 같은 행동이었다.

정확히 짚을 순 없었지만, 기사가 가지는 일종의 직감이었다.

'이건 아무래도 상의를 좀 해 봐야 할 것 같고⋯⋯.'

블레이크의 생각을 밀어내듯, 에스더 공작이 입을 열었다.

"게다가 선황께서 황녀님과 단독 대면을 허락하셨다니……. 불순한 생각을 품는 이들이 있을 겁니다."

"……."

"아, 물론 많지도 않고 적극적이지도 않을 겁니다. 그러기에는 몇 년 전 대연회홀 샹들리에에 걸렸던 변경백 가족들의 모가지들이 너무 처참했던지라."

"……."

블레이크는 아무 말도 하지 않았다. 그건 소나 후작도 마찬가지였다. 방금까지 빙빙 돌렸던 소나 후작의 화법이 전부 무색해지는 직설적인 말투.

이런 이야기를 대놓고 할 수 있는 건 아마 제국을 통틀어 이 에스더 공작이 유일할 것이다. 아니면 지금은 사막으로 떠나 있는 현자들뿐이겠지.

객관적으로 말해 라하는 그저 예쁘게 꾸민 인형이었다. 침실 노예나 선사받는 위치. 그녀의 행보가 위험하니 유념하라는 말도 과한 걱정이었다. 객관적으로는 그랬다.

다만 온몸에 철의 갑주를 걸친 피의 황제만이 유독 라하에게 과민하게 반응하는 것.

그게 문제였다.

주군이 늘 과민하게 반응하는 대상이니, 모시는 입장에서도 비슷한 반응을 보이게 됐다.

단지 그뿐인 것이다.

"그나저나, 듀크 후작은 요즘 조용하시던데 말입니다."

블레이크가 이마를 찌푸렸다. 그의 아버지인 듀크 후작은 황녀의 노예와 비공식적 결투를 벌이더니 몹시 성이 나서 돌아왔다.

그 일 때문에 한동안 듀크 후작가의 기사단이 엉망이라는 얘기도 들었지만, 집에서 출가해 사택과 황궁에서 사는 블레이크로서는 자세히 알 수는 없는 일이었다.

애초에 한낱 침실 노예에게 듀크의 기사단장이 처참히 패배했다는 사실은 아는 사람이 극도로 적었다. 듀크 후작이 기를 쓰고 막은 까닭이었다. 물론 아들인 블레이크까지 모를 수는 없었다. 그는 적당히 둘러댔다.

"요즘 몸이 좀 불편하신 모양입니다."

그리고 듀크가를 제외하고, 그 기막힌 결투의 전말을 아는 몇 안 되는 사람들 중 하나인 에스더 공작이 피식 웃었다.

"마음이 불편하신 거겠지요."

소나 후작이 귀를 쫑긋했고, 블레이크는 불편한 표정을 지었다. 하지만 에스더 공작은 그쯤에서 적당히 말을 마무리했다. 그들의 시선은 라하가 들어간 별궁으로 자연스레 흘렀다.

* * *

라하는 오랜만에 들어오는 선황의 침궁을 굳이 둘러보진 않았다.

"부황."

"……."

"오랜만에 뵈어요. 저를 부르셨다고요."

온화한 목소리가 침실을 울렸지만, 돌아오는 대답은 없었다. 라하는 선황을 알현하는 황녀답게 고개를 가볍게 숙인 채로 가만히 있었다. 얼마나 그러고 있었을까.

툭툭.

순금 장식을 이어붙인 마호가니 팔걸이를 손끝으로 두드리는 소리.

"고개를 들라."

라하가 시선을 들어올렸다. 선황의 얼굴은 지나치게 정정했다. 양위라는 전무후무한 일을 선언한 후 별궁으로 물러났지만, 선황의 얼굴에 병색 따위는 없었다. 그저 한 시대를 호령한 황제다운 낯이었다. 오랫동안 일선에서 물러나 약간 물러진 감은 있지만, 여전했다.

그리고……, 푸른 눈.

라하가 이어받은 '계승자의 눈'.

'계승자의 눈'은 여타의 푸른색 눈들과는 무언가가 확실히 달랐다. 새파란 보석이 태양 아래 반짝이는 것처럼, 바다 위의 윤슬이 반짝이는 것처럼. 오래 들여다보고 있으면 기이하게 매혹되는 눈이었다.

저런 눈으로 사람을 다정히 대하여도 몇 백 배는 더 도취되고, 설령 사람의 목을 찢어 죽인다 해도 기묘하게 홀리는 기분이었다.

라하는 자신과 꼭 같은 눈을 물끄러미 들여다보았다. 선황이 고개를 들라고 했으니 좋든 싫든 그 시선을 마주하고 있어야 했다.

길게 흐르는 침묵.

선황은 라하의 곧게 뻗은 몸을 훑어보고 말했다.

"네 다리는 멀쩡하구나. 라하."

"예. 부황의 은덕으로 평안합니다."

선황이 날카로운 표정으로 웃었다.

"'계승자의 눈'이 너를 지켜 주니 항시 감사해야 한다."

"네."

"그러나 너의 본분과 신분을 잊지 마라. 내가 황위를 물려준 건 카르젠이니."

"네."

고분고분한 대답. 선황은 냉엄한 눈으로 라하를 보았다.

"네가 '계승자의 눈'을 가진 것만 아니었어도 그 많은 왕국이 델로에 복속되지 않았을 텐데."

"……."

"망자에 대한 예를 항상 갖추고 살아라."

"……."

"너 때문에 죽은 이들이니."

선황은 아무 말 없는 라하를 차가운 눈으로 응시했다. 얼마간의 침묵이 흘렀다. 황제는 천천히 시선을 옮겼다. 그들의 주변에는 시종들이 서 있었다. 셋은 선황의 시종이었고, 남은 하나는 카르젠이 붙여 놓은 시종이었다.

저들에겐 공통점이 있었다. 전부 몸이 불편하다는 것이었다.

이 침실에서 사지가 멀쩡한 건 오직 라하 델하르사, 그녀뿐이었다.

"창가 쪽으로."

선황의 명령에 곧장 시종이 움직였다. 라하는 가만히 속눈썹을 내리깔았다. 선황의 오른쪽 다리는 텅 비어 있었다.

선황은 창가에 놓인 의자로 옮겨 앉은 후 입을 열었다.

"카르젠도 잘 알고 있지. 내 다리가 왜 이렇게 되었는지."

"네. 잘 알고 계실 거예요."

"'계승자의 눈'이란 참으로 대단한 방패다. 내가 고작 황녀의 목을 졸랐다는 이유로 한쪽 다리를 잃을 줄 그 누가 알았겠느냐?"

선황의 목소리에서 숨기지 못한 분노가 새어 나왔다.

"외려 다행이라면 다행이지. 내가 '계승자의 눈'을 지닌 황제가 아니었으면, 네 목을 살의를 갖고 졸랐다는 이유로 내 목이 꺾였을 테니까."

라하는 여전히 온유한 미소를 지은 채 그 말들을 들었다. 선황은 자신과 똑같은 눈을 가진 딸을 바라보며 말했다.

"화가 나는구나. 라하 델하르사."

"화내지 마세요, 아버지."

"……."

"옥체를 보중하셔야지요."

"보중?"

선황이 차가운 눈으로 라하를 보았다.

그는 완벽한 황제였다. 적통 후계자인 카르젠을 황태자로 삼은 것까지 완벽했다.

"우습게도 네가 '계승자의 눈'을 훔쳐서 이렇게 되었는데. 감히 네까짓 게."

"……."

'계승자의 눈'을 훔쳤다는 이야기를 할 때.

그래, 처음 이 말을 들었을 땐 라하도 제법 어렸다. 그때부터였다. 라하는 선황의 말이 도무지 이해가 가지 않았기에 단 한 번도 반성해 본 적이 없다.

지금도 마찬가지다. 그녀는 한 번도 원한 적 없는 걸 훔쳐 갔다며 사과를 종용한다. 폭력을 휘두르면서 그녀가 반성하기를 바란다. 라하는 속으로 최선을 다해 비웃었다. 할 수만 있다면 이깟 눈 빼내 던져 발로 밟아 주고 싶은데.

애처럼 철없는 분노도 예전의 말이다. 라하는 상대가 어떤 저주를 퍼붓듯 고상한 미소를 띨 수 있는 제국의 적통 황녀였다.

어찌 되었든 선황으로서는 '완벽한 군주로서의 삶'을 해친 존재인 라하를 사랑해 줄 이유가 없었다. 그녀에게 분노를 쏟아내며 목을 조르다가 한쪽 다리를 잃어 버렸지만.

"카르젠은 이 사실을 아주 잘 알지."

"네."

"그러니 너를 두고 보는 것일 테고."

"네."

선황은 의자 등받이에 등을 기댔다. 이 자리에는 여전히 카르젠이 보낸 시종이 자리하고 있었다. 오늘의 대화는 빠짐없이 전달될 터.

그러니 카르젠이 아직도 모르는 사실 하나만은 굳이 입에 올릴 필요가 없었다. 선황의 시선이 향한 벽 쪽으로 라하의 눈길도 움직였다.

황금과 붉은 보석을 주렁주렁 박아서 만든 대단히 사치스러운 벽장에는 어떤 징표가 보관되어 있었다. 정교한 도난 방지 장치가 몇 겹으로 걸려 있는 그건 다름 아닌 델로 제국의 징표였다.

저 징표는 성력으로 이어진 미니어처였다. 원래는 두 개였던 것으로 기억하는데, 남은 한 개는 어디로 갔는지 라하는 알지 못했다.

미니어처의 실물은 황궁 후원에 보관되어 있었다. 라하의 키보다도 훨씬 큰 그 커다란 징표는 '계승자의 눈'을 이은 자를 수호하고 델하르사의 피를 이은 이들을 보호해 주는 시조의 성물이라고 했다.

그 징표 뒤편에 이미 금이 가 있다는 사실을 아는 사람은 극히 드물었다.

다른 사람도 아닌, 같은 '계승자의 눈'을 가진 선황이 라하를 죽이려고 했기 때문이었다. 황제가 양위를 결정한 것에는 다리 한쪽을 영구적으로 손실한 까닭도 있었지만, 증표에 강한 금이 간 것에 충격을 받아서란 이유도 분명 있었다.

선황은 이 사실만은 카르젠에게 말하지도 않았다.

알고 있는 건 오직 선황과 라하뿐이었다.

선황이 이 사실들을 라하에게 알려 준 이유는 간단했다. 그 역시 델로의 황위를 계승하는 입장으로서, 대대로 '계승자의 눈'이 가진 비밀에 대해서 전승해야 하는 의무가 분명히 있었기 때문이었다.

그리고 선황 스스로가 아직 살아 있는 한, '계승자의 눈'이 가진 몇몇 비밀들은 세상에 알려지지 않아야 본인의 안위에도 유리했다.

"부황."

라하는 사랑스러운 미소를 머금고 말했다.

"부디 건강하셔야지요."

흘긋 라하를 본 선황이 대답했다.

"물론. 그럴 것이다."

선황은 자신이 죽기 직전, 라하의 목을 다시 한번 조를 게 분명했다.

그렇게 되면 제국의 징표는 완전히 금이 가 무너져 내릴 테니까.

라하는 선황과 몇 번의 대화 끝에 알 수 있었다. 그는 자신이 죽은 이후의 제국은 어떻게 되든 더 이상 관심이 없었다. 천성적으로 그랬는지, 한쪽 다리를 잃어 원치 않게 퇴위했다는 사실에 수치와 분노를 느껴서인지는 몰랐지만.

그러니 '그 다리를 잃게 만든' 원인인 라하를 죽도로 증오하게 된 것도 어쩌면 당연한 일일 터였다. 라하는 그렇게 이해했다.

후일, 선황이 다시금 라하의 목을 조르는 그때.

그때야말로 선황은 죽을 것이고 라하는 더 이상 '계승자의 눈'으로도 보호받지 못하게 될 것이다. 이미 완벽한 판을 짜 놓은 선황은 즉시 카르젠에게 이 사실을 알리겠지.

"네 평생을 좀먹어 온 쌍둥이를 이제는 죽여도 된다."

……라고.

"선황 폐하. 황공하오나 이제 신년 연회가 시작되어……."

시종의 조심스러운 목소리에 선황이 귀찮다는 듯 손짓을 했다.

"나가 보거라."

"물러가 보겠습니다. 부디 보중하시길, 아버지."

달콤하게까지 들리는 목소리에 선황의 미간이 강하게 일그러졌다. 할 수만 있다면 무엇이든 잡아서 그녀의 머리에 던져 버리고 싶다는 것처럼.

하지만 라하는 아무렇지 않게 돌아섰다. 신년 연회에 참석하는 만큼 화려하게 차려입은 값비싼 드레스 자락이 잠자리 날개처럼 나풀거렸다.

푸른색 머리카락을 가닥가닥 땋으며, 시녀들이 정성껏 꽂아 놓은 작고 무수한 다이아 장식들이 달빛을 받아 아름답게 빛났다.

라하는 별궁을 나서, 대연회홀로 가볍게 걸어갔다.

'나를 죽여도 된다고.'

더 이상 '계승자의 눈'으로 보호받지 못할 때가 올 거라고. 선황은 정정해 보이지만, 그래도 화병에 속은 말이 아닐 터였다. 그 상태가 그리 좋지는 않을 것이다. 그러니 카르젠이 황궁의 별궁에 떡하니 또 다른 권력의 중심축이 될 수 있는 남자를 내버려 두는 것이지.

선황이 10년은 살까?

매일매일 화병을 되씹다 보면 그 수명이 기하급수적으로 짧아질 것이다.

1년은 살까?

"……."

10년 후에는, 아니. 당장 1년 후에 카르젠은 자신의 어디를 만지고 있을까?

라하는 자신이 없었다. 언제나 삶에 자신이 있었던 적은 없지만, 이번만큼은 정말로 자신이 없었다.

카르젠이…….

자신을 곱게 죽여 줄까?

"……강간이나 하지 않으면 다행이지."

나지막이 중얼거린 라하의 입가로 하얀 숨이 퍼져 나갔다. 징표가 깨지면 자신의 눈동자 색이 어떻게 되는지 알 수가 없었다. 예전처럼 회색 눈으로 돌아갈 것 같기는 했다. 지금 카르젠의 눈동자처럼.

'계승자의 눈'을 소실해 버린 황녀는, 외곽의 황무지로 쫓겨나도 별로 이상할 게 없었다. 2황비의 2황자처럼.

"……."

라하가 죽었다고 공표하고, 어딘가 비밀스러운 장소에 그녀를 묶어 두고 질릴 때까지……. 라하의 이마가 가볍게 찌푸려졌다. 토기가 치밀어 오른 그녀가 머리를 가볍게 휘저었다.

그러지 않기 위해 그녀도 제법 많은 준비를 하지 않았던가?

좋게 죽기 위해서.

카르젠과 부황에게…… 빌어먹을 델하르사의 황족들에게.

복수하고 싶어서.

그날이 그리 멀지는 않았다. 라하의 뺨에 차가운 공기가 와 닿았다.

문득 죽을 만큼 셰드가 보고 싶어졌다.

* * *

"오늘은 심신이 어떠십니까? 애첩님."

올리버의 질문에 셰드는 눈썹을 슬쩍 기울였다.

"나쁘지 않아."

"좋다는 대답은 한 번도 안 하시는군요."

"노예의 삶이 좋다고 얘기를 할 수가 있나?"

"물론 그렇겠지요. 하지만 애첩님은 황녀님을 좋아하시잖아요."

"뭐?"

"아닌가요?"

이제 셰드는 기가 차서 헛웃음을 지었다.

처음엔 애늙은이 같은 말투 때문에 막연히 성격도 그럴 거라고 짐작했는데, 몇 번 만나 보니 알았다. 올리버는 말투만 저렇지 성격 자체까지 늙은이 같진 않았다.

"그래."

"그렇지요?"

"그런데 그 보고 싶어 죽을 것 같은 황녀님이 며칠째 얼굴을 비추지 않으시는군."

올리버가 기록을 하면서 눈을 깜빡였다.

"그건 어쩔 수 없으십니다. 델로 제국에서 신년 연회는 건국제만큼이나 중요한 연회이니까요. 황녀님은 이맘때면 준비를 도맡으시느라 언제나 바쁘십니다."

"……잠은 제대로 자나?"

올리버가 빙긋 웃었다.

"염려되십니까?"

염려가 되냐고.

그야, 노예로서 당연히 주인을.

표정 하나 변하지 않고 이런 대답을 돌려줄 수도 있을 터다. 마땅한 대답이기도 했고, 적당한 대답이기도 했다.

셰드는 물끄러미 올리버를 보다가 말했다.

"그래."

"……."

"할 수만 있다면 내 눈앞에 데려와 앉혀 놓고 살피고 싶군."

그럴 수가 없으니 문제지만.

올리버는 눈을 깜빡이다가 턱을 가볍게 긁적였다.

"애첩님은 몸만 저돌적이신 게 아니셨군요……."

셰드가 눈썹을 슬쩍 들어올렸다.

하지만 올리버의 말은 굉장히 진심이기는 했다. 이 황녀님의 침실 노예는, 간혹 인형이라고 불리는 남자는 정말로 거의 모든 면에서 완벽했다.

그 외양만 보고 사랑에 빠지는 사람도 적지 않을 것이다.

거기에 황녀님이 계시면 좋을 텐데, 하고 올리버는 생각했다. 사랑은 생각보다 많은 괴로움을 치료해 주니까.

물론 올리버의 바람일 뿐이었다.

"너는 현자의 수제자라면서 신년 연회엔 초대받지 못했나?"

"가서 황녀님의 상태가 어떤지 보고 와 주었으면 한다는 말씀이시군요."

셰드는 굳이 대답하지 않았다. 하지만 올리버는 그저 미소만 한가득 머금었다.

"하지만 저에게는 황녀님의 명령이 최우선이랍니다."

"무슨 명령."

"신년에 혼자 있어서 외로울 애첩님의 말동무가 되어 주라고 하셨지요. 그리고 애첩님이 노예가 되기 전에는 신년에 뭘 하면서 즐겁게 시간을 보냈는지도 알아보고 좀 같이 어울려 주라고 말씀을 하셨는데……."

올리버가 손을 꼬물거리면서 하는 말에 셰드는 기가 찼다. 도대체가 그 황녀는.

"뭘 하셨나요?"

이런 배려를 할 시간에 그저 본인 잠이나 먼저 챙겨야겠다는 생각은 하지 않는 건지. 셰드는 올리버가 몇 번이나 질문을 반복하고서야 천천히 생각을 되짚었다. 라하가 이 어린 황궁의에게 잘 대해 주라고 말했던 게 떠올랐기 때문이다.

"별 건 안 했고."

셰드는 창밖을 보았다. 눈이 내리고 있었다.

"신년회가 끝나면 적당히 돌아와 눈 내리는 밖이나 구경했지."

"지금이랑 다를 게 없네요."

"그래. 다를 건 없지."

정말로 다를 건 없었다.

그저 지금은 누구 한 명을 온종일 기다리고 있다는 사실을 제외하고는. 셰드는 눈이 내리는 창밖을 보다가, 테이블 위에 올려놓은 보검으로 시선을 내렸다.

얼마 전, 라하가 환하게 웃으며 안겨 주었던.

눈이 내리던 날의 그 검이었다.

* * *

라하의 시녀들은 푸른색 보석들로 된 장신구들을 정리하다가 고개를 들었다. 눈이 제법 많이 내리고 있었다.

라하의 궁이 있는 곳과, 대연회홀이 있는 본궁은 그리 멀지는 않은 곳이었다. 일단 본궁의 크기가 원체 압도적이다 보니, 이쪽에서도 그 화려한 빛이 얼마쯤은 눈에 스밀 지경이었다. 본궁에 켜 놓은 수천 개의 수정등들이 뿜어내는 호사스러운 빛이었다.

오늘도 황녀님이 늦게 오실까?

근래 들어 라하는 일 때문에 바빴다. 하기야 몇 년 내내, 황궁의 안주인이 해야 할 일을 혼자 도맡고 있었으니 제법 바빴던 라하였지만.

그때 라하는 본인이 바쁘든 말든 크게 신경을 쓰지 않았다. 어차피 궁으로 돌아와 봤자 지쳐 잠드는 것 말고는 기꺼워하는 일도 크게 없었으니까. 그러면서도 '카르젠을 위해' 일하기 싫어했다는 걸 아는 사람은 올리버밖에 없었다.

시녀들은 이런 속사정까지는 잘 모르지만, 지금은 확실히 예전과 다른 게 하나 있길 않던가.

그 은발의 노예.

시녀들은 내궁의 출입이 그리 자유롭지 않았다. 그렇다고 모시는 주인인 라하든, 혹은 그 노예든 둘 다 말이 많은 성격도 아니었다.

다만 시녀들은 라하의 몸을 다른 의미로 만지던 사람들이라 어느 정도 알 수 있었다.

라하는 온갖 정성 어린 관리와 타고난 미모 덕분에 눈이 부시게 아름다운 나신을 가졌지만, 그뿐이었다. 매번 몸이 긴장으로 뻣뻣했다. 호흡하는 기색조차 지나치게 적은 그 고귀한 황녀가 최근에는 달랐다. 덜 웅크린 짐승 같아서, 라하의 목욕 시중을 들던 시녀들은 가끔 말문을 잃곤 했다.

그러니까 그 감상이 뜻하는 바가 명확했으니까.

이전의 황녀는 잔뜩 웅크린 채 몸을 말고 있는 겁먹은 짐승 같았다는 뜻이다. 자신들이 그 황녀를 가여워하고 있었다는 말이기도 했다. 불경하게도.

"황녀님?"

그때 불쑥 들어오는 익숙한 인영.

라하를 본 시녀들이 당황해서 서둘러 시립했다.

"연통을 보내지 않으시고요."

"됐어. 늦었는데."

라하는 바로 귓가에서 달랑거리는 무거운 루비 귀걸이를 빼내며 욕실로 걸어갔다. 시녀들이 서둘러 뒤를 따라갔다.

오늘은 신년 연회라 시녀들이 치장에 몹시 공을 들였었다. 긴 머리카락은 기교가 넘치게 땋았고, 다이아가 적어도 50개는 뿌려져 있는 그물망 같은 머리 장식은 시녀 둘이 달라붙어야 겨우 떼어 낼 수 있을 만큼 복잡했다.

라하는 시녀들이 자신을 벗겨 내는 동안 신경질 어린 표정으로 눈을 깜빡였다. 신년 연회는 다른 연회들보다 훨씬 사람이 많았다. 외국 사절단들도 많이 와 춤도 얼마나 춰야 했는지.

라하는 짜증 어린 목소리로 말했다.

"그 귀걸이 내일 당장 본궁으로 돌려보내."

"네, 황녀님. 바로 보내겠습니다."

카르젠이 오늘도 보내왔던 보석 세트. 알이 어찌나 무겁던지. 다른 곳보다 귀가 너무 아팠다. 커다란 루비들이 주렁주렁 달린 순금 귀걸이 때문에 거의 귓불이 찢어지는 기분이었다.

빌어먹을 카르젠은. 오늘 자신이 온종일 춤을 춰야 한다는 것까진 생각을 못 하는 걸까? 매번 사람이나 죽이는 게 일인 놈이라 그런 섬세한 생각은 못 하는 걸까?

도대체 이게 몇 번째 신년 연회인데 매번 이딴 귀걸이로 사람을 고문하는지 모를 일이었다. 귀가 화끈거려서 그런지 평소라면 익숙하게 내리눌렀을 화가 목 끝으로 푹푹 치솟았다.

"황녀님. 이걸 대고 계시면 괜찮으실 거예요."

라하는 아픈 귀에 차가운 물수건을 대며 욕조에 거의 주저앉았다. 오늘 몇 명과 춤을 췄더라. 서른 명? 마흔 명?

라하는 머리카락을 빗겨 내리는 손길에 잠깐 셰드를 떠올렸다. 그래도 오늘 잠은 내궁에서 잘 것이다. 정말 오랜만에 보게 될 그를 생각하니 날카롭게 치솟아 올랐던 기분이 천천히 풀렸다. 욕조에 풀린 입욕제의 향기가 달콤했다.

"……."

라하는 천천히 눈을 감았고, 이윽고 잠들었다가 깜짝 놀라 눈을 떴다. 그녀는 여전히 욕조 안이었다. 물은 처음 몸을 담갔을 때처럼 뜨거웠지만, 라하가 욕조에서 잠들었다면 시녀들이 뜨거운 물을 계속 섞었을 수도 있었다.

"몇 시야?"

"얼마 되지 않았어요."

"……그래?"

"네, 황녀님. 금방 몸을 닦아 드릴게요."

"그래……."

다행이었다. 깜짝 놀랐던 몸에서 긴장이 풀려 나갔다. 라하는 몸을 닦고 머리를 정돈했다. 반쯤 마른 머리카락을 등 뒤로 그러모아 넘기고, 두꺼운 숄을 머리까지 뒤집어 쓴 후 내궁의 중정으로 향했다.

많이 늦지 않았다고 시녀들은 말해 주었지만, 돌아온 시간이 원체 늦었다 보니 벌써 자정을 훨씬 넘겼다.

자고 있어도, 자는 얼굴만 봐도 좋을 것 같지만.

그래도 왠지 깨어 있으면 좋겠다는 생각이 들었다.

그냥 그런 생각이 들었고, 라하는 조금 숨을 헐떡이며 내궁의 긴 복도를 열심히 걸었다. 문 앞에 서서야, 그 잠귀 밝은 남자가 깰 수도 있다는 생각이 들었다. 거의 뛰듯이 걸어오던 걸 중단하고 천천히 걷기 시작한다.

호흡을 가라앉히며 문을 열고 들어간다. 불은 거의 꺼져 있었고, 둥근 수정등 두 개만이 창가를 비추고 있었다.

가까이 붙으면 차가운 바람이 조금씩 느껴지는 창가.

그 서늘한 곳 가까이에 앉아, 창밖을 물끄러미 내다보고 있는 익숙한 뒷모습. 유리창 너머로는 눈송이가 하염없이 내린다. 여린 불빛에 은발은 느긋하게 반짝였고, 라하는 속절없이 시선을 빼앗긴다.

의도한 건 아니었다. 자신도 모르게 멍하니 그 뒷모습을 바라보고 있던 그녀를 향해, 그가 느리게 고개를 돌렸다.

"……."

약하게 커지는 청회색 눈동자.

순간 이상하게 라하는 목이 메었다. 그녀 본인도 왜 그런지, 당장 이유를 설명할 수도 짐작할 수도 없이. 정말이지 순식간에 기분이 술렁여서. 해로울 정도로 연약하고 부드러운 감정이 그녀를 가득 채운다.

그래서 그녀가 그의 이름을 부르는 것보다, 반대쪽이 한 박자 더 빨랐다.

"라하?"

순식간에 일으키는 몸. 라하는 신기할 정도로 빠르게 제 앞에 다가 온 커다란 남자를 올려다보았다.

그는 약간 얼떨떨한 듯 보였다가, 곧 그녀의 뺨으로 손을 뻗었다.

"……얼어붙어서 왔군."

"……."

감싸 쥐는 손이 뜨겁게까지 느껴지는 걸 보니, 제 뺨이 많이 얼기는 했던 모양이었다. 밖이 춥기는 했었지. 시녀들이 두꺼운 숄을 한 겹 더 입으시는 게 어떠냐고 권했던 게 뒤늦게 생각이 났다.

"너는 왜 항상 옷을 이렇게 얇게 입고 다니지?"

이마를 일그러뜨리고 하는 말. 그제야 라하는 웃음이 나왔다.

"노예 주제에 왜 주인의 옷차림을 신경 써."

"노예가 주인 건강을 신경 쓰는 거라고는 생각하지 않나?"

"난 이 정도로 안 죽어."

"죽는 게 문제가 아니라."

그게 가장 문제인 황녀의 귀에는 낯선 말이었다.

"감기라도 걸리면 어쩌려고."

"나는 병도 잘 안 걸리는걸."

"추우면 몸이 떨리진 않나?"

"그야……."

떨리기는 하지만.

라하가 눈을 깜빡이자 셰드가 나지막이 한숨을 내쉬었다.

"난 네가 이상하고 신기해."

"내가 이상하다고?"

"그래."

"그런 말은 적통 황녀가 아니라, 실험체에게 더 어울리는 말이지 않을까?"

"하고 싶으면 내게도 그런 말을 하든지."

무심하게 돌아오는 대답. 셰드는 별 의미 없이 한 말임을 안다. 아는 데……. 이 침실에 들어선 순간부터 셰드에게 시선을 돌리기 어려웠던 라하가 가만히 입을 열었다.

"나는 정말 네가 이상하고 신기해."

정말로, 진심을 다해.

그 말이 그녀가 아주 오랜만에 내뱉은 진심이라는 걸, 눈앞의 이 남자가 알까?

라하는 천천히 시선을 내리깔았다. 아직도 제 뺨을 감싸고 있는 셰드의 손등 위로 손을 겹쳤다. 그의 손에 비하면 그녀의 손은 많이 작았다.

"왜 안 자고 있었어?"

"신년이잖아."

"서부령 출신이구나."

"……?"

갑작스러운 말에 셰드가 의아한 표정을 지었다. 툭 던지는 어조와 달리 라하의 말은 사실이기도 해서 조금 당황스러웠다.

"어떻게 알았지?"

"서부에는 신년 밤에 눈을 오래 보는 관습이 있잖아. 행운이 온다고 했던가? 그래서 서부령 신년 연회가 가장 짧다고 들었어."

빨리 연회를 끝내고 각자 집에 들어가 눈이 내리는 창밖을 하염없이 바라봐야 하니까. 화목한 분위기의 가정이라면 더없이 좋은 관습이겠지만, 아닌 쪽은 굉장히 외로울 관습이라는 생각이 들었던 서부령의 신년 관습.

셰드는 글쎄, 솔직히 말해 후자 같았다. 애초에 화목과는 거리가 좀 있어 보이는 분위기였고, 숙부가 허벅지를 긋고 죽었다고도 했고.

라하가 셰드의 손을 잡아 내렸을 때였다.

"서부령의 그 누구도 이렇게까지 오래 눈을 보고 있진 않아."

"그래? 그러면."

라하가 짓궂게 웃었다.

"날 기다렸어?"

가만히 라하를 내려다보던 셰드가 그답지 않게 부드럽게 웃었다.

"그래."

"……."

순간 또.

또 말문이 막혀서 라하는 스스로 당황할 수밖에 없었다. 짧지 않은 시간이 흐르고서야 간신히 입을 열었다.

"……내가 안 왔으면 어쩌려고."

다행히 목은 메이지 않았다.

"오늘은 온다고 약속도 못 했잖아."

"전장에서 기다린 것도 아니고 침실에서 기다린 건데. 상관있나?"

라하는 그제야 웃음이 흘러나왔다. 그리고 새삼 몇 번째 깨닫는 걸 또다시 깨닫는다. 이 남자는 정말로 기사였다.

전장이라니. 그에 비하면 그래, 침실은 천국이지. 따뜻하고 푹신하고 좋은 향기가 나고 때로는 안전하고.

라하가 미소와 함께 대답했다.

"없겠지. 게다가 너는, 잠을 며칠쯤 안 자도 상관없는 것 같았으니까. 왜 체력이 그렇게 좋은 거야?"

셰드가 희미하게 웃었다. 마주 웃은 라하는 그제야 숄을 벗고 푹신하고 부드러운 슬리퍼로 갈아 신었다. 꺼 놓았던 수정등 몇 개를 다시 켜자 침실이 좀 더 밝아졌다. 라하는 벽장으로 걸어가 와인 한 병을 꺼냈다.

바깥엔 눈이 내렸고 아무도 없는 내궁 침실의 분위기는 아늑했다. 따뜻한 온도. 눈앞에 있는 셰드가 그중 가장 마음에 들었다.

신년 연회엔 어쩔 수 없이 피곤해지는 라하는, 아마 거의 최초로 이렇게 괜찮은 신년 연회 마무리가 있을 수도 있다는 사실을 깨달았다.

"그만 마시지."

"……응?"

갑자기 잔을 든 손이 붙잡히자 라하가 눈을 깜빡였다.

"자각하고 있는지 모르겠는데, 너는 술을 너무 자주 마셔."

"……."

순간 라하는 셰드에게 올리버에게 무슨 말을 들은 거냐고 물어볼 뻔했다. 하지만 다행히도 직감적으로 깨달았다. 셰드는 그냥 정말로……. 자신이 술을 많이 마신다고 생각할 뿐이라고.

그래서 라하는 천천히 잔을 내려놓았다.

"이제 참견도 하네."

이상하게도 피식 웃음이 나왔다. 한편으로는 이게 굉장히 줄인 거라는 말을 고백하면 셰드가 무슨 표정을 지을지 궁금하다는 생각이 들었다.

안 하는 게 좋을 말이란 건 알아서, 입은 다물고 있겠지만.

"겨울이라서 추워서 그랬나 봐."

"네가 춥다는 자각을 할 수 있는 황녀였나? 처음 알았는데."

"세상에⋯⋯. 어떻게 적통 황녀에게 이렇게 건방진 노예가 있을 수가 있지?"

기가 차서 말해 놓고 라하는 어쩐지 웃음이 나왔다. 아마 셰드 앞에 놓인 검이 눈에 들어와서였는지도 모른다.

자신이 셰드의 품에 안겨 주었던 그 검.

라하는 창밖에 하염없이 내리는 눈을 바라보았다.

"셰드."

라하는 자신에게로 고개를 움직이는 그에게 입을 맞췄다. 부드럽게 닿았다가 떨어지려던 입술은 의도대로 되지 못했다. 셰드는 라하의 턱을 붙잡고 깊게 입을 맞췄다. 그의 팔이 아예 라하를 품 안에 끌어안아 가둔다. 체온이 스미듯 전해져 그녀의 몸을 감쌌다.

그렇게 빈정거려 놓고 춥다는 말을 흘려듣지 못한 듯한 움직임이라.

라하는 셰드의 목에 팔을 감았다. 갈구하듯 쏟아지는 입맞춤이 기꺼웠다.

이상하게도, 요즘은 카르젠에게 맞았던 곳이 그다지 아프지 않다는 생각이 들었다. 부황에게 졸렸던 목도, 모후에게 수도 없이 맞았던 뺨도.

구정물 위에도 눈이 켜켜이 덮이면 모든 게 그저 하얗게 가려지는 것처럼. 아무것도 아닌 일이 되는 것 같다는, 그런 이상한 착각이 들었다.

정말로 이상하게도.

* * *

"안녕하십니까, 황녀님."

라하는 자신에게 정중하게 인사하는 외국 사절단을 바라보았다.

"괜찮으시다면 저와 춤을……."

"조금 쉬고 싶네요."

"허면 함께 샴페인이라도 드시겠습니까? 아니면, 피로 회복에 좋은 달콤한 과일 차를 드리고 싶습니다."

'꺼지라고.'

라하는 미소를 지었다. 꺼지라는 뜻이었는데 안 꺼져서, 라하의 뒤를 따라다니던 시녀가 결국 댄스 카드를 내밀었다. 사절단은 빽빽이 적힌 이름을 확인하고서야 경악하고 물러났다.

홀로 남은 라하는 댄스 카드에 줄줄이 적힌 이름들을 머릿속에 상기하며 숨을 내돌렸다.

정말로 사람이 많았다.

그들은 빠짐없이 자멜라에게도 인사를 하러 갔다. 황제의 정혼자이자 대귀족 가문의 영애이니 잘 보이고 싶어 하는 게 당연했다.

마지막 날이니만큼 사람이 정말 많았고, 그나마 라하는 첫날만큼 춤을 추지 않아도 됐다. 그날 무리한 기색이 있던 덕분에 오늘은 좀 쉴 수 있었던 거니까.

"황녀님."

오늘은 듀크 후작도 참석했다. 그는 라하에게 다가와 우아하게 웃었다.

"괜찮으시면 저와 춤을 한 곡 추시겠습니까?"

라하가 눈을 슬쩍 깜빡였다. 듀크 후작이 자신에게 춤을 신청한 건 열한 살 생일 연회 이후 처음이었다.

"내 댄스 카드에 공란이 없는데, 후작."

"이런……. 잠시 댄스 카드를 보여 주시겠습니까?"

듀크 후작은 라하의 댄스 카드를 확인한 후, 잠시 자리를 비웠다. 그리고 얼마 되지 않아 앞쪽에 있던 순서를 양도받았다며 돌아왔다.

황녀와 춤을 추기 위해 사람들이 제법 오래 공을 들였는데, 그 자리를 빼앗은 거라면 뭘 제시했으려나. 듀크 후작가에 초청이라도 했나.

"제게 춤 한 곡을 허락해 주시는 영광을."

굽히는 허리와 정중히 내미는 손. 라하는 듀크 후작의 손 위에 가볍게 손을 얹으며 자리에서 일어났다.

이 늙은 구렁이가 왜 이러는지 내심 궁금하기도 했고.

라하와 듀크 후작은 중앙 플로어로 나왔다. 10년 가까이 볼 수 없던 조합에 특히 내국 귀족들이 흘끔거렸다.

춤곡이 흘러나왔다. 듀크 후작은 라하의 허리를 붙잡고 스텝을 밟으며 물었다.

"황녀님의 노예, 대체 어디 출신이랍니까?"

"글쎄……. 폐하께서 실험체를 여럿 하사해 주신 거라 모르겠어."

"궁금하지 않으십니까? 그런 실력자가 어디 출신인지."

라하가 피식 웃었다.

"듀크 후작의 입에서 내 노예를 칭찬하는 말이 나오니 재미있네."

"……."

"그런데 후작, 난 별로 관심이 없어."

듀크 후작의 약을 올리려는 의도도 분명 있긴 했지만, 라하의 말은 꽤나 진심이었다.

"사실 이건 인사차 드린 말씀이고, 황녀님."

듀크 후작은 하나만 남은 눈으로 라하를 내려다보았다.

"황녀님의 노예를 사령제 무투회에 참가시켜 보는 건 어떻습니까?"

"사령제 무투회?"

라하의 턱이 슬쩍 움직였다.

사령제 무투회라.

델로 제국에서 사령제란 중요한 국가적 행사 중 하나였다.

봄의 초입에 열리는 사령제.

제국의 사령제에서는 기사들이 출전해 무투회를 벌이는데, 선대 때만 해도 그 규모가 몹시 컸었다. 카르젠이 즉위한 이후로는 몹시 축소되었지만.

당연한 일이었다. 카르젠은 항상 전쟁을 일으키는 폭군이었으니까. 대단하고 무훈 높은 기사들은 죄 전쟁터에 차출되었으니, 남은 이들끼리 무투회를 벌이는 것도 생각할수록 우스운 일이었다.

'이번엔 다르긴 하겠네.'

황제에게 정혼자도 생겼겠다. 더군다나 신성국까지 조져 놨으니 당분간은 전쟁을 벌이기엔 카르젠 역시 약간의 부담을 느끼고 있을 것이고.

그러니 이번 사령제는 본래 규모를 회복한 커다란 무투회가 될 확률이 높았다.

"어떠십니까?"

"글쎄. 귀족들만 참여하는 곳에?"

"황녀님의 노예라면 황제 폐하께서 충분히 용인해 주시지 않겠습니까?"

"그래 봤자 노예야."

"황녀님의 노예가 대단한 실력을 가진 게 드러나면 또 황녀님의 자랑 거리가 되시지 않겠습니까."

라하는 피식 웃었다.

자랑거리라면 뭐, 카르젠의 자랑거리나 되겠지. 그 대단한 실력을 가진 남자를 한낱 황녀의 인형으로 선물해 준 대단한 폭군으로.

"좋은 보상이 나오면 생각해 보고."

"폐하께서 분명 화통한 보상을 내걸어 주실 겁니다."

"그럴까."

"예. 아니면 제가 운이라도 띄워 드려 볼까요."

웃으면서 하는 이야기.

라하는 대답하지 않았다. 그녀는 박자에 맞춰 빙글 돈 후, 다시 듀크 후작의 손을 맞잡으며 말했다.

"듀크 기사단장도 참가하던가."

"물론입니다. 황녀님. 듀크는 대대로 무가였잖습니까."

"하지만 듀크 기사단장이 내 노예에게 진 게 알려지면 부끄러울 텐데."

순간 듀크 후작의 눈빛이 굳었다.

"내가 바깥출입을 잘 안 하지만 요즘은 말벗이 생겨서."

자멜라 윈스턴 공작 영애가 황제의 정혼자 신분으로 황궁의 자유 출입권을 얻었다는 걸 듀크 후작이 모를 수가 없었다.

그러니 이것은 황녀의 온화한 협박이었다. 윈스턴 공작가와 듀크 후작가는 그다지 친한 가문도 아니었으니. 황녀가 자멜라 영애에게 운만 가볍게 띄워도 사교계에 소문이 쭉 퍼지는 건 시간 문제였다.

라하는 평온한 어조로 말을 이었다.

"어떻게 생각하지, 듀크 후작?"

"……황녀님의 말뜻은 잘 알아들었습니다."

"그래."

감히 카르젠에게 먼저 말을 꺼내는 짓거리는 생각도 하지 말라고. 라하의 말뜻을 충분히 알아들은 듀크 후작의 얼굴이 조금 시뻘게졌다. 그녀의 허리를 붙잡고 있던 억센 손에 힘이 세게 들어갔지만 라하의 표정은 여전하다.

"……즐거운 시간이었습니다. 황녀님."

"피차."

라하는 듀크 후작과 마주 인사를 했다. 서로 뒤도 돌아보지 않고 돌아서는 모습이 몹시 냉랭했다.

상관은 없었지만.

아무래도 듀크 후작은 정말 셰드에게 어마어마하게 화가 났던 모양이었다. 그가 셰드를 사령제 무투회에 참석시키라고 하는 의도야 뻔했다.

하나는 여러 번의 전투를 보면서 셰드의 실력을 완벽히 파악하는 것.

다른 하나는, 카르젠에게 셰드를 거슬리는 존재로 인식시키는 것.

고작해야 후작인 자신은 황녀의 노예를 어떻게 할 순 없지만, 이 제국엔 그 어떤 이의 목숨도 마음대로 할 수 있는 젊고 무도한 폭군이 살고 있질 않던가.

 그러니 사령제 무투회를 얘기한 것이 아니겠는가.

 어쩌면 뭐, 정말로 순수하게 호승심일 수도 있었다. 듀크의 기사단장이 또 나갈 테니 이번에야말로 명예를 회복하려고 할 수도 있는 거고.

 '봄이라……'

 라하는 영애들에게 둘러싸여 있는 자멜라에게로 시선을 던졌다.

 "황녀님."

 하지만 그도 잠시. 곧 라하가 가까이 오고 있는 걸 알아챈 영애들이 곧장 몸을 돌려 공손하고 상냥한 미소를 지었다.

 "어서 오세요."

 "후작님과 춤을 추시는 걸 보고 있었어요."

 "오늘 연회도 정말 아름다워요. 얼마나 솜씨가 좋으신지……"

 라하 또한 비슷한 미소를 지으며 자연스레 자멜라에게로 다가갔다.

 하나는 황녀, 하나는 예비 황후.

 함께 있어야 하는 건 당연한 일이었으니까.

chapter 4
손잡이가 없는 검

사흘이나 이어진 신년회의 마지막 날.

라하 궁의 시녀들은 분주했다. 신년 연회에서 입을 만한 드레스를 죄 꺼내
놓고, 선택이 끝났으니 이제 다시 옷장 정리를 해야 했기 때문이다.

직계 황족이라면 통상적으로 옷장에 드레스만 수천 벌을 갖고 있는데, 라
하는 황제의 총애를 받는 동복 쌍둥이라 그 규모가 더했다. 시녀들 전부에
하녀들까지 호출해 며칠을 달라붙어야 겨우 드레스 정리를 끝낼 수 있었다.

의외의 소란이 일어난 건 그날 오후였다. 마지막 드레스를 챙겨 넣은
시녀가 문득 입을 연 것이다. 붉은색 머리를 가진 시녀였다.

"저, 아무래도 푸른색 보석이 좀 더 필요할 것 같아요."

"……?"

그러자 다른 시녀가 고개를 갸웃했다.

"황녀님께서 충분하다고 하셨잖아요."

"그래도요."

'푸른색 보석'이 의미하는 바를 라하 궁의 시녀들이 모를 리가 없었다. 내 궁에 단 한 명 있는 노예에게 황녀는 제법 신경을 많이 썼고, 그에게 어울리는 푸른색 보석을 찾느라 시녀들이 고심한 게 얼마 전이었으니까.

"마땅한 푸른색 보석이 없잖아요. 거의 다 여성용이라서."

"음……. 하기야 그렇긴 하네요."

어차피 라하 궁의 예산은 매달 7할 이상이 남아 반납하곤 했다. 궁의 주인인 라하에겐 취미도 없었고, 수집하는 것도 없었다. 보석은 황궁 보관실에도 넘칠 정도로 많았고 그 호화로운 보물들을 몸에 걸칠 유일한 황녀가 또 라하뿐이었다.

처음에는 남아서 반납하는 예산을 아까워하던 시녀들도, 그게 몇 년째 반복되니 흥미를 잃은 지 오래였다.

하지만 모처럼 이렇게 취미 비슷한 게 생기셨으니…….

푸른색 보석 얘기를 처음 꺼낸 시녀가 곰곰이 생각하다가 말했다.

"역시, 그분께 어울리는 보석을 해 드리려면 보석상을 아예 궁으로 부르는 게 좋지 않을까요?"

"보석상을요?"

조금 과하지 않나. 황녀를 위해서라면 모를까, 겨우 노예를 위해서. 물론 그 노예가 황녀에게 사랑받는 애첩 같은 위치라지만…….

시녀들이 고개를 갸웃하다가 그래도 동조하려던 그때였다.

"부를 거면 파노드 왕국에서 장인을 초청해."

"……!"

뚝 떨어지는 목소리에 시녀들이 당황해서 벌떡 일어났다.

"황녀님……!"

"언제 돌아오신…….."

한 박자 늦게 정신을 차린 시녀들이 서둘러 라하의 곁에 붙었다. 그녀는 오늘도 무거운 귀걸이부터 빼내 시녀에게 건네주었다.

날씨는 여전히 겨울.

대연회홀에서 궁까지 이동하느라 황녀의 몸은 식어 있었다. 얼어붙은 뺨이 발그레하다.

"파노드는 푸른색 보석들의 산출국이잖아. 내 노예에게 걸칠 가장 좋은 보석을 만들려면 적어도 파노드 왕국에서 사람을 불러야겠지."

"네, 황녀님. 내일 바로 처리하겠습니다."

개중에서도 가장 지위가 높은 시녀가 차분히 대답했다.

라하는 흘긋 시선을 옮겼다. 방금 전 셰드에게 어울릴 푸른색 보석 얘기를 가장 먼저 꺼낸 붉은 머리 시녀에게 눈길을 던진다.

"일을 잘하네."

붉은 머리 시녀는 당황해서 고개를 푹 숙였다.

"감사합니다, 황녀님."

"궁에 남는 게 내탕금일 테니. 내 노예에게 물질 지원은 많이 해 주렴."

"네, 황녀님……."

라하는 고개를 들어 올리며 말했다.

"그렇다고 너무 가까이 붙지 말고. 걘 내 침실 노예잖아."

"무, 물론입니다. 황녀님."

"내 침실 노예에게 다른 여자가 붙는 건 마음에 들지 않는다는 소리야."

"……!"

붉은 머리 시녀의 얼굴이 새파래졌다. 다른 시녀들도 입이 얼어붙은 건 마찬가지였다. 바늘 떨어지는 소리까지 들릴 정도로 고요해진 침실에서, 라하는 별말 없이 옷시중을 받은 후, 셰드가 있을 내궁으로 떠났다.

* * *

늦은 밤.

붉은 머리 시녀는 고개를 푹 숙이고 있었다.

"그렇게 걱정하지 말거라. 황녀님께서 크게 경을 치실 분은 아니란다."

"네, 물론 알고 있습니다……."

"다만 앞으로 조심하렴. 황녀님의 명령을 잘 따라야지."

"네……. 알겠습니다. 주의하겠습니다."

"일찍 자려무나."

지위 높은 시녀가 나가고, 붉은 머리 시녀는 덜덜 떨리는 손을 간신히 붙잡았다.

아까 전, 황녀의 서늘한 목소리가 머릿속을 떠나지 않았다.

"그렇다고 너무 가까이 붙지 말고. 걘 내 침실 노예잖아."

"내 침실 노예에게 다른 여자가 붙는 건 마음에 들지 않는다는 소리야."

황녀의 그 말은, 자신의 애첩에게 다가오지 말라는 경고로 들리지 않았다.

오히려…….

싸한 예감이 들었다.

황녀가 모두가 듣는 앞에서 그리 말했으니, 당분간 시녀들은 몸을 사리기 위해 절대 침실 노예에게 가까이 다가가지 않을 것이다. 자연히 노예는 혼자 있을 시간이 많아지겠지. 그러니까, 무언가를 꾸미기 좋은 시간이.

가슴을 조여들게 만드는 건 그게 전부가 아니었다.

"부를 거면 파노드 왕국에서 장인을 초청해."

황녀의 명령이 내려졌으니, 자연스레 파노드 왕국에서 보석 장인이 호출되어 올 것이다.

문제는……

자신 역시 파노드 왕국 출신의 장인을 초청하려고 했다는 점이다.

"……"

파노드 왕국은 푸른색 보석 산출국으로 유명하기도 했지만, 다른 쪽으로도 유명했으니까.

신성국과 아주 가까운 왕국.

얼마 전, 붉은 머리 시녀에게 접근한 신관이 절박한 얼굴로 얘기했었다.

"가급적이면 보석 장인을 황녀궁으로 초청할 수 있는 기회를 만들어 주십시오. 파노드에 신성국 쪽 사람을 붙일 수 있습니다."

그 기회를 만들기 위해 그녀가 일부러 푸른색 보석이 부족하다는 얘기를 꺼낸 것인데.

"내 노예에게 걸칠 가장 좋은 보석을 만들려면 적어도 파노드 왕국에서 사람을 불러야겠지."

두려웠다.

오늘, 황녀가 한 얘기가 모두 짜 맞춘 듯 들어맞았으니까. 덕분에 그 누구도 의심하지 않고 파노드 왕국에서 장인을 불러올 수 있게 되었다.

그러니 사실은……

'……황녀님이 전부 알고 계시는 건 아니겠지?'

설마.

하지만 우연이라기에는……

퍼뜩 든 두려움에 몸이 갑자기 떨리기 시작했다. 붉은 머리 시녀는 겁을 먹을 수밖에 없었다. 그녀는 곧 황궁에 들어설 보석 장인, 아니 신성국의 첩자일 사람에게 이 얘기를 반드시 해야 한다는 직감을 받았다.

* * *

"보석 장인이라니, 갑자기."

셰드를 찾아온 시녀가 고개를 숙였다.

"황녀님께서 특별히 파노드에서 초청하셨습니다. 조금 있으면 도착할 겁니다."

"나 혼자 보면 되나?"

"예. 장인이 알아서 견적을 낼 겁니다. 혹 마음에 드시는 게 있다면 얼마든지 말씀해 주세요."

"그래. 알겠다."

"예, 그럼……."

시녀는 고개를 가볍게 숙이고 물러갔다.

그 정중한 태도, 애초에 말을 높이는 태도도 우습다. 여기 있는 시녀들에게 자신이 고작 노예라는 자각이 있기는 한가, 그런 생각이 들었다.

셰드는 창밖을 내다보았다. 지금 그가 있는 곳은 외궁의 한 응접실이라 보이는 정원도 잘 꾸며져 있었다.

내리던 눈은 그쳤고 세상이 온통 하얬다. 열심히 이어지던 내궁의 후원과 정원 보수 작업도 눈 때문에 며칠은 쉬고 있는 타이밍이었다.

라하가 정원을 어떻게 꾸미라고 명령했는지는 모른다. 다만 제법 규모 있는 공사라는 것쯤은 파악할 수 있었다.

라하.

요즘 셰드는 근래 들어 라하가 자는 모습만 겨우 보았다. 정확히 얘기하자면 눈 뜨고 걸어서 이곳까지 오기는 했다. 하지만 이미 목욕도 다 끝낸 상태로, 비몽사몽한 얼굴로 침실로 걸어왔다.

춤을 도대체 얼마나 추고 오는 것인지.

라하는 셰드의 품에 푹 안겨 뺨에 입술을 갖다 댔다. 그 가벼운 입맞춤이 전부였다. 라하는 곧 기절하듯 잠들어 버렸다. 셰드는 제 품에 안겨 잠든 황녀를 조심스럽게 침대로 옮겨 놓았다.

그리고 옆에 누워 죽은 듯 잠든 황녀를 물끄러미 내려다보다가 새벽을 맞곤 했다.

델로 제국의 그 하나뿐인 황녀가 매번 방탕하게 침실 노예들과 뒹굴기만 한다던 소문들이 우스웠다.

"며칠 후부턴 다시 여유로워질 거야."

매번 그렇게 바쁘기만 한데.

제대로 얼굴 보는 게 힘들 정도로.

똑똑.

문 두드리는 소리가 들린 건 그때였다. 시녀들과 함께 들어온 보석 장인이 셰드를 보고 고개를 가볍게 숙였다.

"그럼 물러가 보겠습니다."

시녀들은 한 명도 남지 않고 나갔다. 상아가 붙은 문이 조심스럽게 닫혔다.

셰드의 표정엔 변화가 없었지만, 한편으로는 조금 이상하다는 생각이 들었다. 이곳은 내궁도 아닌 외궁. 물론 장인이라는 외부인을 내궁으로 들이기는 좋지 않아 외궁으로 나온 건 알겠다.

그런데 보통 시녀들이 함께 자리하질 않던가. 아예 전부 나갈 줄은 몰랐는데.

"실례하겠습니다. 저는 파노드에서 온 보석 장인인 파리스라고 합니다. 편하게 파리스라고 불러 주십시오."

장인 파리스는 활기찬 청년이었다.

그리고 서글서글한 인상을 가졌다. 파리스는 가져 온 커다란 가방을 열고 각종 보석들을 꺼냈다. 전부 푸른색이긴 했지만, 하나하나 디테일이 달랐다. 셰드는 라하가 자신에게 왜 푸른색 보석이 어울린다고 말했는지 잘 이해가 가지 않았다.

생각과는 달리 묵묵히 앉아 있기는 했지만.

파리스는 메추리알만 한 귀한 다이아몬드를 꺼냈다. 그 다이아몬드가 셰드의 팔목에 닿는 바로 그 순간.

"……?"

셰드가 얼굴을 일그러뜨렸다. 그럴 수밖에 없었다. 다이아몬드를 통해 신성력이 분명히 몸을 타고 흘러들었기 때문이다.

보석 장인이라니? 경계하려던 찰나, 파리스가 셰드의 두 손을 꽉 부여잡았다.

"……왕제님."

순간 셰드의 얼굴이 단단히 굳었다. 보석 장인으로 분장한 신관, 파리스의 두 눈에 눈물이 그렁그렁 매달렸다.

"건강해 보이셔서 다행입니다. 대신관님께 듣기는 했지만……."

"……."

"아마 제 얼굴을 모르시겠지만, 전 신성국에서 실험실에서 실험을 돕던 신관이었습니다. 이름은 파리스라고 불러 주셔도 상관없습니다."

"……."

멎은 시선으로 파리스를 노려보듯 응시하던 셰드가 천천히 입을 열었다.

"여기에 무슨 목적으로 온 거지."

짧고 강렬한 물음이었다. 파리스는 눈가를 닦아 내며 말했다.

"아마르 대신관님께서 전하실 말씀이 있어서 저를 이곳에 보내셨습니다."

"……대신관님이?"

"예. 왕제님."

셰드가 이 거대한 제국에 잡혀 온 지도 벌써 두 달이 지났다. 그동안 반쯤 폐허가 된 신성국이지만 그것도 이미 계산하의 일.

신성국은 계속해서 실험을 하고 있었다. 그 결과로 만들어진 게 지금 파리스가 가져온 보석 팔찌였다.

"이걸 팔에 차고 계십시오. 교합 측정기입니다."

순간 셰드는 귀를 의심했다.

"무슨 측정기라고?"

"……왕제님."

파리스는 잘 떨어지지 않는 입을 억지로 벌려 천천히 말을 이었다.

"부디 제 말을 오해하지 말고 들어 주십시오. 사실은……, 이 모든 게 전부 청사진의 일부였습니다."

"……청사진이라니?"

파리스가 마른침을 꿀꺽 삼켰다.

델로 제국 적통 황녀의 피를 이용한 실험은 이미 한계에 다다랐다. 하지만 3할 정도만 더 연구하면 결과가 나올 법한 연구를 포기할 순 없었다.

그래서 신성국은 일부러 카르젠에게 실험실의 존재를 흘렸고, 예상대로 카르젠은 격분해 군사를 끌고 신성국을 짓밟았다.

무릎을 꿇은 대신관들. 침노로 던져진 실험체들.

처음 듣는 얘기에 셰드의 얼굴이 점점 무표정해졌다. 그 얼음장 같은 낯에 균열이 간 건 파리스의 마지막 한 마디를 듣고 난 직후였다.

"황녀와의 교접까지 실험의 일부였습니……. 컥!"

멱살이 잡아 들린 파리스의 얼굴이 새파래졌다. 셰드에게도 비밀로 숨겨 왔던 실험이었다. 당사자가 알면 분명 화를 낼 거라고는 생각했다. 그 성격에 어쩌면 맞아 터져 죽을지도 모른다고도 생각했다.

하지만 이 왕제의 눈동자가 이리도 흔들릴 거라고는 맹세코 몰랐다.

"미쳤나?"

"지, 진정하시고……. 제발……."

어차피 바깥에도 시녀들이 없다는 걸 안다. 그 정도 인기척은 눈 감고도 감지할 수 있었다.

셰드는 분노로 차갑게 일렁이는 얼굴로 파리스를 내려놓았다.

"지금 대체 나한테 무슨 개소리를 하는 건지 끝까지 말해 봐."

"……왕제님."

파리스는 마른침을 삼켰다. 황녀의 피를 뽑아 와 실험을 한다는 건 실험체들에겐 일부러 말하지 않았다. 일말의 죄책감이라도 가질 정보는 신성국에서 감당했다. 실험체들의 대다수는 델로 제국에게 짓밟힌 복수를 위해 기꺼이 육체를 의탁한 귀족이나 왕족들이었으니까.

그러니 지금도 파리스는 라하의 피를 뽑아 실험을 했다는 얘기는 하지 않았다. 다만, 황녀와의 관계가 실험의 기초로 쓰일 거라는 얘기는 반드시 알려 주어야 하는 말이었다. 그래야만 그가 떠날 시기를 가늠할 수 있으므로.

"……정말 죄송합니다. 하지만 미리 말씀드릴 수가 없었습니다."

"왜? 그렇게 중요한 얘기를 미리 안 하면 도대체."

셰드의 머릿속으로 라하의 수많은 모습들이 스쳐 간다. 숨이 막힌다.

"도대체……."

파리스가 주저하면서 말했다.

"신성국에서는 당신이 황녀에게 죄책감을 가지지 않기를 바랐습니다."

"……하."

셰드기 두 손으로 얼굴을 느리게 쓸어 넘겼다.

"정말 정신이 나간 놈들."

"……죄송합니다."

라하에게 입을 맞추고, 그녀의 손을 잡고, 따뜻한 체온에 얼굴을 파묻고.

목에 키스하고 젖은 그곳에 삽입한 모든 행위가 우습게도 실험의 일종이었다고.

교배종이 된 기분이었다. 입맛이 쓰다 못해 더러웠다. 아니, 자신은 지금 이 정신 나간 사실을 알기라도 했지.

황녀는?

아무것도 모르고 자신의 목에 팔을 두르던 그 황녀는?

와중에도 셰드의 손목에서 푸른 다이아몬드가 반짝였다. 파리스는 침울한 얼굴로 팔찌를 거둬 갔다. 셰드가 얼마만큼 더 황녀와 교접해야 하는지는 이 팔찌가 알려 줄 것이다.

그리고…….

파리스는 알 수 있었다. 그 적통 황녀가, 생각했던 것보다 더 이 왕제를 아끼고 있는 모양이라고. 몸을 아끼는 것인지 마음을 아끼는 것인지 아니면 성욕을 잘 채워 주는 용도로 사용한 것인지는 알 수 없었지만. 일단 이 다이아몬드에 깃든 결과물이 그렇게 말하고 있었다.

확실한 건 신성국에 이 팔찌를 보내 봐야 알 수 있겠지만.

"……아마 오래지 않아 이곳을 떠나시게 될 겁니다."

황녀와 충분히 교접한 이후에 말이다.

파리스는 그 말을 생략했으나 셰드는 충분히 알아들었다. 그러나 노예로서의 삶을 청산하고, 본래의 목표에 다가갈 수 있다는 얘기에도 셰드의 표정은 조금도 밝아지지 않았다.

다만 그 싸늘한 무표정에 파리스는 눈도 제대로 마주치기 어려웠다. 그는 고개를 숙이며 다른 보석들을 한 상자 꺼냈다. 신성력이 깃들지 않은 평범한 보석이었다. 시녀들을 속이기 위한, 그리고 황녀가 그에게 선물해 주라고 말하던.

"신성국에서 반드시 방법을 준비할 것입니다. 그러니 아무것도 모르는 듯이 지내고 계시면 됩니다……."

셰드에게서 돌아오는 대답은 없었다. 파리스는 슬픈 눈으로 말했다.

"왕제님. 모든 죄는 저희가 감당할 것입니다. 그러니 왕제님께서는 아무런 죄책감도 가지지 마시고……. 그저 건강히만 계셔 주십시오."

파리스는 붉은 머리 시녀가 신관에게 했던 말은 하지 않기로 했다. 아마르 대신관의 뜻이었다.

"황녀님이 모든 걸 이미 짐작하고 일부러 명령을 하신 것 같다더군요. 왜 그러신 걸까요. 왜 굳이 이 모든 청사진에 본인이 발을 하나씩 담가 놓으신 것처럼 행동하시는 걸까요. 후일 왕제님이 알게 되면 그야말로……."

"됐다. 함구하거라."

"……예. 아마르 대신관님."

* * *

"장인은 돌아갔니?"

신년 연회 뒤처리를 하느라 오늘도 종일 본궁에 있었던 라하가 외궁에 들어서며 물었다. 시녀가 공손하게 대답했다.

"네, 황녀님. 22점의 보석을 주문하기로 했어요."

"생각보다 적네. 내 노예가 마음에 드는 게 없다더니?"

"……원래도 크게 호불호를 드러내는 성격이 아니셨던 걸로 기억합니다."

라하가 빙긋 웃었다.

"그럼 몇 번 더 불러 줘."

"알겠습니다, 황녀님."

대륙 최대의 보석 산출국인 파노드 왕국은 신성국과 지리적으로도, 우호적인 거리감으로도 몹시 가까운 곳이었다. 그러니 이곳에 파노드의 보석 장인을 부른다고 하면 헐레벌떡 신성국에서 손을 쓰겠지.

'카르젠이 더 이상 신성국에서 신관을 초대하질 않아서 말이야.'

하여튼 야생적인 육감을 가진 놈이었다. 더군다나 그냥 왕국도 아니고, 이미 거대한 신전을 황궁에 보유하고 있는 델로에서 몇 번이나 신성국의 신관을 초대할 일이 있는 것도 아니고.

아마르 대신관과 셰드가 접촉할 기회를 만들어 주고 싶은데, 그렇다고 매번 시종장을 죽여 버릴 수는 없는 일이질 않은가.

"192번은?"

"내궁에 계십니다."

"같이 저녁이나 먹을까……."

오늘 무슨 말이든 보석 장인을 가장한 신성국의 스파이에게 들었을 테니, 심란할 것 같았지만. 그래도 오랜만에 얼굴을 보면서 같이 식사를 하고 싶다는 생각이 들었다.

라하가 막 걸음을 뗐을 때였다.

"황녀님."

본궁에서 시종이 찾아왔다.

"황제 폐하께서 부르십니다."

"폐하가 왜 부르시지."

"저녁 정찬을 함께 들자고 하십니다."

"그래."

라하는 순순히 뒤돌아섰다.

"자멜라 영애도 아직 궁에 머물고 있는데, 함께하자고 부르렴."

"……예. 황녀님."

시종이 고개를 꾸벅 숙였다. 라하는 한 치의 망설임도 보이지 않고, 오히려 카르젠이 부르길 기다렸다는 것처럼 보이는 걸음으로 본궁으로 향했다.

그녀의 걸음은 느려질 때는 한없이 느려진다. 하지만 겉보기에는 그저 우아해 감히 채근할 수 없다는 게 라하의 특기 중 하나였다.

그런 느리고 우아한 걸음으로, 라하는 황제궁에 뒤늦게 도착했다.

"라하. 늦었구나."

"카르젠."

빙긋 웃은 라하가 시선을 옮겼다.

"와 있었네요, 자멜라 영애."

"황녀님."

자멜라가 자리에서 일어나 가볍게 묵례했다. 라하의 노력 덕에 자멜라는 먼저 이 황제궁의 식당에 와 카르젠과 앉아 있었던 모양이다.

"신년 연회를 준비하느라 고생 많으셨어요."

"네. 영애야말로."

시종장은 라하를 카르젠의 왼쪽 자리로 안내했다. 슬슬 자멜라가 이쪽 자리에 앉아 주면 좋겠는데, 카르젠은 아직 이 자리를 넘길 생각이 없어 보였다.

혹 결혼하고도 이러면 정말 곤란한데.

카르젠이 정혼자가 생기고 좋은 점은 이루 말할 수 없이 많았다. 그중 하나가 이것이었다.

"피곤해 보이세요. 폐하. 신년 연회에 손님이 너무 많기는 했었죠."

"영애도 안색이 좋아 보이진 않는군."

"저 역시 사흘이나 참석했다 보니 피로하긴 하네요."

라하는 자멜라와 카르젠의 대화를 들으며 포크를 들어 올렸다. 둘이 이렇게 계속해서 대화를 해 주면 좋겠다. 카르젠의 심기를 거스르지 않기 위해서 식탁에서 언제나 고장 난 새처럼 끊임없이 재잘거려야 했던 라하인데.

사실 라하는 식탁에서는 조용히 식사나 하는 걸 더 좋아했다. 고즈넉한 분위기가 흘렀다. 라하가 허브를 뿌려 쪄 낸 소고기 요리를 막 나이프로 썰었을 때였다.

"라하."

카르젠이 잔을 들어 올리면서 물었다.

"네 인형은 아직 살아 있나?"

"네."

자멜라가 앉아 있는 자리라 라하는 적당히 존대를 했다. 카르젠은 무심한 얼굴을 가장하고 물었다.

"질리진 않고?"

"질릴 만큼 자주 갖고 놀지 못했는걸요. 알잖아요, 카르젠."

"그래."

카르젠의 시선이 라하를 훑었다.

"자주 갖고 놀아야 질리는 법이지. 너도 요새 제법 바빴으니."

이때, 당분간은 한가하니 노예와 질릴 정도로 침실에 처박혀 있을 거라는 말을 하면. 그런다면 카르젠은 무슨 표정을 지을까?

머릿속의 심술궂은 생각과는 달리, 라하의 입은 착실하게도 다른 쪽으로 화제를 돌린다.

"듀크 후작이 사령제 무투회의 부상을 궁금해했어요."

"사령제 무투회라."

"이번엔 황궁에 있을 거죠?"

"그래야지. 시끄러운 놈들이 많아서."

카르젠이 불쾌한 표정을 지었다. 그 고귀한 신성국을 발아래 꿇린 건 좋았는데, 그 때문에 당분간은 평화적인 군주의 모습을 보여야 한다는 것이 마음에 들지 않은 모양이었다.

하기야 원래 그랬다. 카르젠은 마음에 들지 않는 것은 언제나 짓밟곤 했는데 그러질 못해서 얼마나 좀이 쑤실지. 쌍둥이로서 그 마음을 어느 정도 가늠은 할 수 있었다.

"폐하."

조용히 두 쌍둥이의 대화를 듣고 있던 자멜라가 부드럽게 입을 열었다.

"그러시다면 사령제 무투회를 대대적으로 크게 열면 어떨까요? 지난 몇 년간 사령제 무투회가 열리지 않았기도 했잖아요. 어떻게 생각하시나요, 황녀님?"

라하는 미소를 지으며 대답했다.

"과연 좋은 생각이네요. 영애. 섬세하세요."

"과찬이십니다. 황녀님. 부끄러운 의견이었는걸요."

자멜라는 미소와 함께 카르젠을 불렀다.

"폐하?"

"두 레이디가 이렇게 청하니 거절하는 것도 신사의 미덕은 아니지."

카르젠이 가볍게 고개를 끄덕여 수락했다.

"그러면 카르젠. 부상으로는 뭘 걸어 줄 건가요?"

"글쎄……. 화통한 걸 걸어야 할 텐데 마땅히 떠오르는 게 없군."

그건 자멜라도 마찬가지인지 딱히 입을 열지 않고 있었다. 라하는 고기를 썰며 입을 열었다.

"그럼 예전의 전통을 따르는 건 어떨까요?"

"전통이라면."

"비어 있는 영지를 주었잖아요. 선황 때만 하더라도 말이에요."

비록 단승 작위였지만 빈 영지와 함께 백작 작위를 주는 파격적인 부상이 선황 때에만 해도 있었다. 그때의 사령제 무투회는 그만한 규모였다.

"그러고 보니 그랬었지."

카르젠이 팔걸이를 툭툭 두드렸다. 그는 생각에 잠긴 듯했다.

무투회 우승자에게 줄 만한 적당한 영지.

비어 있으며, 황도와 굉장히 멀리 있고, 개간되지 않아 당장은 척박하지만 공을 들이면 부유해질 가능성이 많아 황실에서 생색을 내기에도 좋은 그런 땅.

딱 어울리는 영지가 하나 있었다.

'지젤른 영지.'

"지젤른 영지가 좋겠군."

라하의 머리에 맴돌던 영지의 이름이 카르젠의 입에서 튀어나왔다.

"시종장."

"예, 폐하. 안건을 준비해 놓겠습니다."

시종장이 고개를 깊숙이 숙였다. 자멜라가 턱에 손가락을 가볍게 올리며 물었다.

"지젤른 영지라면 제도와 너무 멀지 않나요?"

"좋다고 달려드는 차남 이하 귀족들도 넘칠 테니 상관없지."

사실 라하도 좋다고 달려들고 싶었다. 그곳은 제도와 정말 멀었다. 가는 길도 험난하고 산맥도 중간에 껴 있어서 작정하고 마음먹지 않는 이상 왔 다 갔다 하는 것도 힘들었다.

그런 괜찮은 땅의 영주 자리라.

라하는 자멜라에게 가볍게 시선을 던졌다. 굳이 카르젠과의 식사 자리 에서 봄에 열릴 행사 얘길 꺼낸 건, 예비 황후로서 궁내의 주도권 일체를 자신 쪽으로 끌어오고 싶기 때문일 터다.

유능해 보이는 것만큼 눈도장을 찍기 좋은 건 또 없으니까.

최선을 다해서 사령제 무투회를 준비하겠지. 라하에겐 아주 고마운 일이 었다. 예전에야 궁에 들어가도 기다리는 이가 없으니 종일 일을 해도 상관 없었지만, 이젠 아니니까. 게다가…….

'그러면 참가자들에게 가면 좀 씌우자고 해도 좋다고 수락해 주겠네.'

라하는 빙긋 웃었다.

오랜만에 카르젠 앞에서도 식욕이 돌았다. 평소와 달리 조금 더 식사에 열중하는 라하에게 카르젠의 시선이 오래 머물렀다.

＊ ＊ ＊

그날 밤.

카르젠은 이번에도 라하를 쉽게 보내 주지 않았다. 굳이 함께 샴페인을 마시고, 그가 집무실로 가 안건들을 확인할 때 옆에 앉아 종이를 넘겨 주어야 했다.

노예에게 빨리 질렸으면 좋겠지만, 그와 뒹구는 꼴은 또 보고 싶지 않은 건가?

라하는 냉소적인 생각과는 달리 성실히 카르젠의 시중을 들어 주었다. 자신이 카르젠의 심기를 거슬려 봤자 피해를 입는 건 다른 이들이니까.

"너무 늦었군."

카르젠이 시계를 확인했을 때는 이미 자정을 한참 넘긴 시간이었다. 라하는 피곤한 얼굴로 투정을 부렸다.

"대체 날 언제까지 부려 먹을 거야, 카르젠."

"이런. 내가 내 쌍둥이를 화나게 했구나."

"알면 이제 좀 자게 해 줘. 정말 피곤하단 말이야."

피곤하다는 말은 제법 진심이었다. 라하는 정말로 잠이 필요했다. 카르젠이 피식 웃었다. 그는 서류를 내려놓고 라하의 어깨를 끌어당겨 허벅지에 앉혔다.

"많이 피곤하면 여기서 자고 가는 건 어떻지?"

"무슨 말이야."

라하가 사랑스럽게 얼굴을 찌푸렸다.

"황제궁엔 손님용 침실이 없잖아."

"손님용 침실이 왜 필요하지?"

카르젠의 팔이 라하의 허리를 끌어안았다.

"황제의 침대는 충분히 넓어. 황녀의 것보다 서너 배는 넓은 걸 알잖아."

"카르젠 침대에서 같이 자자고?"

"그래."

그가 속삭이듯 말했다.

"안 될 건 없잖나, 라하."

우리가 다 자란 쌍둥이라는 자각이 있긴 한 건가?

애초에 곱게 잠만 자게 두기는 할 건가?

모르지. 불이 꺼지면 동시에 라하의 잠옷을 죄 찢어 버릴지도.

당장이라도 카르젠의 뺨을 때리고 싶은 마음과는 달리, 라하는 그저 부드러운 목소리로 대답했다.

"싫어. 카르젠."

그 상냥한 거절에 라하의 허리를 잡고 있던 카르젠의 팔에 느릿하게 힘이 들어갔다.

"어째서?"

"난 내일 점심까지 자고 싶거든. 그런데 카르젠은 국무 회의에 나가야 하잖아. 아침에 시끄러워서 잠을 깨면 정말 기분이 나쁠 거야."

"네가 원하면 다른 곳에서 준비를 한다고 약속하지."

"한낱 황녀 주제에 황제를 침실에서 내쫓고 잠을 잘 수 있겠어."

라하가 옅은 미소를 지으며 속삭였다.

"그건 정말 싫어, 카르젠."

카르젠이 물끄러미 라하의 눈을 응시했다. 애초에 끌어안고 있었던지라 그 거리가 아주 가까웠다. 라하는 카르젠의 시선을 피하지 않았다. 한때는 같은 색깔이었던 쌍둥이의 눈동자는 라하에게 이미 낯선 종류가 된 지 오래였다.

"그래. 레이디의 심기를 거스를 수는 없지."

"응."

카르젠은 라하의 턱을 잡았다. 그런 다음 뺨에 입술을 내리눌렀다가 천천히 들어 올렸다. 뺨에 입을 맞추는 중에도, 카르젠은 눈 한 번 깜빡이지 않았다. 그저 라하의 푸른 눈동자를 뚫어져라 쳐다보고 있었을 뿐.

이윽고 고개를 완전히 들어 올린 카르젠이 팔을 뻗어 의자 뒤에 있는 설렁줄을 잡아당겼다.

"폐하. 부르셨는지요."

문이 열리고 들어온 시종장에게 카르젠이 가볍게 턱짓했다.

"황녀를 바래다드리고 와라."

"예, 폐하."

라하가 카르젠의 허벅지 위에서 가볍게 일어났다. 그녀는 늘 그렇듯, 다정한 쌍둥이의 미소를 화답처럼 돌려주었다.

"그럼 가 볼게. 잘 자, 카르젠."

* * *

라하가 궁으로 돌아왔을 때는 몇몇 시녀만이 깨어 있는 상태였다. 라하는 옷을 갈아입고, 목욕을 하고, 머리를 반만 말린 채로 시계를 보았다.

새벽 2시.

고민하던 라하는 내궁으로 향했다. 중정에 부는 겨울바람에 덜 마른 머리카락이 얼어붙었다.

그리고 라하의 예상대로, 혹은 예상과는 달리.

셰드는 깨어 있었다. 아마 보석 장인을 가장한 신성국의 첩자에게 무슨 말을 들어도 들었을 테니, 복잡한 기분일 거라고 생각했는데. 셰드의 표정은 평소와 비슷하게 무던했다. 그 서늘한 낯 아래 무슨 생각을 하고 있는지는 몰랐지만……

"셰드."

라하는 셰드에게 걸어가 그의 목을 껴안았다. 늘 그랬듯이, 그의 단단한 팔이 라하의 허리를 세게 껴안았다.

왜 안 자고 있는지는 묻지 않았다. 아까 전, 카르젠의 품은 그렇게 끔찍했는데 셰드의 품은 끔찍할 정도로 좋다는 것만이 중요했다.

그의 손이 라하의 머리카락을 가볍게 그러모았다.

"얼어붙었잖아."

"머리를 다 말리려면 시간이 걸린단 말이야."

"넌 감기에 걸려도 상관없나?"

"너한테 안 옮길게."

"그런 게 문제가 아니라."

"아니면 날 따뜻하게 해 주면 되잖아."

셰드가 헛웃음을 지었다.

"그래. 그러면 되는 일이지."

라하는 셰드에게 입을 맞췄다. 입술을 파고드는 혀가 너무 뜨거워서 조금 낯설게까지 느껴졌다.

신성국의 스파이에게 무슨 말을 들었어?

우리가 하는 이 모든 행위가 사실은 실험의 일부라는 것도 들었니?

의문을 드러내지 않고 속에만 품는 건 익숙했다. 라하의 손이 셰드의 목에 감겼다. 침대로 향하는 그 길지 않은 시간 동안, 라하의 옷은 완전히 벗겨져 바닥에 툭툭 떨어진다.

시트 위에 누운 라하가 셰드를 올려다보았다. 그가 옷을 벗으면서 드러나는 근육은 언제 보아도 사람을 긴장시키게 한다.

어느새 나체. 셰드의 몸은 온종일 바라봐도 좋을 만큼 근사했다. 그를 물끄러미 올려다보던 라하는 셰드의 뺨을 양손으로 감쌌다. 그 상태로 그녀가 시트에 뉘여 있던 등을 들어올렸다. 입을 맞추면서 속삭이듯 말했다.

"오늘은 네가 누워."

셰드야 자신을 인형처럼 뒤집었다 눕혔다 할 수 있지만 라하는 그게 안 되니까. 그녀는 셰드의 허리 위에 앉아 그에게 다시 입을 맞췄다.

엉덩이 사이로 느껴지는 딱딱함이 부피를 끝도 없이 키웠다. 그렇게 많이 몸을 섞었음에도, 라하는 이 크기가 가끔 비현실적으로 느껴졌다.

라하는 셰드가 하듯 진득한 애무는 하지 못했다. 그러기엔 엉덩이를 찌르는 게 점점 흉포해져서 정말 까딱하다가는 자신이 밑에 깔릴 것 같았기 때문이었다. 그녀는 셰드의 목을 깨물었다가 고개를 들어 올렸다.

한 손으로 다 잡히지 않는 페니스를 붙잡았다. 팔뚝이 장대하게 솟은 듯 난폭해 보이기까지 했다. 팽창한 성기와는 달리, 라하를 응시하는 셰드의 눈동자는 서늘하다. 라하는 이 간극이 꼭 깨진 유리 같다는 생각을 하곤 했다. 보기엔 너무 아름다운데 만지는 순간 피가 흐를 만큼 다치게 되는.

"라하."

그런 주제에 자신을 부르는 목소리는 너무 낮고, 아랫배를 저릿거리게 만든다. 이미 젖기 시작한 라하의 안쪽이 움찔거렸다. 그는 자신이 잘 젖는다고 했지. 그래서 고맙다고까지……. 안 젖었으면 이게 들어가지 않았을 테니 고맙다는 걸까?

왜 뺨이 갑자기 따뜻하게 느껴지는지 알 수 없었다. 라하는 셰드의 페니스를 잡아 질구에 맞췄다. 그리고 체중을 실어 천천히 앉기 시작했다.

"흑……."

젖어 있다고는 하지만 그의 성기를 쉽게 받아들일 수는 없었다. 그런 크기도 굵기도 아니었으니까. 딱딱하게 팽창한 페니스가 라하의 질 내로 빠듯하게 삽입된다. 그 느린 삽입에 셰드의 입에서 낮은 신음이 터졌다.

"흐읏……."

라하가 간신히 힘을 써 이윽고 완전히 앉았다. 팔뚝만한 페니스를 품은 그녀의 아랫배로 길고 굵은 모양이 툭 튀어나왔다. 이 모습은 볼 때마다 적응이 되지 않았다. 삽입만으로 힘이 부친 라하가 약하게 헐떡였다.

"셰드……."

신음 섞인 목소리에 셰드의 목울대가 일렁였다. 라하는 그의 탄탄한 가슴을 짚은 채 천천히 허리를 움직였다. 평소 셰드처럼 거세게 밀어붙이지 않아도 충분했다. 거대한 페니스가 주름진 안쪽을 남김없이 비벼, 자꾸만 목에서 신음이 터져 나왔다.

"으……. 홋……."

아래위로 빠르지 않게 움직이는 허리. 자신의 페니스가 라하의 질 내에 삼켜졌다가 빠져나가는 모습. 머리에 피가 돌 정도로 자극적이었다. 셰드는 그곳에서 눈을 뗄 수가 없었다. 그녀의 신음 소리는 할 수만 있다면 핥아 먹고 싶을 정도로 달콤하게 들렸다.

셰드의 손이 라하의 손목을 잡았다. 꽉 쥔 손에 힘이 들어갔다. 라하의 움직임은 어쩔 수 없이 부드러웠지만 그게 더 사람을 미치게 했다. 시야 바로 앞에서 흔들리는 그녀의 가슴이 지나치게 적나라했다. 셰드가 조금만 더 인내심이 있었다면, 차라리 눈앞의 이 야한 움직임을 온종일 감상이라도 했을 것이다.

"……라하."

그르렁거리는 듯한 목소리가 흘러나왔다. 셰드는 아예 상체를 일으켰다. 교합된 부위의 각도가 바뀌면서 라하가 몸을 움찔거렸다. 셰드는 라하의 골반을 양손으로 잡고 들어 올렸다가 퍽 하고 내리찍었다.

"흑!"

순간 말도 안 되는 쾌감이 퍼져 나간다.

"아……! 셰드, 으응……!"

라하의 손이 셰드의 가슴을 간신히 짚고 있었다. 그가 허리를 쳐올리자 라하의 몸이 둥글게 휘어졌다. 단단한 손에 잡힌 골반. 방금과는 비교도 안 되는 강도로 질 내에 페니스가 처박혔다.

"으응……! 천천히……. 좀……, 으흑……."

거칠게 움직이는 허리 짓 때문에 신음에 흐느낌이 섞이기 시작했다. 라하가 아무리 셰드의 가슴을 밀어내도 소용없었다. 머리를 하얗게 만드는 쾌감에 라하의 눈동자에 서서히 눈물이 고이기 시작했다. 페니스를 물고 있는 질 내가 정신없이 경련하고 있다는 생각이 들었다.

"아!"

결국 절정에 오른 몸이 바르르 떨렸다. 오르가슴을 느낀 머리는 순간 뜨거워졌지만 쉽사리 가라앉지 못했다. 여전히 라하의 몸을 꿰뚫고 있는 페니스 때문이었다. 여전히 건재한 페니스는 라하를 여전히 거칠게 몰아붙였다. 흥건해질 대로 흥건해진 애액이 찌걱거리는 소리를 내며 허벅지를 적셨다.

퍽, 퍽. 퍽.

그의 성기가 깊게 처박히자 라하는 이제 울음을 터뜨렸다. 두 번째 절정은 훨씬 빨리 찾아왔다. 그런데도 셰드는 자신을 놓아주지 않았다. 연달아 터지는 폭력 같은 쾌감을 감당할 수가 없었다.

"으흑……! 셰드, 제발……. 아흑……!"

애원하는 목소리로 눈물을 뚝뚝 흘리면서도 그녀는 셰드의 품에 갇혀 있었다. 교접된 부분은 열기로 녹아 버리는 것 같았고 절정을 느껴 한껏 예민해진 질 내는 정신없이 꿰뚫어대는 자극에 끝도 없이 경련했다.

셰드가 신음 섞인 숨소리를 내뱉었다. 정말 그녀의 안쪽이 미치도록 좋았다. 몰려오는 사정감을 참느라 이를 악물게 된다. 흐느끼는 건 라하였지만 셰드의 머리도 만만치 않게 제정신은 아니었다. 할 수만 있다면 울면서 신음을 흘리는 품속의 황녀를 씹어서 삼켜 버리고 싶었다.

퍽.

"흑……!"

깊숙이 사정한 셰드가 눈을 느리게 감았다가 떴다. 다시 눈을 떴을 때에도 눈앞에 라하가 있다는 게 정말 정신이 나갈 정도로…….

좋았다.

그의 목에서 깊은 신음 소리가 흘러나왔다. 라하의 허벅지가 바들바들 떨렸다. 셰드의 단단한 팔이 그녀의 벗은 몸을 깊숙이 끌어안았다.

라하가 천천히 숨을 몰아쉬었다. 그녀의 눈물로 젖은 뺨을 셰드가 손끝으로 닦아 주었다. 내리깔린 속눈썹 아래, 라하의 푸른색 눈동자가 그의 눈을 응시했다.

아마 무슨 타박을 할 거라고 생각했다. 가끔 그러듯이.

그런데 라하는.

"……."

갑자기, 정말 갑자기 입을 맞춰 왔다. 벌려진 입. 혀가 침입하면서 타액이 섞였다. 방금 전의 정사 때문에 힘이 들었는지 격렬하진 못했지만, 그녀의 점막은 어디든 셰드에게 지나치게 자극적이었다.

"훗……."

낮은 헐떡임과 함께 짧은 신음이 새어 나왔다. 셰드는 라하의 턱을 잡고 입을 맞췄다. 턱이 아플 정도로 그녀에게 키스하는 사이, 아직도 라하의 몸 안에 있던 페니스가 순식간에 부피를 회복했다.

어깨를 가볍게 떨면서도 라하는 셰드를 밀어내지 않았다. 정사 중에야 힘에 부치고 절정을 느껴 괴로우니까 본능적으로 자신을 밀어낸다지만, 그 외의 경우 라하는 한 번도 자신을 밀어낸 적이 없었다.

그래서 셰드는 가끔 이런 게 라하의 진심이라고 착각할 것만 같았다. 그녀에게 느끼는 정신 나간 욕구에 잠식되는 것 같기도 했다.

라하의 몸에서 페니스가 빠져나갔다. 순간 든 허전함도 잠시. 라하의 몸이 뒤집혔다. 순식간에 시트 위에 엎드리게 된 라하의 허벅지 사이가 벌려진다. 이미 애액과 정액으로 엉망인 안쪽에 셰드가 그대로 퍽 하고 박아 넣는다.

"흑!"

라하가 가장 힘들어 하는 체위를 고르라면 바로 이 자세일 것이다. 뒤에서부터 실려 오는 셰드의 체중에, 너무 깊숙이 파고드는 페니스. 그 탓인지 쾌감의 농도는 처음 추삽질부터 폭력적인 수준이었다. 발끝이 다 곱아들었다.

"응……! 아! 하웃……."

질 내를 거칠게 치받는 페니스에 라하는 정신을 차리지 못했다. 아까보다 훨씬 더 얕게, 자주, 미칠 정도로 절정을 느껴 댄 몸이 휘청거렸다. 시트 위로 무너진 라하의 위로 셰드가 상체를 숙였다. 그의 몸이 그녀보다 훨씬 커서일까. 꼭 뒤에서부터 감싸 안는 듯한 열기가 온몸에 내려앉았다.

흐느끼는 라하의 목에 입술을 처박고 셰드는 허리를 무자비하게 박아 댔다. 이렇게 울면서 싫다는 말은 단 한 번도 안 하는 이 황녀에게 말해 주고 싶었다. 자신을 죽이려던 노예를 길들이기 위해서라면 정말로 제대로 성공했다고.

그렇게 빈정거려 주고 싶다가도, 한편으로는 그녀를 품에 가두고 온종일 예민한 안쪽을 치받고 싶었다.

이후로도 몇 번은 더 사정했다. 라하는 거의 기절한 것처럼 축 늘어졌다. 다리 사이로 애액과 뒤섞인 정액이 줄줄 흘렀다. 온몸이 타액투성이가 된 기분이었다. 라하는 피곤한 눈을 깜빡이다가 셰드의 가슴에 손을 올렸다.

불규칙적으로 뛰는 심장 소리. 라하는 시선을 들어 올렸다. 셰드의 청회색 눈동자와 시선이 마주친다.

"봄에……. 사령제라는 게 열려."

"무투회?"

"아는구나."

하기야, 델로 제국의 사령제는 당장 10년 전만 해도 유명했으니까.

"참가할래? 아직 확실하진 않은데, 참가자들이 전부 가면을 쓰고 참가할 수 있을 것 같아서."

거의 확실하지만. 셰드는 순순히 대답했다.

"네가 원하면 참가하지."

"좋아. 재밌겠다."

라하가 기분이 좋은 듯 웃었다. 셰드는 잠시 그녀의 미소에 시선이 고정되었다.

한 박자 느리게 정신을 차리고 묻는다.

"부상이 뭔데. 갖고 싶은 거라도 나오나?"

"지젤른 영지의 영주 자리가 나올 거야."

지젤른이라면 셰드 역시 대강은 알고 있었다. 굉장히 멀고, 긴 산맥도 넘어야 하는 몹시 험난한 델로 제국의 변방 영토 중 하나였다.

"그게 갖고 싶나?"

"아니."

이미 천천히 눈을 감고 있던 라하가 빙긋 웃었다. 눈물로 젖은 속눈썹이 가볍게 흔들렸다.

"그냥."

어차피 셰드가 영주 자리를 얻어도, 노예는 영주가 될 수 없으니 그대로 반납해야겠지만.

"그런 곳에서 너와 단둘이 살면……. 무슨 기분일까 하는 생각이 들어서."

속삭이는 라하의 목소리는 셰드의 기분을 몹시도 이상하게 만들었다. 잠에 천천히 빠지는 중이어서일까. 방금까지 자신에게 미친 듯이 시달려서일까. 그녀는 더 버티지 못하고 완전히 잠에 빠졌다.

셰드는 물끄러미 라하를 내려다보았다. 그녀의 젖은 머리카락을 귀 뒤로 넘겨 주었다. 어쩌면 파리스의 그 사람 기분을 바닥을 치게 만들었던 염려가 맞다는 생각이 들었다.

"신성국에서는 당신이 황녀에게 죄책감을 가지지 않기를 바랐습니다."

죄책감을 가지지 않기를 바랐다고.

그렇다면 다른 감정은?

죄책감 그 이상의 감정이라면, 아마.

아마도⋯⋯.

셰드는 느리게 숨을 내쉬었다. 이상하게도 마음이 조금 막막했다.

* * *

며칠 후.

신년 연회가 끝나고도 한동안 황궁에 머무르던 타국의 사절단들도 완전히 돌아가고, 궁은 좀 더 차분한 분위기로 새로 단장되었다.

물론 자잘한 연회들이 완전히 끝났다는 건 아니었다. 후작 이상의 고위 귀족들은 신년에는 황궁에 자주 머물면서 함께 차를 마시거나, 설경을 구경하곤 했으니까.

'원랜 이렇게 자주 함께 차를 마시진 않았는데.'

카르젠과 자멜라가 본격적으로 약혼한 이후, 티 파티가 훨씬 자주 열리게 되었다. 근 10년 가까이 삭막하고 냉랭했던 황궁 분위기가 이렇게라도 풀어지는 걸 반기는 귀족들이 많다는 사실은 전해 들었지만.

"황녀님. 이쪽으로 모시겠습니다."

라하는 티 테이블 최상석에 앉아 적당히 시선을 흘렸다. 각 잡힌 티 파티는 아니고, 어제도 엊그제도 그 전날에도 열렸던 티 파티라 다들 적당히 대화를 나누거나 값비싼 차향을 음미하고 있었다.

'사람은 여전히 많고.'

황제와 황녀가 얼마나 개판이 난 관계이든, 새로운 황후의 등장은 권력 축에 엄청난 변화를 뜻하기도 하니까. 권력 구도에 민감한 귀족들이 이런 기회를 게을리 놓칠 리가 없었다.

다만 대귀족들만이 참여하는 이 자리에, 낯선 얼굴 하나가 새로 참여한다는 점은 흥미로웠다.

'누구지?'

게다가 라하의 시선이 닿은 걸 어찌나 번개처럼 잡아챘는지, 그는 즉시 그녀에게 다가와 정중하게 허리를 굽혔다.

"황궁의 귀인께 인사 올립니다. 로자인 리굴리쉬입니다. 황녀님."

"리굴리쉬 백작가?"

"예. 기억해 주시니 영광입니다."

로자인 리굴리쉬는 몸에 예의가 밴 정중한 공자였고, 금발이 화사한 미남자였다.

"윈스턴 공작님이 특별 초청장을 주셨습니다. 이렇게 귀한 분을 가까이에서 뵙게 되어 가문의 영광으로 여기고 있습니다."

라하는 적당한 미소와 함께 로자인을 돌려보냈다.

'자멜라의 친구인가 보구나.'

와중에도 예비 황후의 평판을 신경 써 굳이 윈스턴 공작의 초청으로 왔다고 말하는 게 제법이라는 생각이 들었다.

"황녀님."

"네, 영애."

라하는 자멜라와 눈인사를 나눈 후 의자에 몸을 기댔다. 어제 티 파티에서 읽던 책이 이미 대령되어 있었다. 손이 특별히 하얗고 고운 시녀가 찻주전자를 들고 다가왔다.

"차를 따라 드리겠습니다, 황녀님."

조르륵. 진한 수색의 찻물이 곡선이 예쁜 찻잔에 채워진다. 며칠 내내 공물로 들어온 귀한 찻잎을 꺼낸 터라 차향도 몹시도 좋았다.

어제 표시해 둔 책갈피를 확인한 라하는 책을 펼친 후, 찻잔으로 손을 뻗었다. 그녀가 찻잔을 막 들어 올려 입가로 가져왔다.

찻잔을 내려다본 라하의 시선이 그 자리에서 멈췄다.

"……."

수면 위에 비치는 라하의 얼굴. 푸른 눈이 자리하고 있어야 할 자리엔 아무것도 없었다. 누군가 안구를 끄집어 낸 해골처럼, 눈구멍이 새까맣게 뻥 뚫려 있었다.

'독살 시도는 정말 오랜만인데.'

라하는 잠시 눈두덩이 위를 꾹 눌러 보려다가, 오늘 눈 화장을 제법 짙게 했다는 사실을 깨닫고 다시 손을 내렸다.

계승자를 완벽히 보호하는 징표의 눈동자는, 대상을 향한 살의를 완벽하게 감지할 수 있었다.

덕분에 음식에 든 독을 알아챌 수 있었다. 그냥 독이면 모를까, 라하를 겨냥한 독은 거의 완벽에 가깝게 알아차릴 수 있었다. 이렇게 공포스러운 방법을 통해서.

비록 징표에 금이 갔다고 해도, '계승자의 눈'은 아직 이렇게 유효했다.

독이 든 음식은 색깔이 이상할 정도로 역겹게 보였으며, 독이 든 차는 이렇게 눈구멍이 텅 비어 있는 것으로 보였으니까.

하지만 라하에게 독살 시도는 너무 뻔한 수법이었다. 지겹게도 겪었던 일이기도 했고. 라하는 표정 하나 변하지 않고 찻잔을 내려놓은 후, 우아한 손짓으로 책장을 팔랑 넘겼다.

"……."

누굴까?

라하는 책을 몇 장 더 넘긴 후, 자연스럽게 고개를 들어 올렸다. 오늘 이 자리엔 참석한 이들이 많다.

셰드에게 패배해 이를 갈고 있는 듀크 후작.

죽은 보르본 백작 부인의 동생이자, 매년 그녀의 기일마다 자신에게 마른 꽃다발을 떠넘기는 에스더 공작.

그리고 자멜라의 아버지인 윈스턴 공작. 또 자멜라 역시 함께하고 있지. 귀한 사람들이 모인다고 해서 근위대장인 블레이크가 자발적으로 호위를 맡기도 했다. 제국의 손꼽히는 거물들은 다 모인 자리라고 해도 과언이 아니었다.

물론 이 자리에 없는 이가 라하의 찻잔에 독을 부었을 수도 있었다. 예컨대 2황비라든지, 죽은 침노들과 개인적이고 깊은 친분이 있었을 어떤 귀족이라든지.

라하를 증오하고 델로 제국을 증오하는 이들이 너무 많아 바로 누구다, 하는 확증이 들지 않았다.

그때였다.

"오늘 와 주신 여러분들을 위해서 한 가지 재미있는 놀이를 생각했는데……."

자멜라가 자리에서 일어나 입을 열었다. 각자의 취미와 담소에 열중해 있던 귀족들의 시선이 죄 그쪽으로 쏠렸을 때.

라하는 바닥에 독이 든 차를 부어 버렸다. 텅 빈 찻잔에 꽃잎을 하나 뜯어 버린 그녀는 오래지 않아 시선을 돌렸다.

* * *

며칠간 지겹게 황궁을 떠들썩하게 만든 공식적인 만남은 끝이 났다. 라하는 이후로 사령제 준비로 바빴다. 규모를 키운다는 건 준비해야 하는 게 많다는 소리고, 이런 준비는 줄곧 라하의 몫이었으니까.

다만 자멜라가 묘한 눈으로 자신을 바라본다는 게 재밌었다. 야욕 혹은 의욕. 자멜라는 요즘 과로까지 심심찮게 했다.

물론 라하가 알 바는 아니었지만. 외려 자멜라가 더 열심히 사령제 준비에 매진해 주기만을 바라고 있었다.

"또 눈이 오네요."

"전 폭설이 좋아서 상관없지만, 정원사는 죽는 소리를 내더라고요."

그 와중에도 황녀와 황제의 정혼자가 한자리에 있으니, 친분을 도모할 겸 찾아오는 영애들이 매일같이 있었다.

특히 공작가 이상의 영애들. 정확히는 자멜라와 함께 카르젠의 옆자리를 다투던 경쟁자들. 어찌 되었든 자멜라가 정혼자로 정해졌으니, 친분이라도 잘 다지는 게 현명한 선택이기는 했다.

정신이 나간 게 아니고서야 그 카르젠을 진심으로 사모하는 공작 영애가 있을 것도 아니고. 뭣 모르는 낭만에 빠져 있는 하급 귀족이라면 모를까.

"황녀님은 어떠신가요? 눈을 좋아하시나요?"

백색으로 빛나는 눈을 본 라하가 미소를 머금었다. 누군가가 생각난 까닭이었다.

"응."

"역시. 운치를 아는 분들은 설경을 좋아한다니까요."

공작 영애들이 까르르 웃었다. 시종들이 부지런히 벽난로에 장작을 던져 놓고 불씨를 키웠다. 바깥은 한없이 추운데 이 호화로운 방 안은 아늑하고 따뜻했다. 유리창 하나를 두고 다른 계절이 흐르고 있는 것처럼.

공작 영애들이 갑자기 찾아온 건 아니었다. 미리 연통을 넣어 두고 찾아 왔기 때문에, 테이블 위에는 각종 마실 것이 다양하게 준비되어 있는 상태였다.

라하는 별생각 없이 샴페인 쪽으로 손을 뻗었다가 눈을 깜빡였다.

'……술을 니무 많이 미신됐지.'

어차피 이런 시간에, 공작 영애들과 티타임처럼 즐기는 곳에 도수 무거운 술을 내놓지는 않았겠지만. 거의 아이들이 마시는 주스처럼 달콤하고 도수 약한 샴페인일 터다.

그래도 라하는 샴페인 쪽으로 뻗던 손을 거둬들였다. 그러고는 찻잔을 집어

들었다. 뒤에서 시립해 있던 시녀가 얼른 다가와 차를 따라 주었다.

열은 단맛이 도는 차가운 차를 막 한 모금 마셨을 때였다. 이리저리 가볍게 돌아가던 화제가 라하에게로 향했다.

"그러고 보니, 황녀님의 그 아름다운 인형 말이에요."

공작 영애들은 어떤 말을 할 때도 더 우아하고 은유적인 표현을 즐겨 썼다. 침노나 노예 같은 노골적인 단어는 선호하지 않았다.

게다가 사교계에서는 셰드를 인형이라고 지칭하는 게 제법 굳어진 모양이었다. 하기야 말도 안 되게 근사한 외모이긴 하지.

공작 영애가 웃으면서 말했다.

"그 인형은 청록색 눈동자가 참 어여쁘더라고요."

라하의 손끝이 잠깐 멈칫했다.

'청록색?'

다른 영애가 미소를 지으며 화답했다.

"맞아요. 눈동자가 꼭 고급 녹주석 같았어요."

"녹주석?"

"네, 황녀님. 아참, 마침 제 팔찌와 비슷한 색깔이었죠."

공작 영애가 팔찌를 보여 주자 라하가 저도 모르게 웃음을 터뜨렸다. 티나지 않게 그녀의 비위를 맞추고 있던 공작 영애들이 순간 흠칫 굳었다.

라하가 웃음기 머금은 얼굴로 물었다.

"청록색 눈동자?"

"네? 네……."

"아……! 마치 깊은 초록색처럼도 보이기도 하고요……!"

"햇살을 받은 나뭇잎처럼요."

혹여 단어가 황녀의 심기를 상하게 했나 싶어서, 공작 영애들이 서둘러 다른 표현을 가져다 썼지만 전부 틀렸다.

게다가 갑작스레 터뜨린 웃음도 그저 변덕이었던 것처럼, 라하는 평소의 미소 띤 낯을 회복했다.

"녹주석이 어울릴 눈이지. 내 노예는."

"네, 물론이죠. 그럼요."

"아. 이번 로페르 경매장에 '숲의 요정'이라는 에메랄드가 나온다는 얘길 들으셨나요? 노리는 이들이 얼마나 많은지……"

공작 영애들은 아주 자연스레 화제를 돌렸다. 라하는 듣기만 해도 충분한 얘기들. 대귀족 가문의 영애들이라 처신하는 방법도 대단하다.

그래서 라하는 등받이에 등을 기대고, 천천히 방금 전의 대화를 반추했다.

셰드의 눈동자는 분명한 청회색이었다.

싱그러운 청록색 따위가 아니라.

'덧씌운 걸까? 신성력 같은 걸로.'

라하도 처음 셰드의 눈을 보았을 때 그런 생각을 하지 않았던가. 카르젠이 보았다간 격분해 두 눈을 뽑아 버릴지도 모르겠다고.

셰드의 기이한 눈동자 색은 누가 봐도 실험의 산물이었으니까. 청색과 회색이 오묘하게 섞인 그 눈이란.

그래서 신성력으로 그 위험한 청회색을 가리고 있었던 모양이다.

'계승자의 눈'을 지닌 라하에게는 그 덧씌운 가짜 청록색이 소용이 없었던 거고.

'하지만 계속 청록색 눈을 유지하려면 신성력을 주기적으로 부어 줬어야 할 텐데.'

아무래도 셰드를 데리고 몇 번 더 바깥으로 나와야겠다는 생각이 들었다. 신성국에서 알아서 셰드의 몸에 일부러 시종이든 시녀이든 부딪치게 해서 신성력을 채워 놓겠지. 그 와중에 셰드가 기이함을 느끼긴 하겠지만……

라하는 차가운 차를 몇 모금 더 마셨다. 얼음과 비슷한 온도의 차가 식도를 타고 내려가자 머리도 좀 식는 기분이었다.

"나는 네 눈이 마음에 들어."

언젠가 셰드에게 했던 말이 떠올랐다. 그럼 그 말도, 청록색 눈이 예쁘다는 말로 들렸으려나. 그러면 좀 슬플 것 같기는 했다.

게다가 자신이 왜 푸른색 보석을 줄줄이 선물하는지도 이해를 못 하고 있을 수도 있을 터였다. 분명히 그럴 것이다. 청록색 눈동자를 지닌 남자에게 푸른색 보석이라.

"……."

이윽고 라하는 얼음 띄운 차가운 차를 완전히 비워 버렸다.

* * *

"왕제님."

비슷한 시각. 셰드는 파리스에게서, 다행이라는 얘기를 몇 번이나 듣고 있었다.

"혹시 신성력이 다 되어서 청회색 눈동자가 드러나면 어떡하나 대신관님들도 노심초사하셨습니다. 다행히 타이밍이 좋게 맞아 떨어졌고요."

"타이밍이 좋은 거라고."

"예. 며칠만 더 늦었으면 아마 눈동자 색이 드러났을 겁니다. 신성력이 거의 바닥나신 상태라……."

그렇게 말하는 파리스는 셰드의 몸에 신성력을 한계치까지 불어넣은 상태였다.

물론 셰드 역시 알고는 있었다. 자신의 눈이 청록색으로 변해 있다는 사실을. 자신이 거울을 봐도 두 눈이 청록색으로 보였기 때문이었다.

이 황궁의 그 누구도 셰드의 눈을 보고 흠칫하며 놀라거나 겁을 먹지 않았다. 그러니 그들에게도 제 눈이 문제의 청회색이 아니라, 그저 평범한 청록색으로 보일 거라는 사실은 알 수 있었다.

"혹시……. '계승자의 눈'을 가지신 그분은 알고 있는 낌새가 없으셨습니까?"

"글쎄."

셰드가 천천히 그녀의 표정을 되짚었다.

"모르는 것 같아."

"다행입니다. 모르시는 게 피차 좋을 테니까요."

라하도 모르는 것 같다고 말했지만, 사실 셰드는 긴가민가했다.

물론 라하는 한 번도 자신의 눈을 보고 놀란 적이 없기는 했다.

그저 황제 앞에서 고개를 잘 숙이고 있으라는 말이나 했을 뿐. 이 눈이 일말이라도 보였으면, 색깔이 기묘하게 섞인 눈 때문에 약간이라도 꺼림칙함을 내보였을 텐데 그런 것도 없었다.

황녀는 다른 누구보다도 무던했다. 가끔씩 셰드는 가슴에 구멍이 뻥 뚫리는 기분이 들기도 했다. 무채색에 상처를 입는다니 이해하기 힘든 일이지만.

다만 파리스가 위장용으로 가져 온 가방 안에 가득한 푸른색 보석은 셰드를 의아하게 만들었다. 도대체, 황녀는 자신의 무엇을 보고 푸른색 보석을 갖다 대어 보라고 한 걸까.

진짜 눈동자 색이 보이는 사람처럼.

자의든 타의든 눈동자 색을 숨기는 걸 알게 되면, 그리고 이 모든 게 실험의 일부란 걸 알게 되면 그 황녀는 어떤 반응을 보일까.

"192번 님."

파리스는 셰드가 명령한 대로 착실히 번호로 호명했다.

"그리고 신성국에서 결과가 나왔습니다만……."

파리스가 신중한 목소리로 말했다.

"봄 이전에 황궁을 떠나실 수 있으실 겁니다."

"봄? 정확히 언제쯤이지?"

"초봄 이전으로 예상됩니다."

셰드가 눈썹을 일그러뜨렸다. 예상보다 너무 빠른 시간이었다. 사령제 무투회에 대한 얘기가 생각났다.

라하는 그 무투회를 기대하고 있다. 그녀의 목소리를 잊을 수가 없다. 멀리서 단둘이 살면 무슨 느낌일지 궁금하다던.

"너무 빨라. 안 돼."

"……왕제님."

"개소리 말고 돌아가."

"왕제님. 제발 처음의 본분을 잊지 말아 주십시오."

"본분? 내게 명령만 내리는 게 본분이었나?"

"왕제님!"

목소리를 높여 놓고도 파리스 역시 입이 잘 떨어지지 않았다. 애초에 셰드가 들을 생각이 없는 표정이기도 했고, 무엇보다 당초 예상했던 것보다 셰드의 상태가 지나치게 좋았다. 이건 그 황녀가 돌봐주지 않고서는 도무지 있을 수 없는 일이었다.

게다가 신성국이 증오한 건 카르젠이었다. 라하가 아니라.

무엇보다 붉은 머리 시녀는 라하가 근 10년 만에 처음으로 신경을 쓰는 존재가 셰드라는 말을 해 주었다. 그러니까…….

마음이 좋지 않은 것이다. 신관으로서도, 한 사람으로서도 어쩔 수 없게도.

* * *

공작 영애들이 돌아가고도, 라하는 사령제 무투회 준비로 몇 날 며칠을 바쁘게 보냈다. 사실 업무만 따지면 그렇게 바쁘진 않았다. 그런데 카르젠이 자꾸만 자신을 불렀다. 저녁 정찬을 함께하자며.

자멜라도 그 자리에 빠지지 않았으나, 카르젠은 식사 후에도 라하를 자신의 집무실로 불러냈다. 그러고는 비슷한 일과의 반복이었다. 서류를 넘겨주고 깃펜에 잉크를 묻혀 주고.

카르젠은 최근 들어 계속 해서 라하의 눈동자를 들여다보았다. 가끔씩 있는 변덕이라 새삼스러울 것도 없었다.

그러니까, 라하에게 셰드가 생기기 전까지는.

카르젠이 자신을 놓아주지 않는 시간이 하염없이 길어지다 못해 새벽 3시에 이르면, 라하는 궁까지 돌아가는 시간까지도 애매해졌다. 그래서 본궁에 있는 손님방에서 잠을 잔 게 며칠이었다.

그래도 오늘은 달랐다.

"이건 제가 혼자 준비할 수 있을 것 같아요. 황녀님."

자멜라도 눈 없는 봉사는 아닐 거고, 카르젠이 계속 해서 라하를 새벽까지 집무실에 붙잡아 둔다는 사실을 알 것이다.

그 때문인지 자멜라는 사령제 준비에 거의 인생을 바칠 듯 몰두하고 있었다. 라하는 기꺼이 모든 걸 양도하고 집무실에서 일어났다.

해가 떠 있을 때 궁으로 돌아가는 게 며칠 만인지 모를 일이었다. 며칠 동안 똑바로 자지 못해 노곤했던 몸이 왠지 가볍게 느껴졌다. 라하는 조금쯤 기분이 좋아져서 가볍게 춤추듯 길고 넓은 황궁의 복도를 걸어갔다.

"라하 황녀님."

그곳에서 하필이면 에스더 공작과 마주칠 줄은 생각도 못 했지만. 아마 라하가 카르젠보다도 더 껄끄러운 사람을 한 명 고르라면 이 공작을 선택할 것이다.

"에스더 공작."

다행히 라하에게 무슨 말을 하려는 것 같진 않았다. 그저 가는 길이 같은 정도? 라하는 천천히 걸음을 옮겼다. 언뜻 보기에는 고양이가 잔뜩 경계하고 있는 모습처럼도 보였다.

처음에는 황녀와 공작이 함께 걸어 흘긋흘긋 쳐다보던 시선들도, 대화 없이 걸음이 길어지자 그러려니 하고 흩어졌다.

그때가 되어 에스더 공작이 입을 열었다.

"그날 차를 바닥에 부어 버리셨죠."

라하는 곧장 에스더 공작의 말을 알아들었다. 라하는 걸음을 멈추지 않고, 에스더 공작을 쳐다도 보지 않고 곧게 걸으며 입을 열었다.

"공작님이 내게 그 차를 보내셨나요?"

"그랬다면 드셨을 겁니까?"

"그럴 리가요. 저는 아직 책임져야 할 이들이 많은 몸인지라."

"책임져야 할 이들……."

에스더 공작이 천천히 말을 이었다.

"한 명 빼고는 전부 죽은 영혼이겠군요."

"……."

라하는 에스더 공작을 가만히 보았다가 시선을 돌렸다. 또각또각. 커다란 유리창 너머로 눈에 반사된 햇볕만이 쏟아지는 고요한 황궁의 오후.

"제 언니가 황녀님은 독을 먹고 죽지 말라고 했던가요."

"……."

"황녀님은 제 언니가 대신 독을 먹어 준 대가로 착실히도 살아 계시군요."

독을 먹어 준 대가로.

착실히 살아 있다…….

라하는 잠시, 자신에게 유독 하얀 피부를 물려준 어머니를 떠올렸다. 이 제국의 황후.

황후는 자신의 뺨을 딱 네 번 때리고 그만두었다. 네 번째로 라하의 뺨을 때렸을 때, 그녀의 뺨에도 똑같은 상처가 났기 때문이었다.

징표를 가진 계승자에게 향한 살의 어린 폭력을 분명히 되돌려 주는 이 빌어먹을 눈.

과연, 황후는 제국 최고의 귀부인답게 훨씬 더 우아한 방법을 선택했다. 라하에게 독을 내리기 시작한 것이다.

그때 알았다. 누군가가 살의를 갖고 보낸 독을 받으면, 눈구멍이 텅 비어 보인다는 사실을.

그때 라하는 어려서, 독이 든 찻잔을 들이켤 수가 없었다. 텅 빈 해골을 마시는 것 같아서 소름 끼치게 꺼림칙했다.

그래. 사실 그땐 자의로 죽고 싶지도 않았다.

차라리 모르는 칼에 당해 죽어 버리는 거라면 모르겠는데, 제 의지로 죽고 싶진 않았다. 그때까지의 라하는 그랬다.

라하가 여섯 번째로 찻잔을 쏟아 부었을 때, 유모인 보르본 백작 부인이 다가와 웃으면서 말했다.

"그렇게 계속 적당히 피하면, 독을 감지할 수 있다는 걸 들킬 거랍니다. 황녀님."

"……!"

"그나저나 '계승자의 눈'을 가지신 분은 독도 감지하실 수 있는 모양이군요. 과연 제국의 홍복입니다."

어떻게 알았느냐는 질문은 필요도 없었다. 그저 유모로서, 보르본 백작 부인은 라하가 매번 쏟아 버리는 찻잔을 보고 유추한 모양이었으니까.

"왜 독이 든 찻잔을 드시지 않으세요? 살고 싶으세요?"

"징그러워서."

"징그럽지 않으면 드실 건가요?"

"응."

맹독이 든 차는 몇 번 더 왔다. 꽃이 들어 있기도 했고 작은 황금들이 떠 있기도 했다. 유별나게 수색이 아름다운 차도 왔었다. 하지만 라하는 한 잔도 마시지 않았다. 그렇게 버린 차가 마흔 잔을 넘어갔을 때, 황후도 알았다.

라하가 독이 든 차를 마시지 않을 거라는 사실을.

그럼에도 본궁에서는 타성적으로 독이 든 차가 배달되었다. 그러지 않고서는 사랑하는 카르젠의 완벽한 일생을 망쳐 버린 그녀를 용서할 수가 없다는 듯이.

보르본 백작 부인은 여상하게 차를 밀어내는 라하를 가만히 쳐다보다가 말했다.

"독이 든 차를 계속 부어 버리면 상대방의 인내심이 바닥이 날 거랍니다. 황녀님. 그럼 황녀님을 죽일 다른 방법을 찾아올 거예요."

"응."

"그러길 바라세요?"

"응."

"왜요?"

어린 라하는 이마를 찌푸렸다.

"말했잖아. 다들 그러길 바란다고."

"……."

"다들 내가 죽기만 바라고 있잖아. 가끔은 미안해."

"……무엇이요?"

"내가 조금만 더 용기가 있었으면 죽었을 텐데. 겁이 많아서……."

아버지도, 어머니도, 쌍둥이도. 전부 자신이 죽어 버리길 바라는데. 자신이 조금만 더 용감했으면 어땠을까.

보르본 백작 부인은 가만히 라하를 쳐다보다가, 그녀의 맞은편에 앉았다. 백작 부인은 드레스에 끼우고 있던 은 브로치를 빼내더니, 찻잔에 담갔다. 까맣게 올라오는 독의 증거.

"이 정도 독은 가볍게 앓고 마는 독이랍니다."

라하가 대답 없이 빤히 쳐다보자, 보르본 백작 부인이 싱긋 웃었다. 그녀는 깃펜에 잉크를 묻혀 두꺼운 종이에 몇 줄을 쓰더니 잘 접어 라하의 품에 넣어 주었다. 에스더 공작에게 전해 달라는 말과 함께.

그리고 보르본 백작 부인은 도통 안쓰럽다는 얼굴로 찻잔을 들어 올렸다.

"가여운 황녀님."

"……?"

"불쌍하게 여겨 주는 어른이 없어서."

"……."

"황후에게 가서 고하지 말고, 귀족회에 가서 제가 쓰러졌다고 고하세요. 황녀님."

그녀에게 마시지 말라는 말을 했던가. 보르본 백작 부인이 피를 토하는 장면을 어떤 기분으로 바라보았던가. 무슨 비명을 지르며 유모를 살려 달라며 뛰쳐나갔던가?

눈이 많이 내리던 겨울의 수요일이었다.

어쩐지 황후가, 자신을 그토록 미워하던 황후가 웬일로 별궁에 소풍을 보내 주나 했다. 이렇게 예쁜 곳에 마음 편하게 쉬게 해 준다고 했다. 머무는 사용인들이 없어 이상했지만, 유모인 보르본 백작 부인이 따라와서 별달리 불편한 건 없었다.

왜 자신에게 이렇게 잘해 주나 싶었다.

갑작스러운 폭설로 이동도 용이하지 않은 그날. 그런 겨울에 보르본 백작 부인이 죽었다.

라하가 보르본 백작 부인의 썩어 가는 시체와 발견된 건 일주일이 더 지나서였다.

"선대 황후께서도 참 대단하십니다. 계속 황녀님이 차를 마시지 않으면 제 언니의 어린 아들 녀석을 사막의 방식을 통해 시동으로 삼겠다고 말씀하셨다지요."

"……."

"말이 시동이지, 사막의 방식이라면 노예와 다를 게 뭐가 있겠습니까. 황녀님이야 수많은 노예들이 있으니 별다른 감상이 없으시겠지만."

"……."

그러니 보르본 백작 부인이 라하의 차를 대신 마신 그날이, 황후가 정한 '마지막 날'이었다.

아마 황후가 미리 계산하지 못한 게 있다면, '계승자의 눈'이 갖는 정통성이 생각보다 대단하다는 거였을 터다. 게다가 보르본 백작 부인은 너무도 화려하게 죽어 버렸고. 덕택에 노회한 귀족들은 재판을 열어 황후를 회부해야 한다고 주장했다.

폭풍 같은 나날이었다. 그렇지 않아도 카르젠이 '계승자의 눈'을 가지지 못해 화병이 나 있던 황후는 시름시름 앓다가 2년도 채 지나지 않아 끔찍한 몰골로 죽었다.

에스더 공작은 갈라서는 길을 앞두고 말했다.

"그러니 황녀님은 독을 드시고 죽지는 마십시오. 제 언니를 생각해서라도."

"다른 방법으로 죽는 건 괜찮나요?"

"물론이지요."

에스더 공작은 무심한 어조로 말했다.

"황녀님의 짧은 삶은 제가 몹시 바라는 바입니다. 알고 계시겠지만."

라하가 희미하게 웃었다.

"네."

"……."

"물론 잘 알고 있지요."

그린 듯 완벽했던 보르본 백작가가 어떻게 풍비박산이 났는지, 뒤늦게 알고 만 에스더 공작이었으니까.

"이만 물러가겠습니다. 황녀님. 살펴 가시길."

고개를 깊이 숙인 에스더 공작이 왼편으로 난 복도로 걸어갔다. 잠시 멈춰 섰던 라하가 천천히 걸음을 옮겼다.

지나온 삶을 후회하지 않는다. 라하는 주어진 환경에서 그 당시의 머리로 생각할 수 있는 최선의 선택만을 골라서 살아남았으니까.

하지만 단 하나 후회되는 게 있다면, 그때 그냥 꽃이 든 예쁜 차를 마실 걸 그랬다.

그러면 보르본 백작 부인은 무사했을 거고, 백작가도 여전히 그린 듯 아름다운 가정으로 살고 있었을 텐데.

라하의 걸음이 서서히 느려졌다.

알고 있다. 보르본 백작 부인은 처음엔 분명 자신에게 차를 권하려고 했었다. 마셔 달라고. 황후가 원하는 것처럼 그냥 마셔 달라고. 자신보다야 친아들이 중요할 테니 당연한 선택이겠지만.

"가여운 황녀님."

"불쌍하게 여겨 주는 어른이 없어서."

나를 결국.
결국 불쌍하게 여겨서.
그 감정이, 눈빛이, 표정이 역겨울 정도로 싫다. 종국에는 가엽게 여기고 마는 그 눈빛. 본래의 뜻을 철회하고 스스로가 독을 선택할 정도로.
그럴 정도로······.
내가 끔찍하고 가여운 상황에 둘러싸여 있다고, 온몸으로 소리치는 그 감정. 사람을 얼마나 비참하게 만드는지.
얼마나 비참하게 가라앉히는지······.
라하는 결국 멈춰 섰다. 2층까지 터서 만든 거대한 본궁 복도에는, 마찬가지로 천장까지 닿을 만큼 거대하고 호화로운 유리창들이 차례로 박혀 있다.
눈은 하염없이 내렸다. 라하는 가만히 추락하는 눈송이들을 바라보다가 걸음을 옮겼다. 한참이나 걸린 일이었다.

* * *

"왕제님, 결국 이 길을 선택하시는군요."
그렇게나 그 황녀가 중하냐고, 중해졌냐고. 차마 하지 못한 말을 삼키고서, 파리스는 셰드를 붙잡고 울먹였다.
"제가 떠나도 부디 건강하셔야 합니다."
"네가 없을 때도 충분히 건강했는데."
"예······. 그렇지요······."
신성국에서는, 그래. 확실히 셰드를 비롯한 실험체들에게 지나칠 정도로 물렀다. 멀쩡한 사람을 실험체로 쓴다는 것에 큰 거부감을 느꼈는지 실험에 참여하는 신관이고 대신관이고 늘 울 것 같은 얼굴로 실험체들을 대했다.

파리스도 별반 다르지 않았다.

"제 신성력이 아무래도 당신의 몸에 오래 머무르지 못해 신성국에서 급하게 대비책을 가져왔습니다."

대비책. 컵에 술렁이는 기이한 빛깔의 탕약이었다.

셰드는 묵묵히 쓴 약을 마셨다. 혈관에 피가 다급히 도는 듯한 느낌과 함께 머리가 순간 굉장히 어지러웠다. 셰드가 낮은 숨을 내쉬었다.

극도로 신성력이 강한 대신관이 아니고서야, 순수한 신성력을 타인의 몸으로 넘긴다는 건 말도 안 되게 어려운 일이었다.

파리스는 제법 강한 고위 신관이라 신성력을 넘길 수는 있었지만, 아마르 대신관만큼 완벽하게 셰드의 눈을 가릴 수는 없었다.

사람의 몸에 전혀 해를 끼치지 않는 신성력과는 달리, 약은 아무래도 어떤 방식이든 부작용이 남기 마련이었다. 특히 멀쩡한 눈동자 색을 바꾸는 약이라면.

아마 몸에 부담이 제법 가겠지. 그런 건 별로 상관이 없는데…….

다른 약이 문제였다.

"어흐흑……. 이제 이것만 드시면 됩니다."

자꾸 울먹이면서 쳐다보는 파리스가 거슬렸다. 처음 만난 그 순간부터 항상 그런 눈이긴 했는데, 무슨 독배를 내민 듯한 표정은 조금 과하질 않은가.

"파리스."

"예?"

"그 약에 독이라도 탔나?"

"예? 그게 무슨 말씀이십니까! 아닙니다. 부작용도 거의 없습니다."

"황녀한테도?"

셰드가 늘 하는, 여상한 질문이었다. 그런데 이상하게도 바로 대답이 돌아오지 않았다. 셰드가 시선을 들어 올렸다. 파리한 안색의 파리스를 보며 똑같이 물었다.

"황녀한테는?"

"그······. 황녀님의 몸에는 부담이 조금 있으실 겁니다."

"무슨 부담."

"고열-."

"미쳤군."

셰드가 이를 짓씹었다.

"그딴 말은 안 했잖아."

"진정하십시오. 당신이 황녀님과 함께 계실 동안에는 그런 부작용도 일어나지 않을 겁니다."

"내가 있는 동안은?"

"예······."

"내가 떠나면?"

"고열이고······. 또 황녀는 '계승자의 눈'이 있어서 쉽게 죽지 않습니다."

쉽게 죽지 않는다.

그러니까 남들이 겪는 고통만큼은 줘도 상관이 없다는 뜻인가? 셰드는 이제 파리스의 멱살을 잡아당겼다. 그의 턱에 힘이 들어갔다.

"정신 나간 말 좀 작작 지껄이지 그래."

"······."

"도대체가 무슨 약이 이따위야."

파리스가 고개를 떨어뜨렸다.

"그······. 아무래도 몸에 축적된 생체 자료를 더 빠르게 남기는 용도도 있다 보니까, 어쩔 수 없이······."

하.

셰드는 숨을 몰아쉬었다. 그래. 알고 나니 가끔씩 이렇게 막막하다. 이 모든 게 처음부터 완전히 계획된 실험의 일부였지. 잊고 있다가도 불현듯 이렇게 튀어나와 사람의 기분을 나락으로 처박았다.

"도대체 왜 내게 미리 알리지 않았지?"

"……."

"대답해."

"……당신이 듣고 나면 절대 마시지 않으실 거라는 확신이 있었습니다."

"……."

파리스는 덜덜 떨리는 두 손으로 셰드를 간절히 붙잡았다.

"왕제님."

"갖다 버려."

"……."

"이걸 마시지 않는다고 실험이 없던 일이 되나?"

"그건 아닙니다만……. 좀 더 획기적으로 시간을 당길 수는 있었습니다. 신성국에서는 서둘러 당신이 안전한 곳으로 돌아오길 바라셔서……."

"황녀의 몸을 갉아먹으면서?"

"……."

파리스가 침울한 얼굴을 두 손으로 쓸어 넘겼다.

"황제는 미친놈입니다. 언제 마음이 바뀌어서 당신을 효수할지도 모르고……. 특히 그 눈은 정말로 황제의 심기를 거스를 겁니다."

카르젠 델하르사가, 평생토록 갖지 못했던 '계승자의 눈'을 반이라도 가져 버린 그 기이한 눈동자를.

어찌 내버려 둘 수 있을까.

"갖다 버리라고 했어."

"셰드 님……!"

파리스가 매달리기 시작했다.

"제발……. 대신관님들도 생각해 주십시오. 당신이 그렇게 붙잡혀 가고 하루하루 제대로 잠도 못 주무십니다. 하루라도 빨리 당신이 안전한 곳으로 돌아오시기만 기다리고 있습니다……!"

실험체로 들어왔던 이들은 전부 한 나라의 귀족이거나 왕족들이었다. 카르젠 때문에 한순간에 가족도 집도 사랑하는 사람도 잃은.

복수심에 가득 차서 부득부득 기어 들어와 신성국에 매달렸다. 신성국에서는 카르젠이 죽인 사람의 수가 그 해 태어난 사람의 수를 뛰어넘자, 더 이상은 좌시할 수 없다는 결론을 내렸다.

그래서 시작된 실험이었다.

"어차피 황녀도 그 미친 황제의 쌍둥이이질 않습-."

순간 파리스의 입이 틀어막혔다. 셰드는 날카로운 눈으로 문 쪽을 돌아보았다. 누가 근처에 있었다. 빌어먹을 약 기운이 생각보다 강해서 한 박자 늦게 눈치챘다.

라하는 며칠 전부터 보석 장인과의 만남을 내궁에서 하라고 말해 놓았고, 덕택에 이곳엔 개미 한 마리도 얼씬하지 않았다.

다시 말해 이곳에 갑자기 올 수 있는 인물은 극도로 한정된다는 소리였다.

셰드는 일어나서 성큼성큼 걸어갔다. 굳게 닫힌 문을 열어젖히는 순간.

어쩔 수 없이 셰드의 두 눈이 흔들렸다.

"……라하."

그녀가 빤히 자신을 올려다보고 있었다. 그 짙푸른 눈동자. 황제가 갖지 못해 죽을 때까지 탐낼 게 분명한 그 눈으로.

라하는 셰드를 지나쳐 안으로 조용히 걸어 들어갔다.

그리고 창백한 얼굴의 파리스를 보며 말했다.

"보석으로 내 노예를 꾸미라고 했지, 다른 의도를 꾸미라고 했었나."

"……."

"건방지게."

"화, 황녀님……."

"신성국에서 보냈어?"

"……!"

파리스가 바로 무릎을 꿇었다. 그의 팔이 덜덜 떨렸다. 라하는 그에게서 시선을 거두고, 테이블 위에 올라가 있는 탕약을 응시했다. 하나는 비워져 있었고 하나는 비워지지 않은.

기이한 빛깔의 탕약.

라하는 납작 엎드려 떨고 있는 파리스를 지나쳐, 테이블 옆 의자에 앉았다. 느긋하게 다리를 꼬고 앉은 라하가 파리스의 팔을 발끝으로 툭 쳤다.

"꿇고 있으렴."

"……화, 황공……, 황공하옵니다……."

파리스의 얼굴은 시체처럼 창백했다. 라하는 그때까지 거목처럼 우뚝 서 있는 셰드에게 시선을 던졌다. 그녀의 표정은 좀처럼 알 수 없다.

그 잦은 무표정.

"이거 피임약이야?"

"아니."

"아니면 무슨 약일까."

라하의 목소리를 듣던 파리스의 몸이 부들부들 떨렸다. 그녀는 파리스 쪽에는 시선도 주지 않았다. 관심이 없다는 것처럼.

"가까이 와 봐."

다만 라하는 셰드에게 가만히 손짓했다. 자신의 앞에 선 셰드의 양 손목을 잡아 힘을 주어 잡아당기며 말했다.

"꿇어."

그는 묵묵히 무릎을 꿇고 라하를 올려다보았다. 무슨 말을 할 듯, 입을 조금 벌렸던 라하는 아무 이야기도 하지 않았다. 그저 셰드를 오랫동안 내려다보기만 했다.

짧지 않은 침묵이 흘렀다.

정지해 있던 그녀의 손이 그의 눈썹 부분을 천천히 쓸었다.

"얼마 전에 재미있는 얘기를 들었어. 네 눈이 청록색이라더라."

은빛 속눈썹 아래 그 빛깔. 라하의 손가락이 셰드의 눈 위를 힘주어 눌렀다. 연약한 피부가 각막을 강하게 누르며 한순간 빛이 꺼졌다.

라하는 이내 손을 거뒀다.

"정말 재미있는 얘기지. 내 눈엔 네 눈동자가 청회색으로 보이거든."

다시금 드러난 그의 눈을 보며 라하가 속삭이듯 물었다.

"신성국의 첩자까지 부르면서 내게 뭘 숨기고 있는 거야, 셰드?"

대답은 곧바로 돌아오지 않았다.

다만 라하는 셰드를 응시하고 있었고, 셰드 역시 마찬가지로 라하를 올려다보고 있었다.

라하는 셰드의 눈빛이 종종 형형하다는 생각을 하곤 했다. 지금도 마찬가지였다. 그래서 어떤 거짓말을 할 때, 라하는 셰드의 눈을 오래 쳐다보기 어렵다는 생각이 들었다.

그녀는 속눈썹을 내리깔았다.

"그래. 너한테 들을 게 아니긴 하네."

"……."

"나한테 반은 들킨 것 같으니 더 조심하라고."

"라하."

"상관없잖아. 우리가 애초에 정혼자도 아니고, 연인도 아니고."

그녀는 미소를 지으며 자리에서 일어났다.

"주인과 노예의 관계뿐인걸. 그저 주종. 그게 전부지."

"……."

"다른 걸 기대한 건 아니잖아. 아니."

라하가 피식 웃었다. 입은 웃고 있는데 눈은 조금도 웃지 않고 있었다.

그런 엉망진창인 표정. 라하는 이 침실 문 앞에 서 있을 때부터 그런 표정이었다.

"기대했어도 네가 전부 깨부쉈지."

다만 꿈꿔 왔던 게 전부 착각이었다고. 그 착각을 선사해 준 것도 한 사람이고 깨어 준 것도 그 사람이라는 듯, 그녀는 웃었다. 한참 동안 꿈속을 거닐다 깨어난 듯한 허무한 미소의 절반은 진심이었다. 라하는 자리에서 일어났다.

"네게 의미를 주는 게 아니었어."

"……"

셰드의 표정이 희미하게 뒤틀렸다. 하지만 라하는 무정하게도 쉬이 고개를 돌려 버렸다. 그리고 창백하다 못해 시체 같은 낯을 하고 있는 파리스에게 턱짓했다.

"너는 날 따라오렴. 사지를 찢어서 끌고 가기 전에."

파리스는 벌벌 떨며 겨우 일어났다. 침실 문을 나서기 전, 겨우 뒤돌아본 셰드는 여전히 꿇은 그 자세 그대로 얼어붙은 고목처럼 정지해 있었다.

* * *

"화, 황녀님."

바깥에는 여전히 눈이 내리고 있었다.

"왜……. 굳이 그런 말씀을 하셨습니까?"

파리스는 바들바들 떨면서 말했다.

"황녀님도 다 알고 계시잖습니까……. 분명 아마르 대신관님께서 그리 말씀하셨는데……."

"황녀님도 따지고 보면 우리의 조력자다. 그분이 많이 도와주실 테니 순순히 협조해라. 다만, 이 사실은 다른 모든 이에게 비밀이다."

그래. 그랬으니 셰드에게도 말하진 않았다. 셰드도 분명 모르고 있을 테니까.

하지만…….

"그분에게 왜 그렇게 상처를……."

파리스는 바로 앞에서 조용히 걸어가는 황녀를 도무지 이해할 수가 없었다. 그녀는 아무런 대답도 없이 걷다가 말했다.

"최대한 빨리 실험을 완료하고 그를 데려가면 좋겠으니까."

파리스는 형용할 수 없는 표정을 지었다. 그래, 라하의 명령이 있다면 셰드는 그 탕약을 먹겠지. 그녀와의 교접이 전부 실험의 일부였다는 걸 알리는 것보다는, 그 수상한 약을 직접 먹어 아무것도 아니라는 사실을 알리는 게 나았으니까.

설사 그 약으로 인해 황녀의 몸에 고열 같은 부담이 생긴다 해도.

그가 그녀에게 어떤 것이든 감정을 품었다면, 그 감정을 뜯어내야 빠른 실험에 용이하리라. 그러니까 그 둘이 감정이 없는 나무토막 따위였다면 정말 좋은 방법이었을 것이다.

하지만 끔찍하게도 둘 다 사람이었다. 숨을 쉬고 연정을 품고 열띤 눈빛을 주고받을 수 있는 사람.

파리스는 아까 전 셰드의 표정을 상기하다가 입술을 꾹 깨물었다.

"……황녀님."

"내가 이렇게까지 돕는데, 신성국에서도 충분히 성의를 보여야 할 거야."

"……."

파리스의 표정이 죽은 사람처럼 가라앉았다. 그녀가 말하는 충분한 성의란, 빠른 실험의 성공.

저 '계승자의 눈'을 깨부수라는 것.

델로의 황족을 보호하는 징표를 없애라는 것.

이 적통 황녀가 쌍둥이 황제에게 가지는 증오가, 델하르사에 가진 분노가 상상보다 더 크고 무거웠기 때문에…….

파리스는 아무 말도 할 수 없었다. 그는 조용히 고개를 숙였다.

* * *

얼마나 시간이 지났을까.

라하는 파리스를 적당히 돌려보냈다. 와중에도 푸른색 보석은 주문할 만큼 주문해, 시녀에게 전부 대금을 치르라고 말하는 것도 잊지 않았다.

바깥에는 여전히 눈이 내리고 있었다.

라하는 언제나 이 중정을 걸어갈 때면 속도를 빨리 해서 걸어갔다. 종국에는 거의 뛰듯이 내궁으로 달려갔다. 셰드가 기다리고 있을 걸 알아서.

조금 더 셰드가 빨리 보고 싶어서?

아니면 혼자 있을 그에게 말이라도 걸어 주고 싶어서.

어떤 것이었을까.

늘 그렇게 기대에 찬 걸음이 이번에는 영 속도가 나지 않았다. 라하는 빨라지지 않는 자신의 걸음이 내심 신기하다는 생각이 들었다.

그래. 그러고 보니 셰드가 들어오기 전에는 늘 이렇게 느리디느린 속도로 내궁으로 향하곤 했었지.

얼어붙은 손으로 내궁의 문을 열고, 동관의 긴 복도를 걸어 침실 문을 열었다.

그녀의 충실한 노예는 여전히 무릎을 꿇고 있었다. 순간 목 아래서 무언가 솟구치는 듯한 이물감이 들었다가, 천천히 내려앉았다. 노예는 저러고 있는 게 맞긴 했으니까. 틀린 게 아니었으니까.

"……."

라하는 침대로 걸어갔다. 털썩 주저앉은 후에야 입을 열었다.

"일어나서 이리 와."

셰드가 천천히 일어났다. 거의 한 시간 가까이를 꿇고 있었을 텐데도 비틀거리지 않는 게 대단하다는 생각이 잠시 스쳤다. 그녀는 자신의 앞으로 걸어오는 셰드와 굳이 시선을 마주쳐 주지 않았다.

"앉아."

침대 옆에 실리는 무게감. 제 옆에 앉은 셰드를 보지 않고, 라하는 숄을 벗으며 말했다.

"장인을 고문하진 않았어."

늘 그랬듯이, 눈물 나게 평온한 어조였다.

"다만 신성국의 안전을 들먹이니까 적당히 얘기해 주더라."

"……."

그 와중에도 궁금한 건 있었다. 이 모든 게, 자신과의 교접까지 실험이었다는 사실을 처음 알게 되었을 때 셰드는 무슨 기분이었을까?

이상하게 막막해지는 마음도 저 멀리 밀어 두고, 라하는 입을 열었다.

"언제부터 날 속인 거야?"

셰드의 눈동자가 멎었다. 라하의 눈엔 그렇게 보였다. 자신도 알지 못했다느니, 이 모든 게 실험의 일부임을 알게 된 건 바로 얼마 전이었다느니. 그런 변명 같은 이야기는 셰드는 일절 꺼내지 않았다.

하지 않을 거라고 예상은 했지만. 그게 셰드의 성격과 어울리는 반응이니까.

변명을 하지 않는 그의 성격은 좋다. 사실 라하는 셰드의 아주 많은 부분을 좋아하고 있었다.

하지만 셰드는 어떨까?

파리스에게 전부 듣기는 했다. 셰드는 신성국에서 가져온 약을 먹지 않겠다고 차갑게 반응했다고 했다.

이유가 단순했다.

그저 라하의 몸에 고열 같은 사소한 부담이 날 수도 있다고 해서. 고작 그런 이유 때문에.

그렇게 무르게 반응을…….

파리스에게 그 얘기를 전해 듣는 순간, 기이하게 따뜻한 물에 머리까지 담가지는 듯한 기분이 들었다. 그러면 안 되는 걸 아는데도. 정말 잘 아는데도.

라하는 셰드에게서 일부러 차갑게 시선을 뗐다. 그리고 직감했다. 겨울날의 중정을 걸어오며 준비하고 준비하고 또 준비한 비수들을 하나씩 꺼낼 때라는 사실을.

"난 널 믿었는데 넌 아니구나."

생에 그렇게 많은 난도질을 한 날을 꼽으라면 바로 오늘일 터.

"나랑 자면서 즐거웠겠네. 멍청한 황녀가 생체 자료를 꼬박꼬박 주었……."

라하의 말은 끝까지 이어지지 못했다. 그녀의 양팔이 그의 손에 단단히 틀어 잡혔다. 라하는 바로 앞에 있는 셰드의 얼굴을 올려다보았다. 그 상처로 난자한 눈동자가 칼날처럼 마음에 꽂히는 것 같았다.

아, 우린 오늘 서로에게 무수히 상처를 입히겠구나.

"아니야."

"……."

"그런 게 아니라고."

이를 악문 듯한 목소리가 흘러나왔다. 라하는 자신에게 고정된 셰드의 눈을 바라보다가 천천히 시야를 내렸다.

"내 말에 감히 대꾸하지 마."

"……라하."

"넌 노예야, 셰드. 가증스럽게도 주인을 속인."

"……."

셰드의 손이 조금 떨렸다. 라하는 그의 목 즈음에 시선을 고정하고 말을 이었다.

"널 믿었어."

"……"

"너와 봄에 먼 영지로 가고 싶다고 한 말도 거짓이 아니야."

"……라하."

"그런데 날 배신한 건 너야, 셰드."

"……"

"놔. 네 모든 게 가증스러우니까."

셰드의 눈빛이 천천히 흩어졌다. 라하의 팔을 세게 부여잡고 있던 셰드의 손에서 힘이 조금씩 빠져나가기 시작했다.

기이한 상실감이 라하의 가슴을 채우기 시작했다. 하지만 그뿐이다. 그녀는 더 이상 다른 감정에도, 기분에도 빠져들고 싶지 않았다. 라하는 가슴을 묶고 있는 리본을 풀어 내면서 자리에서 일어났다.

"이걸 마셔야 빨리 네 목적을 달성할 수 있다고 하더라."

라하가 턱짓으로 가리킨 건 아까 전 파리스가 두고 간 그 탕약이었다. 이미 식을 대로 식어 버린.

"마셔."

"싫어."

"왜?"

라하가 피식 웃었다.

"내 몸에 부담이 간다고 해서?"

"……"

"왜? 그게 무슨 문제야. 내 믿음을 멋대로 찢어 버려 놓고."

"……"

"가슴에 칼은 꽂아 놓고 손끝은 애지중지하는 게 무슨 촌극이야, 셰드."

라하는 직접 탕약을 들어 올렸다. 한 손으로 들기엔 조금 벅차 옆에 비어 있는 컵에 탕약을 따라 부었다. 탕약이 든 컵을 들고 라하는 셰드에게 가까이 걸어갔다. 그의 턱을 한 손으로 잡아 들어 올리고 무표정한 얼굴로 명령했다.

"마시라고 했어."

입가에 갖다 대는 컵.

"상처는 공평히 받아야지, 셰드."

나긋나긋한 말에 가슴이 베인 듯 서늘해졌다. 라하의 흰 손가락이 기어이 셰드의 턱을 잡아 눌렀다.

벌려지는 입으로 흘러 들어가는 탕약.

이윽고 텅 비어 버리는 컵.

라하는 아무렇지 않게 카펫 위로 컵을 떨어뜨렸다. 턱을 따라 약이 뚝뚝 흐르고 있었음에도 셰드는 움직이지 않았다. 금이 간 것 같은 눈으로 라하를 올려다보고 있었을 뿐이었다.

라하는 셰드에게서 시선을 뗐다. 풀다 말던 리본을 완전히 풀었다. 끈이 풀린 드레스가 라하의 곡선을 따라 바닥으로 주르륵 흘러내렸다.

속옷만 겨우 걸친 몸으로, 라하가 셰드의 허벅지 위로 무릎을 올리며 올라갔다.

"벗어."

"라하."

"그동안 날 강간하지 못하는 게 아쉬웠겠네. 허락해 줄 테니까 언제든지 해."

"……제발 그따위로 말하지 마."

"네가 듣기 싫으니까? 그러면, 나는 노예의 비위도 맞춰 줘야 하는 주인인가?"

"라하 델하르샤."

"가증스럽다고 두 번째 말하는 거야. 셰드."

라하를 노려보던 셰드의 눈이 단단하게 굳는다. 누군가 목을 세게 조르는 기분이었다. 셰드는 자신이 숨을 쉬고 있는 건지, 아닌지도 구분할 수가 없었다.

이 잔인하도록 아름다운 주인은 자신의 옷을 벗겨 내지도 않았다. 그저 익숙하게 앞섶으로 손을 뻗었을 뿐이었다. 옷을 풀어내고 페니스를 붙잡는 손을 셰드는 밀어낼 수가 없었다. 당연한 일이었다. 그의 가슴엔 여전히 노예의 인술이 새겨져 있으니까.

이게 이렇게나 비참한 기분이었나. 가슴 안쪽에서부터 탄내가 매캐하게 올라왔다. 짓밟히고 목 잘린 감정이 바닥에 너절하게 뒹굴었다.

간신히 입을 열어, 그녀를 제지하려고 머릿속에 떠오르는 아무 말이나 꺼낸다.

"네가 고열로 앓을 거라고 했어."

"상관없어. 셰드. 아직도 모르겠어?"

라하는 셰드의 성기를 아래위로 천천히 쓸면서 말했다.

"난 널 통해서 자해하는 거야."

"……."

"이런 거라도 도와줘야지. 날 배신한 노예잖아."

고귀한 황녀의 말 하나하나가 비수가 되어 가슴에 내리꽂힌다. 숨을 쉬는 법마저 잊어버린 기분에 도무지.

라하는 더 이상 말을 하지 않았다.

그저 셰드의 페니스 앞에 앉았을 뿐이었다. 그녀가 입 안 한가득 밀어 넣어도, 다 물 수 없는 페니스를 한껏 물었다. 혀끝으로 귀두를 핥으며 두 손으로 기둥을 강하게 자극했다. 딱딱해지는 두꺼운 성기. 억지로 발기시킨 페니스를 질구에 맞춘 라하가 그대로 몸 안에 품었다.

* * *

신성국은 예전과 분위기가 달랐다. 독립적이고 평화로웠던 구역이지만, 델로 제국의 황제에게 짓밟힌 이후에는 예민한 분위기가 감돌았다.

실제로 카르젠은 사절단이라는 명목으로 자신의 참모와 기사들을 신성국에 두고 갔다. 명백한 감시의 목적이었다. 그들은 대신관들을 단속했고, 신성국에 위치한 거대한 신전들을 낱낱이 뒤집었다.

살얼음을 밟는 듯한 하루하루.

아마르 대신관은 조용히 한 신관과 접선했다.

"파리스."

"예, 아마르 대신관님."

첩자의 책무를 지고 델라 제도의 황궁에 들어섰던 신관. 제법 고생을 한 모양인지 얼굴이 아주 좋지 않았다. 핼쑥했다.

"황녀님이 별말씀 안 하시던가?"

"예. 정말로 아무 말씀을 하지 않으셨습니다."

"……왕제님은 아직 모르시고?"

"예. 황녀님도 왕제님께 아무 말을 안 하실 작정이셨으니까요."

"그렇군……"

아마르 대신관도 이성적으로는 그래, 황녀의 생각이 옳다고 생각했다.

딱 하나 살아남은 실험체인 왕제가, 황녀를 신뢰하다 못해 더한 감정을 가지게 되면 몹시도 괴로워질 테니까.

그러니까 델로의 황녀는 맞는 선택을 한 것이다.

합리적인 선택을 내렸다.

아마 실험을 주도한 게 신성국이 아니라 라하 델하르사 그 황녀였다면, 훨씬 더 빠르게 결과를 낼 수 있었을 터다. 실험 결과를 내기 위해선 그렇게나 냉정해질 수 있는 황녀였으니까.

아마르 대신관은 '계승자의 눈'을 가진 황녀를 떠올리며 중얼거렸다.

"정말로 잔인하고……, 가여우신 분이구나."

* * *

카르젠의 정혼자인 자멜라는 근래 들어 조금 이상하다는 생각이 들었다.

"황녀님?"

책상에 앉아 깃펜을 들고 있던 라하가 천천히 시선을 들어 올렸다. 자멜라는 순간 조금 섬뜩해졌다. 라하는 묘하게 인형 같은 구석이 있었지만, 원래 아름답다 보니까 그마저도 무기력한 미인이라는 감상만 들었었다.

그런데 지금은 꼭 생기란 생기는 죄 빠져나간 유령 같았다.

고작 며칠 사이에.

"혹시 감기라도 걸리신 것인가요?"

"아니요."

"아니신 것 같은데요. 황녀님의 주치의가 미덥지 못한 것 같은데 저희 가문의 주치의를 만나 보시겠어요?"

라하는 깃펜을 들고 여전히 생기 없는 움직임으로 자멜라를 쳐다보았다. 자멜라는 여전히 따뜻하고 상냥하며 안쓰러운 미소를 머금고 있었지만…….

가문의 주치의를 만나 보라니.

우스운 일이었다. 황녀가 선택한 황궁의의 위신을 깎아 먹는 일이다. 좀 더 멀리 짚어 보자면 황녀의 안목까지 시궁창에 처박는 일이기도 했고.

몸을 걱정해 주어도 그래. 아직은 너무나 경쟁 관계에 있기는 하지. 별달리 서운할 건 없는 일이었다.

라하는 부드러운 낯으로 입을 열었다.

"괜찮습니다. 요즘 일이 바빠서 주치의를 만날 시간이 없었어요."

"그러시면……. 제게 맡기시고 일찍 들어가 보시는 건 어떠신가요?"

"그럴까요."

라하는 깃펜을 꽂아 넣고 일어났다. 평소보다 더 유령 같은 걸음으로 집무실을 나가 외궁으로 돌아갔다. 침실 앞까지 걸어간 그녀는 그대로 쓰러졌다.

"화, 황녀님!"

* * *

황궁으로 급하게 불려 온 올리버는 표정이 몹시 심각했다.

"왜 이렇게 몸이 미령하신지요? 왜 절 바로 부르지 않으셨어요."

"과로인 줄 알았지."

"약을 좀 드셔야 할 것 같습니다. 그리고 죄송하지만, 애첩님도 함께 진단을 보고 싶습니다만."

라하는 피곤한 눈을 감았다.

누가 현자의 수제자 아니랄까 봐, 마법이나 신성력과는 전혀 거리가 먼 '의사'면서 어느 정도 직감을 한 것 같았다. 라하의 이 몸 상태에 셰드가 연관되어 있다고.

"그……. 그분과 함께 있을 땐 괜찮으실 테니 가급적 같이 계시면……."

파리스가 했던 말이 떠올랐다.

신성국에서도 나름대로 최선을 다해 약을 개발했겠지. 그래서 라하는 셰드와 함께 있을 때는 괜찮다가, 그와 떨어져 있는 시간이 길어질수록 잠이 자꾸 쏟아졌다. 몸도 으슬으슬한 게 좋지가 않았다.

아마 떨어져 있는 시간이 길어지면, 셰드가 말했던 그 고열이 라하를 덮칠 거라는 사실은 쉬이 추측할 수 있었다.

"황녀님?"

"됐어. 내 약만 만들어."

"……예."

올리버는 고개를 숙여 복종했다. 바로 얼마 전까지 침노의 건강을 잘 챙기라고 말했던 황녀답지 않았다.

똑똑.

그때 문을 가볍게 두드리는 소리가 들렸다.

"들어와."

시녀가 문을 열고 들어와 팔츠 궁정백이 찾아왔다는 얘기를 했다.

"황녀님."

팔츠 궁정백은 따뜻한 미소를 머금고 인사를 했다. 폭설이 그쳤으니, 이 틈을 타서 서둘러 내궁의 후원과 정원을 손보겠다고 보고하러 온 것이었다.

"그래도 본격적인 공사는 봄이 되어서야 가능할 것 같습니다."

"생각보다 늦네."

"올해 눈이 예상보다 많이 와서……. 죄송합니다. 억지로라도 기간을 끌어당겨 볼까요?"

"아니야. 그래 봤자 예쁘지도 않을 텐데. 됐어."

"예, 황녀님."

라하의 시선이 궁정 백의 손에 들린 꽃다발로 향했다.

"그건 뭐지?"

"아. 빈손으로 오기 뭐하여 꽃을 좀 가져왔습니다."

좀 가져온 수준이 아니었다. 라하가 눈을 깜빡였다.

"겨울에 이렇게 많은 꽃이라니."

"황녀님께 드릴 건데 이 정도는 당연히 가져와야지요."

"말은 잘 하지."

라하는 커다란 꽃다발을 받아들였다. 이 계절에 꽃이 얼마나 비싼데.

그렇지 않아도 귀족가에선 매일같이 열리는 게 겨울 무도회였다. 장식할 꽃을 수급하느라 국내 최대 꽃 생산지인 남쪽 도시 로완드에선 이때만큼이나 바쁠 때가 또 없다고 했다.

물론 황녀궁에도 매일같이 신선한 꽃들이 장식되기는 하지만.

라하는 품에 한 아름 안긴 꽃들을 내려다보았다. 팔츠 궁정백은 정원을 관리하는 솜씨도 일류였지만, 꽃들을 아름답게 조합하는 솜씨도 대단했다. 향긋하게 조합된 달콤한 꽃향기들이 밀려 올라왔다. 어쩐지 기분이 좋아졌다.

"고마워."

"별말씀을요."

팔츠 궁정백은 라하를 보며 웃었다.

"마음에 드시면 다음에 또 가져오겠습니다."

"그래?"

라하는 잠깐 고민하다가 말했다.

"그럼 그래 줘. 고마워."

"황녀님이 기뻐하시니 저 역시 마음이 좋습니다."

라하는 픽 웃었다.

"아부는."

팔츠 궁정백이 안쓰러운 마음을 감추고 웃었다. 라하가 침실 앞에서 쓰러졌다는 것은 외궁 밖으로 알려지지 않았다. 하지만 때마침 방문한 팔츠 궁정백은, 라하의 낯빛이 몹시도 좋지도 않다는 사실을 바로 알아차릴 수 있었다. 그만큼 핏기가 없었으니까.

영 마음이 좋지 않았지만 황녀가 꽃이라도 받고 웃어서 다행이라는 생각이 들었다. 팔츠 궁정백은 몇 가지 더 꽃과 나무에 대한 얘기를 한 후에야 물러갔다.

라하는 몇 시간 후, 밤이 늦어져서야 셰드가 있을 내궁으로 향했다.

오늘도 기계 같은 섹스를 했다. 라하는 무표정한 얼굴로 내궁에 돌아오면 옷부터 벗었다. 그리고 셰드를 침대로 끌고 가 페니스를 입에 물었다. 감흥 없이 발기시킨 성기를 제 몸 깊숙한 곳에 버겁게 밀어 넣었다.

차라리 라하가 잘 젖지 않아 삽입이 어렵기라도 하면 좋았을 텐데. 그토록 억지로 섹스를 하면서도, 라하의 몸은 약간의 자극만으로도 쉽게 젖었다. 그런데도 그 거대한 페니스를 받아들이기에 부족하다 싶으면 라하는 셰드에게 억지로 키스했다. 움직이지 않는 입 안으로 혀를 밀어 넣고 멋대로 입을 맞췄다.

그런 다음엔 셰드가 사정할 때까지 허리를 움직였다. 새하얀 가슴이, 굴곡진 허리가 눈앞에서 흔들리는 건 충분히 자극적인 모습이었는데도, 셰드는 그저 목 아래가 막혀 있는 기분이었다.

강간해도 좋다고, 그러지 못해서 아쉽지 않았냐고 사람을 난도질한 황녀는 이젠 자신을 강간하고 있었다.

그 탓이라고 해야 할지. 그날 이후 섹스는 온전히 라하가 셰드의 위에 앉아서 하는 체위로 고정되었다. 그마저도 셰드는 잘 눕지도 않아, 앉아 있는 셰드의 허벅지 위에 라하가 몸을 고정한 성교가 주를 이루었다.

"……흣."

헐떡이는 신음을 흘린 라하가 셰드의 어깨에 이마를 기댔다. 땀에 젖은 이마가 뜨거웠다. 라하는 몸 안에 품고 있던 페니스를 빼냈다. 애액과 뒤섞인 정액이 성기를 따라 주르륵 흘렀다.

"셰드."

라하는 달콤하게까지 들리는 목소리로 속삭였다.

"한 번으론 안 되잖아. 할 일도 있으니 해야지."

"……."

라하는 셰드의 앞에 아무렇지 않게 몸을 숙였다. 푸른색 머리카락이 흐트러지며 새하얀 등이 고스란히 드러났다. 정액과 애액으로 범벅된 페니스에 라하는 별 망설임도 없이 입을 갖다 댔다. 한 번 사정했음에도 두꺼운 페니스는 그녀의 혀가 닿자 천천히, 하지만 확실히 꼿꼿해졌다.

시트를 쥔 셰드의 손에 힘이 들어갔다.

제 믿음을 배신한 건 너라는 황녀의 말이 머리를 떠나지 않았다. 이미 상처를 준 마음이질 않은가. 황녀의 말이 맞았다.

"가슴에 칼은 꽂아 놓고 손끝은 애지중지하는 게 무슨 촌극이야, 셰드."

그런 마음이라도 지키겠다고 아득바득 굴어 봤자, 결국 달라지는 건 없었다. 황녀의 믿음은 깨졌고, 그 깨진 조각으로 자신을 수도 없이 찔러 대고 있었다.

정말로 돌아 버리겠는 건, 그 유리조각마저 그저 움켜쥐고 싶다는 것.

"셰드. 해야지."

"……"

"그것 때문에 날 배신한 거잖아."

이상한 일이었다. 배신을 한 건 자신이라고 하는데, 믿음을 배반당한 건 황녀 본인이라고 하는데. 왜 이토록 비참한 건 셰드 자신인지. 한데 엉켜 득시글거리던 독사 떼가 가슴 깊숙한 곳에 독니를 박아 넣은 것처럼, 그저 한기가 서려 막막했다.

라하는 셰드에게서 시선을 떼고 페니스를 다시 붙잡았다. 그녀는 아까 선 정사로 젖을 대로 젖은 길 내에 다시 밀어 넣으려다가 잠깐 주춤거렸다. 다른 건 다 제쳐 두고서라도, 며칠 내내 라하가 움직이는 자세만으로도 섹스를 했다. 이 자세가 자신에게 육체적인 부담을 제법 세게 준다는 걸 성교를 하면서 계속 느꼈다.

그 순간 시야가 뒤집힌다.

"······."

침대에 눕혀진 라하가 셰드를 물끄러미 올려다보았다. 그가 무슨 표정으로 자신을 보고 있는지 굳이 가늠하고 싶지 않았다. 가늠할 필요도 없었다. 그는 그녀의 떨리는 허벅지를 벌려 잡고, 질 내로 천천히 삽입했다.

"으흑······."

라하의 발끝이 천천히 곱아들었다. 한동안 헐떡이는 신음과 살 부딪히는 소리만이 침실을 채웠다.

"······하아."

이번에도 어김없이 라하의 몸 안 깊숙한 곳에 파정한다. 섹스 상대도, 장소도 변하지 않았는데 무언가 기이한 공허함이 마음을 두드린다. 라하는 깊은 감상에 빠지기 전에 헤어 나오려고 했다.

사정했음에도 그녀를 놓아주지 않는 그를 오래 보고 있을 자신도 없었다. 그때 문득, 두 손목이 붙잡혔다.

"라하."

오직 그녀에게만 온전히 보이는 청회색 눈동자에 분명한 금이 가 있었다. 그의 마음은 언제부터 무너져 내리고 있었을까. 라하는 아무 말 없이 셰드를 올려다보다가 입을 열었다.

"다 했으면 나와 줘."

* * *

다음 날.

라하는 예전처럼 내궁에 온종일 머물지 않았다. 늦은 밤이 아니라 환한 햇볕이 들 때 셰드의 얼굴을 보고 싶지 않았기 때문이다.

외궁에서 인형처럼 앉아 있던 라하에게 시녀가 찾아온 건 얼마 후였다.

"황녀님?"

시녀가 조금 당황한 얼굴로 말했다.

"그……. 본궁에서 손님이 찾아오셨습니다만."

"누구? 아."

반사적으로 되물었던 라하는 알았다. 시녀들이 '본궁의 손님'이라고 모호하게 지칭하는 사람은 한 명밖에 없었다.

카르젠의 마법사.

"무슨 일이지?"

"황녀님."

라하가 카르젠만큼이나 싫어하는 이가 있다면 바로 이 마법사였다. 그는 정중하게 고개를 숙인 후 말했다.

"즐거운 소식이 있어서 말씀드리러 왔습니다."

"뭔데."

"곧 새로운 침노를 선물해 드릴 수 있을 것 같습니다."

"……?"

라하가 고개를 들어올렸다.

"폐하의 선물이니?"

"물론이지요. 황녀님께 침실을 데울 노예를 선물할 수 있는 분이 폐하 외의 또 누가 계시겠습니까."

"갑자기 어디서 침노 될 이들이 나서."

"일전에 신성국에서 끌고 온 실험체들 말입니다. 그중 하나가 몇 년 전에 멸망한 남부 에프랑 왕국의 왕족이었는데……."

라하가 이마를 찌푸렸다.

"아시다시피 에프랑 왕국의 막내 공주가 네슬리안 후작과 결혼하지 않았습니까."

"그래서."

"사병을 꾸리고 있었더군요. 실험체가 침노로 끌려 와 죽었다는 사실을 견딜 수 없었나 봅니다. 심문해 보니 사촌지간이었다고 하고요."

"그래……."

"그런데 네슬리안에서 머리를 잘 썼습니다. 침노로 끌고 올 만한 남자들은 거의 다 심문 중에 자진했고, 남은 게 먼 방계에 적당한 소년이 딱 한 명 있더군요."

"먼 방계면 얼마나 먼데."

마법사의 설명을 들은 라하가 헛웃음을 지었다. 미친 카르젠. 그 정도면 그냥 남이잖아. 네슬리안 후작 부부와 얼굴도 본 적 없을 터다.

게다가 나이도 너무 어렸다. 열다섯 살? 올리버와 동갑이었다.

"너무 어리잖아."

"전과는 달리 인술을 약하게 걸 겁니다. 적당히 자랄 때까지 기다렸다가 즐기셔도 되지요. 이전처럼 빨리 죽지 않을 테니 염려하지 마십시오, 황녀님."

"마음대로 해."

라하는 흥미를 잃은 듯 말했다. 라하를 주의 깊게 보던 마법사가 고개를 숙였다.

"폐하께는 언제 인사를 하러 오실 겁니까?"

"이따가 간다고 전해 드려."

"예, 황녀님. 폐하께서 기뻐하실 겁니다."

황제궁에 간다는 언급에, 시녀들이 서둘러 보석이나 드레스를 가지러 걸음을 바삐 했다. 라하는 화장대 앞에 앉아 거울을 들여다보았다.

'새 침노라.'

카르젠이 채 자라지도 않은 침노를, 그것도 굳이 죄인의 먼 방계를 끌고 와 던져 준다는 의미야 명확했다.

셰드가 오랫동안 살아 있기는 했지.

라하는 가슴 부분을 바라보았다. 진주를 달은 금실로 복잡한 꼬임 문양이 수놓아진 실크 드레스는 눈이 부셨다.

시녀들 역시 이 황녀를 얼마만큼 꾸며 놔야, 그 쌍둥이 황제가 만족하는지 감으로 알고 있었다. 가끔은 예쁜 도자기 인형을 꾸미는 것처럼 주렁주렁 보석을 달아야 할 때도 있었다. 아니, 사실 대부분 그런 차림을 해야 했다.

라하가 인형 같으면 인형 같을수록 카르젠은 너그러워졌으니까.

귀에 묵직한 에메랄드 귀걸이를 단 라하가 자리에서 일어났다.

"황제궁에 연통을 넣어."

"네, 황녀님."

* * *

국무 회의는 오전이 지나고서야 파했다.

카르젠은 라하가 온다는 말을 듣고 고개를 기울였다. 근래 들어 라하가 영 성실하지를 않았다. 원래 황궁에는 크고 작은 연회나 행사가 많았고, 그걸 준비하는 건 온전히 라하 몫이었다.

그런데 자멜라가 들어온 이후, 라하는 걸핏하면 본궁의 집무실을 비웠다. 그곳에서 보란 듯 푸른색 드레스를 입고 있는 건 자멜라뿐이었다. 카르젠은 금세 흥이 식어 버렸고, 몇 번 헛걸음이 반복되자, 집무실로 찾아가는 발걸음도 뜸하게 되었다.

"폐하. 황녀님이 오셨습니다."

"들여."

"예."

얼마 후, 라하가 시종장을 따라 들어섰다. 그녀의 드레스를 본 카르젠이 눈썹을 슬쩍 치켜떴다.

대신전의 신관들처럼 목까지 올라오는 드레스만 내내 입더니, 오늘은 아니었다. 가슴 바로 위까지 팬 드레스는 예전의 라하가 입던 것과 비슷했다. 자연스레 그 흰 피부를 훑어보게 되었지만 붉은 자국 같은 건 하나도 없었다.

정말 눈이 부실 정도로 아름다운 자신의 쌍둥이는 다른 귀족들이 멈춰 서는 그 정중한 자리에 멈춰 서서 입을 열었다.

"카르젠."

일부러 두는 듯한 그 거리감이 가끔은 깜찍하게 여겨질 때도 있었다. 카르젠은 손짓을 했다. 라하는 순종적으로 거리를 좁혀 카르젠에게로 다가왔다.

그가 라하의 손을 잡아 당겨 허벅지 위에 앉혔다. 허리를 껴안고 훑어 내리는 손이 손색이 없을 정도로 자연스러웠다. 아마 라하가 카르젠의 애첩이었다면 정말로 그랬을 터다.

"왜 요즘 나를 보러 안 왔지, 라하?"

"국무 회의가 계속 있었잖아."

"누가 들으면 온종일 회의만 했다는 줄 알겠어."

라하는 설핏 웃었다. 카르젠은 늘 그랬듯, 집착적으로 그녀의 눈동자를 들여다보다가 손가락을 뻗었다. 그녀의 부드러운 얼굴을 만져 본 카르젠이 입을 열었다.

"열이 나는군."

"추운 길을 걷다가 와서 그런가 봐. 옷을 너무 얇게 입었나."

"그래서 네 피부가 더 하얘 보이는 걸까."

"이런 걸로 계속 입을까?"

"그래. 라하. 그런 것만 입어."

카르젠이 나른한 어조로 말했다.

"정 밖이 추우면 긴 복도를 설치하는 것도 괜찮겠군."

"황제궁에서 내 궁까지?"

"그래."

이 겨울에 그런 대규모 공사를 하자고. 그것도 순전히 라하가 춥지 않기를 바라서. 그녀가 어디까지 욕을 먹길 바라는 건지.

라하가 웃음을 터뜨렸다.

"괜찮아. 그렇게 춥지도 않아."

볼이 발갛게 얼어 왔으면서. 누구라도 거짓말이라는 걸 알겠지만, 카르젠은 별말 없이 라하의 턱을 매만지기만 했다.

"내 쌍둥이가 괜찮다면."

"응."

카르젠은 라하의 등허리를 손끝으로 훑다가 말했다.

"레시스에겐 들었나? 새 노예에 대해서."

"응. 그런데 너무 어린 것 같아."

"당장 마땅한 이가 없어서 그랬다. 그렇다고 지금 전쟁을 일으키기엔 꽥꽥대는 너구리들이 너무 많단 말이지."

카르젠은 못마땅한 듯 중얼거리고 말했다.

"그래도 얼굴을 보면 제법 마음에 들 거다. 반반한 놈으로 골랐으니."

"응."

"그래, 착하기도 하지."

카르젠은 여상한 어조로 속삭였다가, 역시 안 되겠다는 듯 이마를 찌푸렸다. 안 그래도 얇은 드레스를 입고 있는데다가 밀착해 있어서 더욱 잘 알 수 있었다. 라하의 몸에서 분명 열이 나고 있었다.

그것도 제법 심하게.

"내 주치의는 널 제대로 돌보지 않는 건가?"

"약을 처방받았는데 아직 먹질 않았어."

"왜 안 먹었지?"

"카르젠을 보러 온다고. 빨리 보고 싶었는걸."

카르젠이 피식 웃음을 터뜨렸다. 그는 라하를 품에 껴안은 채 설렁줄을 잡아당겼다. 시종장이 들어오자 카르젠이 말했다.

"얼음을 좀 가져와라."

금세 반투명한 얼음이 대령되었다. 카르젠은 가느다란 은 집게로 얼음을 뒤적이더니, 곧 한 손으로 라하의 턱을 잡아 눌렀다. 저항 없이 벌려지는 입. 안쪽의 붉은 혀가 카르젠의 시선을 사로잡는다. 그는 적당한 크기의 얼음을 집어 들고선, 곧 그녀의 입 안에 밀어 넣었다.

열기가 머물러 뜨거운 점막 안으로 얼음이 미끄러지듯 녹아 들어갔다. 얼음이 녹으며 타액과 섞인다. 자연스레 다물어지려는 라하의 입은 뜻대로 되지 않았다. 카르젠이 턱을 잡아 누른 손에 힘을 주었기 때문이다.

"……."

입 안에 고인 타액이 흘러 벌려진 입술을 따라 흘러내린다. 카르젠은 손가락이 젖는 것도 상관하지 않고 라하의 입 안을 뚫어져라 바라보았다. 누군가가 보았다면, 저 붉은 구멍 사이로 밀어 넣고 싶은 게 손가락이 아니라는 것처럼도 보였을 터다.

얼마간의 시간이 흘렀다. 카르젠은 라하의 혀가 굳은 듯 움직이지 않는 걸 훑어보다가 겨우 그녀의 턱을 놔주었다. 그제야 라하는 녹은 얼음과 타액으로 젖은 턱을 손등으로 가볍게 닦을 수 있었다.

"네 궁에 얼음을 좀 보내 줘야겠구나."

열이 좀 올랐다고 입에 다짜고짜 얼음을 처넣는 걸 치료라고 하고 있다니. 올리버가 알았으면 기함했을 것이다.

"내 주치의가 알면 놀랄 텐데."

"그 주치의는 현자의 수제자라더니 왜 열 하나 내리질 못하는 거지?"

카르젠이 쯧 하고 혀를 찼다. 평소 성질대로라면 벌써 황궁이고 나발이고 목을 잘라 버렸을 것 같은데, 그래도 현자의 수제자라는 위치가 대단하긴 한가 보다.

카르젠이 평생 함부로 건드릴 수 없는, 몇 안 되는 라하의 사람.

라하는 조금 기분이 좋아졌다.

"가서 약 잘 먹을게."

"함께 저녁을 먹지 않고?"

"카르젠한테 감기라도 옮기면 어떡해. 제국 국정이 마비되잖아."

"감기가 네게나 감기지. 나한텐 별로 상관없어."

"귀하신 폐하께서 그러시면 쓰나요."

라하는 카르젠의 품에서 손수건을 꺼내 그의 젖은 손을 닦아 주었다.

"금방 다 나을 거야. 별거 아닌 감기인걸."

"그래도 약재를 보내주마. 적통 황녀가 감기 따위로 앓으면 황실의 체면이 말이 아니니."

"응."

아마 카르젠은 그녀가 빨리 낫지 않기를 바랄 수도 있겠지만. 아마 라하가 빨리 낫길 바랐으면 피부를 훤히 드러내는 이 얇은 드레스부터 입지 말라고 했을 것이다. 혹은 위에 따뜻한 무언가를 입혀 주거나.

따뜻한 무언가라…….

문득 어깨에 얹히던 따뜻한 온기가 그림자처럼 일렁거려, 라하는 가만히 손수건을 그러쥐었다.

* * *

카르젠은 라하의 요청을 받아들여 저녁은 함께 먹지 않았다. 하지만 그녀를 바로 궁으로 되돌려 보내 준 것도 아니었다.

그나마 자멜라의 아버지인 윈스턴 공작이 찾아온 게 라하에겐 다행이라면 다행인 일이었다. 카르젠이 그나마 마지막 정신머리는 있어서인지, 아니면 그저 시끄러워지는 게 싫어서인지 적어도 윈스턴 공작 앞에서는 라하의 입을 강제로 벌리고 얼음을 처넣는 미친 짓은 하지 않았기 때문이었다.

"황녀님. 제게 궁까지 바래다드리는 영광을 허락해 주시길."

"네."

윈스턴 공작은 굳이 라하를 궁까지 바래다주겠다고 했다. 역시 예비 황제의 장인답게, 온 신경이 황궁에 쏠려 있는 공작다웠다. 혹여 카르젠이 다시 라하를 부르거나 할지도 모른다고 생각한 모양인지.

'나야 좋지.'

윈스턴 공작은 라하와 조금 떨어져 걷다가 입을 열었다.

"안색이 좋지 않으십니다."

"잠을 잘 못 자서 그런가 봐요."

"침노와 즐거우신 모양이군요."

황궁의 복도를 걷던 라하가 표정 하나 바뀌지 않고 대답했다.

"나중에 자멜라 영애가 폐하와 성혼하면 그렇게 물어봐야겠네요."

"……."

"제 쌍둥이와 밤이 즐겁냐고?"

"……!"

"특별히 폐하 앞에서 물어봐 드리죠."

"제가……, 결례를 범했습니다. 담소나 나눌까 하다가 실례를 했습니다."

"조심하세요."

"……예, 황녀님."

라하는 가볍게 고개를 끄덕였다. 그 이후로는 침묵이었다.

"그럼, 평온한 밤 보내시길."

윈스턴 공작이 물러났다. 라하는 안에 들어서야 추운 몸을 웅크렸다. 시녀들은 라하를 얼른 욕실로 안내했다.

뜨거운 물에 한참 몸을 녹여도 될 법하지만, 라하는 빠르게 씻고 나오는 걸 택했다. 가벼운 옷으로 갈아입고 나온 그녀는 테이블 위에 놓인 커다란 꽃다발을 보며 눈을 깜빡였다.

"이게 뭐야?"

"팔츠 궁정백이 보냈답니다."

"그래?"

또 가져오겠다더니, 이렇게 또 빨리 보낼 줄은 몰랐는데.

라하는 외궁에서 간단히 식사를 한 후, 충동적으로 꽃다발을 품에 안아 들고 내궁으로 향했다.

조용한 동관의 복도를 걸어 침실로 향한다. 문을 닫고 들어서자마자 익숙하게 느껴지는 온기. 오늘도 어김없이 옷부터 벗으려던 라하의 손이 붙잡혀 제지당했다.

"……?"

셰드는 일그러진 얼굴로 라하를 내려다보았다.

"자해를 하겠다더니 밖에서 벗고 다니나?"

"…….."

그녀의 몸이 오늘따라 심하게 꽁꽁 언 것은 맞았다. 외궁에서 뜨거운 물로 목욕을 했지만 중정을 가로질러 걸어오는 동안 또 손이 차갑게 식었으니까.

라하는 얼어붙은 손에 옮겨 오는 셰드의 온기에 목이 조금 메었다. 꽃다발을 안은 손에 괜히 힘이 들어갔다.

"누워. 해야지."

"약은 먹고 눕혀."

"……약이라니."

"네 주치의가 이쪽에 두고 갔어."

그제야 테이블 위에 올라가 있는 약들이 보였다. 라하는 이마를 찌푸렸다.

"시키지도 않은 짓을 해."

아까 전, 올리버는 아예 내궁에 약을 두고 갔다. 라하가 일부러 약을 먹지 않는 건 아니고, 또 시녀들에게 맡기면 알아서 잘 챙겨 줄 테지만 그냥 셰드에게 맡겼다.

'황녀님이 애첩님한테 심기가 상하실 일이라도 있으셨나.'

아니, 싸웠다기보다는 뭔가 더 복잡한 일이 있었던 것 같은데.

올리버는 라하의 충실한 주치의답게, 그녀가 이 드넓은 궁과 짧지 않은 인생에 유일하게 온전히 마음에 들어 하는 게 셰드 그 하나뿐이라는 걸 눈치챈 지 오래였다.

아무리 좋은 명약에 명의가 있어도, 환자 본인의 마음이 편한 것보다 중요한 건 없었다. 의사가 환자에게 가급적 마음을 편히 먹고 심신을 편히 정양하라고 늘 진단을 내리는 까닭과 비슷했다.

라하는 순순히 입을 벌렸다. 아까 전 차갑기 그지없는 얼음이 처박히던 것과는 달리, 이번에는 미지근한 물에 약이 섞여 들어왔다. 셰드는 균형 잡힌 이마를 약하게 찌푸리고 라하의 입술을 다정할 정도로 부드럽게 문질러 닦아 주었다.

그러니까 이런 게 문제다.

자꾸, 끊임없이, 지치지를 않고.

사람을 무르게 만드는 이 온기가 문제였다. 그게 라하에게 가슴이 막막할 정도로 문제라는 사실을.

이 노예는 정말로 모르는 것인지.

아니면 관심도 없는 것인지.

라하는 어느 순간, 자신이 울고 싶은 기분에 휩싸여 있다는 사실을 깨달았다. 눈이 젖지는 않았다. 울고 싶었던 적은 수도 없이 많았지만 쉽게 울 수 없었던 황녀로서 당연한 소양이었다.

다만…….

그 흐려진 얼굴에 셰드의 눈동자가 고정되어 있다는 게 문제였다.

대체 무슨 낯빛으로 자신을 응시하고 있었던지. 라하가 아무렇지 않은 낯을 가장하며 고개를 돌려 버린 순간.

그가 라하를 깊게 끌어안았다.

"……미안해."

"……"

순간 라하는 완전히 말문을 잃었다. 그의 사과에 숨이 막혔다. 실컷 난도질을 당해 놓고, 그렇게 온 마음에 비수를 꽂아 넣은 자신에게 도대체 이 노예는.

도대체…….

그의 온기가 끔찍할 정도로 다정했다. 할 수만 있다면 그저 이끼처럼 달라붙어 있고 싶을 정도로.

이 비정상적인 인생에서 그 혼자 지나치게 정상적이어서 그마저도 이상하기만 했다. 막을 새도 없이 눈시울이 달아올랐다. 짙푸른 눈동자에 눈물이 한가득 차올랐다.

그녀의 뺨을 따라 소리 없이 흐르기 시작하는 눈물.

얼마나 오랫동안 눈물을 흘렸는지 모르겠다. 셰드는, 제 품에서 인형처럼 눈물만 뚝뚝 흘리는 라하를 아무 말 없이 끌어안고만 있었다.

언젠가 침노들의 시체를 보고, 자신의 뺨을 때리고, 자리를 박차고 돌아나와 실이 끊긴 인형처럼 우두커니 정지해 있던 황녀의 모습이 떠올랐다.

꼭 그때 그 모습처럼, 라하는 눈물만 멍하니 흘리고 있었다.

"그분은……. 제가 그분을 치료하는 걸 허락하지 않으십니다."

올리버가 침울한 목소리로 겨우 꺼내던 고백.

라하는 셰드의 가슴에 얼굴을 묻고 한참을 고장 난 인형처럼 정지해 있었다. 천천히 식어 가는 체온을 알아, 셰드는 라하의 등을 끌어안았다.

얼마나 시간이 지났을까. 라하는 어깨 위로 덮이는 이불의 존재를 깨달았다. 침대 헤드에 상체를 기대고 앉은 셰드가 라하의 몸 위로 이불을 덮어 준 것이다. 구름 같은 촉감이 몸을 감싸고, 끊임없이 눈물을 쏟아 낸 눈이 피곤했다.

어느 순간 라하는 꾸벅꾸벅 졸기 시작했다. 오래지 않아 라하는 셰드의 품에서 완전히 잠에 빠졌다. 셰드는 물끄러미 잠든 황녀를 내려다보았다.

셰드는 라하의 머리카락을 귀 뒤로 느리게 쓸어 넘겼다. 황녀는 깨지 않았고, 셰드는 잠들지 못했다.

"……."

한참 동안 황녀를 내려다보고 있던 셰드는 조심스럽게 그녀를 침대 위에 내려놓았다. 이불을 목 끝까지 덮어 준 이후에는 침대에서 몸을 일으켰다.

라하는 오늘 커다란 꽃다발을 품에 안고 돌아왔다. 그게 라하의 기분을 조금은 좋아지게 했다는 걸 셰드는 어렵지 않게 눈치 챌 수 있었다.

살아 있는 꽃을 좋아하는 모양이지.

시들어 버린 꽃다발을 볼 때의 표정은 처참하던데.

라하 궁의 시녀들은 셰드가 주인을 계속 해서 기쁘게 해 주길 바랐다. 덕분에 이 내궁의 침실에는 셰드가 조금만 손을 대면 '완성'이 되는 미완성품들이 곳곳에 놓여 있었다.

예컨대 이 비어 있는 꽃병이라든지.

금테가 둘러진 흰 도자기 꽃병에는 눈을 녹인 물이 절반만 담겨 있었다. 그 꽃병에 그저 꽃을 꽂기만 하면 그만인데, 그런 부분은 셰드의 몫으로 남겨 둔 것이다.

처음에야 촌극이라고 생각했지만, 지금은 이 상황에 촌극 아닌 게 뭐가 있나 싶었고.

촌극이어도 그녀가 좀 웃으면 좋겠고.

셰드는 꽃다발을 묶고 있는 리본을 풀고 꽃을 화병에 꽂았다. 적당히 꽃을 벌어지게 만든 후, 침대 옆 협탁에 올려 두었다.

다음 날.

"……."

라하가 이 꽃병을 보고 무슨 표정을 지었는지, 셰드는 보지 못했다. 그녀는 물기를 머금어 생생한 꽃잎을 멍하니 매만지다가 퍼뜩 정신을 차렸다.

이런 기분이 낯설었다. 자꾸 손끝에 힘이 들어갔다. 자신을 이렇게 만드는 남자가, 이제는 자신을 곧 떠나야 하는 노예라는 게 사람을 견딜 수 없게 만들었다.

라하는 그대로 내궁의 침실을 떠나려다가, 결국 꽃 한 송이를 꺼내 손에 쥐고 떠났다. 외궁의 침실로 가져가 빈 화병에 꽂아 놓은 라하는 아주 오랫동안 그 꽃 한 송이만을 바라보고 있었다.

chapter 5
사랑에 대하여

그때 눈물을 뚝뚝 흘린 이후로 한 달에 가까운 시간이 지났다.

라하는 이전처럼 셰드에게 냉정한 말로 상처를 줄 수가 없었다. 입을 열면 누군가 목을 조른 것처럼 말이 나오지 않았다. 불가항력적인 일이었다. 그녀가 할 수 있는 건 다만 전처럼 자주 웃지 않아 주는 것, 그 정도.

그마저도 그 건방진 노예는 턱을 괴고 빤히 쳐다보기만 할 뿐이었지만. 라하가 쌀쌀맞게 구는 것쯤은 아무렇지도 않다는 듯이. 아니면 일부러 쌀쌀맞게 군다는 걸 눈치챈 이처럼.

역시 그때 울면 안 됐는데, 라는 생각이 라하의 머리를 꽉 채웠지만 어쩌겠는가. 그때의 눈물은 라하가 조절할 수 있는 종류가 아니었다.

라하가 내궁에 있는 동안에도, 바깥의 일은 차근히 진행되었다.

자멜라는 특히, 카르젠이 라하를 자신의 집무실에 늦은 밤까지 돌려보내지 않는 날이면 튀어 오르기라도 하듯 더 열심히 사령제를 준비했다.

덕택에 아예 날짜가 당겨지는 기현상까지 벌어졌다.

"아슬아슬하게 봄이네요."

"그렇지요. 사실 겨울에 가깝기는 하지만요."

늦겨울과 초봄의 사이.

좀 애매하지만 나쁠 건 없었다.

"참, 그리고 황녀님."

"네."

자멜라 영애가 묘한 눈으로 라하를 보다가 말했다.

"네슬리안 후작가의 모든 가산이 일주일 안으로 정리된다고 하더군요."

"그래요."

"침노가 될 공자도 슬슬 들어올 거라고 얘기를 들었답니다."

라하는 대답 없이 자멜라를 바라보았다. 자멜라는 잠시 라하를 응시하다가 시선을 내렸다.

"네슬리안 후작가가 비록 불충한 짓을 저질렀지만, 전쟁에서 세운 공이 짙으니 사령제에 패를 하나 올릴까 해요."

"영애 하고 싶은 대로 하세요."

"……알겠어요, 황녀님. 제가 혹시 너무 귀찮게 해 드렸나요?"

라하는 가만히 눈을 깜빡였다.

"그럴 리가요. 곧 가족이 될 사이인데 이 정도는 편안한 담소 정도죠."

"너무나 황송한 말씀이세요."

자멜라가 수줍게 미소를 지었다. 라하는 이후로도 자멜라와 사령제와 무투회 얘기를 나누다가, 새로운 이야기를 들었다.

정확히는 카르젠이 찾아아 한 말이었다.

"기왕 제대로 여는 사령제이니, 신성국에서 대신전을 초청할까."

"네?"

자멜라가 당황한 얼굴로 반문했다.

"하지만……. 그런 선례가……."

"선례야 만들면 그만이다, 영애."

자멜라가 바로 공손히 손을 모았다.

"폐하의 뜻이 그러시다면야 기꺼이 따르겠습니다."

카르젠은 정복 전쟁을 두 계절 이상 나가지 못하게 된 작금의 이 상황이 따분한 모양이었다. 그러니까 근래 들어 수확한 가장 큰 사냥감을 걸핏하면 불러 대서 즐기려는 모양이지.

라하는 자멜라가 네슬리안 후작가의 패를 올리겠다는 말은 하지 않기를 바랐다. 하지 않을 거라고도 생각했고.

확실히, 대귀족가 영애답게 자멜라는 눈치가 좋았다. 다 함께 오찬을 하는 시간에도, 그 후의 차를 마시는 시간에도 한 마디 입도 열지 않았으니까.

"무투회 예선은 익명으로 진행이 된다고 하였죠?"

"네. 황녀님. 폐하께서도 좋다고 하셨죠."

"당분간 제도에서 가면들이 불티나게 팔리겠네요."

라하가 빙긋 웃었다.

순조롭게 모든 게 준비가 되어 가던 와중, 신성국에서는 역시나 순순히 대신관을 보내 왔다.

이것이 선의가 아닌, 따지고 보면 모욕이라는 걸 모르는 이가 없었지만 카르젠은 건재했고 그의 군사들 역시 건재했으니까. 델로 제국은 이제 막을 자가 거의 없는, 그야말로 강철을 온몸에 입은 사신들이나 마찬가지였다.

"안녕하세요, 아마르 대신관님."

"오랜만에 인사드립니다. 라하 황녀님."

그나마 카르젠은 신성국에서 온 대신관을 포함한 사절단을 정중히 대접하기는 했다. 그마저도 조롱의 의미겠지만 겉보기에는 나쁠 게 없었다. 황제궁과 멀면서, 가장 좋은 숙소들을 골라 배정해 놓은 라하는 직접 아마르 대신관을 만나 인사를 건넸다.

"사령제 기도를 잘 부탁드립니다."

"예. 황녀님."

의외였던 건 근위대장이 라하와 아마르 대신관의 근처에 서 있었다는 점이다.

'카르젠이 보냈나?'

아직도 의심을 하고 있는지도 모르는 일이었다.

아마르 대신관과 몇 마디 대화라도 나누면 좋을 텐데, 그럴 구석이 보이지 않는 게 조금 아쉬웠다.

"아, 그러고 보니. 폐하의 정혼자께 축복을 드려야지요."

"어머."

자멜라가 환한 미소를 지었다.

"광영입니다. 대신관님."

아마르 대신관은 카르젠과 혼약을 맺은 그녀에게 축복을 해 주었다. 비록 델로 제국에 짓밟혀 전과 같지 않다고는 하나 대신관은 대신관. 잘 살라는 축복을 직접 듣는 것도 귀족들에겐 큰 영광이었다.

자멜라는 아마르 대신관에게 친절한 미소를 지으며, 이튿날 있을 거대한 사령제의 초입에서 진행될 사항들을 함께 확인했다.

제단이 마련되어 있는 신전은 아주 넓었다. 황궁 내에 자리하고 있는 이 신전은 초대 황제가 신성국과의 유대를 다지며 기틀을 세운 곳이라고 했다. 그 후로도 증축을 거듭하며 이제는 제도에서도 손꼽힐 정도로 커다란 신전으로 발돋움했다.

이렇게 거대한데도, 황궁에 들어올 수 있는 이가 제한적이다 보니 디소 한산했다. 신관들이 매일같이 관리를 하고 기도를 올리지만, 활기찬 제도에서 수많은 사람들이 방문하는 신전에 비해선 조용한 게 당연했다.

그리고…….

라하는 패가 차례로 놓인 제단을 바라보았다. 가장 보이지 않는 구석에 네슬리안 후작가의 패가 놓여 있었다. 자멜라가 일을 잘했다는 생각이 들었다.

"시골에서 살던 평민에 가까운 방계라, 황궁 예법에 너무도 무지하더군요. 적어도 사람다운 교육을 하려면 다음 주에나 들어올 것 같습니다."

재수 없는 마법사의 말을 떠올린 라하는 걸음을 옮겼다.
"초를 하나 피워야겠어."
"예? 예, 황녀님."
보통 평민들은 알아서 제단에 촛불을 피운다지만, 귀족들은 신관의 도움을 받아 촛불을 피웠다. 거기에 라하 정도 되는 적통 황족은 아예 고위급 신관 두 명이 붙어 함께 초를 피웠다.
황궁에 머무는 신관보다는, 신성국에 있는 신관들이 그 서품이 높은 것은 당연한 일. 물 흐르듯 신성국에서 따라 온 고위 신관 두 명이 라하에게로 붙었다.
"저도 하나 올려야겠네요."
라하가 초를 피우자, 자멜라도 신관에게서 초를 받아 제단으로 걸어갔다. 그녀가 돌아올 때까지 라하는 아마르 대신관의 곁에 서서 가만히 제단만 바라보았다.
"대신관님도 올리시겠어요?"
"그러지요."
평민들이야 제단에 여럿이 한 번에 초를 올린다지만 평민과 귀족의 예법은 달랐다. 자멜라가 돌아온 이후, 아마르 대신관도 직접 초를 올렸다.
대신관이 신성국 외의 제단에서 초를 피우는 건 망자들을 위한 큰 예의였다. 아마 여기에 다른 귀족들이 있었으면 초를 올릴 생각이 없다가도, 분위기에 젖어 너 나 할 것 없이 초를 피웠을 거라고 자멜라는 생각했다.

귀족이…….

"아. 근위대장님도 초를 올리세요."

자멜라의 말에 근위대장 블레이크가 순간 멈칫했다. 거절하려고 하던 찰나.

"그게 맞겠네요."

라하까지 거들었다. 예비 황후인 자멜라는 현 델라 귀족들의 여론에 딱 걸맞게 대신관에게 우호적이었다. 사실 라하도 그리 적대감은 없어 보였다. 하기야 저 황녀는 누구에게나 그랬으니 특별할 건 아니지만. 신성국에 우호적이지 않은 것은 오직 카르젠과 그의 군사들뿐일 테니까.

블레이크는 분위기에 떠밀려 결국 걸음을 옮겼다. 적통 황녀와 황제의 정혼자가 동시에 권한 데다, 몹시 타당한 일이다. 자칫 잘못하다가는 근위대장이 권력을 믿고 거만하게 군다는 말이 퍼질 수도 있었다.

"영애. 윈스턴 공작께서도 입궁하신다고 하던데 말입니다."

고위 신관이 자멜라에게 다른 이야기를 꺼낸 그 순간이었다.

"황녀님."

아마르 대신관이 라하에게만 들리는 목소리로 조용히 입을 열었다.

"잠시 만나고 싶습니다."

더 이상의 설명은 없는, 모호한 짧은 한 마디였으나 라하는 알아들었다. 그녀 역시 아주 짧고 조용하게 대답했다.

"모레 밤, 1시에 뒷문으로 찾아오세요."

라하는 그 말을 전부로 입을 닫았다. 근위대장 블레이크가 초를 올리고 돌아오기까지 시간이 남았음에도 둘은 더 이상의 대화를 하지 않았다.

* * *

늦은 밤.

아마르 대신관은 급하지 않게 걸음을 옮기며 생각했다.

'황녀님이······. 밖에서 보이는 것보다 훨씬 더 시녀들을 완전히 장악하고 계시는구나.'

언뜻 보기엔 갖고 있는 권력이라곤 전무한 황녀였다. 그저 완벽한 혈통과 '계승자의 눈'만을 가진. 쌍둥이 황제에게 꽉 잡힌 삶을 사는 무기력하고 아름다운 황녀. 그게 사람들이 아는 라하의 통상적인 이미지였다.

하지만 지금 아마르 대신관에게 외궁의 문을 열어 준 것은 굳건한 얼굴의 시녀였다. 아무것도 묻지 않고, 그대로 내궁까지 가는 최단 거리까지 알려 주었다.

바깥에선 신성국이 기꺼이 와 준 것을 기념하기 위해, 자멜라가 주도해 연 화려한 파티가 열렸다. 막 파장한 시간이라 어수선했고, 라하는 당연히도 카르젠에게 붙잡혀 있었다. 그나마 윈스턴 공작과 자멜라가 있으니 그녀도 오래지 않아 풀려나겠지만.

근위대장 블레이크는 '라하와 대신관이 함께 있는 상황'만 감시하는 것인지, 그들이 붙는 시간이 현저히 적어지자 카르젠 쪽으로 갔다. 어찌 되었든 근위대장의 기본적인 임무는 황제를 보호하는 것이니까.

아마르 대신관은 문을 열고 들어갔다. 외궁의 문을 열어 준 시녀가 짧게 동선을 설명해 주어서, 헷갈리지 않고 내궁의 침실까지 갈 수 있었다.

똑똑.

문을 두드리고 잠시 후, 손잡이를 밀었다.

"셰드 님."

"대신관님?"

셰드가 이마를 찌푸리며 일어났다. 그를 보자마자 아마르 대신관은 통한의 눈물을 흘릴 뻔했다.

"정말 건강해 보이시는군요. 다행입니다. 다행이에요."

아마르 대신관은 일단 셰드의 손을 잡았다. 기운을 집중하자 대신관의 정제된 신성력이 셰드의 몸으로 흘러 들어갔다.

"약은 임시방편이었고, 신성력을 불어넣는 게 훨씬 안전한 방법이니까요."

약이란 말에 라하가 울던 게 생각난 셰드의 표정이 조금 가라앉았다. 아마르 대신관은 그 낯빛은 미처 읽지 못하고, 서둘러 품에서 푸른 다이아몬드로 된 팔찌를 꺼냈다. 파리스가 교합 측정기라며 가져왔던 그 보석이었다.

이전에는 결과를 확인하는 데 시간이 걸린다며 갖고 돌아갔던 팔찌가 이번은 다른 반응을 내놓았다. 마치 탁 하고 불이 켜지는 듯했다. 다이아몬드가 환하게 빛났다.

"……!"

아마르 대신관이 눈을 크게 떴다. 누가 보아도 생체 자료가 충분히 채워졌다는 의미였다. 아마르 대신관은 신에게 감사 기도를 올리며, 셰드의 두 손을 잡았다.

"이 황궁을 빠져나갈 방법을 바로 준비하겠습니다."

셰드는 곧바로 대답하지 않았다. 날짜를 가늠하는 듯했던 그에게, 뜻밖의 말이 떨어진 건 직후였다.

"그리고 이젠 솔직히 말씀드릴 게 있습니다, 왕제님."

"뭡니까?"

"황녀님이 아니셨으면 결코 이렇게 빨리 결과가 나오지 않았을 겁니다."

"……."

순간 셰드의 눈에서 빛이 희미하게 꺼졌다. 그래. 그렇지. 라하와 자주 자기는 했다. 정말 자주 갔다. 미친 듯이 갔다. 아마 그 얘기를 하는 거라면…….

"왕제님."

아마르 대신관이 굳은 표정으로 말했다.

"처음부터 황녀님이 전부 알고 이 청사진을 그릴 수 있게 도와주신 겁니다."

셰드는 일평생, 상대방이 하는 말을 이해하지 못한 적이 없었다. 그러니, 지금이 거의 최초라고 해도 좋았다.

"모두의 슬픔을 풀어낼 수 있었던 게, 결국 전부 황녀님 덕입니다."

셰드는 대신관의 말을 이번에도 이해하지 못했다. 아니, 듣고 이해했음에도 스스로 알아듣기를 거부한 것 같기도 했다. 이해하고 싶지 않다는 절망에 압살당하기 직전.

"그게 무슨 말입니까?"

"……."

"처음부터 전부 알고 있었다니……. 무슨……."

아마르 대신관은 속으로 두 번의 기도를 올렸다. 하나는 한 명의 평온함을 위해, 하나는 다른 한 명의 숙원을 위해.

"말 그대로입니다. 왕제님. 황녀님은 첫 만남에서부터 이미 거의 대부분을 추측하고 계셨습니다."

신성국이 일부러 카르젠에게 실험실 이야기를 흘린 것도, 생체 자료가 필요해 교합을 해야 한다는 것도 처음부터 파악하고 있었던 그 영리하기 그지없는 황녀.

셰드에게 그간 아무 말도 하지 않으며 필요할 때에 그에게 크나큰 상처를 입혀 실험에 박차를 가하던 무정한 델하르사의 적통 황족…….

다른 이야기는 필요 없었다.

"그러니 황녀님이 당신을 이용하신 겁니다."

머리가 그대로 멈추는 기분이었다. 아니, 폐가 쥐어 짜이는 기분이었던가.

"……셰드 님."

아마르 대신관은 천천히 말을 이었다.

"그러니……. 황녀님께 죄책감을 가지지 마십시오."

"……."

"당신은 그저 이용당하신 것뿐이니 말입니다……."

* * *

신성국의 사절단을 환영하는 연회라 그런지, 라하는 오늘 장식을 보다 간소히 달 수 있었다. 매번 귀가 찢어질 것 같은 귀걸이를 하느라 힘들었는데, 적당히 가볍고 마음에 드는 다이아몬드 귀걸이를 할 수 있었다는 소리다.

라하는 평소보다 오래 목욕을 했다. 셰드가 그녀에게 주어진 후로, 라하는 황족이나 귀족들이 할 법한 느긋한 목욕을 잘 하지 않았다. 깨끗하고 빠르게 씻은 후, 간단히 옷만 갈아입고 곧장 내궁으로 가곤 했으니까.

그러니 한 마디 주고받은 말도 없이 시녀들도 어렴풋이 눈치를 채는 것이었지.

황녀가 그 노예에게 정말로 깊게 마음을 쓰고 있다는 사실을.

그런데 오늘은 달랐다. 라하는 거의 한 시간 가까이 입욕제를 푼 뜨거운 물에 몸을 담그고 있다가 느지막하게 일어났다. 평소 갈아입고 가는 잠옷 같은 가벼운 네글리제 위에 망토도 걸쳤다.

그러니까 평소보다 두 배는 걸려 내궁으로 향했다는 것이다.

오늘도 어김없이 눈이 내렸다. 동관의 복도 유리 천장에도 눈이 쌓이고 내렸다. 라하는 눈밭을 걸어가는 심정을 오랜만에 느끼면서도, 한 번도 멈추지 않고 긴 복도를 걸었다.

마침내 침실 앞.

라하의 손이 손잡이를 붙잡고 잠시 가만히 멈춰 있었다. 차가운 금속제에 손잡이만은 가죽을 덧대 놓았지만, 라하의 손부터가 차가웠던지라 온기가 덧씌워지지는 않았나.

닫힌 문을 가만히 응시하던 라하가 이윽고 손잡이를 밀었다.

침실에는 아무도 없었다.

당황한 라하가 침실을 둘러보았다. 하지만 정말로 그 누구도 없었다.

그녀는 침실에 딸린 서관 복도 문을 열어 보았다가, 식당으로 가 보았다가, 드레스 룸으로 가 보았다가, 욕실들을 하나씩 열어 보았다가…….

"셰드?"

마지막 욕실 문을 열어 보고 당황했다.

얼음처럼 차가운 물만 나오니 쓰지 말라고 했던 그 고장 난 공간에서 셰드가 젖은 차림으로 서 있었으니까. 일부러 여기로 온 건 아닌 것 같았다. 정신이 나가서 발 닿는 대로 걷다 보니 도착한 곳 같은 느낌이었다.

"셰드."

그가 천천히 뒤를 돌아본다. 라하는 순간 말문을 잃었다. 차가운 물을 머리끝에서부터 뒤집어썼는지 은빛 머리카락이며 얼굴, 상의까지 전부 물기로 싸늘하게 젖어 있었다.

그녀를 응시하는 셰드의 눈빛은 그보다 더 서늘했다. 처음 노예로서 눈을 떴을 때보다 더 차갑게 느껴지는 눈빛이었다.

고장 난 욕실에서 뿜어지는 냉기에 라하가 반사적으로 어깨를 떨었다. 셰드는 그 모습을 보다가 걸음을 옮겼다. 그녀의 손목을 잡고 침실로 성큼성큼 걸어갔다. 라하는 그의 손이 무척 차갑다는 사실을 알았다.

항상 그녀의 손이 더 차가웠는데, 이번만은.

끼익. 침실에 들어서며 문이 닫혔다. 난로에서 피워 오른 훈기가 덮쳐왔지만 어쩐지 마음은 조금도 편해지지 않았다. 오히려 목에 무언가 걸린 듯 불편하기만 했다.

"……셰드."

고개를 돌린 셰드의 턱을 따라 차가운 물이 뚝뚝 떨어졌다. 저 젖은 옷을 계속 입고 있으면 감기에 걸릴 텐데, 하는 생각이 라하의 머리를 반사적으로 스치고 지나갔다. 라하가 옷이라도 벗기기 위해 손을 뻗었다. 그 노예의 옷을 벗기는 건 너무도 자연스러운 일이라 크게 생각할 것도 아니었다.

그 자연스러운 두 손이 허공에서 딱딱하게 붙잡힌다.

마주치는 시선.

"내게 왜 그랬지?"

어떤 설명도 따라붙지 않는다. 자신이 아마르 대신관을 만나 무슨 얘기를 들었는지도 얘기하지 않는다.

다만 그 한 마디만으로 충분했으니까.

누가 누구를 배신했었는지.

한겨울의 온도를 품은 물을 얼굴에 쏟아부어서인가. 청회색 눈동자는 폭한처럼 차갑게 느껴진다.

그러나 라하 델하르사.

그 고귀한 황녀의 눈 역시 다르지 않았다. 얼어붙은 바다와 다르지 않았다. 처음 그녀를 보았을 때처럼. 자신을 그저 품평할 가치가 있는 보석인지 아닌지 가늠하기 위해, 무성의하게 만져 보고 살펴보던 고귀한 황녀의 표정으로.

그런 차가운 눈으로, 라하가 입을 열었다.

"네가 실험체였으니까."

"……."

"내 쌍둥이가 진저리 치게 끔찍해서, 신성국의 실험 결과가 빨리 필요했는데."

"……."

"실험체 주제에 다른 감정을 품는 것 같아서, 내가 끊어 낸 준 거야."

머리에 구멍을 뚫고 차가운 독을 쏟아붓는 것 같다.

"그래서 편했잖아. 내가 그러지 않았으면 네가 신성국의 약을 먹었을끼."

말 한 마디 한 마디에 혹시나 남아 있을지 모를 죄책감도, 그리움도, 상실감도. 겨울처럼 내릴 고독까지 전부 가두어 묻어 버리고. 여전히 그에게 손이 붙잡힌 그녀는 잔인할 정도로 부드러운 목소리로 속삭였다.

"실험체면 실험체답게 굴었어야지."

그래.

"그깟 육욕에 휘둘려서 날 사랑하면 안 됐지, 셰드."

그래서.

"덕분에 내가 얼마나 힘들었는지 네가 알까."

그는 미동도 없이 그녀를 내려다보았다. 수없이 많은 칼에 찔려, 그대로 죽어 버린 사람처럼. 그저 가만히 그 황녀를 바라보기만 했다. 지금 제 몸을 가르면 아무것도 남아 있지 않을 것 같았다. 갉아 먹힌 마음이 너절하게 흩어진다.

긴 침묵이 흘렀다.

이 아름다운 황녀는 여전히 눈이 부시게 아름답고, 차갑고, 서늘하고, 사랑스러웠고, 염려가 되었고, 눈이 갔고, 비참했고, 때때로 무너질 것 같았고, 자주 폐허가 될 것 같았고, 시선을 돌릴 수가 없었고, 종국에는 이렇게……

끔찍하고.

아주 오랜 침묵이 흘렀다.

얼마나 오래 고요했는지 알 수 없었다.

"라하."

그저 무감각으로 선연한 두 음절.

"당신의 잔인함은 당신의 쌍둥이와 다르질 않아."

"……"

셰드는 라하의 두 손을 붙잡은 채로 천천히 상체를 숙였다. 차갑게 얼어붙은 입술이 라하의 입가에 내리눌린다. 함께 한 모든 시간에 종말을 고하듯 천천히 더듬은 후, 무정하게 고개를 들어올린다.

"신성국의 이름으로 감사를 표하지요, 라하 델하르사 황녀."

그녀를 눈에 담는 청회색 눈동자엔 더 이상 어떤 감정도 남아 있지 않았다.

다음 날.

라하는 내궁에 들어가지 않았다.

그녀가 처리해야 할 업무가 있을 때면 내궁은 물론 외궁에도 들어오지 못하긴 했지만, 그때와 지금이 다른 게 있다면 할 일이 없는데도 내궁에 들어가지 않았다는 것이다.

라하는 외궁의 서재에 무릎을 감싸고 앉아 멍하니 빈 화병만 쳐다보았다. 올리버가 한 번 왔다 갔지만, 복잡한 얼굴로 몸을 보하는 약만 처방하는 게 고작이었다.

"또 눈이 내리네요."

시녀의 말에 라하는 가만히 창밖을 응시했다. 내일은 네슬리안 후작가의 먼 방계가 침노로 입궁하는 날이었다.

그래도 이번에 노예를 받게 되면 당분간은 괜찮을 것이다. 모든 귀족들이 아주 죽어라 몸을 사릴 테니, 당분간 노예를 선물 받을 일은 없을 테니까.

라하는 팔을 뻗어 굳게 닫힌 창문을 열었다. 차가운 바람이 휙 들어왔다. 그녀는 손을 뻗었다. 내리는 눈송이는 그녀의 손바닥에 잡히지 않고 이리저리 나부꼈다. 몇 번 더 손을 움직여 보던 라하는 이윽고 그냥 가만히 있었다.

눈은 잡히지 않았다. 흰 것들이 이렇게 그녀의 마음을 괴롭힌다. 매서운 겨울바람에 손만 벌겋게 얼어가기 시작했다.

라하는 바닥을 덮기 시작하는 눈을 보았다. 오랜만에 쉬는 날인데, 할 일이 없었다.

"내 하나뿐인……."

하나뿐인 무언가도 화가 많이 났고.

노예라고 부르고 싶지 않다 보니 말이 이상해졌지만.

"황녀님?"

그때 들리는 목소리.

"동상에라도 걸리시려는 겁니까?"

올리버가 깜짝 놀라서 라하의 손을 조심스레 잡아당겼다. 창문을 닫고 걸어 잠근 올리버가 서둘러 라하의 손을 살폈다.

"약을 바르셔야겠네요. 그래도 그간 자해는 하지 않으셨잖습니까……. 애첩님과 아직 감정적 엉킴을 풀어내지 않은 건가요?"

꼬리처럼 이어지는 말들이 하나같이 핵심만 찌른다. 라하는 픽 웃었다.

"안 풀었어. 안 풀 거고."

"황녀님."

"혹시나 해서 말하는데 그에게 무슨 말도 하지 마."

분명한 명령이었다. 올리버는 착잡한 얼굴로 고개를 끄덕여 복종했다. 라하는 약을 다 바른 후에야 자멜라를 보러 갔다.

"사령제 무투회에 생각보다 많은 인원이 참여하네요."

"보상이 좋으니까요."

"폐하께서 의견을 수렴해 주셔서 다행이에요."

"그러게요."

자멜라가 싱긋 웃었다. 라하는 일정을 조금 더 확인한 후, 다시 외궁으로 돌아왔다. 멍하니 침실에 앉아 꽃을 보다가 충동적으로 자리에서 일어났다.

"황녀님, 숄이라도-."

라하는 숄을 걸쳐 목 앞에 묶고 내궁으로 걸어갔다. 시종들이 매일 두 번씩 치워 놓는 길은 오늘 한참 눈이 내렸음에도 깨끗했다. 걷기에 편했다. 내궁과 이어지는 긴 석판 길 양옆으로는 하얀 눈이 소복이 쌓여 있음에도.

그녀는 긴 복도를 걸어, 문을 열고 들어섰다.

낯익은 침실.

그곳엔 다행히도 셰드가 있었다. 그는 이전과 별로 다를 게 없는 뒷모습으로, 라하를 조금이지만 안심시켰다. 그런 안심을 느낀다는 자신이 한심했지만 어쩔 수 없었다.

그녀는 테이블 위에 숄을 벗어 올려두고 침대로 올라갔다. 침대 헤드에 등을 기대고 무릎을 끌어안았다. 그러고선 모은 무릎 위에 뺨을 기대고 눈을 감았다.

한동안 고요했다. 라하는 때때로 눈을 떠 셰드를 확인했다. 그가 넘기고 있던 책장이 마지막 장이 되었을 때, 라하는 입을 열었다.

"올라와."

셰드는 책장을 덮고 자리에서 일어났다. 침대에 실리는 묵직한 무게감. 라하는 셰드에게 말했다.

"벗어. 전부."

일말의 망설임도 없었다. 이전에도 그랬었지만 이번과는 느낌이 달랐다. 셰드는 옷을 벗었다.

쉽게 탈의하고 쉽게 나신이 되어 그녀의 곁에 앉았다. 라하가 한 명령 그대로. 그녀는 옷을 벗었다.

그리고 셰드의 어깨로 팔을 뻗었다. 교합을 통해 얻어야 하는 라하의 생체 자료는 거의 다 얻었음을 직감하고 있었다. 그러니 따지고 보면 더 이상 그와 몸을 섞을 이유가 없었지만, 상관없었다.

셰드가 자신을 거부해도 할 말이야 넘쳤다. 넌 내 침실 노예니까. 내가 선물 받은 인형이니까. 내 성욕을 채워야 하니까. 도리는 다 해야지.

어떤 말로도 상처를 줄 수 있는데, 셰드는 오히려 아무 말도 하지 않았다. 그 무감각한 눈이 라하를 응시하고만 있었다.

말로 표현하기 힘든 무언가가 깊게 라하의 가슴에 얼룩지는 기분이었다. 그녀는 시선을 내리깔고 셰드의 목에 팔을 둘렀다. 무릎을 세워야 겨우 그와 시선이 마주쳤다. 라하는 그대로 셰드에게 입을 맞췄다.

서늘하게 느껴지는 입. 움직임조차 없는 혀도 상관없이 라하는 계속해서 그의 입 안을 더듬고 혀를 핥았다. 차가운 조각상에 키스를 하는 것 같은 기분이 들었지만 상관없었다. 그가 정말 대리석을 깎아 만든 조각상이었어도 라하는 얼마쯤은 젖지 않았을까. 겉가죽만은 정말 눈 돌아가게 근사한 노예였으니까.

이대로 한창 그랬듯이, 라하가 페니스를 몸에 삽입하고 움직여도 된다. 다만 기이하게 기분이 좋지 않을 것 같다는 생각이 들었다. 조금 후에야 라하는 그 좋지 않은 기분과 비슷한 결의 단어를 찾아냈다.

아, 그래.

조금 비참할 것 같았다.

라하는 셰드에게서 입술을 뗐다. 여전히 무감정한 눈동자를 똑바로 보고 말했다.

"삽입해, 셰드."

그리고 셰드의 손을 잡아 자신의 가슴 위에 올렸다. 아주 잠깐. 미동도 없던 셰드의 손이 라하의 가슴을 예고도 없이 세게 움켜쥐었다.

"윽!"

라하가 저도 모르게 고통에 찬 신음을 내뱉었다. 셰드가 그대로 가슴을 방만하게 주물러 댔다. 부드러운 가슴이 그의 손에서 엉망으로 일그러졌다. 금세 단단하게 솟아나는 유두를 손끝으로 굴리며, 셰드는 다른 쪽 손으로 라하의 턱을 들어 올렸다.

거칠게 입을 맞춘다. 부드럽고 연약한 살에 상처를 내려는 것처럼 엉망으로 헤집었다. 턱이 완전히 쥐어 붙잡힌 라하는 옴짝달싹도 하지 못하고 난폭한 입맞춤을 받아들이느라 애썼다.

혀를 강하게 빨고 굴리는 힘에 턱이 다 얼얼해질 때쯤, 셰드가 천천히 고개를 들어올렸다. 냉랭한 눈동자가 그녀를 감흥 없이 내려다보다가, 가슴 쪽으로 얼굴을 숙였다. 밀가루 반죽처럼 부드러운 가슴을 베어 물듯 삼키고 젖꼭지를 이로 아프게 씹었다. 통증을 느낀 라하가 반사적으로 셰드의 어깨를 손톱을 세워 세게 그러쥐며 얼굴을 일그러뜨렸다.

아프다는 말은 나오지 않았다. 그냥, 그런 말이 자존심이 상했다.

이유는 모르겠지만.

내리눌린 신음이 라하의 잇새로 흘러나왔다. 셰드는 라하의 가슴을 매정하게 주무르고 여린 정점도 무자비하게 손끝으로 꼬집었다. 하나하나 쾌감보단 통증이 훨씬 강한 애무였다. 이런 걸 애무라고 부를 수 있다면.

라하의 손톱에 강하게 파인 셰드의 상처에도 피가 맺히기 시작했다.

셰드의 입술이 점차 아래로 내려갔다. 움푹 들어간 배를 따라 훑듯이 내려간 입술이 이윽고 둔덕에 닿았다. 그가 그녀의 양 허벅지를 잡아 그대로 벌렸다.

다물려져 있던 밀부를 가른 셰드의 혀가 안쪽을 파고들었다. 살갗에 덮인 그녀의 클리토리스를 혀끝으로 강하게 쓸어 올렸다. 순간 몸에 전기가 오른 듯 찌릿했다. 라하의 허리가 들썩였지만, 그녀의 양 허벅지는 여전히 셰드의 두 손으로 단단히 붙잡혀 있었다.

"으……. 흑……."

입술을 강하게 깨물어도 잇새로 흘러나오는 신음에 열기가 섞였다. 셰드는 라하의 부풀어 오른 클리토리스를 무자비하게 공략했다. 그녀의 발끝이 둥글게 곱아들었다. 통통하게 부어오른 민감한 살은 숨결만 스쳐도 찌릿할 지경이었다. 키스를 할 때부터 이미 젖어들고 있었던 안쪽은 강한 자극을 이기지 못했다. 질구부터가 이미 흥건했다.

그녀의 양 허벅지 바깥을 그러잡고 있던 셰드의 손이 움직였다. 그는 라하가 다리를 조금도 오므리지 못하게 꽉 눌렀다. 셰드의 앞에 다리를 무방비하게 벌려야 하는 자세에 라하의 손에 힘이 들어갔다.

셰드의 입술이 미끄러지듯 아래를 향했다. 라하의 허벅지가 약하게 떨렸다. 그의 혀가 젖어서 애액을 줄줄 흘리는 질구로 비집고 들어갔다. 좁은 입구를 파고든 혀는 깊은 곳까지 닿지 못하고 뜨거운 안쪽을 둥글게 휘저었다. 녹아내릴 듯 뭉근한 촉감. 그마저도 이미 예민해지고 있었던 라하의 몸을 흐트러지게 만들기엔 충분했다.

그 습윤한 곳에 얼굴을 파묻고 있던 셰드가 고개를 들어올렸다. 입가에 묻은 애액을 혀끝으로 핥자 씁쓸한 맛이 묻어났다. 셰드가 한동안 정신을 차리지 못하던, 아니. 어쩌면 지금도 정신이 조금 나갈 것 같은 그녀의 맛이었다.

라하는 이다음을 알고 있었다. 셰드는 입으로 충분히 애무를 한 후엔 손가락 세 개를 질구로 밀어 넣었다. 주름진 내벽을 손끝으로 아프지 않게 쑤시고 장난을 치듯 긁어내리다가 좁은 구멍을 늘리듯 벌렸다.

그 정신 나간 크기의 페니스를 삽입하기 전 라하의 몸이 긴장한다는 걸 안 그 날부터 빠지지 않고 하던 행위였다.

그런데 이번은 달랐다. 지독할 정도로 빳빳이 솟은 페니스가 젖은 질구에 맞춰진다. 그리고 약간의 망설임도 배려도 없이 그대로 쑤셔 넣는다. 순식간에 라하의 아랫배까지 그대로 꿰뚫어 버릴 듯 거칠게 쳐넣었다.

"으흑!"

버거운 신음이 터져 나왔다. 라하가 시트를 구겨 잡았다.

퍽, 퍽, 퍽.

그 묵직한 페니스가 사정없이 짓쳐 박고 몰아붙여 숨을 쉬는 것도 어려웠다. 애액으로 흥건히 젖은 질 내가 셰드의 성기를 씹어 먹을 듯 미친 듯이 조여 댔다. 빽빽하게 선 돌기들은 셰드가 움직일 때마다 수도 없이 자극해 그의 목울대를 일렁이게 만들었다.

"아……. 흑……. 읏……, 아으…….."

어떻게든 다물고 있던 입술을, 라하는 이젠 아예 깨물어 버렸다. 하지만 새어 나오는 신음 소리를 완전히 막을 수가 없었다. 라하의 입술이 덜덜 떨렸다. 셰드는 그녀의 양 손목을 아예 잡아 눌렀다. 그 상태 그대로 그는 난폭할 정도로 추삽질을 이어 갔다. 퍽 하고 박을 때마다 라하의 눈앞이 하얘졌다. 셰드가 움직일 때마다 납작한 아랫배를 따라 성기의 모양이 적나라하게 도드라졌다.

"흑……!"

가장 예민한 곳을 무자비하게 쑤셔 대고 안을 남김없이 비벼 대는 그 빠듯한 움직임. 난폭하게까지 울리는 쾌감에 라하의 눈시울이 속수무책으로 붉어지기 시작했다. 그녀의 안쪽이 묵직한 성기를 씹어 먹을 듯 조여 댔다.

셰드의 허리에 감긴 길고 날씬한 다리가 바들바들 떨렸다. 그의 입에서도 탁한 신음이 새어 나왔다. 헐떡이는 호흡. 라하의 뺨이 점차 붉게 달아올랐다. 그녀가 신음하자 셰드가 퍽 하고 강하게 박아 넣었다.

"아!"

순간 강렬한 쾌감이 라하를 순식간에 절정에 올려놓았다. 그녀가 베개에 파묻혀 있던 목을 뒤로 꺾으며 셰드의 손목을 세게 그러잡았다. 허리 아래가 그대로 녹을 것 같았고 온몸이 바르르 떨렸다. 그의 페니스를 세게 물고 있던 질 내도 다르지 않았다. 그대로 파정할 뻔한 셰드가 겨우 사정감을 내리눌렀다.

그는 아까와 달리, 천천히 허리를 움직이며, 바들바들 떠는 라하를 내려다보았다. 셰드가 그녀의 부풀어 오른 가슴을 돌연 세게 움켜쥐었다. 아프게 주무른다. 라하가 통증 어린 신음을 흘리는 걸 무감각한 눈으로 내려다보던 그가 입을 열었다.

"내가 성욕 채워 주는 용도론 괜찮았나 보지."

말을 하면서도 허리는 계속 조금씩 움직이고 있었다. 이미 한 번 절정을 느껴 극도로 예민해진 안쪽은 그 뭉근한 움직임에도 녹아내릴 것만 같았다. 하지만 라하는 젖은 눈가로 호흡을 고르려 애썼다.

"……응."

아무렇지 않은 척 애를 쓰고 또 써서 간신히.

"네 이거 하난 그립겠네."

차갑고 상냥하게 지어 보이는 미소.

"그래?"

"그래."

셰드는 가만히 라하를 내려다보다가 그녀에게로 상체를 숙였다. 교합된 부위의 면적이 바뀌며 라하는 하마터면 신음을 낼 뻔했다.

셰드는 라하의 시야 바로 위에서 나지막이 말했다.

"난 네 어떤 것도 그립지 않을 텐데."

순간 가슴이 얼음으로 된 날에 베인 듯 서늘해졌다.

퍽.

말이 끝나는 것과 동시에 흉포하게 짓쳐 올리는 허리. 야한 쾌감과 열기가 억지로 차올랐다. 라하는 셰드에게 손목이 완전히 내리눌러 잡힌 채로, 그를 노려보며 그의 추삽질을 받아 냈다. 가만히 노려만 보고 싶은데 몸이 그녀의 마음대로 반응하지 않았다.

어느 순간 라하는 다시금 헐떡이고 있었다. 무자비한 셰드의 힘에 도무지 숨이 진정이 되지 않았고, 그리고…….

이상하게 눈동자가 천천히 흐려졌다. 라하는 피가 날 정도로 세게 깨문 입술을 다시 한번 깨물다가, 아예 눈을 감아 버리는 쪽을 택했다. 눈물이 차오르는 눈동자가 폭력적인 쾌감 때문인지, 아니면 다른 이유 때문인지.

"……."

각자가 혀를 씹어 삼키기라도 한 듯, 살 부딪히는 적나라한 소리와 정사의 열기만이 한참이나 피어올랐다.

셰드는 라하에게 몇 번이나 더 정액을 쏟아붓고서야 그녀를 놓아주었다. 몇 번이나 절정을 느꼈는지도 알 수 없었다. 나중에는 셰드의 허리에서 자꾸만 다리가 미끄러지는데도 들어 올릴 힘도 없었다. 벌벌 떨리는 몸이 온통 땀으로 젖어 있었다. 그녀는 이마에 흐트러진 머리카락을 겨우 넘기고,

바들바들 떨리는 팔을 짚어 몸을 똑바로 뒤집었다. 셰드가 깊숙한 곳에 사정한 정액이 허벅지를 따라 흘러내렸다.

깃털을 채운 베개 위에 풀썩 쓰러진 라하가 곧 눈을 감았다. 애액과 정액이 뒤섞여 엉망이 된 허벅지 사이는 신경 쓸 겨를도 없었다.

셰드는 완전히 기절하듯 잠든 라하에게로 손을 뻗었다. 그 길고 가느다란 목을 움켜쥔 손이 한동안 그 자리에서 멈춰 있다. 손 아래로 뛰는 그 작은 맥박에 셰드의 눈빛이 기이하게 가라앉았다.

그는 벗은 몸을 일으켰다. 욕실로 향하기 전, 그는 침실 천장에 비스듬히 난 아름다운 유리창을 올려다보았다.

눈이 지겹게도 내리고 있었다.

* * *

다음 날.

라하는 외궁에 있는 욕실에서 목욕 중이었다. 정확히는 뜨겁게 데운 물에 뻐근한 몸을 담그고 풀어주고 있었다.

그녀가 정신을 차린 건, 아니 강제로 차려지게 된 건 황제궁에서 시종이 찾아왔을 때였다. 황제가 부른다는 말에 라하는 자리에서 일어났다. 하녀들이 서둘러 달라붙어 단장을 하고, 라하는 천천히 황제궁으로 걸어갔다.

그녀의 걸음이 평소와는 달리 심하게 느려 따라가는 시종들이 외려 초조해질 정도였다.

"라하."

"카르젠."

"늦었구나."

옥좌에 앉아 무료한 얼굴로 턱을 괴고 있던 카르젠이 짙은 웃음을 지었다.

"가까이 와라."

라하는 인형처럼 걸어 카르젠에게 다가갔다. 이제 카르젠은 거리낌도 없이 라하를 제 품에 앉혔다. 늘 이런 식이긴 했다. 카르젠은 항상 처음에나 조금 망설이지, 몇 번 반복하면 행위에 거리낌이 없어졌다.

라하를 만지는 것도, 그녀의 목을 만져 보는 것도. 뺨에 깊게 입술을 내리찍는 것도.

"오랜만에 네게 침노를 선물하는구나. 비록 한 명뿐이라 아쉽지만."

"응."

"그 건방진 후작가의 방계라지. 끌고 와라."

카르젠의 말과 동시에, 문이 열렸다. 근위대들이 끌고 온 방계는 확실히 청년이라기엔 조금 미숙해 보였다. 소년이라고 부르자니 그보단 나이를 먹었지만. 어쨌든 라하가 이제껏 선물 받은 노예 중에서는 독보적으로 어린 나이였다. 게다가 다른 침노들과는 다른 점이 하나 더 있었다.

항상 피눈물을 흘릴 것 같은 처절한 인상으로 자신을 노려보던 다른 노예들과는 달리, 겁을 먹은 눈치가 더 강했다.

"재미는 별로 없어 보이는군."

카르젠이 이렇게 중얼거릴 정도로.

라하는 맑지 않은 머리로 가만히 노예를 쳐다보았다.

"그래도 저 정도면 아름답지. 네 '인형'에 비할 정도는 되나?"

"될 것 같아, 카르젠."

"그래."

픽 웃은 카르젠이 손짓했다. 이미 기다리고 있던 마법사가 방계 소년의 몸을 들어 올렸다. 이미 상반신이 벗겨져 있었고, 왼쪽 가슴에 그 익숙한 인술이 새겨지기 시작했다. 순식간이었다.

"오래 키워야 하니 약한 인술을 새긴다지."

"응."

"이 녀석이 네 관심을 받길 바란다."

"응, 카르젠."

셰드가 정말 어지간히 거슬렸던 모양이다. 라하는 늘 그랬듯이 순종적인 미소를 지었다.

시체를 만나지 않아도 된다는 건 다행이었다. 하지만 이 노예를 데리고 내궁으로 돌아갈 걸 생각하니, 다시 셰드를 만나야 한다는 생각을 하니 조금 막막하기는 했다.

* * *

"황녀님, 말씀하신 대로 내궁에 침실을 하나 더 마련해 두었습니다."

라하가 외궁에 돌아왔을 때, 시녀들이 고개를 숙이며 보고했다.

적당히 대답을 돌려준 라하는 곧장 내궁으로 향했다. 동관 복도를 걸어가 문을 열면 바로 침실이 나오는 구조였지만 셰드는 없었다.

텅 빈 침실은 어쩐지 황량해 보였다. 온갖 화려한 것들로 가득 차 있는 곳인데도.

라하는 커다란 침실을 가로질러 반대편 복도로 넘어갔다. 부지런히 걷다 보면 새로운 문이 나왔고, 라하는 망설임 없이 문고리를 열었다.

시녀들이 다 정리해 놓았다더니 과연. 텅 비어 냉기만 돌던 곳에 난롯불도 잘 타고 있었고 훈기가 돌았다. 꽃을 꽂아 놓았는지 좋은 향기도 났다.

라하가 머무는 중앙 침실만큼은 아니지만 제법 넓은 침실. 그 중앙에 놓인 침대에 새로운 침노가 잠들어 있었다.

라하는 가만히 다가가 침대에 앉았다. 침노의 얼굴은 늘 그렇듯 파리했다. 이번엔 죽지 않을 거라고 했지.

죽지 않는 노예는 자신에게 무슨 말을 할까?

어차피 자신의 목을 조르려고 해도 힘이 들어가지 않을 텐데, 인술 때문에.

라하는 제법 오랫동안 노예를 내려다보다가 자리에서 일어났다. 긴장했던 탓일까. 목이 말랐다. 물을 마시기 위해서는 필연적으로 침실 쪽으로 가야 했다.

셰드가 돌아와 있으면…….

잠시 고민하던 라하는 기가 차서 웃음을 흘렸다. 그마저도 스스로에게 보내는 조소나 다름없었다. 이럴 걸 알면서 한 일이면서. 이제 와서 셰드의 얼굴 보기가 그렇게 껄끄러운 자신이 한심했다.

라하는 침실로 걸어갔다.

"……."

걱정한 것도 무색하게 침실은 비워져 있었다. 라하는 메마른 목을 물기로 적신 후, 다시 침실로 돌아갔다. 라하는 손끝으로 잠들어 있는 소년의 이마를 쓸어 보았다.

물끄러미 소년을 바라보던 라하가 시선을 들어 올렸다. 저 두꺼운 대리석 벽 너머로 침실이 있을 것이다. 셰드는 어디로 갔을까. 나와 함께 정사를 치른 곳이 꼴 보기도 싫어서 다른 쪽으로 간 걸까. 내궁이 넓어서 어디에 있는지도 잘 짐작이 가지 않았다.

어디에 앉아 무슨 생각을 하고 있을까.

라하는 침대 헤드에 몸을 기대고 앉아 무릎을 끌어모았다. 흰 무릎에 턱을 묻은 그녀는 이윽고 천천히 잠에 빠졌다.

* * *

며칠 후.

카르젠은 라하의 빗장뼈 아래를 훑어보며 물었다.

"요즘 네 노예가 만족을 시켜 주지 못하나?"

카르젠과 함께 점심 오찬을 들던 라하가 가볍게 대답했다.

"응. 카르젠."

그녀의 피부는 '그' 침노를 선물받기 전처럼, 새하얗기만 했다.

"어째서?"

"주제넘은 행동을 하길래."

"주제넘은 행동이라."

카르젠이 흥미롭다는 표정을 지었다.

"의미심장한 말이구나."

하지만 평소와 달리 라하는 웃지 않았다. 정말로 기분이 상해 있는 듯 싱싱한 잎채소를 쿡 찔렀다. 그마저도 우아하니 트집 잡힐 구석은 없었지만.

황제와 황녀가 함께 정찬을 먹는 황제궁의 식당은 아름답고 또 압도적이었다. 시녀들이 미리 켜 놓은 수정구에서 불빛이 부드럽게 일렁였다.

카르젠은 여상한 목소리로 되물었다.

"죽여 주랴?"

잠깐 고민하는 것 같던 라하가 고개를 저었다.

"아니. 카르젠."

"왜?"

"그 정도로 잘못하진 않았어."

"이런. 내 쌍둥이는 마음이 너무 여려서 탈이지."

가벼운 어조로 타박한 카르젠의 표정은 제법 좋아 보였다. 그는 흥미로운 장난감을 발견한 악동처럼 즐거운 눈빛으로 말했다.

"그래. 생각해 보니 네게 선물한 네슬리안의 먼 방계 노예가 있었지."

"응."

"그놈이 좀 더 자라면, 아니."

카르젠의 입가에 짙은 미소가 머금어졌다.

"그 전에 내가 침노 몇을 더 선물해 주마."

"침노를 더?"

"1년 정도는 걸리겠지만 말이지."

적어도 내년에는 새롭게 정복 전쟁을 한다고 해도 시끄럽게 떠들 놈들이 없을 것이다. 그리고 딱 그 정도가 카르젠의 인내심이 보일 수 있는 한계이기도 했다.

"그래도 알고 있잖아, 라하."

카르젠은 사뭇 부드럽게까지 보이는 미소를 머금었다.

"사람을 고장 내는 방법에는 여러 가지가 있다는 것을."

순간 라하의 등줄기에 소름이 돋았다. 자신이 가짜 상냥함을 유지할 때와 몹시도 닮은 얼굴이었기 때문에. 카르젠이 눈에 띄는 미남이든 아니든 그런 건 상관없었다. 그저 자신과 그토록 닮은 쌍둥이라는 사실이 그녀를 역겹게 했다.

"응. 알고 있지, 카르젠."

"그놈들도 인술을 약하게 걸어야겠구나. 주제도 모르고 주인을 사모하는 노예라니. 머리부터 발끝까지 부수어 줘야 주제를 알지 않겠나."

남김없이 부수고 짓밟아서 제정신이 되지 못하도록.

그건 카르젠의 방식이었고, 또한……. 셰드가 잔인하다고 속삭인 라하의 방법이기도 했다.

"라하."

카르젠은 대답이 없는 라하를 보며 턱을 슬쩍 기울였다.

"내 의견이 마음에 들지 않나? 제법 괜찮은 방법이잖나."

"아니, 마음에 들지 않을 리가."

라하는 순종적으로 웃어 보였다.

"카르젠이 하라는 대로 할게."

카르젠이 피식 웃었다.

"네가 너무 아름다운 게 문제지, 라하."

"그런가."

"그래. 아름답고도 잔인한 내 쌍둥이 같으니라고."

속삭이듯 말한 카르젠은 무엇이 즐거운지 웃었다. 와인이 든 잔을 기울이는 황제를 보며, 라하도 따라서 미소를 지었다.

얼마 후, 오늘도 입궁한 자멜라가 라하와 차를 마시면서 물었다.

"폐하께서 요즘 많이 바쁘신 것 같아요."

"그런가요."

"시간을 잘 못 내시네요."

그렇게 말하면서 자멜라는 미묘한 눈으로 라하를 보았다. 그녀가 오늘도 카르젠과 식사를 했겠지만, 그건 무슨 감정을 가질 일은 아니었다.

둘은 남매였으니까. 그저 그런 동복 남매도 아니라, 한날한시에 태어난 쌍둥이.

"황녀님과 폐하께선 참 많이 닮으신 것 같아요."

"쌍둥이니까요."

부드러운 어조로 대답한 라하가 말을 이었다.

"그렇다고 저를 보고 정인을 떠올리시면 안 돼요, 영애."

"정인이라뇨. 부끄러운 말씀을."

자멜라가 입매를 가리고 웃음을 흘렸다. 그녀는 앙상한 겨울 나뭇가지를 보면서 말을 이었다. 저래 보여도 봄이 가깝긴 했다. 아침저녁으론 여전히 추운 바람이 불었지만 한낮에는 아주 잠깐 봄의 정취를 느낄 수 있었다.

"벌써 일주일 후가 사령제네요."

"그때도 봄일까요?"

라하의 물음에 자멜라가 턱을 갸웃했다.

"확실히는 잘 모르겠네요. 황녀님도 아시다시피 계절이 변덕이 심할 때잖 아요."

"겨울일 수도 있겠네요."

"하지만……. 난로도 이곳저곳에서 충분히 구비해 두었고, 온도가 떨어지는 일은 결코 없을 거예요."

라하의 질문을 '평가'로 해석한 자멜라가 살짝 긴장된 어조로 말했다. 라하는 눈을 깜빡이다 나긋한 어조로 대답했다.

"그럼요. 알고 있어요, 영애. 같이 준비했잖아요."

이 말인즉슨, 사령제의 공로도 함께 나누겠지만 사령제에 무슨 사고가 생기면 책임도 함께 지겠다는 말이었다. 하지만 굳이 지금 얘기해 줄 얘긴 아니었다.

물론 눈앞의 자멜라는 전자만을 생각하고 있겠지만. 후자는 생각도 하고 있지 못하겠지. 윈스턴 공작이 이 자리에 함께 있어서, 라하의 말을 들었다면 '역시…….' 하고 생각하면서 그녀를 더 견제해야겠다는 마음을 먹었을 수도 있었다.

하지만 그녀는 불쾌해도 티 내지 않게 잘 교육받은 대귀족 가문의 영애답게 화사한 미소를 지었다.

"물론이지요, 황녀님. 함께 커다란 행사를 준비하게 되어 정말로 영광이었어요. 앞으로도 많은 가르침 부탁드려요."

황후의 자리에 걸맞은 인재임을 증명하기 위해서인지, 혹은 라하에게 쏠린 카르젠의 관심을 끌어오기 위해서인지. 죽어라 사령제와 무투회를 준비했던 자멜라는 기쁜 어조로 말했다.

자멜라가 바쁘다는 건 라하도 바쁘다는 소리였다. 아무리 공작가의 귀애받는 딸이라고 해도, 고작 귀족 영애니까. 그녀가 이 거대한 황궁의 통솔권을 쥐고 일할 수는 없는 노릇이었다. 자멜라가 열심히 일했다는 건 라하는 밤을 새우고 새우고 또 새워야 했다는 소리였다.

라하는 따뜻한 차를 한 모금 마시고 창밖을 보았다.

***

셰드는 차가운 물기를 수건으로 닦아 내며 창밖을 보았다. 급작스레 내려간 기온 탓에 창가에 성에가 껴 있었다.

욕실 바깥으로 나오자 옷을 든 시종이 기다리고 있었다.

"옷을 갈아입고 나오시오. 황녀님이 보내신 거요."

셰드는 옷을 받아 들고 익숙하게 침실로 향했다. 진정한 의미의 노예라면 그냥 그 자리에서 옷을 벗든 말든 상관없을 텐데, 현재는 황녀의 하나뿐인 침실 노예라서.

시종 역시 황녀의 미묘한 권력에 대해 잘 알고 있었기 때문에, 아무 말 없이 내궁을 나가 문 밖에서 기다렸다.

옷을 갈아입은 셰드는 나가기 전 잠시 한곳을 쳐다보았다. 몇 달을 머문 이 침실을 둘러볼 이유는 굳이 없었다. 다만 테이블 위에 놓인 것이 셰드의 시선을 붙잡았다.

눈이 많이 오던 한겨울에, 그 황녀가 들고 와 품에 안겨 주던 검.

얼떨결에 받아 들게 된 이 보검보다, 황녀의 환한 웃음이 훨씬 더 낯설고 만족스럽던 그때.

물끄러미 검을 내려다보던 셰드가 손잡이를 들어 올렸다. 그는 서관 복도로 통하는 문을 열고 나갔다. 그간 침노가 들어오지 않아, 그날 이후로는 쭉 비어만 있던 을씨년스러운 복도. 일렬로 죽 늘어진 단단한 기둥에 다가간 셰드가 검을 들어 올렸다.

쾅!

몇 번 더 내리치는 걸 반복하자 손잡이와 가까운 검집 부분에 충격이 가해지며 서서히 금이 갔다. 셰드는 금이 간 검에서 푸른색 보석을 힘주어 떼어 냈다.

그 황녀는 스스로의 눈동자를 좋아하지 않았다. 그런 말을 대놓고 한 적은 없었지만, 느낌으로 알 수 있었다. 하지만 이 보검에 달린 보석은 우연찮게도 그녀의 눈동자와 비슷한 계열의 푸른색이었다.

알고 고르진 않았을 것이다.

굳이 푸른색 보석이 아니어도 이 보검은 몹시 진귀해 보였으니까. 그래서 가져온 거겠지. 별 의미 없이. 셰드는 보석을 흐린 빛에 비추어 보였다. 묘한 색깔이다. 많이 양보하면, 그 황녀의 눈동자 색깔과 비슷하다고 볼 수 있을 정도로.

셰드는 보석을 품에 넣고 침실로 돌아왔다. 금이 간 검만이 테이블 위에 덩그러니 놓였다.

* * *

"지고하신 황제 폐하께 인사 올립니다."

"지고하신 황제 폐하께 인사 올립니다!"

쩌렁쩌렁한 소리가 무투회가 열리는 경기장을 가득 채웠다. 사령제 무투회를 준비하며 거의 동시에 진행되었던 예선전은 이미 끝이 났고, 현재 이곳에 있는 검사들은 전부 본선에 진출한 실력자들이었다.

'무투회가 왜 봄에 열렸는지 잊고 있었네.'

라하는 미미한 미소를 머금으며 생각했다. 카르젠이 등극한 이후, 정확히는 선황이 양위하기 몇 년 전부터 사령제 무투회가 열리지 않아 모두가 잠깐 잊고 있었다.

겨울은 겨울이었다.

야외의 경기장에서 귀족들이 관람하는 데에는 한계가 있었고, 그렇다고 그 거대한 경기장 위에 지붕을 씌울 수도 없었다.

하지만 카르젠은 그마저도 재밌어했다. 겨울의 전쟁이 얼마나 혹독한지 아냐고.

"안락한 곳에 처박혀서 배에 기름칠이나 하는 제도의 귀족들이 좀 알아야지."

젊은 황제는 곁에 앉은 쌍둥이 황녀에게 그리 속삭이면서 웃었다. 황제와 황녀가 참가하는 곳에 귀족들이 가지 않을 리가 없었다. 인산인해였다. 덕분에 한동안 탕파가 제도에서 가장 인기 있는 물건이 되기도 했다.

그래도 본선이 치러지는 황궁 내의 결투장은 실내라 따뜻했다. 본선까지 출전한 이들은 100명이었고, 그들이 한 번에 5팀씩 나누어 경기를 하니 경기는 스무 번만 보면 되었다.

덕분에 귀족들이 앉은 자리는 꼭 파티처럼 자유로운 분위기였다. 가장 높은 상석, 카르젠의 곁에 앉아 있는 라하도 내키면 마음대로 움직일 수 있겠지만.

그래도 보고 있는 눈들이 많으니 라하는 그냥 카르젠 곁에 앉아 있는 걸 택했다. 사실 일어나서 어디 갈 곳도 없었다. 등을 기댄 라하는 열 명의 심판관들 속에서 진행되었다 끝났다 하는 결투를 구경했다.

"생각보다 길게 이어지네요."

라하의 곁에 앉은 자멜라가 말을 붙였다. 황후였다면 카르젠의 곁에 자리가 마련되었겠지만, 아직은 정혼자라서 자리가 라하의 곁이었다.

"그러게요. 금방 끝날 줄 알았는데."

자멜라의 근처에 앉아 있던 윈스턴 공작이 웃으면서 말했다.

"결선은 훨씬 더 오래 걸릴 겁니다. 황녀님."

10명만 올라가는 결선에는 일대일로 붙는다더니. 검 실력이 대단할수록 쉽게 가늠이 가지 않는다는 것쯤은 알고 있었지만, 이렇게 오래 걸릴 줄은 몰랐다.

저녁 가까운 시간이 되어서야 대부분의 본선이 정리가 되었다. 결선은 모레라고 하지만…….

"라하."

그때 라하를 부르는 목소리. 그녀가 옆을 돌아보았다.

"네, 카르젠."

"즐겁지 않느냐? 그저 그런 연회들보다 훨씬 재미있군."

"무투회는 카르젠의 취향이죠. 제 취향은 아니에요."

카르젠이 샴페인 잔을 들어 올린 채로 웃음을 터뜨렸다.

"그래. 그래서 네 노예를 불렀잖느냐. 언제 온다지?"

황제의 뒤에 시립해 있던 시종장이 공손히 말했다.

"폐하. 이미 도착했다 합니다."

"이 바로 앞의 결투장을 비워라."

"예, 폐하."

얼마 있지 않아 라하의 침실 노예가, 아니 침실 인형이라는 이명으로 귀족들 사이에선 조용히 알려진 그 남자가 중앙의 결투장으로 안내되었다.

"검을 좀 잡은 놈이란 말이지."

카르젠이 턱을 괴고 중얼거렸다. 그의 변덕은 하루 이틀이 아니라지만, 셰드까지 이 무투회에 참가하게 될 줄이야.

"네 노예도 한 번 참가시켜 보자꾸나, 라하."

일전에 라하의 협박을 기억하고 있던 듀크 후작은 그 말에 얼굴이 굳었다. 서둘러 표정 관리를 한 후, 은근하게 말렸다. 아무리 그래도 오랜만에 열리는 무투회에 비천한 노예 따위가 참가하는 게 말이 되냐고.

하지만 이곳엔 대신관들이 있었다.

거룩한 기도제도 아니고, 제국의 수많은 행사 중 하나인 사령제 무투회에 참가하기에는 지나치게 지고한 이들. 카르젠이 신성국을 짓밟지 않았더라면 이런 곳에 평생 오지 않았을 대신관들이 말이다.

평생을 고고하게 산 대신관들에게, 그들의 신성국이 짓밟히게 된 원인인 실험체가 비천하게 싸우는 꼴을 보여 주고 싶었던 카르젠은 듀크 후작의 간언도 들은 척하지 않았다. 오히려 웃으면서 말했다.

"재미있을 것 같은데 왜 자꾸 말리지, 듀크 후작?"

"저는 그저 무투회 참여자들의 체면을 생각한 것뿐입니다, 폐하."

"넉넉한 부상을 주는데 이 정도 여흥은 즐겨도 되지 않겠나."

"……예. 폐하."

황제의 단상 바로 앞 시야에 위치한 정중앙의 결투장.

셰드의 앞에 선 남자는 근위대에서도 실력이 출중하기로 유명한 기사였다. 라하는 흘긋 듀크 후작을 바라보았다. 금실 자수가 화려하게 놓인 검은색 안대로 눈 한 쪽을 가린 듀크 후작은 예상대로 안색이 영 좋지 못했다.

'이기려나 보네, 셰드가.'

물론 다른 귀족들은 그런 생각을 하지 않았다. 당연한 일일 것이다. 저 노예의 상대로 선 기사는 근위대에서도 최상위권에 위치한 기사였으니까.

귀족들의 화제는 다른 쪽에 쏠려 있었다.

"세상에, 얼굴이……."

"굉장히 아름답네요."

"황녀님께서 왜 오래 두고 살리셨는지 알 것 같아요."

마지막 말엔 풉 하는 웃음기가 섞였다.

라하가 시종에게 들려 보낸 옷은 기사들이 입는 것과 비슷한 정복이었다. 노예에게 무슨 옷을 입히든 그건 주인의 자유였으니까. 그리고 저 노예는 어떤 기사보다 그 정복이 끔찍하게 잘 어울렸다.

마주하고 올려다보면 분명한 압박감까지 느낄 법한 도드라진 체격. 190센 티미터를 훌쩍 넘는 키며 긴 팔다리는 곧게 뻗어 있었다. 근육이 두툼하게 잡힌 몸은 각 잡힌 어두운 정복 너머로 아른거릴 정도로 환상적이었다. 더군다나 흔치 않은 은발이며 얼굴은 말할 것도 없이 몹시도 근사했다.

정말로 아름다운 인형이었다. 라하 황녀의 처지를 비난하거나 동정하던 귀족들이 잠시나마 부러움을 느낄 정도로.

몇몇 젊은 귀족들이 슬그머니 라하 황녀 쪽을 살폈다. 대단한 외양의 노예를 수많은 귀족 앞에 전시한 황녀니 일말의 자랑감이라도 보일 줄 알았는데 아니었다. 황녀는 별달리 감흥도 없는 얼굴로 턱을 괴고 앉아 있었다.

"황녀님."

그리고 자멜라는 황족의 가장 근처에 있는 귀족이라는 장점을 유감없이 사용할 줄 알았다. 그녀는 일부러 라하에게 몸을 기울이고 친밀하게 웃었다.

"보세요, 어떠신가요? 노예가 이길 것 같은가요?"

"글쎄요."

라하가 미소를 지으며 대답했다.

"당연히 지겠죠."

시종이 셰드에게 다가가 검을 몇 개 보여 주었다. 셰드가 제일 끝에 있는 검을 고르는 것까지 눈에 들어온다. 심판관으로 선 기사가 몇 마디를 하더니, 이윽고 결투장에 선 노예와 기사가 검을 들어올렸다.

결투 자체에도 흥미를 가진 귀족들도 많았지만 아닌 귀족들도 많았다. 그런 귀족들의 눈이 죄 한곳에 모였다.

"데이크론 경이 제법 신경 쓰이시겠어요."

"그러니까요. 어쩌다 저런 자리에 나가셔서."

"황녀님이 아끼는 인형의 몸에 상처를 낼 수도 없을 텐데 말이죠."

"손등을 쳐서 검을 빼앗지 않을까요?"

"제 생각에도 그럴 것 같습니다."

노예의 몸에 어떤 흠집도 나지 않게 주저앉히거나, 검을 빼앗는 걸로 승리를 거머쥐지 않을까. 당연하다면 당연한 웃음이었다.

심판관은 모래시계를 거꾸로 놓고 물러섰다. 셰드와 데이크론은 관례대로 서로 가볍게 묵례를 했다. 고개를 다시 들어 올리고 검을 제대로 쥔 그 순간이었다.

"······?"

순간이었다.

"······!"

결투를 지켜보고 있던 거의 모든 귀족들이 동시에 입을 다물었다. 데이크론 경은 엉덩방아를 찧고 앉아 셰드를 올려다보았다. 그의 얼굴이 멍했다. 데이크론 경이 놓친 검이 결투장 영역을 표시해 놓은 푸른색 선 바깥으로 튕겨 나갔다.

셰드는 검을 내리며 심판관을 보았다. 심판관은 귀족들과 똑같은 얼굴을 한 채 서둘러 모래시계를 원래 위치로 두었다.

"스, 승리했습니다!"

원래라면 앞에 이름을 붙여야겠지만 심판관은 당연히 노예의 이름을 몰랐다. 어정쩡하지만 승리를 선언하는 목소리는 분명했다.

"뭐죠?"

"뭐예요?"

"방금 뭐였나요?"

파도 같은 웅성거림이 관객석을 크게 훑고 지나갔다. 서둘러 나온 시종을 따라 셰드가 결투장 바깥으로 퇴장하는 걸 끝까지 눈으로 쫓아가는 귀족들도 엄청났다.

자멜리조차 악간의 품위를 잊은 채 멍하니 셰드를 응시했다. 그녀 외에 다른 대귀족들도 거의 다 그런 반응이었으니 흠잡을 건 아니었다.

오히려 그의 유일한 주인인 황녀만이 도통 무료하다는 표정이었다. 그녀는 놀라지도, 웃지도, 기뻐하지도 않았다. 그 조용하고 차가운 분위기로 그저 속눈썹만 느리게 팔랑거렸을 뿐이었다.

"라하."

그때, 카르젠의 목소리가 옆에서 들렸다.

"네 노예가 생각보다 출중하구나."

근처에 앉아 있던 귀족들의 귀가 쫑긋했다.

"어때, 라하. 저놈도 결선에 아예 진출시켜 볼까?"

"우승을 하면 어떡해요?"

"글쎄. 황명은 황명이니 영주로 만들어 줘야지."

"노예 출신의 영주요?"

"그래."

카르젠이 피식 웃었다. 그의 회색 눈동자엔 즐거운 조롱기가 가득했다.

"노예 출신의 영주라. 내가 또 델로 제국에 새로운 역사를 쓸 것 같구나. 어떻게 생각하지, 라하?"

"으음."

라하는 고민하는 듯 턱을 기울였다.

무투회 승리자에게 카르젠이 번듯한 영지의 영주 자리를 약속하면서, 이 자리엔 물론 평민도 많이 나왔지만 그에 못지않게 귀족들도 많이 나왔다. 대개 영주 자리를 물려받기 힘든 삼남이나 사남 정도. 번듯한 백작 가문의 소생도 종종 나왔기 때문에 이 자리에 이렇게 많은 귀족들이 참석한 것이다.

그러니 적지 않은 귀족들이 라하의 대답에 귀를 기울이고 있었다. 그녀는 가벼운 미소를 지었다.

"약속한 거예요, 카르젠."

"그래. 라하."

라하는 알고 있었다. 웃고 있는 얼굴과는 달리, 카르젠은 기분이 그리 좋지 않은 상태였다. 노예가 구르는 걸 대신관들에게 보여 주려고 했을 텐데 뜻대로 되지 않았으니 당연한 반응일 터.

그나마 자리한 사람들이 엄청나게 많다는 게 다행이었다. 아니었으면 진즉 황제의 심기를 살피느라 분위기가 얼어붙었을 테니까.

카르젠이 손짓을 하고, 분위기가 어느 정도 정리되는 동안, 셰드가 근위대 기사를 따라 자리로 올라왔다. 그가 지나칠 때마다 앉아 있는 레이디들 사이에서 한숨과 경탄이 조금씩 터져 나왔다.

"이리로."

황제의 뒤에 서 있던 근위대장은 대단히 언짢은 상태였다. 하지만 공적인 자리에서 드러낼 수는 없는 일. 그는 능숙하게 표정을 감추고 말했다.

"상위 4명에게만 주어지는 부상이다."

마찬가지로 정복을 차려입은 시종들이 붉은 벨벳으로 된 네모난 쿠션을 들고 셰드에게로 다가왔다.

금술이 달린 새빨간 벨벳 쿠션 위에는 순금 장신구들이 올라가 있었다. 직계 황족의 장신구만 제작하는 황실 직속 장인들이 이번 무투회를 위해 만든 것으로, 하나하나 전부 작품이라고 이름 붙여질 만한 완성도였다.

원래는 가장 빠르게 결판을 낸 참여자들 중 상위 4명에게만 주어지는 것인데, 셰드의 속도가 지나치게 압도적이었다. 근위대장은 셰드를 응시하며 말했다.

"골라라."

셰드는 약간의 망설임 없이 손을 뻗었다. 저 노예가 내심 무엇을 고를까 싶어 쏠려 있던 눈동자들이 곧 동그래졌다. 눈 높은 귀족들도 제법 망설일 법한 대단한 작품들인데, 노예는 금세 하나를 택한 것이다.

"순금 장미꽃이네요."

"예쁘네요······."

아주 정교하게 꽃잎과 꽃술을 정형시킨 순금 장미꽃. 끝이 날카롭게 벼려져 있는 것이 부토니에르나 브로치 대용으로 꽂는 용도로 쓰라고 만든 것 같았다. 손에 든 장미꽃을 내려다보던 셰드가 시선을 들어 올렸다.

셰드가 라하 쪽으로 걸음을 옮겼다. 근위대장이 곧장 몸을 움직였으나, 카르젠이 손을 가볍게 움직여 제지시켰다.

"……."

그 노예는 황녀가 마주 보이는 곳에 멈춰 서서 무릎을 꿇었다. 기사들처럼 한쪽 무릎을 꿇는 게 아니었다. 자신의 신분과 위치와 처지를 단 한 번도 잊지 않은 양, 양쪽 무릎을 꿇고 황녀 앞으로 기어갔다.

새삼 정신이 팔렸던 귀족들은 찬물을 맞은 느낌이었다. 겉가죽만은 눈 돌아가게 완벽한 남자는 그래, 황녀의 침실 노예였다.

한낱 침실 인형.

셰드는 라하의 앞에 멈춰 선 채로 고개를 들었다. 여전히 무릎은 꿇고 있는 상태였다. 그녀의 앞섶에 달린 리본이 정중하게 붙잡힌다. 옆에 있던 자멜라가 저도 모르게 입을 가린 그 순간.

"……."

순금으로 만들어진 아름다운 꽃이 라하의 옷에 꽂혀졌다.

셰드는 고개도 들지 않은 채로 말했다.

"제 주인에게 바치겠습니다."

라하는 가슴께에 꽂힌 꽃을 내려다보았다. 누구라도 한 번쯤은 꿈꿔 볼 낭만적인 상황의 주인공임에도 불구하고, 그 적통 황녀는 조금도 기뻐하지 않았다. 그저 차갑기만 했다. 그녀의 두 눈이 조금도 떨리지 않았다는 걸 바로 옆자리에서 지켜보고 있던 카르젠은 분명히 알았다.

적지 않은 귀족들이 부러움에 찬 한숨을 내쉴 때도 마찬가지였다. 꿈결에 젖어 있는 건 오히려 주변을 둘러싼 관객들 뿐. 황녀의 눈빛에 고양감 따윈 조금도 어리지 않았다. 그건 고개를 내리 숙이고 있는 그 노예도 마찬가지였다.

주위는 웅성거리는데 정작 중심은 고요한 그 기이한 상황에, 자멜라가 입을 열었다.

"노예가 참으로 충성심이 넘치네요, 황녀님."

그녀가 웃으면서 주변을 둘러보았다.

"정말 멋진 광경이에요. 그렇지 않나요?"

"맞습니다. 황녀님. 연극에 올려도 좋을 멋진 장면이군요."

자멜라의 아버지인 윈스턴 공작이 맞장구를 쳐 주었다. 주변 귀족들도 별반 다르지 않은 반응이었다.

라하는 그제야 유리알 같은 미소를 지었다.

"그런가요? 부끄럽네요."

그녀는 장갑을 끼고 있던 손으로 셰드의 어깨를 툭툭 가볍게 쳤다.

"고마워. 들어가 봐."

언뜻 보기엔 다정한 미소였지만, 그녀 주위에 앉은 모두가 알았다. 호선을 그리고 있는 건 오직 황녀의 입술뿐이었다. 라하의 두 눈은 조금도 웃고 있지 않았다. 그 차가운 가짜 미소를 구분하지 못할 정도로 녹록한 귀족은 적어도 이 가장 높은 자리 근처에는 없었으니까.

그러니 희한한 것이다.

저만큼 아름답고, 근사하고, 강인하고, 순종적인 노예에게 왜 황녀는 마음이 식었을까? 냉정히 평가하자면 당장 같은 귀족들 중에서도 손꼽히게 뛰어난 외양인데.

"왜, 새로 들어온 침노도 제법 아름답대요."

"그……, 방계요?"

"네. 그 방계요."

"그쪽이 더 취향인가 보죠."

"취향이라는 게 중요한가요? 어차피 내년이면 또 새로운 침노들을 선물 받으실 텐데."

"듣기로는 학대하는 취미도 없어져서 노예들이 오래 살아남는다 하더라고요."

"하기야. 오래 두고 볼 만한 얼굴이니까요."

속살거리는 소리가 거대한 웅성거림에 묻혀 오히려 잘 들리지 않았다. 셰드는 별다른 말없이 고개를 숙이고, 그 자리에서 물러났다.

자멜라는 흘긋 카르젠을 보고 말했다.

"부러워요, 황녀님. 이런 자리에서 꽃을 선물 받다니. 너무 로맨틱하지 않나요?"

품에 꽂힌 장미꽃을 손끝으로 잡고 있던 라하가 고개를 들어 올렸다.

"카르젠. 정혼자가 이리 말하는데."

"황녀님……!"

자멜라가 당황스러운 목소리를 냈지만, 라하는 오히려 웃어 보였다. 카르젠이 손짓했다. 결국 황제궁에 장식되어 있던 순금 장미꽃 여섯 송이가 시종장의 품에 안겨 왔다.

근위대장과 가까운 사이의 기사가 한 송이를 타내 자멜라에게 선물했고, 다른 장미꽃들도 적당히 높은 신분의 귀부인들이나 레이디들에게 바쳐졌다.

물론 무투회의 상으로 내걸기 위해 황실 장인들이 아주 열심히 준비한, 셰드의 장미꽃만큼은 아니었지만. 그래도 언뜻 보기엔 전부 비슷했다. 그 노예가 황녀에게 선물하고 간 장미꽃은 더 이상 특별하지 않았다.

그렇게 우길 수 있었다.

물론 주인의 옷에 꽃을 꽂아 놓고 간 건 그 노예밖에 없었지만.

이윽고 라하는 자리에서 일어났다.

* * *

"저 참가자, 그리고 저 참가자한테 기사를 보내 놓거라."

"예. 후작님."

제국의 무가 가문들은 굉장히 바빴다. 오랜만에 열리는 사령제 무투회다 보니 눈에 띄는 실력자들이 많았고, 어디에도 속하지 못한 평민들도 제법 있었다.

실력이 출중한 참여자라면 비록 우승까진 무리더라도, 좋은 기사단에 입단할 수도 있을 터다. 듀크 후작도 이미 한둘을 점찍어 놓았는지 기분이 좋아진 표정이었다. 무투회 본선이 끝나며 열린 연회는 오랜만에 아주 활기찼다.

카르젠은 자멜라와 춤을 춘 이후 라하와도 춤을 췄다. 그러고도 몇몇 귀부인과 춤을 춰야 하는 그를 보며 라하는 이런 생각을 했다.

'매일매일 국가적 행사를 열면 카르젠이 너덜너덜해지겠네.'

그런 식으로 쥐어짜서 카르젠의 수명을 앞당기는 것도 나쁘지 않은 방법 같기도 하고. 라하는 드레스 앞섶에 꽂힌 순금 꽃을 내려다보았다. 아까 전, 연회장으로 가기 전 시녀들이 다시금 제대로 고정시켜 준 것이었다.

시녀들이 꽃을 앞섶에 꽂아 넣을 땐 별 느낌이 들지 않았다.

이상한 일이었다.

셰드가 가슴께에 이 꽃을 꽂아 넣어 줄 때에는 마음에 구멍이 툭 뚫리는 기분이었는데.

사령제 무투회가 성공적으로 개막해서인지, 아니면 피를 보아서인지. 그도 아니면 오랜만에 전통적인 연회가 열려서인지. 평소라면 카르젠의 심기를 살피느라 술도 잘 먹지 못하던 귀족들이 오늘은 좀 달랐다.

기포가 보글보글 차오르는 0꿀 같은 샴페인 잔이 수도 없이 비워져 나갔다. 라하가 비워지는 술잔들을 가늠하던 때였다.

"황녀님."

마찬가지로 오늘따라 취기가 올라 뺨이 발그레해진 아름다운 영애들이 재잘댔다.

"어떠세요? 황녀님의 인형이 우승할까요?"

"예상보다 너무 대단했어요. 전 움직이는 것도 못 봤답니다."

"저도요."

근사한 노예가 독보적인 실력까지 보였으니 들뜰 만도 했다. 하지만 모든 영애가 즐거워하는 건 아니었다. 이마를 찌푸리는 이도 있었다.

"노예가 영주가 되는 게 말이 되나요."

"맞아요."

"아무래도 좀, 위신이라는 게······."

"하지만 다들 보셨잖아요? 그 아름다운 꽃도 황녀님께 드리던데요."

눈을 반짝인 영애가 사근거리는 목소리로 말을 이었다.

"당연히 영주 자리도 황녀님께 바치겠죠. 게다가 황녀님이라면 척박한 영지라도 분명 잘 다스리······."

쉿.

"······."

바로 맞은편에 있던 영애들이 얼어붙어 눈짓했다.

웃으면서 말하던 영애가 반사적으로 입을 다물었다. 그녀의 눈동자가 옆으로 한 번 돌아갔다. 아주 잠깐 싸한 침묵이 흘렀다.

"왜. 계속 말해 봐, 영애."

"······."

어느새 가까이 다가온 카르젠이 나른하게 말했다.

"왜 말을 하다 말지?"

"폐, 폐하······."

"어디. 영애 눈에는 내 쌍둥이가 영지를 잘 다스릴 것 같나 보군."

"폐하······."

"더 큰 것도 잘 다스릴 것 같지 않나?"

"그, 그런 뜻이 아닙니다······!"

영애가 바로 엎드리다시피 무릎을 꿇었다.

과즙 같은 연분홍색 드레스 자락이 꽃잎처럼 풀썩 내려앉았다. 바닥을 짚은 가느다란 두 팔이 불쌍할 정도로 덜덜 떨렸다.

카르젠은 영애의 앞으로 다가가 허리를 굽혔다. 가녀린 턱을 잡아 들어 올려 시선을 맞추자 영애는 반항도 하지 못하고 바들바들 떨었다.

"왜 말을 못 해. 내가 혀라도 꿰맨 것 같잖아."

동시에 곱게 관리된 어여쁜 손등을 한쪽 발끝으로 무자비하게 짓밟는다.

"아악!"

영애가 고통에 찬 비명을 내질렀다. 그녀의 눈에서 눈물이 줄줄 흘렀다.

"폐, 폐하……!"

"제 딸이 실언을 했습니다. 부디 용서해 주십시오!"

사람들을 헤치고 뛰어나온 백작 부처가 서둘러 몸을 납작 엎드렸다. 카르젠의 발밑에서 잔인하게 으깨진 영애의 손은 이미 엉망이었다. 부러져 달랑거리는 손가락. 대리석 바닥 위로 붉은 피가 흘렀다.

카르젠은 영애의 턱을 팽개친 후 몸을 바로 폈다. 하지만 구둣발로는 여전히 영애의 손을 지긋이 내리누르는 중이었다.

"라하. 어쩔까. 영지를 내려 주랴?"

순간 숨이 멈춰 있던 거의 모든 귀족들의 시선이 라하를 향했다. 그녀의 시선은 의외로, 백작 부처를 향해 있었다. 황제에게 필사적으로 매달리고 있는.

라하는 백작 부처를 묘한 눈으로 응시했다. 그녀의 시선 한 줌 한 줌 낱낱이 훑고 있던 카르젠의 눈길은 타오르는 불꽃같았다.

"글쎄요."

그녀는 오늘 몇 번이나 하는지 모를 말을 또 꺼내고, 백작에게 다가갔다.

"그보다 부모가 참 여식을 아끼네요."

미묘한 어조로 말한 라하가 몸을 숙였다. 숨 한 번 내쉴 사이.

짝!

백작의 뺨이 그대로 돌아갔다. 비천한 노예 때리듯 백작의 뺨을 무자비하게 내리친 라하는 시선을 들어 올렸다.

"이토록 아끼는데, 영애 대신 백작 부부의 손목을 잘라요. 카르젠."

순간 백작 부부는 귀를 의심했다.

"궁금해서 그래요. 여식 대신 손목을 내놔도 여식을 계속 사랑할까?"

"……!"

"화, 황녀님……!"

백작 부처의 얼굴에서 핏기가 완전히 가셨다. 대연회홀에 자리하고 있던 다른 귀족들도 그리 다르지는 않았다. 라하는 주변에겐 약간의 관심도 없었다. 그저 카르젠에게 물었을 뿐이다.

"저만 궁금한 건가요, 카르젠?"

라하의 목소리는 작지 않았다. 근처에 있는 영애들의 사지를 얼어붙게 할 정도로 분명하게 들렸다.

하지만 카르젠의 귀에만은 다르게 들렸다. 이럴 때의 라하는, 라하 델하르사는 꼭 자신에게만 달콤하게 속삭이는 것 같았다.

무엇보다 저런 정신 나간 말을 속삭일 때 라하의 눈. 그 눈을 볼 때마다 카르젠은 매번 체감할 수 있었다.

라하는 확실히 정상이 아니라고.

평소의 우아하고 도도하며 차가운 황녀의 모습은 너무도 완벽히 조형된 가면이라는 걸 카르젠은 모르지 않았다.

하기야 저렇게 망가지라고 그렇게 학대했으니.

가엽기도 한 자신의 쌍둥이.

부모의 사랑이 그리도 궁금할까. 그깟 게 그리 애달플까. 저토록 유약하기까지 하니 카르젠을 이렇게 미치게 하는 것이다. 당장이라도 씹어 먹어 버리고 싶은 쌍둥이를 보고 있자니, 카르젠의 마음에도 자비심이 차올랐다.

카르젠은 영애의 손을 짓밟아 으깨던 발을 들어 올렸다. 영애가 눈물과
타액을 줄줄 흘리며 숨을 몰아쉬었다.

"허억, 허억……."

"아가, 아가……."

백작 부인이 서둘러 무릎으로 기어가 영애를 끌어안았다. 흰 손은 이미
걸레짝이다. 하필 짓밟힌 게 왼쪽 손이었다. 청혼 반지도 끼지 못하게 될
게 분명했다.

하지만 젊은 황제는 조금의 관심도 없다. 그는 황녀의 손을 다정히 잡았다.
백작 부처만 빤히 쳐다보고 있던 라하가 시선을 옮겼다. 카르젠은 그녀의 손
을 쥔 채 성큼성큼 걸어간 카르젠이 라하를 상석에 앉혔다.

그 모든 행위가 일어나는 동안 대연회홀은 쥐 죽은 듯 고요했다. 카르젠은
라하의 옆자리에 털썩 앉은 후 느긋한 표정으로 선고했다.

"무릎을 꿇고 기어서 여기까지 와라. 와서 잘못을 비는 걸로 용서하지."

"……!"

당장 가문이 끝날 위기에 비한다면 그 정도 굴욕은 아무것도 아니었다.
백작이 허겁지겁 기어와 몇 번이나 바닥에 머리를 처박듯 사죄했다.

"잘못했습니다, 잘못했습니다. 폐하!"

카르젠은 한층 너그러워진 기분으로 손짓했다. 라하를 영주로, 왕으로,
황제로 떠받들면 어떤가. 그의 아름다운 쌍둥이는 이미 제정신이 아닌데.
너무 딱하고 애처로워, 때로는 끝도 없이 잔인해지는 제국의 하나뿐인
황녀.

달콤한 연주가 다시 시작되었다. 모두가 다시금 연회에 열중했다. 풀렸던
기분은 날카롭게 곤두서고, 한껏 들이부어졌던 취기도 죄 증발되었다.

모든 귀족들이 필사적으로 도수가 약한 샴페인을 찾았다. 델로 제국의 황
실 연회에서 도수 낮은 술은 언제나 인기 품목이었던지라, 부족할 것 없이
잔뜩 구비가 되어 있었다. 그나마 다행인 점이었다.

조용히 숨을 죽이고 있던 자멜라가 턱짓했다. 백작 영애가 흘렸던 피는 능숙한 시종들에 의해 흔적도 없이 치워졌다.

* * *

"황실이라 그런지 생각보다 더 엄격하구나."

자멜라는 거울에 비친 로자인을 응시했다. 그녀의 오랜 소꿉친구는 쓴 웃음을 짓고 있었다.

엄격하다는 말로 좋게 포장했지만……. 사실은 잔혹하다는 말을 하고 싶겠지.

"어쩔 수 없지 않겠어."

자멜라가 풍성한 속눈썹을 고고하게 내리깔았다.

"귀족으로서 오를 수 있는 가장 높은 자리에 오르는데, 이 정도는 감수해야지."

"……그럼. 넌 잘할 수 있을 거야. 윈스턴 공작께서 너를 에스코트해 오라고 하셨어."

"내가 어디서 울고 있을까 봐 걱정이라도 하신 모양이야, 아버지가."

자멜라는 시녀들에게 손짓했다.

그냥 귀족 영애가 아닌, 황제의 정혼자에게는 황궁에서도 내로라하는 계급 높은 시녀들이 붙었다. 그녀들은 자멜라의 화장을 완벽하게 고쳐 주고, 약간 흐트러진 머리도 다시 매만져 주었다.

자멜라는 흠잡을 곳 없는 태도로 시녀들의 시중을 받았다.

다른 한편으로는 거울에 비추어진 스스로의 눈동자를 빤히 바라보면서.

"라하, 어쩔까."

황녀는 자신과 너무 달랐다.

자신은 그 자리에서 백작 부부의 손을 자르라는 말은 절대 하지 못했을 것이다.

하지만 결과적으로는 가장 완벽한 결과를 가져다주긴 했던 그 잔혹한 말.

의문이 들었다. 황녀의 말 어느 부분이 황제의 마음을 건드렸을까? 물론 선대 황후가 딸을 독살하려고 했다는 사실을 알 만한 이들은 다 알았다.

그게 딱했던 걸까?

이제 와서?

곱씹을수록 무언가 기묘했다. 짐작이 갈 듯 말 듯했다. 황제가 황녀에게 쏟아붓는 것은 도대체…….

"황녀님께서는 참 차갑지만 총명한 분이시더군."

"……맞아. 로자인."

자멜라가 거울을 응시하며 말을 이었다.

"정말로 좋은 선택만 골라 하시는 분이지."

아깐 자신도 얼어붙었지만 말이다.

귀족들이 경악해서 수군대든 어쨌든, 결과적으로는 완벽한 대처였다. 적어도 머리 있는 귀족들은 그렇게 생각했다. 그 연약한 적통 황녀가 너무 잔인한 벌을 구했다고 뒤에서 입을 모으는 뭣 모르는 이들이 한심했다.

그래서 그들은, 그 자리에서 라하 황녀가 뭐라고 하길 바랐던 걸까?

자비로이 용서를 구하길 바랐나?

부드럽고 현명한 구원책을 원했을까?

웃기지도 않았다. 아까 전 황녀가 조금이라도 더 황제의 심기를 거슬렀나면, 오늘 대연회홀 샹들리에는 아주 볼만한 붉은빛이었을 것이다. 백작가 식계가 아니라 방계들의 목까지 크리스털 장식 위에 올라갔을 테니까.

라하의 대답 덕에 카르젠이 그쯤에서 멈추었다는 걸, 자멜라를 비롯한 머리 있는 귀족들은 모르지 않았다.

로자인이 말문을 텄다.

"황제 폐하께서도 황녀님을 아주 아끼시는 것 같아."

"그럼. 두 분은 쌍둥이시잖아."

당연히 아껴야지.

로자인 리굴리쉬는 생각에 잠겨 있는 자멜라를 일깨우듯 입을 열었다.

"이만 돌아가셔야지요. 윈스턴 공작 영애."

동시에 내밀어지는 손. 자멜라는 우아하게 그 손을 붙잡았다.

대연회홀은 이미 완벽하게 정리된 동시에, 완전히 경직되어 있었다.

* * *

"황녀가 정말 미친 걸까."

근위대장 블레이크의 혼잣말에 부기사단장의 눈동자가 당황으로 굳었다. 그가 나지막한 어조로 입을 열었다.

"단장님. 너무 목소리가 크십니다."

"이렇게 시끄러운데 말이냐."

"……혹시 모르니 말씀드린 겁니다."

"알았다."

대답은 했지만서도, 블레이크는 언짢은 기색을 숨길 수가 없었다. 아까 전, 백작 영애의 일이 그렇게 수습된 게 영 마음에 들지 않았다.

'폐하께서는 황녀가 정신이 반쯤 나갔다고 생각하시지.'

솔직히 블레이크의 눈에도, 황녀가 별달리 제정신은 아닌 듯 보였다. 바깥에서야 있는 힘껏 완벽한 황녀의 자태를 그리지만……. 복도에 수북이 쌓인 노예들의 시체 곁에서 굳이 잠을 청하는 황녀가 아니던가.

그건 정말로 미친 거지.

어찌 되었든 겉모습만은 완벽하다. 카르젠은 황녀를 수중에 있는 섬세한 설탕 인형이나 마찬가지라고 생각하고 있었다. 마음이 내키면 언제든 핥고, 깨뜨려 짓밟을 수 있는.

다만 지금이 너무 아름다워 손 위에 두고 볼 뿐인.

다시 말해 카르젠은, 자신의 주군은 저 쌍둥이 황녀에게 몹시도 방심하고 있다는 소리였다. 이해는 갔다. 방 안에 장식한 꽃을 경계하는 사람은 없으니까.

황녀는 미쳤지만, 한편으로는 그의 주군이 생각하는 것보다는 제정신이라는 사실을, 카르젠은 몸소 깨달아야 했다. 지금처럼 애매하게 목줄을 늘여주는 게 아니라 확실히 졸라 놔야지 않겠는가. 그 과정에서 완전히 백치가 되어도 상관없었다.

황녀에게 개인적인 유감이 있는 건 아니었다. 하지만 '계승자의 눈'을 가진 적통 황녀는 이다지도 카르젠의 앞길에 방해가 되는 존재였다.

카르젠의 깨달음에는 강한 충격이 동반될수록 좋았다. 블레이크는 충직한 기사였고, 자신의 주인의 앞날에 방해가 없기를 바랐다. 그러니 오늘 블레이크가 준비한 일은 확실한 경종이 될 것이다.

* * *

카르젠이 앉힌 상석에 제법 오래 있던 라하는, 30분쯤이 흘렀을 때야 비로소 자리에서 일어났다.

"어디 가지, 라하?"

라하가 멍하니 앉아 있을 동안, 한 번도 자리를 비우지 않았던 가르센이 곧장 물었다. 라하는 미소를 그려내며 대답했다.

"내려가야지. 가서 영애들과 대화를 나눠야 하는걸."

"굳이 내려갈 이유가 뭐가 있나. 가 봤자 벌벌 떠는 영애들이나 볼 수 있을 텐데."

"그런가."

즉, 옆에 얌전히 앉아 있으란 뜻이었다. 라하는 알아들었다는 듯이 다시 순순히 앉았다.

그녀는 굳이 음식이 차려진 곳으로 갈 필요 없었다. 자리에 앉아 있기만 해도 앞으로 줄줄이 음식이나 음료가 대령되었으니까. 특히 라하가 즐겨 마시는 샴페인 잔과, 또 겨울이니만큼 따뜻한 차도 준비되었다.

라하는 무의식적으로 샴페인 잔을 들었다가 천천히 내려놓았다. 그리고 다시 찻잔을 들어 올렸다가…….

찻물을 가만히 내려다보기만 했다. 시종이 조심스러운 어조로 물었다.

"황녀님? 찻물 온도가 마음에 들지 않으십니까?"

"아냐."

라하는 무슨 변덕인지, 찻잔을 또 내려놓고선 아까 전 샴페인 잔을 다시 집어 들었다.

찰랑이는 액체 표면에 비치는 뻥 뚫린 눈구멍. 새까만 구멍 사이로 아무 것도 비추어지지 않는 그 모습.

그녀는 잠시 생각에 잠겼다.

얼마 전에도 독이 든 잔을 받았는데, 이번에도.

그날 자리에 참석했던 이들은 오늘 연회에도 전원 참석했다. 언뜻 보기엔 여전히 범인은 오리무중인 것처럼 느껴지지만…….

특이점이 하나 있었다. 이곳은 사령제 무투회라는 점. 엄청나게 많은 귀족들이 참석하느라 근위대 기사들까지 전부 나와 호위를 서고 있었다. 상황과 장소 그리고 대기한 사람들에 따라 기민하게 움직이는 황실 권력의 임시적 축을 고려해 보자면.

황실 근위대의 주인은 황제인 카르젠이다. 하지만 그는 굳이 자신에게 독을 먹일 이유가 없다. 그렇다면 답은 하나뿐이다.

'근위대장이었구나.'

블레이크 듀크.

이 대연회홀에서 누구에게도 감시받지 않고 자유로이 움직일 수 있는 몇 안 되는 인물이기도 했고.

뭐, 저번에 독 잔을 보낸 사람은 그가 아닐 수도 있었다. 하지만 지금, 이 자리에서 라하에게 독이 든 잔을 보낼 이는 아무리 생각해도 근위대장인 블레이크 듀크밖에 없었다. 아니어도 크게 상관은 없었고.

잔 속의 샴페인이 출렁거렸다. 뻥 뚫린 눈구멍도 함께 출렁였다.

왜 갑자기 독을 보냈을까.

물론 그간 라하는 독살 시도를 아주 잘 피하기는 했다. 이 빌어먹을 '계승자의 눈' 덕분에 어렵지도 않은 일이었고.

그리고 카르젠은, '계승자의 눈'이 살의 어린 독을 감지해 낼 수 있다는 사실을 모른다. 말하지 않았다. 알았다가는 또 자신의 얼굴을 때리지 않을까……. 최근 들어서야 그나마 잠잠해진 폭탄을 일부러 점화할 이유는 아직 없었다.

"이 정도 독은 가볍게 앓고 마는 독이랍니다."

문득 떠오르는 보르본 백작 부인의 말.

보르본 백작 부인의 그 말은 거짓이었지만, 그래도 아예 틀린 말은 아니었다.

자신이 생각이 조금 짧았던 것이다.

평생 독을 먹고 죽진 않겠다고 다짐했고, 또 죽지도 못하겠지만. 선대기 살아 있는 동안은 자살도 불가능하겠지만.

독을 치사량만큼만 먹지 않으면 되는 것 아니겠는가?

결정을 내린 라하는 생기 어린 얼굴로 카르젠을 보았다. 그녀가 드물게 환하게 웃자, 카르젠이 의아한 듯 얼굴을 가까이 붙였다.

"왜 갑자기 웃지, 라하?"

"그냥. 기분이 좋아서."

인형처럼 무표정을 짓고 있다가 갑자기 환히 웃는 모습은 일견 잔혹 동화의 한 장면처럼 보일 법한데도. 황제의 쌍둥이는 그저 조각상처럼 눈이 부셨다.

"갑자기 왜 내 쌍둥이의 기분이 좋아졌을까. 누가 좋게 한 건지 말하거라. 상이라도 내릴 테니."

"카르젠."

"음?"

"백작 부부의 손목을 자르지 않았잖아."

라하가 햇솜 같은 어조로 속삭였다.

"두 쌍의 손목이 내 앞에 대령되었으면, 여기 있는 귀족들이 날 얼마나 꺼려 하겠어. 하마터면 매 연회마다 혼자 쓸쓸히 있을 뻔했어."

카르젠은 묘한 눈으로 라하를 살폈다. 그래……. 생각해 보니 그 결과가 기꺼웠을 수도 있다. 하지만 이제 와서 공치사를 하기엔 시간이 너무 흐르지 않았던가.

비정상적일 정도로.

"이제 와서 그 결과가 마음에 드나, 라하?"

"아까까진 정신이 안 돌아왔어."

"정신이 안 돌아왔다고."

"응. 이상하지?"

묘한 눈으로 라하를 살피던 카르젠이 팔을 뻗었다. 그녀의 허리를 잡아 가까이 끌어당기는 거리가 퍽 가까웠다.

"이상할 게 뭐가 있나. 넌 그런 모습조차도 아름답지."

"응. 이젠 결승전도 기대가 돼."

몇 마디 더 카르젠과 이야기를 주고받은 라하는 목이 마른 듯 샴페인 잔으로 손을 뻗었다. 샴페인치고는 독하다. 도수 높은 술 특유의 묵직하고 달콤한 향기를 카르젠 역시 맡을 수 있었다.

"폐하. 차를 대령했습니다."

시종장이 카르젠이 즐기는 차를 가져왔다.

카르젠은 가장 높은 자리에 앉아, 느긋하게 아래를 내려다보았다.

아름다운 샹들리에에서 떨어지는 예술적인 불빛. 곳곳에 세워 둔 화로들에는 아기 천사가 조각되어 있었으며, 커다란 유리창 양옆으로는 붉은색의 두꺼운 벨벳 커튼이 길게 내려와 있었다. 창문 바깥으론 겨울바람이 거세게 불었지만 대연회홀 안엔 훈기가 돌아 아늑하기만 했다.

있는 힘껏 화려하게 차려입은 귀족들은 삼삼오오 모여 담소를 나누거나, 혹은 플로어에서 춤을 추며 가벼운 술과 풍요로운 음식들을 즐기고 있고.

모두가 어딘가 긴장된 기색들이었지만 그마저도 카르젠의 마음에 들었다.

이 완벽한 자리에서, 제 곁에 붙어 있는 쌍둥이까지.

"라하."

대답이라도 하듯, 그녀가 그의 어깨에 목을 툭 기댔다.

순간 카르젠은 기이함을 느꼈다.

이 깜찍한 쌍둥이는, 사람들이 많은 곳에서는 절대로 카르젠에게 먼저 접촉해 오는 적이 없었다. 필요 이상으로 몸을 사렸다. 물론 사람이 없는 곳에서도 먼저 접촉을 해 오는 경우는 거의 없었지만……

카르젠은 라하의 허리를 끌어안고 있던 손을 움직여 그녀의 등줄기를 만졌다. 뒤로 크게 묶은 리본 위, 얇은 옷감 사이로 곧게 뻗은 뼈가 고스란히 느껴진다. 그녀의 허리를 쓸어 올린 카르젠은 라하가 내려놓은 샴페인 잔을 보았다.

"……."

반도 비우지 못한 술잔이라. 전혀 그녀답지 못했다.

왜냐하면 라하는 술을 좋아했으니까. 고작 몇 년 전에는 중독증을 진단받은 적도 있을 만큼.

막 황위를 이어받은 카르젠은 전쟁을 주관하느라 제도에 있을 적이 몹시 드물었다. 자신의 수석 부관에게 황궁을 살피라 맡겨 놓고, 1년이 넘도록 돌아오지 않은 적도 있었다.

해가 바뀌어서 돌아왔을 때, 보게 된 라하는, 대단히 말라비틀어져 있었다.

몇 번 술을 입에 대더니 이윽고 완전히 중독이 되었다고 했다. 그런 와중에도 황녀의 피부는 기이하게 빛이 났다. 주인이 술을 퍼마시든 말든 시녀들은 열심히 그녀를 관리한 덕이었다.

우스웠다. 흥미로웠고, 솔직히 말하면 굉장히 마음에 들었다.

오래가지는 못했다. 얼마 후부터 바뀐 주치의와 합이 잘 맞았는지, 라하는 이윽고 정신을 차렸다. 술독에 한번 빠지면 헤어 나오기 어렵다더니, 완전한 치료에는 몇 년이나 걸린 모양이지만….

카르젠은 그 의사의 이름이 기억날 듯 말 듯했다.

나중엔 현자의 수제자라는 어린놈이 라하의 주치의가 되면서 완전히 술 중독에선 벗어나 버렸지만.

라하가, 자신과 얼굴이 그렇게 닮은 쌍둥이가 중독자의 모습으로 자신을 보던 몇 년 전의 기억이 아직도 선연하다. 그때 라하의 모습을 본 이후, 카르젠은 웬만해선 술에 손을 뻗지 않았다.

어찌 되었든 이후로도 라하는 종종 샴페인을 즐겨 마셨다. 좋은 술은 몹시 값비싸다지만 델로 황실은 전 대륙을 통틀어서 가장 부유한 곳이었다.

카르젠은 라하가 반도 비우지 못한 잔을 들어 올렸다. 술렁이는 액체를 응시한 카르젠이 입을 열었다.

"감별기를 줘 보거라."

"예, 폐하."

시종장이 재빨리 품에서 은으로 만들어진 감별기를 올렸다. 꼭 라하가 하고 있는 귀걸이만 한 크기의 순은 감별기가 깨끗한 빛을 냈다. 카르젠은 감별기를 그대로 샴페인 잔에 스푼처럼 집어넣어 보았다.

"폐, 폐하…."

시종장의 목소리가 당황으로 물들었다.

"황녀님의 상태가 조금…."

카르젠의 어깨에 기대고 있던 라하의 얼굴이 그대로 가슴 밑으로 추락했다. 카르젠이 라하를 안아 드는 것과 동시에, 감별기를 서둘러 꺼내 확인한 시종장이 완전히 창백해진 안색으로 크게 외쳤다.

"도, 독입니다!"

카르젠의 얼굴이 완전히 굳었다.

* * *

"황녀님? 황녀님……!"

라하가 천천히 눈을 슴벅거렸다. 희미하게 주변의 소란이 들려온다. 몇 번 더 눈을 깜빡이자 올리버의 얼굴이 망막에 맺힌다.

급히 라하를 살펴본 올리버가 입 안에 무언가를 흘려 넣는다. 몸이 다시 노곤해졌다. 눈동자를 가만히 굴렸지만 보고 싶은 얼굴은 없다. 그나마 다행인 점은 보기 싫은 얼굴도 없다는 것.

라하는 다시 눈을 감았다.

* * *

라하가 제대로 정신을 차린 건 건 이틀이 더 지나서였다.

"……네 실력이 확실히 나쁘지는 않구나."

라하를 살핀 카르젠은 올리버에게 무뚝뚝한 칭찬을 건넸다. 올리버는 공손히 몸을 숙였다.

"황공하옵니다, 폐하. 그나마 독이 강한 종류가 아니었고 또 천만다행으로 많이 드신 게 아니셔서 이 정도였습니다."

카르젠은 파리한 안색의 라하를 응시하다가 이를 갈았다. 독에 대한 소상한 보고는 이미 들었다. 근육을 일시적으로 약화시키고 깊은 잠에 빠지게 한다는 독이었다. 물론 그마저도 많이 마시면 목숨을 빼앗는 독이지만, 일단 저 정도의 증상이었다.

이 독의 효능을 듣는 순간 누구라도 짐작할 수 있을 것이었다.

"영주 자리에 눈이 먼 비천한 자식들이."

카르젠이 분기에 차 짓씹었다. 오랜만에 제대로 열린 사령제 무투회. 더군다나 파격적인 우승 부상까지. 덕분에 눈먼 놈들이 넘쳤나 보다. 경쟁자를 조금이라도 제거하기 위해 독을 쓴 게 틀림없다. 그런 의도의 독이 어째서 황녀의 잔으로까지 흘러들었는지는 모르지만.

"감히 '계승자의 눈'에 해를 끼쳐."

이미 무투회는 전면 중지되었다. 고문을 통해 범인을 색출하려고 했으나 사령제엔 너무 많은 사람이 참석했었다. 더군다나 황녀가 죽은 것도 아니니까. 엄밀히 말하자면. 하지만 아무 일도 없다는 듯 사령제를 다시 진행할 정도는 또 절대 아니었다.

애처로울 정도로 창백해진 라하가 따뜻한 물을 조금 마시고 입을 열었다.

"하지만 무투회를 이렇게 중단하면 앙심을 품은 이들이 나타날 텐데, 카르젠."

"라하."

카르젠이 라하를 바라보며 부드럽게 일렀다.

"앙심을 품으면 목을 잘라 버리면 그만이지."

"그런가."

"그래."

얇고 부드러운 잠옷 밑으로 오스스 돋은 소름이 감춰진다. 하지만 카르젠은 그녀의 신체적 반응을 충분히 짐작하는 이처럼, 라하의 따뜻한 등을 손으로 쓸면서 말했다.

"하나씩 전부 심문해서 밝힐 것이다."

"참가자일까?"

"패배한 놈들 중 하나인 것 같기도 하고."

비열한 방법으로 이기기 위해서 독을 가져와 놓고, 정작 패배한 모양이다. 앙심에 휘말려 잔에 독을 밀어 넣었겠지. 그게 하필이면 라하의 잔으로 온 모양이었다. 처음부터 라하를 노렸을 가능성은 거의 없다는 게 카르젠의 판단이었다.

"범인을 찾아내서 반드시 네 앞에 끌고 와 주마."

"응."

고분고분 대답한 라하가 약한 목소리로 덧붙였다.

"그런 놈은 내 침노로 주면 안 돼."

카르젠이 허 하고 웃었다.

"당연한 소리를. 사지를 찢은 후 성벽에 걸어 놓을 놈이다."

"……알았어. 믿고 있을게, 카르젠."

안심이 된다는 듯 라하가 얼굴을 조금 끄덕였다. 당장 흩어질 것 같은 가련한 모습. 언제나 강하고 거친 카르젠은, 자신과 몹시도 닮은 얼굴인 쌍둥이가 이토록 연약하고 가련한 모습을 보이면 기이하게 흥분했다.

카르젠은 라하의 이마에 입술을 붙였다. 그녀의 긴 속눈썹이 뺨에 뭉개지는 감각이 몸서리쳐지게 선명했다.

그는 천천히 고개를 뗐다.

"기다리거라, 라하."

"응, 카르젠."

* * *

"감히 내 쌍둥이에게 독을 먹이다니."

카르젠은 이를 갈며 걸음을 옮겼다.

"범인을 찾아내면 아주 뼈를 갈아 씹어 마셔 주지."

근위대장 블레이크는 얼굴이 창백해진 채로 함께 걸었다. 두 눈이 몹시 흔들리고 있었다.

'왜 황녀가 그걸 마셨지?'

당연히 마시지 않을 거라 여겼다. 이번에도 마찬가지로.

블레이크는 황녀를 의심하고 있었고, 카르젠에게 이를 알려 주려고 했다. 하지만 황녀가 독이 든 샴페인 잔을 그냥 들이켜는 바람에 상황이 완전히 뒤바뀌었다.

이제 와서 황녀가 무언가 말하지 않은 능력을 가지고 있다, 그러니 독을 먹지 않는다 따위를 얘기했다가는 오히려 블레이크 자신의 목이 위험했다.

어찌 되었든 카르젠에게 알리지 않고 독단적으로 황녀에게 독을 먹인 것이니까.

이미 무투회에 참가했던 이들은 전원 억류된 상태였다. 그나마 번듯한 귀족들도 제법 있었기 때문에 지하 감옥에 처넣어지진 않았다. 궁 하나를 통째로 비워 방 하나에 한 명씩 밀어 넣고 기사들이 철통같이 감시하는 중이었다.

와중에 대연회홀에 참석했던 귀족들 역시 돌아가지 못하고 있었다. 당연한 일이었다. 직계 황족이 황제가 보는 앞에서 독살당할 뻔했는데. 덕분에 지금 드넓은 궁엔 몇천 명이나 되는 사람들이 불안함을 겨우 다스리고 있었다.

라하가 그나마 일찍 눈을 뜬 게 천만다행이었다.

혐의가 없는 아주 어린 귀족들, 그리고 대귀족들 위주로 먼저 가벼운 심문을 마친 후 집으로 돌아가고 있었다.

그중 한 명인 에스더 공작은 평소 같은 얼굴로 다가와 황제 앞에 묵례했다.

"폐하. 긴히 드릴 말씀이 있사온데."

"말하라. 에스더 공작."

"사적인 일이긴 하나, 듀크 후작가의 기사단장이 황녀님의 노예와 결투를 벌이다 진 적이 있습니다."

"······뭐?"

뒤에 서 있던 블레이크의 얼굴이 순식간에 식었다. 카르젠이 이를 까드득 갈았다.

"듀크 후작은?"

"아버지께서는 이미 귀가를······."

"당장 불러와라!"

"예."

"기사단장도 함께 끌고 와라, 당장!"

"존명!"

카르젠의 발걸음이 거칠었다. 갑작스러운 전개에 블레이크는 당황할 수밖에 없었다. 도대체 황녀는 왜 갑자기 독을 먹어서, 아니. 자신의 추측이 틀린 건가? 저번에는 왜 차를 마시지 않고······!

그때였다. 밖에서부터 엄청난 소란이 들리기 시작했다.

"불이야!"

"불?"

그때 시종장이 급하게 뛰어와 다급한 목소리로 보고했다.

"폐하! 별궁에 불이 났습니다. 사방 전체에 불이 번진 데다가 갑자기 궁벽 쪽에도 불이 번져서 별궁에 억류된 이들을 다른 곳으로 옮겨야 할 것 같습니다!"

"멀쩡하던 궁에 불이라고?"

카르젠이 욕설을 삼키며 자리에서 일어났다. 뻔했다. 불을 내서 도망치겠다고? 이 버러지 같은 것들이 눈앞에 몰리니까 뵈는 게 없구나 싶었다.

"근본 없는 천한 새끼들이 아주 가지가지 하는구나. 당장 별궁으로 안내해라!"

"예, 폐하!"

성큼성큼 걸어 별궁까지 향한 카르젠을 맞은 건, 상상 이상으로 거대한 불길이었다. 이걸 지금 한낱 참가자가 냈다고? 카르젠의 눈이 가늘어졌다.

chapter 6
그리움에 대하여

불이 났다는 소식은 라하의 궁에도 금세 전해졌다. 생각보다 불길이 너무 크다는 얘기도. 억류에 원한을 품은 귀족이 다른 쪽에도 불을 지른 것 같다는 말이 돌았다. 라하는 속으로 생각했다.

'그건 진짜겠네.'

사전에 받았던 연락보다 훨씬 불기운이 셌다.

신성국이 불을 지른 건 참가자들이 억류되어 있는 별궁과 하필 그곳과 가까운 약재실뿐일 텐데. 불이 났다는 얘기에 열이 받은 귀족이 홧김에 저도 방화를 저지른 모양이었다. 어디든 방화광은 있는 법이지. 뭐, 덕분에 잘됐다.

라하는 싸늘한 공기가 감도는 내궁으로 들어섰다.

중독되었다가 막 깨어난 황녀가 이렇게 마음대로 걸을 수 있는 이유는, 첫째로 불이 황궁의 약재실에도 옮겨 갔기 때문이었다.

평소에는 그 존재감이 잘 드러나지 않지만, 온갖 대륙의 귀한 약재가 모조리 있는 약재실은 황궁에서도 굉장히 중요한 곳이었다. 물론 여러 곳으로 나뉘어 관리가 되고 있다지만 천금을 주고도 살 수 없는 약재들은 심지어 불에 잘 타기까지 했다.

정신이 없을 것이다. 황녀를 돌보던 올리버까지 급하게 호출된 걸 보면.

침실에 머무는 시녀들을 물리는 건 숨 쉬는 것만큼이나 쉬웠다. 그녀가 내궁으로 걸어간다고 해서 이상하게 볼 이들도 없었다. 따지고 보면 집안의 침실에서 서재로 걸어가는 거나 마찬가지였으니까.

라하의 내궁은, 최소한 근래에는 시녀들에게 그런 이미지였다.

내궁으로 천천히 걸어가며 눈이 내리기 시작하는 하늘을 올려다본다. 눈송이들은 내궁의 지붕을 덮을 거고 하늘을 바로 올려다볼 수 있는 유리창도 덮어 버리겠지.

라하가 향한 곳은 네슬리안 후작가의 방계 소년이 잠들어 있는 침실이었다. 소년은 거의 눈을 뜨지 못했다. 인술을 약하게 새겼다지만 이런저런 고생을 많이 한 탓에 영 비실비실했다.

침대에 걸터앉은 라하가 흰 손등을 찔러 피를 냈다. 그리고 소년의 입을 잡아 벌려 피를 흘려 넣었다.

"삼켜야지."

"……흑."

어렴풋이 눈을 떴던 노예가 피를 겨우 삼키고 기절했다. 라하는 이마를 약간 찡그렸다. 셰드한테 피를 먹일 땐 절박하고 두려워서 다른 감상이 안 들었는데, 지금은 조금 다른 감상이 든 까닭이다.

"누가 실험을 하는지 모르겠네."

꼭 자신이 실험자가 된 기분이었다.

어찌 되었든 방금 소년에게 피를 먹인 이유는 간단했다. 실험을 성공시키려면 표본은 많을수록 좋으니까. 대신관들이 알아서 소년의 몸에 난 인술도 없애 주겠지만. 아마 이 궁에 들어온 노예들 중 가장 운이 좋은 게 이 소년일 터다.

가장 운이 나쁜 건…… 셰드일 테고.

라하는 이리저리 흩어지는 생각을 일부러 지워 버렸다.

와중에도 손등에선 피가 멈추지 않았다. 너무 대중없이 찔러 넣느라 혈관을 잘못 건드린 것 같았다. 그녀는 소년을 보며 속삭였다.

"다신 여기 오지 마."

꼭 몸을 바쳐 실험에 성공하고. 그래서 이 빌어먹을 델로의 황족들에게 반드시 복수하렴. 라하가 다른 쪽 손으로 소년의 머리를 쓸어 넘겼던 그때였다.

인기척 소리가 들렸다.

예고도 없이, 혈흔으로 다소 처참하게까지 보이는 손이 잡혀 올라갔다. 라하는 턱을 옆으로 돌렸다. 목을 한껏 꺾어서야 올려다볼 수 있는 커다란 남자.

셰드였다.

라하는 아무 말 없이 침대에서 일어났다.

잡혀 있지 않은 손을 뻗어, 그의 탄탄한 왼쪽 가슴을 짚어 보았다. 저 옷 안에 감춰져 있을 노예의 인술을 반추해 본다. 아무리 약화시켰다지만 어찌 되었든 분명한 제약. 그 덕에 셰드는 라하의 목을 제대로 조르지도 못하질 않던가.

게다가 인술 때문에 황궁을 떠날 수도 없었고.

자신에게 계승자의 피를 끊임없이 생산해 내는 가치라도 있어서 다행이었다.

라하는 살갗 위로 쉴 새 없이 번지는 피를 한껏 머금었다. 그대로 셰드의 입술을 찾아 틈을 벌렸다. 비리기 그지없는, 어쩌면 역하기까지 할 피를 입으로 넘기는데도 그는 눈 한 번 깜빡이지 않았다.

기이한 입맞춤은 오래 걸리지 않았다.

"……."

옷소매로 제 입을 닦아 낸 라하가 셰드를 응시했다. 불현듯 충동이 들어 셰드의 입도 조심스럽게 닦아 주었다.

그러고는 어쩐지 말문을 잃고 만다.

그 까마득한 시선. 누가 누구의 눈길을 부여잡고 있는지도 몰랐다. 불현 듯 남들의 눈에 보인다던 그 청록색 눈동자를 한 번 보고 싶다는 생각이 들었다. 자신이 '계승자의 눈'을 가졌음을 시시각각 알려 주는 청회색 눈동자가 아니라.

가짜라지만 마음은 좀 더 편했을 그 눈을.

남들이 보듯 이 노예를 볼 수 있었으면 얼마나 좋았을까. 우리가 평범한 황녀와 가여운 노예였다면 어땠을까.

결코 이루어지지 않을 가정.

"셰드."

어설프게 상실에 익사하고 싶지 않아 눈 한 번 깜빡이지 않았다.

"꼭 델하르사를 파괴하러 다시 와."

"……."

"그걸 위해 그토록 열심히 몸을 섞어 준 거니까."

셰드가 냉기가 선연히 묻어나는 눈으로 라하를 응시했다. 그런 걸 시선이라고 부를 수 있다면 말이다. 서늘했던 눈빛 아래가 조금씩 뒤틀리며 조용한 파열음이 들리는 것 같은 착각마저 들었을 때.

그가 대답했다.

"그러지, 황녀."

"……."

"반드시 그래 줘야지."

목소리에 목이 졸리는 것 같은 기분이 들었지만. 라하는 옅게 웃었다.

"그래, 셰드."

어떤 말들은 내뱉어지는 순간 유실되어 고스란히 사라지고 마는데, 어떤 말들은 가슴에 고여 평생을 사라지지 않는다. 셰드가 한 말의 대부분이 그랬다. 우습지도 않은 일이다. 그와 내가 얼마나 긴 시간을 보냈다고.

조소가 나올 것 같아 라하는 그대로 뒤돌아섰다. 단 한 번도 뒤돌아보지 않고 침실을, 내궁을 걸어 나선다. 사람 없는 화려한 복도를 무의식적으로 걸어 도착한 곳은 후원이었다.

팔츠 궁정백이 황량하지 않게 손보고 있던 드넓은 후원.

물론 라하의 외궁에까지 불이 번지고 있었다. 노예들이 탈출할 당위성을 부여하기 위해, 미리 계획한 일이었다. 하지만 미리 예상했던 것처럼 큰불로 화할 것 같지는 않았다.

"……."

그녀가 고개를 들어 올려 하늘을 바라보았다. 흐린 하늘에서 또 눈이 내리고 있었다. 카르젠은 매번 운도 더럽게 좋지. 자신이 다스리는 황궁에 불이 나자마자 하늘에서 이렇게 눈을 쏟아부어 준다니.

신의 편애를 받는 건 누구인지…….

깊숙한 곳에 있는 내궁에서도 바깥의 소란이 들렸다. 외궁 밖이 얼마나 엉망일지 짐작이 갔다.

라하는 손수건을 깔아 둔 자리에 주저앉아 무릎을 끌어 모았다. 기이한 탈력감에 얼굴을 파묻었다가 아까 전, 주머니에 꽂아 놓았던 순금 장미꽃을 꺼냈다.

외궁의 시녀들은 정말로 앙큼했다. 와중에도 이걸, 노예가 그 수많은 귀족들 앞에서 무릎을 꿇고 바친 이 아름다운 꽃을 라하의 침실 화병에 꽂아 놓았기 때문이었다. 원래 있던 생화는 이미 시들어 버렸다. 그래서 화병이 텅 비어 있으니 채워 놓은 걸까.

고작 한 송이로.

기껏 한 송이로.

불현듯 우습다는 생각이 들었다.

그녀에게 허락된 사람은 없는데, 꽃 한 송이만이 초라하게 남아 있다는 사실이······.

라하는 시선을 조금 비틀어 흰 어깨를 내려다보았다.

이대로 눈을 감은 채 잠들고 싶었지만, 아직은 카르젠을 완벽히 속이지 못했다. 그녀는 담소나 나눌 짧은 사이, 아마르 대신관과 이미 계획을 끝내 놓았다. 함께 얘기를 나누며 계획을 철저히 맞춰야 했지만 그럴 시간이 없었기에······.

나머지는 라하가 조금 더 다치는 걸로 보완하는 수밖에 없었다. 그녀의 상처가 이 계획에 부족한 부분을 모두 보충해 줄 것이다.

"노예가 할퀴는 자국은 이 정도면 되나······."

주욱 살이 긁히고 피부가 찢기는 소리와 함께 새빨간 피가 퐁퐁 솟아났다. 생각한 것보다 더 아파서 라하가 이마를 찌푸렸다.

"······."

인술을 새긴 노예가 황궁을 떠나지 못한다는 속박은 이미 풀렸다. 같은 의미로 라하를 해치지 못하는 인술의 힘도 약해져 있었다고 카르젠이 짐작하면 된다.

마법사가 똑바로 인술을 걸지 않아 내가 이렇게 다치고, 아끼던 노예한테 배신까지 당했다고 말할 작정이었다.

잘됐지.

카르젠에게 벌벌 떠는 그 구렁이 같은 마법사 놈이, 폭군의 진노를 받느라 진땀을 빼겠지. 그놈이 고초를 받을수록 라하는 기분 좋아질 테고. 이 참에 그 빌어먹을 마법사 놈이 시체들과 밤을 보내는 벌이나 받으면 좋을 텐데.

그래야 내 기분을 조금이라도 이해하지.

라하는 일부러 웃어 보았다. 그런데도 도통 피곤함이 가시질 않았다.

어깨에 불이 붙은 듯 아파서일까? 라하는 찢겨진 드레스 사이로 너덜

거리는 핏자국과 살점을 보았다. 그래도 흉터는 남지 않을 것이다. 그때, 셰드의 무릎에 발라 주고 남긴 황금 대각이 있으니까.

셰드의 무릎도 깨끗이 낫지 않았던가. 그러니까 지금의 상처 따위는 아무렇지도 않을 것이다. 카르젠이 늘 원하는 아름다운 인형으로 충분히 돌아갈 수 있었다.

눈은 하염없이 내렸다. 슬리퍼를 신고 걸어왔던지라 발뒤꿈치가 시렸다. 장미꽃을 쥐고 있는 손도 발갛게 얼어붙고 있었다.

피가 묻은 장미꽃을 내려다보고 있자니, 기이하게도 보르본 백작 부인이 떠올랐다. 그날도 이렇게 눈이 많이 내렸다. 그래서 별궁에 꼼짝없이 며칠간 갇혔던 그 어렸던 날.

라하는 침실에 장식된 꽃을 가져와 보르본 백작 부인의 시체에 올려 두고 오들오들 떨었다. 그 꽃들은 며칠이 지나자 볼품없이 시들어 버렸다. 다시는 못 볼 보르본 백작 부인처럼 그렇게.

다들 내게 꽃만 남기고 가는구나.

이젠 익숙하니 서글플 것도 없지만. 라하는 손수건을 깔고 앉아 있던 자리에서 일어났다. 그녀는 천천히 외궁 쪽으로 걸음을 옮겼다.

"제 주인에게 바치겠습니다."

목소리가 차갑게 타오를 수 있다는 걸 그때 처음 알았다. 자신의 가슴 위에 무른 순금을 찔러 꽂아 넣던 손.

넘실기리던 불길은 어느새 내궁 후원에까지 옮아붙었다. 하지만 저 드넓은 후원을 가로질러 내궁까지 태워 버리진 못할 것이다. 거리가 상당한 데다, 어두운 하늘에선 눈이 끝도 없이 내리고 있었으니까.

앞이 제대로 보이지 않을 정도로 눈발이 몰아쳤다.

두 발은 눈과 엉긴 차가운 진흙으로 엉망이 되어 있었다. 신고 있던 슬리

펴는 아무 소용도 없었다. 장미꽃을 든 그녀의 손에 힘이 천천히 빠졌다. 물끄러미 불길을 응시하던 라하가 느리게 걸음을 옮겼다.

머리 위로까지 넘실거리는 불꽃 앞에 멈춰 선다.

툭.

그녀는 새빨갛게 타오르는 불꽃에 장미꽃을 던져 버렸다. 금빛 무성한 꽃을 살라먹는 불꽃. 마음속에서도 무언가가 타 재만 남은 것 같다. 라하는 아주 오랜 시간이 지나고서야 불길에서 시선을 떼고 돌아섰다.

꽃은 녹아도 가슴이 찔린 흔적은 죽어도 지워지지 않을 것 같아서.

눈은 끊임없이 내렸다.

"……셰드."

가짜일 게 분명할 그 이름을 중얼거려 본다.

그래도 부를 때만은 언제나 진짜라고 생각하고 불렀던 이름.

끔찍한 폭설이 이어졌다. 봄은 끝내 맞이하지 못한 채 그 노예는 떠났다. 인정해야 했다. 그녀는 그를 보내고 싶지 않았다. 이런 곳에 데려오고 싶지도 않았다. 그런 식으로 상처를 주고 싶지 않았다. 난도질을 하고 싶지 않았다. 사실은.

사실은…….

눈앞이 막을 새도 없이 흐려졌다. 라하는 느리게 눈을 깜빡였다. 뺨을 타고 눈물이 쉬지 않고 흘러내렸다. '계승자의 눈'을 이어받은 황녀.

라하 델하르사.

그녀는 오랫동안 우두커니 서 있었다. 아주 오랫동안.

chapter 7
전환점의 조건

폭설과 불길이 함께 치솟던 사령제는 말 그대로 '없던 일'이 되었다.

누구도 항의하지 못했다. 황제의 분노가 대단했기 때문이다.

특히 황궁 전체에 방화라는 큰 난리가 생기면서, 별궁에 갇혀 있던 평민 참가자들의 절반 이상이 도망쳤다. 불길이 잡히면 전부 처형될 거라는 출처를 알 수 없는 괴소문이 퍼진 까닭이었다.

평소라면 엄중했을 경비 덕에 꿈도 꿀 수 없었을 일이지만, 큰불이 난 데다가 귀족들도 수천 명이 입궁한 상태.

폭설은 가시거리를 완전히 차단했다. 더군다나 무투회 본선에 올라온 이들은 하나같이 실력자였다. 죽기 싫다는 원초적인 본능으로 인해 그들은 말도 안 되는 속도로 황궁에서 도망치는 데 성공했다.

이후 황궁의 군사들이 파견되었으나, 그날 내렸던 폭설이 새벽 나절 폭우로 바뀌면서 추적에 난항을 겪었다.

궁 밖의 일들은 상관이 없었다. 적어도 자멜라에겐 그랬다. 문제는 황궁이

'엉망'이 되었다는 사실뿐. 그녀는 창백한 얼굴로 굳을 수밖에 없었다. 귀족들의 자유로운 차림을 위해 내부 곳곳에 너무 많은 화로를 구비해 놓은 게 문제였다.

어느 귀족이 이걸 물고 늘어지기라도 한다면……?

"걱정하지 말거라, 자멜라."

윈스턴 공작은 심각한 얼굴로 중얼거렸다.

"이 사령제 무투회는 너 혼자 준비한 게 아니질 않느냐."

"……아버지. 그 말씀은."

"황녀도 함께 준비했어. 오히려 따지고 보면 황녀가 주도했고 너는 도왔지. 아직은 서열이라는 게 있질 않느냐."

자멜라가 밤새워 가며 주도했다는 사실을 잘 알고 있음에도, 윈스턴 공작은 안색 하나 변하지 않고 그렇게 말했다.

"황녀가 책임을 회피할 수도 있지만……."

다만 그게 유일한 걱정이었다. 하지만 라하는 아주 선선히 대답해 주었다.

"그래요. 같이 준비했죠. 책임도 같이 져야죠."

"제 여식도 최선을 다해 함께 수습하겠습니다."

"그래요, 윈스턴 공작."

그뿐이었다.

카르젠의 심기를 거스르지 않기 위해 일단 그의 시선이 주로 닿는 본궁과 대연회홀에서부터 그을음이 모조리 사라졌다. 별궁은 아예 벽지와 바닥재를 뜯어내 완전히 새것으로 갈았다.

온 궁이 수습에 총력을 기울인 결과, 일주일도 걸리지 않아 황궁 전체에서 사령제 무투회와 관련된 흔적이 죄다 사라졌다.

자멜라는 겨우 한숨을 내돌렸다. 그제야 다른 얘기를 꺼낼 여유를 찾기도 했고.

"노예들이 도망을 갔다고 들었어요, 황녀님."

"네."

"폐하께서 정말 진노하셨지요."

"그러게요. 상처까지 난 터라."

황녀는 어깨에 붕대에 감고 있었다. 그렇다면 그냥 목까지 올라오는 드레스를 입어도 될 텐데, 그녀는 예전에 즐겨 입었던 빗장뼈 아래까지 내려오는 드레스를 입고 다녔다. 덕분에 어깨와 쇄골 쪽에 붕대를 감고 있는 모습이 가감 없이 드러났다.

자멜라가 얼굴을 가볍게 찌푸리며 말했다.

"역시 노예들이라 잘해 줘 봤자 소용이 없네요. 비천하기도 하지."

"그다지 잘해 주지 않았답니다."

한 번도 잘해 준 적이 있어야지. 상처만 주면 잔뜩 주질 않았던가. 자멜라는 라하의 말을 어떻게 들었는지 모르겠다.

"잘해 줄 필요가 없기는 하지요. 어차피 비천한 노예였잖아요. 황녀님은 너무 고귀하시고."

라하는 무던한 얼굴로 깃펜을 들어올렸다.

"그렇지요."

선선한 대답은 묘하게 힘이 없었다. 사실, 계속 이런 상태이기도 했다. 자멜라는 라하를 흘긋 보았다.

"……황녀님. 차라도 한잔하시고 일하시는 게 어떨까요? 지금, 일주일째 일만 하고 계시잖아요."

라하는 거절하지 않고 따뜻한 차를 마셨다. 그녀들 사이에선 사소한 잡담이 흘렀다. 가끔 그녀의 붕대 위로 희미하게 피가 배어나기는 했으나, 올리버가 늘 곁에서 대기하다가 곧장 다시 치료를 해 주었다.

그렇게 모든 수습이 끝나자마자 라하는 귀신같이 앓았다. 엄청난 고열이었다.

"아무래도 그, 인형이 도망간 게 충격이었나 봐요."

"가슴에 꽃까지 꽂아 놓고 말이에요."

"아니면 독약을 드신 것 때문일 수도 있고요."

"게다가 속상하시겠죠. 모처럼 크게 준비한 사령제가 엉망이 되었잖아요."

올리버는 수군대는 목소리들을 들으며 헛웃음을 지었다. 그는 황녀의 침실에 와 그녀의 이마 위에 놓인 물수건을 갈아 주며 말했다.

"사람들이 언제나 일면만 볼 줄 알아 다행이라고 생각합니다, 황녀님."

그녀가 앓고 일어났을 때에는 이미 봄이 성큼 무르익다 못해 초여름이 되었을 때였다. 눈은 더 이상 내리지 않았고, 델로의 모든 것이 낫기까진 충분한 시간이 흘러 있었다.

델로에 속하지 않은 한 왕제를 제외한다면 말이다.

* * *

"오늘 실험은 끝났습니다. 왕제님. 정말 고생하셨습니다."

앉아 있던 셰드가 손을 가볍게 쥐었다 펴며 일어났다. 상체를 완전히 드러내고 있던 그에게 신관이 옷을 가져다주었다. 한편으로 신관들의 눈에는 짙은 염려가 깃들어 있었다. 이 왕제는 고요할 정도로 묵묵하게 실험에만 응했다. 타성적으로까지 느껴지는 무표정. 어딘가 한 군데가 완전히 무너져 내린 사람 같았다.

셰드는 익숙하게 옷을 걸친 후 실험실로 마련된 방을 나섰다.

이곳은 신성국은 아니었으나, 치밀하게 계획을 세워 놓았던 대신관들이 극비리에 준비해 둔 장소였다. 최대한 카르젠의 눈에 띄지 않는 곳으로. 그러다 보니 모든 사계절이 유독 혹독하게 다가오는 조용한 땅 위에 지어지고 말았지만.

특히 무자비한 계절은 겨울이었다.

길었고, 추웠고, 눈이 많이 내렸고.

셰드는 그리 길지 않은 복도를 걸어가다가 문득 창밖을 응시했다. 매번 돌아볼 때마다 두꺼운 유리창 너머로는 눈이 내리고 있었다. 그야말로 종일 내렸다. 새벽에도, 한낮에도, 저녁에도, 밤에도.

쳐다볼 때마다 항상. 지겹지도 않은지.

새하얀 설경에서 오래지 않아 시선을 돌린다.

감흥 없이 실험에 응하고, 식사를 하고, 목욕을 하고. 검을 휘둘러 보고. 특별할 것 없는 일상이었다.

한 가지만을 제외한다면 그랬다.

셰드는 손에 쥔 보석을 시야 위에 올려놓고 물끄러미 응시했다. 라하 델 하르사. 그 황녀가 안겨 주었던 검에서 떼어 왔던 그 푸른 보석. 델로 제국 에서 스스로의 의지로 뜯어 온 유일한 물건이기도 했다.

이걸 왜 가져왔나.

무슨 충동이 들어서 이딴 걸 들고 왔나.

스스로에게 무수히 물었지만 결국 대답은 한 번도 제대로 나온 적이 없었던 질문. 다만 한 가지는 확실히 알 수 있었다. 이런 것이라도 쥐어 오지 않았다면, 셰드는 푸른 것들을 볼 때마다 죄 한 번씩은 시선을 멈 췄으리라고.

촌극을 떠나와서도 이렇게 촌극이다. 하루가 갈수록 부피를 더해 가는 것 들이 하나같이 이토록 한심하다.

어차피 황녀가, 그 눈이 아프도록 잔인한 황녀가 제게 가지라고 허락해 준 건 서툴고 조악하게 부서져 내린 착각들뿐인데. 더 이상은 아무 의미도 없는 것들.

그렇게 되뇌면서도.

끊임없이 되뇌면서도.

푸른 보석을 쥐고 있던 셰드의 손에 힘이 천천히 들어갔다. 핏줄이 툭툭 불거졌음에도 무표정한 얼굴에 떠오르는 동요는 없었다. 그렇지만, 그래. 그는 미칠 것 같았다. 매분, 매초. 호흡을 내쉬고 들이쉴 때마다. 시시각 각…….

목이 졸리는 기분이었다.

라하 델하르사.

차라리 가여운 척이라도 해서 그 황녀의 동정심이라도 살걸 그랬지. 대화 한 번 나눈 적 없는 시체에게도 동정심을 나눠 주는 그 자비심 넘치는 여자 에게 다친 짐승인 척 몸이라도 웅크려 볼걸 그랬지.

그렇게라도…….

차갑고 딱딱한 보석에 살갖이 눌리며 붉은 자국이 났다. 셰드는 아주 오랫 동안 잠을 이루지 못했다. 눈을 감으면 그 황녀의 눈동자가 생각났고, 눈을 뜨면 또 그 황녀가 잡아오던 손끝이 떠올랐다.

우스웠다.

자신은 황녀에게 아무것도 아닌 걸 아는데. 그토록 잔인하게 모든 걸 부 정당했는데. 자신이 느꼈던 그 모든 감정마저 그녀에게는 그저 걸리적거리 는 요소였을 뿐임을 모를 수가 없는데.

그녀가 했던 말 하나하나를 단 한 마디도 잊을 수가 없는데.

도대체 왜 그런 창백한 얼굴로. 다정한 척 웃으면서 속삭이는 잔인한 말 들. 눈앞에서 죽어 가는 짐승을 구경하고 싶었던가. 사람을 산 채로 저며 보고 싶었던 건가. 그렇다면, 그런 의도였다면.

시야 위 푸르게 빛나는 보석을 응시하던 셰드가 천천히 팔을 내렸다. 커튼을 반쯤 친 유리창 너머로는 아직도 폭설이다.

눈은 영원히 멎지 않을 것 같았다.

"꼭 델하르사를 파괴하러 다시 와."

실험은 순조롭게 진행되어 가고 있었다.

모든 상처는 시간이 지나면 천천히 잊힌다지만, 카르젠이 대륙에 흩뿌려 놓은 피는 아직도 식지 않아 뜨거웠다. 신성국은 약속한 대로, 모든 희생자들의 원한을 잊지 않았다.

눈앞에서 놀잇감처럼 처참히 죽던 실험체들을 생각하면 죽어도 잊을 수 없으리라.

청사진은 크게 짜 놓았다.

카르젠 델하르사가 간과한 게 단 하나 있다면, 신성국은 아무리 짓밟혀도 대륙의 정신적 지주라는 사실이었다. 아무리 군홧발로 짓밟아도 명맥은 가느다랗게 남아 마지막 신도가 죽을 때까지 유지될 것이라는 사실.

그래서…….

그 긴 겨울과 봄, 한 계절이 지나가고 두 계절이 지나갈 때까지 셰드는 기계 같은 실험을 반복했다. 세상으로부터 박리된 고요한 실험실에서, 몸에 남아 있던 제국 계승자의 피를 마지막으로 짜낸 날로부터 얼마 뒤.

힐로스드 왕국에 오랫동안 모습을 드러내지 않았던 왕제가 귀환했다.

* * *

힐로스드 왕국은 평화로운 나라였다.

유독 겨울이 혹독하긴 하였으나, 아주 돈이 많은 부유한 왕국이었다. 더군다나 대륙의 중심부와 상당히 멀리 떨어진 극서부에 위치했고, 국경선을 산맥이 둘러싸고 있어서 태생적으로 안전한 나라기도 했다.

외침이 거의 없어 평화로운 나라. 산맥에 둘러싸여 있다는 것은 왕국 역시 타국을 침략하기 어렵다는 뜻이었다. 그래서 힐로스드 왕국은 외교 방침을 중립으로 택했다.

물론 그것도 충분한 군사력이 바탕에 있어야만 가능한 평화이나. 자연

조건이 도우니 힐로스드 왕국은 그린 듯 조용하고 아름다우며 부유한 왕국이 되었다.

다만 이렇게 아름다운 나라에 외침이 적다는 건, 곧 내란이 종종 일어날 수도 있다는 소리였다.

그런 나라이니, 형제간의 사이가 좋은 경우는 힐로스드 역사 속에서도 굉장히 드물었다.

"……왕제님?"

힐로스드 왕국의 근위단장이 느리게 눈을 깜빡거렸다.

"아니……. 왕제님?"

귀신을 보는 것 같았다. 거의 연 단위로 떠나 있던, 아니, 그냥 잠적한? 사라진? 어쨌든 찾을 필요 없다는 편지를 남겨 놓고 떠났던 왕제가 눈앞에서 있었다. 편지의 진위 여부를 가리는 난리까지 나게 만들었던! 물론 그 편지는 누가 봐도 왕제의 친필이었고, 찍힌 인장도 왕제의 인장이라 논란은 금방 종식됐지만!

그 왕제가 무뚝뚝하게 묻고 있었다.

"전하는?"

"세상에. 진짜 왕제님이십니까?"

"그래. 전하는."

단장은 얼떨떨하다 못해 말문이 막혀서 손까지 조금 떨었다.

"아니, 대체 그간 어디 있다가!"

"도대체."

"……."

"경은 말을 한 번에 알아듣는 경우가 없군."

"왕제님, 그게 아니라……!"

셰드는 눈썹을 일그러뜨리고 혼자 그냥 걷기 시작했다. 단장이 서둘러 따라왔다.

"죄송합니다, 왕제님. 전하는 떡갈나무 집무실에 계십니다. 집무실 이름들이 한 번 바뀌었던지라……. 제가 안내하겠습니다."

단장은 서둘러 왼편으로 꺾었다.

"도대체 어디 계셨습니까? 전하와 비전하께서 어찌나 걱정이 많으셨는지 아십니까?"

"형수님이 위독하다고 하던데."

"그……."

단장이 말끝을 흐렸다. 헛기침을 삼키고 말했다.

"천만다행으로 지금은 좀 호전되셨습니다."

"그래."

셰드가 무딘 목소리로 덧붙였다.

"다행이군."

"왕제님."

단장은 조심스러운 기색으로 대답했다.

"그때 일 때문이시라면……. 비전하께서는 이제 정말 아무렇지도 않으십니다. 그분의 인품을 아시잖습니까."

"그래, 알지."

대답하는 셰드는 어쩐지 피곤해 보였다. 저렇게 피곤해 보인 적이 없었다.

단장은 덕분에 속이 쓰렸다. 저 왕제가 도대체 어디를 갔다 온 것인지는 몰라도, 왜 굳이 왕국을 떠났는지는 당연히 이유를 짐작하고 있었다.

"이곳입니다."

셰드는 커다란 집무실 앞에서 멈춰 섰다. 그러니까 셰드가 떠나기 전만해도 산호 응접실로 불리던 곳이었다.

그 앞에 있던 시종이 단장을 보았다가, 옆에 선 셰드를 보고 두 눈을 휘둥그레 떴다.

"와, 와, 왕제님?"

"고해."

"예에……!"

시종이 서둘러 조심스럽게 문을 열고 들어갔다. 얼마 후, 벌컥 문이 열렸다. 뛰어나온 게 틀림없는, 그 얼굴. 이복형제치고도 셰드와 거의 닮지는 않았지만, 아무튼 피는 이어진 형은 형이었다.

힐로스드의 국왕은 입을 조금 벌린 채로 가만히 셰드를 쳐다보았다.

"전하."

"……."

국왕은 아무 말도 하지 않았다. 셰드를 놀란 눈으로 쳐다보다가 휙 안으로 들어갔다. 셰드가 안으로 따라 들어갔다.

국왕은 자리에 앉고 손을 들어 앞의 자리를 가리켰다. 셰드가 앉는 것과 거의 동시에, 국왕이 글자를 쓴 종이를 들어 올려 보였다.

[도대체 어딜 갔다가 이제 오느냐.]

"형수님이 위독하시다며."

국왕이 하 하고 한숨을 내쉬었다. 그는 단정한 인상의 남자로, 다소 병약한 분위기를 풍기고 있었다. 날개뼈까지 자란 백금발을 묶어 왼쪽 쇄골 부근으로 넘긴 모습은 살짝 처연하기까지 했으나, 한편으로는 몹시 현명해 보이기도 했다.

[거짓말이란다.]

셰드가 순간 이마를 찌푸렸다.

"……거짓말이라니?"

[네가 하도 오래 실종되어 있어서 거짓으로 소문을 흘렸다. 왕비가 위독하다는 말을 들으면 돌아올 것 같아서. 도대체 어디로 가서 그렇게 소문도 끊긴 채 3년을 지낸 것이냐. 셰드.]

셰드는 기가 찼다. 남들은 국왕을 병약한 한편 지나치게 곧은 사람이라 알고 있지만, 사석에서는 적어도 이렇게 매번 셰드를 놀려 먹을 궁리나 하는 형이었다. 셰드로선 굉장히 오랜만에 느껴 보는 기분이기도 했다.

"그래서 형수님은."

[잘 계신다. 아니……. 셰드 힐데스. 그래서 도대체 어딜 갔다 오는 것이냐고 내가 묻잖느냐.]

글씨를 그렇게 빨리 쓰는 것도 능력이었다. 더군다나 황당하거나 화가 나거나 초조한 기색도 필담에 고스란히 담겼다. 아주 어릴 때부터 함묵증을 앓았던 국왕이라 더욱 그랬다. 덕분에 필담을 하면서도 불편하단 생각은 거의 해 본 적이 없었다.

"형."

[그래.]

"죽고 싶어."

무덤덤하게 흘리는 말.

"……."

깃펜을 단정한 태도로 내려놓은 국왕이 새삼 이복동생의 모습을 살폈다. 타고나기를 강건하고 근사한 외모라, 왕국의 수많은 레이디들을 그리도 한숨짓게 하던 왕제가 지금은 몹시도 지치고 피폐해 보였다.

[……일단 궁의를 부르마.]

국왕은 손을 뻗어 푸른색 설렁줄을 잡아당겼다. 황동을 주석에 부어 굳혀 만든 작은 종이 울리는 소리가 희미하게 퍼진다. 얼마 후, 궁의가 황급히 도착했다.

* * *

그 후로는 비슷했다. 마찬가지로 왕제의 얼굴을 보고 거의 기절할 듯 놀란 궁의는 국왕의 명령으로 셰드를 데려가 진찰을 시작했다.

"아주 다 벗겨 놓고 검사를 하는군."

"죄송합니다. 전하께서 걱정이 많으신지라……."

궁의는 말끝을 흐렸다.

하지만 솔직히 말해 자신이라도 왕제를 본 순간 무슨 일이 있었나 싶었다. 홀쭉해진 뺨이며 가라앉은 눈빛. 지워 내지 못한 짙은 피로감.

궁의는 괜히 그간의 안부를 묻는 대신, 진찰에 집중했다. 여전히 탄탄하고 긴 허벅지에는 익숙한 자상이 남아 있었다.

"이 흉터는 여전하군요. 평생 갈 것 같습니다."

"미친개한테 잘못 걸렸던 흔적이니 어쩔 수 있겠나."

셰드가 무심히 대답했다. 궁의는 민망한 표정을 지었다.

그 미친개가 왕제의 숙부이자 힐로스드 왕국의 공작 중 한 사람이었던 베르투스 공이라는 사실은 굳이 입에 담지 않았다. 어차피 이미 반란죄로 멸문한 가문의 수장이니까.

"저, 왕제님."

궁의가 조심스러운 목소리로 물었다.

"외람된 말씀이지만 가슴에 이상한 흔적이 남아 있는데요. 혹시……. 어디서 노예 인장 같은 거라도 찍으셨습니까?"

뒤는 농담 같은 말이었지만, 심드렁한 대답이 돌아왔다.

"그래."

"……예? 왕제님? 아니……. 도대체……."

셰드가 무덤덤한 눈으로 가슴을 내려다보았다. 인술의 흔적은 이미 희미하다. 신성력을 몇 번 더 쏟아부으면 이내 완전히 사라져 버릴 흔적.

"그……. 건강에 다행히 특별한 문제는 없으십니다, 왕제님."

궁의는 오래지 않아 진찰을 끝냈다. 살이 제법 빠졌다는 것 외에는 왕제의 몸에 크게 문제 될 건 없었다. 원체 타고나기를 축복받은 몸을 갖고 태어났던 왕족이니까.

다만 굉장히 오래 잠을 제대로 이루지 못한 듯 보이는 것이 걸리기는 했다.

하지만 궁의는 굳이 입 밖으로 내지는 않았다. 말하지 않아도 본인이 가장 잘 알고 있을 테니까.

메마른 눈빛이며 홀쭉하게 팬 뺨. 짙은 피로가 드문드문 묻어나는 손끝. 자칫 잘못하다간 폐인처럼도 보일 수 있을 것 같았으나…….

한끝 차이로 그는 아직까지도 힐로스드 왕국의 하나뿐인 왕제였다.

궁의는 잠자리를 좀 편하게 준비하라는 것만 말해 놓으면 되겠다고 기록을 끝냈다.

진찰이 끝나고, 셰드는 자신을 데리러 온 단장을 따라 다시 걸음을 옮겼다. 그러다가 문득 커다란 벽 앞에서 멈춰 섰다.

현 왕의 직계 가족들을 뜻하는 문양이 박힌 휘장들이 걸린 곳이었다.

"휘장이 새로 추가되었군."

"아, 예. 전하께서 손수 만들어 다신 겁니다."

셰드가 휘장을 물끄러미 바라보았다. 단장은 조용한 목소리로 말을 이었다.

"관례대로였지요."

한 살도 되지 못하고 죽었지만 분명히 왕자로 태어났던, 셰드의 조카가 있었다. 셰드는 시체조차 남지 않아 피만 묻었던 모포를 아직도 기억했다.

일전에 라하는 셰드의 외양이 원체 근사하니, 분명 신분 높은 레이디나 귀부인의 호위를 했을 거라고 생각한 적이 있었다. 하지만 그녀의 생각은 틀렸다.

셰드는 살면서 딱 한 번, 단 한 명의 호위만을 섰다. 레이디도 귀부인도 아니었다.

[셰드. 너는 기사니까, 내 아들을 지켜다오. 네 하나뿐인 조카이질 않느냐.]

힐로스드 국왕의 하나뿐인 왕자.

하지만 국왕이 부탁한 1년을 채우지 못하고 조카는 죽었다. 델로의 젊은 폭군 때문이었다.

힐로스드의 핏줄을 노린 것도 아니었다. 그저 그 하늘을 찌르는 카르젠의 오만함이 왕자가 숨어 지내던 모르포 공국을 새로운 점령지로 택했을 뿐이다.

지리적으로 멀지 않고, 델로에게 우호적이지 않으며, 적당히 부유하고, 적당히 뻣뻣하며, 군주로서의 입지를 단단히 세우기에 적당하기 때문에…….

그렇게 적당하다는 연유로 순식간에 공국은 잿더미가 되었으며, 포대기에 싸여 잠들어 있던 왕자 역시 죽었다.

"왕제님. 전하께서 알현을 허락하셨습니다."

셰드는 안으로 들어섰다. 왕비를 불렀을 것 같았는데, 의외로 국왕은 여전히 혼자였다. 그는 셰드에게 자리를 권한 후 종이 위에 글씨를 써 보여 주었다.

[오랜만에 보는데 얼굴이 말이 아니구나.]

셰드는 여전히 무심한 표정으로 턱을 가볍게 쓸어 보았다. 확실히, 살이 많이 빠지긴 했다. 신관들도 몇 번이나 걱정했을 정도였다. 어쩔 수 없는 일이긴 했다. 제대로 먹지도 못하고 잠은 거의 자지도 못했으니.

황녀가 제 외양만은 그래도 나쁘지 않아 했는데. 이런 꼴을 다시 보이면 그땐 정말 눈길도 주지 않을 수도 있었다.

그 황녀는 안목이 냉정할 정도라.

[이젠 떠나지 말고 왕궁에서 그저 쉬거라. 너무 지쳐 보이는구나. 셰드.]

국왕 특유의 단정한 글씨가 다시 한번 시야에 들어왔다.

아무것도 묻지 않고, 휴식만을 권하는 국왕의 말에 셰드는 희미하게 웃었다. 불현듯 그런 생각이 들어서. 라하에게 이런 가족이 하나라도 있었다면, 그랬다면. 그녀가 차가운 시체 더미 곁에서 그리 얼굴을 파묻지 않았을 텐데.

그녀에게 가족이 있었더라면.

* * *

그날 저녁.

왕비는 셰드를 보고 죽은 사람을 다시 마주한 이처럼 눈을 크게 떴다. 왕비는 끝내 북받치는 감정을 이기지 못하고 눈물을 방울방울 흘렸고, 국왕은 당황한 표정으로 왕비를 달래기에 여념이 없었다.

왕비가 식사 시간 내내 손수건으로 끊임없이 닦아 내던 눈물만 제외하자면, 흠잡을 것 없이 평온한 분위기 속에서 저녁 정찬 자리가 마무리되었다.

국왕은 식사 내내 셰드를 유심히 보는 눈치였다. 그저 몸에 영양소를 공급하기 위해 배를 적당히 채우는 걸 알아챈 까닭이었다. 국왕은 늦은 저녁, 셰드를 응접실에 불러낸 이후 물었다.

[셰드. 결혼 생각은 없느냐?]

"결혼?"

[힐로스드의 왕제이니 결혼을 해야 마땅하지 않겠느냐.]

"글쎄."

[생각이 생기면 언제든 말하도록 하려무나. 가급적 빠를수록 좋고. 원하는 상대가 있으면 알려다오.]

원하는 상대라…….

셰드는 잠시 창밖을 응시했다.

* * *

힐로스드 사교계에 셰드 힐데스가 돌아왔다는 소문은 전혀 퍼지지 않았다.

심지어 왕성에서도 아는 이가 그리 많지 않았다. 왕실 고용인들은 입이 아주 무거웠고, 셰드가 굳이 여기저기 돌아다니지 않은 덕도 물론 있었다. 그 왕제는 오랜만에 돌아온 본인의 침실에 가만히 누워만 있었으니까.

'……그리고 계신다고 시종장님께 들었는데 말이지. 아니 애초에 나한테 오신 것도 처음 아닌가?'

힐로스드 왕궁의 수석 보석 세공사는 방금 받아 든 푸른색 보석을 껌뻑거리며 응시했다. 그 정도 경력자라면 척 보기만 해도 보석의 유래를 알 수 있었다.

보석은 표면에 흠이 없고 단단했으며, 색깔은 균일하고 영롱했다. 분명히 최상급인데, 따로 커팅된 흔적은 또 없다. 분명 검에 달려 있었던 장식이었다. 그냥 검도 아니고, 아주 좋은 보검.

그러니까 이걸로…….

"예. 왕제님. 브로치를 만들 수는 있겠습니다. 원체 좋은 보석이다 보니까……. 대단히 화려하고 눈에 띄는 아름다운 디자인으로도 만들 수 있습니다."

타고난 재원을 통해 무역으로 부를 이룩한 힐로스드인 만큼, 당연히 사치품을 세공하는 기술도 뛰어났다. 자부심이 미약하게 섞인 목소리였지만, 셰드는 별다른 반응이 없었다.

"눈에 잘 안 띄게 만들어."

"예? 눈에 잘 안 띄게요?"

"그래."

"아……. 알겠습니다. 그럼 최대한 무난한 디자인으로 만들겠습니다."

그러려면 보석 앞부분이 아니라 뒷부분 세공에 공을 들여야겠지만……. 무난한 디자인이라면 오히려 손이 덜 가니 금방 만들 수 있을 터다. 누구한테 주려고 이러는 건가.

"혹시 다른 요청 사항은 없으신지요?"

"두꺼운 숄 같은 것도 튼튼하게 고정시킬 수 있는 걸로. 잘 안 떨어지게."

"숄……. 예. 왕제님. 그렇게 만들겠습니다."

여자?

순간 세공사의 머릿속을 스치는 생각이었다. 보통 여성 귀족들이 숄을 걸치니까.

세공사는 왕제에게 들어왔었던 몇십 건의 혼약을 상기하며 일주일 안에 브로치를 만들겠다고 대답했다. 셰드는 투박하게 뜯어냈던 그 푸른 보석을 내려놓았다.

* * *

"라하."

무릎 위에 모은 두 손을 멍하니 내려다보고 있던 라하가 고개를 들어 올렸다. 카르젠은 침대에서 일어나려는 라하를 손으로 막으며 성큼성큼 걸어왔다. 침대에 털썩 주저앉은 그가 라하의 안색을 살피더니 얼굴을 찌푸렸다.

"영 몸이 낫지 않는구나. 화재에 심한 몸살에. 봄이 아주 순식간에 지나갔어."

"자주 안 와도 돼, 카르젠."

"어차피 내 궁과 가까우니 상관없다. 네가 너무 오래 아프니 염려가 돼서 문제지."

이곳은 라하의 궁이 아니라 임시 거처로 급하게 수리한 별궁이었다.

어쩔 수 없는 일이었다. 라하의 궁은 생각보다 더 화재 피해를 크게 보았기 때문에.

라하가 도저히 머물 수 있는 환경이 아닌 데다가, 천장이 무너져 내릴 수도 있어서 아예 궁을 임시로 옮겼다.

무엇보다 라하가 그 궁에 있고 싶어 하지 않았다.

"그 궁이 터가 좋지 않았나 봐."

"그런 미신을 믿느냐?"

라하가 픽 웃었다.

"그럼. 평민들 말 중에서도 재밌는 게 많은걸."

그녀의 말이 끝나기가 무섭게, 궁 밖에서부터 희미하게 울부짖는 소리가 들렸다.

"폐하! 용서를 청하옵니다, 폐하, 폐하아!"

카르젠이 지긋지긋하다는 표정을 지었다.

"저 녀석은 내가 가는 곳마다 따라와서 난리구나."

"충실한 거니까. 너무 뭐라 하지 마."

라하가 미소를 지으며 말했다.

"폐하······!"

울면서 애원하는 목소리의 주인공은 다름 아닌 카르젠의 마법사였다. 올리버에게 며칠 전 듣기로는, 하도 이마를 바닥에 찍어 댄 탓에 얼굴이 온통 피투성이라고 하더라.

'그 재수 없는 놈이 그러는 걸 눈앞에서 구경을 못 하다니.'

아쉽지만 어쩌겠는가. 라하는 정말로 침실을 벗어나기도 힘이 들었다. 다친 건 어깨인데 온몸의 기력이 쭉 빠져나가서 도통 돌아오질 않았다.

마음 같아선 마법사 놈의 허리도 발로 걷어차 주고 싶었는데 몸이 움직이질 않았다.

이렇게 앓는다는 게 우스웠지만 어쩌겠는가.

오히려 그 덕에 마법사가 더 심하게 깨지고 있기도 하니.

"저 녀석의 마법이 저렇게 허술한지 내 이전엔 미처 몰랐다."

카르젠이 이를 갈며 하는 말에 라하가 천천히 대답했다.

"허술한 게 아니라 방심한 거겠지. 예전에도 카르젠이 그랬잖아? 레시스는 자기 실력에 자부심을 갖고 있다고."

"오만한 녀석이기는 하지."

"뛰어나면 누구나 방심하잖아, 카르젠."

라하가 나긋나긋한 목소리로 말했다. 생각에 잠긴 듯한 카르젠의 이마가 서서히, 그러나 확실하게 일그러졌다.

방금 그 말로, 이젠 슬슬 용서받았을 수도 있었던 저 건방진 마법사는 카르젠에게 뼈 몇 군데가 더 부러지고서야 간신히 용서를 받을 수 있을 터였다.

한편으로 라하는 조금 의아했다.

카르젠은 무자비한 성격이었다. 이 정도로 자신을 거슬리게 하는 실수를 했다면, 근위대장인 블레이크 듀크라도 파면당했을 것이다. 하지만 카르젠은 그만큼 화가 난 것 같은데도 마법사를 교체하겠다느니, 새로운 실력자를 찾겠다는 등의 말은 일절 하지 않았다.

왜 저 마법사를 버리지 않는 걸까?

'내가 모르는 더 뛰어난 장점이 있나.'

"라하."

"응. 카르젠."

평소와 달리 차갑게 식어 있는 가느다란 손가락이 카르젠에게 붙잡힌다. 다소 거친 손이 그녀의 피부를 느릿하게 쓸었다. 카르젠이 물었다.

"어때, 네 노예도 널 찌를 때 상처가 났나?"

"상처는, 글쎄……."

곰곰이 되짚어 보는 것 같던 라하가 천천히 말을 이었다.

"안 나는 것 같았어."

그녀의 대답에 카르젠이 피식 웃었다. '계승자의 눈'을 가진 이를 해쳤는데도 다치지 않는 경우야 잘 알고 있었다.

상대에게 살의가 없을 경우.

"정말로 도망치기 위해서 널 이용했나 보군."

"그러게. 난 그렇게 잘해 줬는데 실망스러워."

"네게 다른 마음을 품었다지 않느냐."

"안 받아 줘서 도망친 걸까?"

"글쎄. 그 마음이 진짜였겠느냐? 귀한 적통 황녀의 마음을 움켜잡아 팔자나 고쳐 보려고 했겠지."

신랄하게 말한 카르젠이 턱을 비스듬히 기울였다. 그의 손이 라하의 어깨 쪽을 더듬어 올라가기 시작했다. 올리버가 붕대를 감아 둔 바로 그곳. 안쪽에 날카로운 상처가 아직도 희미하게 남아 있는 살갗.

"하지만 이해가 잘 가진 않는구나. 그런 것치고는 몹시 납작 기던 놈이었 잖느냐. 갑작스레 널 찔렀다니."

라하가 눈을 천천히 깜빡였다.

"사실……, 내가 직전에 심한 말을 하기는 했어."

"심한 말이라. 내 쌍둥이가 무슨 말을 했을까."

언제나 막힘없이 대답하던 라하가 처음으로 말을 하지 않았다. 카르젠은 두꺼운 붕대 위로 천천히 궤적을 그리다가 고개를 들어 올렸다.

"라하."

"……."

"무슨 말을 했지?"

그녀가 잠깐 고민하는 기색이다가 천천히 입을 열었다.

"마음에 품은 공자가 있으니 건방지게 굴지 말라고."

카르젠의 손가락이 순간 멈칫했다. 그의 눈동자가 그대로 라하에게 고정 된다. 잿빛 동공이 서서히 짙은 빛을 띠기 시작했다.

"이건 또 처음 듣는 이야기인데. 누구지?"

라하는 눈을 깜빡였다.

"말해서 뭐 해. 어차피 내게 청혼하는 공자도 없는데."

"왜 이렇게 자신감이 없어, 라하."

카르젠이 달콤하게 들릴 정도로 다정하게 속삭였다.

"네 아름다움을 연모하지 않을 놈이 이 제국에 있겠나?"

라하의 처지. 수많은 침노. 그렇게 만든 폭군.

하지만 둘은 아무렇지도 않게, 그저 평범하고 사이좋은 쌍둥이처럼 그 말은 입에도 올리지 않았다. 아주 완벽하고 노련한 외면이었다.

"그냥 마음에 품고 있는 걸로 족해. 어차피 난 결혼 생각도 없고."

"내겐 말해 보거라."

라하가 고개를 가로저었다.

"라하."

카르젠의 이마에서 희미하게 불쾌감이 피어오르기 시작했다. 그는 라하의 침묵 섞인 거절 앞에선 참을성이 극도로 사라졌다.

"내가 분명 말하라고 했는데. 왜 내게 숨기지?"

내가 또 침노로 줄까 봐? 아니면 변방으로 쫓아낼까 봐? 아니면 사지를 잘라서 네 앞에 갖다주고 싶은 마음을 들켰나?

아니, 제대로 숨긴 적도 없으니 들켰다고 말하는 건 적절치 않으리라.

도대체 어떤 자식을 연모해서 감히 내 앞에서 그런 얘기까지 꺼내는지, 네 입을 힘으로 벌려서라도 들어야겠으니.

"라하 델하르사."

"카르젠."

라하가 이마를 약하게 찌푸렸다.

"레이디의 마음을 캐내려는 건 신사답지 못한 짓이야."

"내가 그다지 신사는 아니지 않나, 라하."

"자꾸 이러면 다시는 카르젠한테 말 안 할 거야."

새침하게 말한 라하가 확 몸을 돌렸다. 와중에도 상심해 앓은 탓에, 선이 도드라진 턱이 카르젠의 눈에 담긴다. 그녀의 평소 같은 목소리를 듣고서야 카르젠은 날카롭게 곤두섰던 신경을 좀 가라앉혔다.

헛웃음을 흘린 카르젠은 쌍둥이의 두 손을 잡아 자신을 보게 했다.

"라하. 화내지 말거라. 내가 잘못했어. 하지만 정말 궁금해서 그래. 넌 한 번도 누구를 좋아한 적이 없으니까."

"그건 카르젠 생각이지. 내 나이 정도면 누구나 짝사랑하는 상대가 있어."

"짝사랑이라. 누가 황녀의 사랑을 받는지 궁금하구나, 라하."

"말하면 결혼시켜 줄 거야, 카르젠?"

그야말로 뜻밖의 되물음이었다. 잠깐 멍하니 굳어 있던 카르젠이 이내 피식 웃었다.

아, 도대체. 이 쌍둥이는 어디까지 이렇게 영악해서. 당장 머리채를 휘어 잡아 버리고 싶을 정도로 가학성을 자극한다.

"그럴 수 있나. 넌 내 곁에 있어야지."

"그렇지? 그럼 됐어."

정말 별 뜻 없었다는 듯 정리하는 대답. 라하는 자주 이랬다. 이 쌍둥이 는 어떤 것에도 오래 흥미를 가지지 못해, 조금만 즐겼다 하면 금세 흥미를 잃었다. 덕분에 카르젠 역시 라하의 관심사에 금방 감흥이 식어 버린 적이 잦았다.

본질이 이렇게 차가운 성격인데. 라하가 카르젠에게 붙잡힌 두 손을 움직 였다. 사근사근한 미소를 띠고 그의 거친 손을 달래듯 쓸어준다.

쌍둥이의 부드러운 감촉이 손에 닿는 동안에도, 카르젠의 시선은 라하의 동공을 빤히 들여다보았다.

"네 마음을 받는 운 좋은 자식이 누구인지 궁금해 미치겠구나."

"어차피 나랑은 이어지지도 않을 텐데, 뭘."

카르젠이 라하의 마른 뺨을 쓰다듬었다. 어쩌면 농담으로 하는 말일 수도 있겠지. 아무도 좋아하지 않는데 적당히 던지는 수도 있겠지. 그러나 라하가 그런 짓을 왜 하지?

그 노예를 두둔해 주려는 게 아니고서야.

문득 스치고 지나가려던 생각을 카르젠은 단번에 낚아챘다. 두둔. 두둔이라. 가느다랗던 추측에 중량감이 실리기 시작한 건 순식간이었다. 그래. 그 비천한 놈을 제법 마음에 들어 했지. 보잘것없던 인형을 라하는 품에 꼭 안고 있질 않았던가. 꽤나 오랫동안.

그러나 한편으로는 이해가 가지 않았다. 이제 와서 왜 그 노예를 두둔해 주려는 건가. 도망친 놈을 두둔해 주어 봤자 무슨 소용과 이득이 있다고?

느리게, 그러나 확실하게 카르젠의 눈동자가 서늘한 빛을 띠기 시작했다. 생각의 가지가 무수하게 뻗어 한 가지 의문에 도달한다.

네가 그놈을 탈출시켜 주었나, 라하?

왜. 뭘 원해서?

* * *

그날 밤, 이마가 찢겨져서 흉측한 꼴인 마법사는 황제의 부름에 서둘러 달려왔다. 오자마자 바로 무릎을 꿇고 이마를 바닥에 댔다.

"폐하, 정말로 큰 실수를 하였습니다. 부디 한 번만 용서해 주신다면……."

"일어나라."

"……!"

마법사가 주춤주춤 일어났다. 카르젠은 책상에 팔꿈치를 기댄 채 무언가 깊은 생각에 잠겨 있었다.

"한 번만 더 이런 일이 생기면 그땐 아무리 너라도 목을 간수할 수 없을 거다."

"예, 폐하. 물론입니다. 절대로 방심하지 않겠습니다. 아무래도 신성국에 감도는 강력한 신성력 때문에 인술에 문제가 생겼던 것 같습니다."

다급한 변명조였지만 틀린 말로 들리지는 않았다. 실제로 그날 라하에게 진상되었던 신성국의 실험체 전원이 예상보다 훨씬 일찍 죽어 썩어 버렸으니까.

"내 쌍둥이가 심하게 상심한 것 같아."

"예……. 황녀님께서 아무래도……."

"너무 심하게 상심해서 내게 평소라면 하지 않을 말도 거리낌 없이 하지."

"……."

마법사는 눈치껏 입을 다물었다. 카르젠은 지금 혼잣말을 하면서 생각을 정리하고 있는 것이었다.

호화롭게 꾸며진 황제의 본궁 집무실에서, 카르젠은 아직도 침대에서 일어나지 못하는 그 아름다운 쌍둥이를 반추했다.

카르젠은 육감이 상당히 발달되어 있었다. 전쟁을 반복하다 보면 당연한 일이었다. 한 가지 드는 생각은, 라하가. 그 라하 델하르사가 생각보다 심하게 아프다는 거였다. 그녀는 한 번도 자신이 의도와 다른 쪽으로 생각을 전개시키게 하는 말을 한 적이 없었으니까.

라하의 주치의, 그 현자의 수제자인 놈이 생각보다 더 심각하게 라하를 간병하는 이유가 있었다.

그래서, 라하가 아파 흘린 진실의 조각이 무엇일까.

왜 노예를 탈출시켰지?

"마음에 품은 공자가 있으니 건방지게 굴지 말라고."

그 공자가 혹시 그 노예인 건가. 카르젠이 피식 웃었다. 어차피 자신은 그 노예를 오래 살려 둘 생각이 없었다. 장난감은 망가지니까 장난감이다. 계속해서 라하의 곁을 지킨다면 얼마나 거슬릴까. 카르젠은 자신을 거슬리게 하는 걸 살려 둔 적이 없었다. 라하 델하르사를 제외한다면.

눈치가 좋은 제 쌍둥이가 이런 걸 짐작하지 못했을 리도 없고……. 마법사의 인술엔 문제가 생겨서 죽을 기미도 안 보이고.

그래서 도망을 시켰나?

후에 그 노예를 따라 도망치려고?

그 반반한 노예는 비천한 척했지만 몸가짐이 반듯했다. 신성국에서의 기록은 다 소실되었다지만 어디 망국의 푸른 피이긴 하겠지. 예전에 이미 짐작했던 일이었다.

생각보다 더 지체 높은 가문이었다면, 숨겨 둔 돈도 제법 있을 거고.

라하에게 이곳을 떠나게 해 주겠다고 속살거렸을까?

반대일 수도 있을 테고.

생각에 잠긴 카르젠이 책상 위를 툭툭 두드렸다.

델로 제국의 압도적인 병력은 점찍어 놓은 왕국을 한 번도 점령하지 못한 적이 없었다. 게다가 카르젠은 잔혹한 군주였다.

죽음의 공포를 앞두고 변절하는 기사들을 얼마나 많이 보았는가. 주인을 버리고 살려 달라고 무릎을 꿇는 기사. 검을 던지고 도망치는 기사. 하나같이 바닥에 피를 흩뿌려 최후를 맞이하게는 해 주었지만, 기사의 충성심이라는 게 생각만큼 대단하진 않았다.

그 노예 놈도 나라를 잃어 실험체나 되었을 주제에, 그 주제에 적통 황녀의 고귀한 몸엔 넘어갈 수밖에 없었던가 보지.

다른 모든 가정은 틀릴 수 있다. 말 그대로 가정이니까. 어쩌면 라하가 정말로 마음에 품은 놈이 있을 수도 있고, 아파서 혼미한 지경에 툭 말을 던졌을 수도 있지. 확률은 낮았지만.

하지만 적어도, 카르젠의 한 가지 가정만은 틀리지 않을 터다. 그 노예는 라하에게 연정이든 무엇이든 품고 있겠지. 감히 황녀의 옷깃에 순금 장미꽃을 꽂아 넣던 그 발칙한 행동만 보아도.

카르젠은 자리에서 일어났다.

"계승자의 표식은 계속 연구해라, 레시스. 적어도 1년 안엔 결과를 내야할 것이다. 더 이상은 나도 시간이 없군. 결혼하라고 떽떽대는 노인네들이 많아서 말이야."

"여부가 있겠습니까, 폐하."

카르젠이 쌍둥이로서 만질 수 있는 한계는 라하의 손과 팔과 어깨, 그리고 얼굴 정도. 역시 그 노예의 목을 일찍 비틀어 죽였어야 했는데. 마법사를 물러나게 한 카르젠은 밖에서 대기 중이던 근위대장을 불렀다.

"블레이크. 당분간은 라하의 감시를 유하게 풀어라. 서서히, 라하가 눈치채지 못할 정도로."

"예, 폐하. 어느 정도로 풀면 되겠습니까?"

"궁 밖 누군가가 접근해 몰래 도망가자고 해도 들키지 않을 정도면 되겠군."

뒤에서 몰래 감시하고 있을 수도 있지만, 라하는 타고나길 델하르사의 황족이었다. 천진난만하지만 조심성이 많았고 머리가 좋았다. 라하를 속이려면 그만큼 공을 들여야 했다.

"노예도 제 처지는 모르고 있겠군. 아주 철저히 이용만 당하고 있는데 말이지."

사령제 무투회에서, 노예를 내려다보던 라하의 그 무감정하고 차가운 눈을 카르젠은 모르지 않았다. 적당히 반반한 검을 살펴보던 제 얼굴과 아주 많이 닮았으니까. 검은 도구일 뿐이고, 노예도 아름다운 쌍둥이에겐 그저 도구뿐일 터.

이 모든 가정에 단 하나 걸림돌이 있다면…….

왜 그녀가 그토록 상심했냐는 것이다. 창백하다 못해 밀랍 같은 그녀의 안색 때문에, 이젠 자멜라 윈스턴 공작 영애가 아예 황궁에 들어와 살다시피 하고 있었다. 내정 업무를 맡아 줄 이가 필요했으니까. 약은 성격의 윈스턴 공작은 이 기회를 절대 놓치지 않았고.

"라하에게 약재를 좀 보내 놔야겠군."

카르젠은 부디 라하가 여름이 가기 전에는 건강을 되찾기를 진심으로 바랐다. 그 빌어먹을 천한 노예가 돌아와, 여기서 도망가자고 속삭인다면. 폭우가 오든 폭설이 오든 악천후에 라하는 떠나고자 할 테고.

그때에 노예를 라하의 눈앞에서 찢어 죽여야 했다. 그래야 다시는 그 마음에 누구도 감히 품을 생각을 하지 못하겠지.

하지만 그 전에 당장이라도 죽어 버릴 것 같은 쌍둥이의 목덜미를 원래대로 세워 놓는 게 우선이었다.

상심해서 크게 앓은 라하 때문에, 카르젠은 아예 새 궁을 지었다. 원래 라하가 머물던 곳보다 더 크고 화려한데다, 정원을 넓게 조경해 거의 숲이 우거지게 했다. 강줄기까지 일부러 파내 물을 흐르게 만들었다.

물길을 인위적으로 옮기는 건 아주 힘든 일이라, 내궁의 외곽에 새로 부지를 다지게 되었지만 상관없었다. 언뜻 보면 세상과 유리된 것 같은 처소를 카르젠은 너그럽게 선물해 주었다.

항상 라하가 도망갈까 싶어 두 눈을 번들거리던 카르젠답지 않았다.

침노도 전처럼 숨이 막히게 밀어 넣지 않았다. 그저 일고여덟 명을 라하 앞에 보여 준 게 전부였다.

* * *

"황녀님. 노예를 두 명 구하셨다면서요?"

여름이 깊어진 궁. 자멜라 윈스턴 공작 영애는 라하를 찾아와 부드럽게 웃었다.

"이런 궁에 잘 어울리는 청량한 미남들이라고 들었어요."

빈말은 아니었다. 완공된 라하의 궁은 몹시도 우아하고 아름다웠다. 울창한 녹음이며, 궁에서 보기 힘든 굽이치는 강줄기까지 품은 커다란 정원까지.

덕분에 라하의 궁은 어느 시골의 부유하고 목가적인 저택처럼도 보였다.

라하가 가볍게 대답했다.

"네. 폐하가 자비를 베풀어 주셔서."

자비.

하나 확실한 건, 카르젠이 당분간은 정말로 라하에게 노예를 선물해 줄 수 없을 것이라는 사실이었다.

카르젠은 당장 내년 봄이면 국혼을 치르기로 공식적으로 결정이 되었다. 그 국혼을 열심히 준비하고 있는 게 라하여서 일정조차 완벽히 꿰고 있었다. 윈스턴 공작가라는 쟁쟁한 가문의 여식과 맺어지는 일이니만큼, 괜히 전쟁을 일으키다가 문제가 생기면 카르젠의 위신에 큰 타격이 간다.

그러니 근위대장인 블레이크 듀크가 아주 목숨을 내놓고 말리고 있겠지. 제발, 더 이상의 전쟁은 적어도 내년 봄 이후로 하시라고.

충신이 많아 좋겠다며 라하는 속으로 빈정거렸다.

어쨌든, 국혼을 하면 후계도 만들어야 하고……. 윈스턴 공작 역시 생각보다 더 집요했다. 아마 자멜라가 아이를 낳기 전까지는 별별 핑계를 다 대면서 전쟁을 나가지 마시라고 간언할 게 분명했다.

카르젠이 궁 안에 있는 건 싫지만 침노들을 끌고 오는 것보단 나으니까.

라하는 자신에게 여러모로 도움이 되는 윈스턴 공작 부녀에게 제법 너그러워진 상태였다. 그녀가 갑작스레 미소를 짓자, 자멜라는 약간 당황한 표정으로 물었다.

"기분이 좋아 보이세요, 황녀님. 아. 노예들이 그만큼 출중한 미모여서 그런가요?"

"보시겠어요?"

"……그래도 되나요?"

"못 할 게 뭐가 있나요."

라하는 선선한 손짓으로 시녀를 불렀다.

"둘을 데리고 오렴."

"네, 황녀님."

시녀가 내궁으로 들어가고, 라하는 의자에 등을 기댔다. 우거진 나뭇가지 아래로 비산하는 햇볕. 맑게 흐르는 물결을 내려다보는 라하를 자멜라는 곁눈으로 가볍게 살폈다. 문득 카르젠의 말이 떠올랐다.

사흘 전, 약혼자 간의 관계를 도모하기 위해 정기적으로 함께하는 저녁 식사에서 카르젠은 미간을 찌푸리고 말했다.

"라하가 갈수록 심하게 마르더군. 요즘 사교계에선 그렇게 비쩍 마르는 게 유행인가, 영애?"

그럴 리가……

신경을 쓰라는 뜻 같기도 했고, 또 황녀와 교분이 깊은 상태라고 바깥에 알려질수록 자멜라에게 유리했다. 그래서 자멜라는 굳이 라하의 궁에 기별을 넣었다. 마침 입궁했으니 단둘이 티타임이라도 가지면 어떠시겠냐고. 국혼 진행에 관해 물어볼 것도 있고.

라하는 거절하지 않았다.

오랜만에 사석에서 마주하니 라하는 확실히 많이 마른 상태였다. 가벼운 여름 드레스를 입으니 그 변화를 더 적나라하게 알 수 있었다.

게다가 티타임을 가지면서 제대로 살펴보니, 라하는 차 한 모금을 마시는 게 끝이었다. 곡기를 끊는 이처럼, 입에 무언가를 넣지를 않았다. 무의식적인 행위 같았다.

한 계절을 넘게 꼬빅 잃은 이후, 황녀는 정말로 무언가가 많이 바뀌었다. 어디가 바뀌었냐 하면 정확히 꼬집어 말할 수는 없지만.

자신에게 거리낌 없이 침노들을 보여 주겠다고 하는 점 역시 황녀답지 않았고, 라하는 이제 침노들을 바깥에 데리고 다녀도 상관없는 것 같았다.

그저 아름다운 인형들을 대하듯 구는 것이었다.

"황녀님."

시녀가 데리고 온 두 명의 남자들이 거리낌 없이 라하 앞에 무릎을 꿇었다.

"고개 들어 봐."

라하는 언뜻 듣기엔 다정하게 들리는 목소리로 말했다. 기본적인 분위기가 차가워서 큰 소용은 없었지만. 어찌 되었든 노예들은 순순히 고개를 들어 올렸다. 자멜라는 보석이 박힌 부채를 가볍게 팔랑거렸다. 확실히 눈에 띄는 반반한 외모들이었다.

무투회에서 황녀의 가슴에 꽃을 꽂아 주었던 그 발칙한 인형만큼은 못하지만.

"어때요?"

"황녀님의 안목은 제가 잘 알고 있지요. 이름이 있나요?"

"193번, 194번으로 부르고 있답니다."

"아아……."

자멜라는 이 황녀가 예전의 그 아름다운 인형을 192번이라고 불렀다는 사실을 어렴풋이 알고 있었다. 누가 들어도 그 노예에게서 파생된 번호였다. 게다가 이들은 머리색이 밝은 은빛이었다.

"예전의 그 인형과 머리색이 닮았네요. 그래서 이 둘을 구하신 건가요?"

금박으로 문양이 그려진 고아한 찻잔을 들어 올리며 라하가 대답했다.

"어쩌다 보니까요."

모호하고, 조금은 무성의하게 들리는 대답. 하지만 누구라도 짐작할 수 있었다. '그런 이유'로 황녀가 이 노예들을 살렸을 거라는 사실을.

카르젠조차 그리 생각했지만……. 실은 틀렸다.

머리색 따위야 무슨 상관일까. 라하는 카르젠이 은여우의 눈을 칼로 쑤셔 제 품에 안겨 주었던 그때부터 은발에 대한 감상은 놓았다.

그러니 라하가 이들을 택한 건 다른 이유였다.

누구도 짐작하지 못한 이유.

"어머."

자멜라는 시녀들이 새로 가져온 찻잔을 보고 눈을 살며시 깜빡였다.

"케슬즈 왕국에서 진상한 찻잔이군요."

"네."

진상품들 중 라하가 직접 고른 것이었다. 케슬즈 왕국은 서부 쪽 왕국으로, 예술적인 미감으로 특히 유명했다. 어느 날부터, 라하는 무엇을 고를 때마다 서쪽과 관련된 것만 고르고 있었다.

이 노예들처럼.

"자멜라 영애."

"네, 황녀님?"

"노예에게 차 시중을 들게 해도 괜찮나요?"

"물론이죠. 황녀님. 폐하께서 선물해 주신 이들인데요."

사실 라하의 노예들은 어쩐지 오래 보고 있기가 어려웠다. 이유는 알 수 없었다. '침실 노예'이기 때문일까. 묘한 배덕감은 아마 자신만 느끼는 건 아닐 터다.

다만 라하가 노예들에게 물끄러미 시선을 주는 모습을 응시하고 있자면, 이상한 기분이 들었다. 아버지인 윈스턴 공작은 황녀를 항시 경계하라고 했고, 자신도 경계를 하는 게 맞는다는 생각을 줄곧 했었지만…….

푸른 머리카락의 황녀가 머금고 있는 엷은 미소가 기이하게 피곤해 보여서, 허무해 보여서.

자멜라는 문득문득 그런 생각이 들었다.

황녀를 괴롭히지 않고, 경계하지 않고. 그냥 이대로 조용한 이곳에 두어도 괜찮지 않을까……. 하는 생각을.

그래서 자멜라는 집에 돌아온 이후, 황녀의 상태를 묻는 윈스턴 공작에게 솔직하게 대답했다.

"너무 마르셨더군요. 그때 고열을 크게 앓으셔서인지."

"그래서 영 바깥에 모습을 드러내지 않는군. 흠……."

윈스턴 공작이 초조하게 방을 돌아다녔다. 자멜라는 그의 초조함을 이해할 수가 없었다. 당연한 일이었다. 윈스턴 공작은 자신이 갖는 묘한 의심을 누구에게도 절대 말하지 않았기 때문이었다.

'황제는 황녀를 놓아줄 생각이 없다.'

단순히 쌍둥이로서, 혹은 정치적 정적으로서가 아니라…….

윈스턴 공작은 더 깊게 파고들지는 않았다.

자칫 잘못하다가는 가문의 존속이 흔들릴 정도로 위험한 추측이었다. 그리고 윈스턴 공작 자신조차도 확신이 드는 생각은 아니었고.

다만 일종의 본능적인 직감으로, 그 황녀에게 남편이 생기면 좋겠다는 생각은 들었다. 적통 황녀에게 어울릴 만큼 핏줄이 고귀하며, 신분이 높고 무엇보다.

이 제국의 사람이 아닌 이로.

머나먼 왕국의 왕족이 딱 적당한데. 타국의 고위 귀족이라고 한들 제국 황녀의 신분에 비하자면 부족하니.

카르젠이 라하를 너무 싸고도는 바람에, 또 라하가 가진 '계승자의 눈'과 좋지 않은 소문이며 그 특수한 위치 탓에 라하에게 감히 구혼을 해 오는 이는 없었다. 내국 귀족들 중에서도 씨가 말랐으니 타국의 푸른 피들이라고 다를까.

하지만 얼굴 하나는 몹시도 아름다운 황녀이질 않던가.

윈스턴 공작은 적어도 그녀의 고혹적인 외양에 홀려 사고를 칠 멍청한 놈들이 세상에 존재는 할 거라고 믿었다.

물꼬를 하나 터 주기만 하면 됐다.

"자멜라. 아비가 다음 달부터 저택을 비우는 걸 알고 있지?"

"네, 아버지."

윈스턴 공작가는 무역을 통해 튼튼한 경제를 구축한 가문이기도 했다. 다시 말해 윈스턴 공작은 원하는 물건을 파는 방법을 잘 안다는 뜻이었다.

"네 초상화를 새로 그릴 때가 되었지. 사교계에 너와 황녀님의 친목도 다시 보여 줄 겸, 한 장을 추가로 더 함께 그리는 건 어떻지?"

"그럴게요. 황녀님께서 지난겨울부터 한 번도 연회든 어디든 모습을 드러내지 않으신 터라……. 폐하께서도 거절하지 않으실 거예요."

"내일 당장 가서 여쭈어보거라."

"알겠어요."

윈스턴 공작은 흡족한 미소를 지었다.

그로부터 얼마 후였다.

윈스턴 공작은 백 대가 넘는 마차를 끌고 국경선을 나섰다. 그 안에는 라하 황녀의 초상화 몇 점도 고이 포장되어 있었다.

그 노력의 결과는 2주가 지나지 않아 가시적으로 나타났다.

옥좌에 앉아 있던 카르젠이 피식 웃었다. 그의 앞에는 어마어마한 선물들이 줄을 잇고 있었다.

"그래. 그래서 이게 다 내 사랑하는 쌍둥이에게 온 선물들이라고."

"그렇습니다, 폐하."

"그런 와중에 청혼서는 없고."

"예. 다들 황녀님을 흠모해 보내신 거라고……."

시종장이 쩔쩔매며 말했다. 갑작스레 타국에서 선물들이 쏟아졌다. 전부 라하를 위한 것들이었다. 와중에도 다들, 머리는 보전하고 싶은 모양이었는지 구혼을 해 오는 이는 없었지만.

카르젠은 재미있다는 표정을 지었다.

윈스턴 공작이 라하의 초상화를 그려 가더니 보여 주고 다니기라도 한 모양이지. 그런 노력에도 부질없이 청혼서는 단 한 장도 없었지만.

"전부 라하에게 주거라. 내게 굳이 보고할 필요 없다."

"예, 폐하."

카르젠이 피식 웃고 자리에서 일어났다.

이래서야 모욕이 아니겠는가. 청혼을 할 용기는 없지만 하룻밤은 보내 보고 싶은 것인지. 아무래도 라하 델하르사, 그 쌍둥이가 너무 아름다운 게 문제였다. 몸이든 뭐든 탐해 보고 싶게 만드는 그 육체가 문제지.

라하가 어떤 표정을 지을지 궁금했지만 당장은 일이 바빴다. 하지만 드물게 즐거워진 마음으로, 카르젠은 걸음을 옮겼다.

이상한 제보가 들어와 있었다.

* * *

"왕제님. 몸은 좀 어떠신지요?"

고위 신관이 따라붙으며 묻는 말에 셰드가 무심한 얼굴로 대답했다.

"별다를 건 없어."

"그러십니까……."

고위 신관은 속으로 한숨을 삼켰다.

대답이야 늘 그렇듯 무뚝뚝하고 선선했지만, 저 왕제의 상태는 어딜 봐도 '좋다'라고 말할 수가 없었다.

겉모습이야 타고난 덕에 여전히 아름다웠지만, 제대로 잠들지 못하고 먹지도 못하며, 누군가를 오랫동안 잊지 못한 사람 특유의 괴로움이 힐로스드의 왕제에게서 조금씩 묻어나고 있었다. 들불처럼 퍼진 그을음이 마음을 죄 살라먹어 조금의 웃음조차 짓지 못하는.

"좋은 소식이 있어 말씀드리러 왔습니다, 왕제님."

고위 신관은 일부러 밝은 어조로 운을 뗐다. 그러면서도 목소리 끝이 조금씩 떨리는 건 어쩔 수가 없었다.

"아마르 대신관님이 말씀 전해 드리라고 하셨습니다."

"음?"

"드디어…… . 그 길었던 실험이 끝났습니다. 드디어요."

"……."

순간 셰드의 발걸음이 잠깐 멈추었다. 찰나였다. 거짓말처럼 정지했던 청회색 눈동자가 언제 그랬냐는 듯 본래의 움직임을 회복했다.

"그럼 다음은 어떻게 되는 거지?"

"다음…… . 아아."

덩달아 잠깐 넋을 잃었던 고위 신관이 허겁지겁 말했다.

"예. 곧 아마르 대신관님이 오실 겁니다. 응접실에서 쉬고 계시면 되는데, 아……! 제가 지금 모시겠습니다."

"그러지."

고위 신관이 서둘러 걸음을 옮겼다.

"잠시만 기다리고 계십시오. 금방 오실 겁니다."

차를 가져오겠다며 고위 신관이 헐레벌떡 나갔다. 작지만 부족할 것 없이 꾸며진 응접실에 혼자 남겨진 셰드가 이윽고 두 손으로 천천히 얼굴을 쓸어넘겼다. 단단한 손 밑으로 드러난 눈동자가 허공을 노려보았다.

실험이 끝났다.

괴로운 실험은 아니었다. 오히려 실험체인 자신보다도 대신관들의 몸과 얼굴이 나날이 말라 갔으니까.

애초에 신을 모시는 이들이 인체를 자료로 실험을 한다는 것이 순리에 맞지 않았다. 신관들의 도덕에도, 규율에도 어긋나는 행동이었다.

그래서 대신관들은 단 한 번도 실험체들의 몸에 칼을 댄 적이 없었다. 오직 신성력과 성물을 이용한 실험이었다. 상상 이상으로 대신관들의 기력이 쇠하는 대신, 실험체들의 몸에는 단 하나의 해도 가지 않았다.

신성력을 바닥까지 쥐어짜야 하는 대신관들의 안색은 매일매일 창백해지긴 했지만. 그 정도의 희생은 감수하고 벌인 일이었다.

카르젠 델하르사, 대륙의 피를 빨아먹은 폭군에 대한 망국들의 원한이 그 이상이었기 때문에.

하지만 황녀는.

궁에 또 홀로 몸을 웅크리고 있을 그 황녀는…….

셰드가 거칠게 머리를 쓸어 넘기고 얼마 있지 않아 응접실 문이 열렸다. 아마르 대신관이었다. 근래 실험에 참여한 모든 대신관들이 그러했지만, 신성력을 바닥까지 쥐어짜 아주 몰골이 좋지 않았다.

"제가 좀 늦었습니다, 왕제님."

겨우 웃음을 그려 낸 아마르 대신관이 가볍게 비틀거렸다. 고위 신관의 부축을 받아 셰드의 반대편에 앉은 아마르 대신관이 냉침한 차를 들이켠 후 겨우 입을 열었다.

"왕제님. 실험이 완성되었다는 이야기는 들으셨겠지요."

"예."

"개인적으로 한 가지 더 드릴 말씀이 있습니다. 다만 들으면 조금 후회하실 수도 있습니다. 듣지 않으셔도 됩니다."

"말씀하십시오."

아마르 대신관은 종종, 이 왕제가 거대한 바위 같다는 생각을 했다. 단순히 위압적인 체구 때문만이 아니었다. 중심이 단단히 잡혀 있는 눈빛. 후회도 본인의 선택에서 빚어진 것이니 상관없다는 오연함. 범인의 이파리를 흔들어 대는 바람 따위는 이 왕제에겐 아무 소용이 없으리라.

그러니 처음부터 '복수'로 시작된 이 거대한 실험에 그는 정말로 적당했으며, 또한 이 무거운 선택을 결정하는 이로서도 완벽할 것이리라.

"실험 말입니다, 왕제님. 실험의 완성도를 기존 70에서 99까지 끌어 올리는 데에는 아시다시피 반년이 걸렸습니다."

신성국에서 '침노'로 위장한 실험체들을 델로의 황녀에게 보내기로 결정했을 때. 그땐 더 이상 실험에 진척을 기대할 수 없었다. 숫자로 따지면 이미

70까지 끌어 올린 실험이어서 포기할 수도 없었고.

그러니 지혜를 짜내어 실험체들을 침노로 보낼 계획을 세운 것이다. 그 외에는 달리 마땅한 돌파구가 없었으니.

하지만 대신관들의 예상과는 달리, '인술'이라는 가혹한 폭군의 취미에 실험체들은 죄 죽었다. 유일하게 살아남은 이 왕제를 구명한 게 황녀인 라하델하르사였고…….

"그런데……."

아마르 대신관이 착잡한 어조로 말을 이었다.

"99부터 100까지 완성하는 데에는 10년 단위의 시간이 추가로 소요된다는 결과가 방금 나왔습니다."

10년이라는 시간은 결코 짧지 않다.

아니, 누군가를 기다리는 이에겐 가혹할 정도로 긴 시간이었다.

"그러니 왕제님께 의견을 여쭤보고자 합니다. 99에서 실험을 마무리 지을 것인지, 100을 이룩하기 위해 실험을 계속할 것인지 말입니다."

셰드의 이마가 희미하게 일그러졌다. 아마르 대신관의 어조가 묘했기 때문이다.

"왜 그걸 제게 물어보는 겁니까?"

"왕제님."

아마르 대신관은 미소를 짓고 있었다. 하지만 애써 입꼬리를 그러쥐고 있는 미소였다.

"저희는 처음부터 카르젠 델하르사를 제외한 다른 델하르사의 황족들까지 단죄할 생각이 없었습니다. 무고한 피를 흩뿌려 약자들을 짓밟은 건 그 젊은 폭군이니 말입니다."

대상은 그저 그 젊은 폭군뿐.

신을 모시는 신관이라고 마냥 자애롭지 않다. 성기사는 날붙이를 들고 악한 이에게 합당한 단죄를 내린다. 약자를 유린한 살인자는 목숨을 거둬야

한다. 약자의 응분과 처절함을 대신 집행해 주는 것.

이 모든 것이 신에게 순종하는 자들의 의무리라.

"결론부터 말씀드리겠습니다. 왕제님."

아마르 대신관이 애써 미소를 잃지 않은 채로 말을 이었다.

"여기서 실험을 마무리한다면, '계승자의 눈'을 파괴하는 과정에서 황녀님의 목숨이 어떻게 될지 장담드릴 수가 없습니다."

"……."

내내 무뎠던 청회색 눈동자에 순간 기이하게 금이 갔다. 셰드가 쥐고 있던 의자 팔걸이 역시 마찬가지였다. 그의 목 위로 무언가가 터져 나오려다 간신히 가라앉았다.

"셰드 힐데스 왕제님."

신성력을 바닥까지 끌어 모아 쓴 덕에 실제로 대신관들의 몸은 많이 축나 있었지만, 다른 이유로도 아픈 미소가 나왔다.

"어쩌면 알고 계실 거라고 생각합니다만, 황녀님은 죽고 싶어 하십니다."

그쯤이야.

그쯤이야 이미 알고 있었다. 모를 수가 없었다. 자신을 황궁에 데려온 그날부터 스스로의 목을 조를 수 있는지 없는지 확인부터 해 보던 황녀였다.

다만 스스로를 해할 수가 없어서.

마음 한구석에 눌러둔 사실을 타인의 입으로 직접 듣는 건 상상 이상으로 입맛이 썼다. 셰드가 허공을 가만히 노려보았다.

무거운 침묵이 흘렀다.

"그리고……, 한 가지 더, 드릴 말씀이 있습니다."

사실 아마르 대신관은 이 응접실로 걸어오기 직전까지 고민했다. 이 말을 하는 게 옳은가. 하지만 나날이 야위어 말라 간다는 황녀에 대한 얘기를 들은 후부터 도무지 외면할 수가 없었다. 눈앞의 이 왕제와 그다지 다를 바가 없지 않은가.

그래서 아마르 대신관은 결정을 내렸다. 반년 넘게 단 한 번도, 그 누구에게도 말해 본 적 없었던 라하와의 비밀을, 참회하는 심정으로 꺼내 놓았다.

"그분은 자신을 죽이는 데 성공할 것을 대가로 당신의 탈출을 도와주었습니다."

"……."

"다만 그 마지막이 당신이 아니기를 바란다고도 말씀하셨고요."

"……."

어쩌면 라하가 그 말을 덧붙이지 않았으면 좋았을 것이다. 그러면 아마르 대신관은, 적어도 그 황녀가 셰드 힐데스에게 품은 감정을 모르고 넘어갔을 수도 있으니까. 그저 아름다운 보석을 아끼는 심정으로, 말을 잘 듣지 않는 값비싼 가축을 길들이는 심정으로 이 왕제에게 잘해 주었겠거니 착각했을 수도 있었다.

착각하려 노력했을 수도 있었다.

앳된 얼굴과는 어울리지 않게 얼음 조각상 같던 황녀가 그리 말하지만 않았어도.

삶의 마지막에 셰드를 보고 싶진 않다고 말하지만 않았어도.

그리 속삭이는데 이상하게 눈시울이 붉어졌다. 아마르 대신관은 품에서 손수건을 꺼냈다. 눈가를 꾹 누르며 천천히 말을 이었다.

"죄송합니다. 왕제님. 그래서 저는 비겁하게 당신께 선택을 떠넘기는 겁니다."

이 모든 게 그 황녀에게 하나 남은 진심이라서.

* * *

라하는 햇볕에 데워진 강물에 발을 담그고 있었다. 물결이 출렁이는 소리가 시원하게 귓가를 울렸다.

"황녀님?"

올리버가 찾아온 건 얼마 후였다. 그는 살짝 지친 얼굴이었지만, 늘 그러하듯 따뜻하고 생기 넘치는 아이 특유의 미소를 짓고 있었다.

"오늘도 황녀궁에 쏟아지는 선물을 정리하느라 죽을 뻔했답니다."

푸념이 가득한 목소리. 현자의 수제자든 어쩌든 어린 나이인지라. 라하가 올리버의 이마를 손가락 끝으로 툭 건드렸다.

"죽지 않았잖아."

"당연히 죽으면 안 되죠. 의사가 환자를 두고 어떻게 죽나요?"

라하가 픽 웃었다. 올리버의 말 그대로, 라하에게는 계속해서 선물이 쏟아지고 있었다. 외국에서 사업 업무를 끝내고 돌아온 윈스턴 공작이 따로 찾아와 사과도 했다.

자멜라의 초상화를 보여 주려던 걸 헷갈려, 황녀의 초상화를 타국의 왕족들에게 보여 줘 버렸다고. 금세 소문이 퍼져서 자신도 난감했다고 말이다.

"황녀님의 아름다움이야 다들 소문으로 들어서 알고는 있지만 직접 초상화를 보는 경우는 드물다 보니 더 놀라지 뭡니까."

윈스턴 공작의 속내야 모를 수가 없었다. 자식을 둔 부모란 그렇게나 예민해지는 모양이다. 여식의 앞날에 해가 될 것 같으면 어떻게든 지혜를 짜내 제거하고, 다듬어 놓고, 달래 놓으려고 안달인지. 그 덕에 라하에게 제대로 된 남편을, 그것도 타국의 먼 왕족으로 붙여 놔야 된다는 본능적인 예감이 든 모양이었다.

아직 카르젠이 가진 진짜 욕망까지는 모르는 것 같았지만.

"덕분에 황녀궁에 선물을 쌓아 둘 곳이 없네요. 공작에게 좀 나눠 줄까요."

"아닙니다. 어찌 그런 귀한 걸 제가 받겠습니까."

"뭐, 그러시다면."

적당히 시녀들에게 나눠 주면 그만이었다. 와중에도 청혼서는 없다는 말은 잊지 않고 해 주었다. 물론 윈스턴 공작은 대귀족답게 표정을 완벽히 관리했다. 실망감 같은 건 조금도 내비치지 않았지만……

올리버는 라하에게 탕약을 먹인 후, 늘 그렇듯 몸을 진단했다. 날이 더워지면서 추운 겨울보다는 건강이 좀 나아진 것 같지만 여전히 좋은 상태는 아니었다.

그녀는 지난겨울을 오래토록 앓고 있었다.

탕약 그릇을 정리하고, 그녀에게 미지근한 차까지 권한 올리버는 시녀들이 물러가자 조심스럽게 품에서 무언가를 꺼냈다. 그리고 라하의 손에 꼭 쥐여 주었다.

"……?"

손바닥에 닿는 딱딱한 감촉. 라하가 눈을 깜빡이며 손을 펴 보았다. 직후였다. 그녀의 호흡과 시선이 멎었다. 짧지 않은 시간이었다. 짙게 축적되던 피로와 허무조차 한순간 날아가 버리게 만드는…….

그 푸르디푸른 보석.

"……"

분명히 그…….

라하는 멍하니 입을 벌린 채로 손에 쥔 푸른 보석을 응시했다. 뒤를 돌려 보자 긴 은침이 새로 가공되어 달려 있었다. 여성의 숄 따위를 고정할 때 쓰는 브로치로 보석의 용도가 아예 바뀌어져 있었지만, 원형을 모를 수가 없었다.

추웠던 겨울날, 하나뿐인 노예에게 안겨 주었던 보검.

그 중앙에 달려 있던 보석이었으니까…….

"……이게."

갈라진 목소리가 나왔다. 라하는 바닷물에 갑자기 던져진 사람처럼 정신을 차릴 수가 없었다. 간신히 목을 가다듬었지만 목소리 끝이 형편없이 떨렸다.

"이게 왜……."

셰드가 자신의 가슴에 꽂아 주었던 순금 장미도 타오르는 불길에 던져넣고. 궁을 완전히 버리고 걸어 나온 그녀였지만 마지막에는 홀린 이처럼 돌아가 볼 수밖에 없었다.

그 쓸쓸한 내궁에서 라하는 셰드가 두고 간 보검을 보았다. 중앙의 보석이 뜯겨지고 검집에 금이 간 그 처량한 흔적.

그 모든 게 자신과 셰드 같았다. 다를 바가 없었다. 그날의 흔적은 가끔씩, 아니, 제법 자주 라하의 머리에 그려져 그녀의 마음을 텅 비게 했는데.

말문을 잃고 브로치를 내려다보던 라하가 보석을 세게 쥐었다. 상실감보다는 처절함에 가까웠던 어떤 감정이 있었다. 숨을 쉴 때마다 조금씩 차오르는, 그리움이라고 부르기엔 지독하게 아픈 이름이 입 밖으로 나오지 못하고 그저 목 아래서 빙글빙글 맴돌았다.

누구도 보지 못하는 가슴 깊은 곳에 핏자국처럼 얼룩졌던 통증이 불규칙적으로 요동쳤다. 이미 떨쳐 냈던 열이 다시 올라오는 것 같았다.

"……황녀님."

바르르 떨리는 라하의 손을 올리버가 붙잡았다.

황녀궁에 선물이 쏟아지던 그때부터, 올리버는 시녀들을 도와 선물의 분류를 도왔다.

라하의 명령이었다. 매번 옆에서 약 드세요, 누우세요, 식사하세요, 더 드세요, 한 입만 더 드셔야 해요, 제발요. 등등 잔소리 좀 하지 말고 가서 분류나 도우라고.

라하의 귀찮다는 듯한 목소리에 충격을 받아 눈을 동그랗게 뜨는 올리버를 보고, 궁의 시녀들이 오랜만에 웃음을 터뜨리기도 했는데.

황녀가 계절이 이어지는 내내 심하게 아픈 까닭에, 아예 올리버의 처소가 황녀궁에 배정되면서 가능해진 일이었다. 평소에도 황녀에게 깍듯한 어린 천재 주치의는 황녀의 시동 같은 역할도 종종 했으니.

하지만…….

"일부러 저를 선물 분류에 배정시키신 거잖습니까."

올리버는 알았다.

"그분이 뭘 보내면 제가 모를 수가 없으니까요……."

시녀들이라면 모를까. 라하를 제외하고는 이 황궁에서 셰드와 가장 많은 대화를 나눈 것이 올리버였으니.

"기다리신 거잖아요."

"……."

그래, 사실은.

그 노예가 무언가를 보냈을까 봐. 어떤 증오든 분노든 좋지 않은 감정을 담아서라도 뭔가를 하나 보냈는데 제게 전해지지 않을까 봐.

어떤 것이든 그 노예가 보낸 거라면 원하는 대로 손에 쥐여 주려고 했는데. 기꺼이 그러려고 했는데.

목이 꽉 메어 말이 잘 나오지 않았다. 잠깐 보석을 내려다보던 라하가 은침을 꺼내 손끝을 찔러 보았다. 올리버가 바로 대경했다.

"황녀님?"

"독을 발라 놓은 줄 알았는데……. 아닌가 봐."

"……그런 치졸한 분은 아니잖아요."

"그걸 네가 어떻게 알아."

"느낌으로요."

천진난만한 목소리에 어울리지 않는 확고한 대답. 라하가 옅은 웃음을 흘렸다.

손에 쥔 푸른색 보석은 단단하다. 자신의 옷차림이 계절과 어울리지 않게 너무 얇다고 하던 말이 떠오른다. 두꺼운 숄이 미끄러지지 않게 단단히 고정할 수 있는 은침을 내려다본다. 왜 끝까지 내게 이렇게, 그는.

텅 빈 가슴에 박음질을 하듯 채워지는 색깔.

"누구 이름으로 왔지?"

"평범한 동부 왕국에서 한 번에 보내온 겁니다."

"그렇구나."

어디에 대충 섞어서 보냈나 보다. 그것도 대단하긴 했지만.

오랫동안 브로치를 내려다보던 라하가 바닥에서 일어났다. 물기로 젖은 발이 푸른 잔디 위에서 가볍게 움직인다.

"어디 가세요, 황녀님?"

"뭘 좀 먹어야겠어. 배가 고파."

올리버의 귀가 쫑긋했다. 황녀가 먼저 허기지다고 말한 게 얼마 만인지, 그녀는 결코 모를 터였다.

실로 오랜만에 주인이 식욕을 되찾자, 황녀궁 주방에선 소동까지 일었다. 주방장들이 허둥지둥 움직인 끝에 금세 뜨겁고 맛있는 음식들이 대령되었다.

"황녀님, 일단 잡수시고 음식이 더 준비되고 있으니……."

"이 정도면 됐어. 황녀궁의 식량을 전부 내 입에 퍼 먹여 주고 싶어 그러니?"

"그런 건 아니지만……."

방금 구워 낸 부드럽고 하얀 빵과 신선한 샐러드가 바로 앞에 놓였다. 견과류를 고소하게 볶아 낸 황금빛 버터와 여러 색깔로 반짝이는 과일 잼들이 양옆에 늘어졌고, 커다란 잎사귀에 싸서 오븐에 통째로 구워 낸 소고기며 레몬즙을 뿌린 닭 요리도 먹음직스러운 냄새를 풍겼다. 얼음을 띄운 아이스티도 크리스털 고블릿에 담겨 있었다.

라하는 천천히 음식을 먹기 시작했다. 양이 너무 많아 다 먹진 못했지만, 몇 조각 제대로 먹지도 못하던 지난날에 비하면 놀라울 정도였다.

식사가 거의 끝나 갈 무렵, 예상치 못한 손님이 찾아왔다.

"황녀님. 갑자기 찾아와 송구합니다."

자멜라였다. 그녀는 라하가 식사하는 모습에 잠깐 놀랐지만 품위를 잃지는 않았다. 대귀족 영애다운 기품 있는 모습으로, 여기까지 찾아온 용건을 꺼냈다.

"……방금 전 폐하께서 13왕국 연합에 선전 포고를 하셨답니다."

* * *

"이게, 도대체가."

카르젠이 픽 웃었다. 그의 손에 들린 서한이 팔랑팔랑 흔들렸다.

"폐하. 극비리에 제보가 들어왔습니다."

13왕국 연합에서 델하르사의 황족들에게 내려오는 가호를 파괴하는 실험을 진행했다. 이 소식이 극비리에 손에 들어온 건 며칠 전이었다.

놀랍지는 않았다.

카르젠은 '일부러' 신성국을 완전히 부수지 않았으니까. 다 밟아 버리려면 못 할 이유도 없었다. 다만 실익을 따졌을 때 손실이 압도적으로 커서 하지 않았을 뿐이고.

무엇보다…….

신성국의 실험체들은 죄 끌고 와서 라하의 노예로 던졌지만, 실험을 주도한 신관들까지 선부 죽이진 못했다.

신을 목숨처럼 믿는 이들을 살핀 까닭도 있었다. 하지만 무엇보다 실험의 토대를 일부 살려 두면, 그것이 대륙에 날벌레처럼 퍼져 나가리라 계산한 카르젠이었다.

그게 전쟁의 명분이 될 테니 말이다.

카르젠이 짓밟은 왕국의 수가 열 곳을 넘어가면서, 이젠 다들 폭력과 두려움에 몸을 사렸다. 전쟁을 하고 싶어도 마땅히 짓밟을 나라가 없다는 게 카르젠의 새로운 고민거리였다. 아무래도 명분이 없는 전쟁은 할 수 없는 법이니.

그러니 카르젠은, 실험을 주도한 이들을 살려 두는 것으로 전쟁 명분의 씨앗을 이곳저곳에 뿌려 둔 것이다.

누구든 이 델하르사를 파괴할 수 있다는 가능성에 혹해라. 비밀리에 실험을 진행해라.

그리고 들켜라.

델로가 출정하기에 합당한 명분이 될 테니까.

"어찌 이리 멍청하고 재미가 없을까."

카르젠이 탁자를 툭툭 쳤다.

델로를 집어삼킬 수 있다는 가능성에 혹해 걸려든 것이야 예상 범위 안의 일이었지만, 문제는 시기였다.

"지금 당장 전쟁을 일으키기엔 시기가 나쁘지 않나. 라하의 건강도 그다지 좋지 못하고."

특히 자멜라와의 혼인을 앞두고 있는 터라, 윈스턴 공작이 기를 쓰고 출정을 반대했다.

카르젠도 내키지 않았다. 언제 그 노예가 라하에게 돌아와 도망가자고 속살거릴지, 그리고 그 노예를 라하의 눈앞에서 죽일 때 쌍둥이가 무슨 표정을 지어 줄지 궁금했으니까.

덕분에 결정은 손쉬웠다. 오랜만의 전쟁이지만 훗날로 미루는 건 어렵지 않았다.

[13왕국 연합의 왕들은 들으라. 델로 제국에서 파견한 사절들의 참관하에,

실험체들을 전원 본국으로 압송하라. 이와 더불어 즉시 왕세자 혹은 그에 준하는 지위와 신분을 가진 직계 왕족 한 명씩을 마찬가지로 본국으로 보내라. 1급 포로로 대할 것이다.]

카르젠이 불침을 대가로 13왕국에 보낸 것은 항복 권고 서한이었다. 제국군에 남김없이 짓밟히는 것보다는 훨씬 이득인 너그러운 조건이었다.

그랬는데…….

되돌아온 답이 상상 그 이상이었다.

[13왕국 연합에서는 폭군의 불공정한 투항 조건을 받아들이지 않기로 대의를 모았음을 기사의 방식으로 알린다.]

대륙의 그 누구도 예상하지 못했다. 13왕국 연합에서 감히 델로 제국의 은혜를 걷어찰 것이라고는.

"대의를 모았다고. 대의. 대의라."

카르젠의 어깨가 서서히 떨리기 시작했다. 이윽고 카르젠의 커다란 웃음소리가 국정 회의실을 가득 채웠다.

"재미있어. 아주 재미있구나."

회의실 자리에 앉아 있던 귀족들은 그 누구도 입을 열지 못했다. 압도적인 침묵만이 깔린 거대한 회의실에서, 일평생을 전쟁으로 보낸 카르젠이 천천히 고개를 들어 올렸다.

"내가 신성국에서 꽤 무르게 굴었던 모양이구나. 이렇게 건방진 새끼들이 있을 줄이야……."

'계승자의 눈'을 갖지 못한 대신, 강한 가문의 딸을 황후로 맞기로 결정한 황제.

그래서 약해 보였던가? 국혼을 앞두고 기세가 꺾인 군주로 주물러 보겠다는 것인가? 의도가 투명하기 그지없었다. 카르젠의 잿빛 눈은 이미 반쯤 돌아 있었다.

"정신 나간 13명의 왕들에게 전하라!"

카르젠은 옥좌에서 일어나며 사나운 표정으로 웃었다.

"델로의 병력 아래, 그들은 걷어찬 자비 한 톨이라도 돌려 달라 구걸하게 될 터라고!"

"존명!"

카르젠이 그대로 자리를 박차고 회의실을 떠났다. 금세 거대한 회의실이 쑤셔진 벌통처럼 시끄러워졌다. 윈스턴 공작은 얼굴이 푸르뎅뎅해져 정신을 차릴 수가 없었다. 그동안 그가 했던 모든 수고가 물거품이 되는 순간이었다.

'13왕국에서 실험을 거의 성공한 것인가?'

그게 아니고서야 저런 배가 터진 것 같은 답을 할 수 있을 리가. 지금 이 자리에 있는 웬만한 귀족들이 거의 다 비슷한 생각을 하고 있을 것이다. 당연히 카르젠이라고 못 할 생각일 리 없었고.

실험에 성공을 했든, 안 했든 13왕국 연합의 대답은 도를 넘었다.

이미 친정(親征)이 확정된 것이나 다름없었고, 그 규모가 이제까지 정벌했던 어떤 왕국보다 컸다. 때문에 황법에 따라 고위 귀족들 역시 가문 기사단의 9할 이상을 차출해 전쟁에 직접 참가해야 했다.

그날 회의실에서 결정된 사안은 들불처럼 퍼져 나갔고, 일주일이 채 지나기도 전 제국의 후미진 시골에까지 전쟁 소식이 퍼졌다.

* * *

"네 주치의가 영 쓸모가 없진 않구나. 제법 많이 나았어."

출정 당일. 라하를 보러 온 카르젠이 제법 만족감이 느껴지는 목소리로 말했다. 뼈만 만져지던 그녀의 몸에 살이 조금씩 오르고 있었다. 카르젠은 조금 더 라하의 몸을 만져 볼까 싶었지만, 전쟁은 적어도 몇 달이 소요되는 일이다.

얌전히 있어야 할 쌍둥이를 들쑤실 필요가 있겠는가.

"라하."

"응."

카르젠은 손으로 라하의 부드러운 눈꺼풀 위를 꾹 눌렀다.

"이 눈이 내게 없다고 건방지게 구는 놈들이 너무 많구나."

눈이 카르젠에게 가려진 채로 라하가 천천히 입을 열었다.

"미안해, 카르젠."

"그래."

"……."

"내게 영원히 미안해해야지. 라하."

라하의 입매가 아주 조금 흐려졌다. 찰나였다. 그녀는 늘 그랬듯이 사랑스러운 미소를 머금었다. 눈은 여전히 카르젠의 손에 가려져 앞이 제대로 보이진 않았지만.

카르젠은 라하에게 시선을 고정한 채로 시녀들에게 명령했다.

"시종장을 불러와라."

곧이어 황녀의 침실에 들어온 시종장이 고개를 깊이 숙였다. 카르젠이 짧게 명령했다.

"가져오거라."

"예, 폐하. 준비해 두었습니다."

순식간에 라하의 침실에 호화로운 보물 상자들이 쌓였다. 그러나 그런 보물들이야 늘 보는 시시한 것들.

오히려 다른 것이 라하와 시녀들의 눈길을 붙잡았다.

황금으로 된 새장에 앉아 있는 건 새였다. 은빛 도요새. 가느다랗고 뾰족한 부리며 새까맣고 동그란 눈. 그리고 달빛을 받아 나는 새라는 이명이 꼭 어울리는 눈부신 은빛의 깃털들…… 귀하고 아름다운 새였다.

라하가 속눈썹을 팔랑이다가 물었다.

"자멜라 영애의 새야?"

"그럴 리가. 네 거다, 라하."

순간 등골을 따라 소름이 죽 솟아올랐다. 라하는 카르젠이 자신을 끌어안고 있지 않아 다행이라는 생각을 했다. 그녀는 천진난만한 어조로 물었다.

"내 것이라니? 윈스턴 공작이 알면 배 아파하지 않을까."

"윈스턴 공작의 여식에게 선물한 은도요가 비실비실한 놈이었다. 혹시 모르니 예비로 한 마리 더 잡아 온 거고."

그럼 처음부터 자멜라 윈스턴 영애에게 얘를 주면 됐잖아. 아니면 네가 키우다가 주든가.

라하는 속마음과는 달리 그저 말간 얼굴을 한 채, 새장에 앉아 있는 은도요를 응시하며 말했다.

"은도요가 죽어 버리면 영애의 상심이 크겠지. 혹시 모르니 내가 잘 돌보고 있을게."

"그래. 라하."

카르젠의 심기를 조금도 거스르지 않는 완벽한 대답. 라하는 손짓으로 새장을 물리라고 말했다. 시녀들이 서둘러 귀한 새를 옮겼다.

"벌써 가야 할 시간이 다 됐구나."

카르젠은 이곳에 올 때부터 이미 갑주와 망토를 두른 상태였다.

"13왕국 연합에도 진귀한 보물이 많다지. 갖고 싶은 선물은 없느냐?"

"건강히만 돌아와, 카르젠."

카르젠은 피식 웃었다.

"넌 늘 그렇듯 욕심이 없구나. 좋다."

그가 그녀의 어깨를 한 팔로 확 껴안았다. 침대에 가만히 앉아 있던 라하의 상체가 순간 카르젠에게로 쏠렸다. 당황도 잠시. 카르젠은 라하의 이마에 입술을 천천히 내리눌렀다.

"……."

침실에 남아 있던 시녀들은 숨 한 번 제대로 쉬지 않은 채 시선을 바닥에 고정하고 있었다. 사실 그녀들은 모골이 송연했다.

"라하 델하르사."

카르젠이 아주 느리게 입술을 들어 올렸다. 잿빛 눈동자라는 사실만 제외하고는, 놀라울 정도로 라하와 닮은 그녀의 쌍둥이. 어릴 땐 거울을 보고 있는 게 아닌가 하는 착각이 들기도 했던 그 쌍둥이가 속삭였다.

"내가 돌아올 때까지 얌전히 있거라."

* * *

"왕제님. 국왕 전하께서 부르십니다."

"금방 가지."

옷을 갈아입는 짧은 사이, 거울에 벗은 몸이 잠시 비쳤다.

짙었던 입술의 흔적은 더 이상 어디에도 남아 있지 않았다. 그 외에는 원래부터 갖고 있던 상처들뿐. 딱딱하게까지 느껴지는 두툼한 허벅지 위의 검흔이 눈에 유독 들어온다.

"여긴 왜 다쳤어?"

의문이 은은하게 담겼던 가느다란 목소리가 떠오른다.

"숙부가 긋고 죽었지."

"너도 이상한 가족들 틈에서 살았구나. 다들 어느 정도는 그러고 사나 봐."

가만히 안도하던 그 황녀의 보드랍던 얼굴.

그때, 이 얼굴을 보고 있으니 제 몸에 이런 상처가 남아 있어서 다행이라는 생각이 스쳤다. 말도 안 되는, 지나칠 정도로 감상이란 걸 아는데도, 당시에는 그런 안온한 생각에 꽉 붙잡혀 있기만 했다.

제게 아무렇지도 않게 그런 생각이나 들게 만들던 황녀가, 실은 흘러드는 달빛보다도 차갑다는 사실을 아는데도.

그녀가 가끔씩 미소를 지어 줄 때면, 기분이 어떠했던가?

시종들이 능숙하게 달라붙어 옷시중을 들었다. 셰드는 관례대로 갑주와 망토를 걸친 채로 국왕이 기다리는 곳으로 향했다.

"왕제님!"

복도 먼 끝에서 셰드를 발견한 힐로스드의 근위단장이 재빠르게 뛰어왔다. 거대한 덩치답지 않은 민첩한 속도였다.

"안 그래도 모시러 가고 있었습니다. 5대 전에 맺었던 델로 제국과의 방위 조약 문서를 찾아 놓았습니다."

"줘 봐."

"전하께 먼저 보여 드려야 하는데요."

"그러든지."

"아니…… 왕제님. 농담입니다. 전하께서 왕제님께 여기에 관한 전권을 넘겨주시지 않았습니까? 국경선 야만족들과의 국지전을 끝내겠다는 조건 하에 말입니다."

엄밀히 말하면 힐로스드의 국경선에 문제가 있는 건 아니었다. 하지만 힐로스드와 타국 사이에 자리한 주인 없는 땅에서 야만족이 계속 세를 불리고 있었다. 나라가 흔들릴 만큼은 아니었으나, 무역에 타격을 주는 존재들인 건 맞았다.

힐로스드에서 몇 번이나 군대를 보냈지만 소탕하지 못한 그 야만족들을 완전히 제압하는 대가로, 왕제는 바로 이 문서의 전권을 위임받았다.

셰드는 각국 황제와 왕, 이하 군부대신과 서열상 가장 높은 대귀족 3명의 직인이 복잡하게 찍힌 문서를 살펴보았다.

"아주 고생하실 겁니다."

"그렇겠지."

"그……. 꼭 그렇게까지 하셔야 합니까?"

조심스러운 질문이었다. 13왕국 연합이 델로 제국에게 간이 배 밖에 나온 듯한 응답을 보냈고, 격분한 델로의 젊은 황제가 대규모의 군사로 응했다는 건 온 대륙이 전부 알고 있는 일이었다. 제국과 먼 서방의 힐로스드역시 들썩거렸다.

이런 급변하는 정세 와중에 델로와의 해묵은 방위 조약에 대해 얘기하는왕제라.

뭘 원해서.

사실 근위단장은 앞뒤 상황도 잘 몰랐다. 그나마 좀 더 알고 있는 건 국왕정도겠지. 국왕조차도 전부 모르는 게 사실이었고. 셰드는 서류의 글자를 낱낱이 뜯어보다가 고개를 들어 올렸다.

"단장. 솔직히 말해도 되나?"

"예, 말씀해 주십시오."

"이렇게까지 해도 모자라면 어떡하나 싶더군."

"……왕제님."

백일몽처럼 느껴지는 한 이름이 입가를 온종일 맴돌았다. 라하 델하르사. 그 여자의 이름이었다. 도무지 잊어 낼 수도, 뱉어 낼 수도 없어서. 눈앞에 두고 봐야겠다는 생각밖에 들지 않아서.

희미한 미소를 지은 셰드가 이내 걸음을 옮겼다.

* * *

한편, 라하의 궁.

"송구합니다, 윈스턴 공작 영애."

라하의 시녀는 예의 바른 태도로 말했다.

"황녀님이 아까 전 오수에 드셨습니다."

"이런. 내가 타이밍을 잘못 잡았군요."

자멜라가 우아하게 웃었다.

"그럼 나중에 황녀님께 내가 찾아왔다는 것만 말씀 올려주세요."

"그러겠습니다. 영애. 살펴 가세요."

고고하게 몸을 돌린 자멜라가 걸음을 옮겼다. 황녀의 새로운 궁. 이곳은 거닐 때마다 다른 세상에 떨어진 듯한 느낌이 들었다.

궁을 옮기면서 중앙과 거리가 멀어지게 되어서일까. 우거진 나무들 때문일까. 정원 자체는 황제궁과 비슷한 넓이였다. 물론 그것만으로도 어마어마하게 넓다는 소리긴 했지만, 커다란 나무들이 절묘하게 늘어져 있어 분위기가 아주 독특했다.

본궁으로 가려면 아예 마차를 타고 가야 했다. 그만큼 거리가 멀었다.

황제를 비롯해 공후작까지 출전하게 되면서 그녀는 아예 황궁에서 체류하고 있었다. 와중에도 조금은 걱정을 했었다.

황제가 직접 전쟁터로 나가는 경우는 잦았지만, 그때엔 쌍둥이 황녀가 항상 건강했다. 그래서 외곽 별궁에 머물고 있는 선황의 황비가 끼어들 자리가 없었다. 감히 그럴 수도 없었고.

하지만 이번은 경우가 특수하질 않던가. 황녀도 몸이 좋지 않아 사교계에 얼굴을 내비치지 못한 지 벌써 세 번째 계절이었다. 황제도 없는 지금, 혹시 선황의 황비가 찾아와 간섭 따위를 할까 봐 자멜라는 은근히 걱정했다.

하지만 자멜라의 걱정도 무색하게, 황궁은 완전히 정상화되어 돌아갔다.

자멜라 윈스턴은 황궁의 내정을 처리하면서 문득문득 깨달았다. 그 천진난만한 황녀의 수면 아래는 정말 무서울 정도로 완벽하게 정리가 되어 있다는 사실을.

'본인 궁의 사용인들만 기강을 잘 잡은 줄 알았는데.'

어째서 매번 황궁의 거대한 연회와 자잘한 파티, 황제의 탄신연이며 신년 무도회가 그리 완벽히 준비를 마치고 치러질 수 있었는지, 자멜라는 황궁에 발을 걸치고서야 새삼 깨닫게 되었다.

그러니 자멜라는 천천히 영역을 확장 중이었다. 라하와 굳이 대립할 생각은 없었다. 대립해서 얻을 이득도 없었고.

더군다나……. 상대 쪽에서 아예 그럴 생각이 없다는 걸 자멜라는 느리지만 아주 확실하게 알 수 있었다.

라하 황녀를 동경하는 귀족 영애들이 제법 많다는 사실을, 그 황녀가 알까 모를 일이었다. 그토록 우아하며 아름답고, 더없이 무기력한 황녀라니. 아주 간혹 보이는 생기에 시선을 빼앗겨 보지 않은 이들이 있는지.

고고하고 일견 다정해 보이는 황족을 상대로 홀로 난리를 치는 것도 졸렬한 짓이질 않나. 한 마디로 마음이 동하질 않았다.

여러 의미로 안심한 자멜라가 황궁에서 소규모 다과회를 열었던 어느 날이었다.

"이게 은도요군요. 과연 온몸이 깨끗한 은빛이네요."

꼬리 깃은 미묘하게 황금색을 띠는 아름답고 진귀한 새. 내로라하는 귀족들 중에서도 은도요를 직접 보는 경우는 잘 없었다.

자멜라는 경탄해 마지않는 귀부인들에게 부드러운 미소를 되돌려 주다가, 당황스러운 소식을 들었다.

"먹이를 챙겨 오지 않았다니?"

"죄송합니다, 아가씨. 아침에 새장을 바꾸느라 그만……."

그냥 새도 아니고 황제가 청혼의 의미로 선물해 준 은도요였다. 하지만 포획해 오는 과정에서 많이 다쳤는지 건강 상태가 그리 좋지 않았다. 원래라면 한참 전에 귀족들에게 선보였어야 할 은도요를 이제 와서 공개하는 것도 이런 이유 때문이었다.

어쩔 줄 몰라 하는 새 관리인을 보며, 자멜라가 이마를 찡그렸다.

"어쩔 수 없구나. 황실 주방에 일러 은도요의 먹이를 만들어 달라고 부탁해야겠어. 지금 말하면 어느 정도 시간을 맞출 수 있겠지."

황제가 사냥해 온 은도요는 상징성 때문에 특이한 먹이를 먹는데, 그 먹이를 만들려면 시간이 제법 걸렸다.

그랬는데…….

"벌써 다 되었다고?"

"예, 아가씨. 마침 만들어 둔 게 있었답니다."

안도한 관리인이 은도요에게 먹이를 먹였다.

"……."

이상한 일이다. 은도요의 먹이를 황궁에서 굳이 만들고 있다니……. 자신이 은도요를 데려온 건 이번이 처음인데. 자멜라는 이마를 가벼이 찌푸렸다.

설마, 황궁에서 다른 은도요를 키우고 있는 걸까?

* * *

며칠 후.

자멜라는 늘 그랬듯이 라하를 찾아갔다.

역시나 아름다운 궁이었다. 이 궁에 유일하게 드나들 수 있는 귀족이 자멜라 자신이라니. 덕분에 가끔 갖는 작은 다과회에서도 자멜라의 위상이 소소하게 높아졌다.

나무 그늘 밑을 걷던 자멜라가 문득 걸음을 멈춘 건 얼마 후였다.

"윈스턴 영애."

그녀를 알아본 궁내무관들이 멈춰 서 고개를 숙였다. 자멜라의 푸른 눈동자가, 그들이 들고 있는 '물건'에 향했다. 검은 천을 뒤집어 씌워 놓은 그것은 언뜻 보아도 새장이었다.

카르젠에게 은도요를 선물 받은 이후 수백 개의 새장을 직접 보고 고른 덕에 천을 걸친 모습만 봐도 짐작할 수 있었다.

"황녀님이 새를 키우시나요?"

"예. 영애. 폐하께서 선물하셨습니다."

"아아. 그래요. 어서 들고 가 봐요."

"예. 그럼……."

궁내무관들이 서둘러 걸음을 옮기고, 자멜라는 약간의 시간 차이를 두고 우아하게 내궁 쪽으로 걸음을 옮겼다.

"황녀님."

사교계에 얼굴조차 비추지 않아, 죽을병에 걸린 게 틀림없다는 소문까지 퍼졌던 라하는 부쩍 안색이 나아져 있었다. 우연이겠지만 미묘하게도 카르젠이 출정한 이후부터 얼굴이 좋아졌다.

"쉬지 않으시고 무슨 서류를 보시나요?"

자멜라가 웃으면서 묻는 말에 라하가 종이를 팔랑였다.

"폐하가 돌아오시면 봄 즈음이지 않겠어요."

"아……?"

"국혼을 준비하는 데에는 오래 걸리니 틈틈이 준비해야죠."

"황녀님……!"

자멜라는 부끄러운 듯 속눈썹을 내리깔았다. 라하가 가볍게 웃음을 터뜨렸다. 웃기까지 하는 황녀는 확실히 상태가 좋아 보였다.

함께 간단히 다과를 나누고, 나라가 전쟁 중이니 가을 연회는 전부 없는 걸로 하자고 의견을 모은 후 자멜라는 차를 한 모금 마셨다. 말을 곱씹느라 말랐던 목을 축이고, 급하지 않게 천천히, 최대한 담담한 목소리를 가장해내며 물었다.

"황녀님. 혹시 새를 키우시나요?"

여전히 서류에 고개를 처박고 있던 라하가 대답했다.

"네."

자멜라의 가슴이 서늘해진 순간, 황녀는 고개도 들지 않고 말했다.

"영애에게 보여 드리렴."

"네, 황녀님."

시중을 들고 있던 시녀들이 공손하게 대답했다. 차를 세 모금 마실 시간도 되지 않아 새장이 대령되었다.

혹시나 했던 작은 기대는 은빛으로 빛나는 새를 보자 산산이 부서져 내렸다. 카르젠이 자신에게 정혼의 징표로 선물했던 은도요보다도 훨씬 건강하고, 아름답고, 완벽한 자태의 새였다.

"……폐하께서 주신 건가요?"

"네."

황녀의 성격이 차갑다는 사실을 자멜라는 잘 알았다. 어쩌다 보니 가장 가까이서 함께 지낸 귀족이라 알게 되었다. 하지만 한 마디 물을 때마다 짧은 대답이 돌아오니 숨이 기이하게 막혔다.

은도요가 어떤 의미인지, 적통 황녀가 가장 잘 알 텐데도. 어째서 이리도 무덤덤하게 반응할 수가 있을까.

자멜라가 차마 어떤 대답도 골라내지 못하고 찻잔만 가만히 쥐고 있을 때, 드디어 서류의 이상한 부분까지 확인한 라하가 표시를 하고 고개를 들어 올렸다.

찻잔을 쥔 자멜라의 손등이 하얗게 도드라져 있다. 그녀는 가장 고귀한 영애답게 여전히 부드러운 미소를 머금고 있었지만 눈빛만은 미묘하게 가라앉은 채였다. 자세히 들여다보지 않으면 알 수 없는 일이었다.

"폐하께서 내게 맡기고 간 거예요."

"……맡기고 가셨다니요?"

"영애의 새가 건강이 좋지 않다면서요. 혹시 몰라 한 마리를 더 예비로 잡아 온 거라던데, 영애도 알다시피 황제는 한 마리의 새만 정혼자에게 선물하는 게 원칙이라."

"네. 그렇지요."

그럼 처음부터 그 건강한 새를 주었으면 될 일이 아닌가. 라하는 아마 자멜라도 같은 생각을 하고 있을 거라고 예상은 했다. 변명하라면 충분히 할 수 있지만, 라하는 굳이 덧붙이지 않았다.

카르젠이 '직접 한 말'은 여기까지였으니까. 라하가 할 수 있는 말도 여기까지다.

"내가 폐하의 쌍둥이로서 국혼을 얼마나 기대하고 있는지 영애는 모를 거예요."

"……황녀님."

그 말이 사실임을 방증하는 수많은 서류들이 라하의 침실에 쌓여 있다.

"또 윈스턴 공작은 영애의 행복을 위해 최선을 다하겠지요. 벌써부터 그리 걱정할 거 없어요."

어찌 되었든 대귀족을 아비로 두었질 않는가. 라하를 저 멀리 다른 왕국으로 시집보낼 생각까지 할 정도로 딸과 황후 자리를 끔찍이 생각해 주는.

그런 아버지가 있어 부럽다는 말은 죽어도 할 수 없는 황녀는 자멜라에게 몇 가지 보석을 선물해 주었다.

* * *

윈스턴 저택으로 돌아온 자멜라는, 바로 아버지의 서재로 향했다. 넓은 서재에는 발코니 대신 공중 정원이 작게 딸려 있었는데 그곳에 은도요가 머물고 있었다.

순은과 보석으로 꾸민 예술품 같은 새장에 앉은 은도요는, 스스로가 희귀하며 고귀한 상징임을 안다는 듯이 자태를 뽐내고 있었다. 보통의 멧도요와는 모습 자체가 다른, 척 보기에도 아름다운 빛깔의 새.

"아가씨."

생각에 잠겨 있던 자멜라가 고개를 들어 올렸다. 윈스턴 가의 집사였다.

"로자인 도련님이 오셨습니다."

"아아. 내가 볼게."

로자인은 자멜라와 어릴 적부터 교분이 두터운 소꿉친구였고, 그래서 윈스턴가의 나이 많은 고용인들은 로자인을 '도련님'이라며 친근하게 불렀다.

"로자인."

"자멜라!"

1층에서 기다리던 로자인이 웃으면서 일어났다.

"예비 황후께서 너무 바빠서 얼굴을 보기도 힘들어."

"무슨 일인데 그래?"

"쉬게 해 주고 싶은데, 미안. 숙부님께서 꼭 확인해 달라고 하셨던 서류가 있어서."

로자인의 숙부이자 현 리굴리쉬 가문의 주인인 리굴리쉬 백작 역시 황법에 따라 출전하게 된 귀족이었다.

덕분에 가주들이 줄줄이 비게 된 가문에서는 어린 귀족들이 가주 대리로서 작은 일들을 처리하는 경우가 종종 있었다. 집에 다른 어른 귀족이 없는 경우였다. 묘한 일탈감이나 해방감을 느끼거나, 혹은 부채감을 심하게 느끼는 경우도 있었지만…….

자멜라는 로자인이 가져온 서류를 확인하며 서재로 걸음을 옮겼다.

싹싹한 성격의 로자인은 어릴 때부터 윈스턴 공작과도 사이가 좋아 서재도 제집처럼 드나들 수 있었다. 서류에 아버지의 직인을 대신 찍어 주고 대리인이 서명했음을 표시한 자멜라가 얼굴을 들었다. 로자인이 기대하는 눈빛을 보내고 있었다.

"로자인? 왜?"

"오늘은 보름달이 떴잖아. 은도요가 달빛을 받는 모습을 보고 싶은데. 그래도 될까요, 예비 황후 폐하?"

"마음대로 해. 그리고 그 예비 황후라는 말 좀 그만 쓰고. 집사, 문 열어 줘."

"예. 아가씨."

오랜만에 예전의 그 꼬마 숙녀와 꼬마 신사를 보게 된 기분에, 옅은 미소를 그리며 서 있던 집사가 공중 정원의 자물쇠를 풀어 주었다. 통유리로 되어 있는 천장 덕분에 달빛이 쏟아졌다. 은도요는 횃대에 앉아 까만 눈을 또랑또랑 뜨고 있었다.

달빛을 깃털에 두르고 나는 새.

황제가 정혼자에게 선물하는 새.

카르젠은 출정하는 그날에도 라하만 유일하게 따로 보고 갔다. 자멜라는 황제의 정혼자 신분이라, 델로의 엄격한 황법에 의거해 배웅을 하는 행렬에서도 앞쪽에 설 수는 없었다.

엄밀히 따지면 자멜라는 아직 황족이 아니었으니. 덕택에 황족만을 위한 앞 열 자리는 텅 비어 있었다. 명색이 자멜라가 정혼자이니, 카르젠이 따로 찾아와서 개인적인 시간을 잠시라도 가져 줄 법도 한데

황제는 황녀의 궁에 오래 체류하느라 남는 여유 시간이 없었다. 카르젠의 본래 성미를 알 만한 귀족들이 다 알아, 뒷말이 나오지 않을 거라는 것이 유일한 위로였다.

카르젠의 본래 성미.

황제의 본래 마음…….

로자인이 은도요를 바라보다 생각났다는 듯 물었다.

"황녀님 건강은 어때? 요즘 만나는 사람마다 그걸 묻던데. 내가 너랑 친분이 있는 걸 다들 아니까."

"많이 좋아지셨어."

자멜라가 새장을 쓰다듬으며 중얼거렸다.

"이 새도 멀쩡했으면 좋았을 텐데."

"……?"

갑작스러운 말에 로자인이 시선을 옮겼다.

"처음 봤을 때보다 비교도 할 수 없게 좋아졌는걸."

"조금 더 나아진 거지. 아무리 생각해도 완전히 멀쩡해질 수는 없을 거야. 다른 평범한 은도요처럼."

"자멜라. 애초에 황제 폐하께서 잡아 오신 은도요가 한 마리뿐인데 다른 평범한 은도요가 어디에…….."

그녀의 가라앉은 눈빛을 본 로자인이 천천히 말을 이었다.

"황궁에 다른 은도요가 있나 보구나."

자멜라는 놀라지도 않고 대답했다.

"있었어."

황제가 정혼자에게만 선물하는 새는 오직 한 마리만 잡아 오는 게 전통인데.

자멜라는 라하의 말이 거짓이라고 생각하지 않았다.

다만 황제는 자신의 권위가 흔들리는 걸 용납하지 않는 냉혈한이었다. 전통을 무시하고 쌍둥이에게 굳이 은도요를 선물하며 생길 악의적 여론을 들을 생각도 없었겠지.

그러니 이 비실비실한 은도요는 좋은 핑계였던 셈이다. 누구라도 자멜라의 은도요를 보고 떠올릴 수 있을 만한 적당한 핑계이기도 했고.

달리 말하면 그 정도의 핑계만 있어도 상관없다는 게 카르젠의 뜻이라는 소리였다.

황제는 황녀에게 은도요를 주었다는 사실을 굳이 알리고 다니진 않았지만 기밀처럼 꽁꽁 숨긴 것도 아니니까. 그나마 황녀궁에 드나드는 귀족이 전무한 덕에 아는 사람이 없다지만.

올무에 매인 양, 새장을 쓰다듬는 자멜라의 손길이 납처럼 무거웠다.

"자멜라."

로자인의 목소기가 귓가에 울린 건 직후였다. 시선을 옮기자 그 소꿉친구는 늘 그렇듯 자신을 빤히 쳐다보고 있었다.

"내년에 또 사령제 무투회가 열리겠지?"

"……사령제 무투회?"

"매년 열리는 걸로 바뀐 게 아니었어?"

뜬금없는 사령제 무투회 얘기에 자멜라가 이마를 희미하게 찌푸렸다. 그때 엉망이 되었던 무투회를 수습하느라 골이 다 빠졌긴 했지만, 어찌 되었든 제국의 전통이니 이변이 없는 한 계속해서 열리긴 할 것이다.

"그러지 않을까 싶어. 확실한 건 황녀님과 얘기를 해 봐야겠지만…….그건 왜?"

"내년엔 나도 출전해 볼까 싶어서."

"출전이라니?"

자멜라가 대번 눈썹을 일그러뜨렸다.

"위험해. 야만적인 이들이 얼마나 많았는지 너도 봤잖아."

로자인은 어깨를 으쓱한 후 말했다.

"그런 건 감수해야지. 지젤른 영지가 탐이 나니까."

"……지젤른 영지? 거긴 왜?"

"비록 황도와 아주 멀긴 하지만 넓은 영지로 유명하잖아. 대영지를 하사받으면 대영주로 봉작이 되니, 청혼을 할 수 있는 폭도 넓어지고."

번듯한 영지의 영주가 된다면. 한낱 백작 영식이 마음에 품기에는 어려운 높은 신분의 여자에게도 청혼을 할 수 있으니.

"……."

자멜라는 로자인에게서 시선을 뗐다. 그녀는 은도요에게로 눈길을 던지며, 여상한 목소리로 물었다.

"청혼을 하고 싶은 여자가 생겼나 보네. 축하해."

"축하해 줄 일은 아닌 것 같은데."

"누군데 그래?"

"라하 델하르사 황녀님."

순간 자멜라가 시선을 휙 들어 올렸다. 로자인은 어릴 때부터 늘 그랬듯, 다정한 미소를 머금고 있었다.

"황녀님께서 황공하게도 내 청혼을 받아 주실까는 모르겠지만……. 대영주면 시도는 해 볼 수도 있는 거고. 지젤른 영지로 모실 수 있으면 좋겠지. 그분이 제도에서 멀어지면."

"……."

"네가 은도요를 보며 우울해하지도 않을 것 같아서."

"로자인."

자멜라의 손끝이 차갑게 식었다. 그녀의 목소리가 가볍게 떨렸다.

"혹시. 혹시……, 사교계에 이상한 소문이 도는 건……, 아니지?"

곧바로 로자인이 고개를 저었다.

"아니야."

"……."

"그 누구도 이상한 의심은 하지 않으니까 걱정하지 마."

"그럼 너는 어떻게 그런 말을……."

할 수 있는 거야.

자멜라의 말끝이 흐려졌다. 로자인이 희미한 미소를 머금었다.

그의 오랜 소꿉친구는, 자멜라 윈스턴 공작 영애는 황제의 정혼자가 된 이후부터 바빴다. 그녀의 새로운 집이 되고 영원할 역사와 완벽한 영광이 될 황궁을 살피느라 언제나 분주했다.

그래도 가장 오래 눈에 담은 '무언가'가 있다면 단연 황제였다.

후일 그녀의 남편이 될 사람. 그래서 로자인의 시선도 어쩔 수 없이 황제에게 향한 적이 잦았고.

황제는 자주 황녀에게 눈길을 쏟고 있었다.

다른 이들은 모를 것이다. 전혀 모를 것이었다. 자멜라도, 윈스턴 공작도 모르겠지. 황제의 유일한 정혼자는 자멜라고, 그런 자멜라를 오랫동안 아낀 소꿉친구는 로자인 리굴리쉬 그였으니까.

때로는 본인보다 본인을 더 잘 아는 타인이 생기기도 하는 법이었다. 그 타인이 깊은 짝사랑을 앓고 있는 이라면 더더욱.

로자인의 눈엔 보였다. 그들의 황제는, 그의 황녀에게 분명 다른 마음을 품고 있다.

"계승자가 멀어지면 쌍둥이의 집착도 덜해질 테니."

"……!"

자멜라의 두 눈이 드물게 커졌다.

"네 그 자리도 단단해지지 않을까."

"미쳤어, 너는."

자멜라의 주먹이 하얗게 도드라졌다.

"언행 조심해."

"자멜라."

"설령 저택에서, 네 방에 혼자 있는 상황이라고 해도 그딴 말 절대로 다시는 꺼내지 마. 네 숙부님과 리굴리쉬의 모든 방계까지 함께 묻히고 싶은 게 아니라면 절대로."

로자인이 쓸쓸함을 삼키고 자멜라를 향해 미소를 보여 주었다.

"그렇게."

* * *

한편, 개전이 시작되고 고작 이틀.

"폐하! 더 이상 진군할 수가 없습니다!"

카르젠은 사납게 이를 갈았다.

"잠시 멈춘다!"

델로 제국군과 13왕국 연합군이 맞부딪친 장소는 샬렘 구릉 지대였다. 좁은 평탄한 길을 따라 언덕을 올라가면 앞은 완만한 평야가 펼쳐져 있는 특이한 지형인데, 문제는 델로 제국군이 진군해 머물고 있는 곳에 말도 안 되는 폭우가 쏟아지고 있다는 점이었다.

양동이로 물을 퍼붓는 것 같았다. 피부를 때리는 물살이 아플 지경이었다. 국지적인 소나기라고 해도 정도가 있는 법이었다. 폭우가 사흘째 줄지 않고 이어졌을 때, 척후가 돌아와 보고했다.

"폐하! 황제 폐하! 보고드립니다!"

커다란 지도를 앞에 두고 차가운 얼굴로 앉아 있던 카르젠이 시선을 던졌다.

"13왕국 연합에서 마법 성물을 이용해 인위적인 폭우를 쏟아붓고 있습니다!"

"마법 성물?"

카르젠의 양옆에 있던 이들이 벌떡 자리에서 일어났다.

"그게 무슨……. 말도 안 됩니다!"

"마법 성물을 전쟁에서 사용하는 건 금기이자 위법이지 않습니까!"

대륙에 존재하는 마법 성물은 총 21점.

당연히 델로 제국 황실에서 가장 많은 마법 성물을 보유하고 있었고, 그 외에는 철저한 기록과 함께 각 왕실에 흩어져 국보로 보관되고 있었다.

모든 마법 성물은 현자들이 발굴해 낸 것이고, 더 많은 사람들에게 행복과 이익을 주기 위해 성물을 가진 왕실들은 서약을 맺어야 했다.

그 어떤 마법 성물도 사람을 해치는 데 사용하면 안 된다는 서약이 그것이었다. 현자들과의 서약은 절대적인 상징성을 지니기 때문에, 대륙의 긴 역사 중 그 어떤 폭군과 혼군일지라도 어긴 적이 없었다.

그랬는데, 고작 13왕국 연합 따위가?

싸늘한 눈으로 연합군이 거하고 있을 곳을 노려보던 카르젠이 이글이글 끓어오르는 목소리로 외쳤다.

"연합군에 사람을 보내라!"

"존명!"

얼마 후.

델로 제국의 부사령관은 대화를 뜻하는 깃발을 달고 13왕국 연합군 쪽으로 접근해 크게 소리쳤다.

"너희가 현자들과의 서약을 어겼다는 사실을 알아냈다! 무슨 배짱으로 마법 성물을 사사로운 전쟁에 이용하는 것이냐! 현자들과의 서약을 지키고 금기를 깨는 일을 당장 그만둬라!"

마찬가지로 같은 깃발을 달고 나타난 13왕국 연합군의 부사령관이 크게 소리 내 웃었다.

"먼저 금기를 깬 건 네 녀석들의 황제가 아니더냐!"

"……!"

델로 제국의 부사령관의 얼굴이 순간 납덩이처럼 질렸다. 말도 안 되는 도발이자 완벽한 진실이었다.

대대로 창공의 눈을 가진 이가 황위에 올라야 한다는 전통을 선황과 카르젠이 어겼다. '계승자의 눈'을 이어받은 황녀는 델로의 황위에 오르지도 못했고, 그저 아름다운 인형으로 살고 있는 실정.

거기에 현자들은 한참 전, 사막으로 떠났다. 새로운 마법 성물을 발굴하러 간 것이지만, 어찌 되었든 사막은 아예 다른 대륙에 있었다. 현자들이 자리를 비운 이 김에 13왕국 연합은 금기를 깨부수는 길을 택한 것이다.

델로의 부사령관이 이를 악물고 소리쳤다.

"이 비이성적인 폭우를 계속 퍼붓겠다는 것이냐! 이 뒤로 있는 일곱 개의 마을도 함께 침수되는 비인간적인 짓을 하겠다는 거냐!"

"감히 대신관님들을 무릎 꿇리는 비인간적인 짓은 네놈들의 황제가 먼저 한 짓이다!"

"신성국에서 먼저 제국의 안위를 위협했다! 정당한 명분이었다!"

"그 전에 너희의 황제가 수많은 왕국을 짓밟아 죽였지!"

"……!"

"오늘 내가 한 말을 네놈의 황제에게 똑똑히 전해라! 네 목도 함께 잘리겠지만!"

크게 비웃은 13왕국 연합 부사령관은 가지고 왔던 깃발을 칼로 쭉 찢었다. 그러더니 절벽 아래서 고래고래 소리치던 제국 부사령관에게 천 조각을 던졌다.

"거기서 다 함께 신께 빌기나 해라!"

"……!"

대화의 끝을 알리는 행동.

13왕국 연합은 이미 처음부터 이럴 작정이었다. 아예 이 땅을 버리고, 상관없는 마을의 주민들까지 전부 수장하면서까지 제국군에게 필패를 안겨주겠다고 결론을 내려버린 것이었다.

델로의 부사령관은 빗물에 축 젖은, 너덜너덜해진 깃발을 갖고 막사로 돌아왔다.

"그 더러운 놈들이 뭐라고 지껄이더냐?"

"폐하."

"하나도 남김없이 고해라."

부사령관은 눈을 질끈 감고 보고했다.

"……해서. 그들은 정당한 명분이었다고……."

"……."

카르젠의 손에 잡혀 있던 의자 팔걸이에 쩌적 금이 갔다. 부사령관이 바로 납작 엎드렸다. 차가운 장대비를 맞고 왔는데 식은땀이 마구 흘렀다. 카르젠의 눈이 시뻘겋게 변했다.

"공작들과 부사령관들을 전원 소집하라."

"예, 폐하!"

머리가 차갑게 가라앉았다. 당장이라도 13왕국 연합군의 건방진 혀를 갈래갈래 찢어 놓고 싶었지만, 그들이 금기까지 깨고 마법 성물을 이용했다면 적어도 이 자리에서 이길 수 있는 방법이 없었다.

이 샬렘 구릉 지대는 고도차가 높은 편이었고, 13왕국 연합에서는 뒤의 마을들까지 죄 산채로 수장을 시켜 버릴 생각이었다. 그곳에 있는 사람들을 대피라도 시켰다면 카르젠 역시 이상함을 알아챘겠지만 그것도 아니었다. 흙은 무를 대로 물러서 늪지를 걸어 다니는 것과 별반 다르지 않았다.

"이 지형에서 빠져나갈 방법이 없습니다. 폐하."

사람이 들어올 수는 있는데 나갈 수가 없었다. 폭우를 통해 그런 식으로 지형을 조절하고 있었다. 걷잡을 수 없이 땅이 물러진 덕분에 딱 하나 남은 길은 한 명씩만 줄지어 빠져나갈 수 있는 폭이었다. 그곳으로 모든 군사를 후퇴시키려면 적어도 몇 개월은 걸릴 것이었다.

무엇보다 그런 식으로 빠져나가는 낌새가 보인다면 13왕국 연합에서는 총력전을 해 올 것이다. 진퇴양난. 어디로도 빠져나갈 수가 없었다.

카르젠이 이를 까드득 갈았다.

"천박한 놈들이 아주 머리를 썼구나."

이 전쟁터엔 건강 상태가 좋지 않은 한 명을 제외한 델로의 모든 공작들이 참전해 있었다. 각 고위 귀족의 기사들도 거의 다 차출되었다.

13왕국 연합군의 군사 규모가 그만큼 컸던 까닭이다.

델로 제국의 황실은 '계승자의 눈'으로 보호받는다고 모두가 알고 있지만, 직접적인 보호를 받는 건 라하였다.

하지만 세간에는 카르젠 역시 '계승자의 눈'으로 함께 보호받는다는 소문이 진실처럼 나돌고 있었다. 카르젠의 수석 보좌관이 의도적으로 흘린 소문이었다. 쌍둥이란 점이 유효하게 먹혀들었다.

그러니 13왕국 연합에서는 애초에 카르젠이 아닌, 델로 제국의 모든 고위 귀족과 기사들을 함께 수장시켜 버리는 걸 목표로 한 것이다.

최고위 귀족과 기사들이 전부 죽어 버리면 그 원한이 어디로 갈까?

당연하게도 그 황제에게, 그리고 그 황녀에게 갈 것이다.

피를 마시는 폭군이라는 끔찍한 이명을 갖고 있으나, 어찌 되었든 전쟁을 통해 입지를 다지고 귀족들의 충성을 결집시킨 황제가 카르젠 델하르사였다.

그 전쟁을 거하게 실패해 모두를 죽게 만들면, 델로 제국에서 카르젠의 입지와 명성은 바닥부터 고꾸라져 내릴 게 뻔했다.

외부에서는 도무지 카르젠 델하르사를 부술 방법이 보이지 않으니, 내부에서부터 부숴야 한다. 13왕국 연합에서는 그를 위해 극심한 손해를 감수하고 엄청나게 머리를 써 전략을 짜낸 것이다.

* * *

개전 열흘째.

억수로 몰아치는 폭우가 켜켜이 쌓인 시체 위로 떨어지던 날.

"폐하! 힐로스드 왕국에서 방위 조약의 사용을 제안해 왔습니다!"

"……!"

공작들의 눈이 그쪽으로 죄 쏠렸다.

"방위 조약이라니. 힐로스드 왕국과 방위 조약이 있었나?"

"예, 폐하!"

물에 젖지 않게 두꺼운 모피에 둘둘 만 종이가 급하게 옮겨졌다. 카르젠이 빠르게 읽어 내렸다. 힐로스드 왕국이라니. 제국과 그 거리가 상당하지만 생소한 곳은 아니었다. 부유하기로 소문난 국가인 데다가 보석 산출국이라, 델로의 귀족들도 힐로스드의 사치품을 즐겼기 때문이다.

"누가 온다고 하더냐?"

"힐로스드의 왕제가 온다고 합니다."

"……?"

기껏해야 백작 정도가 올 줄 알았는데, 왕족?

순간 공작들의 눈에 당혹스러움이 스쳤다. 기록적인 폭우를 올려다본 카르젠이 굳은 얼굴로 확 돌아섰다.

"방위 조약의 이행을 원한다고 전해라!"

"존명!"

* * *

"앞으로 사흘, 혹은 닷새만 더 기다리면 된다."

13왕국 연합군의 총사령관이 중얼거렸다.

빗물을 폭발적으로 머금은 땅이 그즈음엔 아예 무너져 내릴 것이다. 그때 총공격을 시작하는 것이 그들의 전략이었다.

살아남는 건 오직 '계승자의 눈'으로 보호받고 있다던 황제일 뿐이겠지. 그 외에 조무래기들 몇. 하필 그 황녀가 황제의 쌍둥이라서. 하다못해 평범한 오누이였다면 '계승자의 눈'이 특수한 힘을 발휘하지도 않았을 텐데.

어찌 되었든 완벽히 패전한 황제는 항복 문서에 서명한 후, '계승자의 눈'을 이어받은 황녀 역시 꼼짝없이 내놓게 되어야 할 것이다.

그 뒤엔 황녀가 13왕국의 어떤 왕자와 결혼을 하게 될 수도 있고. 거기부턴 또 알력 다툼이 심하겠지만 총사령관과는 상관없는 문제였다.

"총사령관님!"

"무슨 일이냐!"

"델로에 지원군이 도착했습니다!"

"무슨 말도 안 되는!"

델로 제국에서 지원군을 보내도 이 구릉 지대에 쉽사리 도착할 수 없게끔, 13왕국에서는 치밀하게 계획을 세웠다. 지원군을 보낸다 한들 2주는 걸려야 도착할 수 있을 터. 인외의 힘이 담긴 마법 성물이 그 얼토당토않은 전략을 수월히 돌아가게 했다.

게다가 델로 제국이 맞대고 있는 나라야 뻔했다. 13왕국 연합 쪽에 위치한 그 어떤 왕국도 델로에 도움을 줄 리가 없는데…….

"힐로스드입니다!"

"힐로스드라니!"

연합군 총사령관이 찢어질 것 같은 소리를 내질렀다. 갑자기 그 서부 왕국이 왜? 바다에서 기사가 솟아오르고 하늘에서 병마들이 나타났다는 말과 뭐가 다르단 말인가?

"성물을 지켜라! 반드시 지켜야 한다!"

총사령관은 성물 쪽으로 급히 병력을 재편성했다. 13왕국 연합에서도 사활을 건 전투였다. 마법 성물은 구릉지에서도 '산'이라고 불릴 만큼 높은 곳에 있었고, 기사뿐만 아니라 마법사 역시 성물을 보호하고 있었다.

"……?"

성물이 있는 쪽으로 즉시 뛰어가던 총사령관이, 선득함을 느끼고 뒤를 돌아본 순간이었다.

"……!"

총사령관은 두 눈을 찢어져라 부릅떴다. 그의 앞에 선 남자가 입고 있는 갑옷. 그 중앙에 음각된 왕국의 문양. 총사령관이 중얼거렸다.

"힐로스드……."

쿨럭. 총사령관이 피를 토했다.

"초, 초, 총사령관님!"

"급습이다! 힐로스드에서 급습해 왔다!"

그대로 달려드는 연합군의 목을 베어 낸 검에서 붉은 피가 징그러울 정도로 뚝뚝 떨어졌다. 힐로스드의 왕제는 비가 쏟아지는 산을 향해 성큼성큼 걸음을 옮겼다.

"죽어라!"

검을 휘두르는 연합군의 기사들은 죽거나 다쳐 비탈길 아래로 굴러 떨어졌다. 밑에서는 힐로스드 왕국군이 그들을 포획하고 있을 터.

비상사태임을 감지한 위쪽에서는 이미 마법 성물의 능력치를 최대한으로 개방한 상태였다. 그나마 비가 덜 오던 이쪽에서도 이젠 거짓말 같은 폭우가 쏟아졌다. 왕제의 은빛 머리카락이 빗물과 핏물에 젖어 창백하게 반짝였다. 시퍼런 눈은 목을 물어뜯는 맹수처럼 섬뜩했다.

"힐로스드에서 도대체 왜 그 정신 나간 폭군을 돕는 것이냐! 너희도 똑같은 살인마이질 않느냐!"

"마법사인가?"

"……!"

귓가에 감겨 오는 낮은 목소리에, 악을 지르던 마법사는 한 줄기 희망을 붙잡았다. 이대로 이 미친놈을 방심시켰다가, 뒤에서 공격을 하면 된다.

"그, 그래……! 나는 기사가 아니라 마법사요. 그러니 죽음만은……, 컥!"

마법사의 가슴에서 피가 뿜어져 나왔다. 뒤에서 몰래 준비하던 단검이 허무하게 바닥에 떨어졌다. 이 왕제가 마법사에 대해선 온통 적대감만 가지고 있다는 걸, 방금 숨이 끊어진 이 마법사가 알 리 없었다.

"하."

힐로스드의 왕제. 그는 나지막이 숨을 내뱉고 드높은 허공을 올려다보았다. 쉬지 않고 쏟아지는 비에 온 사방이 적요한 것 같은 착각마저 들었다.

그러나 이 또한 오래가지 않을 감각이었다. 이 자리에 내리게 될 마지막 비를 맞던 왕제가 걸음을 옮겼고.

콰직.

엄청난 양의 폭우를 쏟아 내 마을 일곱 곳과 그곳에 사는 사람들을 산 채로 수장시키고, 드넓은 땅을 거대한 호수로 만들고 있던 마법 성물이 왕제의 검 아래 박살이 났다.

* * *

제국군은 마침내 진흙과 빗물로 생지옥이었던 구릉지에서 빠져나올 수 있었다. 비는 그쳤지만 물러진 흙은 그대로라, 빠져나오는 데에만 어마어마한 시간이 소요됐다. 카르젠은 중앙 자리에 앉았다.

"델로 황제의 이름으로, 힐로스드의 도움은 영원히 잊지 않으며 진정한 우방으로 대하겠다."

"힐로스드의 영광입니다. 폐하."

간신히 빠져나오긴 했지만 그뿐이다. 이미 적지 않은 병사들이 탈진한 데다가, 비로 인한 전염병까지 퍼져 손해가 막심했다. 그렇기에 이 구원자인 힐로스드의 왕제는 더한 대우를 받아야 했다.

"개인적으로 원하는 보상이 따로 있는가? 왕제."

힐로스드의 왕제는 표정 하나 변하지 않고 대답했다.

"황녀를 상으로 원합니다."

"……?"

"……!"

살아남았다는 안도로 젖어 있던 귀족들의 얼굴이 순간 석상처럼 굳었다. 카르젠의 잿빛 눈동자 역시 별반 다르지 않았다. 그는 그제야 천천히 왕제의 얼굴을 살펴보았다. 머리카락 색깔은 밝다. 눈동자는 청회색이며 얼굴은 정말로 반반하다.

확실히 모르는 얼굴이었다. 카르젠 뿐만 아니라 누구도 이 왕제를 '처음 보는 얼굴'이라고 인식하고 있었다.

힐로스드의 왕제, 셰드 힐데스의 몸에 감도는 강력한 신성력 덕분이었다. 이 조치를 취하느라 아마르 대신관이 몇날 며칠을 앓았지만 아는 사람은 극소수.

"황녀라면, 라하 델하르사?"

"예."

"내 쌍둥이와 교분이 있나?"

칼날처럼 날카로운 시선이 셰드를 주의 깊게 살핀다. 아름답지만 무표정한 얼굴의 왕제는 무던한 목소리로 대답했다.

"초상화를 보고 반했습니다."

"……하하."

카르젠이 낮은 웃음을 터뜨렸다.

"그래. 몹시도 아름답지. 내 쌍둥이는. 그래서, 왕제가 델로에 귀화하겠다는 걸 힐로스드의 국왕도 허락해 주었는가?"

"귀화에 대한 허락은 구하지 않았습니다."

"허락을 구하지 않았다니."

"황녀를 힐로스드에 있는 제 영지로 데려가고자 합니다."

순간 멎었던 카르젠의 호흡이 둔중하게 재개되었다. 그 자리에 함께 있던 델로의 어떤 귀족도 미처 알아채지 못한 반응이었다.

단 한 명, 맞은편에서 황제의 눈길을 맞받고 있던 셰드 힐데스를 제외하고는.

"그……."

간신히 입을 연 건 윈스턴 공작이었다.

"죽어 가는 병사들을 구원해 준 왕제님이 황녀님께 반해 있다니……. 정말 좋은 이야기군요."

뜻밖의 청혼에 굳어 버리긴 했지만, 절호의 기회이자 행운이었다. 황녀를 먼 타국의 왕족에게 시집보내는 것이야말로 윈스턴 공작의 숙원이었다.

"다들 그리 생각하지 않으십니까?"

물론 바로 수긍하는 대답은 나오지 않았다. 모두가 카르젠의 눈치를 보고 있었던 까닭이다.

침묵이 불편할 정도로 길어지기 직전.

"저도 그렇게 생각합니다."

에스더 공작이 입을 열었다. 특유의 무심한 말투로, 그녀는 말을 이어 나갔다.

"어차피 황녀님께서도 결혼 적령기시니, 괜찮은 혼처지 않습니까. 게다가 아주 멀리 떠나시는 것이니 제국 내에 다른 혼란이 생길 일도 없고요."

"……."

혼란이 생길 일이 없다. 에스더 공작이 말하고자 하는 함의를 카르젠은 물론, 이 자리에 있는 모든 델로의 귀족들은 분명히 알아들었다.

황녀가 가진 '계승자의 눈'이 더는 황제의 자리를 위협하지 않을 것이라는 뜻.

하지만 그건 여태까지도 마찬가지였다. 그간 황녀가 쌍둥이 황제의 말에 복종하고 순응하던 모습을 모두가 두 눈으로 똑똑히 지켜봐 오지 않았던가?

다른 이들의 혼란에도 아랑곳하지 않고 에스더 공작은 탁자 위에 두 팔을 얹으며 말을 덧붙였다.

"그러니 폐하. 에스더에서는 두 분의 성혼을 축복하는 바입니다."

"······!"

앉아 있던 이들의 등골이 순간 어쩔 수 없이 서늘해졌다. 성혼? 그 황녀와 성혼이라는 단어? 이게 도대체······.

모두가 말문을 잃은 자리. 윈스턴 공작이 헛기침을 한 후 천천히 입을 열었다.

"윈스턴 역시 에스더와 같은 뜻입니다."

"······."

"그렇잖아도 제 여식과 친분이 깊으신 황녀님이시질 않습니까. 윈스턴에서는 황실에 대한 경애를 표하며, 최선과 충성을 다해 황녀님의 혼수 준비를 돕겠습니다."

"······."

다른 공작들은 차마 입을 열지 못했다. 하지만 누구도 반대 의견을 내지 않았다. 사실 그들이 두려워하는 건 카르젠이었으니. 황녀의 역성을 들었다가 반란 분자로 찍힐지도 모른다 두려워한 것이었으니까.

게다가 카르젠의 경계는 합당했다. 황제 이외에 '계승자의 눈'을 가진 황족이라. 불온 분자가 생기기 딱 좋은 배경이었으니.

그러니 힐로스드 왕제의 제안은 나쁠 게 없었다.

외려, 놀라울 정도로 좋았다.

13왕국 연합군으로 인해 큰 피해를 입은 건 귀족들의 병력이었다. 자신들을 구원해 준 왕제가 황녀를 원한다는데. 심지어 델로의 황궁에 있겠다는 것도 아니고 먼 서부의 힐로스드로 떠나 주겠다는데.

오히려 델하르시 황실에는 긴 평화가 찾아오는 게 아니겠는가?

공작들 중에는 적통 황녀가 새장 속 카나리아처럼 지내는 모습이 마음에 걸렸던 이들도 있었다. 적어도 이곳에서 멀어진다면 그런 무기력한 모습은 분명히 나아질 것이니······.

카르젠이 천천히 의자에 등을 기댔다.

"공들의 의견도 같은가 보군."

"……."

평소 같았다면 들을 가치도 없을, 아니, 이런 공적인 자리엔 올라올 수도 없을 라하의 혼인에 관한 이야기.

하지만 상황이 좋지 않았다.

연합군 정벌은 끝나지 않았고, 따지자면 그들의 대문을 겨우 막 쳐부순 상태였다. 귀족 회의실도 아닌 전쟁터의 막사 안. 지금 막 카르젠 본인의 입으로 우방국으로 지칭한 힐로스드의 부탁을, 그것도 모든 귀족들이 옳다고 말해 주는 보상을 주지 않을 수 있는가?

그래서, 라하 델하르사를 데려가겠다고.

카르젠은 웃음조차 나오지 않았다.

이 힐로스드의 왕족은 머리가 좋았다. 이렇게나 좋을 수가. 힐로스드가 그 부유함에도 그토록 긴 평화를 지켜 낼 수 있었던 건, 왕족들의 머리가 비상해서인가?

"왕제. 내 소중한 쌍둥이는 그냥 줄 수가 없어. 그래도 원한다면."

카르젠이 짧게 웃었다.

"내 쌍둥이의 취향을 좀 맞춰 주는 성의는 보여야겠어."

"취향이라면."

"노예."

셰드의 이마가 희미하게 일그러졌다. 주의 깊게 왕제의 낯을 살피고 있던 귀족들이라면 모두가 알 정도로.

카르젠 역시 다르지 않았다.

"내 쌍둥이는 취향이 노예여서 말이야. 취향에 맞춘 남편을 주고 싶은 게 쌍둥이의 마음이지."

언뜻 듣기에는 너그러운 황제처럼 여유로운 목소리였으나, 잿빛 눈동자는 날이 서게 갈아 놓은 금속처럼 빛나고 있었다.

"어쩌겠는가, 왕제?"

거절할지도 모른다는 생각. 당혹감 또는 곤란함, 숨기지 못한 모멸감이나 옅은 분노를 내비칠 거라던 예감들이…….

"좋습니다."

그 선선한 한 마디에 흔적도 없이 무너져 내렸다.

* * *

"……폐하."

카르젠이 성큼성큼 걸어오는 것을 본 블레이크가 서둘러 고개를 숙였다. 언뜻 봐도 알 수 있었다. 카르젠의 기분이 좋지 않았다. 바닥을 쳤다 해도 좋았다. 온몸에 13왕국 연합군의 피를 묻히고 걸어오는 황제는 그야말로 악몽 같았다.

카르젠은 이미 비어 있는 왕국의 옥좌에 털썩 걸터앉았다. 순식간이었다. 그의 회색 눈동자에서 핏줄이 서서히 불거지기 시작했다. 덧씌우고 있던 무표정한 가면은 바닥에 굴러떨어지고, 황제가 숨을 내쉴 때마다 손등에는 힘이 강하게 들어갔다. 카르젠의 양옆에 서 있던 근위대들은 이제 숨조차 조심해서 쉬었다.

"하."

한쪽 손을 들어 올린 카르젠이 얼굴을 짚었다. 그의 어깨가 가볍게 떨리기 시작했다. 웃음이 비어져 나올 때마다 들고 있던 검에서 피가 뚝뚝 떨어졌다.

"도대체 내 쌍둥이는 왜 항상 날 이렇게 곤란하게 할까."

노예의 인술을 새겨야 한다는 조건까지 왕제는 약간의 고민조차 없이 수락했다.

왕제가 보았다던 그림 속의 라하가 그렇게나 아름다웠던가? 윈스턴 공작이 붙였다던 화가를 죽여야겠다는 생각이 들었다.

"레시스에게 연통을 넣어라, 블레이크."

"존명."

말이 노예였다.

말만 노예의 인술이었다.

힐로스드의 왕제에게 진짜로 노예의 인술을 새길 수는 없었다. 그 반반한 왕제는 제국군을 구했으니까.

델로 제국과 역사를 함께하는 유력 가문의 가주들과 그들의 기사들이 어마어마하게 포진되어 있던 대규모의 군사들.

그 모두가 왕제의 활약을 눈앞에서 보고 말았으니.

레시스는 새로운 인술을 당장 준비해야 할 것이다. 목숨에 어떠한 위협도 가지 않으며, 또한 황제 본인의 입으로 선포한 '우방국'의 왕제에게 어떤 불이익도 가지 않는, 말 그대로 보여 주기 용도인.

적어도 지금 여기서 왕제를 죽여 버릴 만큼 카르젠도 돌지는 않았다. 다만.

"왕족들을 전부 끌고 와라."

모든 일의 원인이 된 이곳에서, 나라를 잃은 왕 이하의 모든 왕족들을 죽여 버릴 만큼 눈이 돌아가 있기는 했다.

* * *

"국왕 전하. 왕제님이 막 귀환하셨습니다."

국왕은 끼고 있던 안경을 내려놓고 턱짓을 했다. 시종장이 바로 고개를 숙였다. 이윽고 문이 다시 열리고, 갑옷만 겨우 갈아입은 듯한 왕제가 돌아 왔다.

오늘도 평소처럼 머리를 한쪽으로 단정하게 넘기고 있던 국왕은 한숨을 내쉬었다. 그가 종이 위에 깃펜을 움직였다.

[다치진 않았느냐?]

"다칠 일이 뭐가 있어."

[보통은 그 정도 공훈을 세우면 절반은 죽어서 돌아온단다, 셰드. 거기에 정말로 야만족을 소탕해 버릴 줄은 몰랐구나.]

국왕의 미간에 주름이 잡혔다. 힐로스드는 왕족 간의 치열했던 내란의 상처가 천천히 아물어 가는 나라였다. 그래서 방위 조약을 다른 누구도 아닌 '왕제'에게 양도하려면 가시적인 명분이 있어야 했다.

한편으로, 국왕은 아무것도 캐묻지 않았다. 델로의 황제가 힐로스드를 '우방'으로 칭했다던 상상 이상의 결과까지는 함께 따라갔던 근위단장에게서 들었지만……. 그 외의 것은 어떤 것도.

[셰드. 하나 궁금한 게 있다.]

국왕이 슥슥 글자를 써 내려갔다.

[여자에게 관심을 보인 적이 없더니.]

"……."

[일평생 그랬던 네가 관심을 갖는 여자가 생겼다는 게 형으로서 몹시 신기하구나.]

사실, 이렇게까지 할 정도라는 게 이상했다. 델하르사 황실의 그 황녀가 대단한 미인이라는 얘기야 숱하게 들었다. 하지만 아름다운 여자는 어디에나 있고, 또한 그 황녀는 너무나 먼 곳에, 제국의 무성한 황궁 안에 갇혀 있지 딞긴가.

그래서 국왕은 한 가지가 몹시 궁금했다.

[그 여자도 널 좋아하느냐?]

이렇게까지 할 정도로? 네가 그 여자에게 다가가려 이렇게 애를 쓸 만큼?

셰드가 쓰게 웃었다.

"아니."

그리하여 결국은 처음이었다.

"그녀를 원합니다. 폐하."

황제의 옆자리에 앉은 채, 희고 차가운 얼굴로 자신을 내려다보는 라하를 응시한다. 겨울, 눈이 소복소복 쌓인 듯한 창백하고 앳된 낯. '계승자의 눈' —창공의 눈동자는 잘 닦인 유리창처럼 굳어 있다.

짧지 않은 시간이었다. 라하에게 못 박혀 있던 셰드의 시선이 이내 움직인다. 시종장의 정중한 안내를 따라 왕제는 걸음을 옮겼다.

〈다음 권에서 계속〉